2 SOUS D'AMOUR

DU MÊME AUTEUR
SERONT RÉÉDITÉS PAR VERTIGES

LES HAUTS MURS
LA LOI DES RUES *(porté à l'écran)*
LES JEUNES VOYOUS
LES TRICARDS
RAFLES SUR LA VILLE *(porté à l'écran)*
PRIEZ POUR NOUS
LES MAQ'S
LES RACKETTERS
RIFIFI CHEZ LES FEMMES *(porté à l'écran)*
RIFIFI A PANAME – Face au syndicat du crime *(porté à l'écran)*
RIFIFI A NEW YORK – Pour 20 milliards de diamants
RIFIFI DERRIÈRE LE RIDEAU DE FER – Le soleil de Prague
RIFIFI A BARCELONE – Toreros et truands
RIFIFI AU BRÉSIL – Escadron de la mort
RIFIFI À HONG-KONG – Sociétés secrètes criminelles
RIFIFI AU CAMBODGE – Opium sur Angkor-Vat
RIFIFI AU MEXIQUE – Chez Cuanthèmoc, empereur aztèque
RIFIFI EN ARGENTINE – Où souffle le pampero
RIFIFI AU CANADA – Le Bouncer
BRIGADE ANTI-GANGS *(porté à l'écran)*
LE CLAN DES SICILIENS *(porté à l'écran)*
DU VENT... (poèmes)
ROUGES ÉTAIENT LES ÉMERAUDES
LE TUEUR À LA LUNE
L'ARGOT CHEZ LES VRAIS DE VRAI (dictionnaire)
LES BOURLINGUEURS
MALFRATS AND CO (biographie)
LES PÉGRIOTS (fresque)
MONSIEUR RIFIFI (biographie)
LA MÔME PIAF
FORTIF'S (biographie)

A LA N.R.F.

DU RIFIFI CHEZ LES HOMMES *(porté à l'écran)*
RAZZIA SUR LA CHNOUF *(porté à l'écran)*
LE ROUGE EST MIS *(porté à l'écran)*

AUX ÉDITIONS PYGMALION

AVENTURES SOUS LES TROPIQUES

AUGUSTE le BRETON

2 SOUS D'AMOUR

VERTIGES du NORD/CARRÈRE

Une co-édition VERTIGES du NORD/CARRÈRE

Pour tous renseignements écrivez à
VERTIGES
6, rue Pierre-Lescot – 75001 Paris

ISBN 2-86804-288-0

« Je suis incapable de vociférer à propos de l'orgueil national. Si l'on baigne dans la tradition familiale, avec maison et jardin, enfance heureuse, famille et amis, je comprends ce sentiment : mais je n'ai pas cette sorte d'antécédents. Tout au plus mon patriotisme se nourrit-il d'habitudes locales : les courses de chevaux, la chasse, le pudding du Yorkshire, les hamburgers américains et le Coca-Cola, mais aujourd'hui tous ces produits indigènes se trouvent dans le monde entier. Naturellement, si le pays dans lequel je vivais venait à être envahi, je pense que comme la plupart d'entre nous je serais capable du sacrifice suprême. Mais je suis incapable d'éprouver un amour fervent pour mon pays natal, car il lui suffirait de devenir nazi pour que je le quitte sans regret ; et d'après ce que j'ai observé les cellules du nazisme, bien que assoupies pour le moment, peuvent se réanimer très rapidement dans n'importe quel pays. Je ne souhaite donc pas me sacrifier à une cause politique à moins que j'y croie personnellement. Je ne suis pas un martyr du nationalisme, pas plus que je n'ai le désir de mourir pour un président, un Premier ministre ou un dictateur. »

Charlie CHAPLIN

Remerciements

J'ai trempé ma plume dans le rire et les larmes, le courage et la peur, la douleur et le sang des personnages qui composent ce livre. Aussi qu'ils me laissent, s'ils sont toujours de ce monde, le plaisir de le leur dédier, sinon de l'offrir à leur mémoire :

Aux juges, magistrats, journalistes, policiers, enseignants, politiciens, officiers et soldats, hommes d'affaires et truands de la Résistance, à toutes et à tous ceux qui luttèrent à leur façon contre l'occupation nazie. Et comme je ne puis les dissocier puisqu'ils traquaient ces derniers, qu'ils tenaient le haut du pavé durant les années sombres, je me dois également de citer les sbires des Gestapos françaises de la rue Lauriston, de l'avenue Foch, et autres lieux maudits. A toutes, à tous ceux dont la chair m'a servi d'encre, un grand merci. *Politesse que je renouvelle à leurs proches et descendants qui ne sont pas plus responsables de l'héroïsme des premiers que de l'infamie des seconds.*

Et aussi bien sûr ce livre va à ceux, celles qui, les yeux baissés, la rage au cœur, ont vécu cette période sans pouvoir ou oser broncher, n'en défiant pas moins l'ennemi par leur grande dignité face aux privations imposées.

Avant l'histoire

D'entreprendre un saut de plus de quarante ans dans le passé, ceci pour tracer une biographie de la pègre sous la botte allemande, réclame de la mémoire. De soi-même d'abord, des témoins oculaires ayant survécu à ces temps démentiels, ensuite. Par chance je suis lié à quelques-uns de ceux-ci, des amis de longue date sinon de bonne conscience, tel Jeannot, toujours solide, Dieu merci, jadis patron du Chapiteau, boîte célèbre sous l'Occupation, et qui par son intervention armée, risquant sa peau, car défiant le terrible et puissant Henri Lafont de la Gestapo française, sauvera la vie d'un jeune chanteur inconnu, Yves Montand, lequel de la sorte et sans le savoir lui devra sa fabuleuse carrière. Je ferai également appel aux souvenirs de René l'Obsédé, aujourd'hui nonagénaire alerte, qui, par bonheur pour ce livre et malheureusement pour lui, se trouvait en 1940 emprisonné à Fresnes à l'arrivée des conquérants de Germanie, ce qui me donnera, de ce fait, des renseignements et une atmosphère de première main, qu'il doublera d'ailleurs à son corps défendant, ayant après avoir recouvré la liberté été arrêté de nouveau en 1944. Ce qui lui fera vivre l'incarcération des collaborateurs, trafiquants et gestapistes à la solde des Allemands. Et aussi celle d'« huiles » s'étant trompées de parcours : les amiraux de Laborde, Marquis, Estéva, le général Bridoux, le ministre à l'Information Marion, le patron de presse Jean Luchaire, etc., etc. Il sera également présent quand Pierre Laval, chef du gouvernement de Vichy s'empoisonnera et qu'ils le fusilleront honteusement, à la va-vite, assis sur une chaise branlante. Et bien entendu l'Obsédé retrouvera des visages à lui familiers, les Alex Villaplane, Lucien Prévost, Robert de Pâle, Paul Clavié, le neveu de Lafont, et autres escarpes de la Gestapo de la rue Lauriston qui n'ayant pas senti tourner le vent n'auront pas tourné le dos à leur pays et s'y feront piéger.

Et lorsque les portes des prisons se refermeront sur eux, ce sera comme si elles sonnaient le glas du Milieu traditionnel français déjà mal en point. La Libération venue, ça en sera fait définitivement du code de l'honneur et de la loi du silence tant vantée... et si peu appliquée. La présence des Allemands avec leurs insatiables besoins de matières premières et de ravitaillement aura apporté des monceaux d'or aux truands. Mieux, des montagnes. Bien peu en conserveront une parcelle. Généreux par tempérament, follement dépensiers, insouciants, doutant bien souvent et à juste raison d'une longue survie, ils jetteront cet or dans le creuset de leurs folies, en nourriront leur passion du jeu, des filles et du champagne... « Au diable les varices ! » ainsi que disait un ami de jeunesse, Roger le Catalan, qui sera assassiné plus tard à Caracas.

Hermétiquement clos avant-guerre au point que casseurs et souteneurs ne fréquentaient pas les mêmes bistrots, le Milieu avec l'Occupation va se laisser infiltrer, gangrener si l'on me permet cette formule et ouvrir ses rangs au tout-venant. Quoique Jeannot, Poupon, Zazou, moi, quelques autres, allions inventer, lancer le verlen [1] en 1942 pour en interdire l'accès, nous échouerons, n'éviterons pas le pourrissement définitif. Provenant de tous bords, de toutes conditions, des trafiquants s'y incrusteront. Non formés par les règles sévères qui jadis régentaient les rôdeurs de barrière, ces apaches des Fortif's où j'ai de par mon destin de sans-famille fait mes premières armes, ils apporteront avec

1. Procédé consistant à intervertir les syllabes d'un mot : verlen, pour l'envers, etc. Appliqué à l'argot le verlen était difficile à comprendre. Ex. : lépou pour poulet (flic), brelica pour calibre (revolver), chebos pour boches (Allemands), gnonpo pour pognon (argent), tinpu pour putains, etc., etc. J'étais loin alors de me douter qu'en janvier 1954 j'introduirais le verlen dans la littérature française avec *Du rififi chez les hommes* (p. 34, Série Noire, Gallimard) et que les snobs de 1985 s'en gargariseraient à tout propos.

eux leur total manque de scrupules, ne connaîtront qu'une loi : l'argent. Même au prix de la délation.

En formant la Gestapo de la rue Lauriston qui deviendra mondialement et tristement célèbre, Henri Lafont achèvera le pourrissement en embauchant des gens venus de nulle part sauf de l'avidité. Pire ses hommes de main, de truands, se feront policiers : ils enquêteront, arrêteront, exécuteront. Couverts par des papiers officiels délivrés par l'occupant, ils auront tous les droits, tous les pouvoirs. En useront. En abuseront. Et quand dans une société les forbans se font shérifs, les shérifs pilleurs de banques, alors inutile de mettre le gigot au four. Il est cuit d'avance.

Tous ces nouveaux marginaux, brusquement privés de par la défaite de l'Allemagne des ressources que leur apportaient les trafics d'or, de cartes de pain et des magouilles diverses, se refuseront le moment venu à rentrer dans le rang, à retourner vers une vie décente, honnête, qui était la leur avant 1940. Pour eux le pli était pris. Bisness, bisness, pognon, pognon et que les ruffians d'avant-guerre aillent se faire voir avec leurs codes à la noix, leur culte de l'amitié, leur solidarité d'en-marge. Et plus que jamais ils appliqueront les méthodes contractées sous l'occupant et ce sera la foire d'empoigne, les balançages, les copain-copain avec les flics, les relations douteuses nouées avec le monde politique, lequel utilise mais ne rend jamais la monnaie. Et les qualités de méfiance et de silence qui jadis étaient la sauvegarde du Milieu s'effondreront. Seuls les braqueurs, cette noblesse de la pègre, éviteront pour un temps l'infiltration. Avec eux naîtront les fameux gangs des Tractions-avant qui mettront la police sur les genoux. De là partira la légende de Pierre Loutrel, alias Pierrot la Valise, alias Pierrot le Fou, ennemi public numéro un, auquel on adjoindra en tant que lieutenant Jo Attia, revenu en héros des camps de Mauthausen. Mais ce grade ne sera qu'invention de journalistes de faits divers, le petit doigt sur la couture du pantalon, à l'encontre des gangsters américains, n'existant pas chez les malfrats français. Évidemment dans toute équipe il y en a un de plus gonflé, de plus risque-la-mort que les autres, mais de là à lui coudre des galons sur les manches de son veston pied-de-poule...

Par la suite éclatera également une autre légende, celle d'Émile Buisson, promu à son tour ennemi public numéro un que je camperai sous un pseudonyme dans *Rafles sur la ville,* dont Pierre Chenal réalisera un film avec Michel Piccoli et Charles Vanel pour vedettes.

En attaquant banques et encaisseurs, Mimile Buisson ne fera que renouer avec ses premières activités. Effectivement il avait innové la mode du hold-up le 29 décembre 1937 en dépouillant, revolver au poing, entouré de cinq complices, le Crédit Lyonnais de Troyes de 1 800 000 francs. Il récidivera le 24 février 1941 rue des Victoires à Paris. Épaulé d'Abel Danos, de Michel Chave dit Nez de Braise, indic du commissaire Charles Chennevier par ailleurs, et de Jean le Corse, il abattra deux des trois encaisseurs du Crédit industriel et commercial, les soulageant de 3 800 000 francs. Liquidés les uns après les autres sous les coups de boutoir de la police, les gangs folkloriques et leurs caïds s'effaceront de l'actualité, pour laisser place à un grand banditisme mieux structuré. Viendront alors le proxénétisme et le trafic de drogue à l'échelle mondiale et les braquages quasi quotidiens entreront dans les mœurs.

Pour sa part le Milieu poursuivra de plus en plus sa route vers son déclin.

Je parle toujours du vieux Milieu, celui de ma jeunesse tourmentée où la vie d'un flic pouvait se respecter, où celle d'un enfant était chose sacrée. Ce Milieu dont à nos yeux de rôdeurs les épées se nommaient Carbone, Spirito, Bicot de Montparnasse, Angelo, Alphonse Miroir, le Baron de Luzatz, Joseph le Capitaine des Corses, les frères Stéphani, Pitus de Grenelle, Milo Jacquot, Lucien l'Avocat, Antoine Spacagna, Jean-Baptiste Buisson dit le Nus, le frère de Mimile, le grand René de Londres, Bibi l'Assassin, etc., etc., et Jo la Terreur [1] à travers lequel je bâtirai ma fresque *Les Pégriots,* relation de cinquante ans d'aventures à travers le globe.

Et lorsque le pays de rural s'industrialisera, le banditisme

1. En avril 1985, Jo décèdera à l'hôpital, âgé de 90 ans. Décidément, les vies mouvementées réservent parfois de ces bonnes surprises...

ne connaîtra plus de mesures. Et ce sera l'envolée vers les hold-up sanglants où tomberont convoyeurs, policiers, gendarmes et braqueurs auxquels s'additionneront beaucoup d'innocents. Et le trafic de drogue, lui, connaîtra un tel essor qu'il se chiffrera par tonnes et par milliards de dollars. J'ai eu l'occasion dans des tribus indiennes et des villes de Sud-Amérique d'observer ce terrible problème. Comment peut-il se résoudre ? Comment peut se résoudre celui du nouveau et implacable grand banditisme ? Truands et policiers en sont au stade de l'escalade. Tu tires, je tire. Tu tues, je tue. Violence, racisme et insécurité, quoiqu'en disent les politiciens que ça arrange, sont dans nos murs et n'en sortiront pas demain.

D'ici à ce que, lassé, effrayé, le pays ne se laisse entraîner vers une petite dictature de droite ou de gauche... Aux têtes d'œufs, à ces grands écoliers des grandes écoles qui nous dirigent mais qui ne se sont jamais coltinés sur le terrain avec la misère, le désespoir et le chômage, ces foyers à délinquance, de répondre. S'ils le peuvent.

Quant à vous adorable lectrice, intelligent lecteur, tournez donc cette page et acceptez de vous plonger dans la dinguerie d'une époque non sans avoir auparavant accepté mes vœux de bonheur de même que celles et ceux qui ornent vos univers.

I

Pantalon noir, veste blanche, stylé, trois cheveux rabattus en travers de son crâne lisse et ivoiré, Félix, qui venait de prendre la relève, se pencha sur l'un des joueurs assis autour d'une table ronde que six autres flambeurs cernaient.

– On vous demande, monsieur.

Auguste le Breton releva le front en bâillant. Au-delà du maître d'hôtel, son œil d'un gris vert croisa celui de René Bras Court, son associé. Ce dernier dressait son mètre quatre-vingt cinq dans l'embrasure de la porte qui donnait sur une courette où s'entreposaient les boîtes à ordures et de là aux cuisines. Le Breton abandonna son siège et s'étira avant de se frotter les yeux. Dieu, quelle fumée ! Elle stagnait sur la tête des joueurs, opacissait la pièce en dépit de la porte ouverte en grand sur la courette que parvenait à lécher, tombant de haut et de biais, un rayon de soleil rachitique. Quelle heure était-il donc ? Seize heures, lui indiqua la pendulette murale fixée au-dessus du bar minuscule qui ornait la salle, petite, étroite, en longueur, laquelle conduisait à un local soigneusement condamné ou s'entassaient patates, riz, légumes, conserves, et où étaient suspendus jambons, saucissons, etc. Donc cela faisait vingt-quatre heures qu'ils étaient là ! Vu l'ambiance, la qualité des flambeurs, la partie ne stopperait pas de sitôt. Soixante-douze heures et plus sans se lever de table, cela leur arrivait souvent. Le Breton alla se pencher sur une feuille posée sur le bar à côté du petit Milo l'Arabe, lequel prélevait la dîme à chaque pot pour les frais de lumière, de boissons... Oh ! la maison ne lésinait pas. Champagne frappé à volonté, caviar, foie gras, sandwiches, cigarettes américaines, anglaises..., tout ce qui était défendu, *verboten, prohibiden.*

– Y'a 6 briques et 250 sacs [1] de carre, le renseigna Milo de sa voix enrouée, chaude, amicale.

Lui ne jouait jamais. Pas les moyens. Alors il se chargeait de donner des jetons contre l'argent, faisait des courses et surtout faisait rire. Plus de six millions ? Fichtre ! un beau score qui, s'ils continuaient, pourraient se solder par une quinzaine de bâtons. Ou plus. C'était dingue. Mais qu'y avait-il de normal dans cette époque de démence ? Aucun de ceux assis là ne savait où il serait le lendemain. Arrêté ? Torturé ? Déporté ? Mort ? Vivant ? Pareil pour tout le monde, les pauvres, les riches, les résistants, les collabos ; il suffisait d'un bombardement, d'une dénonciation, d'une lettre vous signalant aux autorités d'occupation comme juif, terroriste, trafiquant de marché noir... De ce genre de missives, les Fritz en recevaient des monceaux. Il fallait que les gens de la Gestapo aient un estomac en béton pour ne pas vomir à ces lectures !

« 600 000 ! »

Le Breton tourna le cou vers la table où, restée allumée au-dessus des crânes, l'ampoule qui pendait à un fil paraissait incongrue dans la clarté du jour. C'était Pierrot Moura qui venait de lancer le chiffre. L'homme de la Gestapo française était en bras de chemise et la crosse de son P. 38 dépassait de la ceinture en croco qui maintenait son pantalon en renfort d'une paire de bretelles joliment fleuries. C'est qu'il avait le droit au port d'armes et à une carte de policier, lui ! Jo le Catch, solide, rieur, grand de taille et fort de gueule, aussi. Du moins le laissait-il entendre. En revanche pas d'erreur sur André, dit la Rigole, un Bordelais. Lui et Pierrot Moura, également de Bordeaux, marchaient avec Henri Lafont, le patron de la Carlingue [2] de la rue Lauriston.

1. Au coefficient 30 cela donnerait environ 187 500 000 francs de centimes. Le double en se référant à Pierre Bourget dans son *Paris 44* (Plon) De la folie. Mais nous vivions dans la démesure.

2. En argot : Gestapo française. A pris évidemment naissance à cette époque.

De l'œil le Breton alla cueillir la face du petit René Gotteland que Pierrot Moura venait de défier. Toujours élégant, précis, toujours cravaté et en veston, cela malgré la chaleur et la nuit harassante, le petit René, auquel on accolait automatiquement son nom patronymique en parlant de lui, chose rare dans le Milieu, contemplait rêveusement ses cartes.

« Bon dieu, j'espère qu'il va s'écraser, pensa le Breton qui s'entendait à merveille avec le redoutable et courtois petit René. Il ne sait même pas tenir l'as de carreau à l'endroit ! » C'est qu'il connaissait son ami, savait qu'il ne levait pas facilement les bras, à croire qu'il se foutait de tout. Surtout de l'argent. Et même de vivre. Le Breton l'observa éparpiller les plaques posées devant lui, les compter, ne fut pas étonné de l'entendre lancer :

– Tenu !

Alors d'un fume-cigarette cerclé d'or où était coincée une Lucky Strike qui fumait, René poussa ses jetons vers le centre et attendit le verdict. Si à ses lèvres était suspendu un léger sourire, ses yeux demeuraient attentifs.

– Trois rois, annonça Moura dont le bord baissé d'un Borsalino marron dissimulait l'expression du regard.

– Quinte au roi, répliqua de sa voix posée le petit René en abattant lentement son jeu.

Tous se penchèrent sur les cartes étalées. C'est que le garçon pouvait se tromper ! Il jouait si mal.

– C'est vrai. Il a bien une quinte, claironna Doudou, un autre joueur, content pour René.

Les plaques affluèrent devant le gagnant qui, grand seigneur, ne vérifia même pas. Pourtant, entre forbans... Justement entre eux il fallait éviter les impairs, car la mort pouvait être au bout du relevé de comptes. Cette fois le pot était de 1 400 000. Pas mal, mais pas rare. Dame avec le chip à 5 000... C'est-à-dire qu'à chaque pot il y avait un minimum de 35 000 francs quand ils étaient sept à jouer. Aussi si deux as avaient de la valeur ! Quant aux deux paires ou au brelan, même minime, comme trois deux, alors là...

Une fois, Maurice l'Homme du monde, qui avait connu des écoles autres que celles de la rue, avait comparé leur façon de vivre et l'époque à celle d'*Autant en emporte le vent,* le fameux bouquin de Margaret Mitchell qui justement était le best-seller sous le manteau du moment. Ma foi, vu le couvre-feu et le manque de distractions les gens avaient le temps de lire l'énorme pavé de 800 pages... Des parties de poker comme celle qui se tenait en ce moment au *Petit Trou,* le restaurant du marché noir de la rue Henner à deux crachats de la rue Chaptal, la capitale en recélait quelques autres, alimentées en pognon frais par les ruffians, trafiquants, gestapistes, patrons de bordels, de bars, etc. La misère étreignait les pauvres et l'or du mal ruisselait sur les pavés pour ceux qui savaient le détecter. Pour ceux-là c'était l'Amérique, la ruée vers le métal jaune, qui faisait perdre tout sens moral aux hommes et les amenait à se vendre, à trahir, à tuer, à faire tuer. Dans ces parties, les gens soi-disant du monde n'avaient pas leur place. Qu'y auraient-ils fait, grands dieux ? Ces endroits étaient fréquentés par des fauves, des durs, habitués à évoluer dans un monde coriace, inhumain, impitoyable. Et ces hommes ne pratiquaient qu'un jeu aussi coriace qu'eux-mêmes où la relance se devait d'être immédiate, où la moindre faute se sanctionnait et où le crédit, sauf cas rare et accepté, n'avait pas cours. Celui qui voulait des jetons devait fournir la somme équivalente, ou un garant solide. Et s'il y avait des parties de « gens bien » dans Paris, c'était surtout celles qu'organisait Joanovici, le chiffonnier milliardaire. Seulement lui, s'il jouait, c'était pour corrompre. Génialement. Son procédé était simple. Même si le sort lui accordait un full aux as, bref un jeu supérieur au type qu'il voulait fourrer dans sa poche, que ce soit un haut fonctionnaire ou un galonné de l'armée d'occupation, il annonçait toujours un jeu inférieur à celui qu'il tenait à soudoyer. Le procédé était élégant et adroit. Et payant.

Avant de s'éloigner Auguste le Breton parcourut la table des yeux. Outre Doudou, d'origine italienne, petit, râblé, bagarreur, brun de cheveux et de regard, qu'il avait connu à Saint-Ouen dans son adolescence mouvementée, et Jo le Catch, le petit René Gotteland, Pierrot Moura, et enfin André la Rigole, il y avait encore Dédé Stora. Lui était l'un des Brummel du Milieu. De bonne taille sans plus, il offrait à part sa passion du flambe, un front bombé, intelligent, dégarni, des yeux noirs mobiles, et des dents étincelantes que livraient ses fréquents éclats de rire. Mais ceux-ci dissimulaient en permanence un homme à l'affût de la vie et des bonnes affaires, qu'elles soient de femmes ou d'argent. D'où provenait-il avec son teint mat ? D'Oran ? D'Alger ? On le donnait parfois pour juif. En tout cas, vrai ou non, ce n'était pas ceux qu'il fréquentait qui le dénonceraient. Même pas ceux appartenant à la Carlingue. Les ruffians qu'ils soient de l'un ou l'autre bord, résistants ou gestapistes, restaient avant tout, pour la plupart du moins, des ruffians. Le reste... les idéologies... les choses sacrées... les religions... les états d'âme... D'ailleurs, avant la ruée teutonne, le mot *juif* ne disait rien aux truands. C'était les Chleuhs qui avaient recouvert le mot d'opprobre, mis à l'index, désigné à la vindicte... De toute façon aucun d'entre eux, lorsqu'il se liait d'amitié, n'exigeait les papiers d'identité de l'autre, ni ne cherchait à savoir si on lui avait passé le chipolata au sécateur. Ç'aurait été un comble ! D'autre part beaucoup de forbans avaient poussé du côté de la rue des Rosiers, grandi avec des enfants juifs, noué avec eux de viriles amitiés. Dire leur étonnement quand maintenant la presse leur contait que le Juif était froussard-chiasseux, avide-rapiat, suceur-vampire de sang chrétien aryen ! Celle-là était la meilleure ! Traiter de froussards et de rapiats Georges le Bordelais et son frère Robert, le petit René le Juif et Yano les Yeux pourris ? Des centaines d'autres ? Alors que ces gars s'avéraient vaillants et teigneux comme pas permis, qu'ils balançaient l'argent à la grouille ? Où avait-il été pêché ça, le Hitler d'outre-Rhin ? Bien sûr, en affaire, les Juifs n'étaient pas du pichpin, de la rose églantine. Mais qui l'était ? Chacun ici-bas défendait son bœuf gros sel.

Le Breton rafla son veston accroché au dossier d'une chaise, l'enfila et, tout en remontant son nœud de cravate, il rejoignit son associé.

– C'est Margot, l'affranchit Bras Court.

Lui aussi était bien fringué. Costume croisé bleu rayé de fines raies blanches, cravate bordeaux sur chemise de soie blanche assortie à la pochette, et des prunelles d'un vert vorace.

– Elle t'attend dans la salle, précisa-t-il en s'effaçant.

C'était lui qui drivait le *Petit Trou* pour le compte du Breton et de Francis le Nantais. Il faisait les achats au marché noir, composait les menus, surveillait les mains du personnel trop enclin à s'en servir pour enfourner en cachette de Poincaré des victuailles dans les cabas le soir à la sortie, avant de se perdre dans l'obscurité des rues imposée par la Défense passive. C'est que la moralité du brave Français moyen avait fui avec la débâcle. Il fallait bien manger, nourrir les siens. Toutes, tous tentaient de survivre. Aussi ça traficotait ferme, mentait, dénonçait, trichait, chacun, chacune cherchant à ramener à la maison un quart de beurre... un peu de sucre... de farine... un brin de chaleur... de chocolat...

Bras Court, aîné et vieil ami du Breton, l'avait un peu épaulé lorsqu'à dix-huit ans, ce dernier tuberculeux, sans rien, sans foyer, sans boulot, tentait après une nuit passée sur un chantier en construction ou contre les grilles fermées du métro de la porte de Saint-Ouen de se décrasser sous le robinet du square des Épinettes. Plus tard, le Breton ayant vaincu la misère et la solitude, ils avaient chassé et pêché de concert bien avant la Drôle de Guerre et la ruée teutonne. Bras Court était doué pour mener ce genre de restaurant alimenté par le marché noir. L'œil à tout, affable avec les clients, dur si nécessaire avec le personnel et les fournisseurs, il faisait sa pelote. Au détriment de ses associés, que ceux-ci pensaient. Mais baste, ils palpaient tout de même quelques bigorneaux ! En tout cas les parties de passe ou de poker rapportaient, elles. Et gros.

Le Breton traversa la cuisine déjà à demi-parée pour le repas du soir et déboucha dans la salle. Oh ! ce n'était ni *Maxim's* ni *La Tour d'argent* ! Tout de même, petite de surface, elle était propre, plaisait aux regards et aux croupes que recevaient des sièges capitonnés. De toute manière elle n'avait pas été meublée pour tenir, les en-marge sachant que ce genre de commerce ne durerait pas plus que les folles amours. Si elle pouvait contenir une vingtaine de tables c'était le bout du monde. Seulement les prix rattrapaient la quantité. Et vu que la clientèle était du genre gratin : B.O.F. [1], truands

1. Beurre. Œufs. Fromage : ainsi étaient désignés les gros trafiquants d'alimentation.

de haut vol, escrocs ayant palpé le paquet, hommes politiques en place, quelques officiers de l'armée fridoline... Il y en avait justement deux installés, ceinturon déboutonné, à une table du fond côté gauche. Une Dom Ruinart 1937 trônait devant eux dans un seau d'argent et chacun avait dans les bras sa chacune. Mais pas leur Gretchen ! Non, deux belles gosses aux robes aussi légères que leur moralité. A part eux et deux forbans qui, nez rapprochés au-dessus de verres à dégustation, devaient s'entretenir, tout en têtant sur leur cigare, d'un trafic de faux lingots ou de fausses cartes de pain, à moins que ce ne soit d'un coup aux faux policiers, la salle s'était vidée. Même la porte ouverte sur le soleil de la rue Henner n'empêchait pas quelques relents de cuisine de stagner, mélangés au parfum des femmes. Après avoir enregistré la présence des derniers clients, l'œil de le Breton tomba sur sa Margot, debout, Mistinguett jeune tout crachée, de jambes, de dentition, de bagou et de sourire. Habillée d'un tailleur bleu sur un chemisier crème, les gambettes gainées de soie chair, chaussée luxe au *Pied Mignon* [1] car ayant horreur des talons compensés, elle fumait une de ses éternelles gauloises bleues. Il alla à elle, tendit à ses lèvres fraîches les siennes que la nuit de champagne, de flambe et de tabac avait enfiévrées.

– ' jour dit-il. Tu veux quoi ?

Elle frôla sa barbe de 24 heures de ses doigts interminables qui savaient, pouvaient tout réussir.

– Tu rentres quand ?

Elle avait la voix chaleureuse, un rien rauque, enrouée par les rues où tous deux avaient poussé. Des siècles qu'ils se connaissaient, s'aimaient, un amour cimenté par la misère et la violence qui avaient été leur héritage à chacun.

– ' sais pas, renvoya-t-il. Demain... après...

Il esquissa un geste vague. Il ne rendait jamais compte. Il allait, venait, voyageait, n'expliquait rien. Ni ses départs ni ses retours. Ah, il n'était pas un cadeau ! Mais c'est ainsi qu'il voyait les choses. Et elle l'acceptait tel quel. Ni elle ni lui n'avaient eu besoin de curé, ni d'officier d'état-civil pour associer leur destin. La rue et l'indifférence de la société à

1. Célèbre boutique féminine.

leur égard, quand ils crevaient de faim la gueule ouverte, les avaient purgés à jamais d'obéir aux lois que disaient respecter et leur imposait les autres. Eux au moins ne planquaient pas et annonçaient franco leur couleur : en-marge.

« T'es pas belle et moi j'suis vilain
On est tous deux des propres à rien
Et c'est pour ça qu'on s'ai-ai-aime... »

Il huma le parfum qui n'appartenait qu'à elle, un mélange de peau soyeuse et tiède, de chypre et de fleurs des champs écrasées par l'étreinte.

– Et toi, qu'est-ce tu veux ? s'enquit-il.

– Moi rien.

Ses immenses yeux d'un marron foncé quasi noir, qui contrastaient avec sa chevelure blonde ondulant en vagues sur le col de son tailleur, riaient.

– Mais on t'a apporté ça. Aussi comme je sais que vous en manquez...

De l'index à l'ongle carminé délicat, elle montrait un vélo-taxi immobilisé devant la porte. Il s'informa :

– C'est quoi ?

– Deux sacoches et elles sont lourdes. Du moins pour moi.

Il jura doucement.

– Bon dieu, tu veux dire...

– Si... Bob qui les a apportées.

– Et tu m'amènes ça en plein jour !

– Tu crois que la nuit c'est mieux ?

Elle haussa la gauloise à sa jolie bouche et pompa dessus. Il hocha la tête. Elle avait raison tout compte fait. Trimbaler deux sacoches bourrées d'armes la nuit... avec les rafles... le couvre-feu... les éternels barrages... la Gestapo en civil... les flics français à l'affût... les feld-gendarmes... tous ces traqueurs d'hommes...

Il l'attira à lui, l'embrassa sur le bout de son nez qui sentait bon la poudre de riz. Oh ! ce n'était plus la poudre de quatre ronds qu'elle se collait sur le museau lorsqu'ils n'avaient pas vingt ans ! Non, celle-ci était du surluxe.

– Ça va, file, dit-il. Je m'occupe de tout.

Elle secoua ses boucles blondes.

– Je reste avec toi.

C'était bien d'elle, ça. Pour elle il était son homme et c'était marre. Et s'il y avait des risques, elle en était, voilà tout.

– Mais Poulbot, tu peux pas me servir !

– Je reste.

Elle ne lui tenait jamais tête. Sauf pour les choses graves. Et cette fois... Il lui décrocha un sourire où il mettait tout ce qu'il éprouvait pour sa formidable fidélité à leur amour de jeunesse. Ah ! cet amour ! A même pas dix-huit ans, qu'il l'avait levée au bal du *Petit Jardin* de l'avenue de Clichy, et qu'ils avaient valsé *le Dénicheur,* leur première danse, que jouait l'orchestre, entraîné à l'accordéon par Gus Viseur.

« Elle avait de la chance comme pas u-u-une
Et le soir en se baladan-an-ant
Elle allait au clair de la lune
Offrir ses charmes aux passants.
Et lui connaissait la maniè-è-ère
De profiter des bonnes occasions
Ayant toujours des coups à faire
Car telle était sa profession-on-on...
On l'appelait le Dénicheur-eur-eur
Il était rusé comme une fouine
C'était un gars qu'avait du cœur
Et qui dénichait des combi-i-ines... »

Loin déjà tout ça, mais toujours proche à leur cœur.

– C'est bon, décida-t-il soudain. Assieds-toi. J'en ai pas pour longtemps.

Il alla au vélo-taxi dont le propriétaire exhibait sous un pantalon de golf des moltegommes de serin, à se demander comment il pouvait actionner les pédales de son engin. A croire que la faim lui donnait du muscle !

Le Breton lorgna dans la petite rue ; à part un vieux bonhomme tout courbé et son chien, un petit fox qui lui aussi semblait bon pour la casse, il n'y avait personne. Alors il descendit les deux sacoches, régla l'homme, et un bagage à chaque bras il emprunta le couloir de l'immeuble dont dépendait le *Petit Trou.* Bras Court, venu par une porte donnant du restaurant sur ledit couloir, l'attendait, une énorme clef à la main. Margot était derrière lui. Sans un mot, le Breton suivit son associé qui descendait les marches conduisant aux caves. Bras Court, dit encore la Petite Main, stoppa devant celle, immense, qui leur était dévolue pour entasser bouteilles et charbon. Il ouvrit de sa grosse clef, le Breton se retourna sur son amour, lui tendit son veston.

– Reste là. Tu vas récolter du poussier.

Et il pénétra dans la cave éclairée chichement. Méprisant de se salir il empoigna une pelle et creusa dans le tas de charbon. Puis après avoir inventorié le contenu des deux sacoches bien étanches qui recélaient deux mitraillettes Sten de médiocre fabrication anglaise, des pistolets, des grenades et des cartouches, il camoufla, après les avoir protégées d'une vieille toile cirée, les sacoches dans la cavité ainsi creusée et ramena à grands coups de pelle le charbon dessus. Du seuil, Margot et Bras Court l'avaient observé faire. Quand il revint il avait des taches noires sur les joues et du poussier s'était glissé dans ses chaussures.

– Remonte, René, invita-t-il. Pas la peine que le personnel s'étonne de ton absence.

Il ne voulut pas s'étendre, il n'allait pas lui raconter Bob et ses parachutages d'armes... Lui savait que le lascar avait fait main basse sur des containers en provenance de Londres et qu'il aurait dû porter le tout à des maquis ; seulement pour se faire de l'oseille, Bob... De toute manière le Breton les lui achetait pour le compte de Frantz, un vieil ami qui œuvrait dans un réseau et les remettait en circulation par des résistants. La boucle était bouclée.

Quand il fut revenu au soleil de la rue avec Margot, il s'insurgea.

– Merde, Bob aurait pu attendre que je sois là avant de...

Elle le stoppa.

– Qu'est-ce que ça change ? Peut-être qu'il pouvait pas attendre ! D'après lui un lot d'armes a été parachuté et...

– Bon ça va, la coupa-t-il à son tour. Maintenant elles sont à l'abri, c'est le principal.

– Fais attention à toi.

Elle lui souriait de ses beaux yeux vivants, mais il y avait en eux de l'inquiétude.

Il l'attira à lui, l'embrassa. Ça lui allait bien de se tracasser, elle qui venait de se faire trimbaler en vélo-taxi avec deux sacoches bourrées d'armes alors que la malheureuse détention d'un pistolet valait torture et mort par fusillade. S'étant dégagée de ses bras elle lui essuya les joues d'un fin mouchoir où s'était niché son parfum, un truc de sa composition qu'il ne retrouvait sur aucune femme.

– Tu retournes jouer ?

Il acquiesça d'une moue.

– Tu gagnes ?

Il éluda.

– Ça va, ça vient. T'as besoin de...

Elle agita ses boucles dont l'or capta le soleil.

– J'ai plus d'argent qu'il m'en faut. Mais si tu avais des tickets de pain, pour les miens...

– Je t'en aurai demain. Francis ou moi allons voir cette nuit si les piquoteurs ont fini le boulot.

Il faisait allusion à la fabrication de fausses cartes de pain où lui et Francis le Nantais avaient des intérêts. Fausses cartes que curieusement tous les boulangers honoraient et dont il fournissait les parents de Margot et pas mal d'autres déshérités qui n'avaient ni le vice [1] ni la possibilité de s'en procurer. C'était l'un des paradoxes de cette époque de cinglés. Si les fausses cartes étaient honorées pourquoi instaurer des tickets de rationnement ? Il devait donc y avoir assez de farine pour tout le monde sans avoir à recourir à ces procédés !

Il réendossa son veston, décida.

– Je retourne à la partie. M'attends pas ce soir. Ou si tu veux viens dîner ici.

1. Ici le mot n'a rien de péjoratif. En langue verte il indique un malin, un débrouillard.

Elle ne posa pas de questions. A quoi bon. Il avait sa façon de vivre et elle l'avait acceptée. A jamais. Alors...

Elle enfila des gants de chevreau bleu, l'embrassa sur la bouche et pivotant sur ses hauts talons qui galbaient ses jambes nerveuses, elle se dirigea vers la rue Chaptal en balançant ses fesses et son sac à main. Il l'accompagna du regard jusqu'à ce qu'elle bifurque au coin de la rue Henner. Il souriait, avec tendresse. N'était-elle pas un autre lui-même ? Sa complice ? Son double ? Avec elle, flics, gestapispes, etc., pouvaient se pointer. Elle ignorait tout. « Vous dites que ? Qu'il était hier soir à tel endroit ? Qu'il ne pouvait pas être avec moi ? Mais enfin monsieur, je le sais mieux que vous, tout de même ! On faisait l'amour ! »

Ceux en uniforme, en civil, pouvaient bien gueuler, jouer les marioles, menacer, proposer, flatter. Rien. Elle ne savait rien. Rien. Rien.

Elle n'en savait pas plus quand, des années auparavant, deux argousins de la Sûreté nationale étaient venus pour le cravater rue de la Jonquière où ils gîtaient alors. Une affaire banale. Comme il s'était rendu à Hams dire bonjour à Milo Jacquot [1] qui drivait le bordel du patelin, – très mal, car il n'était pas doué pour –, et ceci dans une énorme Delage noire, la voiture de Louis le Biterrois, avec pour compagnons Auguste le Fou, Bras Court et Roger le Catalan, de nombreux cambriolages avaient eu lieu dans la nuit lors de leur retour. Simple coïncidence. Et s'ils avaient mis beaucoup de temps pour rentrer, c'est qu'il y avait eu beaucoup de brouillard. Au point que Bras Court, qui drivait le carrosse, avait dû conduire nez hors de la vitre baissée pour inspecter la nuit. Même un escargot de Bourgogne les aurait devancés ! Dire. Seulement, vu qu'eux et leur énorme bagnole avaient été signalés à Hams, les fins limiers de la Sûreté en avaient déduit qu'ils tenaient là leurs fric-fracqueurs. Bref, ils les avaient tous sautés les uns après les autres. Sauf un : Bras Court. Et ils avaient eu beau joué les Maigret, Hercule Poirot et autres Sherlock, maintenir que les témoins de Hams avaient bien vu cinq hommes dans la Delage, interrogé, menacé...

1. Voir *Fortif's*.

Rien. Nada. Silence, silence. « Qui était ce cinquième lascar, bon dieu ? » Motus des quatre emballés. Because, Bras Court avait un mandat de recherche au cul. Quant à ce qu'il en était des cambriolages... Nul des quatre n'y comprenait rien. Juré. Main sur le cœur et cœur sur la main. Coïncidence, coïncidence...

Avant de se laisser arrêter, le Breton et son Amour avaient laissé les sbires tambouriner plus de deux heures à la porte. Oh ! sans vouloir faire croire à leur absence ! Ils se doutaient bien que le bistrotier du dessous avait plus que probable renseigné les joyeux policiers sur leur présence. Seulement ils tenaient avant d'ouvrir aux intrus, qu'ils pouvaient à leur aise observer par le trou de la serrure, boire tranquillement leur café, grignoter une aile de poulet (de circonstance) et s'aimer encore une fois car, avec ces flics, qui pouvait prédire la finale ? C'est qu'avec eux... vu leur pouvoir... leur méfiance viscérale... leur tempérament soupçonneux... leur congénitale boulimie d'embastiller leur prochain... En tout cas, il fallait posséder un rien de santé pour faire l'amour tandis que la maison Poulaga, flingues au poing et rage aux lèvres, attendait collée à la porte. Enfin, les amoureux s'étaient décidés, avaient tiré le verrou... Eh hop ! En deux coups les gros ils s'étaient retrouvés, lui en prime un rigoustin sur le ventre, embarqués dans une toto noire, direction Sûreté nationale. Là-bas tout avait été charmant. Et une fois de plus, la jolie Blondie s'était montrée étonnée. Elle ne savait rien, ne connaissait rien, soupçonnait à peine qu'elle était sur la planète. Ayant été questionnés dans des bureaux différents, le b-a-ba du métier de flic, ils avaient été répertoriés, photographiés, passés au piano des digitales, puis elle, ils avaient décidé de la relarguer. Pourquoi l'auraient-ils gardée, grands dieux ? Mais lorsqu'elle leur avait sorti qu'elle voulait attendre son homme, ils avaient dégluti de travers. Non mais, elle rigolait ou quoi ? Et ils avaient sorti leurs grosses astuces de leur toile à malices : que lui restait piégé, qu'il en avait pour un bail à contempler les barreaux, que cela lui serait bien salutaire, qu'il avait vraiment de trop mauvaises fréquentations, et qu'un peu d'ombre lui serait bénéfique, etc., etc. Bref leur cirque habituel. Puis ils avaient changé le rouleau de la ritournelle, que si elle acceptait de parler un brin, s'allonger un peu... deux, trois fois rien, quoi. Juste leur conter ce qu'il avait rapporté de cette nuit de Hams. Des bijoux peut-être ? Des diams... des fafiots ? Des titres au porteur ? Alors que oui, son Amour pourrait se retrouver dehors. Et ils auraient la joie de s'aimer et encore s'aimer. Autrement... Hélas pour eux, comme son homme elle avait été nourrie au sirop de rue, aussi pour ce qu'il en était du baratin policier... Dans le fond, tout cela n'avait guère été méchant. De la routine quoi. Eux et elle connaissaient les règles, les appliquaient. Et puis, les limiers de la maison Je-t'arquepince savaient qu'ils n'avaient rien de précis contre lui. Ni contre ses amis, à part que ceux-ci soutenaient également que le cinquième citoyen de la Delage, le fameux inconnu, n'avait jamais existé, que les témoins étaient myopes, qu'ils auraient dû porter des lunettes et retourner à l'école pour apprendre à compter et que quatre ne faisait pas cinq. Enfin à la nuit tombée, quand ils l'avaient relâché, qui avait-il découvert en sortant du piège à voyous, inquiète mais fidèle, bien décidée à mourir sur ce bout d'asphalte si on ne lui rendait pas son homme ? Sa Margot bien sûr. Non elle ne savait rien. Jamais. Elle ne savait que chanter. Et rire. Et aimer. Et donner.

Tous deux avaient noué cette solide complicité dans les rues. Dans la mouise. Leur mouise. Même pas une brosse à dents, qu'il avait, quand il s'était mis avec elle. Elle non plus ne possédait guère : deux, trois bricoles, un porte-jarretelles, une paire de bas, une jupe, pas de soutien-gorge, pourquoi faire grands dieux ! une chemise et deux culottes de dentelle de soie s'il vous plaît ; Bref pas de quoi bourrer sa valise en carton bouilli. Valise qu'il avait laissé glisser un soir d'une corde par la fenêtre de l'hôtel miteux où elle crêchait et qu'en bas avait réceptionnée Julot les Belles Dents. Because qu'elle n'avait pas casqué le loyer et que, de son bureau-tanière, le maître des lieux ne laissait pas sortir les bagages de ceux, celles, qui lui devaient.

Et depuis la valse du *Dénicheur* et ce déménagement à la cloche de bois, ils avaient entamé la route de la vie. Côte à côte. Pour le bon et le mauvais. Sans maire ni curé. Ils n'avaient pas besoin de ces conneries, n'ayant aucun notaire à visiter pour les héritages ni pour le contrat d'épousailles. Leurs biens à eux ça avait été leur jeunesse, leur gouaille, leurs éclats de rire, leur je-m'en-foutisme. Et leur devise était : « Bien rire, mourir jeunes et faire de beaux cadavres. » A laquelle il avait ajouté en prenant des ans et d'autres coups durs lorsque des hypocrites s'apitoyaient sur ceux-ci : « J'aurai le temps de pleurer quand je serai dans mon cercueil. Pour l'instant je me bats ». Et comme sa Blondie avait apprécié, ils avaient conjugué cette façon de voir au pluriel.

« Ah ! ce qu'on s'aimait, ce qu'on s'aimait tous les deux
Du mois de janvier jusqu'à la fin décembre
Nul ne saura ce qu'on a été heureux
Tout près du ciel dans notre petite chambre.
Les oiseaux mêmes venaient dîner avec nous
On se bécotait pour les rendre jaloux...
Ah ! ce qu'on s'aimait, ce qu'on s'aimait tous les deux
Les voisins mêmes au bruit de nos caresses
Étaient jaloux, tant pis pour eux, de notre
[jeune-è-è-sse... »

C'est de la sorte qu'ils avaient attaqué leur vie : sous une mansarde avec les piafs qu'elle nourrissait de mie de pain et de chansons. Car elle ne cessait de chanter. Rien ne l'abattait. Un vrai pinson de la Butte où elle était née. Puis elle avait grandi et ils s'étaient trouvés. Lui était un rôdeur de barrière à l'époque. Un apache. Et elle l'attendait des heures et des heures... Parfois elle le rejoignait pour le voir risquer leur pognon sur les Fortifs, là où se regroupaient les poisses de Saint-Ouen et de Clignancourt [1] dans des parties de passe anglaise. Un folklore, où des mecs de mecs s'affrontaient en duel, à la loyale, cernés par les gigolettes et leurs voyous, attentifs à ce que tout soit net, pur et dur.

« Sur les Fortifs un beau matin

1. *Fortifs.*

M'ont trouvé des vieux de la barrière
Comme c'était pas des gens rupins
Ils m'ont élevée à leur maniè-è-è-re...
Sur les Fortifs là-bas, là-ba-a-as...
J'ai poussée comme une fleur sauvage
J' m'ai amusée avec les gars
Avec les gosselines de mon â-â-âge...
On causait, on s'y bousculait
Sans craindre ni les coups ni les chutes
Mince alors c'qu'on y rigolai-ai-ai-ait
Oh ! quelle culbu-u-u-u-ute. »

De retour dans la salle du restaurant, le Breton se heurta à la masse gélatineuse de Gaby le Flambeur.

– Salut, vieux, lança-t-il. Tu viens voir si...

– Vous êtes combien ? s'informa le gros Gaby.

– Nous étions sept tout à l'heure. Je sais pas si la Rigole est parti. Il avait à faire.

– Il vient de s'en aller, confirma Bras Court, intervenant. Il doit 700 000 à la carre et a dit qu'il les amènerait ce soir ou demain au plus tard.

Le petit Milo l'Arabe avait ordre de faire du crayon [1] à certains joueurs solvables. Par son appartenance à la bande de la rue Lauriston, la Rigole l'était. Avec leur histoire de trafics, de faux policiers, etc., ceux de là-bas remontaient vite de l'argent frais.

– Alors il y a une place pour toi, vieux, invita le Breton, tourné vers Gaby le Flambeur.

Ce dernier devait peser ses cent vingt, cent trente kilos. Il avait des bourrelets sur la nuque, une bedaine sous son gilet que barrait une chaîne de montre en or, un triple menton et sur son crâne dénudé un feutre gris souris dont le rebord baissé ombrait son œil d'un gris usé par les nuits de flambe. Il offrait une soixantaine sceptique, intelligente, érudite. Côtoyant depuis des lustres tous les forbans visibles dans les parties de passe, de poker et de tarots, il utilisait néanmoins un langage châtié qui détonnait au milieu des arsouilles de

1. Faire crédit. *l'Argot chez les vrais de vrais.*

tout poil pour qui l'argot avait été l'université. Pro-Allemands, l'occupation des hordes germaniques l'arrangeait. Au début de l'exode des Parisiens, alors que les canons d'Hitler grondaient dans le lointain et qu'un épais voile de fumée provenant d'incendies se mettait à recouvrir la capitale, le Breton et lui s'étaient croisés. Le premier après une longue convalescence délivrée alors qu'il dépendait de la 19e D.I., la division volante à la disposition du général en chef Gamelin, devait rejoindre d'urgence son centre mobilisateur de Brest. Il l'avait expliqué au gros Gaby. Ce dernier avait haussé des épaules rassurantes.

– Reste, avait-il dit. On va s'emplir les portefeuilles. Les Allemands sont des gens compréhensifs. Ils ne nous mangeront pas. Tout ce que l'on conte à leur sujet n'est que propagande. Reste.

Le Breton n'avait pas écouté. Il avait mis sa Margot dans la bagnole d'Henri l'Épicier, un ami solide qui s'enfuyait avec femme et bagages, et en prime il lui avait glissé les 5 000 francs qu'il lui restait. Il avait bien entendu refusé le partage, arguant qu'il se démerderait toujours. Et après avoir emporté d'elle ses yeux pleins de larmes car ils ne savaient pas s'ils se reverraient, il s'était engouffré à son tour dans la masse de l'exode. Généreux, leur destin quatre mois plus tard les réunissait de nouveau. Quant à Gaby le Flambeur, comme il l'avait prévu, les Germains victorieux ne lui avaient pas fait un trou au derrière. Lui en revanche... ne leur avait-il pas bazardé tout le dépôt de la maison Pernod ? Des milliers et des milliers de bouteilles ? Qui ne lui appartenaient pas, bien entendu. Seulement en ces temps héroïques et chiasseux, qui savait ce qui appartenait à qui ? Les Teutons, eux, achetaient tout. Pour ce que ça leur coûtait ! Une imprimerie suivait leur avance et leur fabriquait des billets d'occupation. En tricolore s'il vous plaît. Les putains de Barbès et d'ailleurs, qui soulageaient les guerriers vainqueurs en leur explorant la braguette, roulaient ces bleu-blanc-rouge en liasses qu'on retrouvait ensuite élastiquées dans la poche de leurs julots qui, faussement désinvoltes, les exhibaient dans les rades à voyous. En ces débuts les Frizous achetaient tout. Tout. Dire si leurs biftons cocardiers trouvaient preneurs ! Alcool, cognac, nanas, bas de soie, dessous froufroutants, noirs de préférence pour les peaux roses des Gretchen, fromage, saucisson, jambon, foie gras, calvados et champagne, bien sûr. *Ach ! Tchampègne ! Prima !* Les tauliers à la coule des boîtes de nuit et des bistrots leur fourguaient du bois de campêche à la place du Krug, Lanson, Perrier, Jouet, Taittinger, Dom Ruinart, Pommery-gréno, Piper, Heidsieck, etc. Cela au début. Ensuite, évidemment, les gosiers de l'occupant s'étant affinés, cela n'avait pas été de même. C'était surtout leurs officemards, monocle à l'œil, tringle à rideau dans le cul, d'où leur raideur prussienne, qui avaient eu vite fait de distinguer la veuve-cliquot d'une vulgaire roteuse trafiquée.

Pour sa part, Lulu Haricot leur avait cédé pour un prix amical, il avait bien insisté là-dessus, une grande partie du bois de Boulogne. Pour leur futur moteur à charbon de bois, avait-il encore précisé. Fallait le faire. Il fallait aussi que Lulu après un tel exploit change vite fait de patronyme et de domicile. Dire si ce « bedide gommerce » avait fait se tordre les arcans qui fréquentaient *La Poste,* le café de la rue Damrémont. C'est-à-dire Lolo le Marseillais, Auguste le Fou, Jeannot du *Chapiteau,* le grand Milo, Maurice l'Homme du monde, Panaf, Auguste le Breton, Francis et Georges les Nantais, Julot les Belles Dents, Didi Lunettes, les frères Tété, Marcel P'tit Bleu, Dédé le Toulousain, Quiquinou, Louis la Vacherie, Jo la Feuille, Jo le Boxeur, René l'Obsédé, Bras Court, cætera, cætera...

*

Dans l'arrière-salle du *Petit Trou*, la fumée était toujours aussi dense, les joueurs toujours aussi mordus. Sur eux rien n'avait prise. Ni les heures, ni le manque de sommeil, ni l'harassante tension nerveuse. Qu'il dure, dix, quinze, soixante-douze heures, le jeu était aussi rapide, les relances aussi immédiates, l'attention aussi vive. En l'endroit le silence régnait total. Seules le troublaient les voix lançant les annonces et le bruit des jetons tombant sur la couverture brune qui recouvrait la table jusqu'aux genoux des flambeurs.

Ceux-ci levèrent leurs prunelles rougies par l'insomnie sur le gros Gaby, puis après deux, trois grognements de politesse ils repartirent à leurs cartes.

– A combien on entre ? s'informa Gaby.

Le Breton qui avait récupéré sa place consulta Milo l'Arabe de l'œil.

– Y'a sept briques à la carre, renseigna ce dernier.

– Tu peux entrer pour une, fit le Breton, tourné vers le vieux.

Les joueurs lui décochèrent un regard bref. Mais vu qu'ils ne commentaient pas, c'est qu'ils étaient d'accord.

Aussi aisément que s'il avait exhibé une pastille de menthe, le Vieux Gaby pêcha deux liasses dans la poche intérieure de sa veste de fil-à-fil gris aux coudes déformés. Il les passa au petit Milo.

– Vérifie.

Milo le fit avec dextérité, inscrivit la somme et compta des jetons qu'il disposa là où avait été Dédé la Rigole. Jo le Catch qui venait de rafler les cartes jetées au centre les battit rapidement. Il lança vers Gaby qui avec sa prestance, son costume anonyme, ses gestes onctueux, ses paroles courtoises, aurait pu prétendre faire partie du professorat.

– T'en es ?

Gaby acquiesça de la tête et déboutonna son gilet, après avoir placé à côté de ses jetons sa savonnette-montre en or bruni et la chaîne qui la reliait au gilet.

Les cartons voltigèrent sous l'ampoule blafarde et inutile.

– Mais d'où tu sors Gaby à cette heure ? s'intéressa le petit René Gotteland. T'es tout frais, tout rose. Tu viens de te lever ?

Il aimait bien le Vieux, celui-ci le savait. Il était toujours important lorsqu'on voulait survivre parmi les loups, de connaître qui était pour vous ou contre.

– Non, fit Gaby. J'ai juste été me refaire une beauté au hammam. J'ai passé la nuit aux Halles. A la passe.

Les dés, fait connu, étaient le vice n° 1 de Gaby le Flambeur. Son plus grand vice. Car il possédait également les autres : le faro, le chemin de fer, les chevaux, les cartes, la loterie nationle... Il n'y a qu'à saute-mouton qu'il ne pouvait parier vu son poids, sinon... Il lui était même arrivé, en émergeant d'une infernale partie de dés, la barbe non faite et le col et les poignets de chemise salis par la nuit, de s'intégrer à une bande de moutards qui avant d'entrer à l'école jouaient à la raie avec des sous de bronze. Et là de perdre quelques piécettes. Gaby le Flambeur ? Un cas. Une légende.

Lunettes sur le nez, ce dernier étudia ses cinq cartes et la graisse de sa face ne tremblota pas devant les trois valets servis. Il se contenta d'épier les mains du Catch puis de Pierrot Moura. Est-ce qu'on le voyait beau et qu'un piège... Dame, se retrouver d'emblée avec trois valets servis ! Pourtant dans ce genre de partie, il le savait mieux que quiconque, l'arnaque était rare. Et dangereuse. Puis il s'en voulut de sa vieille méfiance et relança de 60 000 sur Doudou qui avait ouvert le pot à 30 000.

– 120 000, claironna aussitôt Jo le Catch.

Les autres, Doudou en tête, s'écrasèrent. Le Vieux Gaby et le Catch se tâtèrent du regard. Enfin le Vieux allongea l'écart et mentit :

– Servi.

– Une, fit le Catch, s'octroyant une carte après en avoir détaché une de son jeu.

Le Vieux puisa une pastille dans une petite boîte d'argent, mais, derrière les verres, ses yeux de batracien soupesaient son adversaire. L'autre devait dissimuler un brelan, ou possédait deux paires. A moins qu'un faux jeu... une quinte... ou mieux, qui savait ?

– A toi Gaby, invita le Catch, le dernier à parler.

Le Vieux n'hésita pas, même s'il fallait par prudence éviter la prise d'une carte.

– 200 000.

La riposte fusa, telle une balle de 11-43.

– Tapis !

Et le Catch poussa ses jetons vers le centre.

Le Breton allongea la main pour que la masse ne se mélange pas au pot.

– Tu compteras après, dit-il. Et vers Gaby : Il a plus que toi, vieux.

A la table, les autres s'étiraient. Jo le Catch sans trembler s'alluma une Camel. Le Vieux Gaby glissa un doigt boudiné dans son col de chemise froissé mais ne dénoua pas sa cravate. Puis il lâcha doucement.

– Tenu, Jo.

Le Catch tressaillit et sur sa cigarette blonde ses lèvres se pincèrent. Ce fut tout. Il avait voulu bluffer, n'avait pas amélioré son faux flush. Il jeta ses cartes au ballot [1].

– Compte, dit-il, indiquant les jetons restés devant le Vieux.

– Il en a pour 675 000, intervint Milo l'Arabe.

Le Catch compta des jetons, et les poussa vers le milieu. De sa main de prélat, le vieux Gaby, après que l'Arabe eut fait une ponction pour la maison, ramena le tas vers lui. Rieur, le Catch leva son verre vide sans se retourner.

– Maître d'hôtel !

Sur le champ l'employé courba le goulot humide d'une lanson millésimée sur le verre ballon. D'autres verres se tendirent. Le Catch allongea le bras en direction du Gros Gaby.

– A ta chance, vieux !

Le Vieux qui ne buvait que de l'eau minérale choqua son verre d'Évian.

– A la tienne, Jo !

Ils burent. Déjà Pierrot Moura battait les cartons et les distribuait, tandis que chacun jetait une plaque de 5 000 francs au milieu, sauf René Gotteland, souvent dans la lune.

– Ramasse ta monnaie, René, lui décocha Doudou faussement sérieux.

Le petit René sursauta et allongea la main pour rafler le milieu. Puis réalisant enfin devant les sourires ironiques, il stoppa son geste et lança un jeton de 5 000 qui cogna ceux déjà au centre.

1. Endroit où s'entassent les cartes non utilisées par les joueurs. En général devant le donneur qui les récupère à mesure.

II

Mêlé à la foule, René l'Obsédé enfila le couloir du métro qui menait à la sortie de la place Pigalle. En dépit de l'amorce du printemps il exhibait un pardessus demi-saison bleu, un feutre Moisant à bords roulés de même teinte, un costume d'un bleu plus tendre et des Wetson noirs, marque qu'on pouvait encore se procurer et qui avait la cote chez les marginaux. Il portait accroché à son avant-bras gauche la poignée d'un parapluie enroulé et tenait dans sa main droite celle d'un étui à violon. Perdu dans sa rêverie il buta contre une femme qui le précédait, laquelle elle-même donna contre un couple.

– Merde, les Frizous ! laissa échapper celle qu'il venait de heurter.

– Une rafle ! renchérit une autre voix.

Pour l'Obsédé, c'était trop tard. Il se devait sous peine d'alerter les autres passagers de poursuivre son chemin. Déjà son œil délavé avait repéré les flics français en uniforme qu'épaulaient des feld-gendarmes. Ah ! ceux-là ! Comment ne pas les reconnaître avec leur plaque de métal en sautoir ? Il tenta bien hypocritement de se faufiler en contournant des voyageurs stoppés par un ordre impératif quand un bras recouvert d'un uniforme verdâtre lui barra le chemin.

– Papiers, missié.

L'Obsédé lorgna le mastodonte en vert et sa main tendue avant de lui présenter sa carte d'identité.

– Koute, fit le Fridolin dont le regard méfiant allait

au-delà des crânes pour voir s'il n'y avait personne qui, venant de la chaleur du métro souterrain, ne tentait d'y retourner.

Puis le Feld passa la carte d'identité à son collègue français, un poupon à joues couperosées, pour qu'il vérifie. Le flic y jeta un coup d'œil.

– C'est bon, opina-t-il. Ya, ya. Bon.

Aussitôt le Feld rendit son document à l'Obsédé, mais pointa un index curieux sur la boîte à violon.

– Ouvrir, missié.

Le truand haussa les épaules.

– Musique. Violon... la... la... la... la-lalère...

Et de son parapluie, adroitement saisi, il mima l'artiste inspiré.

– Ya, ya, acquiesça le Teuton. Ya, ya, mousik. Mais vous ouvrir, missié.

L'Obsédé raccrocha le pébroque à son avant-bras et se décida à obéir. Un rire secoua la bedaine du Teuton qui de son index de nouveau pointé visait le contenu de l'étui. L'Obsédé ne réagit même pas. Pourtant... au lieu d'un Stradivarius les yeux des flics découvraient un long pain blanc, un saucisson énorme, deux paquets de beurre, trois boîtes de petits pois.

– Vous groze filout ! tonitrua le Teuton. Marjé noir.

– Non, non, faisait le truand de la tête.

– Si, si, faisait le Feld de la sienne. Si, si, vous groze filout, enchaînait encore le vert-de-gris. Tous les Franzoses, grozes filouts. Prigatier !

L'un des poulets lâcha un voyageur dont il épluchait les papiers et s'en vint près du Fridolin.

– C'est quoi ? s'enquit-il.

– Pandit ! lui répliqua le Frizou. Marjé noir. Trafigande. Ya, ya.

Le Français croisa l'œil d'un bleu délavé de l'Obsédé.

– C'est bon, fit-il à l'Allemand. Je m'en occupe. Meunier, Bertrand...

Deux policiers en tenue s'approchèrent et encadrèrent l'Obsédé.

– Emmenez-le à la voiture, ordonna le brigadier.

Le voyou eut comme un mouvement de recul mais son

regard croisa de nouveau celui du flic français, qui s'exprimait mieux que des mots. Alors il se laissa entraîner, tandis qu'éclatait le rire énorme du feld-gendarme.

– Franzoses tous filoutes. Tous tébrouillards. Mein Gott !

Le flic en tenue qui marchait à côté de l'Obsédé lâcha pendant qu'ils bifurquaient après le coude d'un couloir.

– On va vous relâcher là-haut. Traînez pas. Filez.

– Merci, fit l'élégant malfrat qui ajouta en découvrant trois soldats allemands invisibles jusqu'à présent, plaqués dos au mur, mitraillette en alerte : Heureusement que j'ai pas cherché à me sauver !

– Heureusement, renvoya le flic de droite, laconique.

– Ils sont là pour cueillir ceux qui auraient la même idée que vous, renseigna le premier flic.

Il poussa un soupir. Ça, pour ce qui était de la vacherie efficace, les Frisés étaient rois. Mieux, empereurs. L'Obsédé qui était emprisonné à Fresnes à leur arrivée victorieuse avait pu juger sur preuves. A l'époque cela faisait quelques mois qu'il se trouvait encagé pour une carambouille malheureuse. Malheureuse pour lui, s'entend. Quant à ceux qu'il avait voulu arnaquer, ils n'avaient pas pensé de même. Ayant grandi dans les rues, donc sans instruction, mais doué d'une intelligence vivace, cela lui avait valu d'être affecté au service général de la célèbre prison et de ce fait d'avoir été chargé de la distribution du linge. Mais non du lavage et du repassage ! Non, non, en bas, dans l'immense buanderie, il y avait des machines pour s'occuper de ces détails ! D'ailleurs l'Obsédé avait assez à faire avec 500 cellules par division. Et vu que chaque cellule recélait trois détenus et qu'il y avait trois divisions... ce qui se comptabilisait par trois mille cinq cents à quatre mille encagés hommes, femmes, filles mineures et filles mères, le tout formant une petite ville dont chaque semaine ses habitants avaient droit à une chemise et à un caleçon propres. Par ailleurs tous les quinze jours on leur changeait draps, paillassons et polochons.

Le boulot de l'Obsédé consistait à ramasser le linge sale, à le répertorier et à remettre la même quantité mais propre à chaque division. Simple. Il distribuait aussi des serpillères aux nanas pour qu'elles nettoient devant la porte de leur cage et livrait le linge des filles mineures aux religieuses qui s'occupaient de leur rédemption. Ce qui ne devait pas être du bois de rose. Évidemment le truand s'occupait également du linge sale de l'infirmerie. Là il ne manquait pas de soucis avec toutes les serviettes et pansements utilisés pour les opérations !... Dans ses allées et venues il s'était lié copain avec le bibliothécaire, Bernard Nathan, un sacré lascar qui avait été directeur de Pathé-Nathan, la grande société de films. Bernard qui possédait des studios rue Frankeur et à Joinville s'était fait piéger dans l'affaire Stavisky et il avait récolté quelques années de placard. A Fresnes, en égard à son passé et à son adresse pour louvoyer, il avait fini par gagner la considération de tout le personnel pénitentiaire. Oh ! il savait nager ! Dans sa cellule, pour se faire mousser des gaffes, il avait malignement punaisé des souvenirs de son passé faste : magazines où on le voyait sur la première page en compagnie de Maginot, le ministre de la Guerre visitant la ligne du même nom... Lui et le président de la République lors d'une remise de prix, etc., etc. Et vu qu'en ces temps bénis il était responsable des actualités Pathé, ce n'était pas les photos de lui dans la presse qui manquaient ! Il s'y exhibait avec des vedettes : Raimu, Charles Vanel, Marcel Chantal, Pierre Richard Wilm, Harry Baur, d'autres... Les murs de sa cellote attestaient de ses hautes relations et de sa puissance... enfuie pour l'heure, mais que rappelaient les portraits, les dédicaces chaleureuses, les articles élogieux, toujours présents, eux. Donc si les autorités pénitentiaires faisaient du léger avec lui ! Ces vestiges glorieux dataient de 1930-1931 et il avait plongé en 1934-1935 à Fresnes. Oh, il ne manquait ni de brio ni de culot. Petit, très courtois, à la limite de l'obséquiosité, très correct, pouvant utiliser généralement un tas de langues et de dialectes, d'origine russe ou d'Europe centrale – on ne savait pas bien –, il servait d'interprète quand un détenu nouvellement débarqué et au langage inintelligible ne pouvait se faire comprendre. S'il les maniait, lui, le génie juif, les langues !

Hélas ! quand les Allemands ont envahi la prison, ils l'ont emmené ainsi que d'autres de sa race. Tout le convoi est parti au-delà du Rhin, aucun n'en est revenu.

Ceux de Fresnes ont regretté leur bibliothécaire, son érudition, son intelligence, sa chaleur rassurante.

A cette époque, René l'Obsédé, qui ainsi que tous les détenus voulait savoir, s'était accroché durant des jours aux barreaux d'une fenêtre du haut. Et il les avait vus enfin se pointer, les hordes germaniques ! Auparavant, comme de ce poste, il tenait sous son regard la route d'Orléans, ça avait été l'exode des Parisiens, talonnés ou dépassés par les réfugiés du Nord, qu'il avait pu frimer. Puis soudain l'affolant serpent humain avait cessé de s'écouler : les Boches arrivaient ! C'était le 13 juin. Le 14 ils étaient à Paname. Aussi dans Fresnes, ainsi que dans toutes les ratières de France, si ça s'était mis à débloquer. « Ils vont nous ouvrir les lourdes ! Ils vont libérer les petites peines ! » Ou encore : « Moi j'ai des copains communistes, alors vous pensez, vu qu'ils sont aux œufs avec les Frizous, qu'ils ont signé un pacte... qu'ils font amis, amis... »

Chacun y allait de son espérance, de sa boulimie de liberté. Si ça déconnait ! Les autorités, elles, avaient pris les devants. Deux jours avant l'invasion de la prison par les Chleuhs vainqueurs, des gardiens avaient embarqués les communistes en colonne par deux. C'est que ces derniers étaient, par le pacte de non-agression Staline-Ribbentrop, alliés aux Allemands et de ce fait considérés comme collaborateurs. D'ailleurs ceux qui étaient emprisonnés l'étaient pour sabotage d'usine, défaitisme, entraves à l'effort de guerre français, etc. Eux, durant la Drôle de Guerre, n'avaient pas voulu se battre contre les Germains, leurs alliés. « Le soldat allemand n'est pas ton ennemi, mais ton camarade », qu'ils avaient seriné l'âme sereine. Ce qui leur avait valu l'embastillement. Après, bien sûr, lorsque Hitler et le petit balai à chiottes qui lui surmontait la lèvre supérieure envahiraient la Russie pour aller couper les moustaches à la mongole du Petit Père des peuples, leurs slogans changeraient et les cocos disciplinés se battraient coriacement. Mais du temps du Pacte... nenni. Soviet Suprême d'abord. Staline, petit papa Noël, notre bon père à tous. Amen !

Le matin du 14 juin un surveillant s'en vint chercher l'Obsédé.

« Levez-vous. Les Allemands sont dans le pays. Ils sont arrivés à la mairie à trois heures. Il nous faut décrocher le drapeau. »

Le forban a obtempéré. Sans trémolos. Sans rantanplan. Il a amené le drapeau qui pendouillait devant la grande porte, tout déteint, tout dégueulasse. Il l'a roulé,. l'a apporté au directeur.

Et dans l'immense prison l'attente a commencé. Puis à 9 heures, coup de sonnette. L'Obsédé, du magasin du premier étage dont il avait la charge a plongé le regard dans la cour. La grande porte venait de livrer passage à cinq voitures maquillées, peintes en guerre. Un soldat s'est précipité vers le plus imposant des véhicules, une lourde Mercedes et un général en est descendu. L'œil du truand ne perdait rien de la scène historique : le directeur, le sous-directeur, l'économe, le premier greffier, le surveillant-chef, les surveillants, tous sur les marches du perron. L'Obsédé et d'autres détenus ne pouvaient entendre mais ils ont vu Ytier, le directeur, recevoir, une main dans la poche, le général au pantalon à large bande rouge. Ce n'est que par la suite qu'ils ont connu la remarque sévère du général vainqueur.

« Lorsqu'on me parle, on enlève la main de sa poche. »

Ceci dans un bon français. Et sur sa lancée la feuille de chêne s'est enquis aussitôt d'éventuels détenus allemands. Justement il y en avait eu un mais il n'était plus là : on l'avait retrouvé occis dans sa cellote, ceci trois jours avant que les vert-de-gris ne pointent leurs bottes. Mais ça, ceux de la Tentiaire ne pouvaient le conter ! C'est que le gars, un incarcéré d'avant la guerre, s'était, lorsque Hitler avait lancé ses Panzers, retrouvé, vite fait bien fait, au mitard, ce cachot des cachots. Dame, un ennemi ! Et vu que l'hiver 40 était rugueux, il avait eu froid, agla, agla... En plus, pour venger la France, les gaffes lui balançaient des seaux d'eau dans son cachot et l'autre de hurler, gémir, supplier :

« Laissez-moi, laissez-moi, je serai sage... »

Mais toujours emmitardé, quand il a appris la ruée victorieuse de ceux de sa race, il s'est mis à brailler sa revanche.

« Heil Hitler ! On va tous vous casser la gueule. »

Pendant ce temps les détenus, eux, imploraient la Vierge, le Bon Dieu, ses saints qu'une bombe tombe sur Fresnes, écrase ses murs, libère ses barreaux dans l'espoir que peut-être à travers l'éventrement, la liberté, l'évasion serait possible. Les habitants de la grande prison n'ont jamais su qui avait liquidé l'embastillé teuton. Un gardien dans la crainte qu'il ne les dénonce pour sévices ? No lo sait. Mystère et boule de gomme. Toujours des cadavres, des occis. Et toujours le huileux silence. Toujours. Misère et corde !

Le général à larges bandes rouges verticales sur le false avait aussi sec exigé une enquête poussée sur le drame et repris son inspection. Il s'était aussi étonné de voir qu'à l'entrée le poste était vide de ses gardes mobiles. Cette bonne paire ! Si ceux-ci à l'annonce de la ruée teutonne avaient filé, vite fait bien fait, avec casque et mousqueton réglementaires ! C'est que, considérés en tant que militaires, ils ne s'en ressentaient pas pour finir derrière des barbelés ! Le chef à monocle s'était ensuite informé si les surveillants matons possédaient des armes, revolvers, mitraillettes, cætera.

– Oui, quelques fusils et pistolets, avait rétorqué M. Ytier, mains hors des poches cette fois.

Il ne fallait pas lui en demander plus. Qu'il ait osé recevoir le haut gradé la main dans la poche était déjà un exploit. Défier plus c'était courir au suicide.

– Alors, vous enfermerez le tout dans une pièce dont vous conserverez la clef, avait ordonné, toujours dans son français impeccable, l'homme à feuille de chêne sur le col rouge de sa vareuse d'uniforme. Je vous en rends responsable.

Puis après que son officier d'ordonnance ait tendu un briquet enflammé à son havane :

– Voulez-vous de la troupe pour assurer la sécurité de votre pénitencier ?

Ce fut au tour du vaillant Ytier de redresser le buste.

– Mon personnel fait très bien son métier. Il l'assume pleinement.

Sa voix avait un rien claqué. Le haut galonné l'avait toisé une seconde.

– Je n'en doute pas. Néanmoins vous aurez des soldats allemands.

C'était on ne peut plus net. Qu'à s'incliner. Et s'écraser. Ce que firent ceux de la Tentiaire de Fresnes.

Peu après, effectivement, arrivèrent des Vert-de-gris, armés, bottés, casqués, encadrant des civils anglais qu'ils avaient capturés dans Paris. Sur un ordre du général ces soldats avaient eu d'autorité droit à la meilleure literie, draps, polochons... Et bien sûr vu son poste l'Obsédé fut chargé de les gâter. L'un d'eux, un énorme rouquin, il s'en rappelait, avait exigé deux polochons. Le truand s'y voyait encore dans ce poste abandonné par les gardes mobiles. Il se remémorait le rouquin mahousse à qui il avait refusé un second polochon.

– Pour quoi faire, s'était-il entendu répliquer de son accent récolté dans les rues. T'en as pas assez d'un pour ta grande gueule de con ?

L'autre aussi sec avait empoigné sa baïonnette. Comprenait-il le français ? L'Obsédé, ça l'avait d'abord fait glousser, puis éclater de rire. Pas un Frizou, même vainqueur, qui allait lui coller le trac, tout de même ? Le rouquin, désarmé, mais seulement moralement, s'était à son tour fendu le porte-pipe devant la gaieté du détenu. Le reste des soldats avait fait chorus. Ah, oh, ah ! Groze rigolate... Allons, ça commençait plutôt bien, les vert-de-gris ne semblaient pas à première vue dévorer les petits enfants à leur déjeuner, ainsi qu'une mignonne propagande l'avait laissé croire, s'était dit l'Obsédé.

Si le directeur de la fameuse Ratière, de même que l'un de ses pensionnaires, ne s'était pas laissé impressionner par les vainqueurs, il n'était pas le seul. L'un de ses matons, le responsable de la laverie, en avait lui itou dans la culotte. Voyant que ses collègues, ceux qui avaient affronté les obus et les shrapnells de 14-18, donc avaient tâté de Verdun, du Mort Homme et du chemin des Dames, s'étaient débarrassés de leurs décorations par crainte de représailles, il avait défié, d'un ton haut et clair.

« Moi, je vais leur faire voir à ces emmanchés-là. Je les ai fait courir en 14 ! J'ai pas peur d'eux ».

Et il avait conservé ostensiblement sur sa vareuse de gardien de prison sa croix de guerre, celle de Verdun, des évadés, etc.

Même pas deux jours après l'intrusion des vainqueurs,

voilà que se pointent des officiers dont un colonel. Ce dernier lorgne le surveillant et sa face s'éclaire. Il s'approche.

– Verdun ? dit-il en bon français, pointant un index ganté de filosèle gris sur la décoration.

– Ya, ya, rétorqua le maton, impassible. Verdun.

Et l'autre de lui dire :

– J'y étais. Une rude bataille. Content d'avoir rencontré un ancien de là-bas.

Et il a serré la main du gaffe, ébahi.

Le lendemain, tous les surveillants arboraient de nouveau leurs bananes récoltées dans la boue glorieuse et sanguinolente des tranchées de 14-18.

Si avant le débouché des Allemands les autorités avaient fait évacuer de la prison les communistes, surtout celui accusé de sabotage envers l'armée française, lequel, employé à la paneterie de Mantes, glissait du verre pilé dans les boules de pain dévolues à la troupe, elles avaient laissé dans sa cellule, Grinpan, un Juif qui avait occis Von Neurath, l'ambassadeur d'Allemagne en poste à Paris. C'était un grand beau gars qui devait avoir dans les dix-neuf printemps, puisqu'il était aux mineurs ! De la part de ces responsables, c'était plutôt dégueulasse alors qu'ils avaient éloigné des types qui avaient saboté l'effort de guerre français, se rendant de la sorte complices des vainqueurs. Non, ce n'était pas fair-play de garder sciemment le meurtrier de l'ambassadeur, juif de surcroît, sachant bien ce que le garçon risquait. De fait ce dernier a été immédiatement transféré en Allemagne. Ce qu'il est devenu...

De savoir les vert-de-gris présents n'arrangeaient pas les prisonniers. Si on s'angoissait, se questionnait ! Si ça s'interrogeait sur l'avenir, dans un silence de sépulcre que chaque cervelle délinquante transformait en un personnel : « Qu'est-ce qui va arriver ? m'arriver ? » Quelques jours plus tard, vers le 20 juin, s'est présenté un solide colonel allemand, haut botté, casquetté prussien, ceinturonné Wehrmacht. Un beau spécimen de l'armée occupante, mais qui possédait un handicap : la non-pratique de la langue de Gœthe. Ce qui était plutôt bizarroïde.

L'Obsédé se souvenait. Il était près de cinq heures du soir et ça s'est mis à colporter :

« Y'a un colonel fridolin à l'infirmerie. Il exige qu'on libère tous les malades, car ses services vont avoir besoin des salles. »

Si les ordres pouvaient passer pour vrais, le colonel lui était faux. C'était Henri Lafont, un malfrat du Sud-Ouest, gonflé en diable, qui s'offrait cette joie. Et sa gaieté était de taille ! Elle se nommait Maillebiaux, ex-policier, Jean Le Noir, Jules les Gros Bras, Toto Valence, quelques autres... L'Obsédé, qui purgeait huit mois pour ses petites escroqueries, avait refusé le visa de sortie que lui offrait Lafont lequel n'avait pas encore pris en main les destinées de la Gestapo de la rue Lauriston. Il en était encore loin. Il était venu tout bonnement au culot pour faire relâcher quelques amis. Et ça avait marché ! Il faut dire que vu la pagaille créée par la percée teutonne, nul ne savait bien qui représentait qui. Tout de même, faire évacuer l'infirmerie et libérer des malades était plutôt costaud. C'est qu'on ne sort pas d'une ratière sans une levée d'écrou. Ce qu'avait souligné au « colonel » le sous-directeur en précisant qu'il n'y avait pas de greffier pour délivrer ces documents. Qu'à cela ne tienne ! Lafont qui connaissait, et pour cause, les us et coutumes des prisons pour les avoir fréquentées dans une autre tenue que celle de colonel Frizou, de rétorquer.

– Mais mon cher, avant d'être sous-directeur, vous avez été greffier, il me semble ! Donc vous êtes qualifié pour faire la levée d'écrou de ces gens ? Alors, exécution !

Et de sa cravache il avait indiqué les malades dont Maillebiaux, l'ex-policier, qui s'était fait cravater par des collègues pour une affaire de trafic d'or.

– Et moi monsieur ? avait hasardé Gay, un comptable détenu.

Généreux, Lafont avait ordonné à l'intention du sous-directeur.

– Vous mettrez celui-là avec.

Il n'avait quand même pas ajouté : pour faire bon poids. Et tout le groupe fut libéré. Alors si ça s'était mis à jacasser à Fresnes ! Si l'espérance les avait gagnés tous ! Ceux du service général surtout. Si ça cancanait, débloquait, déraillait...

« Demain ce sera notre tour ». « Pas de raison pour que ça ne soit pas nous ! Dans la poche les gars. On va être libres. Vive les Chleuhs ! »

Hélas ! hélas pour eux ! Henri Lafont s'était contenté d'une expérience. Non officielle du moins. Par la suite ce serait évidemment autre chose lorsque, grand caïd de la Carlingue de la rue Lauriston, Paris à ses pieds, il pourrait tout se permettre, tout s'offrir : les consciences et les comtesses, les orchidées et les voitures de haut luxe, les préfets et les ministres. Tout. Dégueuli, dégueula.

De voir trois semaines plus tard revenir le comptable Gay, menottes aux poignets, pas joyeux du tout d'avoir été repincé pour libération illégale, ne les avait évidemment pas ragaillardis. Ce fut bien plus tard que les détenus apprirent l'identité réelle de ce fameux et pas timide colonel arrogant teuton. Audacieux, Henri Lafont avait seulement profité de la crainte que les Frizous inspiraient au début quand, calfeutrés dans leurs gourbis, les Parisiens qui ne s'étaient pas engouffrés dans l'exode, lorgnaient à travers les jalousies de leurs volets clos les hordes germaniques débouchant dans la Ville lumière. En ces heures pénibles, vu la panique et la frousse – celle-ci, fallait bien l'admettre – qui régnaient, le dernier des corniauds aurait pu vider de ses écus la Banque de France. Si Lulu Haricot avait fourgué le bois de Boulogne aux vainqueurs, Gaby le Flambeur le dépôt Pernod, un autre, pas plus romantique, leur avait cédé la forêt de Sénard toujours pour faire du charbon de bois. C'était en sortant de Fresnes que l'Obsédé devait apprendre ce haut fait d'armes par la bouche de l'auteur. Celui-ci avait tout bonnement été trouver les charbonniers qui bossaient dans ladite forêt. Après leur avoir glissé un peu de vaisselle de poche, il les avait avertis :

« Je viendrai un matin avec des Allemands qui veulent acquérir du charbon de bois. Une grosse affaire. Vous serez gâtés les gars. Comptez sur moi. De toute façon je reviendrai vous voir avant. »

Et comme lui parlait couramment la langue d'outre-Rhin,

il avait tenu ses promesses. Il s'était amené par un splendide matin de juillet 1940, convoyant deux Allemands. Les charbonniers déjà habitués à le voir l'avaient salué avec déférence. Ensuite l'homme tourné vers les Frizous s'était exprimé en leur langue. Casquette en main les charbonniers avaient tenté de comprendre. Mais il n'y avait rien à piger. Pour eux du moins. En deux coups les gros, les Fritz, convaincus que le beau parleur était bien le propriétaire de la forêt la lui avait achetée. Et roule carrosse. Et fuyez malandrin. Car après avoir encaissé le lourd larcin le joyeux drille avait dû mettre une bonne distance entre ses amateurs de chaufferette et lui.

Au bout de quelques semaines d'occupation, l'Obsédé avait vu débarquer à la prison des guerriers allemands en infraction d'honnêteté et en instance de conseil de guerre pour les délits que s'offrent toutes les troupes en campagne : rixes, ivresse, viols, refus d'obéissance, injures à officiers, cætera, cætera.

Et par là-dessus une fournée de civils anglais dont son marchand de cravates de chez Old England. C'est que tout ce qui était d'origine british avait droit d'office à la raclette, direction Fresnes la joyeuse.

Pour l'Obsédé, ses huit mois de punition enfin écoulés, il avait pu humer l'air libre de Paris sous la botte.

Et il le humait depuis pas mal de temps en ce début de printemps et fin de soirée.

Au passage son œil d'un bleu passé enregistrait des affiches placardées sur les murs. Au Colisée et à l'Aubert on donnait un film de Marcel Lherbier, *l'Honorable Catherine* avec Edwige Feuillère, André Luguet et Rigaud. Au Cinéma des Champs-Élysées, *l'Appel du silence.* Au *Casino de Paris,* une revue de chansons avec Suzy Solidor. A *l'Alhambra,* goualaient Lina Margy, Ded Rysel, René Génin, Gaby Basset, ex-madame Jean Gabin... A *l'Étoile* c'était Jacques Pills. Et au pied de ce mur recouvert d'affiches vantant les spectacles de Paname, une ribambelle de gens hâves, mal fagotés, faisaient la queue avant de pouvoir présenter leurs tickets de pain à la boulangerie proche.

Le regard de l'Obsédé tomba sur l'autre côté de la rue,

là où, contraste à la misère, à la difficulté de survivre, deux jolies filles vêtues luxueusement de robes claires, chapeautées dernière mode, chaussées cuir fin, s'apprêtaient à grimper dans un fiacre. Il ne sourcilla pas. Il était blindé. Ainsi allaient les choses. Riches, pauvres, puissants, misérables... ainsi allait la vie. A chacun la sienne.

Et comme c'était un jour avec [1], précisé par une étiquette collée sur la vitre, il pénétra dans un bistrot et s'assit dans le fond de la salle, non sans s'être débarrassé auparavant de son manteau, de son feutre et de sa boîte à violon. Le loufiat qui le connaissait s'approcha.

– Une prunelle, monsieur René ?

– D'Alsace, Paul, opina l'élégant gentleman.

Et indiquant la pancarte qui avertissait : « Alcools et apéritifs de 11 à 13 heures et de 18 à 20 heures » :

– Je suis dans les temps, Paul.

Le serveur sourit.

– Oh ! pour vous monsieur René, les horaires et interdictions...

L'Obsédé suivit l'employé du regard tandis qu'il se dirigeait vers le bar puis il extirpa de sa poche de pardessus, suspendu à côté de lui à une patère, une boîte en velours bleu. Il l'ouvrit, en sortit une minuscule tasse chinoise. Celle-ci de fragile et gracieuse porcelaine s'ornait à l'intérieur de fleurs délicates et, en son fond de pâle transparence, d'une jolie fille nue.

– Voici la bouteille M. René, fit Paul le barman. Je vous la laisse.

C'était rituel. L'Obsédé avait quelques haltes ainsi dans la ville où on lui apportait et abandonnait des bouteilles d'alcool devant lui. Après s'être assuré que son nœud de cravate était bien en place, il se servit. Il versa lentement le tafia dans la tasse et en contempla l'intérieur. Longuement. Puis il se mit à remuer les doigts et au fond de la minuscule tasse, comme réveillée par le liquide, la jolie fille se mit à bouger lascivement. A penser que c'était sous l'effet de l'alcool qu'elle ondulait du torse, des hanches, qu'elle ouvrait et

1. Il y avait les jours avec ou sans alcool dans les débits de boissons.

refermait les cuisses. Le truand captivé, loin de la guerre, de tout, la fixait, un soupçon de sourire accroché à ses lèvres dessinées pour embrasser celles des femmes. Enfin, il émergea de sa rêverie, s'alluma une gauloise, vida la tasse. Puis il récidiva. Il reversa de nouveau, demeura encore en contemplation, son attention penchée au-dessus du joli et fragile récipient qu'il se mit à réchauffer dans le creux de sa paume, tout en faisant osciller sa main. De sa bouche pincée sur la gauloise s'élevait un mince filet de fumée qui s'en allait au-delà de ses cheveux blonds et plats que séparait une raie à gauche. Et il but et vida encore. Et il versa encore. Et encore. A cinq reprises. Ne se lassant jamais. Ni de boire, ni d'admirer l'adorable créature, ni de fumer. Éprouvait-il autant de plaisir que le laissait croire son visage ? Lui seul savait. En tout cas, ceux qui le servaient le connaissaient, le laissaient en paix. A chacun sa joie. Et vu que M. René payait bien. Royalement même...

Sur un signe de lui, Paul s'approcha une fois de plus. L'Obsédé lui tendit un gros billet.

– Garde, Paul.

Puis il fit couler un peu d'eau d'une carafe dans la tasse placée au-dessus d'un cendrier, la nettoya ensuite de sa pochette de soie blanche assortie à sa chemise frappée de ses initiales. Pour achever il relogea la minuscule tasse dans son étui de velours bleu, empocha ce dernier et se dressa.

Recoiffé de son feutre au bord roulé, son léger pardessus réendossé, il gagna la sortie. Il portait tel qu'à son arrivée, suspendu à son avant-bras, son parapluie de soie noire enroulé et à la main son étui à violon.

– '... soir, monsieur René, le salua le barman en lui tenant la porte ouverte sur la rue à présent plongée dans l'obscurité de la Défense passive.

L'Obsédé renvoya la politesse d'un mouvement de tête et s'en alla très digne. Était-il ivre ? Comment le savoir ? Le fripon se tenait aussi droit qu'en entrant.

– Drôle de zigoto, commenta le patron à sa caisse.

– Mais au moins avec lui jamais d'histoires, remarqua le barman. Il paye sans discuter.

– C'est vrai, admit le taulier, un rude Auvergnat, en

refermant son tiroir-caisse. Pas comme ces va-de-la-gueule du samedi soir...

Et oreille tendue il écouta décroître le pas du truand qui s'éloignait dans la pénombre exigée par les occupants.

Quant à l'Obsédé, toujours digne, il descendait la rue Pigalle, longeant les bars et boutiques qui laissaient filtrer le minimum de lumière autorisée. C'est-à-dire peu. Des autos de la Wehrmacht remontaient vers la place Pigalle, certaines peintes en guerre, mais toutes avec leurs phares passés au bleu dont l'éclat était occulté par des sortes de capuchons fendus horizontalement.

Quelques vélos-taxis, remplaçant les G7 de la bonne époque, stationnaient au coin de la rue Victor-Massé. Leurs conducteurs se passaient à haute voix les meilleurs coins où draguer le client. Et signe des temps ils maudissaient les quelques cochers de fiacres, leur reprochant de leur faire concurrence. Justement, l'un de ces fiacres aux lanternes elles aussi voilées de bleu croisa l'Obsédé. L'un des frères Sigot qui le drivait salua l'homme de son fouet.

– 'lut René ! Tu vas ?

– Ça va, renvoya l'interpellé. Et toi ?

– Dur, dur, se lamenta Maurice, l'aîné des Sigot.

Mais ses yeux perpétuellement rieurs démentaient ses propos. Tous deux se connaissaient bien, se heurtaient souvent dans des parties de poker ou de rami, *Chez Maxime,* un troquet situé au coin des rues Damrémont et Ordener, dans le bas du 18e.

L'Obsédé poursuivit son chemin tandis que la voix du cocher lui parvenait moqueuse.

« T'occupe René ! On le leur mettra dans le cul ! » suivi d'un « Hue, Cocotte ! Hue, ma toute belle ! ».

Un sourire joua sous les moustaches blondes et fines du truand que depuis quelque temps il s'était coquettement laissé pousser. Maurice le Cocher n'avait nul besoin de préciser qui allait l'avoir dans le cul. Seulement pour l'instant c'était les Parigots qui l'avaient. Bien enfoncé encore. Et sans vaseline de surcroît. Un bail que cela durait, la sodomisation des descendants du chevalier Bayard. Alors qu'il parvenait à l'intersection des rues Pigalle, Fontaine, Chaptal et

Notre-Dame-de-Lorette, une autre voix parvint à l'Obsédé. Mais cette fois c'était une femme. Et elle chantait à plein gosier :

« Allons les Boches, pas tant de manières
Qu'attendez-vous pour me fusiller ?
Puisque j'vous dis que j'suis l'infirmière
Chez qui les vôtres se sont fait tuer.
J'ai pas le cœur à la rigola-a-a-de
Tous mes nerfs sont en marmela-a-a-de
Depuis que mon homme est parti là-haut
J'sais pas ce qui m'passe dans le ciboulo-o-ot. »

Quelques passants hâtaient le pas. C'est qu'ils n'avaient nulle envie de se voir interpeller par une ronde de flics ou de Teutons ! D'autres riaient doucement. Et la voix enrouée, rauque, cassée par l'alcool et le tabac, continuait :

« J'suis contente qu'il soit à la guerre
Mais des nouvelles je n'en ai guè-è-è-ère
Aussi les mômes mes camara-a-a-des
Ce soir j'ai pas le cœur à la rigola-a-de. »

L'Obsédé déboucha de la rue Pigalle. A l'angle de la rue, trois marchandes d'amour tapinaient, cigarette au bec, corps moulé dans des robes étroites, collantes, et, en dépit des privations, chaussées de vernis à talons fins, une de leurs armes majeures pour lever les michés. Le truand leur expédia, amical et souriant.

– 'soir, les filles.

Et à l'une aux cheveux et aux yeux sombres, au corps charnu qu'étranglait une robe de soie noire :

– Tu te trompes de guerre Mado. C'est une chanson de 14, ça ! Et puis ton homme n'est pas à la riflette que je sache, mais à la Santé... comme hareng.

Les deux autres putes gloussèrent tandis que la voix rauque de leur copine renvoyait, aussi sec :

– Peut-être René. De toute façon qu'ils aillent se faire enculer, les Frizous.

– Par toi ? répliqua le malfrat à l'allure de gentleman, copie totale d'Anthony Eden, le Premier Ministre anglais, langage en moins bien sûr.

– Je trouverai jamais un gode assez gros pour eux, se marra la Mado.

L'Obsédé, son sourire toujours suspendu aux lèvres, traversa et jeta un coup d'œil sur le *Gavarnie,* un bar coté dont la façade obscurcie mangeait l'angle des rues Chaptal et Pigalle.

Alors qu'il hésitait à entrer, la voix chaleureuse et enrouée de Mado roulant dans les rues sombres le rattrapa.

« *Allons les mômes ce soir j'suis rupine*
J'viens de faire aux pattes un billet bleu
Allons toutes en vraies copines becter l'héritage du vieux.
Allons Mélie ramène ta viande
On va aller chez le père Téta-a-a-art
On va se faire des friandes et boire du rouge qui chasse
[le cafa-ar-ar-ard. »

Main sur le bec-de-cane du *Gavarnie*, l'Obsédé, malgré lui, écoutait, amusé.

« *Mais non les mômes y faut pas m'en vouloir*
J'suis pas des vôtres ce soir j'ai le noi-oi-oir.
J'ai pas l'cœur à la rigola-a-a-ade
Tous mes nerfs sont en marmela-a-a-ade. »

Le truand changea d'idée. Il lâcha le bec-de-cane, enfila la rue Chaptal pendant que Mado continuait à défouler son patriotisme.

« *Depuis que mon homme est tombé là-haut*
J'sais pas ce qui m'passe dans le ciboulo-o-o-ot. »

Puis la voix s'estompa quand l'Obsédé bifurqua à gauche dans la rue Henner. L'élégant vaurien hocha la tête. Pauvre Mado ! Un jour ou l'autre... à force de défier l'occupant... Bien sûr ce n'était guère méchant. Mais il suffisait d'une rafle... d'un flic boche mal luné pour que... A Nantes il avait appris que des amis de le Breton, pour avoir fredonné *l'Internationale* dans un troquet, s'étaient fait emporter à quatre, direction camp de concentration. Ils y étaient toujours [1]. Bien entendu s'ils avaient chantonné l'air réputé avant que Hitler ne rompe le pacte signé par Staline-Ribbentrop, de fleurs qu'ils auraient été recouverts ! Tandis que là... une fois les documents, signatures, serments, embrassades foulés aux bottes... C'était à se demander pourquoi les dirigeants du globe faisaient tant de cinéma puisqu'un jour ou l'autre tous, culottes baissées sur les jarrets, pétaient sur les accords.

La rue Henner était plongée dans le noir et le *Petit Trou* ne laissait guère deviner ses activités, à l'abri de ses vitres voilées par d'opaques rideaux. De toute façon le lieu étant un restaurant de marché noir, Auguste le Breton et ses associés ne tenaient pas à la publicité. Seuls y venaient les initiés : B.O.F., gestapistes, trafiquants et malfrats de tous acabits, hommes politiques, acteurs, actrices en vue, et quelques autres spécimens.

En familier, l'Obsédé pénétra dans le couloir jouxtant la salle du restaurant. Sur la droite il poussa une porte, tomba dans la courette qui prolongeait les cuisines et enfin en ouvrit une autre qui menait à la salle de poker. Il entra, referma, cueillit vite fait par le regard acéré des flambeurs. Sans bruit il alla vers le petit Milo l'Arabe qui s'informait de sa voix encore plus cassée que celle de Mado la putain du coin de rue :

– Ça va, mec ?

Déjà il l'aidait à se débarrasser de son parapluie, de son manteau, de son feutre. Le truand posa lui-même sa boîte à violon sur le petit bar de bois minuscule, près de trois verres vides et d'une feuille de papier quadrillé.

1. Trois en reviendraient, diminués ainsi que tous les déportés. Le quatrième ne reverrait plus Nantes, ni son quai de la Fosse. L'un des trois revenants, Alain La Meule, une force de la nature, célèbre par l'exploit d'avoir escaladé le non moins fameux pont transbordeur avec un sac de 100 kg sur les épaules, ne récupérerait jamais les kilos perdus dans les camps et sous les tortures des gestapistes nantais. Il s'éteindrait par la suite.

– Ils jouent depuis combien de temps ? s'enquit-il dans un souffle.

– Plus de quarante-huit plombes, précisa Milo à son oreille.

– Et la carre ?

L'Arabe se pencha sur la feuille couverte de chiffres.

– 12 briques et 300 sacs.

L'Obsédé retint un sifflement. Décidément les gars ne jouaient pas avec des lentilles.

Il lorgna vers la table aux contours plongés dans le sombre dont le centre était illuminé par l'ampoule fixée au fil qui chutait du plafond. L'éclat blanchâtre de la lumière accusait les piles de jetons, les mains des joueurs et mettait comme des taches de lait aux mentons hérissés de barbe. Seul le vieux Gaby, imberbe de naissance, offrait des joues lisses. Dans le silence de cathédrale sa voix posée, contrôlée, venait de tomber.

– C'est ouvert. La hauteur.

Jo le Catch qui donnait les cartes éparpilla les jetons du milieu, les compta, lança.

– Y'a 80 sacs.

– Je suis, fit tranquillement Gaby en poussant des plaques vers le pot.

– Moi aussi, enchaîna le petit René Gotteland.

Il jeta au centre l'équivalent de la somme en plaques.

– Je passe, fit Doudou à ses côtés, en lançant ses cartes près du distributeur.

– 280 000 !

C'était Dédé Stora toujours aussi bien cravaté qu'au début de la partie qui... A part des cernes sous ses yeux noirs, vivaces, un soupçon de poil au menton et ceux entourant sa bouche voluptueuse, il semblait avoir refusé l'épuisante fatigue. Seuls les poignets de sa chemise de soie crème à monogrammes indiquaient, par leur noircissement récolté à frotter la couverture, les heures écoulées.

– Suivi, fit le Breton.

Il possédait trois valets servis. Il aurait pu relancer mais se méfiait de Dédé Stora qui depuis deux heures avait pris barre sur lui. Cela se produisait souvent qu'en cours de partie un joueur se révèle néfaste ou bénéfique à un autre joueur. Il fallait tenir compte de ces données. Il fallait tenir compte de tout. Du moindre détail. D'une façon de respirer, d'une façon de poser une cigarette dans le cendrier, de celle de la coincer entre les lèvres, de se vousser, de se redresser... de tout, si on tenait à soutenir le choc dans ces parties de ruffians.

Le Vieux Gaby se tâta. Il observa ses cartes puis Stora et le Breton tandis que le petit René Gotteland poussait sans attendre son restant de jetons soit 90 000 francs au milieu. De son œil pâle qui avait vu tant de choses, tant de drames, tant de vices et de pourriture, le Vieux Gaby évalua la hauteur du pot, guetta sur les faces de Dédé Stora et d'Auguste le Breton des réactions qui l'éclaireraient. Mais sans trop y croire. Ceux-là, accoutumés à s'affronter, à rester des heures et des heures vigilants, à ne pas laisser déceler leurs sentiments, n'offraient rien sur leurs visages hermétiques. Nul éclair ne jaillissait de leurs prunelles striées de filaments rouges amenés par l'insomnie, le champagne et l'infernale fumée. En plus le Breton s'était recoiffé de son Borsalino d'un gris bleuté comme son costume en fil-à-fil, et il en avait volontairement ramené le rebord baissé en avant du front pour voiler la lueur du regard. Le Vieux Gaby soupira. Et quand bien même Dédé Stora aurait montré un tic, le Breton un tremblement de main, cela aurait pu être faux car tous deux étaient capables de mimer de fausses attitudes, de pousser de faux soupirs, de faire n'importe quoi pour tromper l'adversaire. Le Vieux Gaby soupira de nouveau. Doucement. Ah, ces flambeurs trop marlous... ce qu'ils étaient épuisants !

– Merde ! je suis pas dans ce coup, regretta Pierrot Moura qui revenait de téléphoner.

Il avait laissé son veston de coupe classique et d'une teinte marron fauve suspendu au dossier de sa chaise et les extrémités de sa cravate dénouée pendaient de chaque côté des bretelles fleuries qui maintenaient son pantalon. De sa ceinture de croco noir, qui ceignait sa taille mince, émergeait toujours menaçante la crosse du P. 38 de l'armée allemande. Au lieu de s'asseoir il demeura debout près de sa chaise ; les autres pris par l'enjeu ne lui avaient même pas accordé attention. Tous s'intéressaient à la réaction de Gaby. Ce dernier hésita encore, puis sans un mot, lança mollement, d'un geste seigneurial, ses cinq cartes devant Jo le Catch.

– Cartes ? interrogea aussitôt ce dernier tourné vers René Gotteland.

– Une, renvoya le jeune truand.

Il avait un faux jeu, une quinte à tirer des deux bouts. Si ça rentrait, il espérait au moins rafler le pot.

– Une aussi, lâcha Dédé Stora.

Il possédait trois as et déguisait.

Le Breton releva les yeux sur le Catch.

– Même chose pour moi, dit-il.

Jo lui lança une carte qui vola sous la lumière de l'ampoule.

– A toi, René, invita le Catch.

– Je suis tapis, fit le jeune forban, souriant mais impassible. Je vois le coup.

– 700 000, soupira Dédé Stora.

Sa voix lasse semblait revenue de tout. Seulement le Breton, qui le connaissait, savait qu'il ne fallait nullement s'y fier : au poker l'homme était coriace. Plus que ça même. Il l'observa un quart de seconde et sa voix fit presque écho à la sienne.

– Tapis !

Il poussa le million et les 20 000 francs qui restaient devant lui. Dédé Stora livra ses dents étincelantes dans un sourire chaleureux.

– Tenu, mec.

Sa voix avait perdu sa lassitude. Elle était chaude comme son sourire, seulement ses yeux noirs et luisants demeuraient étrangement calculateurs. Le Breton lança ses cartes en les retournant.

– Trois valets.

L'éclair qu'il surprit dans l'œil de son adversaire le renseigna. Il avait perdu. Ce que confirma l'intonation chaleureuse.

– Trois as, mec. Navré.

Et de ses deux mains en conque, alors que le petit René se séparait de son jeu inutile, il attira à lui sans précipitation la masse des jetons, ce qui livra sa gourmette d'or et de nouveau ses poignets aux manchettes salies par les nuits écoulées et sur lesquelles luisaient des boutons faits de louis d'or à l'effigie de Napoléon le Petit. Le Breton qui relevait le front croisa le regard de l'Obsédé :

– C'est bon, dit-il pour les autres. Je reviens.

Il se dressa, s'étira longuement, son buste et le Borsalino disparurent dans la pénombre découpée par la lumière de la lampe tandis que l'éclat de celle-ci éclaboussait le métal de sa boucle de ceinture. Il bâilla, entendit distraitement le petit René réclamer « 200 000 francs de carre » à Milo l'Arabe et rejoignit l'Obsédé. Ils se touchèrent la main.

– J'ai les nouveaux cartons, fit l'arrivant.

– Beaux ?

– Du bon boulot. Viens !

Tous deux poussèrent la porte du réduit à droite du bar et le Breton donna la minuterie, ce qui découvrit des boîtes de conserves empilées, des kilos de sucre, de pâtes, de haricots, des litres d'huile, de vinaigre... Sans compter trois jambons suspendus au plafond, ainsi que plusieurs saucissons dont quatre jésus lyonnais.

L'Obsédé leva ses yeux bleus vers l'un des jambons. Il saliva.

– Un Serrano ? Vous vous emmerdez pas. D'où vous les avez ?

Le Breton esquissa un geste vague. Le ravitaillement n'était pas de son ressort. Il s'en foutait.

– C'est Bras Court, répliqua-t-il, laconique.

Il faillit marquer de l'étonnement en apercevant son visiteur hausser le bras vers le jambon de Serrano et le caresser. Puis il se souvint. L'Obsédé avait en 1936 peu ou prou participé à la révolution espagnole. Du côté des Républicains, il lui semblait.

– Alors, tu montres ta came ? s'impatienta-t-il.

L'Obsédé rabaissa le bras et ouvrit sa boîte à violon après l'avoir placée en équilibre sur un énorme sac de patates. Il opéra vite et adroitement, soulevant de la pointe d'un canif la doublure du couvercle de la boîte à Stradivarius. Puis il ramena sous l'éclair jaune et parcimonieux de l'ampoule plusieurs fausses cartes de pain. Elles correspondaient par la couleur, les détails, à celles qui, officielles, n'allaient pas tarder à être mises en circulation. C'était un haut et honorable fonctionnaire de l'administration qui leur fournissait le modèle. Mais l'homme n'était pas gratuit. Évidemment. Qui l'était ?

– Bon boulot, reconnut le Breton après avoir miré les cartes à la lumière. Vous piquotez quand ?

– On a attaqué depuis hier et on remet ça à une plombe du mat'.

Le Breton laissa choir un œil sur son poignet là où sa montre-bracelet... il n'était pas dix heures du soir. Il avait le temps. Il annonça.

– J'y serai. Tu retournes ou tu manges un bout ?

– Je bois.

Le Breton se rappela la minuscule tasse chinoise.

– Demande au petit Milo ce que tu veux, dit-il.

Il rendit les cartes de pain, se ravisa, les ramena de nouveau à la lumière. Il avait cru que l'une des cases, celle du haut à gauche où s'imprimait un « A », ne cadrait pas par sa dimension avec les deux autres lettres qui la suivaient perpendiculairement. Mais non. Cela allait. Il vérifia encore les cases où se lisaient les chiffres 25-50-100-200... lesquels donnaient droit en grammes à la quantité équivalente de pain chez les boulangers qui découpaient les tickets à la demande. Pleinement rassuré cette fois, il rendit les fausses cartes.

– Vous êtes où à présent ?

– Dans un garage désaffecté de Saint-Ouen. Au 52 de la rue Lécuyer.

Le Breton hocha la tête.

– Je trouverai. Et Francis ?

– Il est passé. Il te fait dire qu'il te verra cette nuit au *Chapiteau* si tu peux y aller.

Le Breton ne commenta pas. Il savait que son ami et associé devait dîner le soir avec Abel Danos pour envisager une histoire de faux lingots, et que ça lui prendrait du temps.

Abel, dit le Mammouth, ou le Danois, né en 1904 à Saman/Haute-Garonne, était un dur de dur, mais il n'aimait pas se bousculer. Sauf dans la violence. Estimé, respecté dans le Milieu, il s'était sorti de la Santé où il était incarcéré à la 7e Division pour usage de faux papiers, en écrivant à Bœmelburg, le conseiller de la Criminelle de la rue des Saussaies, l'un des cracks de la Gestapo allemande. C'est qu'Abel ne tenait pas à rester piégé à la Ratière, des fois que, remontant jusqu'à lui, les flics ne finissent par découvrir qu'il avait été le 24 février 1941 l'un des braqueurs de la rue de la Victoire où huit millions s'étaient envolés et où deux encaisseurs du Crédit industriel étaient tombés percés de balles. Libéré, Abel avait rejoint l'équipe de Henri Lafont, rue Lauriston, ce qui le mettait à l'abri des flics français. Quoique dépendant de Lafont, cela ne l'empêchait pas de réaliser pour son gousset des opérations en marge de son redoutable patron.

Laissant l'Obsédé camoufler les tickets de pain le Breton retourna au poker.

– Fais-moi dégringoler 400 sacs, dit-il au petit Milo l'Arabe, en s'immobilisant une seconde devant le comptoir de bois.

Et alors que Milo se penchait sur la boîte de jetons :

– A croume.

Personne ne s'opposa à sa demande de crédit. Après tout il était dans le coup du *Petit Trou*, donc solvable. Sans omettre les deux bars des rues Sauffroy et Gauthey dans le bas du 17e où il était également associé. S'allumant une cigarette, il reprit place à la table où cliquetaient les jetons et où au-dessus des têtes sculptées dans une fausse indifférence stagnait un épais nuage de fumée.

III

La rue était plongée dans un noir sinistre et dans un silence qui ne l'était pas moins. Paris et ses banlieues dormaient. Qu'auraient pu faire d'autre ses habitants avec le couvre-feu à minuit ? Quand il n'était pas, suite à des attentats, décrété à huit heures du soir ! Ou pire, à quatre ou six heures de l'après-midi ! C'était dingue. Mais les guerres sont-elles lucides ? Celle-ci, la vraie der des der, c'était juré, croix de bois, croix de fer, si je meurs je vais en enfer, ne s'annonçait-elle pas plus assoiffée de sang vermeil que l'autre der des der, celle de 14 ? En tout cas les Francs qui l'avaient perdue devaient s'incliner devant les Germains. Normal. Pourtant certains, les en-marge et les résistants, ne s'inclinaient pas. Le Breton en Borsalino et imperméable qui venait de se faire accompagner par Louis le Blond, un ami solide, à bord d'une Traction avant, une 11 légère volée et dotée d'un Ausweiss bidon, était de ceux-là. A l'intérieur de son veston en fil-à-fil bleuté il possédait un autre Ausweiss, toujours bidon, rédigé en deux langues, la sienne et celle de l'Occupant. Son nom aussi était faux. Il avait fait inscrire sur le document celui de Lamaury que lui confirmerait un jour son chef de réseau, le capitaine Michel, avec lequel un de ses amis, Frantz, un Gitan, travaillait. C'était simple et astucieux. Son patronyme était Montfort, il l'avait remplacé par Lamaury en rappel du patelin du même nom.

La précaution n'était pas inutile car un mois durant la Gestapo allemande l'avait guetté, jour et nuit, devant la rue

Henri-Brisson, non loin de l'hôpital Bichat où il était censé habiter. La cause de cette traque ? Il était tout bonnement réfractaire au S.T.O., ce service du travail obligatoire imposé par les Frizous avec l'accord du gouvernement de Vichy. La plupart de ces convoqués avaient fini en Allemagne, dans les usines et chantiers. Ils étaient la majorité. Le reste avait pris les maquis ou plongé dans l'anonymat des villes et de la Résistance. Ceux qui étaient montés dans les trains vers la Germanie boulimique possédaient des excuses. Beaucoup étaient en charge de vieux ou de gosses à nourrir, ou tout simplement ne savaient comment faire pour devenir clandestins ou gagner les maquis. Juger leur comportement était facile et idiot. Les pauvres bougres ne pouvaient agir autrement vu le contexte. S'opposer à des lois, à des accords passés entre la puissance occupante et les dirigeants de son propre pays est quasi impossible quand on est seul, désarmé, face à des guerriers implacables, en pleine gloire, qui exigent et qui après tout font la guerre.

Le Breton, avant de descendre de la 11 légère dont le moteur ronronnait dans le silence de la nuit, se tourna vers son compagnon qui dissimulait sa blondeur d'épis brûlés sous une casquette.

– M'attends pas Louis ! Je rentrerai qu'au jour et je me démerderai. A moins que tu puisses être là à huit plombes ?

– Je serai là.

Le Breton opina sans un mot. Dès l'instant que Louis le Blond affirmait qu'il serait là... Il descendit, claqua sans bruit la portière, attendit que le Blond s'éloigne et heurta doucement à une porte de bois découpée dans un large vantail grisâtre. En bout de la rue les feux de la Traction s'évanouissaient déjà.

Sacré Louis ! Le meilleur chouraveur et maquilleur de voitures que le Breton eût connu. Quant à ce qui était de les driver... un super ! Un véritable Fangio [1] !

L'œil aux aguets, le col de son imperméable relevé, le Breton espérait l'arrivée de ceux qu'il venait voir. Mais rien. Il heurta plus fort. Que fichaient les autres ? Peut-être qu'il

1. Pilote automobile de renommée mondiale.

n'aurait pas dû renvoyer le Blond ? Peut-être que les flics... Il balaya la rue vide du regard. Même pas un chat. Ceux-ci, il y avait longtemps que les gens du cru les avaient passés à la casserole, because les protéines ! Les façades grisâtres et à peine devinées des quatre, cinq baraques à deux étages de la rue semblaient aussi mortes que les mistigris dévorés. Les gens qui vivaient derrière devaient dormir. Ou essayer.

Du bout de la rue, un grondement se fit entendre et s'amplifia. Puis, à la perpendiculaire de la rue, sur l'avenue, un convoi militaire dont les camions et les canons se découpaient sur le fond obscur commença à s'écouler. Par réflexe le Breton se plaqua contre le vantail non sans tâtonner à travers son veston le précieux Ausweiss. Celui-ci, même s'il était faux, pouvait paraître réel au premier coup d'œil. N'importe quel feld-gendarme ou policier français risquait de s'y laisser prendre. Évidemment, s'il y avait étude approfondie, vérification... Mais tel que, avec ses détails, ses signatures et cachets, surtout celui en forme de cercle qui contenait l'aigle aux ailes déployées, debout et arrogant sur une boule exhibant la terrible croix gammée, ça devait coller. Le fameux et si désiré Ausweiss : « Laissez-passer, avec son nom bidon : Lamaury Auguste, *Name, Vorname,* suivi de *Wohnung,* domicile : 29, rue Duperré, Paris ; et sa date de naissance, *Geburstdatum :* 18.02.1915 ; et pour achever sa profession, *Beruf* : médecin ». Pour saupoudrer le tout, bien explicite en langue franque et teutonne : *« Pour d'impérieux motifs d'ordre professionnel est autorisé à circuler sur les voies publiques du département de la Seine après l'heure du couvre-feu. Tout abus sera sévèrement réprimé. Paris le 23 mars 1943. »* Bien entendu, à gauche du bidule, se dressait l'aigle, toujours lui, mais comme aplati sur : *Der Kommandant von Gross Paris,* tandis qu'à droite, tout de même moins impressionnant, le cachet de la préfecture de police avec le paraphe de l'intérim du préfet, son chef de bureau. C'est en songeant à son papier que le Breton se souvint avoir oublié dans la bagnole du Blond la trousse de médecin qu'il s'était montée pour faire vrai. L'objet en cas de vérification impromptue pouvait impressionner, accréditer... Tandis qu'un toubib qui se trimbale la nuit sans stéthoscope, et le reste... C'est qu'avec sa trousse le garçon se sentait plutôt solide ! Évidemment si un général teuton tombait dans les pommes subito et qu'on lui demande ou mieux lui ordonne de sauver la feuille de chêne, alors dans ce cas... Heureusement, ça risquait autant d'arriver que de gagner à la Loterie nationale que les voraces du ministère des Finances avaient depuis longtemps remise au goût du jour.

Le Breton donna du pied contre le vantail, pendant que le convoi, en bout de rue, continuait à dérouler ses grondements de ferraille. Puis il s'immobilisa car une voix venait de s'inquiéter.

– C'est qui ? C'est toi Lagus ?

– Oui, souffla le Breton.

On lui ouvrit après un miaulement de verrou mal huilé, il franchit la petite porte de bois.

– Merde, qu'est-ce que vous branlez ? murmura-t-il, pendant que l'Obsédé refermait et laissait retomber une couverture brune, mise en écran derrière la porte.

– On t'a pas entendu, excusa le truand.

Il était un peu moins élégant, avait passé une cotte bleue par-dessus son pantalon, et un chandail enfilé à même la peau nue remplaçait les chemises de soie qu'il appréciait tant.

– Et on se la donne, ajouta-t-il. Dame, on fabrique pas des berlingots !

Bien entendu que lui et son équipe de piquoteurs devaient se méfier ! C'est que marron sur le tas en train de perforer de fausses cartes de pain n'ouvrait pas les portes du paradis ! D'ailleurs, c'était inscrit, imprimé dessus : Tout contrefacteur ou utilisateur de ces cartes risquait l'embastillement pour le compte.

Immobilisé sur le seuil, pendant que l'Obsédé se dirigeait vers une flaque de lumière alors que le reste du local était dans une quasi-pénombre, le Breton inspecta les lieux, nouveaux pour lui car chaque mois l'équipe changeait d'endroit par précaution. Deux vieilles carcasses de voitures, une antique Hotchkiss et une non moins vénérable Citroën à l'ancienne forme en cul de poule dressaient leurs silhouettes dans un recoin. Non loin, de vieux pneus étaient suspendus à une barre de fer plantée dans le mur passé à la chaux. Mais il y avait de cela longtemps à en croire les taches brunâtres de graisse qui souillaient ce mur. D'autres pneus également hors d'usage s'empilaient dans un autre angle, à proximité d'un bac d'huile noirâtre oublié sur le sol de terre battue.

Le lieu offrait une impression lugubre, désespérée. Depuis si longtemps qu'il était déserté ! Qui avait besoin d'un garage à présent ? Pour y réparer, y mettre quelles bagnoles ? Les occupants avaient tout pillé, sauf le vieux tour qui s'élevait contre un mur près d'une perceuse tout aussi vétuste. Pourtant ils étaient amateurs de métaux, vu la voracité de leurs hauts fourneaux ! Ils avaient même mis à bas pour les embarquer les statues de bronze qui, de leur socle dans les squares, sur les places, contemplaient leur propre immortalité. Les guerriers vert-de-gris n'en avaient rien à foutre, eux, des immortels. Ils les avaient vite débusqués de leur gloire impérissable pour les balancer à la fonte et en fabriquer des canons.

Le Breton se décida à rejoindre la flaque de lumière où opéraient les faussaires. Ces derniers étaient six, l'Obsédé compris. Ils usinaient jour et nuit, ne retournaient pas à l'extérieur avant que tout le travail soit terminé. Ils en avaient pour douze jours au plus, dix au moins, avant de pouvoir mettre le nez dehors. Cette discipline rigoureuse avait été rendue nécessaire par le manque de sérieux des gars, surtout les deux mécanos indispensables à la bonne marche de l'opération. Mécaniciens de profession, ces derniers, deux frères, s'étaient laissés griser au début parce qu'ils palpaient. Près d'un million chacun par lot de cartes perforées ! Pour eux c'était le soleil, l'Amérique, la Toison d'or, car à l'usine ils n'encaissaient que 80 francs par jour. Aussi quand ils s'étaient vus si riches d'écus ils avaient commencé à manquer de sérieux. Il en va bien souvent de la sorte avec les gens. On leur donne un sucre d'orge, ils veulent la plantation de canne à sucre. Au départ chacun le soir rentrait chez soi pour se retrouver le matin à sept heures sur le tas. Mais avec tout ce paquet de grisbi à même leurs poches les lascars avaient eu tendance à se dérober. A eux la fiesta gaucho, le champ', les madames... Qu'ils se trouvaient loin de leur ancienne position de pue-la-sueur ! Pendant ce temps l'Obsédé, responsable de l'équipe, continuait à se pointer à sept plombes comme prévu et pour l'exemple. Mais à sept, huit heures et demie, personne des deux frères. Ceci durant trois jours. Puis à neuf heures, l'aîné se faisait enfin voir, sifflotant, mains dans les poches, Sa Majesté Rockfeller soi-même. A bout de patience, écœuré, si l'Obsédé lui avait bondi sur l'alpague ! « T'es tout seul ? Et ton frère ? » « Il dort », qu'avait rétorqué l'autre, content de lui et du monde. Et lorsque le cadet avait enfin daigné pointer son museau il était plus de dix heures. Si René l'avait incendié ! Alors le jeune mécano de répliquer, hargneux :

– On est pas à l'usine, ici !

Un comble. Si l'Obsédé avait vu rouge, s'il s'était départi de son sang-froid, de son vocabulaire qu'il tenait à châtier pour ne pas trop montrer qu'il sortait du ruisseau.

– S'pèce d'enculé ! qu'il avait braillé. A l'usine tu gagnais 80 000 ! Et tu oses me sortir de telles conneries ! Mais c'est moi qui vais te sortir, enfoiré !

Puis il s'était calmé. De ton. Non de regard. Il avait ajouté, une rage glacée au ventre, en l'attrapant par son veston :

– Ou tu viens à l'heure ou je te saque. Pour moi t'es un minable. Rien qu'un minable. Alors tu réponds oui ou non maintenant. A la seconde. Oui... ou non ?

Les trois autres, des truands eux, étaient restés à l'écart, neutre d'apparence, en réalité de cœur avec l'Obsédé. Après tout celui-ci leur faisait toucher un beau paquet de pognon ! Quant au frère aîné il avait été subito pour la conciliation.

– Ça va, René. Ça n'arrivera plus. Pierre sera désormais à l'heure. Pas vrai Pierre ?

Son cadet n'avait même pas eu le temps de répondre. L'Obsédé avait tranché.

– Dorénavant personne ne quittera plus le chantier avant que ce soit fini. On bectera et on dormira sur le tas. Ceux qui sont pas d'accord se taillent tout de suite.

Et comme Jacques, l'aîné, amorçait un geste.

– Je sais. Tu viens de te marier et ta femme te manquera... Bon, eh bien je vais faire une exception. Tu la feras venir, elle nous fera la tortore et tu pourras la sauter.

Ce qui fut décidé fut fait. Depuis ce jour l'équipe vivait en gourbi jusqu'à la conclusion du travail. Quant à Raymonde, l'épouse de Jacques, personnage incongru dans une telle situation, elle s'était petit à petit incorporée et prêtée sans trop de gêne aux exigences de l'Obsédé. Elle cuisinait pour les hommes, balayait un chouia, s'arrangeait à chaque déménagement un recoin au mieux pour qu'elle et son mécano de mari puissent se murmurer *Ramona* à l'abri des regards. Dans ce garage, pour le moment, leur coin lune de miel était une pièce comme suspendue dans le vide qui jadis au temps de la splendeur servait de bureau. Pour y parvenir, vu que l'escalier n'existait plus, il fallait une échelle. Dans le fond cette difficulté préservait plutôt l'intimité des mariés assoiffés de câlineries. Hélas ! pour l'heure il n'était pas question de copuler. Si Raymonde dormait dans son réduit sur l'un des lits de camp que l'Obsédé faisait trimbaler à chaque déménagement, son chéri, lui, usinait la plupart du temps. Dame ! il était payé pour. Aussi leurs étreintes... leurs râles de joie... leurs « encore, encore »... hum ! pas bezef.

L'engin sur lequel les deux frères se penchaient était placé sur un solide socle de bois, précaution utile car la machine, leur création lorsqu'elle était en action, cognait rudement le sol. D'un mètre sur un mètre, la pièce mâle se composait d'un plateau de métal sur lequel étaient solidement soudés à la perpendiculaire des cordes à piano du diamètre d'un crin de cheval. Sous elle, la pièce femelle, une plaque analogue percée à l'avance, servait de guide et réceptionnait les cordes à piano telle une amante soumise. Pour actionner le toutim les frères avaient également imaginé un balancier que commandait une vis énorme. Quand celle-ci descendait, elle faisait pression sur la plaque du haut qui cédant à la puissance du balancier rejoignait l'autre, l'aplatissant, perforant de la sorte au passage soixante-dix à quatre-vingts cartes de pain d'un coup, donnant des trous du diamètre que l'on voit aux timbres-poste.

Le Breton s'attarda à les admirer. Les gars semblaient connaître leur affaire. Puis son attention bifurqua. Non loin, un magnum de Lanson et une rouille de Dom Ruinart glaçaient dans une lessiveuse posée à même le sol de ciment craquelé, fendu, absent par endroit. Insolite, une table Louis XV écornée, boiteuse – d'où pouvait-elle provenir ? – supportait des couvercles de boîtes à graisse qui faisaient office de cendriers, des paquets de cigarettes, des assiettes vides, des restes de casse-croûte... Un saucisson voisinait sur une caisse de bois retournée à côté d'un réchaud à alcool, d'une bouteille de bordeaux à demi-entamée et de verres à moutarde. De l'œil le Breton chercha d'autres verres. Il n'y en avait pas. Il prit l'un des verres épais, se versa du Lanson, avala d'un trait le vin glacé. Puis ôtant son imper et son feutre il s'approcha de l'Obsédé qui vérifiait une pile imposante de fausses cartes déjà perforées, avant de les empiler dans des boîtes en carton.

– Tu livres quand ?

– Les tiennes après-demain. Les autres...

Il désignait trois cent mille cartes serrées dans du papier journal soigneusement rangées dans des cartons.

– ... vers neuf heures du matin. Elles sont pour Henri Face et Jean le Cycliste.

Il s'alluma une Players, sa marque favorite quand il parvenait à s'en procurer et qui n'aurait pas dû se trouver en France puisque anglaise, et aspira longuement la fumée. Il observa ses équipiers, ajouta :

– Je livre en général le matin, quand j'en ai deux à trois cent mille. Ce qui nous prend deux jours de boulot à cent ou cent cinquante mille par nuit.

Le Breton sifflota.

– Vous devez pas vous emmerder !

Sa réaction admirative n'était que de pure forme. Il connaissait le rendement et pour cause. Il savait que l'Obsédé palpait 33 francs par carte perforée et que lorsque lui et ses équipiers avaient usiné deux millions de cartes ils encaissaient plus de 6. 000 000, soit une bonne brique chacun. Un beau score pour environ dix nuits de boulot !

Le Breton prit l'une des cartes perforées sur le tas, la mira à la lampe, la compara à l'original fourni par le haut fonctionnaire qu'un ruffian avait dans la poche, félicita.

– On s'y tromperait.

– Bof ! fit l'Obsédé. De toute manière les boulangers ne

vérifient pas. Ils s'en branlent. Ils palpent le grisbi et rendent service en même temps à ceux qui n'ont pas assez de pain avec leurs tickets de rationnement.

Il aspira de nouveau sur la cigarette de contrebande, à moins qu'elle n'eût été larguée dans des containers parachutés par Londres qui épaulait la Résistance, et suivit, rêveur, les volutes de la fumée avant de lâcher.

– Note que je m'en balance. Les cartons nous bourrent les fouilles. Mais pourquoi avoir institué des cartes de pain si les millions de fausses sont honorées ?

– Tu veux dire qu'il n'y en aurait pas besoin ?

– Pas ton avis ?

Le Breton haussa les épaules. Ce genre de philosophie et lui...

– En tout cas ça rend service à un tas de mecs, remarqua-t-il. En commençant par nous et ceux des maquis.

– Oh, eux ils braquent les mairies et secouent souvent les vrais tickets ! sourit l'Obsédé qui ajouta sur le champ, index pointé :

– Et vous aussi !

– Jamais entendu parler de ça, éluda le Breton.

Il souriait également. Quoique, braquer les mairies où étaient entreposés avant leur distribution aux ayants droit les tickets de rationnement était autrement risqué que d'en fabriquer des faux ! Dame, c'est qu'être capturé en possession d'une arme équivalait à être passé par celle-ci. En joue ! Feu ! *Feuer* ! Tac-tac-tac ! Ran-an-an ! Les affiches placardées à foison sur les murs de la ville le précisaient suffisamment. Et pas question de débloquer en lançant, larmoyant, aux Prussiens galonnés composant le Tribunal des forces armées d'occupation, qu'on ne savait pas lire ! Ils étaient estimés comme plutôt lourdingues du cerveau, les vert-de-gris, mais à ce point tout de même... Quant à leur sens de l'humour... eux dans ces cas précis ne connaissaient que quelques mots : terroristes ! Ya, ya, terroristes ! Kaput ! Feu ! *Feuer* ! Tac-tac-tac ! Ran-an-an ! Les gars héroïques qui achevaient pour la patrie leur parcours au pied du mont Valérien, où les Huns réglaient leurs comptes, avaient tous appris ça.

Le Breton rendit la carte et réclama, livrant de la sorte le but de sa visite nocturne.

– J'en ai besoin de 200 000 pour ce matin. Une livraison... Tu pourrais pas me les refiler avant Henri Face ?

L'Obsédé, qui était baissé sur une boîte de cartons, se redressa vivement.

– Emmerdant, ça, bonhomme. Tu sais bien qu'Henri...

Le Breton savait ça aussi. Tout Paris était au parfum qu'Henri Face était l'un des plus importants grossiums écouleurs de cartes de pain. Chez lui cela se soldait par des sommes colossales.

– Oui, mais pour moi c'est vital, insista-t-il. Après ton départ j'ai reçu deux coups de fil et je peux pas me dérober à cette commande. Elle urge. Dédé le frangin à Bébert le Jazz doit livrer pour moi ce matin de bonne heure.

L'Obsédé se mordilla les lèvres, caressa son soupçon de moustache effilée avant de capituler.

– Soit. Tu les auras. Mais si jamais Henri l'apprend ?

– Il s'écrasera, rassura son ami dont l'œil était attiré par Raymonde, la femme de Jacques qui descendait les degrés de l'échelle. Elle exhibait une robe de chambre ouatinée et des mules à pompons. Pour faire plus insolite dans ce décor lugubre... Le Breton gloussa doucement.

– Elle se croit au Claridge ou quoi ?

L'Obsédé se tourna vers l'arrivante puis revint à ses cartons.

– Je sais bien que c'est contraire à nos habitudes d'accepter une femme sur un tel boulot, mais celle-ci nous aide. Elle fait la croûte, le café, nettoie un peu, égaie notre palace...

Il venait de balayer l'endroit d'un large mouvement circulaire de la main. Le Breton gloussa encore. En fait de palace ce garage avec ses poutres de fer rouillées, ses odeurs de pétrole et d'huile vieillie, ses carcasses de voitures, cette sensation d'abandon...

Il observa la jeune femme. Après l'avoir salué de la tête et embrassé son mécano de mari, elle s'était mise à moudre du café. Mais du vrai ! Non l'orge grillé dont les Parisiens devaient faire leurs choux gras !

– C'est égal, critiqua-t-il. Une nana ici ! Et si elle se fait emballer ?

L'Obsédé écrasa sa Players sous l'une des semelles de ses Weston noires étincelantes, incongrues elles aussi dans l'endroit.

– Que veux-tu y faire ? Son bonhomme sans elle ne voulait plus usiner. Alors... vu qu'ils venaient de se marier...

Les deux hommes fixèrent le mécano. En bras de chemise, sueur au front, il actionnait le lourd levier. Non loin de là, Pierre son frère, qui lui ressemblait, vérifiait une matrice de sa fabrication qui remplacerait l'autre lorsque cette dernière commencerait à donner des signes d'usure.

Le Breton continuait d'observer la jeune femme. Elle était brune, jolie, potelée. Ne risquait-elle pas par sa présence de semer la barabille parmi les trois ruffians de l'équipe ? Car si Pierre et Jacques étaient mécaniciens-ajusteurs de profession, les trois autres truandaient. Aussi à leurs yeux les mécanos étaient avant tout des naves. Ce que lut le Breton dans les prunelles de Jo la Gambille, l'un des trois qui détaillait goulûment Raymonde.

– Beau petit lot, hein, Jo ? lui souffla-t-il. Tu la mettrais bien aux asperges ?

– Elle n'a qu'à dire oui, sa fortune est faite, rigola doucement la Gambille, en apportant près de la machine des cartes à perforer.

– Oui mais pas touche, conseilla l'Obsédé. Pour l'instant tu palpes plus qu'à faire le hareng. Alors oublie-la.

– Je blaguais, se contenta de lâcher le malfrat entre ses dents.

– Tu regrettes un peu les bals, hein, Jo ? lui décocha amicalement le Breton.

Un éclair s'alluma dans l'œil du maquereau.

– Ah ! les bals, soupira-t-il. *Le Petit Jardin... L'As de Cœur... Ça Gaze... Le Polonceau...*

– ... *Bouscat, Le Tourbillon, La Java... Le Pernetty...*, enchaîna en se marrant le Breton.

S'ils les avaient fréquentés, ces bals musettes où les julies venaient se faire lever ! Hélas les Teutons les avaient prohibiden ! Mais après tout c'était la riflette et des hommes trépassaient sur les champs de bataille, sans oublier ceux qui dans les camps de déportés et de prisonniers...

A présent une bonne odeur de café grimpait de la caisse de bois renversée sur laquelle était courbée Raymonde.

– Il vous manque plus que des croissants, ironisa le Breton.

– D'habitude j'en ai, remarqua tranquillement l'Obsédé. Mais hier le boulanger qui les fabrique s'est fait prendre par les types du Contrôle économique. Résultat...

Il s'interrompit brusquement, fonça sur un des truands, un brun, mince, vêtu d'un bleu de chauffe et qu'une raie au milieu coiffait.

– Oh, le Tombeur ? l'apostropha-t-il. Que tu tombes les gonzesses d'accord. Mais n'essaie pas de dégringoler mes tickets. Ramène-les au jour. Ils supportent mal l'obscurité.

Lulu le Tombeur, qui s'était approché sans en avoir l'air d'une vieille commode délabrée et venait d'y camoufler un paquet de cartes perforées, pivota sur ses luxueuses chaussures marron qui juraient avec sa tenue d'ouvrier.

– Tu dis René ? fit-il, faussement étonné.

– Me prends pas pour un con, releva l'Obsédé. Va au refile.

Dans le garage, là où l'équipe usinait dans la lumière blafarde, tous s'étaient figés, l'attention dirigée vers le Tombeur car l'intonation de l'Obsédé avait été sèche.

– De quoi, René ?... tenta encore la malfrat.

Déjà l'Obsédé le rejoignait, glissait le bras dans un tiroir déglingué, en ramenait un long paquet bien ficelé. En lui toute courtoisie avait fui. Il était blême et un nerf vibrait au coin de sa moustache blonde. Ses pupilles rétrécies ne semblaient plus rien voir. Il gronda.

– Si je te rechope à ce truc, je te vire.

– Mais René... tenta l'autre, surtout vexé d'avoir été vu.

– Ou je t'assaisonne, enchaîna sans hésiter l'Obsédé. A ton choix.

Avant de lancer la menace il avait pris ses distances et sans la sortir encore il avait empoigné une courte matraque qui le quittait rarement. Il était content d'en percevoir le poids rassurant dans sa paume. Dame, avec sa bande de forbans...

son équipe de bras cassés... C'est que ceux-ci ne ne se drivaient pas comme les demoiselles du couvent des Oiseaux ! Quoique s'il avait dû miser en cas de descente des flics, il aurait parié sans hésiter sur les deux ouvriers mécanos. Ce qu'il expliquait au Breton, après que le Tombeur dompté, du moins en apparence, eut choisi de rejoindre les autres.

– Tu comprends, ces malfrats, au bistrot, devant un comptoir, avec une rasade dans le col, ils sont imbattables. Mais en réalité... quand ils se trouvent au pied du mur...

Après avoir replacé le paquet dérobé sur la pile d'où il avait été enlevé, il enchaînait.

– Tandis que mes deux mécanos, eux, je suis prêt à le parier, me moufteraient pas devant les perdreaux. Ils la boucleraient.

Puis revenant vers la machine qui avait repris son martèlement obsédant, il lança à Pierre qui actionnait le balancier.

– Une minute, Pierre !

Lentement le silence se rétablit et Raymonde, qui versait un odorant café dans les bols, s'immobilisa elle aussi.

– Voilà, reprit l'Obsédé, s'adressant à tous. Que je vous fasse pas marron à m'étouffer des cartes. Même pas une.

Il s'alluma une autre Players, tendit son paquet au Breton, poursuivit.

– Je sais que si vous m'en chouravez mille à 50 balles la carte à la vente, ça vous fera 50 sacs et que vous me répliquerez...

Mais personne n'avait parlé. Il enchaînait déjà :

– ... que sur des centaines de mille, mille cartons... Seulement...

La fumée de la Players escalada le front de l'élégant truand.

– Seulement une seule carte dans les mains d'un revendeur peut conduire à nous. A l'équipe. Il suffit que le gars foire et dénonce celui qui lui a vendu cette carte ou plusieurs pour que nous soyons tous faits aux pattes.

Il les parcourut longuement de son œil bleu, ajouta :

– Vous connaissez le tarif ? Ce sera la Ratière... la

déportation. Les Frizous pas plus que les flics français nous feront de cadeaux, vous le savez. Aussi...

Il enregistra non sans plaisir le tassement de certains torses et le Breton, lui, nota le tremblement des mains de Raymonde qui étreignait une cafetière.

– Je tenais à vous le dire encore une fois, précisa l'Obsédé. Si vous avez vraiment besoin de quelques cartes je préfère vous donner du pognon pour que vous achetiez du pain sans carte plutôt que de m'en faire voler. Je pense que je suis clair ?

Nul ne lui répondit. Il les balaya de nouveau d'un regard, qui ne riait pas, le posa une seconde sur le Breton, revint à Pierre et d'un signe lui ordonna de rembrayer. Une fois de plus le lourd balancier entra en mouvement et une fois de plus les cartes de pain perforées s'empilèrent alors qu'au pied de la machine s'éparpillaient, dégringolant des débouchures, de minuscules rondelles de papier qui faisaient comme de la sciure.

A huit heures tapantes, l'Obsédé entrebâilla la porte de bois découpée dans le vantail du garage désaffecté. Du seuil il s'assura prudemment de la voiture dont il avait perçu le ronflement du moteur. Il s'agissait bien de Louis le Blond qui, homme de parole, fixait la porte de son siège.

– C'est lui, souffla-t-il en se retournant.

Mais le Breton avait vu. Il sortit en hâte, portant un énorme carton. Jo la Gambille et Lulu le Tombeur également munis le suivaient. Tous trois enfouirent leur chargement dans le coffre que Louis le Blond, vivement descendu, leur maintenait soulevé. Puis ce dernier, sans mot dire, regagna immédiatement son volant, la Gambille et le Tombeur l'intérieur du garage, le Breton l'avant de la voiture. L'Obsédé n'avait pas refermé que la 11 légère pilotée par le Blond filait vers l'avenue, où commençait à grouiller la vie.

– Je te laisse où ? jeta celui-ci au Breton tandis qu'ils débouchaient dans l'avenue et se faufilaient entre deux camions de la Wehrmacht.

Chez Mémé le Bique, renvoya le Breton en lorgnant le Blond, carré d'épaules et de mâchoire, un tout qui donnait une impression de loyauté et de sécurité.

Ce qui était exact. On trouvait difficilement plus droit

et plus sûr que Louis le Blond, un risque-tout sans nul doute, mais qu'on pouvait freiner si nécessaire. Le garçon, qui était comme la majorité d'entre eux de la génération des même pas trente ans, savait écouter s'il le fallait. A condition que ce soit un ami qui parle. Mais alors un ami. Un vrai. Pas de ces amitiés de salon ou de bistrot où tout n'est que toc, tic, tac et stuc.

– Bon, fit le Blond. Je t'y conduis.

Et il doubla sans vergogne l'un des camions bâchés verdâtres qui recélaient des troufions endormis.

IV

Louis le Blond immobilisa sa Traction rue Colette, à deux pas du square des Épinettes. Aussitôt le Breton, exact au rendez-vous, en descendit et aidé du Blond et de Dédé, un beau gars qui ne roulait qu'en vélo, il débarrassa le coffre de la voiture de son dangereux chargement. Levé à leur intention, Mémé le Bique les guettait de la fenêtre du premier, où il habitait avec sa femme, une mignonne brunette qui ne voyait qu'un homme : Mémé. Ce dernier se hâta de descendre et de soulever le rideau de fer de la boutique qui conduisait à son appartement par un escalier intérieur. A présent inutilisée, la boutique, une ancienne mercerie, ne contenait plus que des cageots vides qu'entreposait, autorisée par Mémé, une des marchandes des quatre-saisons de l'avenue de Saint-Ouen. Le Breton et Dédé se hâtèrent de mettre à l'abri des curieux les boîtes de cartons lourdement chargées, pendant que le Blond redémarrait sans un mot, se dirigeant vers Saint-Ouen où, dans une remise, il allait pouvoir changer les plaques minéralogiques. Il en avait tout un jeu, vieille coutume instaurée par les braqueurs de banques. Deux plaques remplacées, un coup de pinceau adroit, et la voiture transformée pouvait de nouveau affronter la méfiance des flics et des feld-gendarmes. Quant aux Ausweiss, vu qu'ils en fabriquaient...

A l'intérieur de la boutique, Mémé, ayant refermé le rideau, inspectait déjà les tickets. Il en mira quelques-uns, les présentant à la lampe allumée au-dessus d'un petit établi qu'il avait installé contre un mur et enfin sifflota.

– Beau boulot, Lagus.

Tourné vers le Breton il félicitait, sincère. Il était plutôt moyen de taille, avec des cheveux châtains bouclés que commençaient à sillonner des mèches grises. Ses yeux marrons offraient une taie à l'œil gauche, ce qui donnait au regard un reflet glauque. Arborant souvent un sourire de coin, l'homme était avide sans le montrer, dangereux sans qu'on le pressente. Il était aussi sans patrie, sans honneur, mais très efficace. Veste de tweed, culotte de cheval et bottes jaunes habillaient et chaussaient sa silhouette ronde qui s'envelopperait encore car il était gourmand.

– Tu montes ce matin ? lui décrocha le Breton qui riait, car il savait que pas mal de forbans s'étaient mis à singer les grands bourgeois.

Le Bique, qui venait d'accrocher son sourire maison à ses lèvres plutôt épaisses, répliqua :

– Non. Je drive.

Enfin, driver était un bien grand mot. Mémé se contentait ainsi que pas mal de B.O.F. de conduire un attelage composé d'une charrette anglaise et d'un pur-sang arabe, refusé par la Wehrmacht. Ce moyen de circuler avait l'avantage d'éviter les vélos-taxis et d'implorer Ausweiss et essence pour des voitures coûteuses. Hormis les affaires de bandits, Mémé, ainsi que beaucoup, préférait être en règle avec la loi. Cela limitait les problèmes.

– Francis n'est pas là ? s'étonna le Breton en bâillant.

Mémé secoua la tête et posa les tickets qu'il venait d'étudier sur l'établi.

– Non. Il m'a tubé. Il sera ici à neuf heures. Paraît que tu devais le rejoindre au *Chapiteau* ?

Mémé utilisait un parler lent, réfléchi, car il pesait les mots.

– Je n'ai pas pu, expliqua le Breton en se débarrassant de son imper. Je tenais à avoir les ticksons pour la livraison de ce matin. Et puis je pensais que le rencart du *Chapiteau* avait été reporté !

Il indiquait les boîtes empilées.

– L'Obsédé nous a fait une fleur. C'était la camelote prévue pour le gros Henri Face et pour Jean le Cycliste. Alors comme je tenais à être fourni et vu que le Blond ne revenait pas avant huit heures me chercher, j'ai préféré rester sur place avec les piquoteurs.

– T'as bien fait, approuva Mémé en allumant sa première gauloise de la journée.

Ses mouvements étaient aussi calculés que ses mots. Il agissait lentement. Était-ce pour prouver une grande maîtrise de soi ? Le Breton n'avait pu encore le définir. Tourné vers Dédé dont l'élégante et musculeuse silhouette était mise en valeur par un pantalon de golf à carreaux bleus et blancs, un pull de fine laine bleue dont il avait retroussé les manches, et des bas de même teinte qui, partant des chaussures cyclistes, galbaient ses mollets, le Bique enchaînait :

– Dédé, t'en prends dix mille maintenant et tu files où tu sais. Puis tu reviens en prendre dix mille autres et ainsi de suite. Avant ce soir t'auras terminé. Vu, petit mec ?

Dédé acquiesça sans se formliser du « petit mec » assez protecteur. Après tout, Mémé était de dix ans plus âgé qu'eux tous qui n'avaient pas encore les trente printemps. Il se mit à compter des paquets qu'il glissa dans les énormes sacoches arrière qui encadraient sa plaque minéralogique : chiffres noirs sur fond jaune. Hé oui ! ils en étaient là, les Fransquillons. Même sur leurs vélos on leur imposait des plaques à présent ! Puisque la France en était arrivée par obligation à pédaler, autant que ça rapporte un peu de pognon. Qui allait où ? Dans les poches teutonnes ? Franzouskis ? En tout cas chacun, chacune possédait son zinc, vu qu'il n'y avait plus de teuf-teufs ni d'essence pour aller au ravito. Aussi beaucoup, fringués cyclistes, prenaient-ils la route vers la campagne, la famille paysanne si moquée, si décriée, si méprisée et maintenant si encensée, si bénie, si puissante, et qui lorsqu'elle pétait ne reniflait plus le fumier comme jadis mais bien les bons effluves de Camembert. Ceux qui en avaient se rappelaient brusquement les parents des petits bourgs où là-bas on survivait grâce à la bonne vieille terre natale sur laquelle poussaient les légumes et où s'engraissait le bétail.

Mémé observa Dédé emplir une sacoche, puis crayonna

un chiffre sur un papier accroché à un clou du mur. Quand le cycliste fut prêt il souleva le rideau de fer.

– File. Au retour passe par le couloir de l'entrée de l'immeuble. Inutile qu'on ouvre et referme sans cesse le rideau. D'ailleurs pour calmer les curieux...

Pris d'une idée subite, il pointa l'index sur les cageots empilés qui voisinaient avec de vieux journaux.

– ... je vais en fixer un sur ton porte-bagage et y fourrer ces journaux.

Dédé ne répondit rien. Il se contenta d'opiner d'un mouvement de tête. Lorsque le Bique eut terminé, il sauta en selle et s'éloigna d'un puissant mouvement de pédale. Mémé rabaissa le rideau, consulta sa montre-bracelet en or et sourit, livrant l'or de trois dents. Ah ! l'or ! Il en avait au doigt, une chevalière où étincelait un brillant, au poignet, une gourmette énorme, et pas mal de lingots et de napoléons, trésor enterré dans un recoin secret connu de lui seul. Surtout pas de Ninette, sa jolie petite femelle. Plus souvent ! Pour qu'elle le déterre et se cavale avec un beau gigolpince ? Cela ne risquait guère, rapport à l'adoration qu'elle lui vouait. Néanmoins Mémé, en bon Arabe, persistait à se méfier des filles. « Bonnes pour t'arnaquer, qu'il disait. Et aussi pour te faire cocu. » Ainsi allait la philosophie de Mémé le Bique. Il ne croyait plus à grand-chose. Surtout depuis l'exode de 40, où, sergent aux tirailleurs algériens, après s'être battu comme un tigre, il s'était retrouvé seul, en loques, l'ennemi aux trousses, ses chefs enfuis il ne savait où, ne l'avait jamais su, n'avait jamais cherché à le savoir, ni où étaient enfouis à jamais ses copains de guerre, ceux de son escouade. Merde alors, c'était ça la France ! Mais eux, les bougnoules, les bicots étaient prêts à mourir pour elle ! Ils l'avaient prouvé, ceux de l'Afrique ! Les goums ! Les tirailleurs algériens et marocains... les Sénégalais... les Tunisiens... les... les... Merde, alors ! Et en moins de rien le pays en lequel ils croyaient tant les avait laissés choir, les avait laissés risquer inutilement leur peau en se battant contre des tanks manœuvrés par de jeunes dieux blonds, et ça à l'aide dérisoire de cocktails Molotov fabriqués artisanalement par eux-mêmes ! Merde, alors ! Écœuré, ayant été fait prisonnier et aussitôt évadé du champ où on l'avait parqué avec un tas d'autres paumés, Mémé le sergent à croix de guerre n'avait pas voulu entendre ce que lui braillaient les copains. « Non, non. T'en va pas. On va nous libérer. » Libérer, tu parles ! Pauvres nigauds. Pauvres vieux gogos qui avaient gobé les promesses de ceux qui les gardaient, lesquels avaient trouvé ce moyen pour les tenir en laisse en attendant qu'on vienne les embarquer pour des camps de prisonniers de guerre. Lui, Mémé, s'il avait cavalé, s'était bouché les oreilles ! Une trahison lui suffisait. Des promesses, du baratin, il n'en voulait plus. Fini pour lui, la France. Rabattu sur Paris, ayant contacté ses « pays » de la Goutte-d'Or, il avait eu vite fait de se recycler dans les trafics et le banditisme. S'il était pris, on ne pourrait jamais lui faire pire que l'immense désillusion ressentie par la débâcle de l'armée à laquelle il avait été si fier d'appartenir. Et que lui restait-il de ses espérances, de faire carrière un jour dans cette armée ? De devenir adjudant-chef ? Et pourquoi pas, vu la guerre, de terminer officier ? Eh bien il ne lui restait rien. Rien. Rien que sa croix de guerre et ses trois palmes. Rien... rien... rien ? Non, tout de même. Sa banane c'était quelque chose ; même si on ne la porte pas, on ne crache pas sur une croix de guerre. Après tout, il ne l'avait pas trafiquée, elle ! Il l'avait hautement méritée si on s'en référait à ses citations : *« Sous-officier au courage légendaire dans son régiment. A sous le feu intense de l'ennemi été chercher le corps de son lieutenant affreusement mutilé. A... A... A..., etc., etc. »*

Fermez le ban.

S'élevant de la gauloise, la fumée voila encore plus l'œil gauche de l'ancien sous-officier de tirailleurs. Il énonça, fixant le Breton.

– Francis doit se pointer à neuf heures, d'après son coup de fil. J'espère qu'il viendra, et que nous allons pouvoir en finir avec Ballancourt puisque t'es là. Il faut que vous alliez là-bas chercher un rouleau de papier.

– De combien ?

– Plus de cinq cents kilos.

Le Breton esquissa un sourire en se débarrassant enfin

de son feutre. Dans la bouche du Bique un rouleau aurait pu faire croire à un de ceux dit hygiéniques. Il s'informa.

– Avec quelle bagnole ?

– Une camionnette. Georges doit s'amener avec.

– T'en es ?

Le Bique fit un signe négatif.

– J'ai à faire à onze heures. Mais on vous attend là-bas.

Le Breton piocha dans le paquet de gauloises que Mémé avait posé sur le petit établi. Il actionna le briquet d'or resté près des cigarettes, s'enveloppa de fumée, toussa, courbé en deux. Les nuits de poker commençaient par peser. Sans le vouloir son œil accrocha l'adresse clouée sur un des cageots : « Maria Leflet. Primeurs. Avenue de Saint-Ouen. » Il se redressa rêveur, tout à coup. Cette avenue, s'il la connaissait, l'avait balayée en tous sens, pillée aussi. Voyons, cela faisait... dix... onze... non douze ans déjà. Douze ans qu'il était là, à trois pas, dans ce square des Épinettes, lui et ses amis apaches, ses potes, les rôdeurs de barrière... Douze ans quand ils tentaient de colmater leur misère de parias, d'orphelins de la Grande Guerre. De la der des der. C'était juré. Il n'y en aurait plus. Tous ceux qui étaient restés là-bas à Verdun, au Mort Homme, au chemin des Dames, dans la Somme, sur la Marne, tous ceux-là avaient payé de leur chair la fin des tueries. Juré. Promis. La Société des nations se chargera de faire appliquer le serment. Fini. Promis. Juré. Les menteurs. Les ignobles, les bourreurs de crâne. La der des der ? Mais les descendants des morts au champ d'honneur de 14-18 étaient déjà en plein dans une autre ! Celle-là, comment allaient-ils la baptiser, les immondes ? Pas der des der en tout cas, puisque la courte phrase avait déjà servi. Alors comment l'appeler, celle-ci ? La définitive des définitives ? L'ultime ? Les ignobles pourceaux. Les fumiers de baratineurs, de fendeurs de mou. Alors pourquoi, pour qui, étaient donc tombés ceux de 14-18 ? Pour que dalle, tout bonnement. Pour des bigorneaux... des haricots. Pour de la fiente. Et les orphelins de cette ultime, issus des orphelins de la der des der, qu'allaient-ils devenir ? Les laisserait-on comme leurs pères crever la gueule ouverte ? Deviendraient-ils également des voyous, des poisses, des mecs de mecs, des rôdeurs de barrière ? Des parias sur qui flicaille et société s'acharneraient, pissant sur la voix d'un nouveau Clemenceau, le Tigre qui avait jadis clamé, déclamé, proclamé : « Ils ont des droits sur nous ! » en faisant allusion aux parents, femmes et enfants des tués, des morts pour la France. Oui, les mômes de cette dernière hécatombe, ceux sans attaches, sans foyer, sans rien, finiraient-ils comme leurs pères dans la rue ? Dans la gadoue, la pourriture, la violence, le bagne, les prisons et la mort ? Tas d'enfoirés !

L'œil sur le cageot de primeurs vide, la gauloise fumaillant à ses lèvres, l'ex-rôdeur était loin. Au fait, qu'étaient-ils devenus ses copains des Fortif's [1] qui se dressaient jadis à quelques centaines de mètres du lieu où il se trouvait, douze ans après ? Oui, où étaient-ils tous ? Les Léon de Saint-Ouen, Dédé le Tatoué, Face Plate, Jo Trompe-la-Mort, Georges le Manchot, Bébert les Yeux cousus, Tout P'tit, Loulou le Placeur, Julot les Belles Dents... tant d'autres... Oui, où étaient-ils tous, ses anciens complices, ces voyous à casquettes à carreaux, à frocs à pattes et poches à la mal au ventre ? Qu'était-il advenu d'eux ? Et leurs gigolettes, en bas noirs, jupe plissée, chandail à col roulé, court tablier et accroche-cœur ? Et Momone, la jolie Momone pour laquelle Léon et Face Plate s'étaient battus au finish sur les Fortif's ? Momone pour qui Jo Trompe-la-Mort avait bien gagné son surnom, car il était mort buté par Léon de Saint-Ouen. Ah ! Momone !

« *Sur les Fortif's un beau matin*
M'ont trouvé des vieux de la barriè-è-ière
Comme c'était pas des gens rupins
Ils m'ont élevé à leur maniè-è-è-ère
Sur les Fortif's là-bas là-bas
J'ai poussé comme une fleur sauvage
J'm'ai amusée avec les ga-a-ars
Comme toutes les gosselines de mon â-â-âge
On courait on s'y bousculait
Sans craindre ni les coups ni les chutes

1. *Fortif's.* Biographie.

Mince alors c'qu'on y rigolai-ai-ait
Ah ! Quelle culbu-u-u-ute. »

Oui, où ils étaient passés les aminches de l'époque ? Combien en avaient consommés le bagne de Saint-Laurent-du-Maroni, les règlements de comptes, la guillotine, les centrales de Fontevrault ou de Melun ? Sans oublier la riflette. Car pas mal d'entre eux avaient dû, tels leurs pères, régler à la patrie, une fois de plus, l'impôt sacré. Celui du sang. Dindonnés comme leurs vieux, ils avaient été, ces héritiers du héros !

« *Plan. Ran-tan-plan. Plan.*
Ga-a-ar-arde à vous !
Présen-tez-armes !
Au nom du... Au nom des...
Repo-o-o-sez armes !
Plan. Ran-tan-plan-plan. Plan. »

« *Allons enfants de la patri-i-i-e*
Le jour de gloire est arrivé
Méfions-nous de la tyranni-i-i-e
L'étendard sanglant est levé. »

– Lagus ? Oh ?

Le Breton pivota sur ses Weston.

– Oui, Mémé ?

– Où t'étais bon dieu ?

– Nulle part, éluda le Breton.

Il ne pouvait expliquer qu'il avait replongé dans un passé proche, pourtant si éloigné, ni qu'il venait de revivre l'époque où, à dix-huit ans, clochard famélique, sans boulot, sans père ni mère, il roupillait comme il le pouvait dans les recoins des portes cochères, à l'arrière des taxis à l'arrêt pendant que les chauffeurs jouaient à la belote coinchée au chaud dans des bistrots, et aussi contre les bouches de métro, avec pour compagne fidèle un début de tuberculose, deux trous au poumon droit qui lui mitaient les éponges. A quoi bon parler de ces choses au Bique ? D'ailleurs tout le monde s'en branlait, lui tout le premier. Il têta sur sa gauloise, l'œil sur son bracelet-montre.

– T'avais pas annoncé que Francis et Georges...

Un heurt au rideau de fer lui bloqua sa fin de phrase dans la gorge. Tous deux lorgnèrent vers les faux tickets puis Mémé s'approcha du rideau.

– C'est quoi ?

– Titiche. Avec le Jazz.

Le Bique hésita, consulta le Breton du regard. Celui-ci haussa les épaules. Mémé se décida à soulever à demi le rideau. Titiche de Montreuil et Bébert le Jazz, le frère aîné de Dédé le Cycliste, se glissèrent dessous. Aussitôt qu'il eut refermé, Mémé leur lança mécontent :

– Qu'est-ce que...

La rigolade au bord de ses prunelles bleuâtres, la gouaille aux lèvres, Titiche renvoya :

– Ben quoi, Mémé ! On sait que t'as des cartons, alors on s'est dit qu'on pourrait peut-être en becter !

Puis vers le Breton avec qui il s'entendait :

– Qu'est-ce que t'en penses, mec ?

Si Titiche et Bébert avaient l'âge de Mémé, ils voyaient moins grand, avaient moins d'envergure, moins de besoins aussi, peut-être.

– Ma foi..., sourit le Breton qui se tourna vers le Bique. On pourrait leur en céder un peu, non ? Combien il vous en faut, ajouta-t-il, revenu aux autres. D'abord qui vous a affranchis que... C'est ton frère, Bébert ?

Il fixait le Jazz, trapu, solide, à l'allure paysanne. Un roc.

– Non, fit celui-ci. C'est toi Mémé qui...

Le Bique sursauta. L'index que tendait vers lui le Jazz n'était guère amical. Et lorsque le Jazz ne faisait pas ami, ami, il y avait du souci dans l'air. Bébert, les paroles mielleuses, la diplomatie fielleuse des truands, les promesses, il n'en avait rien à foutre. Si on lui promettait il fallait tenir. Et cela quelles que soient la cote, la réputation des prometteurs. Il n'avait pas de grands besoins, d'accord, mais il fallait respecter ses petites ambitions. Il répéta de sa voix qui conservait une intonation pétrie de la terre et des bouses de vache du pays manceau d'où il venait.

– Oui, toi, Mémé. La semaine dernière, tu m'as annoncé au *Chantilly* que tu me ferais une fleur... que t'aurais des cartons cette semaine et que j'en aurais.

C'était net. Titiche se marrait doucement, le Breton observait Mémé avec intérêt. Le Bique avide était au pied du mur.

– Et tu les as promis à 350 francs le morceau, achevait d'énoncer Bébert.

Le Breton aspira sur son mégot. Encore mieux que prévu ! Ainsi, Mémé, voulant se mettre le Jazz, un pas facile, en poche, avait promis de lui faire un prix ? Il en était souvent ainsi dans les boîtes de nuit. On se retrouve, on vide deux ou trois flacons de champ' et on promet la lune, d'autant que dans le Milieu chacun est plus ou moins mythomane, plus ou moins fondu, veut s'en faire accroire et en faire accroire aux autres sur sa valeur, sur sa disposition et son courage à tout risquer. Ce n'est bien souvent que du vent. Pas toujours. Certains truands, oui, sont des lions. Certains. Les autres...

– Et il t'en faut combien Bébert ? lança le Breton.

– Trente mille. C'est ce que tu m'as promis Mémé, n'est-ce pas ?

Le solide Bébert, qui vivait en marge des lois quand il ne faisait pas le batteur dans les bals, d'où son surnom, et vu que ceux-ci en ce moment étaient interdits par l'Occupant, vivait de toute façon en marge de celles du Milieu. Il fixait le Bique dont le teint un rien grisâtre avait viré au bleui.

– Eh ben..., tenta de se dérober le Bique, mal à l'aise.

C'est qu'il n'aurait pas dû prendre seul une décision ! Du moins en ce qui concernait la distribution des cartes de pain. Il traficotait avec les Arabes de la Goutte-d'Or et de Barbès, c'était son droit. Mais pour ce qui était des cartes, il était associé à Francis et au Breton et ne pouvait donc rien faire sans leur accord.

– Ben quoi ? fit Titiche dont la face moqueuse était barrée d'un rire muet. Tu veux pas tenir ta parole à Bébert ?

Tout juste si pour emmerder Mémé sa bouche ne mimait pas un « oh ! » scandalisé.

Le Bique porta son attention sur le Breton.

– Ton avis ?

– Puisque t'a promis..., renvoya son associé.

– Alors on les embarque, déclara Titiche, exhibant illico un sac de toile grise cueilli dans la poche d'une gabardine qui lui dégringolait presque aux pieds. Ah ! il était jojo avec ça et sa casquette à carreaux qui coiffait ses cheveux, prématurément blanchis...

– Compte-les leur, Mémé ! encouragea le Breton.

Bien obligé de s'y résoudre, le Bique se mit en mesure de soulever le couvercle du carton qu'il avait déjà inventorié dès la réception.

Quand les trente mille cartes furent empilées dans le grand sac frappé au pochoir du mot « postes », Bébert contempla Mémé une seconde fois puis lâcha sa mise en garde.

– Ne promets jamais si t'as dans le crâne de pas tenir parole, Mémé. Au revoir.

Et désignant d'un doigt épais le rideau de fer.

– On s'en va.

Puis vers le Breton.

– Lagus, je refilerai l'oseille à mon frangin quand j'aurai fourgué le blot.

Le Breton acquiesça et sourit. C'est qu'entendre l'argot sortir d'une bouche rocailleuse à l'accent paysan... Quant au Bique, c'était de mieux en mieux. Ainsi il avait promis les cartons à crédit ? Le Breton n'était pas content. Bébert était un vieux et solide compagnon, mais tout de même le Bique y allait léger. Il aurait dû avertir ! Le Breton serra les mains que lui tendaient les deux hommes.

– Quand est-ce qu'on te voit rue des Boulets ? lui lança Titiche, faisant allusion à un petit bistrot où se tenait le G.Q.G. de certains voyous de banlieue.

– Un de ces jours, sourit le Breton. Pour un petit salé aux lentilles.

– Sans cailloux dedans, garantit Titiche, avant de se baisser sous le rideau de fer avec son sac chargé. A moins que ce soit des diams !... Là tu serais preneur, hein, coquin ? Et il gloussa.

Cela faisait pas cinq minutes que Mémé avait fait retomber le rideau qu'on y heurtait de nouveau.

– Qui ? s'informa Mémé à travers la tôle.

« Francis », renseigna une voix pâteuse, mal contrôlée, déformée par l'alcool et le tabac.

Une fois de plus le Bique actionna le rideau et Francis le Nantais attendit qu'il soit haut levé avant de pénétrer dans le local. Aussitôt sa stature pompa l'air de l'endroit. C'est qu'il dépassait le mètre quatre-vingts, possédait des épaules à n'en plus finir. Malins, intelligents, ses yeux d'un marron foncé étaient striés de fibrilles rouges causées par la boisson. Nu-tête, ses cheveux noirs bouclaient sur un front déjà creusé de rides et l'une des boucles retombait du côté de la cicatrice qui lui zébrait de biais la joue gauche. Chez lui se contrastaient violence et bonté. Avec sa balafre, il offrait une gueule de forban qui rappelait l'époque où les pirates de Nantes, abandonnant tavernes et filles de joie pour aller rapiner, sillonnaient les mers. Un costume bleu à fines rayures blanches d'un bon tailleur l'habillait, mais la nuit écoulée en avait gommé le pli du pantalon, froissé les revers. Ouvert, débraillé, le col de sa chemise montrait la naissance de sa cicatrice et la cravate qui aurait dû être nouée à son cou dépassait de sa poche de veston. Il n'avait pas plus dormi que le Breton et son haleine empestait champagne et cigarettes. A sa bouche large et moqueuse, rougie par la nuit de bringue, fumaillait le mégot d'un cigare qui emboucanait.

– Je viens de voir Bébert et Titiche, dit-il.

Mémé esquissa un mouvement, Francis le stoppa.

– Ils m'ont raconté.

Il parlait avec une certaine lenteur et sans grande cohésion comme à chaque fois que le ratafia lui chauffait le cerveau. Ce qui était souvent le cas. Autrement, servi par l'intelligence et beaucoup de courage, il pouvait s'avérer drôlement efficace et lucide en affaire. De même pour le rififi. Il était préférable d'éviter d'avoir à l'affronter. Poussé sur le quai de la Fosse de Nantes, accoutumé aux rixes des docks, il n'était guère maniable. Mais il était généreux, d'une générosité folle et droit de mentalité. Seulement ainsi que ceux qui tafiataient trop il risquait de se démolir la matière grise. En travers de son épaule il avait jeté un trench-coat d'un blanc jaunâtre qui tranchait sur le bleu de son costume froissé.

Il sourit au Breton à qui il portait une rude amitié. En réalité tous deux étaient plus qu'amis. Ils avaient noué ça, bien avant-guerre, à l'époque où Francis, marié à une Gitane qui tapait la bonne ferte [1], écumait certains coins de France et d'Espagne.

– Ça va Maho ? lança-t-il à son ami sans cesser de scruter Mémé auquel il décocha, l'œil mauvais, cherchant ses mots :

– Qui te permet de traiter sans nous affranchir ?

Mémé esquissa encore un geste immédiatement freiné par le Nantais.

– Je suis pas contre de faire une fleur à Bébert ou à Titiche qui sont des bons potes à nous. Mais t'aurais pas dû décider seul.

– J'ai pensé que vous seriez pas contre, releva le Bique. D'autant que je sais l'amitié que vous portez à Bébert et à Titiche. Sans ça tu te doutes que je me serais pas permis !

Ça c'était tout Mémé ! Implacable lorsqu'il le fallait, diplomate quand nécessaire. Et avec Francis, dans l'état où il se trouvait, faire du léger restait préférable car, ainsi que ceux de sa race, le Nantais aimait l'affrontement. D'ailleurs, lorsqu'ils avaient bu là-bas à Nantes et une fois leurs adversaires éliminés, ils finissaient par se défier entre amis, entre frères même. Tout dire. Ils aimaient la bagarre pour la bagarre, s'avéraient difficiles à raisonner, rapport aux énormes quantités de fillettes de muscadet éclusées. Rixes qui se terminaient très souvent par des blessures occasionnées par des couteaux, l'arme préférée des Stéphanois et des Nantais, avant que ne prime l'arme à feu.

– Pas contre, pas contre..., marmonna le Nantais toujours à cran, son mètre quatre-vingts penché sur la carcasse du Bique, à croire qu'il voulait l'aplatir de ses cent vingt kilos. N'oublie pas qu'on est partenaires, Mémé !

Son regard vrillé dans celui de l'ancien tirailleur mettait ce dernier mal à l'aise. Mais Francis semblait en avoir fini avec lui. Comme ça. Soudainement. Suivant de la sorte

1. Prédire l'avenir.

l'illogisme des poivrots. Rallumant en tremblant son cigare éteint de ses doigts que la nuit de goguette avait poissés et noircis aux ongles, il pivota sur le Breton.

– Je t'ai attendu au *Chapiteau*, Maho.

Le Breton, qui s'était courbé sur l'établi pour préparer le prochain paquet à emporter par Dédé le Cycliste, se retourna.

– On m'avait fait croire que c'était remis. Que t'étais...

Il n'alla pas plus avant. Avec Francis qui, échauffé par les verres de champagne avalés, sautait vite d'un sujet à l'autre, il préféra bifurquer, tout en enregistrant sous les ongles de son copain cette crasse spéciale des nuits blanches qui lui rappelait quand il était de la zone [1], cette crasse particulière qu'il avait connue mieux que personne et qu'il ne retrouvait que sur les mains de ceux émergeant des nuits de fiesta ou sur celles des clodos.

– T'as pas eu de nouvelles de Georges ? s'informa-t-il. Il doit...

Il s'interrompit car son ami venait de repointer son index sale sur Mémé.

– Oui, Mémé. Tu dois pas te permettre...

Le Bique soupira et le Breton se marra. Allons bon, voilà que ça repartait comme en 14 ! Le Nantais revenait à son idée. Repoussant de son ventre rebondi l'Arabe contre l'établi, il enchaînait, le cerveau embrumé par la boisson.

– Un jour, Mémé, t'iras trop loin. Un jour...

Le Bique détourna la tête. Non par crainte, plutôt par celle de périr asphyxié. C'est que l'haleine du Nantais... Celui-ci, heureux de l'avoir bloqué de son ventre qui promettait encore plus de s'arrondir dans l'avenir s'il n'y prenait garde, ajoutait soudain en gloussant.

– Ah ! vous les biques vous fourgueriez vos femmes aux enchères ! Pas comme mon con de frère qui bande pour la sienne.

Il avait lâché sa tirade d'un trait en postillonnant. Mémé n'eut que la ressource de s'essuyer d'un revers de main. Le

1. Être de la zone : être sans domicile, dormir dehors, à droite, à gauche. Aller se zoner : aller se coucher. Voir *l'Argot chez les vrais de vrai.*

Nantais qui avait enregistré le geste s'en formalisa aussitôt, hargneux.

– Je t'ai microbé ?

– Micro... quoi ? fit le Bique, surpris.

Il en écarquillait les yeux. Le Breton qui en avait abandonné son tri rigola de plus belle avant d'intervenir.

– Vous êtes dingues ou quoi ? Oh ! Francis, fous-nous la paix ! On est pas là pour...

– Hein ? Comment ? Quoi... quoi...

Le Nantais sursauta, à croire qu'on venait de lui planter un ardillon dans les fesses. Il foudroya son ami de son regard à demi éteint.

– Qu'est-ce que tu dis ? Que je... quoi... Quoi ?

– Merde, soupira le Breton. Avale-toi un coup de café et colle-toi le crâne sous le robinet, merde !

Son copain, l'œil tout à coup redevenu sanglant, avança d'un pas sa masse menaçante en sa direction. Puis se ressaisit aussi vite.

– Bon, bon..., fit-il. Mémé, du kaoua !

Dans son cerveau imbibé ses idées avaient déjà pris une autre voie. C'en était déroutant. Non pour le Breton, habitué à affronter un tas de soiffards du Milieu dont les réactions s'annonçaient toujours imprévisibles. Combien de fois n'avait-il pas aux aurores, après des beuveries, raccompagné des amis, subitement devenus ennemis pour une parole mal venue, un geste mal contrôlé ? C'était démentiel, le nombre de garçons éventrés au couteau ou évincés d'une balle dans le ventre, à la suite des nuits d'alcool. Démentiel. Pour leur part, Bébert le Jazz et lui-même avaient plus que souvent marché des heures dans les matins blêmes entre deux anciens amis et qui, séparés par eux, échangeaient des mots rudes, prêts, décidés à se pourfendre. Cette manie qu'avaient les ruffians de tout remettre en question pour des riens ! D'accord à la rigueur lorsqu'il s'agissait d'un partage non équitable, d'une nana soulevée... mais pour des mots balancés sottement au cours des nuits de java ? Le Breton ne pouvait pas mieux comparer leur susceptibilité qu'à celle des Mousquetaires d'Alexandre Dumas. Les malfrats comme les célèbres héros avaient la fierté placée à la pointe de la lame de leur cran d'arrêt. Et ma foi, s'il ne s'agissait plus de rapière ni d'épée, la saccagne des forbans trouait elle aussi les panses.

Revenant à la demande impérative du Nantais, Mémé se voulut apaisant. Il riait.

– Ça va, du café tu vas en avoir. Mais pas ici. Une fois que ton frère sera là, on ira au bistrot de Marcadet-Balagny [1]. Maintenant si tu préfères monter à la maison pour en boire et te laver un peu...

Un choc contre le rideau de fer le fit s'interrompre.

– Ça peut être que Georges, pressentit le Breton.

Déjà Mémé soufflait, ses lèvres à frôler le rideau de fer.

– Qui ?

« Georges », renvoya une voix grasseyante.

Mémé souleva le rideau pour livrer passage à une cariatide. Si Francis était massif, imposant, son frère lui semblait taillé dans un menhir de Bretagne. Aussi grand que son aîné il donnait une terrible impression de force. Ses épaules, qui n'en finissaient pas de s'élargir, supportaient un cou épais, qui se perdait dans une nuque énorme, à la chair drue. S'il possédait également un rien de ventre il pouvait néanmoins enlever à pieds joints vers un comptoir d'un mètre soixante ses cent vingt-cinq kilos de muscles et de chair compacte. Débarqué depuis peu de son quai de la Fosse nantais, il ne possédait pas l'intelligence éveillée de son cadet, ni son influence sur les malfrats. Du moins pas encore. Mais il commençait à se faire un nom, servi par sa faim de vivre et de boisson, son contact agréable, son entregent. Pour lui la vie devait être une fête. Avant tout. Il était de bonne compagnie, aimait rire et se coucher tard... le matin. Ses accès de joie cachaient mal qu'il pouvait s'avérer dangereux. Dans un des bars de la rue Puget, près de la place Blanche, alors qu'il venait d'un gauche de foudroyer un type et que ce dernier, groggy, hébété, assis à terre contre une cloison, tentait de revenir à lui, le Gros Georges, ainsi qu'on le surnommait, n'avait rien trouvé de mieux que d'arracher son 7x65 à la ceinture d'un copain de la Gestapo et de tirer à bout portant sur le gars à demi évanoui. Par miracle la balle

1. Actuellement place Guy-Moquet en souvenir du héros de la Résistance.

avait juste tracé un sillon dans la chevelure du lascar. Par miracle. Heureusement pour les deux parties. Ainsi était le Gros Georges, amical, vaillant, chaleureux avec un rien de folie dans la cafetière. Quant à son cadet, c'était peut-être pire. Ah ! ils formaient un joli duo !

– 'lut Lagus, lança-t-il vers le Breton ; 'jour Mémé.

Puis de ses yeux d'un marron clair il sonda son frère, son état et soupira, désappointé. Bien sûr Francis ne s'était pas couché ! Comment aller sur un boulot avec un frère pas même dessoulé ?

– J'ai la bagnole dehors, avertit-il pour dire quelque chose, épié par le regard torve de son cadet que dix-huit mois d'âge séparaient. Au bout de la rue Colette. J'ai pensé que...

– T'as pensé quoi ?

L'interruption venait d'être lancée par Francis, agressif. Il se montrait bien souvent hargneux sans motif envers son aîné qu'il surclassait de sa personnalité.

– Oh, ça va, répliqua Georges qui ne tenait pas à envenimer. On a à faire. Tu ferais mieux de...

– Je ferais mieux de quoi ?

Et de nouveau l'agressivité. Et de nouveau un œil à demi éteint posé sur son aîné qui soupira en fixant le Bique.

– Dis Mémé on est ici pourquoi ? Je croyais que...

– Tu croyais quoi ?

Une fois de plus Francis plaçait sa hargne un rien méprisante.

De l'établi le Breton observait ses deux amis. Si Francis lui était plus proche, Georges comptait énormément pour lui. Il intervint.

– Laisse donc Brebet tranquille, et partons.

Au rappel d'un surnom connu seulement de leur famille et de leurs grands intimes, Francis tressaillit.

– Bon partons, accorda-t-il. Tu sais où on va ?

La question s'adressait à son aîné. Celui-ci adoucit sa répartie. Ce qu'il avait envie de l'envoyer balader lui et ses hargnes de poivrot. Mais tout compte fait de sa part cela aurait été mal venu car il n'était pas le dernier à tafiater. Oh que non ! Ce qu'il pouvait ingurgiter ! Son gosier ventouse aspirait tout, aussi bien champ', calva, rhum, Martini que pastis fabriqué grâce aux Corses et aux Marseillais qui dans leurs bars discrets en débitaient des litres, se foutant du tiers comme du quart des lois de Vichy comme du Contrôle économique. Seulement la veille, sachant ce qui les attendait, Georges s'était couché tôt pour être en forme. Il avait laissé ses complets de bonne coupe pour retrouver sa tenue du quai de la Fosse : combinaison bleue d'ouvrier dont les bretelles serraient ses épaules monstrueuses, pull à col roulé étranglant son cou énorme et aux pieds des sabots noirs. C'était de la sorte qu'il se vêtait lorsque dans les marchés de Nantes il poussait la voiture de leur mère qui vendait des primeurs.

– Partir ? partir ? parut s'interroger son cadet en oscillant, mégot de cigare aux doigts et œil trouble.

– Je crois que Francis devrait rester là, intervint maladroitement Mémé. Il paraît fatigué.

Ça alors, pour une bavure ! Le cadet des Nantais avança sur lui, les yeux injectés, la sueur de la beuverie au front et la bouche tordue.

– Qu'est-ce que tu dis, Mémé ?

Et il parut vouloir aplatir l'autre de sa masse titubante.

– Allons quoi, vieux, tenta d'apaiser le Bique. Allons, allons, tu sais bien...

Justement Francis ne savait pas, ne voulait pas savoir. Surtout que l'on se permette de décider en son nom. Ah, mais ! Il grogna en pivotant le cou :

– Où que t'es Maho ?

Le Breton ne se donna même pas la peine de répondre. Il fit signe au Gros Georges.

– On y va, mec !

Tous deux amorcèrent un mouvement vers le rideau.

– Et moi alors ? Vous oubliez que j'ai le pognon ?

Déjà Georges soulevait le rideau. Mémé inquiet posa sa main sur le bras du Breton et lui indiqua Francis qui se déplaçait pour sortir.

– Ça ira ? C'est que...

Il célait mal son inquiétude.

– Tu veux l'empêcher, toi ? répliqua le Breton dans un souffle. Et puis te casse pas le chou ! Il va s'écrouler dans la bagnole.

Et voyant que son ami ne se décidait pas à se baisser pour se glisser sous le rideau à demi levé, il avança la main pour l'aider. Mais se souvenant à temps du caractère irascible du Nantais quand il était secoué par les fièvres de Bercy, il retint son geste. Autant attendre qu'il sorte de lui-même.

Le Nantais s'y décida en grognant. Son frère et le Breton l'imitèrent.

*

Ausweiss bidon fixé sur le pare-brise de la Ford haute sur roues, Georges stoppa cette dernière devant le garage d'un pavillon que devançait un jardinet. Puis il klaxonna trois fois. Sur le champ un homme sortit de la maison en meulière et traversa l'allée qui coupait le jardinet en deux. Il était sans âge et vêtu d'un bleu d'ouvrier qui rappelait celui du Gros Georges. Une casquette le coiffait, des charentaises de feutre noir le chaussaient. Tout en avançant il inspectait les arrivants. Il reconnut le Breton.

– Salut, dit-il, ouvrant la petite porte donnant sur la rue.

– Un ami, présenta le Breton, montrant Georges que l'autre n'avait pas encore rencontré.

– Et Francis ? s'informa l'homme.

– Il dort.

Le Breton pointait, au-dessus de son épaule, le pouce sur l'arrière de la vieille Ford.

– Ah ! se contenta de remarquer l'homme en dévisageant Georges.

– La came ? jeta le Breton tout en observant la petite rue tranquille, bordée de pavillons pour gens à la retraite.

– Elle est là, rassura l'homme. Dans le garage. Prête avec des cageots pleins de légumes.

Le Breton et Georges tournèrent le cou et dans le mouvement les yeux du premier découvrirent une fumée qui s'étirait droite dans un ciel bleuté. Probablement était-ce celle de l'usine de Ballancourt qui fournissait le papier officiel avec lequel les imprimeries de l'État fabriquait les cartes de rationnement ! Oui, cela ne pouvait être qu'elle. Ballancourt... Ballancourt ? Curieux tout de même que le destin ramène le Breton à cet endroit. C'était dans les étangs du même nom et dans la rivière l'Essonne qu'il venait à la pêche avant 1940 avec Bras Court et un tas d'autres coquins. Il revoyait le petit hôtel calme, provincial, où des arcans de Montmartre descendaient pour s'aérer les bronches et colmater la fumée récoltée dans les boîtes de nuit et les parties de flambe. Ils étaient toujours cinq, six, ou plus, à se retrouver à longueur d'année, certains avec leurs nanas. Du moins les fric-fracqueurs et carambouilleurs. Les maq's eux préféraient savoir les dames de leur cœur aux asperges plutôt qu'à se les dorer au soleil ballancourtois... à ramer mollement sur les étangs bordés de nénuphars. Ils les préféraient, ô combien ! du côté de la Madeleine ou au *One Two Two* [1], à écrémer le micheton plutôt que de les voir batifoler et se mirer museau et nombril, Muratti à leur jolie bouche et doigts de pied en éventail. Oh que oui ! Si les harengs chéris toléraient la présence de leurs toutes aimées, ce n'était que le jour du Seigneur et encore fallait-il qu'elles aient bien usiné de leur corps la semaine. Sinon pas de roucoulades au clair de lune. Ah ! ils étaient pour le fier rendement, eux les poissons ! Bisness, bisness, qu'ils préconisaient les julots adorés. Le reste... les fariboles... les entrechats... les « je t'ai-ai-me », et autres sérénades, ils trouvaient ça déplacé... pour leur portefeuille s'entend. Les autres, les casseurs et marloupins de tous acabits n'étaient pas contre avoir leur madame avec eux sous les charmilles... en bateau... à la pêche même, lorsqu'ils daignaient leur monter une ligne avec asticots. Ce qui était quand même assez rare, la libération de la femme n'allant pas jusque-là. Machos il fallait être pour les tenir soumises et consentantes, les mignonnes, donc machos ils étaient. Pour sa part Margot en guise d'asticots allait les quérir à son homme au patelin, distant de deux kilomètres de la pension cachée sous les frondaisons. Elle s'y rendait et en revenait en chantant. Comme toujours. Elle était le rire, elle était la joie de vivre, elle était l'espérance, elle était la chanson. Celle des faubourgs, celle des rues sombres aux pavés mal dévoilés par les rares becs de gaz sous lesquels

1. Très célèbre maison de tolérance située au 122, rue de Provence à Paris.

ils s'étaient étreints, connus, compris, liés. A jamais. Sans rien se promettre. A quoi bon ?

« 2 sous d'amour c'est pas grand cho-o-o-ose
Mais quand on a le droit de choisi-ir-ir...
2 sous d'amour ça fait plaisir...
Et ça vous apporte du bonheur et des ro-o-o-oses.
2 sous d'amour-ou-our-our... »

Cela datait de combien, ces souvenirs, avant que ne débarquent les guerriers blonds de Hitler ? Cinq, six ans... Une poussière à la pendule du temps. En cette époque bénie, le Breton, de son bateau de pêche dissimulé dans les roseaux, n'avait qu'à tendre l'oreille pour entendre la voix joyeuse, chauffée par la tendresse, voilée par le tabac et les rues, sans bien être sûr des paroles d'ailleurs.

« Tu vas rire de moi
J'ai reloué la chambrette
Je l'ai parée ainsi qu'elle était autrefois
Et tu peux revenir ta place est toute prête.
Tout est comme jadis, il n'y manque que toi
Ah ce qu'on s'aimera, ce qu'on s'aimera tous les deux
On remplacera l'amour par la tendresse
Et on revivra le rêve bleu de notre jeune-e-e-esse... »

– Tu y es, Gustave ?

Le Breton fixa sans le voir Georges, l'homme de la préhistoire qui venait de reculer la vieille Ford, cul présenté au garage dont le propriétaire avait ouvert les deux battants.

– J'y suis, fit-il, toujours lointain.

Mais il n'y était pas du tout. Il se trouvait rejeté vers les étangs du pays, vers la rivière... Il revoyait Bras Court sous un immense chapeau de paille, fusillé par le soleil, sept ou huit cannes à tanches et à carpes de tendues en éventail, les pointes dirigées vers tous les azimuts, les bouchons dansotant mollement entre nénuphars et roseaux. Bras Court aimait s'évader des contraintes de la ville surtout qu'il avait devant lui un peu de vaisselle de poche. En ces années c'était une superbe gosse des Antilles qui lui assurait sa boîte à pêche. Une blonde sculpturale. Ce qui étonnait le Breton qui s'était toujours représenté ce genre de fille brune à la peau teintée. Ce n'était pas que Bras Court fût barbeau dans l'âme, mais comme il s'était collé la maréchaussée aux fesses rapport à quelques escroqueries, qu'un mandat de recherche visait sa tranquillité... dire si le pognon de Peau crémeuse était le bienvenu ! Pour qu'il puisse circuler en paix, de faux papiers avaient résolu le problème et le taulier de l'hôtel se contentait d'inscrire sur son grand livre le nom porté sur la carte d'identité bidon. Et les pandores qui venaient relever les fiches et boire un verre de frais se contentaient à leur tour de ce qu'ils lisaient sur le livre.

Le Breton, du regard, accompagna la Ford que Georges reculait un peu plus vers le garage ouvert à présent.

– Oh... oh ! merde !

La voix éraillée de Francis surprit le Breton qui se glissait entre le flanc de la camionnette et la face intérieure du garage.

– On est arrivés ? questionnait la voix éraillée en provenance de la Ford.

Le Gros Georges, qui moteur stoppé venait de descendre de son siège, soupira.

– Celui-là... arrivé ? Il n'a fait que roupiller pendant le parcours !

Francis émergea de l'arrière de la camionnette en se laissant glisser sur le postérieur. Il avait la tignasse en broussaille, l'œil plus net, mais toujours hargneux. Puis il reconnut l'homme en casquette, lui sourit.

– Ça va ? On est...

Le bras de l'homme indiqua un énorme rouleau de papier debout entreposé dans le fond, près de bidons d'essence vides depuis longtemps.

– Boudi, sifflota Francis. Combien ?

– Cinq cents kilos.

– Hé, ben..., admira encore le Nantais.

Le monstrueux rouleau atteignait une hauteur d'un mètre cinquante et un enveloppement d'une sorte de cartonnage kaki le protégeait. Le Breton alla le palper, aussitôt rejoint par ses amis. Ils déchirèrent le cartonnage pour obtenir un échantillon du papier qu'ils mirèrent. Aucune erreur, c'était de l'officiel, c'était bien ce papier que les imprimeries de l'État transformaient en tickets de rationnement.

– Ça va, approuva Francis, à l'homme qui s'inquiétait du regard.

Il lui tendit une enveloppe contenant cinq millions en billets.

– Vous pouvez compter.

Mais l'homme avait confiance et surtout hâte d'être débarrassé de l'encombrant colis. Qui le lui avait amené jusqu'à son garage ? Avec qui partageait-il ? Étaient-ils nombreux ceux de l'usine à palper ? Bof ! c'était son affaire. La leur était d'embarquer le rouleau et de dire « à la prochaine » après avoir chargé le précieux colis.

Ce qu'ils se mirent en mesure de réaliser après que l'homme eut placé deux solides planches allant du sol au plancher de la Ford.

– Maquarelle, que c'est lourdingue ! s'exclama Francis, en tentant de faire basculer l'énorme rouleau pour le faire avancer jusqu'aux deux planches.

Il transpirait déjà son alcool et machinalement il chercha sa cravate pour s'éponger le front. L'homme qui avait observé ses mouvements ne dit mot.

– Laisse, intervint Georges.

Il y avait un rien de mépris sous son intonation. Empoignant le rouleau par le trou du centre il le fit osciller puis le poussa, muscles saillants, veines gonflées aux tempes, le tout dans des han ! de bûcheron. Ce ne fut qu'au pied des planches qu'il accepta son cadet.

– Allons-y Francis. Toi aussi, Maho.

Alors, les veines à lui faire éclater le front, arc-bouté sur ses sabots noirs, dents serrées, il acheva de se coltiner avec les cinq cents kilos de papier.

– Ho, hisse ! commanda-t-il. Ho, hisse !

Conjuguant leurs forces, ils firent s'élever le rouleau mastodonte centimètre par centimètre, puis dans un dernier ho, hisse ! ils le firent basculer sur le plancher de la vieille bagnole qui gémit. Enfin ils le poussèrent jusqu'au fond.

– Voilà, dit Georges.

Tout juste si la sueur coulait de son nez courtaud. Seul son souffle un rien plus précipité indiquait le puissant effort fourni.

Il s'alluma une cigarette pendant que les autres, pour dissimuler le rouleau, empilaient dans la Ford les cageots préparés emplis de légumes et de fruits. Une fois la ridelle de la camionnette rabattue, tous trois grimpèrent à l'avant et Georges embraya, salué par l'homme dont le bout de la grande enveloppe remise par Francis dépassait de sa combinaison d'ouvrier.

En repassant devant la pancarte indiquant Ballancourt, le Breton tourna une dernière fois la tête vers ses souvenirs. N'était-ce pas là, dans l'Essonne, qu'il avait capturé son premier brochet ? Un exploit qui compte dans la vie d'un pêcheur à la ligne ! En plus le bougre pesait ses six livres ! Il l'avait capturé en hiver, le soir tombé, tandis qu'il laissait dériver sa barque sur l'eau noire, sa canne tendue avec pour appât une perche piégée à la petite bête, faute d'un autre vif. Et soudain, alors qu'il ne s'y attendait plus... qu'il allait remonter vers la pension, l'hôtel et sa douce chaleur...

« Plof ! »

Son cœur avait cessé de battre. Est-ce que... ? Il ne voyait plus rien. Rien que des contours obscurs. Malgré lui, palpitant d'espoir, il avait allongé une main gelée vers la poignée de la canne avant de se rappeler les conseils d'Armand Tété, l'aîné d'une famille de six, tous truands de Montmartre et de province. « A l'attaque d'un brochet, laisse courir. Allume-toi une cigarette. Prends ton temps. Fume-la. Puis ramène ta bestiole. » C'était peut-être beau à entendre mais pour ce qui était d'appliquer... Combien de fois n'avait-il pas ce soir-là avancé le bras vers la poignée de la canne calée sous le banc de nage ? Ce que cette foutue cigarette lui avait semblé longue ! Pour finir, il l'avait eu son beau brochet qu'il n'avait même pas su, dans l'obscurité devenue dense, dégager de l'hameçon à perroquet. Ce ne fut qu'à l'hôtel qu'il y était parvenu. Quelle soirée ! Si les bouchons avaient sauté et ruisselé le millésimé... Dame, un brochet de six livres moins cent grammes ! avait précisé Bras Court. Cela s'arrosait ! Heureusement que la fiesta s'était déroulée dans une salle à part, leur salle qui, éloignée des chambres, ne gênait guère. Aussi si ça y avait été de la gorge ! Et en chœur encore.

« Dans les faubourgs, de Grenelle à Pantin
Tous les costauds connaissaient le grand rouquin
On frémissait en voyant dans les bou-ou-ges
Tes cheveux rou-ou-ou-ouges. »
« Tu nous disais : "Mon cœur c'est un pavé
Voyez mes yeux, ils n'ont jamais pleuré."
Tu te vantais. T'oses pas jouer du surin
Toi le grand rouquin-in-in... »

Et les bouchons des roteuses au frais parmi les blocs de glace cassés dans une lessiveuse de sauter, et les chants de s'épanouir. Il n'y avait pas de pause dans leur gaieté. Ils étaient là pour rire, s'éclater. Au diable les lois, les flics, le patron de l'hôtel ! La vie leur appartenait. Les uns après les autres chacun y allait de la sienne, aussi bien de sa bouteille que de sa chanson. Jo le Voleur, qui donnait dans le tragique, balançait ses notes, une main dans la poche de son grimpant, l'œil fixé sur des lointains sahariens, là où sous la discipline de fer pliaient les bataillonnaires et autres exclus de l'armée.

« C'est pour moi une peine bien dure
Une honte pour mes cheveux blancs
De savoir mon petiot que tu tortures
Ceux pour qui tu devrais être indulgent. »

Là, les sourcils de Jo se fronçaient menaçants.

« On m'dit que tu servais ton pays
et qu'au loin tu faisais la guerre.
Mais t'es chaouch à Biribi
Tu fais le malheur des mè-è-ères. »

Plof !

C'était le Jazz qui pour freiner les larmes commençant à perler aux cils de Margot et de la Grande Lulu maquée avec le Voleur, faisait diversion en donnant la voix au goulot d'une millésimée. Plof ! Et la boisson des seigneurs, frappée à souhait, de basculer dans les verres ballons. Debout, le sien dans sa main valide, Bras Court aussi sec toastait.

– A nous autres ! A l'amitié !

– Au brochet de Lagus ! qu'ajoutait Titiche, son sourire moqueur accroché à ses lèvres.

La mousse coulait sur les doigts serrant les verres entrechoqués. Et puisque Bras Court était debout, cravaté et vestonné, il y restait pour pousser la sienne. Il aimait ça, chanter et entendre chanter. Dans son aspect nul laisser-aller. Il y avait du lord rosbif en lui. Il descendait toujours dîner vêtu d'un costume et cravate avec pochette assortie. On l'imaginait mal la chemise dégrafée. Par ailleurs il en pinçait pour les airs du passé, genre gavotte XVIIIe, XVIIe siècle... Soignant son physique, il gantait son moignon d'une peau noire et souple qu'il agitait en chantant, le faisant osciller devant ses yeux d'un vert vorace.

« *Moustaches, moustaches par-ci*
Moustaches, moustaches par-là
Moustaches, moustaches polka... »

Il était pour le menuet, les ronds de jambes de salon sous les lambris dorés de la préfecture. Là aurait dû être sa place. Seulement sa destinée de ruffian de bon aloi...

« *Moustaches, moustaches par-là* »...

Quand ça se ralentissait un brin, toutes, tous se tournaient automatiquement vers Margot.

« Margot, une autre ! »

Ce n'était pas la peine d'insister. Elle était déjà sur la table, agitait ses gambettes nerveuses que gainait une soie claire ou noire et ça partait dans un envol de jupon et de dentelles.

« *Le samedi soir au bouillon Chartier*
J'mangeais des haricots rou-ges.
J'en mangeais à m'en faire éclater.
Quand tout à coup tout le monde bou-ge

C'était la revue qui passait là
entraînée par une marche guerriè-re
Et moi qui adore les soldats
Car les soldats sont militai-res
Alors je me dis en avant, en avant, en a-vant. »

Frappant de ses souliers vernis noirs à talons hauts la table vivement débarrassée, elle allait et venait, marchant au pas, mimant la revue, les soldats, la musique, faisant semblant de boiter sans perdre la cadence comme si elle avait reçu au combat une balle dans le mollet.

« *Je laisse mes haricots*
et je pars au galop
en chantant ce refrain :
Suivons-les, suivons-les
les petits soldats français
C'est eux qui sauvent la France
ils sont soldats français
français, français, français. »

Et tous debout de battre des mains pour rythmer, l'encourager à poursuivre son défilé de la victoire. Pour faire plus martial, Titiche lui avait passé une lardoire raflée dans la cuisine et elle la portait sur l'épaule tel un fusil Lebel, l'arme légendaire des Poilus de 14. Rendue en bout de table, elle pivotait d'un mouvement sec, militaire et s'en revenait à l'autre extrémité, boitant de plus belle.

« *Suivons-les, suivons-les...*
les petits soldats français...
C'est eux qui sauvent la France
ils sont soldats français
et s'ils ne sauvaient pas la France
ils ne seraient pas français...
français, français, français. »

Bravo Margot !

Et Bras Court, son supporter *number one* d'applaudir en cognant son moignon ganté dans la paume de sa main valide.

Bravo Margot !

Si ces deux-là s'entendaient pour foutre l'ambiance !

Aux aurores, alors que Titiche devait regagner Paname par le train, ils l'avaient tous raccompagné à la gare, bras dessus, bras dessous, barrant la route, réveillant les gens encore endormis.

« Qu'est-ce que l'on fout dans c'te putain d'Afri-i-ique
A s'trimbaler avec un sac sur le dos, un sac sur le dos
Mon vieux frangin, j'suis sec comme un coup de tri-i-ique
Car je n'ai plus que la peau sur les os, oui sur les os. »

Et puisque Titiche avait servi aux Bataillons d'Afrique avec Jo Attia et Pierre Loutrel qui allait fournir le fameux Pierrot le Fou, ennemi public numéro 1, il enchaînait à pleine gorge, épaulé par les filles et leurs hommes.

« V'là le Bat' d'Af qui passe
Ohé ! ceux de la classe
Et les Pantinois
Qui vont se faire la paire dans qué'que mois.
A nous les gonzes-ses
Qu'ont du poil aux fes-ses
On les reverra quand la classe, quand la classe
On les reverra quand la classe rentrera.

Et Titiche qui donnait le bras à Margot de s'excuser en dépit de l'ivresse qui le faisait tituber.

« Excusez-moi, m'âme Auguste. »

Ses lèvres, ses yeux malins riaient. Mais l'excuse, elle, était sincère. Aucun des malfrats n'aimait choquer les femmes d'amis. Ces dernières leur étaient sacrées, ils ne les tutoyaient pas et elles avaient le droit à « madame ». Immuablement. Les excuses de Titiche de Montreuil venaient de certains mots crus de la chanson des Joyeux. Ah ! ils étaient formalistes parfois les ruffians !

« Dis bien le bonjour à la môme Fernan-an-ande
Qui fait le tapin au coin de la place Clichy, de la place
[Clichy
Si tu la vois dis-lui qu'elle m'atten-en-ende
Car dans qué'que temps j'serai de retour à Paris, oui à
[Paris. »

Des volets s'entrouvraient accompagnés de bâillements, des faces surmontées de bigoudis apparaissaient et des sourires ou des jurons accompagnaient les festoyeurs.

« V'là le Bat' d'Af qui passe
Ohé ! ceux de la cla-a-asse
On se reverra quand la classe, quand la classe
On se reverra quand la classe rentrera.
Avec, avec du poil sous les ro-o-o-obes. »

Un coup de frein du Gros Georges, qui venait de stopper, à un barrage dressé avant l'entrée de Paris, sortit le Breton du passé. Deux gendarmes allemands s'approchèrent, soupçonneux.

– Babirs !

Le Gros Georges obtempéra. Les Frizous épluchèrent les documents, l'un se pencha sur le pare-brise, là où était collé l'Ausweiss, et la plaque de métal qui lui ornait la poitrine comme un bœuf à la foire se balança sur le capot de la vieille Ford.

– Ya, ya, fit-il en se redressant. Vous dransbordez quoi ?

– Ravitaillement, Herr Major ! répliqua Georges pas chiche en grade.

– Ah... oh... oh ! fit le Teuton, intéressé. Vous ravidaillement. Heu... heu... Puis, index brandi : Mais moi, bas Herr Major. Bas encore. Vous ravidaillement, alors ?

– Marjé noir, ya, rectifia le premier Fridolin qui sous le casque offrait des yeux pâles dans une gueule carrée.

– Non, non marché noir, se défendit le Gros Georges tout charme dehors. Non, non. Moi commerçant. Nous travail. *Arbeit* !

Les yeux pâles du Fritz scrutèrent Francis qui somnolait et le Breton, puis il remua la main.

– Vous tescendre et mondrez messié.

– Enfoiré, insulta Georges entre ses dents.

Le Breton tourna le cou vers l'arrière. Il était inquiet. Si jamais les autres découvraient le rouleau... Quant à Francis il poursuivait son petit somme, semblait se foutre totalement des Fritz. C'était tout lui, ça. Le Breton était payé pour savoir. Lorsqu'il leur arrivait de se faire emporter dans une rafle, le Nantais, pas bileux, s'allongeait sur un banc du commissariat et plongeait dans un gros ronron peinard à la rage de son ami qui ne pouvant fermer l'œil supputait ce que les maudits perdreaux avaient l'intention de leur coller sur la soie. Dame, c'est qu'avec la maison Poulaga... leur délicieuse façon de vous le faire à la surprenante avec des : « Où t'étais la nuit du 14... aux aurores du premier de l'an... Hein ? Allez, on sait tout. » Bien sûr ils ne savaient rien. Bien sûr les maraudeurs n'étaient pas nature à leur salivette, néanmoins un piège pouvait toujours être tendu... vous expédier aux oubliettes... à la Santoche... à Fresnes...

Il cogna le flanc de son ami.

– Francis ! Réveille-toi, merde !

– Quoi, quoi ? pataugea le Nantais, lippe en avant et regard trouble.

Pourtant il n'avait rien bu depuis le départ de chez Mémé le Bique ! Peut-être que chez lui l'alcool fermentait à retardement ! Le Breton le recogna de nouveau, alerta entre ses dents.

– Réveille-toi, bon dieu. Les chebos yefou la retuvoi !

Il s'était exprimé en verlen qui consistait à mettre phonétiquement les syllabes à l'envers et qui se traduisait par : « Les Boches fouillent la voiture. » C'était lui et quelques autres, Jeannot du *Chapiteau*, le Nantais, Jo la Feuille, le grand Milo de Belleville, Panaf, Auguste le Fou, Dédé le Toulousain, ceux qui se pointaient au *Café de la poste* qui avaient lancé cette mode tout au début de la guerre. Cela dans le but de tromper les oreilles trop curieuses qui traînaient dans leurs bars, bistrots, etc. Avant tout phonétique, ce jargon, vite adopté et répandu dans les bas-fonds, pouvait effectivement leurrer les non-initiés. Surtout lorsqu'il était appliqué à l'argot, quoique déjà en français il était difficilement décelable pour les intrus.

Francis lui lança un coup d'œil assassin, enregistra à travers la vitre baissée que d'autres flics s'occupaient d'autres carosses, puis son œil torve cadra le deuxième feld-gendarme resté côté volant de la Ford.

– 'que c'est ? fit-il, d'une voix pâteuse.

– Tu le vois pas, s'pèce de con ? s'emporta son ami, à cran. Merde, t'es louf ou quoi ?

Puis il soupira soulagé car Georges, suivi du premier Fridolin, s'en revenait, décontracté. Des yeux l'aîné des deux frères lui fit savoir que tout baignait dans l'huile. D'ailleurs pour confirmer il se réinstallait au volant en réempochant ses papiers. Le conquérant aux yeux pâles, qui scrutait Francis reparti dans ses rêveries de poivrot, pointa un index énorme.

– Lui ? Gognak ?

– Cognac, se marra le Breton, saisissant vite la perche. Trop schnaps ! Lui... Vlouf ! Vlouf !

Et nuque renversée, pouce retourné au-dessus de sa bouche entrouverte, il fit mine de boire. De son enfance emmurée il avait retenu qu'il fallait toujours abonder, surtout ne jamais froisser la susceptibilité de ceux à qui on a accordé un brin de pouvoir, ne jamais oublier que ces derniers ont toujours tendance à péter plus haut qu'ils n'ont le cul. Composer, composer... faire du léger. Toujours, toujours... Du moins essayer.

– Vlouf ! Vlouf ! répéta-t-il joyeusement.

Et il indiquait Francis dont une paupière difficilement soulevée découvrait un regard vague qui errait sur les uniformes vert-de-gris.

– Ça va, décida œil pâle. Vous, raoust méssiés !

Il n'avait pas achevé que le Gros Georges rembrayait et s'éloignait avec la foutue cargaison. Comme de bien entendu, postés à l'abri de platanes invisibles du barrage policier mis en place, des soldats, mitraillette au poing, étaient prêts à servir la voiture qui n'aurait pas obtempéré aux sommations, ni stoppé.

Ce fut seulement à ce moment-là que le Breton se rappela avoir une fois de plus oublié sa trousse de faux médecin. Ce qui était une faute. Avec les Doryphores [1], il ne fallait rien négliger, le moindre détail pouvant aider à échapper à leur suspicion.

1. Allemands. Autres synonymes : Chleuhs, Frizous, Teutons, Canaques, Vert-de-gris, Fritz, etc.

V

Ce fut vers la porte Pouchet, du côté de la zone, que le Gros Georges immobilisa la vieille Ford. La rue n'en était pas une mais plutôt un passage bourbeux l'hiver, poussiéreux l'été. Tout juste si la Ford et un vélo-taxi auraient pu l'emprunter de front. Heureusement que Marque Mal, l'homme à qui ils devaient laisser le papier, était présent, sinon ils auraient transpiré pour le faire rouler jusqu'au fond de la baraque de bois où il devait être entreposé avant qu'on vienne le récupérer pour les imprimeurs. Ce fut Marque-Mal qui aida Georges et le Breton dans ce boulot tandis que Francis poursuivait son somme alcoolisé. C'était incroyable qu'il eût pu les aider là-bas à Ballancourt ! Ici il n'avait même pas daigné soulever une paupière en dépit des coups de coude du Breton. Baste, ce n'était pas bien grave, les amis ont le droit de s'offrir toutes les conneries qu'ils veulent, sinon pourquoi l'amitié ? Une fois l'encombrant colis mis à l'abri, le Gros Georges se remit derrière son volant et le Breton poussa Francis qui avait pris possession de la banquette. Le Nantais céda en grognant et aussitôt laissa aller son front matelassé de ses cheveux noirs frisés sur l'épaule de son ami qui soupira :

– Putain. T'as pas encore cuvé !

Néanmoins il supporta le poids encombrant qui reniflait la vinasse et le tabac. Marque Mal, après avoir balayé les alentours d'un regard acéré, les salua de la main et retourna dans sa baraque. C'était lui qui maintenant se trouvait responsable de l'énorme rouleau. Les gars de l'Ouest, eux, avaient exécuté leur contrat qui était de livrer, et si l'encombrant colis se volatilisait, qu'une guerre s'ensuive, ils étaient dégagés. A présent ça ne les concernait plus. Une autre équipe viendrait récupérer le papier pour l'amener à l'imprimerie clandestine qui le transformerait en tickets de pain. Et si Mémé le Bique et ses associés avaient payé le papier de Ballancourt, ils ne l'avaient pas revendu à l'équipe suivante. Celle-ci pour cette opération leur réglerait le papier par des tickets perforés. A ce stade ils s'arrangeraient avec René l'Obsédé. La fabrication réclamait énormément de méfiance et de ruse. Il y avait tellement de gens à s'y intéresser ! Les flics, d'abord, tous les flics français et allemands. Puis les mirontons de la Gestapo qui sous le couvert d'une arrestation pouvaient mettre la main sur le lot de cartons, lesquels une fois piquotés représentaient des sommes fabuleuses, chaque ticket pouvant être cédé aux revendeurs à 500 francs le morceau, chiffre dépassé lorsque les intermédiaires allaient placer la camelote à la sortie des usines Renault ou Citroën. C'est que les ouvriers avaient faim. Ainsi même avant de parvenir à l'imprimerie le rouleau courait-il des risques ! C'est qu'il fallait également tabler sur d'autres coquins qui pouvaient avoir besoin de papier, surtout de l'officiel tel que celui-là et qui, s'ils en apprenaient l'existence, pouvaient venir le cueillir, flingues au poing. Bref, en posséder ne s'avérait pas une cure à Vichy. C'était de la dynamite qui pouvait envoyer les possesseurs rejoindre Villon François, le dieu des fripons.

Était-ce parce que la Ford remontait la rue Damrémont où Francis habitait que ce dernier s'éveilla en bâillant ?

– Où qu'on..., commença-t-il, le teint brouillé, l'œil injecté de sang.

Puis soudain énergique, réveillé.

– Stoppe, Georges ! Stoppe !

– On n'est pas devant chez toi ! se rebella son aîné.

La main sale aux ongles noirs se posa avec brusquerie sur le volant et le fit tourner.

– Bon dieu, jura Georges. Tu vas nous faire emplâtrer hé, con !

Une Mercedes de la Wehrmacht avait effectivement failli les emboutir. Heureusement elle poursuivit sa route vers la rue Ordener, sans chercher à approfondir. Par force Georges s'immobilisa devant le *Café de la poste* qui dressait sa devanture à l'angle des rues Damrémont et Marcadet.

– Tu vas tout de même pas aller à la *Poste* maintenant ! critiqua Georges. T'as pas dormi ! Frime la gueule que t'as !

Ça allait bien à l'aîné des Nantais de faire ce genre de remarque, lui qui passait des nuits et des nuits à pinter, à rigoler et à se battre !

– J'ai soif, se contenta de lâcher son frère qui repoussait le Breton pour descendre.

Son envie était claire et nette. Et pas du tout imprévisible. Tous se retrouvèrent dans la rue que sillonnaient de rares voitures, quelques vélos-taxis et beaucoup de vélos devenus les rois de la circulation avec le métro et les bus que rehaussait un toit bombé où se dissimulait le réservoir à gaz qui permettait au moteur de tourner. Jusqu'aux brigands qui avaient adopté la petite reine. Celles d'Auguste le Fou, de Dédé le Branque, de Jean le Cycliste étaient calées devant le bistrot, quartier général des pégriots du Bas-Montmartre. Bien entendu des cadenas en bloquaient les roues arrière. C'est qu'avec tous les voleurs à l'affût...

Alors que les trois copains se dirigeaient vers l'entrée du café, l'œil brumeux de Francis découvrit la silhouette d'une jeune Juive qui descendait la rue. La fille devait avoir seize, dix-huit ans, portait une jupe noire, une jaquette claire, un chemisier sombre et bien sûr cousue sur le côté gauche de sa jaquette l'étoile jaune à six branches. Près d'elle s'avançait une personne plus âgée, sa mère probablement, qui montrait la même étoile infamante sur un tailleur de bon goût. Si la fille exhibait des socquettes blanches sur souliers plats, la mère, elle, était chaussée d'escarpins de bon bottier.

– Hé, petite youde ! apostropha Francis, s'arrêtant soudain devant les deux femmes.

Le Breton tenta de lui happer le bras.

– Laisse ! Qu'est-ce que t'as encore ?

Et Georges qui les devançait de revenir sur son cadet.

– Amène-toi, merde ! Qu'est-ce que...

Mais Francis n'écoutait personne. Il suivait l'idée qui venait d'éclore dans son cerveau où l'alcool relançait des folies.

– Tiens petite, dit-il, tendant à la jeune fille des cartes de rationnement et une poignée de billets qu'il venait de cueillir dans sa poche. Prends, je te dis.

Il titubait, son bras tremblait, mais dans ses yeux striés de fibrilles rouges, dansait une lueur fraternelle. Il ajouta.

– Les enfoirés ! Allez, prends !

La fille secoua négativement la tête, ses prunelles ne cachaient pas sa frayeur. Le Breton intervint.

– Elle te demande rien, quoi ! Laisse béton...

Il voulut agripper le bras tendu, le Nantais qui poursuivait son idée se dégagea rudement.

– T'y comprends rien, parvint-il à articuler. Prends mon petit.

Au bout de ses doigts sales, cartes de rationnement et billets s'agitaient sous le nez de la jeune fille. Les deux femmes tentèrent de contourner la masse entêtée, Francis se déplaça, leur barrant de nouveau la route.

– Bon dieu, intervint Georges à son tour. Elle te demande rien, cette môme !

Déjà un léger attroupement se formait, mais vu qu'il s'agissait de Juives, les gens restaient à une distance qui leur permettrait de filer si flics ou Teutons pointaient leurs uniformes. C'est que les Juifs depuis le 1er juin 1942 étaient devenus très, très encombrants. A partir de cette date, sur ordre du général von Stupnagel, responsable de la France occupée, ils étaient tenus de porter sur leurs vêtements, cousue à gauche, côté cœur, une étoile jaune à six branches, cernée d'un liséré noir. Georges intercepta le regard craintif de la gosse et celui excédé de la mère. Il se fâcha et, s'interposant, bloqua son frère de ses avant-bras monstrueux.

– T'as envie qu'elles se fassent emballer ? Tu crois qu'elles en ont pas assez avec leur putain d'étoile ?

Il avait sa face contre celle de son cadet, son front presque contre son front.

– Justement, bafouilla Francis, dont les bras étaient à présent rudement coincés par son aîné. Justement...

Par-dessus les épaules titanesques, il s'efforçait de sourire gentiment à la jeune Juive.

– Prends, mon petit, lâcha-t-il encore, alors que sa main restait bloquée par l'avant-bras de son frère. Prends...

Son sourire s'accusa quand il sentit qu'on le débarrassait des billets et des tickets. Seulement ce n'était pas la fille mais le Breton qui venait de les lui arracher et disait aux deux femmes, profitant que son ami était immobilisé.

– Allez-vous-en et excusez-nous.

Soulagées, la mère et la fille amorcèrent un pas. Le Breton les rappela.

– Hé !

La mère se retourna. Il lui offrait l'argent et les tickets.

– Si vous en avez tout de même besoin...

La femme secoua la tête et un léger « merci » s'échappa de ses lèvres bien ourlées. Puis elles se hâtèrent vers la rue Marcadet. Déçu, Francis les suivit du regard.

– Pourquoi qu'elles n'ont pas..., regretta-t-il.

– Qu'est-ce qu'elles en ont à foutre de ton pognon ! s'emporta son aîné. Tu crois pas que tu les emmerdais, non ?

L'intonation rude de son frère amena de la contrariété dans l'œil marron de Francis et sa cicatrice rougit. Il se libéra avec violence de son étreinte.

– Bas les pattes Brebet ! ordonna-t-il. Me touche plus. T'avise jamais à ça.

Les passants qui avaient reflué après le départ des deux Juives revinrent sur leurs pas, attirés par la voix grondante.

– Et toi nous casse plus les couilles, se rebiffa Georges, excédé à son tour. Tu te figures que t'es marrant ?

Tête soudain baissée tel un taureau prêt à foncer, son imperméable toujours jeté en travers de l'épaule, Francis semblait soupeser la puissance de son frère, et son œil trouble, où brillait la violence, défiait son aîné, sa force, son goût de la bagarre.

– Me touche plus jamais Brebet, avertit-il encore.

Le Breton soupira. Allons, ça recommençait. C'était souvent que les deux frères étaient prêts à se ruer l'un sur l'autre. Surtout lorsque tous deux avaient tafiaté. Heureusement Georges était à jeun. Il ne releva même pas lorsque Francis lui jeta, insulte suprême à ses yeux :

– T'as pas de cœur. Ces pauvres youdes...

Le Breton scruta son ami. Il savait que ce dernier acceptait mal que des êtres humains soient obligés de marcher dans la rue avec une sorte de fiche signalétique cousue sur leurs vêtements. Beaucoup de truands n'appréciaient pas d'ailleurs, ce qui de leur part était une sorte de solidarité de marginaux souvent traqués, voués à l'opprobre. Cela ne les empêchait pas de savoir que pas mal des leurs, sous le couvert de la Gestapo, dépouillaient des Juifs livrés à leur merci. Ce qui n'était pas un exploit. A vaincre sans péril...

Le Breton chercha à verser le miel.

– Rentrons à la *Poste*. Ici on fait l'affiche.

Il désignait du menton les gens en face agglutinés sur le trottoir au pied d'une agence du Crédit Lyonnais. Tête toujours baissée comme pour frapper, le regard coulissant vers son aîné, Francis hésita, puis voyant que son frère pivotait sur ses sabots noirs et pénétrait dans le café, il le suivit. Le Breton ferma la marche. Désappointés, les passants s'éloignèrent et les malfrats qui, attirés par les voix des deux Nantais, s'étaient avancés sur le seuil du café s'écartèrent devant l'air mauvais du Gros Georges.

A près de deux heures de l'après-midi ils étaient encore nombreux. Pour eux l'heure de l'apéro ne se limitait pas. Ce qu'ils buvaient ! Des quinze, vingt, trente Pernod chacun, Suze. Martini. Campari, etc. De vrais entonnoirs. Les jours avec alcool évidemment. Quant aux jours sans... eh bien ils éclusaient tout de même. Ils dégotaient toujours des abreuvoirs, des petits bars accueillants et bien camouflés tenus par des Corses ou des Marseillais où les sbires du Contrôle économique ne mettaient jamais les pieds, soit qu'ils les ignoraient, soit qu'ils fussent levés. Truands, flics ou caves, on revenait toujours au même problème : faire manger les siens pour qu'ils survivent.

– Qu'est-ce que tu leur voulais aux Nez gras ? rigola Lolo le Marseillais déjà aux trois quarts blindé.

Le nombre de Martini qu'il pouvait s'envoyer ! Il n'était

pas le seul. Francis au lieu de lui répondre tonna, se souvenant de sa soif.

– Un Martini !

– Deux, fit Georges, oubliant qu'il avait voulu moraliser son frère.

Le Breton leva trois doigts pour le barman, un brun efflanqué, réformé en 40 pour faiblesse de constitution et qui pouvait verser à boire des treize, quatorze heures de rang sans faiblir.

Le Grand Milo de Belleville [1], splendide spécimen d'homme blond, aux yeux bleus et durs, doté d'une dentition à servir de modèle pour une pâte dentifrice, s'approcha de lui.

– Qu'est-ce qu'il voulait aux deux Juives ?

– Leur refiler des tickets et de l'oseille.

– Elles n'avaient pas l'air dans le besoin, remarqua le Grand Milo qui avait eu pour maîtresse avant-guerre la femme légitime d'un grand fabricant de chaussures.

Le Breton haussa les épaules tout en se débarrassant de son imper.

– Tu sais comment il est ? Il veut toujours aider les gens. Les pauvres comme les riches.

– Quand il ne cherche pas à détrousser les rupins, renvoya le grand voyou dont les pommettes ne rosissaient que lorsqu'il faisait la fiesta. Ce qui n'avait lieu que tous les samedis. Immuablement. Les autres jours, l'eau restait la boisson qu'il s'imposait.

Son ami Maurice l'Homme du monde qui oscillait dignement à l'extrémité du long comptoir, non loin de la cabine téléphonique, ne suivait pas ce régime. Pour lui la java était quotidienne. Travaillant chez un agent de change quand la Bourse fonctionnait, il en connaissait les coulisses et fournissait louis d'or et lingots aux arcans du secteur. Depuis l'Occupation il œuvrait dans le marché parallèle. Il restait toujours digne, toujours d'un bon maintien même quand

1. Il deviendra le héros de *Le rouge est mis,* Série Noire/Gallimard. C'est Jean Gabin qui l'interprètera dans le film réalisé par Gilles Grangier.

l'alcool lui chauffait le regard et dérangeait une mèche de sa coiffure stricte, plate, séparée par une raie de côté.

En dépit de l'heure les malfrats restaient nombreux agglutinés au zinc du café. En tenue vélocipédique, froc de golf, bas de laine à carreaux, veste rouge avec pull assorti, casquette et gants de peau pour champion Tour de France, Auguste le Fou discutait avec Jean le Cycliste. Ce dernier que le Breton avait devancé de vingt-quatre heures dans la livraison de cartes de pain offrait un torse massif, des yeux enfoncés à l'éclat scrutateur dissimulé par de lourdes paupières, un menton qui se doublait de graisse et une courtoisie dénotant un bon contrôle de soi. Il était également en tenue de vélo, mais jaune et violet, et ne portait rien sur ses cheveux noirs légèrement ondulés et brillantinés.

L'attention du Breton se promena le long du zinc, dénombrant leurs amis dont Panaf, un Pyrénéen trapu, riant peu mais faisant rire avec de ces réparties...

Un après-midi de rafle dans un troquet de la place Blanche, alors que les perdreaux s'inquiétaient de la profession des arsouilles pour s'entendre répliquer à chaque fois « représentant », et qu'écœurés ils s'étaient immobilisés devant Panaf, en lançant la même question :

« Et toi, qu'est-ce que tu fais ? »

« Le désespoir de mes parents », leur avait renvoyé le Pyrénéen, impavide.

Ceux de la maison Parapluie en avaient dégluti de travers. Pas leur chef. Lui avait braillé.

« Hop ! Embarquez-moi ce comique ! »

Avec le natif montagnard, ça fusait à la seconde, à rendre des points aux chansonniers, à Champi soi-même, pourtant vedette du genre dans les boîtes. Du moins quand Panaf n'alternait pas une cigarette au mégot précédent, car il fumait à la chaîne. Pour le moment il ne bombardait pas et le Martini lui secouait les oreilles, les rougissant. Verre en main brandi, encouragé, poussé plutôt par le grand Dédé le Toulousain à la carcasse gigantesque, au nez de Pékinois et Robert Zazou, brun, solide, l'œil blagueur, ne pensant qu'à rire et à crier « C'est ma tournée ! », sa voix venait brusquement de s'enfler, alors qu'avant il ne faisait que fredonner.

« *Montagne Pyrénées... é... é... ées*
Vous ê-tes mes amours-our-ours...
Cabanes fortunée-ée-ée-ées...
Vous me plairez toujou-ou-ours
Rien n'est si beau que ma patri-i-e
Rien ne plaît tant à mon ami-i-e...
Ô montagnards, ô montagnar-ar-ar-ards. »

Déjà le patron du lieu, un robuste et sympathique jeune chauve, se ruait, le « chut ! » au bout des lèvres. Ah ! ouiche ! il pouvait toujours enfler sa bouche en cul de poule pour les supplier de se taire !

« *Chantez en chœur, chantez en chœu-eu-eur*
De mon pays, de mon pay-i-i-ys
La paix et le bonheu-eu-eu-eur... »

A présent tous les fripons de Montmartre volaient à la rescousse de Panaf, à la grande joie de Dédé le Toulousain, œil roublard, débrouillard, plein de culot et d'allant, ne connaissant s'il daignait boire que le champagne et qui mimait les chefs d'orchestre de ses bras qui battaient l'air comme les ailes d'un moulin à vent. A ses côtés, mine de rien, Zazou poussait à la démesure.

« Tra-la-la-la-la-la-la-la-la-la !... » qu'il lançait, tandis que grondantes, se cognant aux cloisons, faisant sourire certains consommateurs, en faisant fuir d'autres, les voix des ruffians en goguette, qui possédaient le rire pour devise, éclataient.

« *Halte là, halte là, halte là,*
les montagnards, les montagnards,
Halte là, halte là, halte là,
les montagnards sont là.
Les montagnards, les montagnar-ar-ards
Les montagnards sont là-à-à-à... »

– Vous allez me faire fermer ! que suppliait le tavernier. Vexé qu'on intervienne alors qu'il avait failli se décrocher le gosier à hurler la fameuse chanson, Francis leva la main et la rabattit sur le comptoir aplatissant au milieu des flaques d'apéritif la liasse de billets qu'il venait de sortir.

– A boire pour tout le monde ! clama-t-il, en cherchant à son oreille le mégot de cigare qu'il y avait placé pour pouvoir mieux brailler.

Il n'attendit même pas d'être servi pour empoigner le verre du Breton qu'il vida cul sec tandis que le tavernier et son loufiat s'activaient derrière le zinc, bouteilles au poing. Heureusement qu'il y avait cette bienheureuse compensation ! A sa caisse, la patronne souriait doucement. Ces malfrats étaient des emmerdeurs, oui, mais alors pour le pognon, pardon ! A la grouille qu'ils le balançaient. Il est vrai pour ce que ça leur coûtait de sueur à le récolter... Ils aimaient rire, s'éclater. Boire frais, chanter, et crever jeune était pour la majorité leur credo. Ce que pensait et appliquait le gros Roger de Tours, un joyeux drille qui venait d'attaquer.

« Si je meurs je veux qu'on m'enterre
dans une cave où y'a du bon vin. »

Et le Grand Milo, l'Homme du monde, les deux Nantais, Auguste le Fou, Robert Zazou, Jean le Cycliste, Lolo le Marseillais, le Breton, Petite Patte, Panaf, etc., de faire chorus, de lancer à pleine gorge.

« Dans une cave, oui, oui, oui.
Dans une cave, non, non, non. »

Une fois de plus le tavernier se précipitait.

– Voyons les gars... le quart de la rue Achille-Martinet est à côté ! Les flics vont venir ! Vous allez me faire boucler ! Ah ! il pouvait bien implorer le gentil marchand de ratafia. Pour ce que les autres arsouilles déchaînés l'écoutaient...

« J'en boirai cinq à six boutei-lles
et la tête sous le robinet
et la tête, oui, oui, oui,
et la tête, non, non, non,
et la tête sous le robinè-è-è-et. »

– La mienne ! hurla Lolo le Marseillais en titubant accroché au rebord du zinc.

Il ne faisait pas allusion à son crâne massif qui se déplumait mais à la tournée qu'il offrait. Une de plus.

– Boufre, soupira le Grand Milo à côté du Breton. Qu'est-ce qu'il tient !

– S'il ne tenait que ça, rigola ce dernier, son attention portée vers les pieds de Lolo.

Le Grand Milo qui avait suivi la direction de son regard haussa ses larges épaules, lesquelles au bal de chez Ladira, jadis après la guerre de 14, avaient fait blablater les gigolettes assoiffées de tendresse et mouiller leurs petits falzars de dentelle.

– Tu sais bien que Lolo et ses tours de con...

Il gardait son œil bleu posé sur le homard énorme que Lolo tenait en laisse au bout d'une ficelle. Ça c'était son hobby au Marseillais. Vu qu'il faisait le marché, qu'il aimait le faire ainsi que la cuisine, il choisissait pour son foyer la plus belle des langoustes, le plus gigotant des homards, au marché noir ou pas, et l'apportait au *Café de la poste.* Puis les heures s'éternisant, les gosiers ne se rafraîchissant pas, et lassé d'entendre bouger son acquisition, il la collait à ses pieds après lui avoir entouré une ficelle autour du colbac pour ne pas qu'elle s'en aille sous une banquette. Bien souvent en plus de la ficelle il lui octroyait un nom, selon son humeur : Néron, Bucéphale, Mme Pompadour... un tas de conneries de poivrots. Il n'était pas rare qu'il fasse sursauter les autres clients en braillant, coléreux : « Oh ! Qui m'a engourdi mon Jules César ? » Pourquoi montrait-il un faible pour les noms historiques, lui qui n'avait ou presque jamais mouché son nez à l'école ? Quand il devenait par trop éteint un des forbans ramassait le bout de ficelle qu'il avait laissé choir et le fixait au pied d'un des guéridons proches du comptoir. Si avec ça dame Langouste ou monsieur Homard avait envie d'aller inspecter les uniformes de la Wehrmacht passant dans la rue Damrémont...

Une tournée bue, une autre se commandait sans attendre. S'ils venaient à vingt, c'était vingt godets d'éclusés ; trente, trente. Plus, plus... Et parfois l'un d'eux doublait, triplait sa largesse. Ahurissant. Démentiel. A croire qu'ils voulaient se détruire. Ou se venger des choses dont ils ne faisaient jamais mention.

– Remettez-nous ça, venait de commander Petite Patte, dit encore Jambe de Laine, de sa voix douce, une fois la tournée de Lolo éclusée.

On ne savait trop d'où il venait celui-là. Il s'était faufilé un jour à l'apéro, imposé par sa générosité à offrir à boire, sa gentillesse. Mais le Grand Milo, le Breton, d'autres ne le sentaient pas tellement franco de collier. Doté d'une jambe écourtée de naissance qu'il traînassait, il manquait d'antécédents voyous, n'avait jamais côtoyé les rôdeurs de barrière, les apaches des Fortif's. Cependant il avait été accepté. Toujours souriant, toujours bien mis, affable avec tous, prêt à participer à leurs beuveries et à leurs chants, il s'était aggloméré à leur univers. Tout de même pas pour le bisness ! Là, la méfiance demeurait. De quoi vivait-il ? La question n'avait pas encore été résolue. Il laissait seulement supposer par gestes vagues que de petits cambriolages solitaires, des portes mises en dedans par la pince-monseigneur, quelques trempettes dans des carambouillages... En tout cas il n'était jamais en retard pour écluser, payer, chanter. On ne lui en demandait pas plus. Tourné vers le Breton, il avait encore son invitation aux bords de ses lèvres d'un rouge malsain, à croire que la tuberculose l'attaquait. Ce dernier le fixa, hésita, puis fit un signe de refus. Décidément ce mec ne lui bottait pas.

– Je rentre me changer, s'excusa-t-il. Plus de quarante-huit plombes que je suis dehors.

Rien que de l'énoncer réveilla sa fatigue peu ressentie jusque-là. Au contraire, parvenue à un certain stade, sa résistance nerveuse semblait s'aiguiser, ce qui lui permettait de dérouler des soixante-douze heures et plus sans se coucher. Il se tourna sur le Grand Milo de Belleville, son vieil ami, dont la génération qui les séparait était emplie d'expérience, de sagesse et de bons conseils pour détourner les lois, éviter les pièges policiers.

– Je rentre, grand. A plus tard.

Milo lorgna du côté des deux Nantais.

– Esbigne-toi en douce. Sinon Francis va s'accrocher et vouloir que tu restes. Tu le connais. Pour trouver plus casse-couilles quand il a bu...

Le Breton ne s'illusionnait pas. Si son meilleur pote le voyait se défiler, il allait brailler à l'abandon de poste... à la trahison... au scandale... Profitant que Francis, soudain baissé, se mettait en tête de faire goûter son Martini au homard relié au pied de la table, il se glissa vite fait au dehors. Le Grand Milo se chargerait d'expliquer au Nantais, excuserait...

Il traversa la place, emprunta la rue Vauvenargues, s'attendant à chaque seconde à entendre hurler son nom. Mais tout se passa bien. Les autres repartis à chanter n'avaient pas remarqué son départ. Leurs voix l'accompagnaient dans sa marche.

« *Flotte, petit drapeau*
Flotte, flotte, bien haut,
Sus aux ennemis de la France...
Le peuple souverain s'avan-an-ce. »

Le Breton tressaillit. Quel était le crétin qui avait attaqué cet air martial ? L'idiot ! Et les autres, encore plus dingues, clamant les paroles qui se répercutaient jusqu'au dehors. Qu'est-ce qu'il leur prenait à ces cons ? C'était un truc à tous se faire embastiller par les Chleuhs, une chanson pareille ! C'est qu'elles n'appréciaient pas ces sérénades, les hordes teutonnes ! Le Breton eut envie de faire demi-tour. Mais ce fut inutile, la chanson mourait d'elle-même. Probablement que les autres andouilles n'en connaissaient pas plus long. Heureusement.

Soulagé, il poursuivit son chemin vers la rue Championnet, où Margot depuis des années avait sous son nom loué un gourbi. Sage précaution. Jamais, mais alors jamais un en-marge ne doit posséder quoi que ce soit sous son identité. Il doit demeurer inconnu du fisc, des recensements et autres fariboles créés pour tracasser les honnêtes forbans. C'était un des tout premiers conseils qu'on indiquait dans les rues aux jeunes arsouilles. Et ça payait. Pour preuve, si leur logis avait été à son nom à lui, ceux de la Gestapo fridoline auraient eu vite fait de le trouver et de le cravater pour son refus d'obtempérer au Service du travail obligatoire. Aller usiner pour eux ? Alors qu'ils lui avaient buté son père en 14 et que de ce fait il ne l'avait même pas connu ?

Il s'arrêta en route, le temps d'acheter une brassée de fleurs des champs à une vieille dame qui les fourguait quasi à la sauvette pour vivre. Rien que vendre du rêve en cette époque noirâtre aurait dû valoir une décoration à la brave dame.

Lorsqu'il abandonna l'ascenseur au troisième étage de leur immeuble et qu'il attaqua le long couloir menant chez eux, il commença à entendre la voix de son amour de jeunesse, et de son amour d'à-présent. Et de son amour dans dix siècles. A vrai dire Margot ne chantait pas, fredonnait plutôt et à mesure qu'il avançait, il devinait l'air. Il se mit à le fredonner à son tour, sans être certain des paroles, tandis qu'il parvenait devant leur porte.

« Les beaux dimanches de printem-em-emps
Quand on allait à Robinson
Comme il est loin ce joli temps
Où je chantais comme un pinson-on-on. »

Il ouvrit sans bruit, un sourire aux lèvres, la brassée de fleurs dans les bras. Les hommes achètent toujours des fleurs pour les femmes. Pour les en recouvrir ou pour les en étrangler avec les tiges.

« J'ignorais tout, les trahison-on-ons
La jalousie, la voix qui ment,
Quand on allait à Robinson
Les beaux dimanches de printem-em-emps. »

Il poussa doucement la porte donnant sur le salon qui jouxtait l'unique chambre. Elle ne l'avait pas entendu. Elle fredonnait toujours, donnait un coup de plumeau à un meuble en valsant sur des mules dont les talons assez hauts galbaient ses longues jambes.

« Comme je t'aimais, comme on s'aimait !
Et puis le soir je me souviens
Tra-la-la-la-la-la-la-la-la-lère... »

Un tablier minuscule lui ceignait la taille, et à part lui, ses mules et une culotte de soie mauve bordée d'une dentelle noire, elle était totalement nue. Le rayon d'un soleil pâlot l'éclairait et jouait des gammes sur la pointe de ses seins qui se dressaient, orgueilleux et prétentieux comme un révolutionnaire face à un poteau d'exécution. Une frange lui mangeait le front et ses cheveux blonds maintenus par un ruban de soie mauve étaient relevés sur sa nuque tendre où frisotait un duvet si doux que les mésanges auraient pu en tapisser leur nid.

« Quand nous allions à Robinson...
Grisés d'air pur et l'on rentrait
Les bras chargés de jolies fleu-eur-eurs
Comme je t'aimais, comme on s'aimai-ai-ait. »

Tac-tagada-tac... tac... la-la.

Il ne bougea plus. Il l'admirait. Un coup de plumeau et hop un tour de valse.

Ta-la-la-la-la... la... la-la-la-la !...

Puis elle le vit.

– Toi ?

Elle se rua sur lui, lui apportant sa tendresse et sa fraîcheur. Elle sentait bon. Lui, en revanche... l'alcool, les nuits de poker, la fumée qui imprégnait ainsi qu'à chaque fois ses fringues... Heureusement il avait le bouquet. Elle y fourra son nez et sa jolie bouille.

– Je m'inquiétais, fit-elle de sa voix un rien rauque, une voix sensuelle, humaine, chaleureuse. Mais sa Margot n'était-elle pas toute chaleur, toute joie de vivre ? D'un doigt elle frôla sa joue non rasée, puis y frotta la sienne.

– Tu piques.

Elle le débarrassa des fleurs qu'elle posa sur un meuble et il la bloqua contre lui. Elle représentait ce qu'il avait de plus beau au monde, de plus sacré. N'avait-elle pas été le premier être humain à le prendre dans ses bras après des années d'orphelinat, de maisons de correction et de misère ? Le premier être contre lequel il avait pu se laisser aller sans avoir à se méfier ou à se défendre ?

– Ma douce, murmura-t-il dans un souffle.

Puis fourrageant de son nez les cheveux blonds.

– Tu sens le chypre, ma Chyprinette.

Il percevait contre son torse sa poitrine lisse, blanche, orgueilleuse et dure. Et si vivante.

– Et toi le tabac, répliqua-t-elle, heureuse, nichée contre lui.

Elle se dégagea un peu pour poser sur la face creusée par la fatigue ses beaux yeux d'un marron sombre, où perçait l'inquiétude, avant de lui caresser de nouveau la joue.

– Je te propose un bain. Tu restes ?

– 'sais pas encore.

Elle ne se formalisa pas. Avec lui il en était toujours ainsi. Il ne voulait jamais s'engager même pour les choses bénignes, tenant à se ménager une porte pour pouvoir fuir à tout instant. Il était rétif, refusait toute contrainte. Le mieux était de le laisser faire. Si on ne le bousculait pas, si on ne cherchait pas à s'imposer, il y venait de lui-même. Tout compte fait, intuitive comme beaucoup de femmes, elle le connaissait mieux qu'il ne se connaissait. D'accord, il se montrait par trop indépendant, mais cela venait, l'excusait-elle, de ce qu'on lui avait encagé son enfance et son adolescence. Pétrie de pardon et de gaieté, que ne lui aurait-elle pas pardonné ? Et puis elle l'aimait. Et il l'aimait. Le reste... Sur l'asphalte des rues qui avait été le tableau noir de leur université, ils avaient appris et retenu que la perfection n'existait pas, que chacun trimbalait sa dose de bon et de mauvais.

Il laissa glisser ses paumes sur les reins cambrés et le contact de la chair ferme et tiède qui se mariait si bien à la sienne déclencha la faim qu'il avait toujours d'elle. Elle lui souffla dans le cou.

– Prends un bain avant.

D'un revers de tête il fit basculer son Borsalino bleuté et sans la lâcher il se défit de son imperméable. Un bain !

Alors qu'il avait tant envie de la posséder ! C'était toujours pareil lorsqu'il passait des nuits, il lui fallait un corps de femme. A croire que l'accumulation de la fatigue, la tension nerveuse réclamée par les implacables parties de poker, le forcing sur le champ' millésimé décuplaient sa puissance sexuelle.

– Plus tard, lâcha-t-il en la rebloquant contre lui.

Et il se mit à lui piquoter le cou des lèvres tandis que ses mains... sur la fragile chose dentelée de soie mauve... Elle tenta de s'écarter, insista.

– Attends, je vais te faire couler l'eau.

Il gloussa et, en grondant, la souleva dans ses bras.

– Je vais t'en faire couler de l'eau moi, fille de rien.

D'un coup de pied il envoya valdinguer dans la pièce le plumeau qu'elle avait lâché et franchit le seuil de la chambre que voilaient des tentures d'un bleu clair. Il se courba, la déposa sur le lit vaste, se déshabilla à moitié et à la hâte, avant de dénouer les rubans frêles qui sur les côtés nouaient la culotte mauve. Puis il fut sur elle, en elle.

« *Ah ce qu'on s'aimait, ce qu'on s'aimait tous les deux*
Du mois de janvier jusqu'à la fin décembre...
Nul ne saura ce qu'on a été heureu-eu-eux. »

Mélangeant ses sueurs nocturnes, son odeur d'alcool et de tabagie, de violence et de risque à sa beauté blonde et à son parfum de printemps, il la posséda longtemps. Longuement. Riche de cette faculté que décuplait le manque de sommeil, il savait se contrôler et son grand plaisir était de donner du plaisir à son Amour. Sur ce plan, à ses yeux, les femmes étaient sacrées et méritaient tous les bonheurs. Le mâle ne devait jamais songer à lui mais d'abord à elles. Avant tout à elles. A elles seules. A elles d'abord. A elles toujours. A celles qui apportaient la tendresse et la vie et vous donnaient des petits enfants. Hors de l'amour, hors de l'étreinte, pour lui, c'était l'homme qui devait compter. Pour tout. Et décider. De tout. Et aussi pour encaisser. Et protéger son Amour. Et se battre pour lui. Et périr s'il le fallait, si on voulait le lui prendre ou le bafouer. Il la tint longtemps sous lui, la faisant gémir, observant ses yeux mi-clos, écoutant son souffle qui filtrait à travers la nacre de ses dents à la Mistinguett.

– Oh, toi ! Oh, toi ! ne cessait-elle de gémir, tendue, arquée, livrée à leur passion. Oh, toi... Tatouni...

Elle lui donnait de ces surnoms ! Elle balançait de ces formules ! Ainsi le jour où Francis l'avait taquinée, lui reprochant d'avoir écrit missive avec un seul « s », elle avait répliqué, une main sur celle de son homme :

« Je fais peut-être des fautes, mais mon cœur lui n'en fait pas. » Ou encore : « Les morceaux avalés n'ont plus de goût », ceci quand un type laissait tomber sa nénette pour une autre. De toute façon elle et l'école... A onze ans elle traînait une lessiveuse plus haute qu'elle avant de se battre avec le linge de six moutards et de deux adultes, sa famille. Aussi son instruction...

Bien longtemps après, alors qu'il guettait ses paupières closes, qu'il lui parcourait le visage d'un souffle tendre, ne la lâchant pas, la possédant toujours, elle cria, se donnant pour la troisième fois :

– Viens ! Viens !

Il hésita puis se laissa combler en même temps qu'elle, merveilleusement complices, juste avant que les sirènes de la Défense passive ne se mettent à lacérer l'air de la ville. Alerte ? Exercice d'alerte ? Ils n'en avaient cure. Il y avait des siècles qu'ils ne descendaient plus aux abris. Au début oui, deux ou trois fois. Lui en soldat, elle en robe de chambre, tous deux porteurs du foutu masque à gaz qui n'allait jamais servir sauf à y fourrer, dans l'étui en forme de boîte ronde peinte en caca d'oie, des sandwiches ou des trucs invraisemblables à la place du masque. Fusillé soudainement par l'excès de fatigue, il demeura étendu sur le lit, l'écoutant s'activer dans la salle de bains. Enfin elle l'appela.

– L'eau est prête. Viens.

Il bâilla, se sentit sombrer et se redressa. Dieu que ses membres étaient lourds ! Mais s'il ne prenait sur lui, se laissait aller, il était cuit. Il lança.

– Pas eu un coup de fil ?

Sa voix domina celle du robinet.

– Si. René. Il t'a appelé du *Petit Trou*. Il voulait savoir si tu venais flamber. La Rigole était là et voulait prendre ta place. Il a dû le faire.

Il abaissa les yeux, s'aperçut qu'il n'avait enlevé qu'une chaussure et rit.

Elle jaillit de la salle d'eau.

– Qu'as-tu ?

Il agita son pied. Elle gloussa et vint le débarrasser de la chaussure oubliée. Puis elle s'écroula nue sur lui et lui mordilla les oreilles. Il se débattit.

– Non, Poulbot. Faut que je... toi-même tu m'as dit que l'eau...

S'il l'appelait parfois ainsi, c'est que Poulbot, le fameux portraitiste de gosses, l'avait croquée de son fusain, là-haut rue Sainte-Rustique, sur la Butte où elle avait vu le jour, lorsqu'elle cavalait la morve au nez, de grosses tatanes au pied qui lui faisaient les mollets encore plus grêles, un pantalon à dentelle déchiré dépassant de son tablier, cadeau de la ville de Paris.

Elle ne l'écoutait plus. De ses doigts interminables, racés, artistiques, qui pouvaient, savaient tout faire, cuisiner, repasser, broder, panser, caresser, sauf faire mal, elle s'activa pour achever de le dévêtir.

– Tu es à moi..., lui jeta-t-elle, assise sur le lit, le dominant dans un comique froncement du nez. A moi et...

La sonnerie du téléphone la fit gémir.

– Ah... ah... ah... non !

– Ah... ah... ah... si !

Il riait sous elle.

– Va voir qui c'est.

Elle s'y décida à regret, écouta, regarda vers le lit.

– Francis.

Puis elle secoua la tête, faisant voltiger sur ses épaules nues sa chevelure d'un blond soyeux, sa teinte naturelle qu'il préférait à celle blonde oxygénée qu'elle avait adoptée à une époque, pour suivre la mode lancée par Jean Harlow, la célèbre star d'Hollywood. Lui la préférait ainsi. Mais avec les mousmées, tout était tellement imprévisible !... Elles vous quittent blondes, elles vous reviennent brunes noir corbeau.

Elles vous laissent le souvenir d'une belle chevelure croulante, elles vous débarquent le soir les tifs taillés à la Jeanne d'Arc. Ah ! les nanas...

Il s'éjecta de la couche et alla prendre l'appareil, tandis que les canons antiaériens de la Flack aboyaient rageusement, cherchant à démolir une nuée de forteresses volantes, qui hautes dans le ciel devaient chercher à gagner l'Allemagne de Tonton Hitler pour y lâcher leurs crottes.

– Oui ? fit-il, alors qu'à l'extérieur la canonnade cessait, avant de reprendre plus loin, assourdie.

Il écouta les reproches auxquels il s'attendait.

« Oui, monsieur laisse choir ses amis... Monsieur se fait la malle en loucedoc... Monsieur se branle les couilles de ce qui peut m'arriver... Monsieur... »

Le Breton souriait car son ami bafouillait, la gorge brûlée par l'alcool. A combien de Martini en était-il à présent ? Il eut envie de raccrocher tellement il connaissait la suite, mais...

« Oui, monsieur se fait la malle. Il se fout de son ami... alors que tout peut arriver... alors que... »

Le Breton soupira.

– Je suis occupé.

A l'autre bout le Nantais ne l'écoutait même pas. Il ne suivait que son idée de poivrot, lançait d'un ton méprisant :

« Oui, monsieur se branle de ce qui peut arriver... Monsieur va se pager en Suisse... Monsieur... »

Le Breton venait de se caler l'appareil sous le menton et souriait à Margot, qui du majeur replaçait la frange bouclée qui mangeait la moitié de son front bombé. Tout cela ne ressemblait à rien, était ridicule, lassant. Mais il s'agissait de son ami, de son meilleur, il fallait bien le supporter. Sinon à quoi servirait l'amitié ? Combien de fois n'avait-il pas surveillé le Nantais ivre dans les boîtes, lui se contentant de boire de l'eau pour rester lucide, pour éviter que ne se déclenche un rififi que le Nantais risquait de provoquer ? C'est qu'il fallait se les respirer les défis que Francis, agressif après boire, lançait ! Décarrer de nuit avec lui quand il avait siroté, ne se transformait pas en promenade au clair de lune. S'ils étaient prêts à jaillir les calibres interdits et les rapières à cran d'arrêt ! Possessif en diable, le Nantais aimait avoir son ami près de lui, en était même jaloux.

« Quand je te vois ? » finissait-il par balbutier au bout du fil.

Sa tirade avait dû lui assécher le gosier.

– Va donc te pager un peu, conseilla le Breton. T'as pas ronflé depuis vingt-quatre heures !

« Quarante-huit ! »

Le Breton rigola.

– Tu vois bien qu'il faut que tu rentres !

« Quand je voudrais. »

La réplique avait jailli, hargneuse. Le Breton sourit de nouveau, seulement sa voix approuva, sérieusement.

– T'as raison. Quand tu voudras.

A quoi bon contrarier un entêté pareil ? Il se contenta de s'informer.

– Brebet est toujours là ?

« Oui il est là, monsieur Brebet. »

Il y avait toujours de la hargne et du mépris dans son intonation.

– Passe-le moi.

« Si je veux ! »

Le Breton coiffa rapidement l'écouteur de sa paume et se fendit d'un rire.

« Allo ? Lagus ? »

Bon, Georges était à l'autre bout. Il lui demanda.

– Il est défoncé, hein ?

« Complètement », renseigna le colosse qui, c'était certain, ne lèverait pas l'ancre du bistrot avant d'avoir lui aussi son compte.

– Tu peux pas l'embarquer au lit ?

« Oui, oui, te bile pas. On est assez nombreux ici pour nous charger de lui. Te casse pas le chou. A ce soir au *Chapiteau* ou au *Petit Trou*. Au revoir mec. »

– Au revoir, renvoya le Breton avant de raccrocher.

Tranquillisé, il fila vers la salle de bains et se coula dans la baignoire en soupirant d'aise. Dieu qu'il en avait sa claque ! L'amour lui avait cassé les nerfs et les femmes étaient bien le meilleur remède pour apaiser les hommes. Sans elles... leur tendresse... leur corps tiède et parfumé... leur sourire et leur compréhension... la douceur de leurs doigts... la chaleur de leur cœur... jusqu'à leurs bouderies, leurs caprices qui... sans elles...

Chaude, l'eau commença à l'amollir. Il ne fallait pas qu'il s'endorme. Pas encore. Il se savonna et, non loin, Margot, qui sifflotait *le Boudin* depuis un moment, lança soudain la strophe.

« *Tiens, voilà du boudin, voilà du boudin*
Pour les Alsaciens, les Bretons, les Lorrains ! »

Il rit et se savonna rudement.

« *Pour les Belges y en a plus*
Pour les Belges y en a plus
Ils sont trop tireurs au cul ! »

Ses cheveux, qu'il avait d'un châtain foncé et qui « ondulaient » en vagues dont l'une lui retombait souvent sur le front, étaient maintenant couronnés de savon. Et pas de l'ersatz s'il vous plaît ! Non, pas de ces mélanges de graisse de bœuf ou d'on ne savait trop quoi ! Non, non, c'était du bon. Une énorme savonnette parfumée à la lavande provenant d'où, ça... Quelle époque ! Il fallait être sans cesse à l'affût d'un renseignement pour obtenir les trucs les plus usuels.

De la chambre lui parvenait toujours la voix de Margot qui lançait en continuant son ménage, mélangeant les airs à présent :

« *Allons giron, défais ton pantalon*
Joyeux fais ton gourbi
Pas vu, pas pris
Mais vu rousti... »

Il gloussa en plongeant la tête sous l'eau pour se débarrasser de la mousse et lorsqu'il en émergea, ruisselant, les paroles jaillirent toujours entraînantes.

« Bat d'Af, bat d'Af.
Encore un giron d'en... sous les ro-o-o-oses. »

Il éclata de rire. Elle n'avait pas voulu ou oser terminer le gros mot. Il se resavonna pendant que s'écoulait l'eau sale et que les robinets, ouverts à fond, chantaient eux aussi. Que c'était bon de chasser de soi la saleté de la ville, les heures de la nuit, la tension nerveuse du poker et du risque. Il cria :

– Tube à Bras Court. Dis-lui que je viendrai vers les minuit, une heure...

Elle s'encadra aussitôt dans la porte qu'elle poussa.

– Vrai, tu restes ?

– Je reste.

Leurs yeux à tous deux riaient. Il décocha, blagueur :

– Tu t'es nippée, dis donc !

– Comme tu le vois.

Elle pivota sur ses mules pour lui montrer. En fait de s'être habillée elle avait renoué le même tablier minuscule mais que dotait une poche ventrale où elle fourrait ses gauloises et son briquet. Sinon elle avait juste changé de culotte, exhibant maintenant un chiffon de soie rose dentelée de noir sur ses fesses rondes. Puis elle s'éloigna en fredonnant :

« It's a long way to Tipperary
It's a long way to go
Good bye Piccadilly... »

La sonnerie du téléphone stoppa l'air célèbre des Tommies et il l'entendit parler dans l'appareil. Quand elle revint il se séchait, à moitié dissimulé par une énorme serviette de bain. Il perçut le cliquement de son briquet, et l'odeur de la cigarette parvint jusqu'à ses narines. Bientôt la voix un rien rauque qu'il aimait tant s'éleva.

– Dis ! Gugus !

Il grogna sous l'éponge du tissu. Elle enchaînait.

– C'était Mémaine. Faut que je te dise... hier j'ai pris un verre avec Maurice Chevalier.

Il se frictionnait toujours le crâne à croire que le nom célèbre n'était pas encore parvenu jusqu'à ses oreilles.

– Tu m'entends ! Hier j'ai...

Il réalisa brusquement, laissa glisser la serviette.

– Hein ? Chevalier ? Qu'est-ce que tu...

Elle lui offrait l'éclat de sa dentition, un rien avancée, dans un sourire.

– Oui, il m'a demandé si je voulais faire une carrière.

Et vivement, voyant qu'il se figeait

– ... C'est Mémaine qui me l'a présenté l'autre fois. Je t'en aurais parlé seulement...

Il la fixa. Oui, il se souvenait vaguement. En réalité, Chevalier ou pas, il s'en foutait. Que Piaf surtout qui comptait pour lui. Ne s'était-il pas battu pour elle au bal du *Petit Jardin* avenue de Clichy ? Avec Charlot le Boucher, un maq' en Borsalino qui voulait cuiter la môme au vin blanc alors qu'elle goualait le ventre vide, méconnue encore, au porte-voix dans ce bal musette ? [1] Il avait vingt-huit ans à présent. Donc cela faisait plus de dix printemps que... alors que rôdeur de barrière... Loin tout ça. Il finit par ce quoi il aurait dû commencer, il attrapa son rasoir en maugréant.

– Ainsi Chevalier... Tu dis que Mémaine...

Germaine était la grande copine de Margot. Elle tenait un salon de coiffure dans une rue qui bordait les Champs-Élysées, y recevait le gratin du marché noir et les autres. Margot avait placé des boules dans son commerce où elle allait souvent l'épauler. Là, il n'avait pas refusé, car cela l'occupait, en plus des deux bars dont elle vérifiait de temps en temps la recette et dans lesquels il avait placé lui de la monnaie. L'un se trouvait rue Sauffroy dans le 17ᵉ, l'autre rue Gauthey, dans le même arrondissement.

– Alors qu'est-ce que t'en penses ? insista-t-elle. Chevalier trouve que j'ai de l'abattage. Il dit que je devrais...

– Que tu devrais quoi ?

Il venait de poser son blaireau enduit de mousse et l'observait par le miroir placé au-dessus du lavabo.

– ... que je devrais suivre ses conseils et travailler dur. Il me garantit un succès fou comme chanteuse fantaisiste.

1. La Môme Piaf.

Il immobilisa sa main dans laquelle le rasoir mécanique avait succédé au blaireau.

– Il t'a donc déjà entendue ?

Sa voix exprimait le mécontentement.

– Oui... A une soirée. Mémaine a tenu à ce que je pousse *le Dénicheur*. Je l'ai fait puis d'autres chansons ont suivi. Tu sais comment je suis ? Une fois partie...

S'il le savait ! Il était mieux placé que quiconque pour ça. Elle poursuivait.

– Momo a dit que j'allais enterrer toutes les chanteuses fantaisistes si je suivais son conseil.

Il enregistra le « Momo ». Ainsi ils en étaient déjà là ? Il décocha.

– Ton Chevalier... ton Momo...

Là il venait de cracher le surnom familier avec dédain.

– ... c'est pas plutôt dans son plumard qu'il voudrait que tu le suives ?

Les yeux de Margot d'ordinaire brillants pétillèrent encore plus. Mais il était jaloux ! Jaloux ! Elle lui expédia une grimace comique qu'il ne remarqua pas car il était reparti à son rasage.

– Et tu crois que je le suivrais, Chevalier ou pas ?

Elle enregistra avec plaisir ses mâchoires qui se contractaient sous la mousse.

– J'ai pas dit ça, déclara-t-il au bout d'un silence qu'avait seulement troublé le grattement de la lame d'acier sur la peau. J'ai jamais pensé que tu pouvais...

Puis soudainement.

– Et toi, qu'en penses-tu ? Ça te botterait de devenir vedette ?

De nouveau il la scrutait dans le miroir.

– J'aimerais assez. Tu sais bien que chanter, rire, faire rire, c'est ma vie.

Ce qui était réel. Tous deux le savaient. Et Chevalier l'aurait pressenti ? Chevalier persuadé que... Il était orfèvre après tout ! Il devait deviner ces choses. Néanmoins la décision du Breton tomba. Irrévocable.

– C'est non. Oublie-moi ces conneries.

Il venait de prendre une décision qui bloquait son avenir

à elle, du moins si le Prosper youp-la-boum, s'était montré bon juge et sincère. Il ne la regrettait pas, il n'aimait guère les gens de ce métier. Lui et ses amis ruffians qui possédaient des boîtes de nuit où les autres s'exhibaient, qu'ils payaient, les connaissaient sous leur jour réel, non sous l'angle du public. A tort ou à raison, s'il pouvait admirer leur talent, il appréciait peu leur mode de vie, leur fausse familiarité, leur fausse bonhomie qui n'étaient, croyait-il, qu'attitude d'arrivistes. Aussi pour lui, c'était non. Définitivement non. Ils allaient la lui pourrir sa Margot ! Lui faire enfler le crâne... lui faire croire des choses... que Jupiter avait été son ancêtre et que de sa cuisse elle était sortie. Non et non. S'il disait oui, elle basculerait, ne serait plus de leur monde des rues et il la perdrait. Non et non. Qu'ils aillent tous se faire...

Il enregistra la lueur de regret qui venait de passer dans le magnifique regard, le premier qui s'était posé sur lui avec tant de chaleur et de tendresse, il y avait de cela bien longtemps. Rien que pour cette chaleur, cette tendresse offerte au paria qu'il était alors, il lui devait beaucoup, car elle l'avait probablement empêché d'aller jusqu'au crime.

Jusqu'à son dernier jour il lui serait débiteur pour ce regard, mais il ne pouvait accepter qu'elle s'en aille faire des gammes, même burlesques, avec l'autre zigoto. Pour que leur amour risque de s'écraser ? de fondre ? de sombrer à jamais ? Non. Il esquissa un geste, se contint.

– Désolé, mon Poulbot.

– C'est toi qui décide, dit-elle simplement avant de retourner dans la chambre.

Il eut de la peine pour elle. Ah, pour encaisser, ça elle savait ! Mais c'était pour ça qu'elle était sa Margot ! Son Poulbot ! Sa Blondie. Sa Douce. Sa Chyprinette. Son grand Amour. Sa folie. Leur folie.

Il acheva de se raser en dix secondes, se trempa la tête dans l'eau froide et raflant un peignoir de bain il alla sur le seuil de la chambre. Margot était face au mur, de dos, et la fumée de sa gauloise s'élevait au-dessus de son épaule gauche. Que contemplait-elle de la sorte ? Pas ce faux Utrillo accroché au mur qui représentait la Butte, tout de même ? Il l'appela doucement.

– Blondie.

Elle se retourna lentement. Elle pleurait. Il se mordit les lèvres. Il s'en voulait mais... bon dieu de bon dieu ! il ne pouvait tout de même pas... pas avec ces mecs-là ! S'il acceptait, il en était certain, il pressentait que ça en serait fini d'eux, de leur passion, de leurs liens tellement puissants, noués dans la misère et les éclats de rire. Il marcha vers son chagrin.

– Je suis désolé douce, mais...

Elle chercha un pâle sourire à lui offrir à travers sa peine, ses yeux embués.

– C'est toi qui décide.

Et elle se jeta dans ses bras. Il l'étreignit avec sauvagerie. Pour la garder toujours. Pour que jamais personne... Qu'ils y viennent ! Il lui caressa les cheveux.

– Oh, ma Blondie.. ma douce...

Elle éclata enfin en sanglots, se libérant de sa grosse déception. Il la tint ainsi longtemps, longtemps, il ne ressentait plus sa fatigue. Puis ils basculèrent de nouveau sur le lit. Pour s'aimer encore. Encore et encore. Ainsi qu'ils avaient commencé à le faire lorsqu'ils étaient des sans-rien, qu'ils n'avaient rien, pas une brosse à dents, un chausse-pied, un lacet...

« Deux sous d'amour c'est pas grand cho-o-o-ose
Mais quand on a le droit de choisi-i-ir...
Deux sous d'amou-ou-ou-our... »

VI

Il dormait sur le côté, et elle, blottie contre son torse, lui enlaçait le cou de son bras gauche, comme si elle s'accrochait à une bouée. Il n'émergeait pas encore de son lourd sommeil, percevait seulement sa présence, plutôt dans son subconscient. Son souffle régulier, apaisé, caressait les fins cheveux blonds à odeur de Chypre et elle, du sien, piquetait le creux de l'épaule où elle avait enfoui sa complicité tendre. Il devina pourtant qu'elle se libérait doucement de leur étreinte, tenta machinalement de la retenir, déjà elle glissait du lit, les yeux embrouillés, une lippe boudeuse au coin de sa jolie bouche, gonflée d'avoir été mordillée.

Dring ! Dring !... Le téléphone ! Cependant la veille, à son insu, pour qu'ils ne soient pas dérangés elle avait étouffé en partie la sonnerie sous des chandails de laine. C'est qu'ils avaient besoin de dormir ! Il avait besoin de dormir. Avec l'existence qu'il menait...

Dring ! Dring ! Elle n'avait pas mis assez de chandails ! Elle décrocha en bâillant, les yeux fermés, nue sous la minuscule chemise de soie bleutée, dentelée en haut et en bas, et qui ne voilait que des envies d'amour.

– Oui ? fit-elle en relogeant un de ses seins prétentieux sous la dentelle. Ah, c'est vous Frantz ? Hé bien. Hé bien... c'est-à-dire... C'est réellement sérieux, Je vous le passe alors.

Paupières toujours fermées, elle retourna en tâtonnant vers leur couche. Pourquoi n'avaient-ils pas fait prolonger le fil de ce foutu appareil ? Ils se l'étaient promis. C'était envisagé et puis... Pourquoi d'ailleurs ne s'achetaient-ils pas un plus vaste et luxueux gourbi ? Avec tout le blé qu'il balançait... Ça aussi ils devaient le faire, quoique dans le fond ils s'en moquaient. Ils étaient bien trop occupés à vivre ! A se marrer ! A s'aimer ! Le reste, les calculs d'épiciers... Et pourquoi non plus pendant qu'ils y étaient n'auraient-ils pas placé des éconocroques à la banque ? A la Caisse d'épargne ? Cette idée les faisait rire. Bon pour ceux qui avaient eu le cul torché jusqu'à des âges avancés et s'imaginaient que la vie glissait toujours sur un lac d'huile parfumé, ça ! Eux ? Brouf !

– Tatou !

Elle le secouait et ainsi que toujours dans ces cas-là il s'éveilla à la seconde, lucide, sachant s'il avait des rendez-vous ou non, et ce qu'il devait faire. Cette faculté datait, croyait-il, de ses dix-huit ans lorsqu'il pionçait dans des recoins invraisemblables, toujours sur le qui-vive, toujours prêt à démarrer, coudes au corps, pour éviter la flicaille.

– Qui ?

– Frantz. Il dit què...

Il était déjà au téléphone, l'œil sur son bracelet-montre posé non loin : neuf heures ?

– Oui. Frantz ?

« J'ai besoin. T'as été livré ? »

– Oui.

« On se voit quand ? »

Le Breton lorgna de nouveau sa montre pour tenter de percer du regard l'épaisse tenture qui voilait la fenêtre.

– Au fait, on est quel jour ? On est bien mardi, non ?

« Mercredi, s'étonna-t-on à l'autre bout. Au XXe siècle. Tu sais ça au moins, petit mec ? »

Le Breton gloussa et son œil chercha Margot pour lui faire des reproches. Il lui avait pourtant bien précisé de le réveiller à minuit pour qu'il se rende au *Petit Trou* ! Il la menaça du doigt, en retour, elle lui tira la langue. La petite garce, elle s'était arrangée pour qu'il se repose au maximum. Il invita dans l'ébonite.

– Tu veux qu'on se fasse un petit croûton ce midi ?

« Au *Trou* ? »

– Oui. Disons une heure. Ça colle ?

« Ça colle. »

Il raccrocha en même temps que son correspondant, et se rua sur le lit où elle s'était enfuie sous les couvertures. Il repoussa celles-ci.

– Tu mériterais une de ces fessées...

Elle écarquilla des yeux faussement étonnés.

– Pourquoi ?

– Je t'avais dit...

Il lui avait dit quoi ? Lovée contre lui, elle l'embrassait à pleines lèvres et sur le rebord de la fenêtre, là où elle émiettait du pain, les piafs des rues avec qui elle faisait ami-ami se mettaient à gazouiller. A croire que les petits bougres savaient que celle qui leur donnait à manger avait besoin d'une aubade.

« ... Les oiseaux mêmes venaient dîner avec nous
On se bécotait pour les rendre jaloux-oux-oux...
Ah ! ce qu'on s'aimait, ce qu'on s'aimait tous les deux...
Du mois de janvier jusqu'à la fin décembre...
Nul ne saura ce qu'on a été heureux
Tout près du ciel, dans notre petite cham-am-am-ambre. »

*

Le *Petit Trou* était plein. Rien de drôle à ça vu qu'il était étroit ainsi que l'annonçait sa raison sociale. Frantz, solitaire, occupait une table devant un Cinzano. A part lui, c'étaient les bouilles habituelles, B.O.F., requins de tout poil, filles entretenues, mannequins courtisés... Aucun uniforme de vainqueur ce jour-là. Barrant l'accès de la cuisine, Bras Court tenait la conversation à deux hommes vêtus de grisaille. A leur mine le Breton situa vite leur profession : Contrôle économique, ceux chargés de réprimer le marché noir. Pas de quoi s'affoler. Bras Court, habitué à leurs semblables, allait régler ça aux petits oignons, et les gars allaient repartir par le couloir de l'immeuble, lestés d'un jambon ou d'un gigot, de beurre, de saucisson ou de... De même que tous les Fransquillons, ils avaient de la famille à nourrir et si la morale n'y trouvait pas son compte, eux si. C'était pas plus gentil comme ça ?

– Alors bonhomme ? salua le Breton en s'asseyant devant Frantz.

– Alors, petit mec ?

Si Frantz l'appelait ainsi, ce n'était nullement par rapport à la différence d'âge – Frantz affichait huit ans de plus–, mais par sympathie.

– Et ton ami Francis ? s'enquérait-il d'emblée.

Sous de longs cils noirs soyeux ses yeux d'un marron vert pailleté d'or, tels ceux des fauves, pétillaient de malice.

– Je l'ai lâché vers les trois plombes de l'après-midi...

– Poivré ?

Ce n'était pas une question, plutôt une affirmation, de la part de Frantz. S'il connaissait Francis ! Son cousin en quelque sorte. Du moins à la mode gitane, car la femme du Nantais appartenait à la tribu de Frantz et bien sûr elle tapait la bonne ferte. Sauf qu'elle ne présidait pas l'avenir dans les rues, vêtue d'une robe multicolore, elle, oh que non ! Son job était de louer des villas sous de faux noms et de soulager par les tarots, de leurs angoisses et de leurs économies, les grandes bourgeoises de province. D'ailleurs pour l'instant, nomades et diseuses de bonne aventure n'étaient plus de mise aux terrasses des cafés. C'est que les Huns casqués et bottés en avaient expédié des tas là-bas dans leurs camps de la mort, amplifiant le martyrologue de ces éternels réprouvés.

– Ce Francis...

Cette fois Frantz riait de sa bouche qu'il avait charnue et généreuse. Petit, trapu, il était raccourci de bras, cela devait provenir de ses ancêtres de cirque qui faisaient les porteurs en recevant dans un fauteuil fixé à l'extrémité d'une perche le voltigeur partenaire. Il donnait l'apparence rassurante d'un arbre au tronc robuste et compact.

Le Breton reporta son attention sur Bras Court qui s'en venait vers eux. Seul. Les deux du Contrôle économique s'étaient volatilisés dans le couloir jouxtant le restaurant et qui conduisait à la rue Henner. Ce n'était pas la peine d'aller les saluer, leurs bras devaient être trop encombrés pour pouvoir serrer des mains. Bras Court se pencha sur la table pour renseigner :

– C'était...

– Ça va, le coupa le Breton. J'ai pigé.

– Et Francis ? interrogea à son tour Bras Court, habillé de tweed marron, cravaté de vert tendre, couleur qui se mariait bien à ses cheveux dont les crans offraient des reflets roux. Beaucoup de types l'ont réclamé. Abel Danos l'a appelé deux fois.

– Je pense qu'il va se pointer dans la journée, éluda le Breton. A présent, si tu nous envoyais le menu ?

Bras Court se retira et le Breton souffla vers son vis-à-vis.

– Alors ?

Les lèvres de Frantz remuèrent à peine.

– Une Sten et ses chargeurs. Pour Paul. Plus un flingue avec cartouches. Pour moi.

– Quand ?

– Paul tout à l'heure. Moi après.

Le Breton ne posa plus de questions. Son ami appartenait à un réseau de résistance et allait l'y faire entrer un jour. Pour l'heure ça l'amusait de l'aider, de planquer des armes, de les distribuer, de lui ramener des renseignements. Ce que son ami en foutait, ça... son problème ! Lui, ces trucs l'excitaient.

– Tu auras tout ça, on m'a livré. Et maintenant qu'est-ce qu'on mange ?

– Dans deux, trois jours je t'apporterai du pognon pour ton marchand d'armes.

– Bof ! dit le Breton. On verra plus tard. Tiens.

Il tendit le menu que venait de lui apporter le maître d'hôtel, celui aux cheveux rares ramenés en travers de son crâne ivoiré.

– Le gigot est de première, leur conseilla Bras Court, qui surveillait les tablées.

Le Breton interrogea du regard son ami qui devait d'ici peu lui faire rencontrer le capitaine Michel, responsable d'un réseau. Du moins à ce que Frantz croyait. Il n'en savait pas lourd. Juste ce qu'il fallait. A chacun ses responsabilités. Les patriotes sincères, ceux du sommet, en prenaient de drôles, eux, de responsabilités. Et payaient cash l'addition quand ils étaient découverts. On avait conté à Frantz que leur grand manitou, un colonel qui drivait de Lyon où étaient centrés les réseaux, avait été cravaté par les Chleuhs et déporté [1].

– Va pour du gigot, René, commanda le Breton après accord de son invité. Et joins-nous une bordeaux de ta réserve. Puis comme Bras Court allait se retirer : « Et la partie ? »

– Elle dure toujours. Tu sais comment c'est ? Il y en a qui arrivent, d'autres qui s'en vont...

– Ils jouent à combien en ce moment ?

– A cinq. Zizi l'Algérien en est. Si tu veux que je te réserve une place ?

– Qu'est-ce que t'en penses, Frantz ?

Le Gitan qui venait d'achever son Cinzano sourit.

– Tu me vois au poker ? Il y a tellement longtemps... Et puis moi, le flambe, hein...

– Et alors, ça te changera les idées, non ?

Sans même attendre la réponse, il revint à Bras Court.

– Garde-nous deux places. Dis au petit Milo l'Arabe qu'on vient dans une heure.

Bras Court s'écarta. Il alla se courber sur le chevreau noir qui gantait la main d'une jolie fille qu'escortait un papa gâteau dont le portefeuille devait être plus attrayant que sa face rougeaude, boursouflée. Frantz gloussa doucement.

– Vous en êtes au baise-main maintenant ?

– On baise aussi autre chose, lâcha son ami qui ajouta dans un murmure : Si tu flambes, je te filerai le brelica [2] juste avant ton départ.

Frantz opina et écrasa sa cigarette car on déposait devant lui une tranche de pâté du chef. Il la huma d'un nez gourmand :

– Vous vous soignez !

Le Breton guigna l'étiquette du château-larose que la serveuse débouchait.

– Dame. Qui le ferait à notre place ? Les Chleuhs ?

1. Il en reviendrait. Il s'agissait du colonel Saint-Cast.
2. Verlen : calibre, revolver.

– Parle pas d'eux, fit vivement Frantz en touchant le bois de la cuillère à moutarde.

Le Breton allait attaquer le pâté lorsqu'il repéra Bras Court qui lui brandissait le téléphone. Il s'excusa, alla à la caisse située dans un angle de la salle, s'empara de l'appareil. Il écouta parler son correspondant et rassura.

– Ça va Paul. J'ai. J'arrive.

Tout en reposant le combiné, il demanda à son associé.

– René ? Tube à Fred du *Gavarnie* qu'il nous envoie un vélo-taxi ? Il en a toujours devant chez lui.

Enfin il retourna voir le Gitan, s'assit, expliqua à voix basse.

– Ton gars vient d'appeler. Je le livre. Achève sans moi. Je te retrouverai au flambe dans une heure ou deux.

Le Gitan acquiesça. Le Breton ajouta.

– Bon, je me casse. Avant je vais aller réserver ta place dans le fond.

– Tu tiens vraiment à ce que je te laisse de l'oseille ? Frantz riait, sa bouche écartée sur deux dents en or.

– T'es capable de nous tondre tous, répliqua son ami, riant à son tour.

– Ça m'étonnerait. Depuis le temps que j'ai pas touché aux brêmes...

Puis il repoussa la terrine de pâté car un gigot croustillant sur le dessus, saignant à l'intérieur, venait d'être déposé devant lui. Le Breton le quitta, traversa la courette minuscule et pénétra dans la pièce du fond. En le voyant surgir, Milo l'Arabe le consulta du regard, une main déjà sur la boîte aux jetons.

– Non, refusa le Breton. Plus tard. Réserve une carre pour Frantz. Il va se pointer. Moi faut que je téléphone.

Il prit l'appareil posé au coin du rade, composa le numéro de Margot, donna des instructions d'un ton voilé. Puis ayant raccroché il revint près de Milo.

Les flambeurs qui se défiaient dans un nuage de fumée épouvantable lui portèrent une brève attention avant de revenir à leur jeu. Le Breton les parcourut du regard. Le Petit René Gotteland était toujours là de même que Jo le

Catch, ainsi que Dédé Stora, Zizi l'Algérien et André la Rigole revenu avec du pognon frais. Le Breton s'informa.

– A combien pour que Frantz entre ?

Milo additionna rapidement des chiffres.

– Il y a 9 briques et 300 sacs de carre. Ce qui fait environ une brique et demie pour entrer.

– Frantz ne peut pas entifler pour un bâton ? hasarda le Breton.

Milo se retourna vers la tablée enfumée où sous l'ampoule les méplats des visages s'accusaient comme sculptés par un artiste implacable. Ce fut Dédé Stora qui le premier acquiesça de la tête.

– Pour moi ça va, dit-il, un fume-cigarette d'ambre coincé dans sa bouche faite pour mentir aux femmes et les attirer.

– Pour moi aussi, fit Jo le Catch.

Quant à la Rigole et au Petit René, eux s'en branlaient littéralement que Frantz entre dans la danse pour une brique ou deux sous de jetons.

– Bon, lança le Breton. Il va venir.

Nul ne lui répondit, sauf le Petit René qui lui décocha un clin d'œil amical. Quant aux autres, ils étaient déjà replongés dans leur passion. Avant de s'éloigner le Breton se pencha sur Milo.

– Prépare les jetons de Frantz. Et le Vieux Gaby ? Lessivé ?

– Non. Mais il avait à faire. Il pense revenir dans la soirée.

Le Breton esquissa un sourire. Pour que Gaby le Flambeur abandonne, fallait réellement qu'il soit occupé. Autrement il était capable de jouer le cul dans une bassine d'eau bouillante. Après une tape sur l'épaule de Milo, le Breton se rendit à la cave. Lorsqu'il en émergea, il portait un paquet étroit et longiligne enveloppé par des exemplaires de *Signal,* l'hebdo édité par les Teutons. Par le couloir il gagna la rue et alla s'installer dans le vélo-taxi commandé qui l'attendait devant la lourde.

– Au coin des rues Ordener et Damrémont, jeta-t-il au gars qui le pilotait.

Celui-ci se dressa aussitôt sur ses pédales et hop ! par la

place Blanche et la rue Lepic... A cet endroit, si ça grimpait ! Une fois le haut de la rue Lepic avalé, ça alla mieux. Le gars fila quasi en roule libre avant d'atteindre la rue Damrémont, puis trois cents mètres plus bas il stoppa devant *Chez Maxime,* après avoir doublé le *Café de la Poste.* Le Breton le régla et pénétra dans le bistrot. Le comptoir, comme c'était jour avec alcool, était encombré. A l'abri de son zinc en longueur, Maxime, le taulier, s'affairait, l'air nonchalant mais un œil sur la caisse derrière laquelle trônait sa dame, une plus que plantureuse vêtue de noir luisant, l'autre sur son serveur, un malin dont il se méfiait des doigts agiles. C'est que ces coquins avaient le don de vous faire sauter une consommation ou deux pour leur propre compte ! Et si Maxime admettait de tricher un brin, il refusait ce luxe aux autres. Ce qui était de bonne logique quand on envisage d'achever ses jours en son Auvergne natale, dans une villa cossue épaulée par des rentes qui ne le seront pas moins ! Lorsqu'il eut fini de verser leur Byrrh citron aux deux frères Sigot, ex-chauffeurs de taxi recyclés par force dans le fiacre, because le manque d'essence, Maxime retourna au bout du comptoir et reprit son histoire qui déclencha de nouveau le rire légendaire de Margot. Celle-là, quand elle était en joie... On me voit les amygdales, qu'elle disait. Elle y allait franco, ne s'occupait de personne et son rire gagnait les autres, déridait les plus fronceurs de sourcils. Au ciné, lors d'un film avec Georges Milton ou Fernandel et autres de même tonneau, alors là, c'était le délire. Les plus récals à la gaieté se laissaient emporter à leur tour par ce rire qui arrivait de la gorge, du cœur et du ventre.

Alerté par cette joie qu'il connaissait si bien, le Breton alla rejoindre sa complice non sans avoir serré la main aux deux cochers de fiacre au passage.

– Qu'est-ce que t'as à te marrer ? fit-il d'emblée.

Elle portait un manteau d'astrakan noir frisé sur une robe de lainage crème, des bottillons de feutre noir la chaussaient et elle avait relevé la voilette de son chapeau d'une teinte qui rappelait la robe. A ses longs cils recourbés perlaient, tels de minuscules diamants, des larmes de gaieté.

– C'est Maxime, expliqua-t-elle, alors que ce dernier, sans

gêne, piochait dans le paquet qu'elle avait posé à côté de son verre de Martini.

– Ben oui quoi, renchérit le tavernier. Tu peux pas savoir ce que ces cons de flics m'ont fait !

Puis se souvenant du pourquoi de son boulot et de ses ambitions auvergnates, qui étaient d'empiler des piécettes pour bâtir sa maison fouchtrate, il bifurqua :

– D'abord, qu'est-ce tu bois ?

– Comme vous, fit le Breton, indiquant leurs verres.

Car Maxime en toute occasion mettait le sien d'autorité. Tant pis pour son foie, mais il fallait bien que les écus s'entassent. De toute façon, il n'était pas chien pour mettre sa tournée. Empoignant une bouteille il versa tout en racontant :

– Les flics, tu peux pas savoir...

L'œil du Breton erra dans la salle qui se trouvait sur la droite en entrant dans le café. Il ne découvrit pas celui qu'il cherchait mais juste à cet instant le timbre de la porte d'entrée retentit et un homme entra. Il était grand, maigre, vêtu de gris sobre. Son regard bleu et dur croisa celui du Breton. D'un signe imperceptible ce dernier lui indiqua le comptoir. Le nouvel arrivant passa sa commande au garçon tandis que Maxime enchaînait, le teint rougeaud, l'œil allumé, une cigarette dansant à ses lèvres que surmontait une moustache fine du même style que le petit balai à chiottes qu'exhibait Hitler. Seulement, Dieu merci, Maxime était plus marrant que le foudre de guerre !

– Eh oui, racontait-il. Avant-hier c'était mon jour de fermeture, aussi j'étais sorti. Et lorsque j'ai voulu rentrer chez moi, je me suis aperçu que j'avais pas mes clefs.

– Et ta femme ?

Le Breton indiquait la caisse.

– Partie voir sa mère et y coucher. Aussi...

– Aussi ?

Maxime à qui rien n'échappait lança à son loufiat.

– Émile ! Tu vois pas que le verre de Maurice et de son frère sont vides ? Et également celui de monsieur Codos ?

Le célèbre aviateur qui demeurait non loin ne sourcilla pas, même s'il n'avait rien réclamé. Qu'à laisser courir.

– Bon, reprit aussitôt Maxime. Que je te finisse. J'en étais à... oui ces cons de flics. Figure-toi, quand je me suis vu sans clef, en pleine nuit et ne sachant où aller... et que Maurice Sigot qui m'avait déposé était reparti avec son fiacre...

Il cracha son mégot, vida son Martini d'un jet, enchaîna.

– Alors j'ai récupéré la pince qui me sert à déclouer les caisses dans ma cave et par le couloir j'ai gagné la porte du premier étage où se trouve mon appartement. Arrivé là, crac ! crac !

Le Breton sourcilla, tandis que de nouveau le fou rire secouait Margot.

– Tu veux pas dire..., fit-il.

– Si, si, opina le bistrotier. J'ai fracturé ma lourde et puis...

– Il s'est écroulé sur son plumard, rigola Margot, à qui Maxime venait de conter ses exploits.

– Ah ! parce que t'étais givré ? coupait le Breton.

– Ma foi..., admit le tavernier sans honte. Faut reconnaître que j'avais éclusé dur dans la soirée.

Il se servit d'une autre cigarette dans le paquet de Margot.

– Et comme j'avais collé un avis sur mes vitres annonçant la fermeture du bistrot et que les livreurs devaient s'adresser au premier en passant par l'entrée de l'immeuble, en voilà un qui se pointe sur le coup de huit heures. Tu vois le topo ? Le mec qui tombe devant une porte fric-fracquée ?

– Il a dû avoir les chocottes ?

– Pire que ça ! Il s'est avancé et m'a découvert à plat-ventre, tout habillé sur mon pucier. S'il a gueulé ! Dame, à sa place...

– Il a cru que t'étais canné ! s'exclama le Breton que la gaieté de Margot commençait à gagner.

– Oui, mais assassiné ! précisa Margot qui en pleurait sous sa voilette relevée. Alors le livreur a appelé police secours et...

– ... et ces cons se sont pointés vite fait, enchaînait Maxime. Ils m'ont secoué, secoué... Bref, je me suis réveillé. Bien sûr quand j'ai vu leurs képis je leur ai demandé en bâillant ce qu'ils foutaient là. Ils m'ont désigné le livreur, expliqué qu'il les avait alertés, qu'un crime avait été commis et que...

D'un geste entraîné, le bistrotier fit basculer la bouteille d'apéro qu'il n'avait pas quittée et versa dans les verres, avant de poursuivre.

– Alors moi je leur ai dit d'aller se faire voir, que j'avais bien le droit de casser ma propre porte si ça m'amusait. Bref, tu vois ce que ça a pu donner ! Mais quand ils ont eu le culot de me réclamer du pognon en arguant que je devais régler les frais de dérangement de police secours, alors là je me suis mis à me marrer... Puis j'ai demandé au livreur si c'était bien lui qui les avait prévenus.

– Oui, qu'il m'a fait.

– Alors paye-les, que je lui ai fait. Moi je t'ai rien demandé.

De nouveau le rire de Margot cascada le long du comptoir d'étain et les deux frères Sigot, les rois du fiacre, éclatèrent de rire à leur tour. Sans savoir pourquoi.

Le Breton attendit qu'elle récupère et que Maxime, verre éclusé, s'éloigne pour se renseigner.

– T'as amené ?

Elle pêcha un objet rectangulaire dans son sac et le lui passa d'un geste naturel, non sans avoir inspecté les gens qui les entouraient et exploré les visages que reflétait la glace ornant le fond du bar, sur laquelle scintillaient les étiquettes multicolores. Il empocha l'étroit paquet.

– Je remonte tout à l'heure au *Petit Trou.* Tu y grimpes avec moi... ou...

– Non, je déjeune avec Maimaine.

– Il est plus de deux plombes ! s'étonna-t-il.

– Oh tu sais bien qu'elle n'a pas d'horaire avec son salon !

– Et tu vas aussi revoir ton guimauvier ?

Elle en gloussa de bonheur. Maurice Chevalier, un guimauvier ? Puis notant que son regard venait de virer au sérieux.

– Pense plus à lui. N'y pensons plus. Puisque tu veux pas.

– Bon, fit-il, je file. Viens dîner au *Trou* ce soir si t'as rien à faire.

– J'aimerais. Mais je dois passer et vérifier les comptes de la rue Sauffroy.

Il amorça un sourire sceptique. Elle et les chiffres... Eux et leur avenir...

Il lui posa un baiser sur le bout du nez.

– A ce soir Blondie et fais gaffe à ta voilette, tu vas y mettre le rif !

Il faisait dévier sa main qui élevait la flamme d'un briquet à la cigarette qu'elle venait de coincer entre ses lèvres avivées de rouge baiser.

– Va pas m'abîmer ta jolie frimousse, ajouta-t-il en lui lâchant le poignet.

Puis il régla les consommations, récupéra le long paquet apporté du restaurant et se dirigea vers la porte. Aussitôt l'homme en gris jeta un billet sur le comptoir et sortit à son tour. Ce ne fut qu'à l'angle des rues Belliard et Damrémont qu'il rejoignit le Breton.

– Ça va Paul ? s'informa celui-ci en lui tendant la main.

Puis tous deux empruntèrent la large voie que séparait la ligne de la Petite Ceinture et menait à l'avenue de Saint-Ouen, fief que le Breton connaissait comme personne pour s'y être fait les dents durant son adolescence mouvementée.

Les deux hommes restaient en alerte. S'ils avançaient décontractés d'apparence, leur attention demeurait vigilante.

– J'ai ce que t'as réclamé, annonça le Breton en s'asseyant, imité par l'homme sur un banc de bois dressé perpendiculairement aux façades des maisons.

Il plaça son paquet et celui de Margot entre eux et précisa.

– Tu connais ces Sten. C'est de la broque. Ça part tout seul. Fais-y gaffe.

– Te bile pas, rassura l'homme en gris, aux yeux bleus et durs, en se relevant. Et merci de m'avoir fourni si vite. A bientôt peut-être.

Puis les paquets sous le bras il se dirigea vers l'avenue de Saint-Ouen. Le Breton le suivit du regard. Était-ce bien Paul le nom du gars ? Tout ce qu'il savait de lui, selon Frantz, était que l'homme était agent de police. En tout cas, il était l'ennemi de l'Occupant et coriace. Et chose certaine, le Breton l'avait découvert lors de deux boulots, gardien de la paix ou non, le gars en avait là où un mec se doit d'en avoir. Le Breton l'observa disparaître et quitta le banc. Il s'en voulait d'avoir conseillé à ce Paul de prendre des précautions avec la Sten, dont Margot lui avait apporté les deux chargeurs qui manquaient. Le type devait savoir ça mieux que lui. Mais il était réel que l'arme, de fabrication anglaise, ne valait pas lourd. Certainement accouchées en série, les Sten risquaient à tout instant de vous partir dans les pattes. Enfin, lorsqu'elles marchaient elles crachaient leurs tac-tac-tac-tac comme des grandes. Aussi valait-il mieux éviter de se trouver sur leurs trajectoires, car elles balançaient tout de même autre chose que des pastilles de menthe. Le Breton remonta jusqu'à chez Maxime ; sa Margot était partie. Il parvint à héler un vélo-taxi pour se faire ramener rue Henner. Frantz n'était plus à table. Il consulta sa montre : plus de deux heures qu'il l'avait laissé. Il devait être au fond. Il avança vers la porte donnant à la cuisine non sans enregistrer que la salle était à demi vide. Alors qu'il allait la franchir, Bras Court en émergea, toujours aussi « *moustaches par-ci, moustaches par-là, moustaches, moustaches, polka.* » Il s'inquiéta auprès de lui.

– Et Frantz ?

Bras Court remua son moignon ganté de noir.

– Il est déjà lessivé. Il t'attend.

– Il a pas perdu de temps, dis donc !

– Non, il n'a perdu qu'une brique.

– Il est vrai que lui et le poker..., soupira le Breton. Bras Court avait porté son attention sur un gros ventru congestionné qui réclamait son addition en laissant admirer son portefeuille bourré de grands formats à une jolie et avide putain de luxe.

– Qui te parle de pok ? dit-il. Ils en sont à la passe ! C'est Gaby le Flambeur, revenu après ton départ, qui les a décidés à sortir les dés.

– Pourtant il a les cartes à la bonne !

Le moignon balaya l'air aux senteurs de cuisine, d'alcool et de cigare.

– Oh ! lui ? Tu sais bien qu'il est prêt à parier avec

n'importe qui et sur n'importe quoi. Et même à jouer au cerceau.

Le Breton gloussa. Gaby au cerceau ? Tout de même... Il s'informa. Rien de nouveau ?

– Si. Francis t'a appelé. Il te retrouve soit ici, soit au Chapiteau. Il doit y rencontrer Abel.

Le Breton acquiesça et disparut vers la courette. Il retrouva la salle de poker que le jour déclinant n'éclairait plus guère. Heureusement qu'il y avait la minable ampoule pendouillant de son fil et celle du petit bar ! Et elles avaient bien du mérite à percer l'infernal nuage de fumée !

Comme l'ambiance avait changé depuis qu'il avait quitté les lieux plus de deux heures auparavant ! Avant, si les enjeux étaient fous, au moins s'échangeaient-ils dans un silence ouaté. A présent les voix jetaient les chiffres avec rudesse, les prunelles étaient plus attentives, plus méfiantes. Une table pliante rectangulaire prévue pour avoir été accolée à celle du poker et la lourde couverture brune recouvrait le tout. En feutre gris souris comme son complet, sa tenue coutumière, Gaby le Flambeur trônait au centre, avec devant lui une pile de louis d'or et de pièces de vingt dollars de même métal. A ses côtés Zizi l'Algérien possédait devant lui des piles non moins impressionnantes. Mais lui restait debout, coincé entre Gaby et Jo le Catch. Fume-cigarette pincé entre ses lèvres souriantes et enfiévrées par l'insomnie, le Petit René Gotteland, installé près de Dédé Stora, tripotait nonchalamment des pièces dont l'éclat se reflétait sous l'ampoule blafarde. Le Breton lui lança un regard bref. Le Petit René avait sa chance, la passe n'était pas comme le poker. S'il n'y avait pas d'arnaque bien entendu. Mais quel flibustier dans un tel aréopage s'y serait avisé ? Évidemment il pouvait survenir qu'un cartonnier professionnel tente au poker le tout pour le tout. Aux dés pareil. Mais ici, à moins d'être un suicidaire... Face à des André la Rigole, Pierrot Moura et Michel Chave dit Nez de Braise qui étaient enfouraillés... qui avaient non seulement droit au port d'arme mais à une carte qui les accréditait près de tous les services officiels ? L'œil de le Breton se détourna de Nez de Braise, court, costaud et le nez écrasé, tel Dédé le Toulousain. Là stoppait leur ressemblance. Le grand Toulousain était un seigneur, un gentleman, l'autre une crapule, un assassin aux bottes d'Henri Lafont, prêt à tout, à torturer, à massacrer. Ce qu'il faisait avec sadisme, disait-on.

Au milieu de l'amalgame de parieurs, le Breton chercha Frantz. C'est qu'il y avait du monde ! Affranchis par le téléphone arabe, des forbans s'étaient pointés, les poches bourrées de joncaille, napoléons et dollars. Si la majorité appréciait le poker, tous avaient une prédilection pour la passe anglaise, le premier jeu qu'ils aient pratiqué lorsqu'ils étaient rôdeurs de barrières ou jeunes voyous de province. Ils étaient une bonne quinzaine assis ou debout, à cerner la table, certains nu-tête, d'autres en Borsalino ou encore en casquette. Frantz se tenait derrière Charlot Cazauba, encore un de la rue Lauriston, l'un des bras droits de Lafont qui secouait les dés dans ses mains agitées sans cesse par un tremblement nerveux.

– Y'a cent louis à faire ! claironnait Milo l'Arabe qui, cela allait de soi, tenait la tête et prélevait la dîme pour la maison. C'est que ça consommait, mangeait, fumait et buvait sec, donc qu'il fallait bien couvrir les frais.

Zizi l'Algérien, élégant suprême, grand, beau comme un astre sombre et dont les femmes raffolaient, ce qui l'arrangeait vu qu'il les mettait sur le ruban, poussa une pile de pièces d'or vers Milo. Celui-ci les contrôla rapidement et ordonna à Charlot Cazauba, sec et nerveux.

– Roule Charlot. C'est couvert.

Le gestapiste agita de nouveau les dés, mais près de son oreille cette fois, à croire qu'il voulait les entendre lui susurrer : tu vas gagner. Puis il les lança et dans le geste son veston s'entrouvrit livrant la crosse d'un P. 38 qui dépassait du haut de son pantalon. Ce P. 38 ! Ils l'avaient presque tous adopté, ce pistolet des paras allemands, terriblement efficace, destructeur. Captant la lumière pâle les dés sautèrent sur l'épaisse couverture brune avant de s'immobiliser l'un après l'autre sur un quatre et un trois.

– Sept ! annonça Milo de sa voix enrouée, à se demander si dans son douar natal on ne lui avait pas charcuté les amygdales étant môme. Un coup d'œil interrogateur vers

Cazauba, un battement de cils de ce dernier et l'intervention de Gaby le Flambeur.

– Banco !

Impassible, le Vieux poussait déjà une pile en direction de l'Arabe. Il était toujours aussi flegmatique, toujours aussi gentleman. De toute manière, à ses yeux, perdre ou gagner... bof ! Le principal n'était-il pas de pouvoir jouer, pouvoir crier banco, vibrer ?

Le Breton s'approcha de Frantz après s'être faufilé entre Robert le Pâle, un autre de la Carlingue avec lequel il s'entendait plutôt bien, et Dédé Stora, toujours aussi alerte, toujours aussi enjoué mais toujours à l'affût.

– Alors gars ? s'enquit-il.

Le Gitan livra ses dents aurifiées dans un rire muet.

– Toi et tes conneries, dit-il. Toi et tes invitations...

Son sourire s'accentua, tandis que son bras courtaud mais d'une force impressionnante se cassait en deux pour amener une Camel à ses lèvres sensuelles.

– Tu peux te vanter d'avoir le restaurant le plus cher de Paris, lâcha-t-il dans un jet de fumée.

– Tu y as laissé lourd ? Bras Court m'a dit que...

– La brique de jetons que tu m'avais réservée, le coupa son ami. Après ils ont voulu installer les dés, alors...

– T'aimes pas la passe ?

Frantz gloussa.

– J'aime rien de vos conneries.

C'était vrai. Il n'appréciait guère le jeu. Il connaissait trop. Au Casino à la rigueur... lorsqu'en smoking... dans la tiédeur luxueuse et raffinée d'une salle silencieuse... Mais sans se leurrer sur le résultat. Frantz ne se leurrait jamais. L'expérience...

– Tu restes encore ou tu veux que je...

– J'aime autant me tracer, le coupa son ami. Une purge suffit.

Hors ses occupations dans la Résistance, il avait du boulot, ne pouvait traînasser. Avec son frère, il avait monté, place Pigalle, une boîte, *La Roulotte,* où un de ses *pays* Django Reinhardt, faisait un tabac terrible. Cette affaire prenait beaucoup de temps à Frantz. C'était à *La Roulotte* que le

Breton, pour la première fois, avait vu Charles Trenet, déjà célèbre avant-guerre. Ce soir-là le Fou chantant n'était pas joyeux. Engagé pour un tour de chant, il se tenait debout, adossé à une colonne, vexé, mécontent, car les conversations, en dépit qu'on venait de l'annoncer, ne cessaient pas. Pour une vedette, de quoi se les mordre ! Mais dans ces boîtes, avant d'obtenir le silence, alors que pétille le champ' et que sautent les bouchons... alors que gloussent les nanas émoustillées et que les mâles en goguette les chatouillousent... Enfin le fameux troubadour avait pu pousser ses romances ! « *Y a de la joie... allons, allons les hirondelles.* »

Frantz tout en balayant de l'œil les joueurs murmurait :

– Apporte-moi la came. Faut que je me tire.

– Je vais te chercher ça, lui souffla le Breton.

Il alla réclamer la clef de la cave à Bras Court. Quand il revint il avait un flingue et deux chargeurs enveloppés dans un autre numéro de *Signal*. Et il pestait intérieurement. Pourquoi dans l'envoi de Bob n'y avait-il pas de chargeurs pour les mitraillettes Sten, mais seulement pour calibres 11 x 43 et P. 38 ? Puis il rigola doucement. Décidément, ce *Signal* avait son utilité ! Si les Boches qui en avaient fait un outil de propagande s'étaient doutés à quoi il servait ! Sans compter qu'il y en avait qui éprouvait du plaisir à se torcher le fion avec. A l'insu des mecs de la rue Lauriston, il glissa le paquet à Frantz. Pas tellement qu'il se méfiait de l'équipe à Bony Lafont, mais enfin il ne fallait pas pousser. Peut-être que si les gestapistes avaient su que Frantz se battait pour le vieux pays, ils se seraient écrasés. Peut-être mais pas certain. Quoique, entre brigands, les lois des autres, celles de la guerre... des honnêtes gens... brouf !...

Le Breton accompagna son ami sur le seuil du restaurant. Comme le temps avait passé ! Dehors avec les jours encore courts, la nuit était venue. Il proposa.

– Tu veux que je te trouve un vélo-taxi ?

– Non, j'ai pas loin à aller. Merci.

Le Breton ne posa pas de question. Loin ? Pas loin ? Ici ? Là ? A l'autre bout de Paris ? En province ? En bord de mer ? Sur une montagne ? Ça ne le concernait pas. Le vieux dicton des Fortif's où il avait poussé prenait plus que jamais force de loi : « Chacun mouche son nez, chacun torche son cul. » Et c'était bien ainsi. Frantz respira l'air qui tiédissait avec le soir et qui annonçait de plus beaux jours avant de lâcher soudain.

– Le capitaine Michel m'a demandé à te rencontrer. Il va t'homologuer. Seulement pas de suite. Il est très pris et n'est pas sur Paris.

Le Breton ne broncha pas. Dire que ça lui faisait plaisir, oui et non. Lui aidait Frantz de son mieux parce qu'ils étaient amis. Le reste... la Résistance... leurs trucs... il ne savait pas bien à quoi ça rimait. Bien sûr comme tous il était au parfum que quelque chose bougeait dans l'ombre, et ainsi que tous il avait pu lire sur les murs au cours des trois ans d'Occupation ce genre d'avis placardé en teuton et en gaulois :

> « *Après avoir observé l'attitude de la population française en zone occupée, j'ai constaté que la majorité de la population continue à travailler dans le calme. On désapprouve les attentats, les actes de sabotage, etc., tramés par les Anglais et les Soviets et dirigés contre l'armée d'occupation, et l'on sait que c'est uniquement la vie paisible de la population civile française qui en subirait les conséquences.*
> *Je suis résolu à garantir d'une façon absolue, en pleine guerre, à la population française, la continuation de son travail dans le calme et la sécurité. Mais j'ai constaté que ce sont surtout les proches parents des auteurs d'attentats, des saboteurs et des fauteurs de troubles qui les ont aidés avant ou après le forfait. Je me suis donc décidé à frapper des peines les plus sévères non seulement les auteurs d'attentats, les saboteurs et les fauteurs de troubles eux-mêmes une fois arrêtés, mais aussi, en cas de fuite, aussitôt les noms des fuyards connus, les familles de ces criminels, s'ils ne se présentent pas dans les dix jours après le forfait à un service de police allemand ou français.*
> *Par conséquent j'annonce les peines suivantes :*
> *1/ Tous les proches parents masculins en ligne ascen-*

dante et descendante ainsi que les beaux-frères et cousins à partir de 18 ans seront fusillés.
2/ Toutes les femmes du même degré de parenté seront condamnées aux travaux forcés.
3/ Tous le enfants, jusqu'à 17 ans révolus, des hommes et des femmes frappés par ces mesures seront remis à une maison d'éducation surveillée.
Donc je fais appel à tous pour empêcher selon leurs moyens les attentats, les sabotages et le trouble et pour donner même la moindre indication utile aux autorités de la police allemande ou française afin d'appréhender les criminels.

Paris. 10 juillet 1942.

Der Höberer S.S. und Polizeiführer im Bereich des Militarlefe in Frankreich. »

Des déclarations de ce genre, la capitale en avait été envahie. A chaque attentat, les Fritz fusillaient en représailles et affichaient sur les murs, les palissades, les noms des victimes. Les signataires des exécutions ordonnées variaient. Parfois c'était Oberg, un général S.S., d'autres fois des Von machin-chouette, commandants en chef des forces d'occupation. Après 1942, c'était surtout le nom d'Oberg qui sautait aux yeux las ou vengeurs des Parisiens. Lui, le valeureux S.S., avait ordonné fusillades sur fusillades. A voir sa frime carrée sur les journaux, ses yeux de tueur, il n'annonçait rien du joyeux drille. Pas plus que le von Stulpnagel qui semblait constipé perpétuel. Du moins sur les photos officielles. Peut-être qu'en privé... quand les dames leur donnaient la gavote déshabillée, et que pétaient les bouchons de roteuses millésimées, et qu'ils n'étaient pas alors obligés de froncer des sourcils guerriers et punisseurs... La race humaine est tellement trompeuse ! Vous croyez avoir à faire à un angelot ? Il vous ouvre une boutonnière dans le ventre avec son couteau à cran d'arrêt. Vous pensez être tombé sur un dur de dur, il vous offre une glace à la framboise. En tout cas pour ce qui était des Oberg S.S. et compagnie, pas de gourance à leur sujet. Ils n'offraient que torture et mort. Là nulle erreur.

« Sang et Larmes » était leur devise. Pour eux la guerre justifiait tout.

De ces affiches qui remuaient les entrailles des Parisiens et Parigotes, il en restait d'anciennes plaquées, délavées sur les murs. Comme pour rafraîchir les mémoires. Le Breton ainsi que bien d'autres s'y attardaient parfois, pensifs, songeant aux gars et aux filles qui avaient casqué de leur vie le dévouement au vieux pays. Des purs. Des sincères. Lui était bien placé pour comparer avec ceux, celles qui se sucraient, se la faisaient crapuleuse sur le pays en détresse. Et ils semblaient majoritaires. Lui ne savait pas où se situer. Il n'y comprenait que couic, n'ayant que pour seul contact son ami, Frantz, lequel appartenait aux Forces françaises combattantes. Ainsi c'était donc là-dedans qu'il allait entrer ? Pourtant il aurait dû, en tant que réfractaire au S.T.O. marcher avec les F.T.P., les Francs-tireurs partisans, émanant, on le contait sous le manteau, du Parti communiste qui avait viré sa cutie après la rupture du pacte Staline-Ribbentrop quand Moustache de traître avait envahi la Sainte Russie en 1941. Depuis les cocos œuvraient contre l'Occupant et s'avéraient coriaces ô combien ! L'un des leurs, Fabien [1], avait commencé par dessouder un officier fridolin à la station de métro Barbès. Depuis ? Eh bien depuis, les camarades en faisaient baver à l'Occupant. Depuis... mais avant ? Avant que le pacte Stalinführer Ribbentropof ne soit rompu ? Hé bien avant, les rouges-gorges obéissant aux Ruskoffs s'en foutaient, de la patrie. De la leur. L'autre, celle de l'Oural passait d'abord. En priorité. Ensuite ? Ensuite, ayant remisé faucille et marteau pour un temps, ils fonceraient. Pour sa part, le Breton ne voyait rien de tout ça.. Il épaulait Frantz qui épaulait un réseau, et c'était marre. Que son père se soit fait rectifier par les uhlans en 14 n'entrait pas en compte. Le hasard qui avait décidé. Pas plus. Pas moins. Et s'il était réfractaire au Service du travail obligatoire, avec la Gestapo allemande aux fesses, il n'en tirait pas gloire. Il n'y avait pas de quoi. Évidemment lorsqu'il avait vu défiler pour la première fois les hordes germaniques, martelant de leurs

1. Il deviendrait le colonel Fabien.

bottes l'avenue des Champs-Élysées, ça lui avait fait un petit pincement sous la chemise. Évidemment. Comme tout un chacun. Et comme tout un chacun il avait eu envie de foncer dessus et de cogner, cogner jusqu'à ce que... Puis il s'était accoutumé. Comme tout un chacun. Le hasard et son goût de l'aventure avaient fait le reste.

– Je vais t'accompagner un brin, décida-t-il soudain. Je te laisserai au Gavarnie.

– Comme tu veux, accepta le Gitan aux yeux pailletés d'or.

Ils s'éloignèrent dans la rue Henner déserte. En doublant le rez-de-chaussée d'un immeuble, l'indicatif célèbre en provenance de Londres immobilisa Frantz. Son ami l'imita. Puis à travers les volets clos, une voix étouffée annonça la non moins célèbre entrée en matière : *« Ici Londres. Les Français parlent aux Français. »*

Frantz tressaillit.

– Tu connais ces gens ?

– J'ai vu le vieux quelquefois, opina le Breton. Son fils est prisonnier, sa femme est morte.

– Il est dingue, soupira Frantz qui déjà heurtait au volet.

Derrière, aussitôt, la radio se tut.

« Qu'est-ce que c'est ? » fit une voix d'homme.

– Rien, rassura Frantz. Mais on entend votre poste de la rue.

Le volet s'entrebâilla. Un visage barré d'une grosse moustache apparut.

– Merci, fit son possesseur, en reconnaissant le Breton.

– Faites gaffe, conseilla ce dernier. Si jamais les Fritz vous entendent...

Et il repartit en compagnie de son ami.

Alors qu'ils parvenaient non loin du *Gavarnie*, une autre voix, de femme celle-ci, leur parvint, rauque, sensuelle.

Le Breton sourit.

– C'est Mado, dit-il.

– Qui ?

– Une putain qui fait le coin, non loin du *Gavarnie*.

Les paroles leur parvenaient, les précédant dans leur avance.

« *Dans sa tranchée le gamin de Paris*
reçoit une lettre de sa femme-a-a-a-me...
En la lisant entre deux coups de fusil
A ses copains, joyeux, il s'excla-a-a-a-me
Muguet, muguet, ô fleur de mai
Elle m'envoie du muguet ma blonde-e-e...
Quand tout à coup le canon gronde-e-e...
L'obus passa dans un frisson
Emportant avec lui cette chanson-on-on...
Ça va te porter bonheur, t'en fais pas Mimi-i-ile...
un gars du Sacré-Cœur doit pas se faire de bi-i-ile...
Et si elle m'écrit, qu'elle m'a fait cornard
c'est pour que je sois veinard
Que ça ne m'étonnerait pas du tout
car dans le fond elle m'aime beau-cou-oup. »

Ce fut au tour de Frantz de sourire.

– Elle a du coffre, dis donc.

– Et du reste aussi, renchérit son ami, indiquant la putain, dont la silhouette dodue, alléchante, vêtue de soie noire, sa tenue de métier, se découpait dans l'obscurité tombée. Non loin d'elle deux autres filles discutaient et le rougeoiement de leurs cigarettes indiquait leur position.

– Vrai, tu veux pas d'un vélo-taxi ? se renseigna le Breton, montrant deux de ceux-ci immobiles devant le *Gavarnie*.

– Non, refusa Frantz. Je descends la rue Notre-Dame-de-Lorette. A bientôt.

Son ami le stoppa.

– Tu sais, dans deux mois en juin, je retourne en Normandie.

– A ton coin de pêche.

– Oui.

– Tâche d'obtenir d'autres tuyaux.

Le Gitan scruta les environs du regard. Tout était calme à part la fille qui entonnait une autre chanson sans plus s'occuper des soldats allemands permissionnaires que des rares voitures aux phares voilés qui remontaient ou descendaient de la place Blanche.

« Viens poupoule, viens poupoule, viens.
Nous irons à Berlin casser la gueule aux Prussiens. »

Frantz contint un hoquet.

– Elle est dingue ou quoi ?

Mais ses yeux pétillaient.

– Ah ! on peut pas dire qu'elle aime les Fridolins, rigola le Breton. Un jour ou l'autre elle va se faire embarquer. Elle s'en fout. Elle a décidé une fois pour toutes que c'étaient des enfoirés et c'est marre. Quel numéro !

– Bon, je te laisse, dit Frantz, un œil sur la fille qui souriait à deux soldats teutons lesquels venaient de stopper devant elle. Mais pas pour l'emballer ! Connaissaient-ils seulement ce qu'elle chantait ? Probablement qu'ils se renseignaient sur le prix de ses yeux et de sa chevelure sombre. A moins qu'ils ne veuillent lui acheter, pour ramener à leur Gretchen, le renard argenté négligemment jeté sur ses épaules ?

Les deux hommes se serrèrent la main. Le Gitan s'informa.

– C'est toujurs du côté de Lingreville que tu vas ?

– Oui. Quettreville, Lingreville. Dans ces coins-là. Je te tiendrai au courant. Bonsoir.

– Tchao, petit mec. Garde-toi.

– Gardons-nous, sourit le Breton.

Il suivit un instant du regard le Gitan qui descendait la rue dont les vitrines et façades ne laissaient filtrer aucune lumière puis retourna au *Petit Trou*.

Dans l'arrière-salle, sous la chiche lumière de l'ampoule, l'or luisait d'un éclat sobre. Les doigts, beaucoup bagués de lourdes chevalières car c'était devenu à la mode, se mouvaient au-dessus de la couverture brune, jonglant avec les pièces de vingt dollars, les louis, les comptant, les empilant, les faisant glisser, telles des rondelles reliées entre elles par des fils invisibles.

Il n'y avait plus de dollars devant Charlot Cazauba qui récupérait son trench-coat et partait brusquement sans saluer. Mais en ces lieux, les civilités... André la Rigole, qui n'était guère plus fort aux dés qu'aux cartes, lui succéda immédiatement. Comment avait-il pu se laisser entraîner et entrer dans la bande de la rue Lauriston ? Il était plutôt bon fieu, ne pensait qu'à rire. Peut-être son surnom provenait-il de là ? Y avait-il vu un moyen de se faire du fric sans grand risque ? Probable, la motivation des truands étant d'abord le pognon. Beaucoup avaient plongé avec les Fritz sans réfléchir aux conséquences du Bien ou du Mal, ce genre de notions ne leur coupant pas le sommeil. D'autres en revanche avaient refusé quand Henri Lafont, pour monter son équipe de bras cassés, était allé picorer dans les prisons pour faire sortir ceux qui, condamnés, acceptaient de se trouver rue Lauriston à traquer Juifs et résistants. Le Breton s'interrogeait également sur le cas d'Alex Villaplane qui venait de s'emparer des dés pour les lancer à son tour. Que fabriquait à la Gestapo française cet ancien footballeur de renom qui vers les années 1932 avait joué au Racing ? Soif d'argent ? Croyance en une victoire fridoline ? De toute façon rien ne justifiait que des maquereaux casseurs ou braqueurs se transforment en policiers. Pire, en tortionnaires. Rien. Aucune excuse.

– 200 louis à faire ! venait de jeter le petit Milo l'Arabe.

– Tenu, répliqua aussitôt le Vieux Gaby.

– Moitié avec toi, proposa Dédé Stora.

Gaby inclina la tête et le feutre d'un gris souris qu'il quittait rarement voila ses yeux d'apparence terne mais qui en réalité savaient tout capter de la vie.

– D'accord, dit-il.

Lui ne jouait que la manque. Jamais la gagne. Il ne croyait pas en la chance. Surtout continue. Plus riche d'expérience que d'argent dont il se moquait il ne croyait pas plus au jeu qu'aux hommes. Et cependant, paradoxe, son plaisir était le flambe. Rien que le flambe, et aussi tout de même les bons restaurants. Car il était gourmet en dépit du diabète qui lui empêchait les sucreries, les bonnes choses...

L'apport de Dédé Stora accepté, il laissa choir une pilule de saccharine dans la tasse fumante qu'un serveur avait posée à côté de ses piles d'or.

– Roule, ordonna Milo à l'ex-footballeur. Tes 200 louis sont couverts.

Les deux cubes d'ivoire jaillirent du coin de Villaplane et s'immobilisèrent sur un six et un trois.

– Neuf ! annonça Milo.

– Je paie 300 louis pour 200, déclara aussitôt le Vieux Gaby d'un ton aussi neutre que son regard. Je paie...

– Je prends, intervint Zizi l'Algérien.

Et il fit ruisseler ses pièces vers Gaby.

Autour de la longue table les paris continuaient à s'échanger.

« Qui paie encore 300 louis pour 200 ? »

« 150 pour 100 ? »

« 1500 dollars pour 1000 ? »

Là c'était Jo le Catch qui venait de lancer le chiffre en valeur U.S.

– Tenu ! répliqua sans hésiter René Gotteland tout en déplaçant vers le Catch une énorme pile de dollars.

Le petit Milo interrogea l'assistance de son œil malin.

– Ça va ? Plus rien ?

Il scruta le grand Robert, toujours soigneusement vêtu, maigre, flegmatique, fêtard comme pas un, redoutable chauffeur sur qui les Nantais et le Breton savaient pouvoir compter. Son sang-froid était ahurissant. Il fit non de la tête, tout en manipulant des pièces. Milo enchaîna alors.

– Roule, Alex !

Villeplane s'exécuta et les dés sautèrent de nouveau sous la lumière livide.

– Trois ! claironna Milo en voyant les cubes s'arrêter sur un as et un deux. Baraque ! T'as perdu Alex.

L'ancien sportif eut un geste désabusé. Gagné, perdu ? Ainsi allait la vie. Il se fouilla, s'écarta, remplacé à la seconde par Robert le Pâle. Le Breton laissa errer son regard sur la couverture où l'or étincelait. C'était démentiel. Des milliers et des milliers de louis, de dollars, tandis qu'au dehors les gens trimaient, souffraient, luttaient, s'efforçaient de survivre... Sans oublier ceux qui risquaient leurs os contre l'Occupant. Tel Paul qui, peut-être en ce moment, exécutait un collabo, un nazi...

Il y avait de la sorte quelques lieux dans Paris où les enjeux étaient aussi dorés, aussi cinglés. *Chez Fanfan*, rue de Douai, au *Double Chevron* de la porte Saint-Martin, chez la mère Laval, non loin de là, bref, un tas de tapis francs. Sans omettre les appartements privés où le jonc et les billets brûlaient les mains sales des B.O.F., collabos et gestapistes.

L'attention de le Breton s'attarda sur les piles de 20 et 10 dollars, ou les napoléons... Pour combien y en avait-il ? A 8000 ou 10 000 francs qu'oscillait en ce moment le louis ? En tout cas un sacré blot qui pouvait bercer beaucoup de rêves. C'est un fait, l'or attirait, vivait, semblait respirer. Il impressionnait, existait. Alors que les billets... ces bouts de papier que le Breton retrouvait souvent les lendemains de fiesta chiffonnés au fond de ses poches ! Ces bouts de papier que le Gros Georges, le Grand Robert, justement, et lui-même empilaient parfois les nuits de poivrade au pied d'un réverbère de la rue Notre-Dame-de-Lorette avant d'y coller le rif et de les regarder brûler ! Par mépris ? Par dégoût ? Pourquoi accomplissaient-ils ce geste criminel aux yeux des lois ? Il est vrai que les lois et eux... Pour la joncaille il n'en allait pas de même. Ils la respectaient. A l'école communale, pour le peu qu'ils l'eussent fréquentée, on leur parlait d'or, de celui des princes, des rois, des rançons exigées et payées. Leurs livres d'histoire écornés en faisaient état : les mulets chargés de ducats, de doublons, allant libérer François Ier, les pillages des villes conquises où les filles violées ne compensaient pas le butin, où l'or ruisselait. L'or, l'or, toujours l'or, la manne d'or, les colliers d'or, les épées à pommeau d'or, la Toison d'or, les éperons d'or et les sacs de pièces d'or jetés négligemment aux ferrailleurs mousquetaires par Louis XIII, Richelieu, Mazarin... Ah, ces mousquetaires ! Ripailles, duels, dés, lansquenets, existence risquée, jupons troussés, guet rossé... Proportion gardée, c'était ce que faisaient en ce moment les ruffians qui jonglaient avec les dollars, les louis, les lingots. Car il y avait jusqu'à des lingots ! Quatre d'un kilo étaient empilés devant le Vieux Gaby à côté d'un pied à coulisse qui lui servait à tester les dés pour voir si un gros malin ne les avait pas changés en cours de partie. Trois autres lingots clignaient de l'œil à Dédé Stora qui s'en servait pour poser sa cigarette entre deux lancements de dés, deux paris.

Le Breton resta un instant pour surveiller Milo l'Arabe,

voir si personne ne l'embrouillait puis se dirigea vers la sortie. Avant d'y parvenir il se heurta à l'Obsédé qui venait de la courette.

– Paraît que ça flambe dur ? attaqua sur le champ ce dernier.

– T'as apporté du jonc ?

– Oui, on m'a dit...

Le Breton ne s'intéressa pas de savoir qui avait alerté l'Obsédé. Cela se répandait vite chez les forbans qu'à tel endroit une partie d'enfer... Cela se répandait également, hélas ! chez les poulets des jeux commandés par le commissaire Mathieu. Au *Petit Trou*, ils risquaient à tout moment de se pointer pour faire main basse sur les jeux et verbaliser.

Zizi l'Algérien qui avait pris les dés fit glisser 300 louis vers Milo l'Arabe.

– Banco des 300 louis ! cria une voix dans le dos de le Breton et de l'Obsédé.

Ils se tournèrent sur Robert Moura, le frère de Pierre et de Julot, tous des Bordelais, lequel posait un sac sur la table.

– Couvert ! enchaîna le petit Milo. Roule Zizi.

– Une seconde, intervint calmement Gaby. Tes dés, s'il te plaît.

Nullement vexé, Zizi l'Algérien lui passa les cubes d'ivoire. Gaby le Flambeur les vérifia de son pied à coulisse sous l'attention générale. Ah, la confiance régnait !

– Bien, dit-il, une fois son examen terminé. Tu peux y aller Zizi.

Il réexpédia les dés en direction du séduisant Algérien.

– Ils sont complètement givrés, souffla le Breton, revenu à l'Obsédé.

– Je vais être dingue aussi, répliqua ce dernier, car j'y vais.

Et il agita son étui à violon qui rendit un son joyeux de métal. Avant qu'il ne rejoigne la tablée, le Breton le stoppa.

– T'es au parfum du papier qu'on a fourni ?

Sous le feutre aux bords relevés qui faisait de plus en plus ressembler l'Obsédé à Anthony Eden, l'homme d'État britannique, les yeux d'un bleu délavé s'animèrent.

– Je sais. Vous aurez huit cent mille cartes de piquotées le mois prochain.

– Sûr ?

– Certain. J'ai reçu les ordres pour. Maintenant si tu me laissais...

Il amorça un pas vers la salle où les millions en or valsaient, se retint le temps de lâcher :

– L'or me fait bander.

– Il fait aussi bander les filles, rigola le Breton.

– C'est pourquoi je leur en donne, gloussa le fabricant de fausses cartes de pain.

Et il pénétra dans la salle enfumée, son étui à violon battant ses longues jambes.

VII

Marcel Portier affichait dix-neuf printemps, 1,83 m, des yeux bleus, des cheveux blonds et ne pesait pas 70 kg. Il aurait bien le temps de s'épaissir avec l'âge ! Rieur, dynamique, sympa, en 1940 il fabriquait du pain dans une boulangerie de l'Isle-Adam, patelin où il avait vu le jour. Il avait démarré tôt dans ce boulot étant resté apprenti quelques années. A présent il était devenu brigadier, grade qui donne le droit d'enfourner les pains dans le four à bois. Fana de cinéma il était gâté, car Saturnin Fabre, habitant du pays, ayant un jour oublié ses biscottes, la patronne de la boulangerie l'avait chargé de les lui rapporter. C'est de la sorte que Marcel était devenu ou avait cru devenir l'ami du célèbre acteur qui, malin, avait eu vite fait de se faire fournir des miches sans tickets. En récompense, à chaque fois que passait un film où Saturnin jouait, il emmenait le mitron le voir, ce qui ne le ruinait pas vu qu'il ne payait pas les places. Mais Marcel, qui se serait balancé à la rivière pour complaire au fameux comédien, ne voyait pas si loin, d'autant que les petits copains en crevaient de jalousie. A l'exode de 1940, devançant la ruée des guerriers blonds, le patron de Marcel avait liquidé tous ses croissants à l'œil et filé vers La Baule. Marcel à son tour avait lâché le fournil et pris une autre direction. Il s'était engouffré dans l'interminable et douloureux ruban de fuyards en compagnie de sa mère enceinte. Pour bagage, tous deux possédaient une vieille valise qu'ils portaient en s'aidant d'un manche à balai passé dans la poignée, pendant que le père prisonnier était lui en route pour le Stalag 5 de Stuttgart. A Épernon, le mitron âgé de seize ans à l'époque, avait essuyé le terrible bombardement de la ville, et ses yeux pour la première fois avaient engrangé, bouleversés, une ribambelle d'enfants et de femmes écrabouillés, victimes de la folie et de la boulimie criminelles des conquérants. C'est qu'en ces temps joyeux de juin 1940, s'ils s'en payaient, les héroïques pilotes de Hitler et de Mussolini ! Qu'à s'élever dans les airs, prendre en enfilade une longue ligne droite, surchargée de misères, de pauvres hères affamés, de grand-mères juchées sur des carrioles au milieu du matelas et du fauteuil à oreillettes, le vieil héritage familial, et hop... en piqué... précédés des sirènes hurlantes déclenchées par leurs Stukas... tac-tac-tac... tac... tac... tac... tac... Brouf ! et sans répit les « héroïques » regrimpaient vers l'azur où ils tournoyaient avant de replonger et de... tac-tac-tac... tac... tac... et les bastos de jaillir telles des fusées des mitrailleuses jumelées, de perforer le macadam, de poinçonner les chairs des vieillards, des femmes en veine d'accoucher, des bébés qui avaient souillé leurs langes, de gamins, gamines qui, – les exigeants ! – voulaient vivre et rire. Et jouer. Et non mourir. Surtout pas mourir. Seulement les tac-tac-tac s'acharnaient sur ces êtres humains qui auraient bien voulu profiter de ce splendide mois de juin et qui ne comprenaient pas pourquoi on cherchait à les gommer de la planète... qui se demandaient ce qu'ils avaient bien pu faire de mal pour qu'on les mitraille si lâchement.

Le résultat de ces chairs éparpillées, trouées, sanguinolentes, carbonisées, avait à jamais guéri le jeune mitron de l'envie d'étaler sur son pain du pâté de foie. Il aurait pu aussi bien être à jamais dégoûté de boire de l'eau puisque dans le Loir-et-Cher des paysans voraces, impitoyables, la leur vendait 40 sous le litre. Encore devaient-ils faire la queue devant le puits pour en obtenir ! Et supplier.

Pour faire honte à la voracité des culs-terreux, le lendemain, un major allemand, déjà sur place avec ses hommes, avait aidé une réfugiée à accoucher, ce que ne faisaient pas les Français, trop occupés de leur peau. En plus les soldats en vert-de-gris avaient sur un ordre apporté au troupeau d'affamés, dans lequel se trouvaient Marcel et sa mère, dix litres de café et des pains de troupe. Gratuitement...

Revenu à l'Isle-Adam après un périple insensé et des privations impensables, Marcel avait alors décidé de rouvrir la boulangerie en l'absence de son patron. Ça avait marché. Hélas ! des semaines plus tard, ce dernier s'était repointé à la boutique, laissant sa villa de La Baule aux Teutons. Et deux fois hélas ! en janvier 1941, il surprenait son mitron à balancer au-dessus de la grille du pain à ses copains démunis. Lui le balança à la porte. Bof, Marcel parvient à se faire embaucher à Chambly dans l'Oise. C'est là qu'il découvre la conceté humaine dans toute sa splendeur, que les tickets de rationnement de pain n'étaient qu'une fumisterie, que chaque Français aurait pu en être dispensé. Pourquoi ? Parce que accompagnant son nouvel employeur chez un minotier du côté de Persan-en-Beaumont, ils en rapportaient des camionnettes entières de farine, sans nul ticket de contre-partie ni de formule administrative évidemment. Le nouveau boss de Marcel payait la farine plus cher et c'était tout. Bien entendu, pour ne pas contrarier son porte-monnaie, il fourguait ses miches plus cher.

A cette école Marcel s'était vite formé, trouvant tout de même les adultes bien curieux. Tels ces officiers de la Wehrmacht qui s'amenaient à la boulangerie et enfournaient des pains blancs de deux livres dans un tonneau et hop, fouette cocher ! ils regagnaient leurs tablées ornées de nappes immaculées et d'argenterie. Le coup du tonneau soi-disant à emplir de cidre était juste pour ne pas choquer les yeux affamés des habitants et les rendre encore plus revanchards. Ce que ne tenait pas à devenir l'honorable patron de Marcel qui, s'il n'emplissait pas le tonneau de cidre, bourrait en revanche de bons billets de banque ses lessiveuses. Lui, les trouvait parfaits, les occupants !

Pour sa part, Marcel récoltait un peu de cette manne, ce qui lui permettait d'expédier des colis à son père piégé dans son Stalag et aussi d'aider à bouffer les copains du patelin, sans oublier sa mère et le jeune frère qui avait vu le jour après l'exode.

En prenant quelques années de plus, le mitron avait

également pris une certaine ambition pour son porte-monnaie. Aussi le pain blanc si désiré dans les foyers, en fabriquait-il pour son propre compte quand le patron s'absentait, ce qui se produisait souvent. Et ce pain dont tant de malheureux avaient oublié le goût, il le refourguait à des gens sûrs. Auguste le Breton était de ceux-là. Ils s'étaient connus en 1940 sur les chemins affolants de la triste épopée de l'exode. Le Breton qui tentait de rejoindre son centre mobilisateur de Brest et n'y parvenait pas, étant à chaque ville pris de vitesse par les guerriers d'Hitler, avait eu un geste envers le jeune garçon et sa mère épuisée. Depuis ils avaient conservé un bon contact et vu que le Breton avait avec des amis monté l'histoire du *Petit Trou*... que l'un fabriquait du pain, que l'autre le vendait dans son restau...

*

Il était plus de neuf heures du soir et le Breton, prévenu, guettait l'apparition de la camionnette dans la rue Henner. Enfin il distingua les phares peints en bleu d'où filtrait une raie de lumière. Puis le moteur propulsé au charbon de bois, toussa et s'arrêta. Le Breton poussa la porte du restaurant, fit signe à Bras Court et tous deux resssortirent. Marcel les vit et descendit de sa voiture en soupirant. Il avait l'œil naïf, la voix chaleureuse, la poignée de main itou.

– Ça fait une trotte pour venir jusqu'ici. Faut pas que je m'attarde sinon mon taulier est capable de rentrer avant moi !

Le Breton le rassura.

– On va pas traîner. Envoie les sacs. Pour la prochaine livraison on t'enverra un ami avec une bagnole.

– Je préférerais, opina le jeune gars dont la bouche se fendait d'un rire muet.

Puis il remonta à l'avant de son carosse après l'avoir débâché et passa deux lourds sacs aux deux hommes.

– Tu bois un verre ou tu...

– Je file, coupa le jeune boulanger. Je téléphonerai.

Il était déjà derrière son volant après avoir relancé son teuf-teuf d'un coup de manivelle.

– Et ton pognon ? s'inquiéta le Breton qui ajouta, penché

par la vitre baissée : « Et dans ton coin là-bas... ces bruits qui circulent sur des rampes de V.1... c'est... »

– On en cause toujours, répliqua le gars. Ça t'intéresse ?

Le Breton qui le sondait de l'œil éluda.

– Bof, comme ça...

– Si j'ai des tuyaux, je te les refilerai, déclara le garçon dont le bleu du regard avait perdu de sa naïveté.

Puis revenant à leurs affaires :

– Ton associé n'aura qu'à me régler à la prochaine livraison !

Il décocha un dernier sourire et embraya en fredonnant ce qui devait être de sa composition :

« On le leur mettra dans le cul, dans le cul,
On leur mettra ça en levrette
On les collera tout nus, tout nus
pour leur fourrer la balayette
pour la leur fourrer dans le cul, dans le cul... »

Bras Court qui s'était chargé d'un sac soupira en haussant les épaules et le Breton éclata de rire. Tous deux savaient qui visait le mitron dans sa romance. Passant par le couloir ils emportèrent les deux sacs de pain blanc dont amis et clients étaient si friands. Alors qu'ils les déposaient à la cuisine, le vieux Gaby le Flambeur qui revenait des lavabos les aperçut.

– Il y en a pour moi ?

Il en salivait.

– Bien sûr, fit Bras Court.

– Je veux dire à emporter.

– Pas de problèmes, Gaby, rassura le Breton. Tu t'en vas maintenant ou...

Le célèbre joueur écarta les bras.

– Lessivé. Je n'ai joué que la manque, tu le sais. Mais je suis tombé sur René Gotteland.

Il ôta son feutre gris souris, en essuya la transpiration à l'intérieur à l'aide d'une pochette de soie frappée à ses initiales et ajouta :

– Incroyable. Il m'a fait le coup de huit. Huit fois il m'a

amené le sept et le onze sans compter deux fois le neuf. Incroyable. Mais baste !

Sa philosophie reprenait le dessus. Il remit son feutre sur son crâne lisse au front bombé, intelligent, puis demanda, fronçant ses sourcils quasi incolores.

– Tu me fais du crayon, Auguste ?

– Combien tu veux ?

Gaby le Flambeur eut un mouvement de ses épaules, qu'on devinait molles sous le veston de fil-à-fil gris.

– Ma foi... 500 sacs... 1 million... 2...

Pour lui, les chiffres, les comptes...

– 1 million, ça irait non ? sourit le Breton.

– Je peux l'avoir en jonc.

Le Breton regarda son associé.

– T'as des cigues ici ?

– Environ 200, je crois, répliqua prudemment Bras Court.

Lui n'était pas joueur. Il ne comprenait pas la folie de ses amis, leur passion, leur mépris de l'argent, de l'or... surtout de l'or ! L'or, bon sang, c'était quelque chose tout de même ! C'était agréable d'en avoir, de l'empiler, de, de, de...

A l'énoncé du chiffre, le Vieux Gaby avait fait la grimace, et le Breton avait enregistré. Évidemment dans une telle partie, 200 louis...

– T'aurais pas une petite rallonge pour Gaby ? hasarda-t-il. Rien qu'une petite...

Il amorçait un sourire complice, était certain que Bras Court était à même d'allonger le tir.

– Ben, hésita ce dernier. A vrai dire, Maurice l'Homme du monde m'en a livré 300 à midi et...

– Donc tu en as 500 ? s'écria Gaby.

Bras Court inclina un front mécontent.

– Eh bien, refile-les lui, intervint le Breton. Je te couvre.

Bras Court acheva de ranger le pain blanc aidé d'un maître d'hôtel. Puis il disparut un instant vers le fond où se trouvait la réserve aux vivres. Lorsqu'il réapparut devant les deux hommes il sortit de sous son veston un petit sac en toile noire. S'il l'avait camouflé de la sorte, c'était par méfiance car il avait été obligé de traverser la pièce où s'affrontaient les flambeurs. Et dame si l'un de ceux-ci, décavé, avait aperçu le sac d'écus... il aurait été capable de lui faire un emprunt ! Alors ensuite pour récupérer son or... c'est que tous n'étaient pas des gentlemen ! Loin s'en fallait. Il tendit le sac à Gaby, y ajoutant :

– Bonne chance !

Les prunelles du fameux joueur luirent doucement.

– La chance est une putain, dit-il. Pour lui plaire il faut être jeune et beau. Moi...

Il se désigna de son pouce renversé.

– ... j'ai passé le cap de la séduire, la garce.

Et faisant pivoter sa masse gélatineuse, il retourna au jeu qui était toute sa vie. Même Henriette, sa femme, une vieille catiche qui avait fait les Amériques puis le Barbès, qui lui était toute dévouée, qu'il connaissait depuis des siècles et qui l'aidait à surnager dans les vicissitudes passait après. Et pourtant de Henriette, radeuse vulgaire, fardée outrancier, il ne pouvait se passer. Bizarre tout de même que lui, si érudit, si posé, si éloigné du m'as-tu-vu, ait toujours éprouvé de la faim pour les pires des putes. D'où lui venait cette attirance ? La loi des contrastes peut-être. Il fit sonner le sac d'écus et émergea dans la salle où s'affrontaient les ruffians au milieu de cris sourds, de bruits de pièces entrechoquées, de tabagie.

Bras Court et le Breton retournèrent dans la salle de restaurant. Celui-ci était plein et l'odeur des viandes, des vins, des cigares et du parfum des femmes en imprégnait l'atmosphère. Quoique le couvre-feu fût en cette période à vingt-trois heures, les clients ne se pressaient pas. Beaucoup d'entre eux devaient posséder les Ausweiss qui permettaient de circuler. Quant aux deux officiers prussiens qui serraient de près deux filles du *Tabarin*, une des boîtes à la mode, leur uniforme suffisait.

– On étouffe, remarqua le Breton.

– Oui mais on gagne du pognon, renvoya son associé, réaliste. Tu veux dire bonsoir à Hélène ?

Il indiquait sa femme, enfin sa femme, installée à une table, seule devant une tranche de foie gras, des toasts, du beurre et une Pommery-Greno arrogante dans son seau d'argent. Après tout elle aurait eu tort de se priver d'ortolans, la note passant dans les frais de la maison !

Le Breton alla serrer la main de la belle fille. Pour être belle, Hélène l'était. Superbe, oui. Blonde, très grande, la chair riche, blanche et crémeuse, elle attirait les mâles. Les filles itou. Ce que n'arrivait pas à piger le Breton, c'est que tant de blondeur, tant de peau blanche aient trouvé racines en Caraïbes. Il n'en démordait pas, pour lui ce genre de mousmée devait offrir œil noir, teint noir, cheveux de même. Hélène qui en était le contraire n'en était pas moins la grande passion de Bras Court qui l'avait levée depuis un bail et mise au tapin. Tapin de luxe bien sûr. Mais que pour du pognon on se fasse enjamber par un gaillard en caleçon fleuri ou sans calecif du tout, où est la différence ? Cependant, depuis qu'il faisait rentrer de joyeuses portions de monnaie, Bras Court l'en avait retirée, en avait fait une madame.

– Ça va Hélène ? s'informa le Breton.

Elle offrait réellement une jolie bouille, une de celles qu'on a envie d'avoir sous son regard pour voir ses grands yeux s'éclairer lorsqu'elle crie « Maman ! » durant l'étreinte.

– Ça va Auguste, renvoya-t-elle, un toast généreusement beurré de foie gras à portée de sa belle bouche sensuelle.

Il sourit. Lorsqu'il la revoyait il avait toujours envie de se marrer, se souvenant des empoignades dont il avait été témoin quand avant-guerre elle les retrouvait le dimanche en leur planque de pêche à Ballancourt. Quel cirque ! Elle était jalouse, son homme aussi. Aussi ces empoignades !... Le Breton dont la chambre était voisine de la leur, se souvenait de leurs roucoulades et comme la cloison était mince, un soir il les avait entendus alors qu'ils allaient entamer une séance de pancrace sur l'oreiller, et qu'elle lui susurrait : « Qui c'est le gros nanar qui fait bousou à sa bousette ? » Puis, soudainement, changement de passion. Le Breton ne comprit pas ce qui s'était passé, si elle lui avait manqué, s'il avait appris qu'elle le doublait, ou pire, crime abominable, si elle planquait une partie de la comptée ? En tout cas la réplique de Bras Court avait fusé, jailli vite fait. Plaf ! Une de ces va-te-laver à dévisser la colonne Vendôme ! Sitôt la formidable gifle encaissée, si la belle Hélène avait été au Rebecca et insulté son grand amour ! : « Salaud, fumier, maquereau ! » Et replaf ! Ah ! le gros nanar ne faisait plus pour l'heure de gros bousous à sa bousette. Que nenni. D'autant que son honneur de julot était en jeu, qu'à côté le Breton son pote devait tout entendre... Sans oublier que Margot elle aussi... Plaf ! Plaf ! Et la splendide Créole de hurler. Le Breton s'était lavé les dents, avait souri à sa Chyprinette et ils s'étaient balancés sur leur matelas. Tous deux connaissaient la terminale de ce genre de rodéo. Ça s'achevait toujours pareil. Par des soupirs et par des « encore, encore »... Cette nuit-là ne se termina pas autrement. Le gros nanar refit de gros bousous à sa bousette et leur pucier trembla, sous les coups de rein du grand gaillard.

– Vous ne buvez pas une coupe avec moi ? invita la jolie fille.

Le Breton secoua la tête.

– Pas ce soir, Hélène. Je vais retourner à la partie.

Il alla à la tenture qui voilait la lumière, l'écarta, tira la porte et sortit dans la rue. Il respira longuement l'air qui enfin tiédissait. Le printemps allait montrer son nez. Bras Court qui l'avait rejoint pour un instant constata.

– Il fait bon hein ? Parfois je regrette Ballancourt... nos parties de pêche... nos chansons... nos rires...

Il se tut. Un soldat de la Wehrmacht traversait la rue étroite et venait sur eux. Les avaient-ils guettés ? Il s'adressa d'entrée à Bras Court, plus grand, plus imposant.

– Bonzoir. Je beux vous barler ?

Son français était teinté d'un accent de l'Est. Alsacien ? allemand ? autrichien ?

– Voilà, dit-il. Je suis téserdeur et je voutrais...

Les deux associés tressaillirent. Ils observèrent l'homme, son allure hâve, ses traits tirés, son regard inquiet, comme traqué.

– Vous voudriez quoi ? fit Bras Court.

– Que vous m'aitiez. J'ai besoin de babiers, d'une gachette, d'un...

Le Breton se mordilla les lèvres. Il hésitait. Mais déjà son associé intervenait :

– Désolé. Mais nous ne pouvons vous...

Et comme le Breton esquissait un mouvement vers sa poche pour y pêcher une liasse, il lui écrasa le pied du talon.

– Non, refusa-t-il plus sèchement. Nous ne pouvons rien pour vous. Désolé.

– Mais che suis Alsacien ! fit le soldat, un jeune de vingt et quelques printemps.

– Non !

La voix de Bras Court avait claqué. Rudement. L'homme les fixa l'un après l'autre d'un regard qui bouleversait, puis s'enfonça dans le bas de la rue noire.

– C'est duraille de refuser, soupira le Breton.

– D'accord, opina son ami. Mais tu sais bien que...

Il n'avait pas besoin d'achever. Le Breton savait. Il savait qu'il y avait des provocateurs dans ces soi-disant déserteurs et que ceux qui les avaient aidés s'étaient retrouvés, vite fait, bien fait, déportés dans des camps de la mort. Néanmoins c'était dur de refuser. Très dur. Car, parmi le lot, il pouvait y avoir des gars sincères, en perdition, qui en avaient quigne de la Russie, de l'Allemagne, de l'Afrique, de Hitler... Seulement comment parvenir à déceler ? C'est que l'erreur sur la personne se payait lourd. Et cash. Ils écoutèrent décroître les bottes du soldat. Un vrai ? Un faux ? Ils ne le sauraient jamais.

– Bon. Je retourne voir mes clients, décida Bras Court, en repoussant la porte.

Le Breton allait l'imiter lorsqu'il perçut, venant de la rue Chaptal, une musique de violon. Bras Court aussi l'avait entendue car il revint sur ses pas, referma la porte du restaurant sur la tenture qui dissimulait les tables animées.

– Bon dieu, gémit-il doucement. Je parie que c'est Francis.

Le Breton rigola.

– Qui veux-tu que ce soit d'autre ?

Une voix masculine imbibée d'alcool faisait écho aux mesures d'un archet. Et ce qu'elle chantait était à se tordre, vu la musique d'accompagnement :

« Prosper, youp la boum, c'est le chéri de ces da-mes
Prosper, youp la boum, c'est le roi du macada-ame
Comme il a toujours la flemme, y ne fait jamais rien lui-même, il a son harem-me
Le jour et la nuit sans cesse fait son p'tit bisnes-sse. »

– Bon Dieu, jura encore Bras Court. Il est avec des filles ! Manquait plus que ça.

C'était réel. A la voix d'homme maintenant se mêlait celles de femmes. Et ça y allait !

« Faut l'voir tous les soirs encaisser les bénéfice-e-es
Il leur prend tous les billets et leur laisse la monnaie... »

A présent un groupe venait de tourner l'angle de la rue Henner et se dirigeait sur le *Petit Trou.*

« Ah ! quel sacrifi-i-ce
Prosper, youp la boum !... Pros-pe-e-e-er. »

– Merde, pesta Bras Court. Non mais, vise ça !

« Ça » était Francis le Nantais, droit dans son ivresse, précédé de Petit Rat, le violoniste qu'il payait à la poignée et qui en échange se devait de le précéder partout où il entrait les soirs de goguette. C'est-à-dire presque tous les soirs.

– Non, gémit Bras Court qui pour sa part restait l'inconditionnel du menuet, du rond-de-jambes... Faire jouer *Prosper* à un ancien premier prix de Conservatoire !

Ce qui était exact. En son temps Petit Rat avait gagné le cocotier avec son crin-crin. Puis les revers... la vie... des amours gâchées... un tout qui l'avait conduit à faire partie de l'orchestre du Gaumont, le célèbre et gigantesque cinéma de l'avenue de Clichy, dont l'orgue aux entractes ainsi que l'orchestre entier semblaient émerger du sol pour s'immobiliser au milieu de la scène. Grandiose. Hélas, d'autres revers, une existence qui partait en brioche, un autre amour qui avait oublié de rentrer au foyer, tout cela avait conduit Petit Rat à la rue ou tout comme. Aussi si le généreux Nantais qui se foutait du tiers comme du quart, qui n'avait qu'un mot à la bouche : « Combien ? », et qui ne connaissait qu'un geste, celui de faire jaillir de ses poches des liasses de billets chiffonnés, avait-il été le bienvenu. Mieux, il était devenu le bienfaiteur de Petit Rat le violoneux. Évidemment pour ce dernier c'était un rien de chute, le mépris de ses concitoyens, des mélomanes, des connaisseurs... Dame, du Conservatoire aux bouges... tout ça en précédant un forban, souvent aviné ? Bien sûr il y avait de quoi faire regretter à Petit Rat l'immense carrière... la foule dressée hurlant des bravos... les applaudissements... les félicitations télégrammées... les fleurs... etc., etc. Bien sûr, bien sûr. Hélas ! le sort, ce cochon qui vous liquide en deux, trois échecs les plus belles espérances avait décidé le contraire. *« Prosper, youp la boum... »*

Petit Rat, en tête du groupe, s'amenait sur Bras Court et le Breton. Il offrait des cheveux blancs qui encadraient un teint rosé, un museau de rongeur, des yeux candides, enfantins. Francis qui l'avait baptisé de la sorte ! Et ma foi, ce surnom collait bien à ce petit bonhomme pétri de gentillesse. Stradivarius sous le menton, archet évoluant dans la nuit, son ombre minuscule semblait gommée par la masse du Nantais qui continuait d'entonner, digne et saoul à rouler, entouré des trois putains qu'il avait raflées à l'angle de la rue Notre-Dame-de-Lorette : *« C'est le chéri de ces da-a-a-mes »*.

Et les marchandes d'illusions de faire chorus :

« C'est le roi du macada-a-a-ame ».

– Si leurs julots les voyaient, se marra le Breton. Ils te leur en foutraient du macadam !

– Pour le moment, elles ont déserté le leur, constata Bras Court, pratique.

Et alors que la stature du Nantais se rapprochait, il gémit :

– Oh ! non ! Il ne va tout de même pas entifler avec sa smala.

– Et pourquoi non ? rigola le Breton. Il est notre associé, non ? La taule lui appartient pour un bout. Alors ?

Hé oui ! Que pouvait répliquer Bras Court à cette irréfutable précision ? Rien. Le Nantais, à jeun ou défoncé, triste ou joyeux, était chez lui. Qu'à l'avaler. Ce que Bras

Court, mécontent ou pas, allait être obligé de déguster. Il se redressait déjà pour tenter de recommander à Francis d'y aller un peu plus mollo, lorsque subitement, sur un ordre, Petit Rat obéissant à la voix de son maître, changea de régime et son crin-crin, ô déshonneur suprême ! se mit à expédier aux quatre vents une marche de soudards. Aussitôt Mado, la catiche du coin de rue, de lancer les premières strophes en patriote irréductible :

« Jamais les Prussiens n'auront les gars de la Touraine... »

Aussi sec, Francis et les autres nanas d'enchaîner à plein gosier :

« Jamais les Prussiens n'auront les gars du canton. »

Toujours solidaire de Francis même dans ses pires conneries, le Breton gloussa. Bras Court se raidit.

– Oh ! non ! pas ça, gémit-il. Ils sont loufs ! Ils vont nous amener les Vert-de-gris ! Dis-le lui à Francis, toi. Il t'écoute parfois.

Le Nantais n'écoutait surtout personne, n'en faisait qu'à sa guise, d'autant plus lorsqu'il avait conté fleurette à une bouteille de ratafia. Pour lui faire entendre raison, fallait se lever aux aurores et le capturer à jeun. Autrement, autant vouloir raisonner un building car pour ce qui était de le détourner de ses entêtements imprévus et agressifs...

– Dans deux secondes, ils vont passer à un autre air, se marra le Breton devant l'inquiétude croissante de Bras Court.

Il avait vu juste. Francis qui dans un geste à la Louis XIV venait d'immobiliser sa troupe en face du *Petit Trou*, ordonnait à son musicien chéri, index pointé sur l'entrée de l'établissement.

– P'tit Rat ! *La vie en Rose* !

Ni lui ni son violoniste ne savaient qu'ils suivaient les traces de Miroir, une figure légendaire du milieu français qui trente ans auparavant se faisait également donner l'aubade par un laissé-pour-compte de la musique [1].

1. *Les Pégriots.* (Fresque de 50 années vécues sur les bas-fonds du monde.)

Aussi sec, l'ex-premier prix du Conservatoire d'obtempérer et de traverser l'étroite rue en jouant de l'archet.

– Mais il en a un coup aussi, se marra de plus belle le Breton en repérant que le petit homme aux blancs cheveux titubait un chouia.

Seulement si les jambes du chouchou au Nantais semblaient un rien batifoler, son archet lui ne faiblissait pas. Ah ! ces artistes ! Comment qu'il envoyait les fameuses notes, le petit rat musicien ! Et les vendeuses d'amour de goualer, leurs voix couvertes par celle du Nantais prêt à s'écrouler mais encore aussi droit, aussi digne que son violoniste. Pour combien de temps ?

« *Quand il me prend dans ses bras,*
qu'il me parle tout bas,
je vois la vie en ro-o-o-ose
Il me dit des mots d'amou-ou-our
Des mots de tous les jou-ou-ours... »

– Francis ! supplia Bras Court qui de son mètre quatre-vingt cinq tentait de barrer la route du groupe. Les clients...

Le Nantais n'appréciait pas qu'on lui trouble ses fiestas. Il leva de nouveau une main auguste et ordonna d'une voix empâtée.

– Écrase, Bras Court. Vas-y, P'tit Rat.

Déjà le Breton avait poussé la porte, écarté la tenture. Il riait. Petit Rat qui n'avait pas cessé de jouer pénétra dans la salle, archet en action. Francis le suivit, les putains dans son village.

– Où que t'as pêché ça ? s'informe le Breton près de son ami, alors que ces dernières le frôlaient pour entrer, sans cesser de brailler.

– *Gavarnie*, daigna laisser choir le Nantais qui reprit sur le champ :

« *Et ça m'fait quelque cho-o-o-ose* ».

Mais il avait pris un temps de retard sur les autres qui en étaient à :

« Il est entré dans mon cœur
un instant de bonheur
et j'en connais la cau-au-au-ause. »

A leur table les dîneurs nullement fâchés souriaient et certains, bouche à demi pleine, fredonnaient l'air fameux.

– Tu vois, rassura le Breton, à son associé qui refermait sur eux. Ils prennent ça bien.

Jusqu'aux deux officemards allemands qui y allaient eux aussi de la glotte mais en moderato.

Les apercevant, Francis tonna.

– P'tit Rat ! Lily !

Telle une mécanique bien rodée, le violoneux que vêtait un costume d'une coupe aussi classique que la formation musicale qu'il avait suivie, enchaîna à la seconde, le non moins fameux *Lily Marlène* lancé par Suzy Solidor et que les soldats avaient adopté sur les champs d'honneur où tombaient les guerriers. Seulement comme le Nantais et deux des radeuses n'en connaissaient pas les paroles, ils les fredonnaient, encouragés par les officiers présents qui eux applaudissaient. Quant à Mado, elle restait irréductible même à demi pompette. Le comble, elle se mettait sous le nez des officiers vainqueurs à fredonner :

« It's a long way to Tipperary
It's a long way to go
Good bye Piccadilly-y-y-y... »

– Merde, jura Bras Court. Elle connaît l'anglais ?

Alors sans cérémonie il la poussa vers la cuisine à l'insu de Francis qui, toujours digne mais l'œil un rien torve, s'était immobilisé dans le dos de Petit Rat qui semblait ne jouer que pour les Teutons leur air favori :

« Tra la-la-la-la-la-la...
la-la-la-la-la...
Allons Lily Marlè-è-è-ène... »

Puis tournant le cou, le Nantais s'aperçut enfin de la disparition de Mado. Son nez se fronça et la cicatrice de son cou passa au rouge violet.

– Où qu'est passée ma copine de tranchée ?

Pour lui, dans son état, toutes les filles qu'il entraînait dans ses beuveries étaient ses potes. Même si le lendemain il ne se souvenait plus d'elles.

– Elle t'attend derrière, hasarda le Breton. Au petit bar.

– J'aime pas qu'on touche à mes gonzesses, se hérissa le Nantais.

Ses gonzesses ? Ah ! il ne risquait pas de leur faire mal ! Ni de leur prendre quoi que ce soit ! Il était la générosité même, vidait ses poches pour elles, pour ceux dans le besoin, pour tous et pour toutes. Il n'avait rien à lui, ne savait que faire plaisir. Ou foutre la merde.

– Tchampègne ? proposa l'un des officiers en emplissant une coupe.

– Ya, ya, accepta le Nantais.

Lui dès l'intant qu'il s'agissait de vider un flacon, que ce soient les Germains ou les Suisses qui l'offrent... Il éclusa cul sec puis sans remercier, indiquant la cuisine à Petit Rat :

– En avant. La vigne au vin, P'tit Rat !

– Ah, non, voulut s'interposer le Breton. Pas là-bas, ça flambe dur.

Mais le Nantais ne se préoccupait pas de ces contingences. Il poussait le violoniste et lançait déjà à pleine voix, une putain accrochée à chaque bras :

« Plantons la vigne, la voilà la jolie vigne,
Vi-gne, vignons, vignons le vin,
La voilà la jolie vigne au vin. »

Sérieux tel un Borgia sur un trône papal, Petit Rat, précédant le trio, traversa la cuisine, déboucha dans la courette et parvint dans la salle de jeu. Agacés, les joueurs détournèrent un moment leur attention des dés d'ivoire.

« De cep en terre
La voilà la jolie terre
Terre, terrons, terrons le vin,
La voilà la jolie terre au vin,
La voilà la jolie terre ! »

– Oh ! Francis, s'esclaffa René Gotteland qui avait un faible pour l'éternel fêtard. Tu nous amènes du linge !

Le Nantais, ses putes au bras, Petit Rat l'archet suspendu, balaya l'assemblée d'un œil terrible.

– 'lut, dit-il,... vous présente mes mômes.

Et d'une secousse il fit avancer les deux putains.

– J'en avais une troisième, mais...

Puis apercevant Mado, déjà installée devant le petit comptoir de bois.

– Ah ! te voilà toi ! Champ' pour tout le monde ! cria-t-il tourné vers Bras Court qui inquiet se frottait le moignon. C'est la maison qui paie ! ajouta-t-il.

Ses dernières paroles étaient superflues. De toute manière, c'était le *Petit Trou* qui s'asseyait sur ce genre d'addition. La maison pouvait ! Elle encaissait, palpait dur à longueur de jours et de nuits de folies. C'est que le grisbi des mécréants avait tendance à converger vers les parties de passe ou de poker. Sans oublier les canassons, ce tombeau des marlous [1]. Mais les courses de chevaux, les tauliers du *Petit Trou* s'en branlaient. Ils avaient assez à s'occuper avec ces liasses, cet or qui provenaient de tout ce qu'un cerveau humain peut enfanter pour détrousser son prochain : faux policiers, trafic de tickets d'alimentation, attaque pour se procurer ces derniers, fabrique de faux lingots d'or, de faux louis, vente aux occupants de tout ce qui pouvait se vendre, et ça allait des lacets de souliers au café vert en passant par les vieux métaux, le cirage, le tissu, le chocolat, tout, tout, tout. Voraces, insatiables, les bureaux d'achats d'Otto Brandt le grand caïd faisaient feu de tout bois. Mieux, ils casquaient

1. Ici le mot, qui à l'usage s'est transformé, n'est nullement péjoratif. Il signifie être malin, débrouillard, et non souteneur ainsi que jadis.

comptant, avec des millions empilés comme des briques dans des armoires. De la main à la main. Pas de chèques, donc pas de traces. Rien. Nada. Tu me vends, je te paie et je ne te connais plus. Simple. Pour les sans-scrupules et sans-lois, c'était le pactole. Seulement il fallait souvent se mouiller, ne pas croire que ça ruisselait toujours dans des caniveaux bien au sec, que ça baignait dans l'huile parfumée. Pas à ce point tout de même. Les risques étaient énormes, pour ceux qui ne dépendaient pas du célèbre Chamberlain, alias Henri Lafont, le terrible boss de la rue Lauriston. Évidemment ceux-là possédaient tous les as : port d'armes, laissez-passer, droit d'interpeller même les policiers français. Mais pour les autres, dame, ce n'était pas pareil. Tortures, déportations, fusillades pouvaient bien entendu clore leur parcours de forbans.

Immobile sur le seuil de la salle de jeu, Francis, ses deux demoiselles à ses côtés, Petit Rat, son crin-crin au repos, promena son regard obscurci par l'alcool sur l'assemblée qui ne s'occupait déjà plus de sa présence. Les voix relançaient des paris, les dés sautaient de nouveau sur la couverture brune.

« Six ! venait d'annoncer Milo l'Arabe. Tu laisses porter Robert ? »

Robert le Pâle, un rien émacié, au teint évidemment blême, acquiesça, d'un battement de cils. Milo claironna.

– Alors, 500 louis à faire, qui les veut ?

– Moi ! Roule, Robert.

Les yeux se portèrent sur Pierrot Moura. Ceux de Francis aussi. Il n'aimait guère les gestapistes, le Breton non plus. Le gangster qui venait de s'offrir trois meurtres consécutifs et gratuits sur d'autres truands passait pour un fou violent, surtout lorsqu'il avait bu. Et il buvait. Ainsi que la majorité d'entre eux. Mais ceux-ci ne tiraient pas pour un oui ou pour un non, pour un coup d'œil de travers, une bousculade maladroite... Pierrot, si. Était-ce de se sentir protégé, d'avoir tous les pouvoirs qui le rendait si hargneux ? Il était à l'opposé de ses frères dont Robert, pondéré, réfléchi, tout aussi dangereux mais bien plus efficace, lui. Quant à Julot, le dernier de la tribu, il était le plus gentil, le plus serviable et ne magouillait pas du côté de la rue Lauriston. Oh que non ! Ses frères restaient ses frères, il ne les reniait pas, mais il restait en marge de leurs activités. Ils avaient en commun d'avoir grandi dans une roulotte du côté de la zone de Bordeaux et de s'être retrouvés côte à côte à l'enterrement de leur mère, événement qui d'ailleurs avait offert un contraste saisissant. Celle qui les avait mis au monde avait pour ainsi dire vécu pieds nus ou tout comme mais avait été ensevelie dans un luxe époustouflant. C'est que ses rejetons avaient fini par faire leur beurre ! Aussi avaient-ils tenu à rendre fastueux le départ pour l'éternité de la maman Moura. Toute la pègre huppée s'était déplacée et à l'église le curé en faisant la quête morticole avait failli tourner au cardiaque. Il y avait de quoi. Le premier à déposer son obole avait été Adrien Estebeteguy, dit Adrien le Basque [1], et sa main baguée d'un diam avait placé un billet de 5 000 sur le plateau. Son voisin André la Rigole pas plus au courant des us s'était imaginé que les 5 000 d'Adrien étaient le tarif. Et il y était allé de ses 5 sacs lui aussi. Alors ceux qui suivaient debout devant leur prie-dieu... Robert le Pâle, Abel Danos, Charlot Cazauba, Jo le Catch, Paul Clavié, le neveu d'Henri Lafont, Dédé le Toulousain, Georges le Bordelais et son frère Robert, Roger Dupuis, etc., etc., etc., s'étaient également fendus d'un grand format. Le brave curé ne savait plus bien où il en était. Avançant dans la travée, plateau tendu une paume dessus pour empêcher les adorables fafiots de glisser au sol dallé, il écarquillait de plus en plus les yeux. Il pouvait. Jamais de mémoire d'officiant il n'avait... ne reverrait... jamais. Même les plus rupines de ses ouailles bourgeoises ou hobereautes n'y étaient jamais allées si généreusement du gousset. Merci, Seigneur. O mon Dieu ! que la maman de si charmants garçons soit recueillie en vos cieux et que vos anges lui offrent enfin une paire de chaussures.

Pour obéir à la commande du Nantais les deux maîtres d'hôtel se démenèrent, trois bouchons de champagne

1. Adrien achèverait sa route rue Lesueur dans la chaudière du Dr Petiot qui sous le couvert de le faire passer en Sud-Amérique l'assassinerait et le dépouillerait ainsi que tant d'autres dont le petit Jo Rocrue également pris à ce piège.

sautèrent et résonnèrent tels trois coups de flingue dans une rue brumeuse. A la table de jeu par vieux réflexe quelques hommes tressaillirent. Pour leur part Jo le Catch et Pierrot Moura avaient déjà la paume sur la crosse de l'arme qui dépassait de leur ceinture. Tous les regards avaient vite pris la mesure de la porte. Rien. Fausse alerte. Tant mieux.

– Roule, Robert, rassura Milo l'Arabe, qui ne songeait qu'aux ponctions qu'il opérait sur les paris pour le compte de la maison.

Robert le Pâle s'exécuta et les dés sautillèrent sur la couverture avant de s'immobiliser.

– Deux ! annonça Milo. T'as perdu Robert. La main passe.

Et il lança dans un ruissellement d'or le gain réalisé par Pierrot Moura.

– J'étais de moitié avec toi, rappela Jo le Catch.

Pierrot Moura lui compta sa part et le Catch, cravate dénouée, bras de chemise retroussés, se redressa tout en empilant ses pièces devant lui. Dans le geste son œil tomba sur Mado et ses copines qui buvaient au bar.

– Ho ! les filles ! cria-t-il.

Les putains se retournèrent. Francis et le Petit Rat aussi. Le Breton qui s'était posté derrière le comptoir sourcilla.

– Ça c'est pour vous, poursuivit le Catch.

Empoignant dollars et louis d'or il les fit glisser d'une main à l'autre. Alléchées les catiches avancèrent d'un pas, verre ballon en main.

– Seulement faut que vous passiez sous la table pour éponger ceux qui en auront envie, précisa le Catch.

Quelques rires fusèrent de la tablée. Pour leur part, ni le Vieux Gaby ni René Gotteland ne bronchèrent. Ils n'appréciaient pas ce genre de félicités dont le Catch et quelques autres étaient coutumiers.

– Alors ? encouragea Pierrot Moura qui lui était preneur.

Il fixait les filles, un rictus aux lèvres. Celles-ci hésitèrent. Dame, ce que leur faisait miroiter le Catch, c'était pas des rondelles de chocolat... Elles firent un autre pas, comme aimantées par la vision du métal enchanteur qui leur clignait de l'œil sous la lumière et amorcèrent le geste de se baisser entre les jambes des joueurs.

– Revenez, ici !

Toutes les prunelles bifurquèrent sur Francis le Nantais dont, en dépit de l'ivresse, la voix avait retrouvé un ton ferme et dur. Menaçant même. Les filles d'amour s'immobilisèrent, indécises, cou tourné vers le Nantais qui, après avoir laissé le maître d'hôtel servir au comptoir, venait d'empoigner la bouteille de Dom Ruinart par le goulot. Il la brandissait et des gouttelettes d'eau aspergeaient sa face où les nuits de fiesta avaient tracé des veinules rougeaudes. Sa voix s'éleva de nouveau.

– Ces mômes sont venues avec moi, elles y restent.

Jo le Catch fit de nouveau glisser des pièces d'une paume à l'autre.

– Mais Francis ! C'est pour elles ! C'est pour que...

– Écrase, souffla le Breton à son ami, en contournant le comptoir.

Le Nantais ne l'entendait même pas. Faisant face à la table de jeu, dos au comptoir, il se fouilla de sa main libre et sans se retourner il l'abattit sur le bar.

– Elles n'ont pas besoin de vous ! gronda-t-il. De l'artiche, en voilà !

Et il ouvrit sa main, libérant des liasses chiffonnées qui aussitôt trempèrent dans le champagne répandu.

– Bon, se marra le Catch nullement vexé. Garde-les tes mômes. Allez, à qui de rouler ? fit-il, revenant au jeu.

Seulement Pierrot Moura n'était pas d'accord. Il le dit de son accent bordelais, fixant le Nantais.

– De quoi tu te mêles ? Tu fais pas le maq' ! Elles sont pas à toi ces gonzesses ! Si on veut les payer, nous ?

Le Nantais qui buvait à même le goulot faillit en suffoquer. Il leva le bras et un peu de la boisson des rois glissa sur son menton. Il déplaça sa masse en direction de la table, écartant les filles d'un geste rude.

– C'est à moi que tu parles ?

Le Breton était déjà à côté de son ami.

– Qui que tu crois que c'est ? lança Moura, la main sur la crosse de son P. 38.

Le silence spécial qui précède les drames chuta brutalement dans la pièce. Prudents, certains joueurs s'écartèrent légèrement de la table. Le Vieux Gaby, sans perdre un pouce de sa dignité, son feutre gris souris bien en place, sa cravate de même, resta impassible, deux de ses doigts boudinés posés sur son pied à coulisse. Sur sa droite René Gotteland portait tranquillement son fume-cigarette à ses lèvres. A ses côtés, Doudou, le vieil ami de Saint-Ouen d'Auguste le Breton, fixait Pierrot Moura de ses yeux luisants. De descendance italienne il avait le sang vif, généreux, et se contrôlait mal. Dédé Stora et le beau Zizi l'Algérien eux non plus n'avaient pas moufté. Ils en avaient vu d'autres. Épaules rejetées en arrière sur les dossiers de leurs chaises, les doigts frôlant les pièces d'or empilées devant eux, ils fixaient alternativement sans que ne bougent leur tête le Nantais et Moura. Ce dernier allait-il tirer ? Il en était capable, l'avait prouvé, aimait ça. Tous ici le savaient. Dans le fond, que risquait-il ? Rien. Il était protégé par son appartenance à la Gestapo. Rien sur le moment peut-être. Ensuite, un jour, une nuit... il lui faudrait probablement rendre des comptes aux amis du Nantais. Celui-ci, inconscient et à qui il était impossible d'expliquer quoi que ce soit lorsqu'il avait bu, fit un autre pas en direction du gestapiste. Il penchait la tête de côté et des mèches de ses cheveux noirs bouclés, ayant suivi le mouvement, lui bouchaient l'œil gauche. Mais le droit d'un marron noir, cerné de fibrilles sanglantes, brillait de détermination et de défi. Avec sa masse, son front baissé, son œil visible qui lançait de la violence, le Nantais offrait l'image du taureau farouche et dangereux. Malheureusement il était sans arme, n'avait pour lui que sa bravoure inconsciente que chauffait l'alcool, alors que l'autre... celui qui adorait tuer pour se tailler à bon compte une cote dans la pègre...

Il fallait agir, briser le cercle maléfique tombé dans la salle. Le Breton se posta vivement devant le Nantais, Bras Court tapa dans ses mains.

– Allons Messieurs, on joue ! Soyez raisonnables... Maîtres d'hôtel !

Les employés émergèrent du recoin où ils s'étaient planqués.

– Emplissez les verres !

Ils n'en eurent pas le loisir. Écartant brusquement son ami, le Nantais avança d'un autre pas sur Moura.

– Ici t'es chez moi, dit-il. Et chez moi, personne me menace.

Sa voix avait récupéré toute sa fermeté mais non sa main qui étreignait toujours la roteuse. Elle tremblait légèrement. Une tache livide marbra les joues de Pierrot Moura et ses doigts se crispèrent sur la crosse de son flingue. C'était affiché, il allait dégainer. Il allait... ça n'allait pas faire un pli. Fallait que le Nantais soit fou pour le défier. L'autre qui tentait depuis peu de s'imposer comme caïd ne voudrait plus reculer. Cinglé de Nantais ! Le Breton cherchait la faille pour apaiser le gestapiste qui n'avait pas retrouvé ses couleurs.

– Laisse courir, Pierrot.

Celui qui venait d'intervenir l'avait fait d'un ton calme, décontracté, amical même. Toutes les attentions dont celle du Breton se portèrent vivement sur René Gotteland. Il souriait gentiment et de son fume-cigarette, calé entre deux piles de pièces d'or posées devant lui s'élevait un mince filet de fumée bleutée. Moura sursauta et posa sur son interrupteur un œil froid et cruel.

– De quoi tu te mêles ? jeta-t-il.

– De rien Pierrot, répliqua le Petit René. Mais tu laisses tomber.

C'en était hallucinant. Pierrot était à une seconde de dégainer, il avait la main sur son calibre et l'autre avait les siennes posées à plat sur la table, encadrant les pièces d'or. Et pourtant Pierrot ne se décidait pas. C'est qu'à même pas quatre mètres de lui le visage, les lèvres de René restaient amicaux et souriants. Mais les yeux, eux... ce regard... ce regard que le fil de la mort reliait au sien. Il savait. Tous savaient que le Petit René, quoi qu'il advienne, tirerait le premier. Une. Deux. Trois. Quatre. Cinq secondes s'écoulèrent dans un silence de tombeau. Puis René abandonnant du regard celui de Moura, le porta sur le fume-cigarette.

– Milo ? lâcha-t-il enfin. A qui de rouler ?

Et de la main gauche il porta le fume-cigarette à ses lèvres, feignant d'ignorer l'homme de la Gestapo. En réalité, il ne le perdait pas de vue, pas plus qu'il ne perdait son sourire. Zizi l'Algérien lança des pièces vers la teneur de jeu.

– Je roule 100 louis.

– Allons messieurs, 100 cigotins, à faire ! invita Milo qui s'était contenté de rester le dos calé au mur, les dés dans la main.

Il fit rouler ceux-ci vers l'élégant Zizi.

– Je les vois, fit le Vieux Gaby.

– 'soir, messieurs ! claironna une voix joyeuse du seuil de la salle.

Le Breton soupira d'aise en apercevant le Gros Georges, le frère de Francis. Allons ! il allait pouvoir l'aider à calmer son frangin. A la table, la partie avait repris, mais René Gotteland ne relâchait pas sa vigilance.

– Dix ! annonça Milo l'Arabe quand les dés s'immobilisèrent. Messieurs, il y a 200 louis à faire et des paris à prendre.

– Qui me paie le dix, 50 louis pour 25 ? réclama Zizi l'Algérien. Qui...

– Toi Pierrot ? demanda Milo tourné sur Moura.

Ce dernier ne répondit rien. Il balaya la table d'un coup d'œil rapide, son regard croisa celui du Petit René et sans un mot il gagna la sortie où il faillit se cogner dans le Gros Georges.

– Salut Pierrot ! fit ce dernier en lui livrant le passage.

Le gestapiste lui répliqua par un grognement en le dépassant. Le mastodonte s'en aperçut et s'inquiéta près du Breton qui surgissait à son tour.

– Qu'est-ce qu'il lui prend à Pierrot ? Il s'est fait lessiver ?

– Non, il a voulu rifler ton frère et le Petit René est intervenu.

L'aîné des Nantais alla chercher la silhouette de son cadet au-delà des flambeurs agglutinés autour de la table.

– Je vois, il a encore sa dose. Et qui c'est, ces gonzesses ? Mado et les mômes du coin ?

– Oui, Francis s'est poivré avec elles au *Gavarnie* et a voulu nous les amener. Tu sais comme il est quand il est rond.

Georges dont le col immaculé d'une chemise de soie blanche serrait l'énorme cou souleva ses épaules titanesques.

– Comme si on les connaissait pas aussi bien que lui !

Puis inquiet malgré tout : « Qu'est-ce qui est arrivé ? Il a joué au con avec Pierrot ? »

Le Breton fit la moue.

– Trois fois rien. Jo le Catch a voulu offrir les nanas aux joueurs et Francis...

– A été contre ?

– Oui.

– Et alors, c'est leur boulot aux filles, non ?

– Ton frère a décrété que vu qu'elles l'accompagnaient elles étaient au repos.

– On voit bien qu'il a pas demandé l'avis de leurs julots !

– Oh, tu connais ton frangin ! Il va les dédommager de leur temps perdu !

– Ah ! ça, pour trouver mieux comme micheton..., admit l'aîné des Nantais. On aurait dû naître milliardaires ! il aurait fait le bonheur des harengs.

Après un coup d'œil sur la table enfumée il ajouta :

– Tu restes à flamber ou tu te tailles ? On pourrait aller au *Chantilly* ou au *Chapiteau*, dire bonjour à Jeannot !

– Francis avait l'intention d'aller au *Chapiteau*, il devait y rencontrer Abel...

– Mais ça c'était hier ! Ou plutôt l'autre nuit ! soupira le Gros Georges qui enchaîna, philosophe. Hier, aujourd'hui, demain... on sait pas trop où on en est, hein ?

Il avait raison. Pour eux les nuits de champ', de folie, se fondaient dans les journées passées à dormir, à un point que l'hiver ils ne voyaient guère de clarté, se couchant aux aurores et se levant quand l'obscurité voilant pour un temps les misères apportait les atouts de l'ombre à ceux qui se battaient contre l'Occupant.

– Alors tu te décides ? décocha-t-il en expédiant un signe amical en direction de René Gotteland qui, fume-cigarette au bout des doigts, lui souriait.

Le Breton consulta sa montre.

– Pour le *Chapiteau*, magnons-nous. Jeannot boucle à deux heures. Au fait, comment t'es venu ?

– A pied du *Gavarnie*. J'ai raté mon frère de peu. Fred a là-bas un petit mec marrant qui joue du piano : un nommé Louis de Funès. Tu l'as vu ?

– Oui. Fred l'a à la bonne. Il le gave de sandwiches. Ce qui n'est pas du luxe, le gars n'est pas plus épais qu'un lançon.

– Bon, on se casse ? s'impatienta Georges.

Le Breton porta l'œil sur Francis qui, un bras passé autour du cou de chacune des deux radeuses, était retourné s'abreuver. Il hésitait.

– C'est que ton frère...

Puis se décidant, à Bras Court qui revenait s'assurer que le calme était revenu :

– René, veille sur Francis qu'il fasse pas le con.

– Vous pouvez pas l'embarquer ? gémit Bras Court. Il va me coller la barrabille dans la partie.

– Non, non rassura le Breton. Une fois qu'il sera cuit, tu vires les frangines et tu le fais s'allonger sur le matelas de la réserve !

Ce matelas n'était pas spécialement prévu pour le cadet des Nantais, mais il restait en permanence sous l'œil des jambons Serrano et des saucissons de Lyon, prêt à accueillir un traînard ou un gars en fuite qui avait besoin de se planquer une nuit ou deux.

– Comme si c'était facile de l'obliger à faire quoi que ce soit, maugréa Bras Court, nullement rassuré.

Sa réaction culpabilisa le Breton. Il allait se décider pour rester quand le Gros Georges intervint.

– Amène-toi, Lagus. Il se démerdera !

Le colosse aimait bien son frère, mais lorsque ce dernier avait bu, il savait qu'ils s'affronteraient, que l'autre le chercherait. A tout coup, c'était affiché. Voir les deux hommes de la préhistoire se défier même verbalement, ça valait son pesant de nougat, mais Georges ne tenait pas à offrir ce spectacle.

Il fallait reconnaître que ce n'était jamais lui qui attaquait le premier. Qu'avait donc Francis à toujours crosser son aîné ? Y avait-il un vieux contentieux familial entre eux ? Le Breton, qui fléchait avec eux, qui était de leurs intimes, ne l'avait jamais su, n'avait jamais non plus cherché à savoir. Se confiait qui voulait. Possible au sujet des deux frères que tout se résumait en une histoire de muscadet nouveau, une conceté quelconque, les motivations de bagarres dans le Milieu restant souvent puériles, inattendues, incroyablement infantiles.

– Alors tu veilles sur lui ? se tracassa encore le Breton près de son associé.

– Vrai, vous me le laissez sur les bras ? se lamenta Bras Court. Georges !

Mais justement le colosse dont miraculeusement la présence ne semblait pas avoir été décelée par son cadet, avait surtout hâte de s'esquiver. Il répliqua vivement mais enjoué :

– Tu t'en arrangeras bien tout seul. Nous, on se taille. Tu viens Maho ?

Lui et le Breton s'éclipsèrent tandis que dans leur dos résonnait la voix de Gaby le Flambeur.

« Je paie 300 louis pour 150. Je... »

Précédant Georges, le Breton traversa la salle de restaurant qui se vidait et gagna la rue noire, déserte, lugubre, au moment où la sirène de la Défense passive se mettait à secouer le ciel parisien.

– Bon dieu ! pesta-t-il. Magnons-nous.

– Bof ! fit Georges dans son dos. Il nous emmerdent.

Néanmoins tous deux rasant les murs de la rue Chaptal se hâtèrent alors que la Flack allemande au loin commençait à lâcher ses salves.

VIII

Henri Chamberlain, alias Henri Lafont, alias Monsieur Henri, patron et créateur avec la bénédiction des Frizous de la Gestapo française de la rue Lauriston, stoppa sa Bentley d'un gris crémeux devant le *Chapiteau*, place Pigalle. Aussitôt le chasseur se précipita. Qui dans le Paris fêtard ne connaissait pas la célèbre Bentley, du moins de réputation ? Il ouvrit une portière, se courba.

– Monsieur Henri, soyez le bienvenu.

L'homme qui faisait trembler Paris extirpa son mètre quatre-vingt-cinq de la voiture luxueuse.

– Va ouvrir à Madame, ordonna-t-il d'une voix haut perchée qui surprenait toujours venant d'une si puissante carcasse.

Le chasseur se hâta à l'autre portière. La comtesse de X. fit glisser à terre ses fins souliers de soirée qui précédèrent de longues jambes gainées de soie noire. Puis le reste suivit : une élégante et svelte silhouette envisonnée. Galant, Henri Lafont prêta son bras robuste à la jolie femme et l'entraîna vers la boîte réputée dans le Paris sous la botte.

Alors que le couple passait sous le dais blanc et rouge, que soutenaient deux longues perches dorées, Jeannot, le patron des lieux, prévenu, vint à leur rencontre. Il n'affichait pas encore trente ans, portait sobrement le smoking et ses cheveux sombres séparés sur la gauche par une raie luisaient de brillantine sous la lumière.

– Content de te voir, Henri, dit-il. Et s'inclinant : Madame...

– La comtesse de X., présenta Lafont. Tu as une table ?

– Mais certainement, fit Jeannot, dont les yeux d'un marron châtaigne, qui pouvaient noircir sous la contrariété, pétillaient pour l'instant.

C'est qu'au-dessus de la tête de Lafont, au creux du dais que protégeait l'avancée du plafond, reposaient des armes pour la Résistance, pour ceux que Jeannot épaulait. S'il était là, en smoking avec œillet bleuté à la boutonnière à recevoir le terrible chef de la Carlingue française, c'est parce qu'on lui avait donné le feu vert pour monter le *Chapiteau*. Pour ce faire il s'était associé avec Henry de la Palmeira, un gentleman authentique, patriote convaincu et résistant intransigeant. Par ailleurs, pour couvrir la boîte, Jeannot s'était adjoint Robert Moura, le frère de Pierre, lui aussi un des hommes de Lafont. Paradoxe de l'époque ! C'était le commandant Mayeux, pseudonyme Maréchal, du service de renseignements de l'aviation, lequel était en contact direct avec le général de Gaulle qui avait conseillé à Jeannot de monter ce *Chapiteau*. En ces périodes bousculées, une boîte de nuit, n'était-ce pas le meilleur endroit pour recueillir des tuyaux sur les guerriers blonds de Hitler et sur ceux et celles qui les servaient ?

Impressionnant de prestance, de culot, vêtu de bleu nuit, cravaté de clair selon sa coutume, Lafont prêtait l'oreille à une voix féminine qui arrivait jusqu'à eux.

– C'est qui ? s'informa-t-il.

– Lucienne Delisle, expliqua Jeannot. Tu aimes ?

– J'aime toutes les femmes, confessa Lafont. Vous en êtes, comtesse, ajouta-t-il galamment, ses yeux noirs et perçants tournés vers sa compagne d'un soir.

Et l'entraînant, il avança souplement, sûr de lui, de son pouvoir, derrière Jeannot qui les précédait de côté. A mesure que le couple s'enfonçait vers la salle, la voix chaude de la chanteuse les enveloppait.

« Les beaux dimanches de printemps
Quand on allait à Robinson
Comme il est loin ce joli temps
où je chantais comme un pin-in-son... »

Du coin de l'œil Jeannot voyait Lafont le redoutable qui fredonnait telle une midinette.

« *La-la-la-la-la-la-la-la-la !...*
Comme je t'aimais, comme on s'aimait !
Et puis le soir je me souviens
Dans les guinguettes comme on chantai-ai-ait... »

C'était incroyable ! L'homme le plus haï et le plus craint de Paris qui se laissait aller à probablement de vieux souvenirs. Ce qui n'étonnait d'ailleurs pas tellement Jeannot. Quoique jeune encore il avait beaucoup roulé, beaucoup appris, beaucoup retenu. Il était doué pour. Et pour survivre dans le milieu de fauves et de misère où il avait poussé, il fallait bien sentir le vent pour tailler sa route et continuer à respirer. Les faibles eux... les maladroits... les malchanceux pfft !... une rafale... un coup de lame... et hop ! terminado ! Surtout en ces temps où les canailles, les nauséabonds pullulaient. Parfois Jeannot était persuadé que Lafont connaissait son appartenance à la Résistance. Comment ne l'aurait-il pas su avec tous les indics qui s'aplatissaient devant sa puissance, tous ces rats d'égoûts prêts à fourguer leur mère pour un morceau de gruyère ? Cependant le sauvage patron de la Carlingue ne l'inquiétait pas. Était-ce parce qu'ils s'étaient connus à Bordeaux avant que Lafont ne plonge totalement avec les Frisés ? C'était Adrien Estébéteguy, dit Adrien le Basque, qui les avait présentés en 1941 l'un à l'autre, en présence de Robert Moura. Lafont venait de fuir la capitale où il avait dans une histoire d'escroquerie tenté de doubler les Allemands, et pour faire bon poids, également les Français. Dire s'il avait chaud aux fesses ! Avant, faisant preuve d'un culot monstre, il s'était déguisé en officier teuton pour arracher des détenus à la prison de Fresnes et commis quelques entourloupes sévères en s'aidant de ses nombreux contacts. Quand on était au courant qu'il avait géré la cantine de la préfecture de Police en 1939 avant le débarquement des hordes germaniques, il y avait de quoi se pisser dessus. Lorsqu'il avait croisé Jeannot à Bordeaux, Lafont n'était pas encore l'assoiffé de sang qu'il était devenu. Non, son intempérance restait avant tout financière. Il voulait du fric, beaucoup, beaucoup de fric. Le reste... les convictions politiques, la France, la patrie, les notions du Bien et du Mal... l'honneur... brouf ! Hélas ! par la suite... pour tant et tant de pauvres gens, d'héroïques résistants, de malheureux Juifs... pour tant d'êtres qu'il torturerait, ferait torturer...

A Bordeaux il avait prévenu Jeannot et les autres qu'il allait se recheviller avec les Chleuhs, qu'il avait déjà pris contact avec le commandant du service de contre-espionnage de la région qui logeait rue Sainte-Catherine. Il ne leur avait pas menti. Un beau soir il s'était pointé dans un bar annonçant qu'il avait aplani son coup avec les Occupants, qu'entre eux et lui tout baignait de nouveau dans l'huile parfumée. Pour confirmer ses dires, il agitait une carte que lui avaient remise les Canaques. Jeannot et les autres étaient sceptiques devant cette carte jaune. Quel pouvoir avait-elle ? Eux songeaient à en tirer de la monnaie, pas autre chose. Le pouvait-on ? Qu'à la tester. Pas les occasions qui manquaient pour le faire. Justement le fils du *Gourmet*, un restaurant où ils dînaient souvent, avait été cravaté le matin même pour une détention de louis d'or, ce qui était prohibé. Depuis il se trouvait embastillé au fort du Hâ, la sinistre prison de Bordeaux : mais quelles sont les ratières qui offrent un air de gaieté ? Jeannot, Robert Moura et Adrien le Basque parlent de ce garçon à Lafont. C'est l'occasion ou jamais de vérifier si cette inquiétante carte jaune...

« Tiens ! Henri. Il y a le fils de Mme Dubois qui... »

Lafont, sûr de son sésame boche fonce au fort du Hâ ou plutôt au dépôt de l'endroit, baptisé la Paille par ceux qui y couchaient à leur corps défendant. Et boum ! deux heures plus tard le voici qui rapplique avec le fils de la restauratrice et en prime... les cinquante louis d'or saisis. Pas d'erreur, la carte jaune valait son pesant d'or. Alors en avant pour la rapine. Et que Lafont ne parle surtout pas aux forbans d'aider les Teutons ! Surtout pas. De monnaie, oui. Aussi, vu que Lafont avait les mêmes longueurs de quenottes qu'eux, en avant pour le quadrille des mâchoires ! D'abord puisque Robert Moura possédait un bordel à Bordeaux et qu'un commandant français de gendarmerie, hélas pro-allemand ! ne cessait de lui courir sus, autant régler l'affaire séance tenante et de tester de nouveau la carte miracle. L'un d'eux téléphone donc à cet officier amoureux des Vert-de-gris qu'il y a un cambriolage à cet endroit. L'ennemi juré de Robert Moura fonce et... tombe sur Lafont qui épaulé de trois sbires allemands lui casse la tête à coups de crosses. Ensuite comme par miracle la paix des braves s'abat sur le bordel de Robert Moura. Fini les perquisitions, les persécutions, les ennuis, les intrusions soudaines... Sur leur lancée les ruffians décident de ne plus quitter les maisons à putains, lesquelles pour la plupart étaient drivées par des indicateurs. Aussitôt Lafont va tarabuster son commandant de la rue Sainte-Catherine pour qu'il fasse fermer toutes les maisons closes qui vu leur appellation n'auraient pas dû être ouvertes. Les causes choisies ? Baste. Qu'à citer le défaut d'hygiène, les mauvais rapports de l'officier major responsable du sanitaire, etc. Et comme ces endroits étaient à la disposition de la troupe d'occupation, les bordeliers du cru, cinq en tout, doivent s'incliner. Et tristes à mourir, voilà près de deux cents madames quasiment sur le bitume. Dire si les poissons de ces jolies gosses allaient au renaud ! C'est qu'ils tenaient à continuer à vivre bien eux ! Alors s'ils se démenèrent près de Lafont et des autres flibustiers, s'ils en proposèrent des choses... Et voilà les tauliers qui font chorus avec les maq's.

« Est-ce que Henri tu ne pourrais pas... avec tes relations... ton copain commandant de la rue Sainte-Catherine... celui des Sanitaires... »

« Ça peut peut-être s'arranger, de rétorquer le Henri. Évidemment il va falloir arroser ! »

A ce stade, aucun problème. Bordeliers et souteneurs avaient déjà l'arrosoir en main : « D'accord ! d'accord Henri. Combien ? » Le mot qu'il fallait dire, le mot ouvre-boîte.

Et Lafont, épaulé de sa jaune carte, a fait rouvrir les boxons. Tout rentrait dans l'ordre. Les madames putains avaient retrouvé leurs chambres, les soldats conquérants les escaliers cirés et leurs préservatifs et les maquereaux leur bateau de pêche, leur pétanque et leur pastis bien frais. Que pouvait demander de mieux le peuple ?

C'est à partir de là qu'Henri Chamberlain décide de plonger définitivement et à fond avec la Teutonie. Il annonce à ses copains qu'il va monter à Paris pour s'organiser, qu'il les préviendra par téléphone pour qu'ils le rejoignent. Jeannot qui a déjà pris des contacts avec des résistants opine, fait croire que...

– On va se faire un tas de pognon, promet Lafont. J'ai des idées.

Jeannot opine toujours. Lui aussi a les siennes d'idées. En compagnie de Robert Moura, d'Adrien le Basque, il reste à Bordeaux et attend. Pas longtemps. Par fil, Lafont les prévient qu'il a installé des bureaux, tout un étage, à l'hôtel Pierre-Ier de Serbie. Jeannot qui a également des contacts avec le commissaire Charles Chenevier de la Sûreté nationale installée à Vichy, et qui appartient à un réseau, alerte celui-ci. Le policier qui joue avec le feu, vu l'endroit où il opère, lui conseille de laisser Lafont bien s'implanter. Lorsque ce sera fait, il sera temps d'aviser.

Même pas un mois ne s'écoule que Lafont se rabat sur Bordeaux en compagnie d'un de ses amis en cavale : Émile Buisson [1], qui plus tard va devenir l'ennemi public numéro un. Il réclame une planque à Robert Moura pour cacher cet ami. Chose faite. En plus de Buisson, recherché pour le hold-up de Troyes, le premier du genre qu'il a exécuté avec Abel Danos, Lafont a amené Robert le Pâle et Charlot Cazauba. Avec eux il se propose d'aller en zone libre sauter un parachutiste anglais et de le ramener à Paris, car il doit donner des gages à ses nouveaux amis allemands. Pour ce faire il réclame l'aide de Jeannot, de Moura et d'Estébéteguy. Ceux-ci refusent. Pas question pour eux de miser leur avenir à ce jeu. Prendre de la monnaie d'accord, mais donner dans le genre flic, espion, ça non ! Pas leur genre. Les autres tiennent bon. Surtout Jeannot qui ne se voit pas dans ce mic-mac alors qu'il est de l'autre bord. Il essaie d'obtenir de Lafont le lieu où il se rend pour en avertir Chenevier,

1. Bien après la guerre, Roger Borniche, qui disputera cette arrestation à son patron le commissaire Charles Chenevier, écrira à ce sujet *Flic Story,* dont Jacques Deray tirera un excellent film dans lequel Jean-Louis Trintignant interprétera Mimile d'une façon magistrale et Alain Delon non moins magistralement l'ex-policier.

qu'il puisse au moins alerter ce parachutiste. Mais Lafont se dérobe. Nul que lui ne sait où il veut entraîner ses hommes de main. Et ils se séparent. Lafont réussit sa mission. Épaulé de Robert le Pâle et de Charlot Cazauba, il parvient non loin de La Réole à capturer le para anglais. Ensuite, chargés de leur prise ils franchissent à toute vitesse la frontière de démarcation qui sépare les deux zones. Parvenus dans celle sous la botte, les problèmes ne se posent plus pour Lafont à qui il suffit de tendre sa carte aux postes de garde pour récolter un garde-à-vous. A Paris ses protecteurs apprécient le colis qu'il a été leur cueillir en « zone nono » [1]. Ils lui donnent du galon, d'autres pouvoirs. Lafont demeure six mois à l'hôtel Pierre-Ier de Serbie puis, de plus en plus contents de lui, les Fritz lui réquisitionnent un hôtel particulier au 93 de la rue Lauriston. Et voilà Lafont, l'ancien escroc, le marginal, qui commence à faire sérieusement parler de lui. En mal. C'est qu'il s'est mis à penser allemand. Pas encore tout à fait pourtant, il reste encore truand, mais le chemin sur lequel son goût de la puissance l'entraîne va le conduire de plus en plus loin dans la collaboration, le crime. Jeannot au courant de sa transformation monte enfin à Paris. Adrien le Basque et Robert Moura l'accompagnent. Ils vont visiter Lafont à son 93, rue Lauriston pour savoir où il en est, si ce qu'on colporte dans la pègre est réel. Et ma foi si sa réputation est devenue féroce, si sa puissance est palpable, sa mentalité pour ceux de Bordeaux n'a pas changé. Comme ceux-ci ont besoin de papiers d'identité, surtout Jeannot qui fournit des gars qui travaillent dans l'ombre, Lafont leur désigne des placards... sans rien leur réclamer en échange.

« Dans tel tiroir, tu trouveras le tampon pour les cartes d'identité. Dans un autre, le tampon pour les laissez-passer rédigés en allemand. »

Bref, pour eux il restait le Henri Lafont de Bordeaux, sauf qu'il avait définitivement plongé en allant chercher ce pauvre para anglais. Et ça, Jeannot l'avait en travers de la gorge. Mais ce qui était fait, l'était. Aussi, inutile de s'y attarder. Il y avait mieux à réaliser. Tel profiter de l'occasion

1. Zone non occupée.

inespérée de se procurer de faux fafs pour ceux des réseaux de résistance.

Puis, avec les mois qui s'écoulent, la guerre qui fait rage dans tous les azimuts, le 93, rue Lauriston se transforme. En pire. Lafont qui a déjà Maillebuaux, un ancien inspecteur de police révoqué pour trafic d'or, en contacte un autre, Pierre Bonny, baptisé « le Premier Flic de France » par Henri Chéron, ministre de l'Intérieur à l'époque de l'affaire Stavisky, scandale qui avait fait trébucher la République. Avec l'entrée de Bonny, la rue Lauriston s'organise, se discipline, se fonctionnarise. Des fichiers naissent, les enquêtes et expéditions prennent un tour policier, perdant leur côté amateur embrouillé, quoique aussi sauvage, inhumain. La cote d'Henri Lafont grimpe et rassure ceux qui le protègent, ceux qui lui ont donné le coup de pouce du départ : le conseiller criminel Bœmelburg qui coiffe les forces de police allemandes installées rue des Saussaies ; Otto Brandl, de l'Abwehr, dont les bureaux d'achat fonctionnent à plein régime et jonglent avec des sommes insensées, et bien entendu le premier de tous les Frizous que le truand s'est mis en poche, le capitaine Radeke, de la Wehrmacht, un grand festoyeur qu'il a corrompu avec art en amenant dans son lit des filles splendides, et dans ses poches des diamants superbes.

Depuis le début Lafont, ruffian né, rusé et coriace, avait deviné que les Chleuhs voulaient le manipuler pour le bien de leurs armées. Pour finir c'est lui qui, renversant les données, les possède. Il est vrai en se mouillant à fond pour eux. D'abord en opérant pour leur compte en Afrique du Nord, où il a tenté d'infiltrer un réseau d'espionnage, dont son neveu Paul Clavié fait partie. Ni argent ni faux papiers ne font défaut à Monsieur Henri. Il fonce, achète une villa à 200 km d'Alger, y installe des spécialistes radio, fait parvenir des renseignements à Otto Brandl. Ça marche. Pas longtemps. Là-bas, les as du Deuxième Bureau français, le commandant Paillole en tête, détectent le poste émetteur des sbires de Lafont. Et c'est l'échec. Certains dont Paul Clavié réussissent à s'enfuir, d'autres se font servietter, juger et fusiller. Monsieur Henri, heureusement pour lui, se trouvait à Marseille en ces heures perdantes. Cet épisode, il n'en a pas fait mention à Jeannot. Il s'est également gardé de lui conter l'opération de Toulouse où il a capturé à la surprenante, pour le compte de l'Abwehr, Lambrecht, chef de la résistance belge. Cette fois pour les Allemands, Henri Lafont a réussi un coup de maître, car ils avaient mis à prix la tête du résistant d'outre-Quiévrain. Après avoir ramené sa proie de Toulouse à Bordeaux, ceci malheureusement à l'insu de Jeannot qui, alerté, aurait pu faire agir ses chefs de réseau, Lafont dans les caves de la Gestapo de Bordeaux s'acharne sur Lambrecht, le fait craquer sous les coups, et récolte une moisson d'adresses et de noms qui vont décapiter une puissante organisation antiallemande. Pour Lafont c'est le triomphe total. Là où les spécialistes de la Gestapo et de l'Abwehr ont échoué, lui, servi par la chance, son culot phénoménal et sa férocité, a réussi. Car, féroce et implacable, il l'est plus que jamais. Cela remonte-t-il à son enfance quand à onze ans il perd sa mère, que ses frères et sœurs sont dispersés à droite, à gauche ? Cette sauvagerie glacée, contrôlée, inhumaine, ne date-t-elle pas de cette nuit où, enfant encore, sans foyer, ne sachant où dormir, il couchera sur la tombe de son père ? Cet épisode, Jeannot le connaît, Lafont le lui a confié un soir de cafard dans une boîte de Bordeaux. Puis, s'étant ressaisi, celui qui allait devenir le caïd de la rue Lauriston, la terreur de Paris, avait chassé le souvenir d'un geste rude.

– Des conneries, avait-il lâché avant d'empoigner une bouteille de champagne.

En apercevant son patron, accompagné de Monsieur Henri et d'une jolie femme, le maître d'hôtel se hâta vers leur groupe. Il s'inclina, alors que les paroles mélancoliques lancées par la célèbre chanteuse s'en allaient mourir le long des cloisons décorées en rouge et blanc.

« Les beaux dimanches de printemps
Quand on allait à Robinson
Comme il est loin ce joli temps
Où je chantais comme un pinson-on-on-on...
J'ignorais tout : les trahisons
La jalousie, la voix qui men-en-en-ent...
Quand on allait à Robinson
Les beaux dimanches de printem-em-em-emps. »

Figé, tête penchée, Lafont, debout, écoutait.

– Henri, susurra la comtesse de X.

– Monsieur Henri, cette table vous convient-elle, s'informait de son côté le maître d'hôtel.

– Henri, intervint Jeannot à son tour. Tu te réveilles ?

L'homme terrible de la Gestapo française émergea de ses souvenirs. Avait-il un coin de ciel bleu en lui ? Qui n'en a pas, ne serait-ce que le visage d'une mère ? Il balaya de l'œil la salle en forme de chapiteau de cirque, rayée de blanc et rouge, repéra quelques-uns de ses sbires installés à une table avec des filles et qui parlaient haut et s'esclaffaient, chauffés par l'alcool.

– Ils viennent souvent, ceux-là ?

Il y avait du mépris dans sa voix de fausset. L'œil sagace de Jeannot avait suivi la direction de son regard.

– Tu parles de Nez de Braise et d'Étienne le Stéphanois ? Et de Lucien Prévost ? Oui, ils se pointent de temps à autre. Mais je n'y tiens guère. Ils sont trop bruyants.

Il aida galamment la comtesse de X. à s'asseoir dans une des niches qui bordaient la piste et ajouta, faisant signe à la préposée au vestiaire qu'on avait besoin d'elle :

– Un que j'aimerais bien que tu gardes chez toi, c'est ton équipier Bonny. Il est venu hier.

– Pourquoi, il t'a manqué ?

Jeannot esquiva la réponse d'un geste vague. Tourné vers le maître d'hôtel en habit, il ordonna.

– Ma réserve à la table de Monsieur Henri.

– Et de l'eau de Vittel, ajouta l'employé qui connaissait les goûts de son redoutable client.

Assis à son tour sur un siège capitonné à côté de sa maîtresse née coiffée, Monsieur Henri répéta.

– Tu m'as pas répondu Jeannot. Bonny t'a manqué ?

Le smoking de Jeannot se souleva légèrement sous un haussement dédaigneux des épaules.

– Tu sais bien que personne m'a jamais manqué. Je n'aime pas Bonny, c'est tout. Ça aussi, tu le sais. Il t'a changé. T'es plus le même. Il t'a foutu ses idées de flic dans le crâne. Par ailleurs, lorsqu'il vient avec cinq ou six de ses hommes, j'apprécie pas non plus son comportement.

Jeannot s'exprimait lentement, maître de ses mots et de lui-même ainsi qu'à son habitude. Lui ne s'énervait jamais. Mais s'il lui arrivait d'annoncer d'un ton calme qu'il allait faire une chose aussi dangereuse que risquée, il la faisait. Il ajouta :

– Hier au soir ils étaient sept à dîner au champagne. A la finale il a dit à mon directeur : l'addition vous la donnerez au patron.

– Il fait ça partout, soupira Lafont. Il s'imagine parce que...

– Peut-être, le coupa Jeannot. Mais chez moi Bonny ou pas, on paie. Je suis allé à sa table et je l'ai prévenu : « Ici on ne donne rien au patron. On règle. » Il s'est hérissé, m'a lancé : « Vous savez qui je suis ? »

Lafont égrena un rire. Jeannot poursuivit.

– Oui, je le sais. Mais que cela vous empêche pas de payer. »

Lafont riait de plus belle.

– Et il a casqué ?

– Qu'est-ce que tu t'imagines ? répliqua Jeannot, d'un ton paisible.

Puis il pivota du buste en direction de la table qu'occupaient les hommes de Lafont. Tout juste si ceux-ci de par leur verbe haut ne dominaient pas la musique de l'orchestre d'Henri Combelle.

– Ils sont bruyants, hein ? constata Lafont.

Jeannot se retourna sur lui.

– Comment ne le seraient-ils pas ? Tu leur as tout fourni ! Port d'armes, autorisation de circuler... même le droit d'interpeller les flics français ! Aussi...

Il logea une gitane dans un fume-cigarette d'un geste lent et précis avant de s'enquérir :

– Tu dînes, Henri ?

– Non, c'est fait. Je voulais juste sortir un peu Madame.

Il fit glisser le vison, caressa d'un geste paresseux le bras à présent dénudé de sa jolie compagne et poursuivit.

– Fais porter sur mon compte cinq, six bouteilles à la table de ces cons-là.

Puis voyant la fleuriste s'amener, ses yeux sombres s'animèrent.

– Je vous en prie, comtesse, invita-t-il, indiquant le panier décoré de roses, de violettes et d'orchidées.

La belle comtesse de X. se servit, piqua un bouquet de violettes à sa robe qui livrait à demi ses seins voluptueux. Sans attendre, connaissant les goûts du terrible Monsieur Henri, la fleuriste lui tendit une orchidée.

– Tu me laisses ce plaisir Henri ? intervint Jeannot. Vous aussi Madame ?

Et il jeta un billet sur la corbeille. La fleuriste s'éloigna, Lafont huma son orchidée, les yeux mi-clos, un sourire esquissé à ses lèvres plutôt bien ourlées. Il ne les rouvrit pas, devant la rafale d'applaudissements déclenchée par les Allemands qui saluaient ainsi Lucienne Delisle, laquelle enchaînait pour achever son tour de chant, après un clin d'œil vers le chef d'orchestre.

« Les voyez-vous les hussards, les dragons, la ga-ar-de
Ceux de Kleber, de Marceau chantant la victoi-re. »

– Teut, teut ! fit Jeannot mécontent. Elle veut me faire boucler ou quoi ?

– Laisse, intervint Lafont en sortant de sa fausse torpeur. Je suis là.

– Oui, mais à quoi bon charrier les Frisés ? C'est gratuit.

Lafont amorça un mouvement pour le retenir, déjà le patron du *Chapiteau* marchait sur la chanteuse dont la silhouette se dressait dans une pénombre rougeâtre.

– Suffi, madame, dit-il. Envoyez-leur plutôt leur *Lily Marlène* ou ce que vous voudrez. *Cœur de lilas...* Cœur de pierre... ou même de laitue, je m'en fous. Mais pas ça.

Il tourna le cou vers Henri Combelle, lui fit signe de changer de registre. Ils étaient dingues ou quoi ? Déjà que les Chleuhs étaient difficiles à manier depuis qu'ils se ramassaient en Russie et s'étaient fait étriller à Stalingrad... La chanteuse échangeait un regard navré avec Combelle quand le maître d'hôtel vint sur celui-ci, des billets à la main.

– De la part de Monsieur Henri, dit-il. Il vous demande de jouer *Quand il vous regarde.* Vous connaissez ?

Le chef d'orchestre rassura d'un geste, empocha discrètement la liasse, transmit la demande à ses musiciens et interrogea la chanteuse du regard. Celle-ci opina et, peu après, faisant taire le brouhaha des conversations, même à la table des gestapistes, elle envoya de sa voix chaude :

« *Quand la première fois je l'ai rencontrée*
Ce fut dans une fête printaniè-è-ère
Et je m'en souviens, quand elle m'a regardé
Malgré moi je baissais les paupiè-è-ères
Ses yeux me faisaient peur pourtant je lui dis
Voulez-vous être mon ami-i-i-ie ? »

Jeannot qui allait se diriger vers le vestiaire s'immobilisa en fixant la table de Lafont. Celui-ci, de nouveau les yeux clos, l'orchidée aux lèvres, la comtesse de X. lovée contre sa puissante carcasse, semblait lointain. Jeannot soupira. Que lui passait-il encore dans le crâne à Lafont ? Que signifiait cette romance de midinette ? Il haussa les épaules et traversant la piste, il emprunta l'escalier menant au vestiaire. Là, après avoir ordonné à la préposée d'aller lui chercher des cigarettes à son bureau, il se mit à fouiller rapidement les capotes des officiers et les sacoches qu'ils avaient déposées en entrant. Il empocha des feuilles de papier sans savoir ce qu'elles signifiaient. D'ailleurs il ne lisait pas l'allemand ! Mais bien souvent ses récoltes transmises au commissaire Chenevier ou au commandant Maréchal s'étaient révélées d'importance. De toute manière il l'avait appris dans les renseignements, rien n'était à négliger. Il terminait sa razzia lorsque la fille revint avec ses gitanes.

– C'est Monsieur Henry qui vous les a remises ? s'enquit-il. Je veux dire Monsieur Henry avec « y » ?

La fille sourit en opinant. Elle n'était tout de même pas gourde au point de confondre Henri de la rue Lauriston et Henry de la Palmeira, l'associé du patron ! La noblesse n'était tout de même pas à comparer !

Jeannot s'alluma tranquillement une cigarette en prêtant l'oreille au refrain qui parvenait jusqu'à lui.

« Quand elle me regarde avec ses yeux noirs
C'est du feu qui dans le cœur vous pénètre
On ne s'appartient plus
On est comme perdu
C'est encore un suprême plaisir
Près d'elle de souffri-i-i-ir. »

Jeannot grimaça un sourire. Il voyait mal Henri souffrir pour une nana. Quoique... quel homme pouvait réellement se vanter de ne pas avoir un jour... un soir... pour les beaux yeux d'une fille... pour son corps blanc... ses lèvres rouges... son sourire bouleversant... sa chair tendre... Oui, qui réellement le pouvait ?

Il s'assura du pouce de la bonne ordonnance de son col de chemise, aspira sur son fume-cigarette et alla humer l'air de la nuit tandis que crépitaient les bravos. Ça quand ils applaudissaient les Chleuhs, ils ne détaillaient pas. Ils y allaient franco.

Il parcourut de l'œil la place Pigalle plongée dans l'obscurité rapport à la Défense passive, porta son attention sur deux Tractions aux phares voilés de bleu qui filaient dans la nuit, s'attarda sur la Bentley de Lafont, coincée entre une voiture de la Wehrmacht et un vélo-taxi. Il s'apprêtait à retourner dans sa boîte lorsqu'une masse se dressa, surgissant de la nuit.

– 'soir Jeannot, le salua Abel Danos.

Les deux hommes se touchèrent la main.

– Je dois voir Francis le Nantais, dit celui que le Milieu avait surnommé le Mammouth rapport à sa corpulence. Il est là ?

– Non. Mais ton patron, oui.

– Henri ?

– Henri, oui. T'as aussi Nez de Braise, Lucien Prévost, et Étienne le Stéphanois.

– Sisteron ?

– Oui.

– Pas eux que je cherche, fit Danos. Eux m'emmerdent.

Le fait était qu'il ne s'entendait guère avec ses complices de la Carlingue. Surtout avec Michel Chave dit Nez de Braise, un tueur fou psychopathe, dopé à la férocité. Et avec ça, méchant et sadique au point d'avoir un soir rapporté rue Lauriston la tête d'un résistant qu'il avait déposée triomphalement sur le bureau de Lafont. A vomir. Mais lui, Nez de Braise, avait l'estomac en place, rien ne le rebutait. Il avait même l'audace de rouler les épaules chez les malfrats alors que depuis l'avant-guerre il servait d'indicateur au commissaire Charles Chenevier de la Sûreté nationale. Évidemment les truands n'étaient pas au courant. Jeannot évidemment, si, avec Chenevier. Justement il devait rencontrer le policier d'ici peu, celui-ci sous prétexte d'enquêter devant monter jusqu'à la capitale.

– Alors tu entres ou tu repars ? s'informa Jeannot.

– Ma foi..., hésita Abel. Peut-être que Francis est au Chantilly. Ça fait deux jours qu'on se cherche.

Jeannot contempla l'énorme silhouette. Qu'avait été faire Abel dans la galère Lafont ? Bien sûr il s'était mouillé à mort dans l'histoire de la rue de la Victoire et y allait de la tête ! C'était le 24 février 1941 que le Mammouth avait participé au premier braquage de l'Occupation. Le score ? Près de 4 millions de l'époque raflés et deux employés de la banque du Crédit industriel et commercial d'enterrés. Pas de quoi se vanter car lorsque le sang se met à ruisseler... Ils s'étaient mis à quatre pour réaliser le hold-up : Abel, Mimile Buisson, Jo le Corse et Nez de Braise lui-même. Ce qui avait fait sursauter Chenevier quand il avait été mis au parfum par d'autres balances. Il y avait de quoi. L'un de ses propres indics impliqué dans une telle salade ? Dieu du ciel ! Mais indic ou non il lui fallait les braqueurs-tueurs pour les inscrire à son tableau de chasse. Il apprend qu'ils se sont réfugiés à Marseille. Il y fonce, voit son collègue le commissaire Robert Blément [1] de la Défense du territoire, et là, stupeur ! il apprend que ses tueurs en fuite sont intouchables, qu'ils

1. A la Libération, il plongera avec le clan Guérini et sera un jour abattu dans sa Mercedes sur une route de campagne par Antoine, le fils adoptif de Mémé Guérini.

agissent pour le compte de la patrie. Ce qui s'avère réel. Par note du commandant Perrier des services secrets, Chenevier est avisé que ses truands sont en mission d'importance capitale pour le pays. De quoi tomber sur le cul. Et plus encore lorsque le policier qui va visiter Abel, arrêté pour une ridicule histoire de faux papiers, apprend de sa bouche qu'il marche, lui, Chenevier, avec le Deuxième Bureau, en réalité le cinquième. Où Abel a-t-il été pêcher ça ? Chenevier nie bien entendu, rigole... mais jaune quand il découvre que c'est Blément lui-même qui a mis le malfrat au courant de ses activités secrètes. Vraiment de quoi dégringoler à la renverse ! Que peut-il faire ? Si le braqueur le balance aux Allemands, il est cuit. Les autres le traqueront et l'auront. D'autant que le Mammouth semble connaître de sacrés détails sur ses missions ! Tout de même, fermer les yeux sur un crime tel que celui de la rue de la Victoire ! Chenevier réfléchit. Il est seul, à part les voyous, à savoir la participation du Mammouth dans cette affaire sanglante. Alors il va d'abord vérifier les dires du truand, voir s'il a effectivement accompli et réussi des actions pour le pays et si oui, s'arranger pour qu'il s'évade. Après ? Après il le retrouvera toujours. Cependant il est déjà persuadé qu'Abel est bien de leur côté. Un comble et pourtant quoi de drôle vu le contexte ? Il va rendre visite au juge Mennegaud chargé du dossier de Danos. Là il tombe de nouveau à la renverse. Danos l'a devancé. Le magistrat tend à Chenevier une lettre d'Abel adressée au conseiller criminel Bœmelburg de la rue des Saussaies, et lui demande en souriant de la lui poster en repartant. Le fameux policier a compris. Arrivé chez lui, il décachète la lettre, découvre que son Abel réclame à l'Allemand les clefs pour sortir de la ratière où l'a mené son destin. Il argue de documents graves qui pourraient intéresser le chef de la Gestapo, etc., et il signe : « Abel Danos ; 7e division, cellule 14 ; La Santé. Paris, 14e arrondissement. »

Chenevier hésite à poster la lettre dynamite. Seulement il l'a promis au juge Mennegaud qui lui a fait confiance. Alors il le fait non sans avoir recopié la missive mot à mot, erreurs d'orthographe comprises. Puis il agit vite pour tenter de limiter les dégâts et parer les gens de la Résistance avec qui il travaille au cas où Danos parlerait et le dénoncerait [1]. Pourtant Bœmelburg ne fera pas libérer Danos, du moins avec la bénédiction de ses services. Mais il le fera s'évader par la bande, sans paraître intervenir, ce qui permettra à Abel de rejoindre Lafont et sa rue Lauriston. Et d'y plonger. A fond. Au point d'en arriver à endosser l'uniforme vert-de-gris. Jeannot qui connaissait le courage du colosse et ses actions pour la bonne cause ainsi que son silence, bénéfique à Charles Chenevier, soupira.

– Alors Abel, tu entres ou...

Danos hésita encore. Un bruit de pas leur fit tourner le cou et deux silhouettes surgirent de la nuit.

– Tiens, voilà le Gros Georges ! commenta Jeannot. Avec Auguste. Eux vont pouvoir t'expliquer pour Francis.

Il serra les mains des arrivants, déclara.

– Je vous laisse. Des questions à régler.

Et il pivota sur ses souliers de soirée, fume-cigarette aux lèvres.

– Où est Francis ? attaqua Danos d'emblée.

– Il dort au *Petit Trou*.

– Rond ?

– Ma foi, éluda le Breton qui ne voulait pas charger son ami.

Seulement c'était inutile, Abel savait à quoi s'en tenir. Il renauda.

– Merde, on a une affaire de faux poulets à mettre sur pied et ça traîne.

Le Breton gloussa, le Mammouth le sonda d'un regard appuyé.

– Pourquoi tu te marres ?

– Pour rien, éluda encore le Breton. Comme ça... rien que de penser à Francis en poulet...

– En commissaire ! se marra à son tour le Gros Georges.

Tous deux songeaient à une expédition, de la semaine précédente, quand, lors d'une perquisition chez un B.O.F.

1. Abel ne parlera pas. Le commissaire Chenevier en témoigne dans son livre et le confirmera à l'auteur en lui dédicaçant son œuvre dans un bureau des Presses de la cité.

soupçonné d'avoir acheté des lingots d'or, l'équipe n'avait trouvé que la bonne. Le B.O.F. étant absent, Francis qui jouait le rôle du commissaire et qui hélas ! ne s'était pas couché avait expédié le bouchon un peu loin. Après avoir fouillé dans une armoire, il était tombé sur un faux nez peint en vermillon et que dotait une époustouflante paire de charmeuses. Il n'avait rien trouvé de mieux que de se coller le tout sur le museau et de l'y maintenir avec l'élastique adéquat. La bouille de la bonniche quand il avait fait sa réapparition, l'air arrogant, très policier en service... et celle des Nantais avec qui il faisait équipe ! Le petit Armand en avait pissé dans son falzard. Quant à la perquisition ? Ils avaient juste ramené le faux nez pour le gamin d'un ami, les tuyaux sur les soi-disant lingots s'étant avérés faux, faux comme le nez, peint en rouge vif. Baste, c'était les risques du métier, faux métier lui aussi. Décidément tout était faux, truqué, stuc, toc et balourd en cette époque, où les vrais policiers s'acoquinaient et jouaient aux faux et où les voyous jouaient les vrais. De quoi s'y perdre. Si ça se démenait droite, gauche, piratait à tout va ! Et si les histoires cocasses ou tragiques roulaient dans les tapis francs, les boîtes, les bouges, les lieux interdits ! L'une des plus insensées restait celle d'une équipe heurtant à une porte un matin. Alors qu'une voix féminine s'inquiétait derrière l'huis, une autre voix, celle d'un truand corse, de lui répondre avec l'accent ensoleillé de son île, en détachant bien les mots.

« Police allemande ! »

Pour trouver plus cinglée comme période ! De par sa position au *Petit Trou* et ses relations de rues, le Breton connaissait bien avant qu'elles ne se réalisent, ce qui était plutôt gênant, la plupart des opérations aux faux policiers, à part celles des différents services gestapistes où il n'avait pas ses entrées, évidemment ! C'était la dinguerie la plus totale. Saturés d'alcool et de champ', les truands jouaient leur destin à pile ou face. Ils bavardaient, racontaient, perdaient leur antique méfiance. Peut-être était-ce le fait de savoir que tout n'était qu'une question de délais... que le lendemain... plus tard... une dénonciation... une arrestation... la déportation... une balle... rafale... poteau d'exécution... Qui savait ?

– C'est la Bentley de Lafont, remarqua le gros Georges tout à coup.

– Oui, il est là, confirma Abel. Avec une gonzesse, comme d'habitude. En plus y a Nez de Braise, ce connard.

– Tu tiens pas à le voir, constata Georges que vêtait du gris bleu sous un imperméable beige.

Depuis qu'il avait quitté Nantes et son légendaire quai de la Fosse, il avait abandonné la casquette pour le Borsalino. Et ma foi, sa face qu'éclairaient deux yeux rieurs avait de la gueule sous le feutre au bord baissé.

– Je le vois assez rue Lauriston, grommela le Mammouth. Si vous voulez, on va se la faire crapuleuse au *Chantilly*. Moi qu'invite.

Georges se palpa les poches, côté cœur. Pour la forme.

– C'est que je n'ai pas de fafs de nuit et que...

Le rire tonitruant d'Abel roula sur la place Pigalle déserte.

– J'en ai pour deux. Allez, rappliquez. Et si les poulets se pointent, je les braque.

– Mais j'ai encore oublié mes fafs de toubib, remarqua le Breton.

De toute manière, même sans Abel, que craignaient-ils Georges et lui ? Ceux qui étaient surpris à traîner après le couvre-feu risquaient, s'ils n'étaient pas en coquetterie avec les sommiers de la Tour pointue, d'être emballés et de se voir obligés de faire briller les bottes des Chleuhs, punition infligée en général aux contrevenants. Évidemment il ne fallait pas tomber un soir où un Fridolin s'était fait rectifier dans les parages ! Dame, là, en ce cas, si ceux de l'hôtel Lutétia décidaient brusquement de rafler des otages... alors ceux qui étaient piégés dans des postes de police pouvaient se trouver en laide posture, risquer l'aube au mont Valérien. *Feuer* ! Ran-an-an ! Pour des riens. Pour que dalle. Parce qu'un vilain destin...

– Ma bagnole est à côté dans la rue Fontaine, avertit Abel. En route.

Les trois hommes s'enfoncèrent dans la nuit.

*

A l'intérieur de sa boîte, Jeannot que venait d'interpeller Étienne le Stéphanois, s'était arrêté à la table des malfrats. Mais il conservait son regard dirigé sur la jolie fille aux seins nus en robe longue de strass qui mimait des pas de danse tout en chantant en allemand. Pas que lui qui la contemplait ! Les clients teutons n'en avaient que pour elle, pour sa longue silhouette prometteuse, pour ses jambes, ses cuisses nues que dévoilait le bas de la robe fendue jusqu'à la taille, pour ses gants luisants et noirs qui lui montaient aux coudes.

Jeannot écoutait distraitement ce que racontaient les gestapistes. Il songeait surtout qu'il allait devoir changer de numéro. Lucienne Delisle en avait encore pour une semaine. Ensuite... Pour la remplacer, Henry de la Palmeira avait déjà contacté Roberta, la chanteuse en vogue dans les boîtes. Il faudrait qu'il la rencontre lui aussi pour juger. Henry et lui avaient eu des contacts récents avec la Môme Piaf, lancée avant-guerre par son fabuleux talent et l'affaire Leplée, un pédé qui s'était fait trucider dans le cabaret où elle se produisait. Mais le succès venu, la Piaf avait de ces exigences ! 50 000 par soirée et interdiction de faire sauter les bouchons durant son tour de chant, qu'elle avait réclamé. Mais comment ne pas déboucher le champagne dans une boîte où les clients venaient pour la grosse rigolade ? Autant boucler le *Chapiteau*. Les deux associés, Robert Moura s'en remettant à eux pour la direction de la taule, avaient donc récusé la vedette montante. S'ils l'admiraient, elle ne les impressionnait pas. Ils l'avaient connue lorsqu'elle goualait au porte-voix dans les bals apaches et qu'elle tirait la gueuse. Aussi Piaf ou non... Bisness d'abord.

Jeannot continuait d'observer la chanteuse en strass tout en épiant les réactions qu'elle déclenchait sur la clientèle quand soudain il tressaillit. C'était Nez de Braise qui grondait, la voix pâteuse.

– Chenevier, cet enculé, je m'en vais me l'offrir. Je vais le flinguer.

Jeannot fit bifurquer son regard sur l'homme de Lafont.

– Ah oui ? fit-il, encourageant. Tu parles du commissaire ?

– Sûr, bafouilla le tueur. Je vais me le faire. Une rafale et...

Devant lui, sur la table s'alignaient dans des seaux d'argent les bouteilles de champ' offertes par Lafont. L'œil de Jeannot se déplaça vers Lucien Prévost.

– Dans le fond, Michel a raison, dit-il. L'autre n'est qu'un enfoiré de poulet.

Il avait parlé tranquillement, avec un sourire de connivence suspendu à ses lèvres. Puis il vissa une autre gitane dans son fume-cigarette, l'alluma placidement, s'informa.

– Ton avis, Étienne ?

Le Stéphanois abonda vivement.

– Des poulets, y'en a toujours de reste. Je les aime que morts.

– Pas moi qui vais te contredire, déclara Jeannot.

Ces emmanchés... Allez, bonne soirée. N'oubliez pas qu'on ferme à deux heures !

Et fume-cigarette coincé à ses lèvres, il se dirigea sur Henry de la Palmeira qui venait à sa rencontre. Peu grand, trapu, affable, son associé respirait la classe et l'assurance tranquille de ceux qui ont eu beaucoup en arrivant sur terre. Sa voix couverte par les applaudissements des officiers et des soldats, Henry murmura à son ami en l'abordant.

– Charles vient d'appeler. Il arrive après-demain au lieu de vendredi. Par le train de onze heures.

– J'irai le chercher à la gare, décida Jeannot. Et indiquant de son fume-cigarette la tablée des gestapistes :

– Ce cinglé de Chave parle de le flinguer.

– C'est qu'il en est bien capable, remarqua Henry. Un sanguinaire pareil !

– Je vais alerter Charles, rassura Jeannot. Voilà Henri qui s'en va !

Il faisait allusion à Lafont qui effectivement se dressait, imité par sa compagne. Courbé sur la table, le maître d'hôtel y cueillait une liasse énorme que le patron de la rue Lauriston venait de jeter avec désinvolture. Ça, pour payer, le caïd de la capitale payait. Royalement. Si la générosité des voyous était légendaire, la sienne était démesurée. Il se foutait de l'argent dès l'instant qu'il s'agissait de ses plaisirs.

De la Palmeira, imité par Jeannot, alla sur eux et se courba sur la main de la comtesse de X.

– J'espère que vous avez passé une agréable soirée madame ?

– Comtesse, rectifia Lafont. Noble comme vous, Henry.

De la Palmeira se courba derechef.

– Vous m'en voyez ravi, comtesse ! A bientôt le plaisir de vous accueillir de nouveau, j'espère.

Il serra la main que Lafont lui tendait et tourné sur Jeannot, il semblait hésiter.

– Je les accompagne, le rassura son associé, qui aidait la comtesse à remettre son vison.

Sur le seuil du *Chapiteau*, Jeannot à son tour serra la main du terrible responsable de la rue Lauriston.

– Bonsoir Henri. Merci d'être venu.

Lafont, tenant la comtesse de X. par le bras, marcha vers sa Bentley. Puis tout à coup, lâchant la jolie femme, il revint sur Jeannot, stoppa devant lui, le dominant de sa masse.

– Je sais ce que tu fais, Jeannot. N'abuse pas.

Il avait voulu parler bas mais à cause de sa voix fluette il avait haussé le ton.

– Je pige pas ce que tu veux dire, Henri, répliqua tranquillement Jeannot.

Lafont le sonda de son œil perçant qui mettait mal à l'aise. Mais il en fallait plus pour démonter Jeannot. Il soutint le regard accusateur de l'autre avant de lâcher dans un sourire amical.

– On t'a raconté des conneries, Henri.

– Bonsoir, lança brusquement Lafont en l'abandonnant sur place.

Immobile, debout sous le dais qui en son creux recélait des armes pour son réseau, Jeannot, fume-cigarette aux doigts, mince sourire aux lèvres, suivit du regard la disparition de la Bentley.

IX

La 15 Traction avant d'Abel Danos s'immobilisa quasi devant le Chantilly. Pas la place qui manquait dans la rue plongée dans le noir, rapport à la Défense passive. La boîte, l'une des plus célèbres de la capitale, ne se signalait guère par ses lumières. Après avoir franchi de lourdes tentures, les trois hommes se débarrassèrent de leur imperméable au vestiaire, puis franchirent un autre seuil et débouchèrent dans la salle, accueillis par des rumeurs joyeuses et la musique d'un orchestre qui lançait, épaulé par les voix des fêtards :

« *Tout ça ne vaut pas l'amour*
la vraie amour, la belle amou-ou-our
Quand le cœur nous chante
la nuit et-et-et... le jou-ou-our
Tra-la-la-la-la-la-la...
la-la-la-la... la-la-la-la... »

Tsing ! tsing ! que faisaient les cymbales. Boum ! boum ! que renvoyait en écho une immense tablée occupée par des grivetons en vert-de-gris. Des bouchons sautaient, une fumée épaisse stagnait sur les crânes rasés des officiers, ceux blond épi des soldats et brillantinés des civils. Ceux-ci se mélangeaient, riaient au coude à coude, B.O.F., voyous, services spéciaux de la Gestapo fridoline, gangsters, trafiquants, résistants. Ces derniers étaient là pour oublier les dangers encourus, pour se défouler un brin ou mieux pour observer, écouter, rendre compte. C'était toujours la même antienne. Qui était qui ?

« Tout ça n'vaut pas l'amou-ou-our...
la vraie amour, la belle amou-ou-our... »

Tsing ! tsing !

Sur la scène dressée dans le fond de la grande salle de la boîte, des danseuses vêtues french-cancan y allaient de la gambette dans une envolée de jupons et de culottes de dentelle, de bas noirs et de jarretières multicolores.

« Tsing ! tsing !
Taratata-ta-ta...
La vraie amour... »

Chauffées par le brouhaha qui montait vers elles des tables enfumées, les filles du cancan y allaient franco de la cuisse, de la croupe et de la gaieté. Et bien sûr, toujours en tête pour la ribouldingue, Dédé le Toulousain les avait rejointes, agitant sa grande carcasse, vêtu seulement d'un caleçon à fleurs et d'une chemise dont les ailes battaient dans les entrechats. Ah ! Celui-là ! Avec sa face de pékinois, son mètre quatre-vingt-cinq, ses lèvres boudeuses et ses faims de vivre...

« Tout ça n'vaut pas l'amour... our... our »

Bang ! Bang ! S'il les agitait ses grandes jambes poilues, ses mollets autour desquels s'enroulaient des supports-chaussettes jaune serin ! Et s'il braillait, joyeux, l'œil pétillant et lançant des défis, chaque bras glissé sous les ailerons de deux jolies danseuses ! Et il ne fallait pas en douter, il la levait en mesure sa jambe, s'il vous plaît, ne déparant pas le quadrille, à croire qu'il voulait rappeler Valentin le Désossé de la joyeuse époque du *Moulin rouge*.

« Tralala-la-la-la-la-la-lère...
la belle amour... la vraie amou-ou-ou-our... »

Debout, envoûtés par le grand mécréant qui mettait une de ces ambiances ! des Frizous l'applaudissaient en s'égosillant de « Pravos ! pravos ! »

La sueur au front, le rire dans les yeux et aux lèvres, le grand con se déchaînait, balançant en l'air ses cannes interminables prolongées par des Weston à triple semelle de couleur rouge brique.

– S'il perd une de ses godasses, les Fritz vont la prendre en pleine gueule, se marra le Gros Georges.

– Il est complètement louf, lâcha Abel.

Mais l'homme de la rue Lauriston riait du regard. Lui ainsi que tous avait le grand Toulousain à la chouette. C'était un cas. Un parmi tant d'autres. Mais qui pouvait savoir que ce pantin déchaîné était en train de se gagner la légion d'honneur au titre de résistant, sans oublier évidemment croix de guerre et médaille de la Résistance ? Qui savait ? Le Breton, deux, trois autres... pas plus.

Ce dernier qui fouillait la salle de l'œil aperçut enfin, non loin de la scène, ceux qu'il cherchait. Il cogna le flanc du Gros Georges.

– Tu les vois là-bas ?

Car eux ne pouvaient être que présents puisque le Toulousain faisait le clown avec les jolies gosses. Le Nantais tourna son cou monstrueux dans la direction indiquée. Abel Danos l'imita. A une table surchargée de verres et de seaux d'argent d'où dépassaient des cols de bouteilles, étaient assis Auguste le Fou, Robert Zazou, Panafieu, Henri l'Épicier et Maurice l'Homme du monde. Ils n'étaient pas les derniers à encourager leur ami qui se décarcassait sur la scène. S'ils l'applaudissaient dans des éclats de rire, et Zazou pour faire plus folklore agitait même les pantalons que le grand avait quittés à leur table avant de sauter sur la scène rejoindre les danseuses.

Tsing ! tsing !

« *Et ça ne vaut pas l'amou-ou-our...*
Les petits bécots qu'on met autou-ou-our...
Voilà pourquoi je chante toujou-ou-ours...
l'amour... l'amour... l'amou-ou-our... »

Le raclement des souliers vernis des danseuses, le bruit de pétard des Weston du grand con déchaîné s'abattaient sur le plancher de la scène, dominant les autres bruits.

Du champagne plein le gosier, de la joie dans les prunelles, les truands s'étranglaient de rire et braillaient :

« Vas-y Dédé !

– Allez, démène-toi plus que ça, grand outil !

– Fais gaffe, tu vas paumer ton calecif ! »

Ma foi, cela risquait de se produire, ça se produisait. A force de se trémousser, le grand Toulousain en perdait son caleçon, qui déjà lui arrivait à ras du chipolata. D'ici à ce que ce dernier se darde sur les jolies entraîneuses qui aux tables chauffaient les clients à la consommation !

– Une table, les gars ?

Paul M., associé d'Antoine P. et qui drivait le *Chantilly*, venait de se détacher du long comptoir et d'aborder les trois hommes en leur serrant la main.

– Non, remercia Georges. On va rejoindre nos amis là-bas.

Paul M. claqua des doigts, un maître d'hôtel se pointa à la seconde.

– Conduisez ces messieurs à la table 12, ordonna-t-il.

Lui de même que son équipier Antoine P., un Corse, était aussi élégant que coriace, aussi intelligent qu'efficace. On ne montait et le tenait pas une taule telle que le *Chantilly* sans avoir de l'envergure ! Sous leur direction la boîte était devenue un des hauts lieux du Paris nocturne qui ne voulait pas mourir, qui n'acceptait pas de faire dodo comme les poules.

Alors que le maître d'hôtel faisait signe aux trois hommes de le suivre, Paul M. retint le Breton par le bras. Il s'enquit, les yeux rieurs.

– Ça va, mec ? T'as plus envie de te farcir le champagne de Doriot ?

Le Breton lui rendit son sourire.

– Parle pas de malheur !

Et il toucha le bord d'une table proche, avant de rejoindre Abel et Georges qui s'enfonçaient dans les travées, guidés par le maître d'hôtel. Dans son dos il entendit le rire égrené par le patron du *Chantilly*. Paul pouvait rire. Sans lui, le Breton... Cela ne datait pas de vieux. Deux mois à peine. Un soir de poivrade – mais quel soir ne l'était-il pas ? –, le Breton, à demi-défoncé, avait poussé la porte de la boîte vers une heure du matin. Le grand Léon de Saint-Ouen [1], encore plus ourdé que lui si possible, l'accompagnait. Dans leur état, ils avaient oublié de laisser leurs pardessus au vestiaire et c'est tout fringués et coiffés de feutre qu'ils s'étaient installés sur le tabouret du comptoir. Pas longtemps. Le Breton, que le barman occupé ailleurs tardait à servir, avait claqué de la langue, puis avisant une table, cernée par cinq, six hommes et deux femmes, il s'était laissé glisser de son tabouret et avait marché sur le groupe. Là sans vergogne il avait attrapé un verre ballon empli de millésimé, l'avait vidé cul sec. Oh ! Sainte-Anne-d'Auray, qu'avait-il fait là ? Trois des lascars qui entouraient la table avaient bondi, calibre au poing, et le criminel s'était retrouvé dos au comptoir, trois flingues pointés dans les côtes. Et les mots amicaux et tendres de fuser à son adresse.

> « *S'pèce d'enculé.*
> *On va te faire voir, nous !*
> *On va t'apprendre la politesse !* »
> *Emmanché, va.* »

Cætera, cætera.

Heureusement que Paul M. n'était pas loin. Il était intervenu tranquillement, avait paré le perturbateur.

– Laissez-le, les gars.

« Ouais ! » qu'avait rétorqué l'un des porte-flingues, hargneux. Mais il s'est permis de vider le verre de Jacques !

Le Breton à moitié dessoûlé avait écarquillé les quinquets. Jacques qui ? Jacques quoi ? Paul M., lui, avait de suite compris. Il avait haussé épaules et sourcils puis admonesté le délinquant :

– T'es cinglé. C'est à Jacques Doriot que tu as fait affront ?

1. Un des héros de *Fortif's*.

Merde, le Breton dessoûlé en deux coups les gros avait senti un frisson rétrospectif lui glacer les côtelettes. Jacques Doriot ? Le leader du P.P.F., ce Parti populaire français qui marchait à fond avec l'Occupant ? Il y avait de quoi avoir les chocottes, les flubes... C'est que l'autre susceptible possédait tous les droits, tous les pouvoirs. D'un signe il était à même de faire rectifier le Breton et un tas de lascars pour faire bonne mesure, pour laver l'affront subi.

– Il pouvait pas savoir, intervenait toujours Paul M., conciliant, sinon il l'aurait pas fait. Hein, Breton ?

Celui-ci dont l'alcool miraculeusement n'obturait plus le cerveau se hâta d'abonder, lâchement.

– Bien sûr. Si j'avais su...

L'un des sbires qui, un œil sur Doriot, paraissait guetter un ordre lui enfonça plus rudement son arme dans les flancs.

– J'ai bien envie de te flinguer, enfoiré.

La salive passa mal dans le gosier du coupable. Il suffisait que Doriot le puissant... Doriot qui envoyait des volontaires sur le front de l'Est combattre les Ruskoffs communistes... Doriot, ex-communiste lui-même... Il suffisait qu'il soit mal vissé, que le caviar avalé ait mal passé, que le champ' ne soit pas de son goût, qu'une des nanas présente à sa table lui refuse un shampooing à la salive pour que... *Feuer ! Feuer !* L'homme avait été député de Saint-Denis, ou d'un autre fief des camarades, le Breton qui s'en branlait de la politique ne s'en souvenait plus guère. Mais quelle importance ? Ce qu'il y avait d'important, c'est ce qu'allait décider l'autre caïman. Heureusement, il dut expédier un geste d'apaisement car les canons des rigoustins s'abaissèrent avant de réintégrer leur holster.

– Bon, ça va pour cette fois, fit l'un des gardes du corps. Mais la prochaine fois...

– Il n'y aura pas de prochaine fois, prévint Paul M. ; 'pas Auguste ?

Le Breton se contenta d'opiner en silence. Merde, tout ce cirque pour un coup de Lanson ? Qu'est-ce que ça aurait été s'il avait vidé le magnum ?

Mais cette fameuse nuit, il n'eut l'occasion de rien vider au *Chantilly* à part les lieux. Ce que Paul M. lui avait conseillé de faire sur le champ pour éviter une relance des sbires du politicard pro-Germanie. Si le trublion entraînant Léon de Saint-Ouen avait filé fissa...

En se serrant, la tablée du Toulousain fit place aux trois nouveaux arrivants. Et comme sur scène le cancan s'achevait avant la reprise, le Toulousain atterrit en un vol plané sur ses amis dans des cris, des verres renversés, les rires des tablées proches. Si Antoine P. et Paul M. laissaient courir, c'est qu'il n'y avait guère moyen de stopper le Toulousain dans ses tours de con. Et puis vu que lui et ses amis avaient la main à la poche facile... que dans le fond, tout ce défoulement plaisait à la clientèle...

Pour confirmer, Abel passa commande de six roteuses de Bollinger et appela la préposée pour les cigares. Et hop, en avant la musique ! En avant la beuverie ! Re... en avant le cancan ! Le grand cadavre avait déjà fusé sur la scène et hop ! Allons-y casquette ! Envoyez ! En avant la folie des nuits de Paris sous la botte.

« Allez Dédé, défonce-toi ! »

Mets-en un coup, grand con ! »

« Tout ça ne vaut pas l'amou-ou-our...
la vraie amour... la belle amou-ou-our...
le remous qui nous excite et qui nous agite
la nuit, le jou-ou-ou-ou-ou-ou-our... »

La bave aux lèvres, sa tignasse d'un blond cendré en bataille, son caleçon au ras des fesses, le grand Dédé le Toulousain n'avait jamais tant levé la patte de sa carrière de joyeux drille.

Tsing ! tsing ! tsing !

Pour le moment on voyait l'une de ses roubignoles qui jaillissait du caleçon fendu devant, comme pour saluer la tablée, avant de retourner émue et rougissante à l'abri du calecif à fleurs.

« Tout ça ne vaut pas l'amour... »

A leur table les malfrats applaudissaient leur ami, le dopant de mots, de cris, d'encouragements.

« Vas-y grand calamar !

– Fais-leur voir aux Frizous... ! »

Tsing ! tsing !

Les filles du cancan entraînées par la folie du grand se déchaînaient comme jamais, mettant toute leur science de l'entrechat et l'art du quadrille dans leurs jolis mollets garnis de bas noirs.

« Tout ça ne vaut pas l'amour
l'amour d'un beau petit homme
pour croquer la pomme
la nuit et le jou-ou-ou-ou-ou-ou-oure...
Tra-la-la-la-la-la-la-la-la-la-la-la-la... »

Puis, dans un avant-dernier roulement de cuivres, les belles filles du cancan tournaient le dos au public et dans un mouvement synchro elles soulevaient leurs robes, et pan ! elles offraient leurs mignons derrières pantalonnés de dentelle aux yeux ravis, éblouis, rigolards ou excités... Et les bravos de crépiter, les rires d'exploser, les bouchons de champ' de faire écho.

Évidemment, pour ne pas être en reste, le grand Toulousain avait suivi et dans une cascade de rires il présentait son arrière-train fleuri dans une croupade. Puis, alors que les filles de la revue s'éloignaient en pirouettant avant de revenir l'une après l'autre saluer en faisant le grand écart, il les imita et, sautant en l'air tel un canasson aux membres cagneux, il s'aplatit au sol en déployant ses grands compas. Ouille ! brailla-t-il.

Il avait dû s'écraser un chouia les roubignoles, mais un rire énorme le secoua aussitôt, chassant la douleur.

A la table des ruffians, c'était le délire. Et lorsque le Toulousain revint récupérer son pantalon, Abel l'aspergea de Dom Ruinart et Auguste le Fou lui tendit une coupe pleine. Le grand gaillard, en nage, de la gaieté dans ses yeux verdâtres, la vida d'un trait avant d'arracher une roteuse de son seau et de l'entonner. Des gouttes d'eau givrées glissant du verre se répandirent sur son menton avant de descendre le long de sa chemise trempée de sueur. Tous suivaient la montée et la descente de sa pomme d'Adam sous l'effort de l'absorption.

– Hé, stoppe, tu vas t'étouffer ! lui recommanda Panafieu qui ainsi qu'à son habitude allumait une cigarette au mégot de la précédente.

Mais le Toulousain n'écoutait pas. Le champagne était la seule boisson qu'il s'autorisait. Sinon, il buvait de l'eau. Mais le champ', alors là, pardon ! Il en entonnait des cuves, les nuits de java. Incroyable ce qu'ils pouvaient tous se mettre comme champ' dans le gosier ! Une vraie folie. Partout où ils allaient ils marchaient à la boisson des dieux. Partout. Et il fallait la leur servir archi-frappée, avec de la glace pilée à ras du goulot dans le seau à glace. Et par là-dessus du gros sel, pour parachever. Leur façon à eux de déguster l'inégalable nectar. Enfin déguster... Pas Francis le Nantais qui pouvait dire le contraire. Justement il se pointait à son tour au *Chantilly*. Seul. Et à moitié dessoûlé, il semblait. Droit, ventre en avant, les tifs humides, preuve qu'il avait dû se plonger le museau dans la flotte, il s'amenait vers la table de ses amis.

– Qu'est-ce que t'as fait de Petit Rat ? s'inquiéta le Breton.

Le Nantais eut un geste ample.

– Renvoyé dans ses foyers. Il tient pas la distance.

– Et les gonzesses ? se renseigna son frère.

– Renvoyées à leurs julots...

Il parcourut la table de son œil toujours trouble, laissa choir, précisant :

– ... avec des sous.

Puis s'avisant de la présence de Danos.

– Ça fait deux jour que je te cherche, mec.

Le Mammouth gloussa.

– Tu veux dire que c'est moi qui te cherche. Allez, assieds-toi. Maître d'hôtel !

Un larbin se précipita, car la tablée était bonne, les pourboires tombaient drus avec les truands. D'accord ils pouvaient parfois se montrer casse-burettes quand ils avaient trop éclusé, mais il savaient aussi se montrer généreux. Ça compensait.

– Oui, Monsieur Abel ?

– Un verre pour mon ami.

Mais le Nantais, pareil que Dédé, n'avait nul besoin de verre. Il avait déjà celui du Breton à la main.

– Tu permets Maho ? dit-il.

Sans attendre de réponse qu'il n'y avait d'ailleurs pas à donner, il vida le godet, avant de fixer Abel.

– Alors ?

Le Mammouth haussa les épaules.

– Ben faudrait qu'on parle sérieux. L'affaire est pour dans deux jours.

– A ta disposition, renvoya le Nantais tout en surveillant le maître d'hôtel qui lui emplissait un verre propre.

Il allongea la main pour s'en emparer quand l'employé eut fini de servir, mais plus prompt, Auguste le Fou, qui ainsi que tous commençait à avoir sa dose, le devança.

– Oh ! qu'est-ce qu'y te prend ? lui lança le Nantais, interloqué.

Puis son ventre s'agita sous l'éclat d'un rire. Rapide, le Fou avait vidé le godet et mordait dedans alors que de la scène une chanteuse envoyait d'une voix rauque :

« *Quand il me prend dans ses bras*
Qu'il me parle tout bas
Je vois la vie en ro-o-o-ose.
Il me dit des mots d'amour
des mots de tous les jours...
Et ça me fait quelque cho-o-o-ose... »

L'orchestre aidait l'artiste en sourdine, les soldats fridolins avaient également adopté l'air célèbre, le fredonnaient, la bouche en cul-de-poule, l'œil énamouré. Quant à la table des ruffians, le Fou mastiquait en conscience le verre ballon qu'il avait soulevé à Francis. A ses côtés, le grand Dédé le Toulousain en sueur, saoul de champ' et de s'être trop dépensé, l'encourageait.

– Vas-y, Gustave. Tiens, voilà le mien.

Les Teutons les plus proches considéraient le Fou d'un œil ébahi. Ils pouvaient. Le jobard, solide comme une cave de son Saumurois natal, avec sa gueule à la Paul Muni du célèbre Scarface, qu'ils avaient tous applaudi avant-guerre en séance de nuit à l'Apollo, continuait à mastiquer. Du sang perlait au coin de ses lèvres et de la rigolade animait ses yeux mobiles. Une raie séparait ses cheveux bruns, brillantinés. Pour compléter, un diam étincelait à son annuaire gauche et deux dents en or se découvraient en mastiquant, sur le côté de sa bouche, en général soudée sur des secrets que nul ne lui réclamait.

« Il est entré dans mon cœur
un instant de bonheur
dont je connais la cau-au-ause... »

Voyant le Fou rafler le verre vide que le Toulousain lui tendait, les Teutons à la table voisine applaudirent.

« C'est la vi-i-ie...
Quand il me prend dans ses bras... »

Le Fou attaquait son deuxième plat, en croquant dans le cristal, excité par ses amis.

– Maître d'hôtel ! appela Danos. Une douzaine de verres pour monsieur. Pas de flûtes, mais des ballons, s'il vous plaît.

– Pourquoi que tu te farcis pas une bouteille ? défiait Francis.

Il en tendait une au Fou après l'avoir dégagée d'un seau. Celui-ci repoussa l'offre. Il allait attaquer son troisième verre. Le Toulousain appela le maître d'hôtel, lui indiqua les seaux d'argent près desquels s'empilaient les bouteilles déjà vidées.

– Mettez six bouteilles à mon compte ! Pol-Roger, Krug, Lanson... ce que vous avez.

Le larbin se courba. Il en restait encore des pleines. Mais pourquoi contrarier ?

– Bien, Monsieur André.

Il s'éclipsa, non sans avoir montré la table à l'un de ses

subordonnés pour qu'il la nettoie, la débarrasse... Avec les truands, c'était tout bon ou tout mauvais. Où ils collaient la barrabille et déclenchaient le rififi, un mot que le Breton avait lancé deux ans auparavant sur le quai de la Fosse à Nantes et que les bas-fonds avaient adopté, ou alors ils ciglaient cash, sans problèmes. Au *Chantilly* comme au *Chapiteau*, ils n'en soulevaient guère, les tauliers étant des amis, estimés de tous.

Henri l'Épicier, associé d'Auguste le Breton dans deux bars situés rues Sauffroy et Gauthey, se leva soudain et se dirigea vers la marchande de fleurs qui proposait ses roses et ses violettes aux jolies clientes ou entraîneuses en robe du soir. Quand il revint à la tablée la marchande le suivait. Sans un mot elle posa son panier devant le Fou et s'éloigna.

Sans se concerter l'Épicier s'empara d'un bouquet de violettes, le Toulousain de roses et tous deux les présentèrent au Fou.

– Allez mec, bon appétit.

Le Toulousain fit mine de saupoudrer le tout en utilisant une bouteille à demi pleine en guise de salière.

Le Fou gloussa, du sang au menton et des morceaux de verre au revers de son complet bleu croisé rayé de blanc.

– Arrêtez vos conneries ! rit-il heureux.

A la table voisine, des Fritz applaudirent, encouragèrent.

– Si, si, missié.

– Si, si, missié, si, si, missié, que le charria Panafieu. Y'en a bon Banania.

Pas contrariant, le Fou déglutit sa verrerie, empoigna les violettes et hop ! miam, miam, il se mit à mordre goulûment dans le bouquet. A côté les grivetons en vert-de-gris en trépignaient de bonheur. Ils savaient les Franzoses un rien cinglés mais tout de même à ce point... Et l'orchestre qui lui couvrait maladroitement la chanteuse...

« Il me dit des mots d'amour
des mots de tous les jours... »

Maintenant le Fou y allait franco. Les violettes passaient bien, quoique le verre ce n'était pas si désagréable, après tout.

C'était en 1935 au *Casanova*, le cabaret russe de l'avenue Rachel, près de la place Clichy, qu'il y avait pris goût. Encouragé par des truands amis dont le Dédé le Toulousain et Panafieu, il avait relevé le défi de Joseph Kessel, le fameux grand reporter de *Paris-Soir* qui semblait faire ses choux gras des verres les plus épais. Bien entendu le défi s'était terminé en beuverie, le grand journaliste s'étant avéré un joyeux et solide copain. Depuis, le Fou avait mis la dégustation de la verrerie à son répertoire. Il l'avait même corsée en y adjoignant des épingles de nourrice dont il se transperçait joues et lèvres. C'était d'ailleurs de la sorte qu'il avait obtenu sa réforme définitive de l'armée en 1939, pour cause de dérangement mental. Il contait qu'il avait doublé les officiers du service de santé, qu'il avait réussi à leur faire croire qu'il était dingue. Mais battait-il réellement ou bien en avait-il un petit coup dans la cafetière ? Car pour s'enfoncer à l'intérieur de la bouche des épingles, les faire ressortir à l'extérieur et fixer des bouchons sur les pointes... puis parachever le numéro en se bloquant les lèvres avec une grosse épingle de nourrice et ensuite aborder un groupe d'officiers en conversation animée et leur décocher en agitant vivement la tête de droite à gauche : « J'suis un hérisson... j'suis un hérisson »... il y avait de quoi se poser des questions ! Les gradés, eux, ne s'en étaient pas posées. Ils avaient lancé un ordre et le Fou s'était retrouvé saucissonné à l'infirmerie spéciale du régiment. *Exit* le guerrier.

A parler franc, le Toulousain qui tendait les roses au Gargantua gavé de champ' et de violettes ne valait guère mieux sur ce plan. Si sous la botte il était patriote intransigeant, au temps de la mobilisation il avait également joué un numéro en solo pour être réformé comme loufetingue. Seulement lui, ni bouchons ni épingles pour y parvenir. Non, une autre méthode. Alors que le régiment présentait les armes dans la cour d'honneur de la caserne de son fief, il était apparu aux yeux des autorités figées dans le respect du moment, en liquette pour tout potage. Puis enlevant ses grands compas, fesses au vent et œil sévère, il avait traversé la cour et sauté en croupe d'une statue équestre de D'Artagnan et là, hue !...

badaboum... badaboum... le tout en agitant un bras qu'avec de l'imagination on pouvait prolonger d'une épée.

La charge héroïque façon mousquetaire n'était pas allée très loin. Le grand pourfendeur s'était retrouvé vite fait bien fait saucissonné à son tour et expédié chez les fiévreux. Résultat : réforme définitive pour déficience mentale, à l'instar de son ami Auguste le Fou. Ah ! avec eux la France éternelle n'était pas fauchée. Du moins à l'époque. Depuis ils se rachetaient, en luttant et en prenant de drôles de risques dans l'ombre, genre qui convenait mieux à leurs aptitudes. Eux dès l'instant qu'il n'y avait pas d'uniformes à saluer, de galons à astiquer, ils étaient preneurs. Mais la discipline, les présentez-armes ! les demi-tour droite, droite !... à gauche, gauche ! Non. Tout, mais pas ça.

Les « en ... 'vant arche ! ... 'ection halte ! ... 'epos ! ... 'arde à vous ! en avant... » Non, non. Pour ces bidules ils n'étaient pas partants. Pas suffisamment doués, ils estimaient.

Dans la salle les tables se vidaient de leurs occupants appelés ailleurs ou qui avaient tout bonnement envie de changer de crémerie. Pour la majorité de la clientèle les Ausweiss ne se posaient pas. Tous étaient pourvus du sésame et pouvaient circuler à leur guise. Les autres, eh bien, ma foi ils se démerdaient, trouvaient toujours un copain, un ami qui avait tout, laissez-passer, galons, relations...

A peine liquidées les tables étaient réoccupées par de nouveaux arrivants. Beaucoup de pirates venaient rire et boire sec en l'endroit. Comme en tout temps, en toute mode, les voyous ne peuvent se coucher tôt. Ils rôdent, draguent, traînent, combinent, supputent, calculent, bavardent et pichetogorment ferme. Ce qui fait qu'aux aurores, lorsqu'ils ont les nerfs à vif et les gosiers trop pleins, ils achèvent souvent le parcours en séance de western, en rodéo où le sang coule...

A une table, des Corses qui venaient de se pointer s'installaient, aidant galamment à s'asseoir les jolies filles qu'ils sortaient. A une autre, Roger Poupon, René le Juif et Didi la Mèche, le fils à Henri l'Espagnol, commençaient à faire sauter les bouchons. Ces trois-là étaient encore très jeunes, des vingt-cinq ans à peine. Mais ils promettaient, étaient rapides de réflexes et s'imposaient par leur allant et leur soif d'exister. Leur voie était toute tracée : l'aventure. Qu'elle soit en France ou ailleurs, dans les bas-fonds ou au sommet, pour leur sang vif il fallait que ça bouge ou qu'ils fassent bouger. Poupon, neveu de Charlot Cotebo, un bordelier connu, avait récolté son surnom rapport à sa frimousse, ronde et rose, à ses cheveux blondasses et raides. Mais il ne fallait pas se fier à son apparence juvénile. Il aimait les risques, les amitiés viriles, le rire, les filles et la boisson qui mousse dans les verres fins. Quant à Didi, un longiligne au sourire moqueur, la mèche blanche qui traçait un sillon dans ses cheveux noirs ondulés expliquait son surnom. René le Juif n'était pas circoncis, croyait-on, mais personne n'y avait été voir. En tout cas il n'avait rien contre les descendants du peuple élu. A vrai dire il n'avait rien contre personne. Ni contre aucune idéologie. Ni contre le pognon. Surtout pas contre le fric. Ça non ! Il lui en fallait, il en voulait, tentait d'en agripper au passage lorsqu'il en voyait à portée de sa main menue, soignée, aristocratique. Au fait, qui l'avait conçu, lui ? Il ne le savait pas, ne s'en souciait pas. Enfant trouvé, lui avait-on laissé entendre quand ses oreilles avaient pu recueillir des propos du genre sérieux. Et puis après, quelle importance ? Qu'il soit trouvé, pas trouvé, le principal était qu'il trouve lui du grisbi, qu'il puisse crier : « Garçon ! Mettez-en une au frais ! », ce qui à ses yeux était le plus important des actes en ce bas monde. Le reste... la famille, l'éducation, les héritages, un foyer... ma foi...

Dédé le Toulousain venait de se décider enfin à reloger ses pans de liquette dans son pantalon, quand au pied de la scène à laquelle il tournait le dos, l'orchestre entama un endiablé Maillol.

« *Les mains de femmes que j'aime le mieux*
ta-ga-da. ta-ga-da.
semblent donner aux malheureux
ta-ga-da, ta-ga-da.
tra-la-lère, tra-la-la-la-la-la-lère
tra-la-la-la... »

Déjà aux tables les voix y allaient du fredonnement joyeux.

« *Poum poum poum... poum... poum... poum... poum... tralalère... la-la-la... la-la-la...* »

Hop ! le Toulousain n'acheva pas son geste. Il tourna son cou doté d'une belle pomme d'Adam et rehop ! il pirouetta sur son siège et l'abandonna – attiré par le quadrille qui s'élançait, robes retroussées, jambes gainées de soie noire en action et sourire plaqué aux lèvres fardées rouge vif.

« *Trala la-la... la-la-la-lère...*
les mains de femmes, je le proclame,
sont des bijoux
dont je suis fou. »

Henri l'Épicier qui avait tenté de freiner le Toulousain soupirait :

– Reste, quoi !

Tandis que Zazou qui ne songeait qu'à se marrer, qu'à jeter le pognon, encourageait au contraire.

– Vas-y, Grand !

C'était inutile. L'autre était déjà sur la scène, sa ceinture et ses bretelles non encore remises et allez-y les aminches ! Il se remettait à danser, à s'agiter, à déconner, heureux de vivre, incapable de résister à l'attirance de la musique, des chansons et des galipettes.

« *Bara poum-poum-poum-poum-poum...* »

– Je me casse, décida Abel à la table, en allongeant une liasse de grands formats au maître d'hôtel posté en embuscade non loin. On y va Francis ?

Le Nantais opina à regret. Pour lui les boîtes, la java, l'ambiance folle... Mais il fallait bien aussi songer à engranger pour nourrir cette faim de vivre. Il se dressa, interrogea le Breton de l'œil.

– Tu viens Maho ?

Ce dernier haussa les épaules.

– J'ai rien à voir dans votre truc ! Et puis je dois parler à Henri de nos bars.

Ça, Francis il savait. Mais il aimait bien le plus possible avoir ses meilleurs amis à ses côtés.

– Moi, je peux venir, proposa Georges.

Francis fixa son frère puis interrogea Abel du regard. A son tour celui-ci haussa les épaules.

– Si tu y tiens... il peut marcher avec nous dans ce coup-là.

Les trois hommes s'en allèrent, puis un rien plus tard ce fut au tour du Toulousain, de Zazou, de Panaf et du Fou calmés un brin de quitter les lieux pour aller au *Florence*, une autre boîte, achever la nuit.

A l'aube Henri l'Épicier et Auguste le Breton se retrouvèrent seuls à remonter la rue Fontaine en direction de la place Blanche. Il ne faisait pas encore jour mais les bars et tabacs du secteur étaient ouverts et débitaient leur ersatz de café aux boulots, entraîneuses et chasseurs de boîtes amalgamés devant les zincs. Le Breton indiqua un de ceux-ci.

– On s'en boit un ?

Son ami refusa en frissonnant sous le froid des petits matins.

– Ils vont nous refiler du gland. Attends qu'on soit à la *Poste* ou au *Carpeaux*. Là-bas ils nous donneront du vrai jus.

Et il remonta le col de son imper. Le Breton l'imita. A chaque fois qu'il sortait des boîtes, il avait froid après leurs nuits de musique, de rires et de champ'. Il y avait aussi le manque de sommeil qui jouait.

Comme ils allaient doubler le *Lizeux*, le fameux bar corse qui s'érigeait à l'intersection des rues Fontaine et Douai, un type jaillit de l'ombre, s'accrocha au bras de le Breton.

– Du feu, please...

Sur ses gardes le Breton tendit son briquet allumé. Dans cette vie il fallait toujours être sur le qui-vive d'autant plus lorsqu'une nuit de champ' a aiguisé vos nerfs. Les gestes les plus banals, les demandes les plus saugrenues peuvent aboutir à des suites fatales. Surtout quand un inconnu visiblement ivre et qui ne s'est pas couché s'adresse à vous. D'où sortait ce mec ? De quelle boîte ? Les deux amis ne le connaissaient pas. Son *please* ne prouvait rien, car il avait plus l'accent de Belleville que celui de Londres.

En titubant, s'accrochant d'une main au bras du Breton, il aspira sur sa cigarette. Longuement.

– 'ci, fit-il, relevant le buste.

Puis sa cigarette lui échappa et il se tourna sur Henri l'Épicier qui s'impatientait, chercha à le faire sourire.

– Fait soif, dit-il. Vous... tu...

Henri qui secouait sa carcasse noueuse dans son imper pour se réchauffer soupira.

– Écrase. Casse-toi.

– Mais..., fit l'homme, un dans les trente-cinq ans, aux yeux bleu clair sous le rebord du chapeau mou. Je... tu...

Sans faire d'effort apparent, sans mouvement grandiloquent, Henri frappa du gauche. Sèchement. Floc ! Touché au menton l'homme s'écroula bizarrement en avant. Trois passants s'arrêtèrent alléchés, puis devant les regards des deux amis, ils s'éloignèrent hâtivement vers leur métro du matin. Le Breton avait parcouru cinq, six pas, et allait traverser la petite place formée par les rues Mansart, Fromentin, Duperré et Fontaine, quand il se retourna machinalement par réflexe.

– Oh ! fit-il, soucieux.

L'Épicier qui s'était également arrêté, l'imita, s'inquiétant.

– Qu'est-ce que... ?

Déjà le Breton fonçait sur l'homme à terre. Celui-ci, dont le feutre avait roulé dans le caniveau, s'était redressé sur un coude et se présentait de face. De son autre main libre il remontait quelque chose de la poche intérieure de son manteau de demi-saison. Quand enfin il amena un pistolet en position de tir, le Breton était déjà sur lui. Et cognait de son pied droit chaussé de Weston à triple semelle. Emporté par son élan, il avait frappé de toutes ses forces comme un fou shootant dans un ballon de football. Crac-crac-crac... Cueillie de plein fouet, la tête de l'inconnu fut projetée en arrière et son arme basculant de sa main glissa sur le macadam. Puis sans un cri, juste un soupir qui n'en finissait pas, le type s'écroula de côté. Sans plus attendre le Breton fit demi-tour et fila rejoindre son ami, tandis que les curieux s'approchaient.

– Fissa, dit l'Épicier. Tu l'as sonné. Restons pas là.

– Il allait nous allumer, lâcha son ami.

Au lieu de remonter sur Blanche, ils coupèrent par la rue Mansart et se perdirent vers la rue de Calais.

Dix minutes plus tard ils pénétraient au *Carpeaux*, le bar-restaurant qui se dressait sur la place du même nom et que tenaient les Goguets, des montagnards solides et droits. Lui, un géant, manches retroussées sur des bras énormes, s'approcha, proposa :

– Café, les enfants ?

Sans attendre il glissa des tasses sous le perco qu'il fit siffler joyeusement.

Ah ! cette bonne odeur du café frais ! Cette bonne vieille odeur devenue si rare avec les restrictions. Quand tout redeviendrait-il comme avant ? Surtout pour un tas de gens sans défense et guère capables de se démerder. Eux les marginaux trouvaient toujours ! Mais les autres... ceux qu'on avait accoutumés à dire amen et à courber l'échine... ceux qui craignaient la loi ?

Totalement dégrisés par le court drame qu'ils venaient de vivre, les deux amis, un autre café devant eux, s'installèrent à un guéridon pour mettre à jour leurs affaires de bistrot. Puis ils cassèrent la croûte d'une entrecôte sans contrepartie de tickets de viande et d'un brie-sur-marne sur son lit de paille, le tout poussé par un beaujolais garanti par Goguet de sa propre réserve. On pouvait le croire, l'homme ne mentait jamais. Preuve en était qu'il goûtait toujours le premier ses produits, pour vérifier s'ils étaient bien conformes à ses promesses. A plus de huit heures, alors que les deux amis hésitaient à aller dormir, Panafieu qui habitait au-dessus du café-restaurant, au dernier étage, entra en se frottant les mains, un mégot aux lèvres comme toujours.

– Vous êtes là ? lança-t-il joyeux, nullement fatigué en dépit de la nuit écoulée à boire. Hé ben, on va s'en faire une petite ! J'ai un invité.

Et il s'effaça pour livrer passage à Dédé le Bosco, le neveu de Bras Court. Une bosse énorme déformait le dos côté gauche du garçon qui montrait sous un borsalino d'un gris terne rappelant ceux de Gaby le Flambeur un museau de fouine, des yeux malins et vifs. A trente-cinq ans, s'il atteignait 1,50 m, c'était le bout du monde, mais il remplaçait ce handicap par un humour et un esprit de réplique qui faisaient le bonheur des voyous, lesquels l'épaulaient à vivre. Avec Panaf qui était l'humour incarné ils formaient une belle flèche.

– Je voulais justement te voir, Lagus, dit le Bosco au Breton en lui touchant la main. J'ai besoin de cartons.

– Pour toi ou pour...

– Pour fourguer, qu'est-ce que tu crois ? se hérissa l'infirme dont les lèvres minces traçaient une ligne au rasoir dans son visage ingrat.

Et fier et orgueilleux il ajouta sous le sourire ironique et amical de l'Épicier :

– Non mais j'ai des clilles, mézigue aussi !

– Bon, bon, le calma le Breton. T'en auras. Henri va te fournir, je lui en ai fait livrer.

– Alors la roteuse est pour moi, déclara le Bosco, superbe, non sans piocher d'autorité dans la poche de veston du Breton pour s'emparer de son paquet de cigarettes, des Players arrivées la veille au *Petit Trou* d'on ne savait quelle provenance. Il en prit deux, qu'il glissa dans sa poche supérieure de veston, s'en alluma une troisième. Le père Goguet, qui obéissant à la commande de Panafieu enfonçait une Dom Ruinart 1938 dans un seau à champagne, rigola de bon cœur. Lui aussi aimait bien le petit bossu.

– Non, elle sera pour moi Dédé, dit-il. Bien entendu, si tu insistes pour en mettre une autre après...

Et ils liquidèrent la rouille. Puis celle du Bosco qui pour ne pas être en reste... Enfin suivirent celle de Panafieu et évidemment celle du Breton, et pour le bon usage, le bien savoir-vivre, celle de l'Épicier. Ce qui fait qu'à dix heures ils chantaient tous en chœur :

« Chevaliers de la Table ronde
Goûtons-voir si le vin est bon.
Goûtons-voir, oui oui oui, goûtons-voir, non, non, non,
Goûtons-voir si le vin est bon-on-on... »

A onze heures le petit Bosco, qui était allé vérifier si les fausses cartes de pain que lui avait proposées l'Épicier faisaient son beurre, se repointait brusquement. Il s'approcha discrètement des malfrats en lorgnant les alentours d'un œil de conspirateur.

– Qu'est-ce qui t'arrive petit mec ? lui décocha Henri en se marrant. Tu viens de flinguer Hitler ?

– Chut, fit le Bosco que le champ' ingurgité n'avait même pas dérangé, à part un peu plus de rougeur à ses pommettes et à ses lèvres toujours fiévreuses.

Et du coin de celles-ci, en épiant l'angle du comptoir où des ouvriers bavardaient en le lorgnant de temps à autre :

– Pétard les potes, le pavé est gras.

– Tu veux dire que les condés sont dans le coin ? fit Panaf, mégot accroché à son sourire.

– Ils raflent dans le secteur, confirma le petit Bosco. Paraît qu'un mec a été dessoudé à Montmartre, ce matin à six plombes. Même qu'il serait de la Gestapo de l'avenue Foch. Ça se serait passé au coin des rues de Douai et Fontaine.

Toute gaieté enfouie, le Breton et l'Épicier échangèrent un bref regard. Ainsi le type était mort ? Le Breton comprenait maintenant pourquoi les os avaient craqué sous son terrible coup de soulier. Il avait dû lui casser les cervicales ou un truc de ce genre.

– T'es sûr, Dédé ? s'informa-t-il.

Le petit Bosco se hérissa. Il n'aimait pas qu'on puisse douter de ses dires.

– Plus que sûr. Les poulets de la rue Achille-Martinet ont tapé aux fafs les clients de la *Poste*. D'ici à ce qu'ils rallègent par ici...

Le Breton hésita. Que les condés lui demandent ses papiers, baste... Nul ne pouvant, sauf les témoins oculaires, le désigner comme l'homme qui avait tué. Pour sa part l'Épicier préféra éviter d'en arriver à se fouiller pour trouver sa carte d'identité. Il décida.

– On les met.

Sans plus attendre il régla toutes les bouteilles dues et entraîna son ami. Panaf emmena le petit Bosco chez lui pour boire le der. Heureusement pour les ouvriers que l'infirme n'entendit pas ce que l'un d'eux fredonnait d'une voix contrôlée.

« Dis donc Bosco est-ce que ta mère...
n'a pas eu peur d'un dromadaire
pour te coller cette bosse sur l'dos
Laisse-moi toucher j'gagnerai le gros lo-o-ot. »

Oui, heureusement, car le petit Bosco, teigneux comme pas un, était capable de les suriner et de les bouffer tout cru.

Ce ne fut qu'au pied de l'immeuble où crêchait le Breton que l'Épicier le quitta.

– Monte te zoner, conseilla-t-il. Attends de voir les canards. Ils vont sûrement parler du mec. De toute façon personne ne sait que c'est toi. Allez, bonne nuit Bretonus.

– C'est bonjour qu'on devrait se dire, ne put s'empêcher de sourire son ami. Vise l'heure qu'il est.

Ils se séparèrent et par l'ascenseur le Breton gagna le troisième étage. En marchand vers sa porte il perçut la voix de Margot qui serpentait dans le long couloir. D'abord voilée, étouffée, puis à mesure qu'il s'approchait plus distincte.

« Ce n'est pas un Apollon, mon Ju-u-ules...
Il n'est pas taillé comme un Hercu-u-ule...
et ce qu'il a dans la main
c'est pas du poil, c'est du crin. »

Il s'immobilisa, du soleil dans les yeux. Dieu que c'était bon de l'entendre. Dieu que c'était bon de se savoir attendu. Dieu que c'était bon d'être aimé. Et d'aimer.

« Tel qu'il est
il me plaît.
Il me fait de l'effet
et je l'ai-ai-ai-aime. »

Il avança lentement vers son amour, le seul sur lequel il pouvait compter. Pour tout. En tout.

« C'est un vrai gringalet,
ses quinquets sont en biais
Mais je l'ai-ai-ai-aime... »

Il arriva à la porte, glissa doucement la clef dans la serrure.

« Il est bancal du côté cérébral
mais ça m'est bien égal... ».

Il ouvrit, poussa la porte.

« Même s'il est anorma-a-al... »

Il ne la laissa pas poursuivre. Il lança à son tour, fredonnant.

« Deux sous d'amour c'est pas grand'cho-o-o-ose...
Mais quand on a le droit de choisi-i-ir... »

Tatouni !

Elle ouvrit la porte donnant sur l'entrée et se rua sur lui, un pot de vernis à ongles et un pinceau en main. C'était bien tout ce qu'elle avait à part une paire de mules roses, hautes de talons. Elle se noua à son cou, il étreignit sa taille souple et tiède.

– 'jour, toi ! fit-elle en l'embrassant à petits coups rapides.

– Ma Blondie.

Il lui caressa les cheveux avec tendresse, et sous ses doigts jaunis par le tabac il les sentait rouler comme des fils d'or précieux.

– Fatigué ?

Elle s'inquiétait. Il rit.

– Non. Mais j'aimerais bien que tu connaisses à fond cette chanson. Tu les connais toutes et celle-là...

– Tu veux dire *2 sous d'amour* ?

Il rit de plus belle.

– C'est ce que je veux dire.

Elle prit un air navré, en reposant son matériel à ongles.

– Je sais pas où j'ai chopé cet air. Et je sais pas qui le chante non plus. Ni qui l'a créé. Pour autant que quelqu'un l'ait créé.

– C'est peut-être toi qui l'as inventé sans bien y faire attention.

Elle le fixa de ses yeux profonds où se reflétait l'expérience de sa rude enfance. Au fond des prunelles il pouvait lire la générosité, le pardon et l'amour qu'elle vouait à la vie, aux êtres, à ceux qui souffrent surtout.

– Ma foi..., hésita-t-elle. Peut-être que cette chanson ne doit pas avoir de fin. Qu'elle est comme nos existences... qu'elle ne sait pas où elle va.

Et abaissant les cils sur ses yeux si riches de vie, elle se mit à son tour à fredonner alors qu'il l'entraînait vers le lit.

« Deux sous d'ammour, c'est pas grand cho-o-ose...
Mais quand on a... »

Il étouffa la suite sous ses lèvres et sans ôter son imper, ni rien, les reins assaillis, submergés par la vieille marée mâle, il la fit rouler sur le lit et bascula sur elle. A l'extrémité de sa chaussure adhérait toujours une lamelle de peau de l'homme qu'il avait tué.

X

Enveloppée d'un nuage de vapeur, la locomotive parut glisser lentement jusqu'au butoir avant de s'immobiliser dans une gerbe d'étincelles qui jaillissaient de ses roues. Déjà, paquet ou valise à la main, les premiers voyageurs se hâtaient vers la sortie. Tous avaient les traits hâves, les vêtements fripés. C'est que beaucoup avaient voyagé debout, serrés comme harengs en caque. Ah ! ce n'était pas du miel surfin que de se trimbaler en ces temps de guerre ! Mais il fallait bien se déplacer... aller au ravito pour tenter de dégoter beurre, viande, poulets, œufs, cætera... C'est qu'au foyer les mioches avaient faim, voulaient grandir, prendre des muscles, de la force...

Les uns après les autres les wagons vomissaient leur trop-plein de passagers et les quais, vides et muets quelques minutes auparavant, grouillaient d'animation. Parmi les frusques disparates des civils, tranchaient les uniformes des hommes de la Wehrmacht et des aviateurs du gros Reichführer Hermann Gœring, chouchou et bras droit du petit dictateur moustachu. Une mince valise et un chapeau à bord roulé en main, Charles Chenevier sauta lestement sur le sol en dépit de sa corpulence. Déjà le fameux commissaire de la Sûreté nationale, en poste à Vichy, s'enveloppait, et s'envelopperait encore l'âge venu. Il se laissa bousculer par un couple de jeunes gens pressés de s'étreindre, coiffa ses cheveux sombres qui se dégarnissaient légèrement aux tempes de son feutre et suivit la foule, son demi-saison d'un gris plus sombre que son costume sur le bras. De loin il repéra des collègues du Contrôle économique qui, au gré de leurs lubies ou de leur nez de chasseur, faisaient ouvrir paquets et valises. Lui ne risquait rien. Il était en règle, possédait les papiers de mission l'accréditant en zone occupée et sa convocation de la place Beauveau, siège du ministère de l'Intérieur.

D'autres flics en civil, non du Contrôle économique ceux-ci, mais des gares, épiaient d'un œil exercé les visages défilant devant eux. Ceux de la Gestapo allemande agissaient de même. C'est que les gares offraient toujours un bon terrain de chasse. Il suffisait d'un rien de chance pour lever un bon gibier qui s'en irait emplir les bonnes grosses marmites du grand Reich. *Heil Hitler* !

Adossé à une colonne, se confondant quasi avec elle, Jeannot épiait lui aussi les arrivants. Il était vêtu de bleu et les nuits qu'il passait à diriger le *Chapiteau* ne marquaient pas son visage lisse et mat. Lorsqu'il repéra Chenevier, il abandonna son refuge et marcha à ses côtés.

– 'jour Charles.

Le policier esquissa un sourire.

– 'jour Jeannot. Que me vaut le plaisir...

– Mesure de sécurité, Charles. Vous avez des ennemis.

Le commissaire éclata d'un rire franc.

– Dans mon genre de boulot, on récolte plus d'ennemis que d'amis.

– Oui mais là, c'est du sérieux. Il s'agit de Nez de Braise.

Le rire du commissaire s'accusa.

– Bah, lui... un indic... mon indic...

En même temps, de son œil professionnel il balayait les environs.

– Ah ! fit-il simplement, en repérant sur sa gauche, comme le couvrant, un autre Jeannot. Chose de son nom, celui-là.

Jeannot opina en s'emparant de la petite valise.

– Oui, je veux pas prendre de risques. Nez de Braise a appris, je ne sais par qui, que vous deviez débarquer de Lyon aujourd'hui. Et vu les menaces qu'il a proférées à votre endroit...

Chenevier avait enregistré le geste de Jeannot Chose vers la poche de son imperméable. Il le dit.

– Je présume que Chose est armé !

– Oui.

– Et qu'il n'a pas le droit au port d'arme ?

Jeannot rit silencieusement.

– Vous croyez que les Frizous trouveraient qu'on a le droit de faire ce que nous faisons ?

Ce fut au tour du policier de retrouver sa gaieté.

– Bah, vous bilez pas pour Michel Chave. Il n'osera pas m'abattre. Quand il était à Strasbourg avant-guerre, c'est lui qui me balançait tous les Lyonnais, Grenoblois et Stéphanois.

– Je trouve, au contraire, que c'est la raison pour laquelle il voudrait vous flinguer. Pour ne pas que ça se répande dans le Milieu. Vous croyez pas ?

Le Commissaire stoppa un instant et le fixa.

– Qui vous fait croire que...

– Il s'en est vanté devant moi, au *Chapiteau*. Vous savez combien il est dangereusement fou. Et puis...

– Et puis ?

Les deux hommes se remirent en marche, toujours couverts par Jeannot Chose.

– Et puis il y a un tas de types qui sont maintenant avec Lafont et qui vous en veulent pour les avoir emballés avant guerre !

Le policier hôcha la tête. Jeannot enchaîna.

– N'oubliez pas qu'ils ont le droit au port d'arme et au laissez-passer et qu'ils vous en veulent dur.

Chenevier acquiesça en silence, tout en conservant l'œil en alerte.

– Vous me lâchez à la sortie ou vous m'accompagnez ?

– On vous accompagne Charles. On a une bagnole.

Un autre rire secoua le début d'embonpoint du célèbre flic qui en son temps avait traqué Abel Danos et bien d'autres célébrités du Milieu.

– Avec Ausweiss garanti ?

– Avec Ausweiss garanti, Charles, renvoya Jeannot, imperturbable.

Dans la voiture, une 11 légère, pilotée par Chose, Jeannot assis à l'arrière à côté du policier murmura.

– Pour Lafont vous pensez pas qu'on pourrait s'en occuper ?

Chenevier lui jeta un regard assez surpris et pourtant il ne s'étonnait guère. Il remarqua :

– Je vous croyais assez lié avec Lafont ?

– C'est exact, confirma Jeannot, en s'allumant une gitane. Mais c'est la guerre, et nous avons fait un choix. Lui a fait le sien, nous le nôtre. J'ai déjà proposé la même chose au commandant Maréchal mais il a refusé. Il m'a dit que Lafont disparu, les Chleuhs en nommeraient un autre.

Chenevier abonda.

– Il n'a pas tort. Il faut parfois voir plus loin que le moment. Quoique, en l'occurrence...

Il puisa dans le paquet que son voisin avait laissé entre eux, garda la cigarette entre ses doigts et fronça les sourcils car Jeannot ajoutait.

– Je lui ai aussi proposé la même chose pour Jacques Doriot. Là encore ses services m'ont dit non.

Chenevier se tut. Il savait que Jeannot faisait allusion aux services secrets de l'aviation que commandait le général Robert. Il n'ignorait pas non plus que Jeannot travaillait avec eux par l'entremise du commandant Maréchal, en réalité le commandant Mayeux. Mais c'était avant tout un service de renseignements, non d'action comme celui qu'il dirigeait. Et pour le type d'homme du genre de Jeannot l'action primait. Il se cala contre la banquette et soupira :

– Je vous comprends. Vous estimez qu'il serait plus simple de faire du nettoyage par le vide.

– Oui. Il me semble que si on balayait d'un coup la rue Lauriston...

Le policier lui lança un autre coup d'œil.

– En la faisant sauter ?

– C'est ça même.

– Bigre, soupira le commissaire. Il va falloir que j'y réfléchisse. Vous pensez que...

– C'est une question d'explosifs.

– Ça c'est mon problème. Si je vous donne le feu vert pour la rue Lauriston, je vous fournirai une bombe. Vous savez où la placer ?

Il dut regretter sa question car il enchaîna sans avoir eu de réponse.

– Oui, évidemment. Vous avez conservé vos contacts parmi ceux du 93. Dont Abel je présume.

– Exact, fit Jeannot. Abel et d'autres me renseignent. Mais je ne vais plus là-bas. C'était bon au début quand Lafont a commencé son cirque. Depuis il s'est passé trop de choses dégueulasses.

– Vous parlez des tortures ?

La fumée s'évada de la cigarette de son voisin pendant qu'il continuait à rouler la sienne entre ses doigts.

– De tortures et de bien d'autres trucs, opina Jeannot.

Il porta distraitement son attention sur un flic qui, bâton blanc levé, s'occupait d'une maigre circulation et poursuivit.

– Ce qu'ils font là-bas est vraiment moche. Je parle des truands. Ils se comportent pire que les poulets !

Puis réalisant à qui il parlait, il s'excusa d'un ton calme.

– Pardon, Charles. Je voulais pas...

Ce dernier lui mit la main sur le bras.

– Je ne l'ai pas pris pour moi, Jeannot. Et je vous comprends. Se dire que certains de vos amis, même marginaux, en sont arrivés à trahir leur pays et pire sont devenus tortionnaires n'est guère réjouissant. Pour en revenir à la rue Lauriston, vous avez du nouveau ?

Jeannot haussa les épaules.

– Non, à part ce que je vous disais. Ils se sont mis à torturer de plus en plus et vous connaissez le résultat ? Huit sur dix des gars torturés s'allongent et balancent leur réseau [1]. C'est pourquoi je suis partisan de faire sauter la rue Lauriston. Bien entendu, je m'arrangerai pour qu'Abel et quelques-uns ne soient plus là.

– Et Bonny ?

Le commissaire souriait légèrement. Il connaissait la haine que portait son camarade de résistance à l'ex-policier devenu le bras droit de Henri Lafont. Ça ne rata pas. Jeannot

1. A l'époque nul ne connaissait le courage héroïque de Jean Moulin, de Guy Moquet et de beaucoup d'autres, femmes ou hommes.

avait tressailli. Oh, à peine. Il ne se démontait jamais. Seulement il remarqua d'une voix sourde :

– Bonny est le mauvais ange d'Henri. Celui qui a organisé le 93, la police, si je puis dire. Sans Bonny, Henri serait déjà parti en Amérique du Sud. Je sais ce dont je parle. Je l'ai connu en d'autres temps. Sans Bonny, Lafont ne serait plus là à torturer des gens de notre bord, des Juifs et des résistants. Avec le pouvoir qu'il a, il aurait même pu se faire ouvrir les portes blindées de la Banque de France sous le prétexte de voir s'il n'y a pas d'armes de planquées, et faucher le gros paquet. Pour tout ce qu'il fait, vous le savez, Bœmelburg, le conseiller criminel de la rue des Saussaies le couvre. Sans oublier Otto Brandl, des bureaux d'achat, le capitaine Radecke de l'Abwehr et son patron le colonel Rudolph. Avec eux qui le cautionnent, Henri fait la pluie et le beau temps. Lui, ce qu'il voulait au début, je le sais, il me l'a dit, c'était du gros, gros pognon puis bonsoir. Seulement...

Charles Chenevier suivit la direction du regard de son voisin posé sur un fiacre dans lequel un couple élégant s'embrassait. Un court silence tomba dans la Traction et enfin Jeannot livra sa pensée.

– ... seulement Bonny est arrivé, avec ses méthodes de flic, ses méthodes de tout mettre sur fiches. Bref, il a fait régner l'ordre et donné le goût à Henri de poursuivre, de devenir quelqu'un...

Chose qui venait de stopper sur l'injonction d'un bâton blanc repartait, et dans son dos son équipier laissait choir :

– Eh bien il a gagné. Henri est devenu le maître de Paris.

Chenevier approuva de la tête. C'était réel. L'ancien petit voyou, celui qui dormait sur la tombe de son père à défaut de foyer, recevait à présent chez lui tout ce que la capitale comptait de gratin, préfets, ambassadeurs... le président du Conseil, Pierre Laval lui-même... Joanovici, bien entendu, qui fournissait Lafont en renseignements précieux... également des généraux et officiers de tout poil, sans oublier beaucoup de jolies filles. C'était fou ce que l'ex-pirate consommait comme femme bien nées, comtesses, marquises, baronnes et le reste.

A croire que la douteuse légende et la puissance de l'homme terrible les fascinaient.

Jeannot poursuivit, se répétant.

– Pour moi, c'est Bonny le plus coupable. Sans son arrivée je crois que le 93 se serait écroulé un jour ou l'autre. Je suis sûr qu'Henri et ses hommes auraient mis trop de pagaille et que les Chleuhs seraient intervenus pour les liquider. Mon avis. Bonny a fait du 93 une sous-marque de police allemande. Henri, lui, n'était pas assez organisé, trop coup par coup pour que ça dure.

Chenevier se décida à porter la gitane à ses lèvres. Jeannot lui tendit son briquet allumé.

– Nous allons voir en ce qui les concerne, lâcha soudain le policier en même temps qu'un jet de fumée. Et pour la rue de la Pompe ?

Jeannot reprit calmement son souffle. On avait beau avoir poussé dans la boue du ruisseau, il était difficile d'en remuer autant. Il s'octroya une seconde gitane avant de déclarer.

– Là-bas, de ce que j'en sais, c'est pire qu'à la rue Lauriston. Le 180, rue de la Pompe serait devenu un enfer. Du moins d'après ce que j'en ai appris. Seulement il va falloir vérifier. Mais si c'est exact... Paul Berger, le chef, a recruté un tas de canailles et dépasse tout ce qu'on peut croire. Petit à petit j'arrive à reconstituer ce qu'ils font là-bas. J'ai une fille qui fait parler le Gros Louis, le taulier du *Vésuve*, une des boîtes les plus courues de Paris.

– Je connais, abonda Chenevier.

– Berger, vous le savez peut-être aussi, est un petit mec teigneux, un peu bossu. Il a fait réquisitionner l'appartement d'un Juif au rez-de-chaussée du 180, rue de la Pompe et là, ce qu'il maquillerait est pire que tout. Paraît que son pied il le prend en attachant des Juifs et des résistants aux meubles et aux calorifères qui cernent son grand living où il soupe, entouré de filles. Parfois au cours du dîner il se lève et va frapper à coups de pied les gars enchaînés. Pour les faire dénoncer ceux de leur réseau, il les attache à un pilier et les travaille à la magnéto. Puis ensuite la baignoire et enfin le sous-sol. Là, on me l'a rapporté, il en abat lui-même, à l'aide d'un fusil.

Jeannot contempla pensivement sa gitane avant de lâcher, écœuré, et pourtant lui, pour l'écœurer...

– C'est un dément, le pire qu'on a jamais vu. Lui et ses sbires martyrisent et torturent comme jamais. Il faudrait penser à le liquider.

– Lui et ses hommes ?

– Bien entendu, Charles. Je vais essayer d'obtenir d'autres tuyaux sur ces sagouins. On m'a même rapporté que Berger emporte les cadavres dans sa bagnole et qu'ils vont les balancer à la Seine.

– Il faudrait pouvoir vérifier, fit Chenevier, songeur. En tout cas, mes félicitations. Je vois que j'ai bien fait de vous demander de monter le *Chapiteau*. Là-bas vous êtes aux premières loges pour recueillir les renseignements sur toute cette racaille.

– Oui, mais tout cela est inopérant si on n'en liquide pas. Ils continueront à torturer.

Le policier se mordilla pensivement les lèvres. Il allait devoir rendre compte. Après tout Jeannot ne demandait qu'à agir.

– Cela me fait penser que je vous ai apporté les deux silencieux promis, dit-il.

– Bonne chose ça, Charles.

Jeannot hésita à avouer que les services du commandant Maréchal lui avaient déjà fourni deux pistolets avec des silencieux. Il se contenta de remarquer :

– Ces silencieux sont toujours difficiles à se procurer. Puis, alors qu'ils contournaient la colonne Vendôme :

– Je vous laisse à votre hôtel ou vous allez d'abord à l'Intérieur ? Car dans ce cas il est préférable qu'on vous lâche avant.

– Non, à mon hôtel.

Jeannot se pencha sur Chose et lui indiqua une adresse. Peu après, Chenevier ayant passé les silencieux ouvrit la portière de la Traction, non loin d'un hôtel discret situé dans une rue calme des Champs-Élysées. Avant qu'ils ne se séparent, Jeannot le retint par le bras.

– Ce soir, je vous fais porter par Chose des papiers

récoltés dans les vestiaires de ma boîte. Vous pourrez trier tout ça ! Je vous y joindrai du caviar et du foie gras.

Et devant le geste de refus esquissé par le fameux flic.

.. – Laissez-moi ce plaisir, Charles ; on n'en a plus tellement maintenant... Et puis songez à votre femme !

Chenevier répliqua par un mince sourire, et s'éloigna sa petite valise à la main, pénétra dans l'hôtel qu'il fréquentait chaque semaine, souvent deux fois, au cours de ses déplacements professionnels dans la capitale.

Jeannot suivit du regard la silhouette robuste. Il appréciait énormément le policier avec qui il avait couru beaucoup de risques dans leur lutte contre l'Occupant. Il le savait vaillant et patriote. Ce qu'il ignorait, c'est qu'il ne le reverrait plus avant de nombreuses années. En effet, de retour à Vichy, le commissaire allait être arrêté peu après par le commandant allemand Gœsler.

Aussitôt alertés, Jeannot et Chose se rueraient à Vichy dans la chambre d'hôtel transformée en bureau que le policier occupait, emportant sa machine à écrire et un tas de documents précieux.

Ensuite, Jeannot contactera la femme du grand résistant pour essayer de savoir où on l'avait conduit. Hélas ! le commissaire avait été directement transféré de Vichy en Allemagne et Jeannot, qui aurait aimé tenter un coup de main pour l'arracher aux mains des Chleuhs, devra laisser courir. Tout ce qui lui sera possible par la suite sera de faire parvenir des colis à Mme Chenevier pour qu'elle les expédie à son mari.

XI

Jeannot, Frantz le Gitan et Auguste le Breton avaient déjeuné ensemble et les deux derniers raccompagnaient le premier à sa boîte de Pigalle où on l'attendait. Ce qu'il expliquait tout en marchant.

– Henry doit auditionner deux, trois chansonniers et voir Champi et Roberta, qui repasse chez nous ce soir.

– C'est quoi, ces chansonniers ? s'intéressa Frantz.

– 'sais pas, renvoya Jeannot qui comme les deux autres arborait un complet fil-à-fil clair.

C'est que le printemps venait brusquement de surgir et qu'un soleil précoce ruisselait sur la capitale qui avait perdu sa réputation de Ville lumière avec le black-out. Heureusement qu'il y avait la clarté du jour et cela, Dieu merci, les Teutons ne pouvaient l'enlever aux Parisiens.

Jeannot, qui glissait une gitane dans un fume-cigarette tout en avançant, tourna la tête sur Franz.

– Pourquoi, tu cherches des numéros pour ta boîte ?

– On en cherche toujours, remarqua Frantz. Et les vedettes sont capricieuses.

– Tu penses toujours à Trenet ? rigola le Breton qui avait assisté au passage de l'artiste à la *Roulotte*. Le chanteur avait montré de l'énervement devant le brouhaha des conversations. Mais comment concilier l'art et le pognon ?

– Lui et d'autres, soupira Frantz, dont la masse trapue se boudinait légèrement sous le tissu anglais quasiment introuvable. Note que je les comprends, mais nous on a notre boulot.

– C'est pourquoi j'ai refusé la Piaf, renchérit Jeannot. Elle ne voulait pas qu'on ouvre les rouilles durant son tour de chant.

– Et elle a eu raison ! s'exclama le Breton, grand admirateur de la Môme.

Il se sentait bien. C'est qu'il n'y avait pas eu de suite à la mort du type qu'il avait buté à coups de soulier. Car l'homme était bien crouni sur le coup. Mais il n'y avait pas eu d'enquête ou si peu. Qu'était-ce, un cadavre de plus ou de moins en ces temps troubles ? D'autre part, quand les rares témoins avaient appris que la victime appartenait à la Gestapo, ils avaient été frappés d'amnésie.

– Si vous voulez entrer un moment ? proposa Jeannot quand ils furent devant son établissement.

– Pourquoi pas, opina Frantz. Au fait, on m'a causé d'un jeune gars qui commence à faire parler de lui dans les boîtes. Un nommé...

Frantz, arrêté, fronçait ses épais sourcils sur ses yeux d'un vert marron mouchetés de points d'or.

– ... un nommé... Mon... Mon...

Déjà Jeannot pénétrait chez lui. Dans son dos, Frantz jeta :

– Montand ! Maintenant je me souviens. Yves Montand.

– Jeannot se retourna.

– J'en ai entendu parler... en bien. Aussitôt que tu le vois, si tu le prends pas, envoie-le à Henry. Il l'auditionnera.

Ils débouchèrent dans la boîte qui malgré ses couleurs de cirque rouge et blanc ne pouvait cacher l'aspect lugubre de ces endroits lorsqu'ils sont fermés. Mais le *Chapiteau* n'était pas vide. Justement, Henry de la Palmeira, assis sur un siège non loin de la scène, écoutait un petit bonhomme aux yeux luisants d''intelligence et de malice qui jouait du piano tout en lançant d'une voix nerveuse.

« *Boire un petit coup c'est agréa-ble*
Boire un petit coup c'est doux
Mais il ne faut pas rouler dessous la ta-ble
Boire un petit coup c'est doux. »

Le jeune artiste plaqua un accord sec sur le piano et releva sa tête vivace pour quêter l'avis de la Palmeira. Tout en s'approchant Jeannot fronça les sourcils. Il connaissait ce petit mec tout en nerfs ! Il se pencha sur son associé.

– C'est toi qu'as eu l'idée de le faire venir ?

Henry abandonna son siège pour serrer la main des arrivants.

– C'est lui qui m'a téléphoné, dit-il. Il s'appelle de Funès. Louis de Funès.

Était-ce le titre nobiliaire qui avait incité Henry à convoquer l'artiste ? Par solidarité de bien-nés ?

– Mais il travaille au *Gavarnie* ! reprocha Jeannot. Fred doit l'avoir sous contrat ! De toute façon il ne doit pas être au courant. Hep !

L'interpellé abandonna le piano et vint se poster au ras de la minuscule scène.

– Oui, monsieur ?

– Vous travaillez pour Fred, non ?

Le type opina du front.

– Il est au courant que vous cherchez ailleurs ?

L'artiste agita négativement le front.

– Alors mon vieux, dans ce cas..., lui lança Jeannot. Fred est un ami ; nous ne pouvons pas vous enlever à lui.

– Bon, bon, maugréa le petit bonhomme en sautant sur la piste. Merci quand même, M. de la Palmeira, ajouta-t-il en direction de l'associé de Jeannot.

– Navré, fit ce dernier. Et le fixant rêveusement :

– Je crois en votre talent, monsieur [1].

Puis, avisant Angelo, le directeur qui se tenait non loin.

– Raccompagne-le.

– Au fait, pourquoi Angelo et Paul le Barman sont-ils là ? s'étonna Jeannot près de son associé, quand l'autre en quête de son bifteck eut disparu.

1. Nul des hommes présents, même Henry de la Palmeira, pourtant accoutumé aux artistes, ne pouvait prévoir l'avenir qui attendait le petit mec nerveux. Encore moins le Breton qui l'aurait dix ans plus tard dans *la Loi des rues,* un film sur son adolescence qu'interpréterait Jean-Louis Trintignant, et où de Funès arriverait loin sur l'affiche derrière les vedettes qui seraient Raymond Pellegrin et Sylvana Pampanini.

– Justement, j'allais t'en prévenir. J'ai reçu un coup de fil hier soir après ton départ. Les services de sécurité du Reich doivent venir cet après-midi.

– Pour quoi faire ? s'étonna Jeannot, mécontent. Puis, se courbant vivement sur son ami : « Les armes ? »

– Enlevées, le rassura son associé, qui dirigea son regard vers l'endroit invisible où se dressait le dais du *Chapiteau*.

– Tu connais la raison de leur visite ?

– Ils m'ont laissé entendre qu'une très haute personnalité viendrait chez nous dans la soirée.

– Qui, à ton avis ?

– Va savoir avec eux ! Ils sont tout en mystère et en défiance. Comme s'il y avait de quoi !

Heureux de sa remarque il éclata d'un rire jeune et communicatif.

Jeannot lorgna vers le bar où la nuit officiait Paul. Pour l'instant, celui-ci mobilisé briquait, mettait de l'ordre, préparait la soirée. A peine vingt-cinq ans et déjà barman en titre ! Il est vrai que c'était son oncle un des responsables du restaurant Ledoyen qui l'avait recommandé. Le garçon avait de l'avenir ! Beau brun, efficace, très gentil... Hélas pour lui, qui aurait pu prévoir, qu'il allait sous peu se laisser entraîner par un nommé Vino de la bande de la rue Lauriston ? Qu'il allait y entrer à son tour et qu'il serait l'un de ceux qui abattraient lâchement au bord d'une route Georges Mandel, l'ex-ministre des P.T.T. ?

Alors qu'Angelo, le directeur, après avoir raccompagné Louis de Funès, allait refermer la porte, celle-ci fut repoussée sans ménagement et une nuée d'hommes envahit le *Chapiteau*. Ils n'avaient nul besoin d'annoncer la couleur ! Leurs tenues parlaient pour eux : longs manteaux de cuir en dépit du soleil enfin venu, feutres verts, air vachard. Leur chef, un mastodonte en cuir noir, se présenta à Henry dans un bon français.

– Services de sécurité du Reich. Nous vous avons avisé de la venue d'une haute autorité allemande pour la soirée ?

Henry de la Palmeira, très homme du monde, s'inclina.

– Je vous espérais, monsieur, mentit-il.

Car s'il attendait un ou deux visiteurs non désirés, il

n'avait pas envisagé une telle invasion. C'est qu'il y en avait partout de ces fureteurs de Germanie. Ils se collaient déjà à plat ventre, lorgnaient sous les banquettes, palpaient les coussins, tâtaient les dossiers, fouillaient sous le bar. Leur chef pointa un index de la taille d'une saucisse de Francfort sur Jeannot :

– Qui, lui ?

– Associé, sourit Henry.

– Eux ?

La saucisse venait de bifurquer sur le Breton et Frantz.

– Camarades.

– *Ach, Kamarad* !

Et Francfort Saucisse de sonder d'un œil bleu dur les deux amis. Jeannot s'interposa :

– Ils vont partir, s'ils vous dérangent ?

– *Ya, ya,* approuva Saucisse. *Ya, ya.* Nous rester longtemps. Grande perquisition.

– Ya, ya, opina Jeannot qui alla souffler en verlen à l'oreille de ses amis.

– Partez. Ces lécuens vont nous séca les yecous toute la journée [1]. Je passerai vers deux plombes du mat' chez Fanfan ou chez toi Auguste.

Dans son dos la Saucisse aboya :

– Vous quoi dire ?

Jeannot pivota lentement vers le manteau de cuir noir.

– Moi dire camarades de partir.

– *Gout, gout*, approuva le mastodonte. *Gout, gout.* Kamarades partir.

Et il fonça sur l'un des siens qui à quatre pattes soulevait un morceau de moquette pour vérifier dessous s'il n'y avait pas un explosif quelconque. C'est qu'avec ces Franzouzes, tous terroristes, il fallait être perpétuellement sur ses gardes. Ne jamais se fier à eux, avait bien précisé Himmler, le grand chef vénéré de son siège de la Gestapo à Berlin. Ces Franzouzes vous offrent des bas de soie pour vos femmes, vous font goûter leur jambon persillé, vous sourient en débouchant leurs vieilles bouteilles et pendant ce temps leurs

1. « Partez. Ces enculés vont nous casser les couilles toute la journée. »

frères font dérailler nos trains, plastiquent nos voitures et abattent nos officiers.

Après avoir raccompagné ses amis, Jeannot revint dans la salle où méfiants et soupçonneux les sbires en longs manteaux de cuir s'affairaient. Alors qu'il allait s'allumer une gitane, le mastodonte l'appela de l'index.

– Nous voir dehors. Vérifier le dais.

Il lança un ordre bref en allemand et l'un des siens se précipita en raflant au passage une chaise et un balai demeuré accolé au comptoir. Jeannot l'indiqua au mastodonte.

– Lui faire le ménage ?

Ç'avait été plus fort que lui. Il avait fallu qu'il débloque. L'autre lui décocha un sale coup d'œil, puis marcha vers l'un des sbires qui à plat ventre sondait le plancher au ras de la piste de danse.

Jeannot capta le regard de Henry de la Palmeira qui, un mince sourire aux lèvres, fixait du côté du dais. Puis il fit cliqueter son briquet.

*

« Quand il vous regarde avec ses yeux noirs
C'est du feu qui dans l'cœur vous pénè-tre
Désormais c'est lui seul votre maî-tre. »

Les sabots vernis du père Yvon rythmaient la chanson qu'il poussait en sourdine de sa voix qui le cas échéant ne refusait pas les opéras. Au contraire. En écho la voix de Margot répondait :

« On ne s'appartient plus
On est comme perdu
C'est encore un suprême plaisir
Près de lui de souffrir. »

Leurs voix mêlées escaladaient les façades de la rue Chaptal, parvenaient jusqu'aux gens calfeutrés dans leur logis. Après dix heures du soir, même s'il faisait doux dehors, ils préféraient rester chez eux. A quoi bon galvauder si on n'avait pas de laissez-passer ? Pour risquer de se voir interpeller par une patrouille de guerriers à l'uniforme verdâtre ?

« Quand la première fois je l'ai rencontré
Ce fut dans une fête printaniè-è-ère.
Et je me souviens quand il m'a regardée
Malgré moi je baissais les paupiè-è-ères. »

– Non mais gaffez-les ! fit le Nantais qui marchait derrière eux en compagnie de Frantz et du Breton.

Devant eux, silhouettes à demi gommées par la nuit, le père de Francis et du gros Georges valsait avec Margot. Ces deux-là, pour ce qui était de rire et de chanter...

« Ses yeux me faisaient peur, pourtant je lui ai dit
Voulez-vous être mon ami
Il m'a répondu si je vous disais oui
Ça serait le malheur de votre vi-i-ie. »

Maintenant les sabots raclaient lentement le macadam et le jupon blanc de Margot voletait en même temps que sa robe de soie bleutée.

– Y sont dingues, se marra Francis, fier de son père.

Pour un coup il était à jeun. Tous cinq venaient de dîner chez Alexis, un gestapiste qui drivait un restaurant rue Notre-Dame-de-Lorette. Le lieu était fréquenté par le gratin de la collaboration et on y bectait de première.

Les voix du couple qui continuaient à s'élever scandaient la valse dans les demi-ténèbres de la rue.

« Mais sous ses grands yeux qui brillaient de fièvre
Vers elle malgré moi j'ai tendu mes lè-è-vres... »

– Vous croyez qu'ils s'occupent de la guerre ceux-là ? décocha Francis.

– Ton père a le droit de danser, sourit le Breton. Il a payé pour.

– Ma foi..., renchérit Frantz. Il en a assez bavé à l'autre.

Ce qui était exact. Le père Yvon venu passer quelques jours à Paris chez ses gars pouvaient chanter s'il en avait envie. Héros de la guerre, pas celle-ci mais l'autre, la der des der, celle de 14, il pouvait s'accorder des faveurs ! A Nantes, son fief, depuis son retour du front de Verdun, il était devenu pour les autorités, comme pour la population du quai de la Fosse, le « légendaire ». Quant à ses décorations on ne les comptait plus. Pas plus qu'on ne pouvait compter les fois où il avait été promu sergent, cassé, repromu, recassé... Quel phénomène ! Décoré sur le front des troupes, dégradé de même, allant sous le feu meurtrier chercher ses officiers blessés, se saoulant à mort, volontaire en tête des commandos pour aller faire des prisonniers, en ramenant à coups de pompe dans le cul, leur partageant sa boule de pain, les portant s'ils étaient blessés... un cas. Seulement ce n'était pas indiqué de lui confier la garde d'un gars de son régiment condamné à être fusillé le lendemain pour désertion ou autre chose ! Ça non. Car au cours de la nuit, Yvon ouvrait la porte branlante de la porcherie où le copain attendait l'heure d'aller périr sous les balles de ses frères d'armes. Et le libérait. Aussi le lendemain lorsque le peloton d'exécution se pointait... Évidemment la haute autorité ne pouvait accepter de tels exploits. Aussi sec Yvon se retrouvait dépouillé de ses sardines de sergent et bouclé à la place de celui qui... Aussitôt c'était un lever de boucliers, d'interventions ! S'ils étaient nombreux à lui être débiteur d'un geste héroïque ! Hauts gradés en tête, s'ils se démenaient pour le faire élargir. « D'accord, leur répliquait-on. Mais alors on le dégrade. Il faut bien qu'on sévisse ! » Et une fois de plus le père Yvon, le légendaire de la boue et des tranchées, se retrouvait deuxième classe avec sa vaillance insensée, son mégot, son bidon de pinard, ses rires et ses chansons.

« Margot je viens de faire un rêve
En fermant les yeux je vois là-bas
Un humble retrai-ai-aite.
Une maisonnette toute blanche...
Au fond des bois...

Sous ses tranquilles ombra-a-a-ages. »

Depuis son retour de la grande bagarre, il avait fait trois enfants à sa fidèle épouse aussi douce et discrète qu'il était remuant et bruyant. Le quai de la Fosse, ses bistrots et ses bordels étaient son endroit de prédilection pendant qu'elle vendait ses légumes au marché dans une petite voiture à bras. Car sa conduite au feu lui avait rapporté une autre médaille, celle des marchands de quatre-saisons. Une de plus.

Devant, le père Yvon et Margot cessant de valser se dirigèrent, bras dessus, bras dessous, vers le *Petit Trou*, à peine deviné sous ses tentures. Un vélo-taxi, dont le responsable somnolait à l'intérieur en attendant que ses clients reviennent, était garé devant le restaurant, coincé entre deux Tractions avant. A l'intrusion du couple, des dîneurs levèrent la tête. L'un d'entre eux, Georges le Bordelais agita la main en reconnaissant Margot sous son canotier d'un bleu plus foncé que sa robe et qu'agrémentait une voilette qui donnait du mystère à son regard. Longtemps qu'ils ne s'étaient vus. Il l'avait connue en même temps que le Breton la découvrait au bal du *Petit Jardin*, avenue de Clichy. Abandonnant son frère Robert avec qui il dînait il se leva, tendit la main :

– Mme Auguste.

Selon la coutume il conservait ses distances. La familiarité n'était pas de mise avec les femmes d'amis. Il fallait vraiment être très intimes pour en arriver au tutoiement et au prénom. Ainsi étaient les mœurs. Margot présentait le père Yvon aux deux frères lorsqu'à leur tour Francis et Frantz écartèrent les tentures. Les yeux vivaces du Bordelais s'éclairèrent. Sa bouche moqueuse se souleva en voyant le Breton. Ils s'étreignirent. Ah ! le *Petit Jardin*, l'*Ange rouge*... les filles levées, le champ,... les rixes...

– Tu vas, mec ?

– Et toi Georges ?

– Comme tu vois, fit celui-ci. On est venu dîner avec Robert.

Le Breton serra la main de l'aîné des frères, juifs d'origine anglaise.

– Vous êtes venus flamber ?

– Non, j'ai monté une partie pas loin, déclina Georges. Dans un appartement. C'est un peu plus duraille pour Mathieu de la trouver.

Il faisait allusion au commissaire Mathieu, responsable de la police des jeux pour la capitale. Indiquant la porte donnant sur la cuisine il ajouta.

– La vôtre marche, de partie. J'ai été voir tout à l'heure.

Et comme il réclamait son addition au maître d'hôtel qui les frôlait, le Breton fit signe à celui-ci.

– Pour moi.

Bras Court qui vérifiait une note non loin releva le front, les narines pincées. Comment pouvait-il s'en sortir avec de tels associés ? Ils n'étaient pas taillés pour le commerce ! Il suffisait que déjeune ou dîne un de leurs amis pour qu'ils refusent de le laisser casquer. Lorsque ce n'était pas Francis, c'était le Breton. Parole, ils prenaient le *Petit Trou* pour l'Armée du Salut !

– Bon, j'offre une rouille, proposa le Bordelais.

Les narines au nez assez épaté de Bras Court, au point qu'il avait un faible pour les dogues de Bordeaux avec qui on lui accordait une ressemblance, se dépincèrent.

– Pas la peine, refusa le Breton. Un autre jour, va.

Les narines de Bras Court se repincèrent. Mais qu'avait-il fait au Seigneur pour mériter de tels associés ? Étouffant un soupir il se remit à revérifier ses additions.

– On va dans le fond ? proposa Francis en poussant son père pour qu'il gagne la salle de jeux.

Tous, les deux frères bordelais compris, suivirent le père Yvon qui n'avait pas lâché le bras de Margot.

La pièce de poker était comme toujours enfumée et sentait le champagne débouché. Mais qui s'attardait aux odeurs ? Les plaques s'amoncelaient devant les flambeurs à côté de cendriers, de verres ou de tasses à demi-vides.

– Tapis !

Les attentions se portèrent sur Charlot Cazauba, un des bras droits de Lafont. Il avait poussé ses jetons vers le centre, de ses mains qui tremblaient tandis qu'un tic lui déformait le côté gauche de la bouche.

– Tenu, répliquait sans un temps de réflexion Zizi l'Algérien.

Lui ne tremblait pas. Torse droit sous la faible ampoule, au-delà du reflet de cette dernière, son regard noir et souriant soupesait Cazauba.

– Compte, ajouta-t-il.

– Il y a 620 sacs, intervint le petit Milo l'Arabe toujours alerte et à l'affût des erreurs.

– Voilà, fit Zizi en jetant jetons et plaques au milieu.

Dans le geste, les louis d'or qui fixaient aux poignets sa chemise de soie crème monogrammée au côté gauche brillèrent doucement.

Chez le gestapiste le tremblement s'accentua.

– Ben... ben... éclaire ! fit-il.

Zizi de ses longs doigts bruns où brillait un diam retourna son jeu. A quoi bon faire souffrir l'autre. Il sentait qu'il avait la gagne.

– Trois rois, annonça-t-il.

Cazauba lança ses cinq cartes au milieu d'un mouvement de colère mal contrôlé. En se retournant elles dévoilèrent un faux jeu non réussi.

– J'ai tenté une quinte par les deux bouts, avoua-t-il.

Mais on ne trompait pas facilement l'Algérien. Cazauba, sa colère passée, se retourna sur le carreur et dans le mouvement la crosse du flingue qu'il portait à la ceinture se dévoila.

– Fais-moi dégringoler 200 bardas, dit-il.

Au comptoir, le Gros Georges, resté là pour pallier, si besoin était, à une embrouille, leva le bras en apercevant son père. Le Breton attendit que Milo eût changé des plaques à Charlot Cazauba contre des liasses pour s'approcher de lui.

– La carre ?

L'Arabe vérifia une liste posée à côté de la boîte aux jetons.

– 3 briques et 600 sacs.

Le Breton hocha la tête. Ce n'était pas l'Amérique mais la partie n'avait débuté qu'à cinq heures de l'après-midi. D'ici demain... ou après-demain même... Il se renseigna.

– Tu crois qu'il va y avoir une place d'ici peu ?

Milo fit la moue. Il soupesa les flambeurs de l'œil, semblant tester leur résistance et leurs moyens.

– Aucun ne lèvera l'ancre avant demain, sauf imprévu, lâcha-t-il enfin.

En plus de Cazauba et de Zizi, ils étaient cinq : Dédé Stora, André la Rigole, Robert le Pâle et pour finir l'éternel René Gotteland, qui ne devait pas savoir passer les heures ailleurs qu'autour d'une table de poker, jeu qui lui était aussi incompréhensible que la table de multiplication lorsqu'il était môme ; et enfin le dernier, Jo la Feuille, un garçon qui n'en voulait ni aux Teutons ni à ceux qui les combattaient. Lui était pour son portefeuille en croco qu'il bourrait avec art. Pour ce faire tout lui était bon : bordels qu'il montait dans les zones dangereuses avec la bénédiction de l'Occupant et qu'il faisait driver par Ida sa fidèle fidèle, trafic de joncs, de café, de métaux, etc., etc. Dès le moment que ça rapportait tout était valable pour la Feuille qui avait tiré son surnom de sa demi-surdité. Mais s'il était un rien sourdingue, il ne l'était pas au point de ne pas entendre tomber les pièces de 20 dollars en or ! Il avait de grosses mains, sa chair était molle, un rien blême, et ses cheveux noirs raides commençaient à livrer beaucoup de crâne luisant et un peu difforme. Il offrait un nez fort qui laissait croire à certains qu'il était d'origine juive et qu'encadraient à la jointure du front des yeux verts tristes, truités car piquetés de points noirs. Malin, intelligent, il était l'ennemi viscéral de la violence. Lui, les gros bras... les va-de-la-gueule... les caïds des caïds... s'ils se les évitaient ! Et s'il ne le pouvait pas il s'arrangeait pour se les mettre en poche par des dîners, des invitations où il les traitait impérialement *Chez Billy*, le clandé de la rue Villejust, avec caviar, foie gras, millésimé grande cuvée et filles à la cuisse belle et légère. Oh ! il savait dépenser ! « Semer pour récolter » était sa devise. Il aurait pu y ajouter : « et aussi faire rire ». Car ça aussi il savait ! Lorsqu'il était rond, il pouvait tout imiter. D'un revers il se rabattait les mèches en travers du front et, dressé subitement devant le piano où il venait de mimer Mozart ou Chopin, il fendait l'air de l'avant-bras et vous envoyait dans les gencives des Heil

Hitler ! auquel et ceci en était ahurissant, il ressemblait subitement. Mais pour le Breton le grand succès de la Feuille était lorsqu'il s'imitait lui-même au jour de son passage devant le tribunal pour enfants. Il se voyait encore devant le juge et entendait celui-ci s'adressant à la poivrote qui l'avait mis au monde :

« Madame, réfléchissez-bien. Si vous refusez de le reprendre, nous allons le confier au patronage Rollet ou à une maison de correction. »

Et la vieille saoularde, cabas à provisions pendant le long de sa jupe cradingue de rétorquer, ne voulant surtout plus entendre parler de son cher héritier dont le père avait depuis un bail fui le domicile conjugal. Dame, avec une telle virago...

« Faites-en ce que vous voulez, M'sieu le président. Mais que je revois plus ce bandit ! »

Le crime de Jo ? Avoir oublié ses mains sur une paire de godasses à une devanture. Juste pour s'offrir un peu de chaleur car avec les espadrilles qui le chaussaient par mauvais temps...

Parvenu à ce stade, la Feuille faisait mine de se dresser de son box d'infamie et, une lueur filiale dans ses yeux tristes, il lançait d'une voix qui se voulait bouleversante mais qui singeait.

« M'man-an-an-an-an... »

Puis il éclatait d'un rire énorme qui sonnait faux et qui voilait des choses jamais oubliées. Bien entendu, il s'était retrouvé en maison de correction. En levant la tête il aperçut le Breton et lui fit un signe d'amitié. Tous deux rapprochés par des points communs se comprenaient : enfants encore ils étaient descendus aux enfers.

Durant ce temps les Nantais et les Bordelais s'étaient agglutinés au bar. Francis proposait :

– On s'en liquide deux ou trois petites et je vous invite ensuite au *Chantilly*.

– Vider deux, trois coupes, ça me va, accepta le Bordelais. Mais après je dois aller à ma partie. Tu veux venir la voir Lagus et même flamber un peu ?

Le Breton hésita. Francis intervint :

– Vas-y. Je resterai ici avec mon frère et Frantz, si...

– Non, refusa Frantz. Je rentre. J'ai à faire demain de bonne heure.

– Bon, se décida le Breton. Francis ! Vers les deux plombes, rendez-vous chez Fanfan, Jeannot doit y passer.

– J'y serai, promit le Nantais.

– Et moi dans tout ça ? rigola Margot. Vous me laissez pour balayer les mégots ?

Les homme rirent. Le Breton questionna le Bordelais de l'œil.

– Elle peut venir si elle veut, accepta ce dernier.

Dans certaines parties les femmes des flambeurs étaient tolérées, dès l'instant qu'elles restaient collées dans le dos de leur julot, qu'elles ne bronchaient pas, s'abstenaient de commentaires... Combien de fois Margot ne s'était-elle pas assise dans le dos du sien pendant qu'il faisait ses premières armes cartes en main ?

– Alors tu m'abandonnes, ma fille ? regretta le père Yvon en s'allumant une gauloise de sa main droite où il manquait le pouce.

Son fils Georges offrait la même mutilation. A Nantes, sa fidèle compagne et sa fille Yvette également. Toute la famille avait le pouce coupé. Cela datait d'avant-guerre quand les assurances réglaient dans les 90 000 francs le morceau de chair. De la tribu, seul Francis n'avait pas marché. Pourtant à quoi lui servait son pouce ? En tout cas pas à compter les billets, lui qui les jetait à foison par liasses entières...

Après avoir liquidé quelques coupes de Bollinger, les Bordelais, Margot et le Breton s'en allèrent pour ne pas avoir à défier le couvre-feu pour l'instant instauré à minuit.

*

La partie du Bordelais se déroulait à quelques minutes du *Petit Trou*, dans un appartement de la rue La Bruyère. Après avoir gratté à une porte du premier étage et jeté un mot de passe, l'huis s'entrebâilla devant le Bordelais. Un homme détailla vivement les arrivants et s'effaça en les reconnaissant.

– Ça va ? souffla Georges.

– Oui, répondit l'homme du même ton. Ça joue dur.

Il referma sans bruit, guida les nouveaux venus par un long couloir, s'immobilisa devant une autre porte. Il l'ouvrit, de la fumée en jaillit. Margot toussota. Le Breton porta un doigt à ses lèvres. Rien qu'à l'ambiance, au silence, il savait que c'était du sérieux. Du regard il analysa vite les joueurs. Il en connaissait quelques-uns de vue, Corses ou Méridionaux. Il situa Paul M.[1], l'un de l'Ile de Beauté qui menait rondement ses affaires, Auguste Ricord, un Marseillais qui marchait avec Carbone et Spirito, les caïds de la Côte d'Azur, et deux autres inconnus de lui. Puis il aperçut Niston, un Niçois et tressaillit. Il se pencha sur Georges, murmura :

– Tu m'avais pas dit que Niston en était !

Le Bordelais eut son fameux tic des épaules, à croire qu'il remontait son veston et rit des yeux.

– Pourquoi, il te fout le trac ?

– Oui, je prends pas de jetons. Ou alors fais-le venir que je lui parle.

Ils avaient échangé les propos d'une voix à peine audible pour ne pas troubler ceux de la table que recouvrait un épais tapis vert sur lequel s'amortissait le bruit des jetons d'ivoire.

– Le chip est à dix sacs, lui souffla Georges.

– D'autant plus, renvoya le Breton. Appelle Niston. Pas envie de laisser ma limace.

Georges attendit qu'une donne soit achevée avant de faire signe à Niston. Le garçon abandonna son siège.

– 'soir, fit-il la main tendue vers le Breton. Longtemps qu'on ne s'est vus.

Ils s'étaient affrontés avant-guerre à la *Garbure*, le restaurant vers les hauteurs de Montmartre, installé justement par le Bordelais. Depuis... Entre-temps, Niston n'avait pas perdu sa cote de flambeur professionnel. Il était doué. Pas besoin d'arnaquer pour ça. Non, il était doué, tels ces prodiges de la musique ou autres trucs qui à des huit, dix ans, laissent les gens sur le cul par leur savoir. Niston, qui

1. Désigné par la presse comme le parrain des parrains, il sera abattu à Marseille en juillet 1985.

en patois provençal signifie « enfant », avait le génie des cartes, et c'était tout. Aussi n'avait-il pas besoin de tricher, le flan [1] lui suffisait. Et puis, doubler les adversaires que sa science lui imposait risquait de ne pas se transformer en ballades romantiques. C'est que voler ces fauves était se condamner à digérer une rafale de pruneaux qui n'avaient aucun rapport avec ceux d'Agen. Intelligent et prudent, Niston n'utilisait que sa science et sa réputation qui était grande. Au point que des monteurs de parties le faisaient venir, lui payaient voyages, notes de frais d'hôtel, etc. Il était devenu une sorte d'itinérant de l'art du poker, jeu auquel il ne se recarrait jamais. Ou très, très rarement. Une seule mise de fonds, celle du départ, lui suffisait pour demeurer des heures, des jours et des nuits à la même table. Incroyable. A un point tel que dans les parties l'expression « être Niston [2] » avait gagné ses titres de noblesse, ce qui signifiait que le joueur s'annonçant ainsi en cours de jeu ne s'était pas recarré.

Lorsque les trois hommes se furent réfugiés dans une pièce voisine pour ne pas troubler le silence de la table, le Breton attaqua sans fioritures.

– Voilà Niston. Je veux bien en être mais à condition que toi et moi on joue pas les coups à la sortie. Sinon je me barre. Déjà que j'ai pas longtemps à rester...

L'œil amical de Niston se porta sur le Bordelais qui donna son O.K. d'un battement de cils. Aussitôt le Breton comprit que c'était son ami qui avait fait grimper de la zone non occupée le célèbre joueur.

– Bon, je suis d'accord, accepta Niston. Si on se retrouve à la sortie en tête à tête, on ne paiera qu'un chip. D'accord ?

– D'accord, accepta à son tour le Breton qui, se tournant vers son ami, s'informa.

– A combien je rentre ?

– Pour une brique c'est bon, renseigna le Bordelais. La

1. Hasard. Faire du flan (jouer au hasard). Monter au flan (aller cambrioler au hasard, sans nulle préparation préalable).

2. Cette expression allait entrer dans le langage argotique et l'auteur la placerait dans son dictionnaire *Langue verte et noirs desseins.* 1956. Suivi de l'*Argot chez les vrais de vrai.* 1960.

partie n'a démarré qu'en début de soirée. Demain matin, il faudra un wagon de jetons pour pouvoir s'y asseoir.

Tous retournèrent dans la pièce enfumée, aussi silencieuse, aussi impressionnante qu'une église.

– Trois neuf, venait d'annoncer Ricord dont les gestes vivaces, nerveux, tranchaient dans cette ambiance à la calme apparence.

Mais tout était factice. Ceux assis là contenaient seulement leur violence naturelle, leur sauvagerie à affronter l'existence. Les gens accoutumés au danger pouvaient pour ainsi dire palper cette violence dominée, qui restait sous-jacente. Il ne fallait qu'un mot déplacé, une tentative, un geste malvenus pour que... Tant que rien de ce genre n'était tenté, tout allait bien, les hommes souriaient, arrivaient à blaguer, voire à rire. Seulement leur pensée restait axée sur le gain, leurs regards vifs et soupçonneux sur la masse de jetons des adversaires.

Après avoir touché quelques mains et fait des signes de politesse, le Breton s'installa devant les jetons que le Bordelais avait fait déposer sur le tapis vert à côté d'un cendrier. Alors oubliant tout, il affronta ceux qui pouvaient prétendre être les plus coriaces du genre en France. Margot, qui avait posé ses gants et son canotier à voilette sur un guéridon, s'assit dans son dos. De biais. Mais en se gardant bien de laisser errer son attention sur les cartes des autres joueurs. De toute manière, elle n'aurait rien pu voir. La plupart, plus que méfiants, filaient leur jeu et pour deviner ce qu'ils avaient... Même le sien, qu'elle enveloppait de son effluve de Chypre et de fleurs de printemps écrasées, ne lui montrait rien. Lui aussi filait. Et quand par hasard il ouvrait son jeu pour savoir ce qu'on lui avait servi, il le faisait à une telle rapidité que... un éclair ! Elle ne s'en froissait pas, n'était pas là pour connaître la valeur de ses cartes, seulement pour être près de lui, à ses côtés. C'est qu'ils se voyaient de moins en moins. Pour elle, une soirée comme celle-ci était devenue rare. Il était toujours à vagabonder, à errer, là, là-bas... Il partait, revenait, lançait des liasses sur le lit ou retournait des poches vides, c'était selon. De toute manière, cela s'achevait toujours par la soif qu'ils avaient l'un de l'autre. A quoi ça tenait, ça ? A leurs épidermes, leur odeur... Qu'importait le pourquoi, le principal était que...

« 2 sous d'amour c'est pas grand'chose
Mais quand on a le droit de chois-i-ir
2 sous d'amour ça fait plaisi-i-ir... »

Comme Ricord battait les cartes et allait attaquer la donne, le Breton jeta un jeton de 10 000 francs au milieu pour rejoindre les autres. Ils étaient six. A 10 000 le bout, cela faisait 60 000. L'ouverture, elle, était libre.

– Je blinde de 60 sacs, fit doucement Paul M., en poussant des jetons vers le pot.

– Surblinde, fit en écho Niston, en allongeant le double, soit 120 000 francs au pot.

– Bon dieu, songea le Breton qui était le dernier à parler avant Ricord. C'est encore plus dingue qu'au *Petit Trou.*

Il s'empara de son jeu, le fila. Il avait deux paires au six par les deux. C'était du flambeau dans une telle partie ! Bien placé, il guetta les réactions des autres. Le deux suivants de Niston abandonnèrent et jetèrent leurs cartes en ballot devant Ricord. C'était à présent au Breton de parler. Ou il tenait sec ou il jouait à fond ses deux petites paires.

Paul M. qui était blinde et Niston surblinde, donc qui avaient misé sans avoir encore reçu leur jeu, pouvaient s'écraser s'ils n'avaient pas de bonnes cartes. Mais Ricord ?

Le Breton connaissait la réputation du Marseillais. C'était un risque-tout, un va-de-l'avant. Devant Jeannot, Carbone, Lydro et le Baron de Luzatz, il avait même défié Marcel Cerdan, annoncé qu'il tiendrait contre un gueuleton général un round devant le champion. Et il avait tenu. Enfin, le redoutable champion, secoué par le rire et brave comme personne, lui avait fait une fleur en le frôlant de ses gants.

Le Breton décida de plonger avec ses deux paires. Il poussa la moitié de sa masse de jetons.

– 500 sacs, fit-il d'un ton qu'il avait appris à rendre neutre.

A sa droite Ricord hésita. Il rit doucement, tourna le cou sur le Breton, ramena son attention sur ses cartes puis sur le pot. Il tritura les jetons posés davant lui, hésita encore, puis dit en lançant ses cartes au ballot :

– Je passe, mais...

Nul ne saurait jamais la fin de sa phrase, sauf qu'il semblait sceptique.

– Je passe aussi, fit Paul M.

Il se débarrassa de ses cartes sur celles du Marseillais.

A travers l'écartement du tapis vert Niston fixa le Breton. Ses yeux malins semblaient le soupeser, puis sa bouche s'étira dans un léger sourire. Il possédait deux rois, joli jeu pour lui mais il était piégé par l'accord pris. A la sortie s'il n'améliorait pas, il ne pourrait pas jouer le coup à fond et bluffer.

– Ça va, fit-il, abandonnant ses cartes à son tour.

Le Breton ramassa le pot et il perçut dans ses reins un coup de genou complice de Margot à qui avant de s'asseoir il avait remis une liasse en l'avertissant :

« Tu me gardes ça. Si je perds tu me les rends pas. T'as pigé ? Tu me les rends pas même si je renaude ? »

Mais lui et elle savaient que ce n'était que des mots, que du vent. Ainsi que tous les flambeurs il prenait des décisions, puis une fois le jeu engagé... Bien sûr, si tout se déroulait au mieux, qu'il gagne ou fasse coup nul, il ne touchait pas à la réserve. Sinon, bon gré mal gré, il faudrait bien qu'elle lui rende le pognon pour qu'il se refasse ou se fasse faucher. Ah ! ces serments et décisions de flambeurs...

A une heure et demie, comme il était en gain de plus de 250 sacs, il décida de se retirer, arguant de son rencart chez Fanfan avec Jeannot. Le mobile était faiblard mais il en avait assez. Tout compte fait, de ne pas jouer les coups à la sortie avec Niston leur faussait la partie à tous deux. Il se leva, encaissa ses jetons, gagna la sortie avec Margot qui avait récupéré gants, sac et canotier.

– Tu veux que je vous fasse raccompagner en bagnole, proposa le Bordelais avant d'ouvrir. Mon carreur a un Ausweiss.

Le Breton refusa.

– Fanfan est tout à côté. Je vais d'abord passer au *Petit*

Trou, là-bas Margot va récupérer le père Yvon et le ramener coucher à la maison.

– Oh ! tu me laisses ? s'insurgea-t-elle.

– Il faut que tu fasses dodo, fille ! sourit-il.

Et lui glissant son gain dans la main.

– Tiens, tu t'achèteras du chewing-gum.

– On n'en trouve plus !

Ils gloussèrent et le Bordelais fit chorus.

– 'soir, fit-il sur le palier. A bientôt. Tube-moi, je te garderai une place.

– Garde-moi plutôt de ta partie de forbans, lui renvoya son ami en commençant à descendre.

Dehors l'air était doux, la rue totalement déserte et sombre. Il enlaça la taille de sa Blondie qui avait remis gants et canotier.

– Il fait bon, dit-il. Ça sent le printemps. Bientôt on part en Normandie à la pêche.

– J'ai hâte d'y aller, renvoya-t-elle en se serrant contre lui. Et puis ça te fera du bien. Est-ce que tu...

Elle n'acheva pas. Elle savait à quoi elle faisait allusion. Elle n'était tout de même pas si bouchée même s'il ne se confiait jamais. Elle avait des yeux pour voir, et le sirop de rue lui avait ouvert prématurément l'esprit. Là-bas, à Quettreville-sur-Sienne où ils allaient bien avant la guerre, elle l'avait vu prendre des notes sur les Fritz qui occupaient le bled et les environs.

Il rigola doucement et sans la lâcher blagua :

– Tu veux savoir si j'irai pêcher la carpe ou le brochet ?

– Idiot !

Elle l'enlaça à son tour, puis s'immobilisa.

– Chut, alerta-t-elle.

Il se figea. Au loin mais encore repérables, retentissaient les bruits de bottes d'une patrouille.

– Ils viennent par ici, souffla-t-il.

Elle ne paniquait pas. Elle ne paniquait jamais. Sauf si un danger le menaçait lui. Elle étouffa un rire entre ses dents luisantes qui avançaient doucement sur ses lèvres rouges :

– Tu vois pas qu'ils nous fassent cirer leurs pompes ?

Le martèlement sourd des vainqueurs se rapprochait. Il la happa, l'entraîna dans l'angle noir d'un porche profond.

« Tap-tap-tap-tap. »

Les bottes semblaient remonter la rue La Bruyère puis elles parurent tourner, s'éloigner...

– On devrait..., commença-t-elle.

Mais, lui, de la sentir bloquée dans ses bras, de percevoir son parfum si près... et comment résister à ses reins enfiévrés qui réclamaient leur content de possession ? Il la maintint contre son torse et ses mains s'agitèrent, soulevèrent un jupon, dénouèrent de fragiles rubans, firent glisser un soupçon de soie dentelée et tiède puis...

– T'es fou ! se défendit-elle mollement.

« Tap-tap-tap-tap. »

Les bottes qui martelaient le macadam parisien se faisaient entendre de nouveau. Elles avaient dû aller vérifier une rue proche et revenaient.

– Tu les entends, Tatouni ? fit-elle. Tu...

Lui n'entendait rien, refusait tout. Sauf le corps de son Amour. Il la posséda et le plaisir fut bref, violent. Aussi violent que pouvaient être ceux qui, très près... de leurs bottes cloutées... martelant les rues noires... ces rues que bordaient des maisons derrière les façades desquelles des vaincus dormaient ou écoutaient Londres, en espérant : *« Ici Londres, des Français parlent aux Français. »* Ou encore des messages pour ceux qui jouaient leur peau dans l'ombre *« Le canari est sorti de sa cage. » « La Mère Michel a retrouvé son chat. » « Les pommes ne sont pas encore mûres. »*

Le Breton libéra sa prisonnière, pencha la tête pour voir.

« Tap-tap-tap-tap. »

Les silhouettes d'une patrouille se détachaient à l'intersection des rues La Bruyère et Pigalle.

– Ça va, rassura-t-il. Ils ont l'air de s'éloigner.

– Alors rends-moi ma culotte.

Il la retrouva, lui chatouilla le nez avec.

– T'as peur de t'enrhumer ?

Elle lui enleva sa pochette et il aperçut des éclairs de chair tendre.

– Tiens, fit-il, lui rendant ensuite sa lingerie rose.

Il gloussait. Elle lui décocha, tentant de garder son sérieux.

– T'es dingue ! Si les Frizous...

Puis à son tour la gaieté l'empoigna et elle se mit à rire. D'abord doucement, puis sans retenue. Comment aurait-elle pu se retenir, elle qui était la joie de vivre, elle qui dans une salle de spectacle faisait se retourner des faces choquées, dérangées par son rire de gorge qui grimpait crescendo et qui finissaient, gagnées à leur tour par sa joie communicative, par éclater de rire ?

– Bon dieu, fit-il, se contenant de l'imiter. Écrase. Tu vas nous ramener les Doryphores !

Ah ! ouiche ! Autant vouloir faire taire un éléphant parti à barrir. Elle riait, en avait des larmes à ses beaux yeux.

– Rapplique, dit-il en l'empoignant.

– Hé, ma culotte !

Il la laissa se revêtir et l'entraîna enfin, tous deux courbés par la gaieté tandis qu'au loin, du côté de La Rochefoucauld, « tap-tap-tap-tap » faisaient les bottes de Germanie.

*

A l'instar du *Double Chevron,* et de la *Mère Laval,* ces tapis francs de la porte Saint-Martin, et de *Chez Dante*, le bar très fermé des Corses rue de Douai, *Chez Fanfan,* dans la même rue, était un des hauts lieux de la pègre. Il était plus de deux heures du mat' et le bar était encombré, la salle pleine et enfumée ainsi que toujours en ces sortes d'endroits. Jeannot qui avait bouclé son *Chapiteau* était là, une bouteille de Pol-Roger dans un seau d'argent devant lui. Il ne buvait pas ou peu mais aimait traiter royalement ses amis ou relations. En ce moment, sa robustesse accrue par un complet gris de chez Tomasini, le tailleur de la rue Royale, un œillet bleu à la boutonnière, il écoutait Alex Villaplane, l'ancien international de football entré dans la Carlingue qui se confiait, médisant sur François S., pourtant un de ses compagnons de la rue Lauriston.

– Tu peux pas savoir, disait-il, comme il est curieux et

bavard ! Toujours à fouiner, à questionner... Au point qu'Abel l'autre jour a failli lui coller une baffe.

Il indiquait Abel Danos qui à l'autre extrémité du rade discutait paisiblement avec Charlot Cazauba.

– Ah, oui ? s'étonnait Jeannot, l'œil sur Alex, l'autre sur la partie de passe d'enfer qui se déroulait à deux mètres du comptoir. Tiens, c'est drôle, je connais pas ce François.

Il mentait. Et bien. C'était lui, sur les instances de Chenevier qui avait poussé S. à entrer dans la Gestapo. Il fallait bien, puisqu'il n'y mettait plus les pieds depuis longtemps, qu'il obtienne des tuyaux sur ce qui se passait là-bas. Depuis S. lui avait apporté les plans du sous-sol du 93, rue Lauriston et c'est d'après ceux-ci que Chenevier changeant d'avis avait décidé d'apporter une bombe à Jeannot pour que S. se charge de la placer au bon endroit de façon que l'enfer emporte les gestapistes, et leurs patrons Bonny et Lafont. Mais l'arrestation du célèbre policier avait bloqué le projet.

Tout en l'écoutant Jeannot se demandait comment un type tel ce Villaplane qui avait connu les bravos des foules, la joie du sport, pouvait en être arrivé là. Mais n'était-ce pas une question qu'il pouvait se poser pour tous ceux ou presque de la Carlingue qui ne savaient guère au début où ils avaient fourré leurs pieds ? Ensuite, évidemment, il était trop tard. Ils s'étaient sentis piégés, entraînés vers le gouffre, l'escalade. La plupart n'avait d'abord vu que le pognon facile et sans risque rapport au port d'arme et à la carte rouge, frappée de la svastika, ce qui leur donnait le condé partout où ils allaient. Ah ! cette fameuse carte rouge, couleur sang ! Ce qu'ils en avaient rêvé avant de l'obtenir ! Mais ce à quoi ils n'avaient pas pensé, c'est qu'en l'acceptant, en l'utilisant, ils s'étaient ravalés au niveau des flics qui avant l'invasion allemande étaient leurs ennemis héréditaires. A présent ils étaient comme eux. Ils pouvaient arrêter, torturer, faire embastiller. Pire, ils se battaient contre leurs frères de race, contre leur patrie. Ce que ne faisait pas la majorité des policiers qui continuaient à servir.

– 100 louis à faire. Qui les couvre ?

Jeannot, qui vissait calmement une gitane dans son

fume-cigarette, reporta son attention sur la table où s'affrontaient une vingtaine de ruffians, dont Jo le Catch, le gros Henri Face, l'Obsédé, plus Premier ministre anglais que jamais, Didi Lunettes, etc.

– Couvert ! fit Mémé le Bique.

Le commerce des faux tiksons devait lui rapporter gros, car pour s'asseoir à une telle table... où les pièces de 20 et de 10 dollars et les louis d'or servaient d'enjeu... Et il réglait cash. Pour preuve le ruissellement d'or qui jaillissait de ses doigts bagués.

Les dés sautèrent sur le tapis verdâtre.

– Tu flambes pas ? s'intéressa Villaplane.

Jeannot fit la moue.

– Je suis pas joueur.

De nouveau il mentait. C'est-à-dire qu'il n'aimait jouer que lorsqu'ils avait ses chances, qu'il pouvait les défendre. Tandis que là... avec des dés d'ivoire bien calibrés, non pipés... Le poker à la rigueur. Encore fallait-il que ce soit des parties solides. Il savait tenir ses cartes comme il savait tenir sa vie. Sans faiblesse. Quoique jeune, il savait aussi inspirer le respect, et avait affronté beaucoup de problèmes.

Son regard attentif qui mettait mal à l'aise lorsqu'il fixait se mit à luire doucement en voyant Francis le Nantais et le Breton franchir la porte du bistro.

Il leur indiqua la Dom Ruinart dans son étui de glaçons et sans attendre fit signe au barman d'amener d'autres coupes. Francis, qui n'était pas encore chauffé mais dont le rouge des pommettes annonçait que c'était en route, pointa l'index sur la table où étincelait l'or des rapines.

– T'en es pas ?

– 'sais pas jouer à la passe, renvoya Jeannot.

Les nouveaux arrivants gloussèrent. Lui ne pas savoir jouer ? Alors qu'ils l'avaient vu souvent cartes en mains ? Alors qu'ils n'ignoraient pas qu'il avait affronté les plus coriaces joueurs de poker de France ? Dans des parties démentes telles celles que montait chez lui Auguste Ricord dans son appartement de la place des Ternes, où un chinois zélé officiait, apportant boissons et sandwiches au caviar ? C'était au cours d'une de ces parties que Jeannot avait donné la mesure de son ahurissant sang-froid devant un aréopage de gangsters chevronnés, plus âgés que lui et qui avaient pour noms Paul Venture dit Carbone, François Spirito dit Lydro, les caïds de renommée mondiale. En plus d'eux et de Ricord, étaient présents le Baron de Luzatz, un autre redoutable, et pour clore Joseph M., le capitaine des Corses, lui aussi très connu en France et ailleurs, Joseph qui avait livré une rude bataille aux frères S. pour le monopole de Montmartre au cours de laquelle beaucoup d'hommes tombèrent, et même un enfant à la terrasse du *Rat mort*. C'était ce Joseph qui avant-guerre ne se rendait pas au bal du *Petit Jardin* ou de l'*Ange Rouge* sans ses gardes-du-corps. A l'instar de Carbone et de Lydro, il était une légende. Au point que de Chicago Al Capone lui avait fait parvenir dans les années 30 deux billets de paquebot de première classe pour qu'il le rejoigne avec sa femme au pays du dollar et des speak-easies. Mais les Corses, qui avaient besoin de leur redoutable et coriace petit représentant, lui avaient déconseillé de franchir la mare aux harengs. Qu'irait-il faire là-bas chez les bouloteurs de chewing-gum, alors qu'en France il était un roi !

Et c'était devant ces durs à la réputation non surfaite que Jeannot avait prouvé son calme et sa maîtrise de soi. Le litige ? Plus d'un million au milieu du pot qu'il disputait en tête à tête à Joseph M. Le capitaine des Corses, tablant peut-être sur sa cote dans la pègre et sur la jeunesse de son adversaire, avait lancé, péremptoire :

– Le coup m'appartient.

Il n'eut pas le temps d'allonger la main. Jeannot l'avait devancé en laissant choir dans un silence glacial tout en attirant la masse de jetons devant lui.

– C'est à moi.

Joseph avait commis une erreur dont il n'était pas coutumier, car s'il était courageux il était aussi très intelligent. Il s'était à demi dressé de son siège ; or, dans une telle situation où la mort a pris place, il ne faut surtout pas bouger sinon pour intervenir. Tous les hommes présents accoutumés à la violence étaient payés pour connaître la finale. Inéluctable. Ou Joseph allait dégainer ou c'était Jeannot qui... C'est pourquoi tous s'étient écartés de la table, laissant cartes et jetons au centre du tapis. Que pouvait faire Joseph devant ces pairs aussi redoutables que lui, et cela sans perdre la face ? De la manière dont le garçon avait parlé il savait que, s'il allongeait la main sur les jetons ramenés devant celui-ci, il signait son décès. Pourtant Jeannot avait ses larges mains bien posées à plat devant lui. Mais au-dessus de la légère fumée qui s'élevait de son fume-cigarette ses yeux ne quittaient pas les gestes du célèbre corse. Tous guettaient la réaction de ce dernier. Allait-il ? N'allait-il pas ? Était-il seulement armé ? Perdre la face le condamnait à une mort pire que celle des cimetières. Eh bien Jeannot en souriait encore des mois après, et admirait. Car usant de son baratin, Joseph avait réussi à se rasseoir sans perdre un pouce de sa réputation. Avec quoi ? Des mots tout bonnement. Des de tous les jours. Mais il n'y avait guère que lui pour réussir ce tour de force. Seulement s'il n'avait pas perdu de ce côté, il n'avait pas pour autant gagné l'enjeu du litige. Celui-là, Jeannot ne l'aurait pas laissé repartir, estimant qu'il avait eu raison. Totalement raison. En tout cas cela avait permis aux autres de prendre sa mesure, ce qui comptait beaucoup dans un monde de fauves où les faibles, les trop gentils... Ouste, dehors

Francis, qui sa coupe vidée appelait le louflat pour s'en faire remplir une autre, stoppa son geste. Ou plutôt une voix le stoppa :

– Police ! que venait de crier un homme en pénétrant dans le bistro. Que personne ne bouge !

Une nuée de poulets en civil se ruèrent à la suite du commissaire Mathieu, chef de la police des jeux. Quatre d'entre eux foncèrent sur la table cernée par les flambeurs, les autres s'éparpillèrent, certains, devant les clients du comptoir, attaquaient déjà.

– Papiers d'identité.

Villaplane exhiba sa carte rouge, frappée de la svastika noire, le terrible sésame des gestapistes de la rue Lauriston.

– Ah ! fit l'inspecteur. Puis, la gorge nouée de haine : Vous pouvez partir. Vous autres ?

L'ex-footballeur sortit. Le Breton qui avait encore oublié

sa carte de faux toubib en exhiba une autre. Pas les papiers qui lui manquaient.

A la table, le commissaire Mathieu passait ses ordres à ses argousins.

– Vous allez me confisquer tout ça et téléphoner au sommier pour savoir s'il y a des mandats de recherche contre ces gens. Relevez leur identité.

Ce qui fut fait. Comme l'un de ses hommes se dirigeait vers le téléphone, le commissaire s'intéressa à ceux du comptoir les plus proches de lui :

– Papiers, fit-il.

Charlot Cazauba lui tendit sa carte rouge. Le commissaire lui décocha un mauvais regard et la lui rendit.

– Pouvez partir, maugréa-t-il.

– Vous, dit-il à Abel.

Adossé au comptoir, le Mammouth le fixa quelques secondes avant de lâcher.

– Te donner mes fafs ? Avec les mains sales que t'as ? Tu rigoles ?

Le commissaire ouvrait déjà la bouche et deux des siens, témoins de l'insulte dédaigneuse, se préparaient à intervenir quand Alex dégaina brusquement, un flingue à chaque poing.

– Maintenant, toi et tes comiques vous allez rendre le pognon et le jonc que vous avez piqués et foutre le camp.

Il s'était exprimé de son accent dijonnais, sans s'énerver. C'en était d'autant plus menaçant. Pour finir d'angoisser, l'un des poulagas se pencha à l'oreille de son chef :

– C'est Abel Danos !

Si le commissaire Mathieu ne connaissait pas Abel de visage, de réputation oui. Il ravala sa honte, ordonna aux siens, à ceux qui avaient confisqué l'or.

– Rendez l'or et les dés à ces messieurs. Il aurait bien voulu ajouter pour Abel : « On se reverra »...

Mais vu sa position... celle de truand... sans oublier celle de Lafont... le caïd de la rue Lauriston qui là-bas d'un simple coup de fil pouvait faire déplacer, incarcérer... Par ailleurs le colosse blond à l'air tranquille qui le menaçait de ses armes n'était pas un ange à coller entre les pages d'un livre d'heures, lui ! Il était capable d'appuyer sur une détente, de tirer. Il avait fait ses preuves, hélas, ô combien !

Les policiers des jeux durent s'exécuter, rendre or et papiers d'identité. Alors qu'ils s'apprêtaient à vider les lieux, honteux et en rage, P'tit Louis Trocaze, debout au comptoir près de la porte, et qui ne savait pas encore qu'il serait bientôt emballé par les Vert-de-gris, déporté, et qu'il laisserait ses os dans un camp de la mort, rigola en ouvrant à des silhouettes devinées et hésitantes :

– Entrez messieurs-dames, le spectacle est gratis.

Henri Feufeu et Dédé le Parisien franchirent le seuil. Si de leur œil professionnel les poulets reconnaissaient vite un truand dans la foule, la réciproque jouait. Feufeu, ami de Jo Attia, de Pierre Loutrel, pas encore devenu Pierrot le Fou, l'ennemi public numéro un, situa aussitôt le commissaire Mathieu et les siens. Puis il repéra son ami Abel ; alors sa belle gueule de ruffian et ses yeux clairs s'allumèrent. Il avait compris. A peine s'il daigna s'effacer, pour laisser les ennemis sortir. Quant à Dédé le Parisien, beau mec parmi les beaux mecs, la gentillesse personnifiée, il avait aussitôt repéré son vieil ami Alex Villaplane. Ami de jadis car moins prisé à présent depuis son entrée chez Lafont. Très lié avec les Corses, l'un des rares à être accepté par eux et à pouvoir entrer *Chez Dante*, il avait l'âme patriote. Patron d'un restaurant de marché noir, rue Constance, une petite voie qui relie la rue Lepic, associé à une ancienne entraîneuse du Tabarin, il avait toujours la main en poche pour épauler les démunis. Rieur, blond, solide, ancien joueur de foot lui aussi, il était franc buveur. Il aurait pu jadis réaliser une belle carrière en tant que professionnel, mais hélas, le sort !... Il avait d'abord joué en division d'honneur de Paris, tapé avant-guerre dans le ballon pour le compte du Red-Star, ceci à Berlin, Hambourg, Düsseldorf, Cologne, Varsovie, Cracovie, etc. Puis un genou handicapé... *Exit* l'avenir sur les stades ! Et le Parisien, ayant perdu à jamais l'espoir de renouer avec le foot, tomba un jour sur Alex Villaplane qu'il avait affronté au cours de matches lorsque l'athlète faisait partie du fameux Racing-Club. Et voilà Alex qui, à l'affût de pognon, se met à baratiner le Parisien démuni, écœuré.

« Tu pourrais pas aller à la Société d'encouragement déclarer un canasson à ton nom ? Toi qui as été apprenti-jockey à douze ans ? »

Dédé le Parisien d'écarquiller ses yeux bleus qui amenaient les filles à lui faire risette.

– Pour quoi foutre ? Quel est le rapport ?

– Pour que t'obtiennes ta licence de jockey ! Tu devrais être au courant que tout propriétaire d'un bourrin a le droit de monter sa propre monture ! La tienne sera un trotteur... Hallencourt qu'elle se nomme.

– Oui et alors ? que s'étonne Dédé qui ne pige rien à rien. D'abord je n'ai jamais fait de trot mais du galop !

– De toute façon tu ne monteras ni au trot ni au galop, que le rassure l'ex-international. C'est juste une formalité.

Ah, bon. Le Parisien s'exécute, fait inscrire le trotteur, ignorant qu'il va faire éclater de rire la France entière sauf certains parieurs qui eux vont rire jaune. Tous les turfistes allaient miser sur Herzo le champion, alors qu'en réalité ils placeraient leur carbure sur Hallencourt le traîne-parcours.

Hallencourt, le canasson de Villaplane, était un tocard relégué dans le Midi pour y faire son crottin. Et ce qui avait germé dans le cerveau de l'ex-footballeur était simple et devait rapporter gros [1]. Dans quelques jours une course devait avoir lieu avec pour cracks, entre autres, le nommé Herzo. Et miracle, ce Herzo ressemblait comme deux gouttes de purin au tocard Hallencourt, à part que les balsanes de ce dernier étaient blanches. Bof, petit détail. On ramène Hallencourt du Midi et on teint ses balsanes en marron pour rappeler celles d'Herzo. Du facile. Entre-temps le Parisien avait été chez Hermès se commander une jolie casaque aux couleurs qu'il avait déclarées à la Société des courses. Tout était en règle. Villaplane avait trouvé le naïf et bien gambergé son opération.

Le grand jour venu, le Parisien se pointe à la salle des jockeys pour se mettre en tenue et le commissaire des courses, courtois, s'informe s'il a une chance de vaincre. Et le Parisien, souverain, de répondre : « Oui, une grande ». Ensuite il

1. Comme le Loto.

se rend aux boxes où il retrouve Ramello, un jockey du Midi suspendu rapport à des arrivées et des combines d'un genre douteux. Après la substitution du bourrin, il n'y a plus qu'à opérer celle des jockeys. Le Parisien refile casaque et casquette à l'autre et attend dans le box la fin de la course. C'est long. Enfin Ramello revient, rend les frusques et conseille :

« Si un jockey te fait une remontrance pour un petit coup de cravache, tu t'excuseras. Puis fais traîner les choses en te rhabillant. Donne-moi le temps de sortir le Hallencourt du champ pour le conduire à Maisons-Laffitte. »

Dédé s'étonne. Il n'est tout de même pas né de la dernière ondée. Maisons n'a jamais été un refuge pour les trotteurs ! Mais l'autre le rassure, lui explique que justement là-bas le tocard sera loin des connaisseurs en trotteurs.

Alors que revêtu, du temps s'étant écoulé, le Parisien va pour s'en aller, le commissaire des courses le fait mander.

« Pourrions-nous voir votre cheval ? »

Dame, c'est que Hallencourt sous le nom de Herzo n'avait pas fait plus d'étincelles qu'avant. Il était demeuré dans les choux de Bruxelles.

« Mais bien sûr, monsieur le commissaire, que rétorque le Parisien. »

Évidemment, à l'écurie, pas plus de canasson que de tickets gagants dans l'escarcelle des parieurs. Et le faux jockey d'expliquer, de s'excuser, de conter que le cheval était nerveux, que le lad avait dû le ramener à l'écurie, et que pour la circonstance Maisons-Laffitte avait été choisi. Qu'à cela ne tienne, les responsables de la bonne tenue des courtines se rendent là-bas. Pour constater *de visu*. Hélas, trois fois, hélas ! dix fois, le tocard avait déjà pris la route du Midi. La finale ? Scandale, presse, radio, procès, embastillement et le Parisien s'était ramassé six mois de ratière à Pontoise. Mais en prison on ne rencontre pas que des gens de sac et de corde, il y a aussi des nobles d'allure, de particule et de cœur. Cela faisait à peine une heure que le vilain échangeur de casaques et de bourrins se trouvait incarcéré, qu'arrive, une bouteille sous le bras, le comte de Ségur, également sous les verrous.

– Très cher, que déclare le bien-né, je vous convie à trinquer de ce bordeaux. Cela vous fera oublier vos déboires, ces déboires qui ma foi nous guettent tous un jour ou l'autre. La preuve, moi.

Ceux du comte, heureusement, ne devaient pas être bien terribles. D'abord, son temps de ratière il l'accomplissait à la bibliothèque, endroit privilégié des détenus. Ensuite et surtout, la majestueuse et irremplaçable Cécile Sorel venait visiter très souvent son noble époux à qui elle lançait à la place du célèbre « L'ai-je bien descendu ? » « Votre lieu de détention est-il bien confortable ? »

Ces anecdotes contées par le Parisien faisaient toujours la joie des forbans.

En repérant ce dernier entrer *Chez Fanfan*, l'œil de Villaplane s'était allumé. Allons, ils allaient pouvoir se remémorer leur aventure !

Les argousins de la Tour pointue honteusement chassés, la partie de passe avait repris avec autant de vigueur et le choc des dés dans le gobelet de cuir, le bruit des pièces d'or se cognant se perdaient dans le flop ! des bouchons qui sautaient. Ce qu'ils pouvaient consommer comme champ' ! Ils en liquidaient des bouteilles et des bouteilles, le faisant ruisseler sur les comptoirs, les tables, à terre... Après avoir réglé deux bouteilles, Jeannot décida.

– Je rentre. Bonsoir.

– Tu viens pas avec nous chez Charles ? proposa Francis dont la face commençait à s'illuminer. On y va.

– Non, refusa Jeannot. Je verrai Charles demain.

Il faisait allusion à son frère qui drivait le *Troubadour*, une boîte de la rue Fontaine.

Et il s'en alla.

Peu après, laissant les autres en discussion devant leur seau à glace ou à la partie de flambe, le Nantais et le Breton l'imitèrent. Rasant les murs, essayant de déceler l'approche d'une patrouille, ils gagnèrent le *Troubadour*. Ils poussèrent une première porte après avoir descendu deux marches, puis une seconde à tambour celle-là et la gaieté leur sauta à la face.

Musique et chants, si ça y allait ! Même du comptoir, dressé à droite en entrant et à demi-plongé dans la pénombre, jaillissaient des voix avinées, joyeuses, comme pour renforcer le chœur qui provenait de la salle.

« C'était une jeune fille qui n'avait pas quinze ans,
Elle s'était endormie au pied d'un rosier blanc
Son voile par-ci, son voile par-là
Son voile qui volait, qui volait...
Son voile qui volait au vent ! »

Debout, le dos à la porte refermée, les nouveaux venus tentaient de percer du regard l'opaque fumée qui régnait, ce qui n'était guère facile vu l'éclairage rougeâtre, tamisé. Charles, le taulier, qui adossé au bar conversait négligemment avec Dédé la Frotte, un grand ami de le Breton, s'en détacha pour venir serrer les mains aux arrivants. Il était trapu, brun, vêtu de clair et ses yeux enfoncés au fond des orbites creuses reflétaient la malice et les décisions violentes, rapides.

– Qu'est-ce que t'as fait de Petit Rat ? demanda-t-il au Nantais.

– Au dodo, répliqua Francis. Il peut pas suivre.

Charles rit, non sans balayer sa clientèle de l'œil pour s'assurer que tout baignait dans l'huile. Dame, tenir ce genre de boîte en une telle période n'était pas du pichpin.

– Ah ! ils sont là-bas ! constata le Breton en rigolant. Ben, y s'emmerdent pas !

Il venait de découvrir une tablée avec Auguste le Fou, Panafieu, Maurice l'Homme du monde, le petit René le Juif, Poupon et Zazou. Bien entendu Dédé le Toulousain ne pouvait pas être loin. Il ne l'était pas. Il avait accaparé la piste et dansait, virevoltant, en caleçon bien sûr, une mignonne entraîneuse dans les bras. Et il chantait, braillait plutôt, accompagné par ses copains qui scandaient la mesure de leurs briquets sur les coupes ou les nombreuses rouilles de champ' vides.

« Le vent souleva sa robe
fit voir son jupon blanc
et ses belles jarretières roses
et son beau cuisseau blanc. »

Pour l'instant c'était le Toulousain, grand échalas, qui le faisait frémir, son cuisseau blanc. S'il y allait à la manœuvre ! La môme, dont le haut de la chevelure brune lui parvenait un rien au-dessus du nombril, ne pesait guère lourd dans ses bras interminables. Sa face de pékinois balafré d'un rire muet, déchaîné, saoul de champ et de musique, s'il le faisait pirouetter, virevolter, tournicoter, le joli bébé au corps moulé dans une robe de soie rouge ! Et les autres d'applaudir, d'en rajouter, pour qu'il se déchaîne encore plus. Jusqu'aux soldats Fritz en goguette de faire chorus, de brailler eux aussi. Mais comprenaient-ils les paroles ? Deux des trois assis dans le fond oui, peut-être, car ils semblaient pratiquer le fransquillon mieux qu'un gosse de Belleville. Il est vrai que pas mal d'entre eux étaient déjà en France avant la ruée victorieuse, certains comme coiffeurs, représentants, démarcheurs, etc. Des gaillards qui allaient s'avérer être de la Cinquième Colonne et en étonner plus d'un. Car retrouver en officiers boches des mecs qui vous avaient fourgué du bordeaux ou coupé les tifs, il y avait de quoi en tomber sur le cul.

« Son voile par-ci, son voile par-là... »

Le Breton tourna le cou, vit son pote Dédé La Frotte qui y allait dur de la glotte, une coupe au poing, bien entendu.

« Et d'autres choses aussi,
de bien plus séduisant
heureux, heureux celui
qui sera son amant...
Son voile par-ci, son voile par-là... »

Les musiciens de l'orchestre, eux, y allaient franco, oubliant la fatigue de la nuit. Il est vrai que les ruffians leur avaient fait porter de quoi s'abreuver.

« Heureux, heureux celui
qui sera son amant
il aura le plaisir
de lui prendre ça souvent... »

En voyant le Breton, la Frotte lui sourit.

– A ta santé Gugus ! Viens, ton verre est mis.

Mais le Breton écoutait Charles qui murmurait, son œil vif tournant en mouvement.

– Quelle époque de dingues ! Tout le monde est là à brailler et j'ai un Frizou derrière la lourde.

Francis écarquilla des yeux striés de fibrilles.

– Qu'est-ce qu'y branle là ?

Il lorgnait une autre porte, rabattue tout contre le mur celle-là, et qui bloquait la porte à tambour durant la fermeture de la boîte.

– Il est canné, renseigna Charles.

– Quoi ? sourcilla le Breton.

– Oui, opina Charles. Un Feldwebel.

– Canné... Un feldmachinchouette, répéta bêtement le Nantais. Non mais tu rigoles !

– Hélas non ! soupira Charles. Des petits truands corses me l'ont flingué y'a plus de deux plombes. Heureusement qu'il n'y avait pas encore d'autres Frizous dans la salle !

– Tu devrais le balancer dehors ? hasarda le Breton.

– C'est bien ce que je vais faire, assura Charles. Mais pas avant l'aube. J'attends une tire.

– On peut peut-être te trouver ça ? proposa le Nantais.

– Non, refusa Charles. J'ai essayé de joindre mon frère qui m'aurait arrangé ça, mais il était absent.

– On l'a quitté tout à l'heure *Chez Fanfan*.

– Ah ! fit Charles laconique. Puis : « J'ai réussi à joindre Gégène Deschaseau. Il va venir avec une bagnole. »

– Tu lui as expliqué ? risqua le Breton.

– Tu crois qu'il serait venu si je lui avais raconté que j'avais un paquet de ce genre à trimbaler ? remarqua Charles.

« C'était une jeune fille qui n'avait pas quinze ans... »

Le Breton et le Nantais échangèrent un regard. Quelle époque ! Ici c'était la fiesta gaucho, du rire et des chansons pendant que dans le creux obtenu entre le mur et la porte de protection... Et des Teutons qui justement entraient, frôlant cette porte derrière laquelle leur copain, leur frère d'armes...

« Elle s'était endormie au pied d'un rosier blanc...
Son voile par-ci, son voile par-là... »

A quatre heures du matin, à la fermeture, Gégène Deschaseau mis au pied du mur, ne pouvant se dégonfler, aida Charles à charger le Feldwebel dans une Traction et ils allèrent balancer le Chleuh qui pour le siens serait mort au champ d'honneur sur les fortif's entre la porte Pouchet et la porte Saint-Ouen, tout ça en ne bandant que d'une et sans savoir laquelle. C'est que marron avec un tel paquet dans la voiture... l'excursion-poteau était au bout du chemin. « En joue ! Feu ! *Feuer* ! Pan ! »

Pour leur part, le Nantais et le Breton ayant agrippé Dédé la Frotte au passage allèrent se la faire crapuleuse au *Chantilly*.

Dédé la Frotte, joyeux drille, beau mec et franc licheur, séduirait plus tard l'épouse d'un très grand avocat U.S. Et cette dernière abandonnant situation, enfants et mari, se retrouverait sur le ruban à vendre ses charmes qui étaient authentiques à d'authentiques michetons. Le mari cocufié viendrait à plusieurs reprises trouver le surborneur et l'implorer de lui rendre sa jolie moitié. Mais celle-ci ne voudrait rien savoir. Envolés l'éducation, le bon chic bon genre, bonne épouse, bonne mère. Elle s'en ressentait trop, son bouton faisant robe à queue pour le vilain séducteur avec lequel elle prenait de ces pintées de rigolade... Au point que lorsqu'elle pénétrait dans un bar, elle lançait déchaînée :

– Je m'appelle Kiki la Frotte ! Je m'appelle Kiki la Frotte !

Car il lui avait imposé ses armoiries ! Cependant, un soir au bout de deux ans, il y eut un *happy end*. Sur une nouvelle supplique de l'époux amoureux, toujours et toujours follement épris, la Frotte décidera de lui rendre son bonheur. Il dira à la belle Kiki que ça suffisait, qu'elle devait retourner aux States s'occuper de son foyer, de ses gosses, et comme la jolie femme devenue putain de luxe refuserait de le quitter, il serait dans l'obligation de sévir et de la calotter sauvagement pour l'écœurer. Point final. Et dame, Kiki la Frotte abandonnant par force son blason de trottoir, retourna vivre avec ceux dont sa passion folle l'avait écartée.

Tout serait bien ainsi, la maman retrouverait sa moralité et les petits Américains leur maman.

XII

« Heidi, Heido, Heido ! Heidi, Heido, Heido !
Heidi, Heido, Heido ! Ah Ah ! Ah ! Ah ! »

Scandées par le martèlement de leurs bottes qui passaient sur le petit pont de pierre de Quettreville-sur-Sienne, les voix des guerriers grimpaient viriles et synchronisées vers le joli ciel d'été, quasi vide de nuages. *Heidi, Heido, Heido*... Tap-tap-tap. En cadence les semelles cloutées frappaient le vieux pont, plusieurs fois centenaire et tellement étroit que deux carrosses ne pouvaient y passer de front.

Tap-tap-tap. Boum, boum...

Installé dans une petite barque nichée dans les roseaux, Auguste le Breton laissa couler un regard vers les conquérants. Oh ! ils ne voyaient d'eux que leurs crânes, coiffés du casque, leurs bustes sanglés dans la tenue d'exercice, le reste lui étant dissimulé par le muret de pierre vénérable qui bordait le pont sous lequel s'écoulait la petite rivière. Mais s'il ne pouvait voir les moltegommes des soldats blonds, il entendait leurs godasses cogner le sol jadis goudronné.

« Heidi, Heido, Heido,
Heidi, Heido, Heido. Ah ! Ah ! Ah ! Ah ! »

Dire qu'ils avaient lancé leur chant mâle sur toutes les terres d'Europe.

Boum, boum, boum. Tap-tap...

Une fois la compagnie passée, le calme reviendrait dans ce coin de campagne normande. Un coin béni, en ces périodes de restrictions, car les fermiers de la région, éleveurs de laitières et de bœufs ne pâtissaient pas. Ils avaient de quoi se caler les joues et pouvaient emplir leurs lessiveuses de beaux billets de banque. Pour les péquenots il en était ainsi dans tout le pays franc. Ils se sucraient. Bien leur tour. Ah ! il était loin le temps où les Seigneurs, les Messieurs de... les faisaient pendre aux branches des chênes lorsqu'ils avaient osé capturer un lapereau ! Durs au boulot, rusés, malins comme pas un, ils avaient en plus le bonheur ineffable de voir radiner les Parigots venus leur implorer un rien de beurre baratté, quelques côtelettes de mouton ou du bœuf abattu clandestinement dans un vieux hangar de ferme. Là ils la tenaient, leur revanche, les bouseux, sur ces gensses de la ville qui avant les charriaient, les méprisaient... Bien simple, s'ils l'avaient désiré, ceux des villes, pour un bout de barbaque, une douzaine d'œufs, leur auraient ouvert les braies et leur auraient suçoté le chipolata. S'ils riaient, les gaillards, quand réunis entre eux ils heurtaient pour trinquer leur bolée de cidre copieusement arrosée de bon vieux calva bouilli dans des chemins indécelables où l'alambic se confondait avec la nature. S'ils résistaient à l'occupant eux !

Heidi, Heido, Heido...

Les voix et les bottes s'éloignaient. Le Breton revint à son bouchon qui dépassait de deux, trois millimètres, le niveau de la Sienne. Comme il parvenait en fin de coulée, il fit deux, trois relâchés dans l'espoir que sa graine de chènevis... Mais rien. Cependant, c'était bien souvent au relâché que les gardons leurrés engamaient la petite graine sombre. Cette joie alors, quand le minuscule bouchon plongeait brusquement et qu'il ferrait d'un geste sec du poignet. Et hop ! il remontait lentement la prise en surface et, si elle se débattait, la noyait, si nécessaire, la travaillant de son scion souple et fin. Mordu de la pêche, cela faisait des années qu'il venait se purger les éponges des fumées nocturnes dans cette région de la Manche. Margot et lui, à son retour du régiment, avaient d'abord dégauchi Lingreville-sur-Mer, un patelin qui se dressait à cinq kilomètres du bateau où il pêchait. C'était un village calme, où le dimanche les belles charrettes attelées de canassons briqués à neuf occupaient la petite place de l'église. Si les hommes, briqués de même ne fréquentaient pas tous la demeure du Bon Dieu, leurs compagnes, elles, en revanche... Parmi elles se faufilait souvent Margot, foulard sur la tête, car elle croyait, avait la foi. Son droit. Elle priait, mettait des cierges pour lui, pour ceux qu'elle aimait... dont des amis à l'existence mouvementée était un perpétuel défi au destin.

Entendre sonner les cloches, hennir les chevaux, crier les enfants, était un plaisir pour l'ex-rôdeur de barrière. Et puis cet air pur que sa Margot et lui découvraient... A Lingreville, ils avaient loué une piaule au sol en terre battue et un semblant de cuisine où sur une table recouverte de toile cirée trônait une lampe à alcool. Cela suffisait à Margot pour faire la croûte. Magistralemement douée pour la cuistance, de ses longs doigts qui pouvaient tout réussir, elle mijotait de ces plats sur ce petit réchaud de mes deux... Et même si ça n'avait pas été bien côté cuisine, ils avaient la chambre, vénérable, sentant bon la cambrousse avec son crucifix au-dessus du pucier en vieux bois de chêne peaufiné par l'âge. Là il y avait surtout et aussi le matelas. Un profond où l'on s'enfonçait, où l'on pouvait cueillir la pâquerette, s'aimer, et s'aimer... sans oublier la couette pour les soirées pluvieuses. Ah ! cette couette, ces édredons énormes, ventrus, qui rendaient grâce sous le moindre coup de poing avant de se regonfler, orgueilleux, indestructibles.

Et un jour à vélo ils avaient découvert Quettreville, sa rivière, son calme, la beauté de ses prés où s'engraissaient les normandes. Alors il avait été pris au piège de la pêche au coup. Depuis... plusieurs mois par an... Mais ce qui n'était avant le rififi mondial qu'une joie, doublée d'un rééquilibre physique et mental, était en ce moment l'espérance de trouver un truc solide pour pouvoir le passer à Frantz qui à son tour le transmettrait au capitaine Michel, son chef de réseau, qui lui le répercuterait à Londres.

Il jeta quelques graines de chènevis à l'avant de sa coulée, releva sa canne, lança le fil d'un mouvement souple. Il attendit que le bouchon ride la surface noire et brillante de l'eau et ne la quitta plus de l'œil. Soudain il le vit tressaillir avant qu'il ne s'enfonce brusquement. Il ferra vivement, amorça un geste pour préparer son épuisette. Il n'en eut pas le loisir. C'est que, dans le fond, ça tirait, semblait lourd. Qu'était-ce ? Pas un gardon en tout cas. A moins que ce ne soit un de ces fameux rotengles de cinq cents grammes et plus ainsi qu'il s'en prenait parfois de ce côté. Le cœur cognant, courbé sur l'eau, il chercha à deviner les évolutions de sa prise, s'attendant à casser. C'est qu'il était monté sur du 5.0. Du fragile. Pour le bas de l'hameçon, il ne se fiait pas aux marchands d'articles de pêche. C'était lui qui les montait. Néanmoins, du 5.0 c'était léger. Tout en manœuvrant son poisson, appréhendant la rupture brutale, il prêta l'oreille. C'est que là-bas du côté du pont... Il sourit en reconnaissant la voix qui remplaçait le *« Heidi, Heido »*, par :

« Quand tout renaît à l'espé-ran-ce
Et que l'hiver fuit loin de nous
Sous le beau ciel de no-tre Fran-ce
Quand le soleil revient plus doux. »

Ce saligaud de poiscaille se débattait toujours. Le Breton ne tentait pas de l'amener à lui. Il se contentait de le sentir coriace et fort au bout de sa ligne. Qu'était-ce ? Un carpeau ? Un chevesne ? Se rapprochant du pont la voix joyeuse continuait à chanter :

« Quand la nature est re-ver-die...
Quand l'hirondelle est de re-tour...
J'aime à revoir ma Normandi-i-ie
C'est le pays qui m'a donné le jour... »

Il rit en dépit du vilain petit monstre qui s'acharnait à lutter, alors que courbé en deux sur l'onde sombre il le manœuvrait du poignet. Il riait d'entendre Margot vanter la Normandie. Mais après tout elle avait raison. Si elle était née sur la Butte, rue Sainte-Rustique, les siens étaient purs Normands. Lui, Alphonse, le père, était d'Yport ; Jeannette, la mère, du même lieu. Ils n'avaient pas eu tellement de mal à nouer leur destin avant l'autre guerre, la Grande. Ils s'étaient rencontrés pendant qu'elle faisait sécher sur les galets au vent du large son unique jupon aussi blanc que la mer était grise. Lui, qui revenait d'une rude campagne de Terre-Neuve, faraud d'avoir quitté pour quelque temps son morutier fécampois et les poches pas trop vides, avait été emballé par la saine fille, rieuse, simple et blonde. Le reste avait suivi... les amours également, simples, mais hélas ! aussi la putain de guerre où il s'était vu trépané à plusieurs reprises. Ah ! ces guerriers blessés, humiliés, diminués... Ces hommes amputés de l'âme et du corps pour assouvir la folie de puissance et de gloire d'autres hommes, ces monstres !

« J'ai vu les champs de l'Helvétie
Et ses chalets et ses glaciers
J'ai vu le ciel de l'Italie
Et Venise et ses gondoliers. »

La fille de l'ancien Terre-neuva, qui du fait des trépanations de son père avait reçu toute gosseline plus de coups qu'un boxeur à l'entraînement, continuait à lancer gaiement sa chanson. Elle n'avait pas encore attaqué le pont car il ne voyait pas la blonde chevelure où il aimait tant égarer ses doigts lassés par les cartes, les cigarettes, les verres, les affrontements.

« Et saluant chaque patrie
Je me disais qu'aucun séjour
N'est plus beau que ma Normandie
C'est le pays qui m'a donné le jou-ou-our ».

Tout à coup il sacra, sa ligne qui venait de céder jaillissait comme projetée par un élastique de l'eau tranquille.

– Merde, merde et merde !

Il contemplait bêtement son corps de ligne toujours doté de son minuscule bouchon rouge. C'était bien tout ce qu'il lui restait ! Hameçon plombé et bas de ligne étaient au fond. Probablement le monstre coriace les trimbalait-il au bout de son museau. Il allongea la main vers la boîte à pêche pour y chercher un hameçon de 15 et un nouveau bas de ligne tout en lançant un regard sur le bouchon de droite, rouge lui aussi, mais plus gros, qui oscillait à l'allure du vif, un petit gardon invisible sous l'eau, bon appât pour sa canne à brochet. Puis il porta son attention sur la gauche où en fin de coulée, mais lancée loin, reposait la soie [1] de sa canne à carpes. D'un doigt il vérifia que le moulinet n'était pas bloqué, qu'en cas de départ il pourrait lui donner le mou nécessaire. Ça allait. Plongeant de biais dans la rivière, la soie tendue juste ce qu'il fallait pouvait fonctionner. Vers l'endroit approximatif où se trouvait sa plombée dotée à son hameçon triple d'une pomme de terre, il lança quelques rondelles de tubercules préparées à l'avance. Elles flottèrent avant de s'enfoncer, cercles blanchâtres virevoltant. Puis la voix joyeuse le tira de sa passion.

– Tatouni !

Margot attaquait le pont et, le bas du corps dissimulé par le muret de protection, elle agitait une bouteille et se mit à danser en honneur au soleil, à la nature, à son homme qu'elle distinguait à plus de trente mètres de là, dans le prolongement de l'eau, d'où parfois sautait un poisson, ou que rasait une poule d'eau...

« Oh ! Margoton !
A boire et du bon ! »

Il suivit son avance sur le pont... sa chevelure, sa bouteille brandie, son bras nu. Un rire muet le secouait. Elle marchait,

1. A cette époque, le corps de ligne enroulé sur le moulinet était de soie. Après la saison de pêche on l'étendait pour la faire sécher.

éclaboussée de soleil, contente de vivre comme toujours. Ah ! les pleurnicheries, les jérémiades, les « j'ai bobo », les « j'ai envie de »... les caprices... Eux, ils ne voulaient pas savoir que ça existait. Ils laissaient ces conneries aux enfants de rupins. Pour tout potage, quand ils avaient démarré, ils n'avaient possédé que leur amour et leurs rires. C'était déjà beaucoup.

« Margoton, emplis mon verre
Et chante avec les poilus
Nous avons gagné la guerre. »

Elle avait doublé le pont, devait descendre le chemin qui plongeait vers la Sienne avant d'emprunter les prés qui la mèneraient à lui.

« Hein ! Crois-tu qu'on les a eus !
Madelon ! Oh ! verse à boire. »

Il pivota du buste sur le banc de nage et zieuta entre la coulée de roseaux qui lui permettait d'atteindre la berge sans avoir à détacher son bateau.

Comment il avalait *la Madelon* le Teuton ? Adossé à dix mètres de là à un pommier, le capitaine commandant la compagnie lisait tranquillement. Un rayon de soleil perçant les feuilles de l'arbre mettait comme des gouttes de lait sur son uniforme, car s'il avait déboutonné sa vareuse, il gardait quand même une tenue martiale. Assis sur une couverture de campagne, les jambes allongées, il lisait dans le texte français *les Misérables*.

« Margoton oh ! verse à boire
Et surtout n'y mets pas d'eau
Nous fêterons la victoire
Comme au temps de Clemenceau-eau-eau- ! »

Il ne voyait plus sa Blondie mais devinait son approche et sa joie.

« Ohé Margoton !
A boire et du bon ! »

Elle avait dû apercevoir l'officier frizou car elle en rajoutait :

« Nous avons gagné la guerre. »

Le Breton un rien inquiet fixa le capitaine. Mais ce dernier qui relevait le front arbora un sourire et lui fit un geste compréhensif. C'était plus gentil ainsi, d'autant que Blondie, qui émergeait d'un sentier, envoyait :

« Et crois-tu qu'on les a eus ! »

Puis à trois mètres de l'officemard, comme si elle le découvrait alors qu'elle n'ignorait pas qu'il était souvent de ce côté, elle portait vivement la main à sa bouche rieuse.

– Oh ! pardon.

L'officier sourit de plus belle, constata :

– Vous avez une jolie voix.

Les présentations s'avéraient inutiles car ils se connaissaient. Elle venait souvent au bord de l'eau pour voir son pêcheur et l'officier qui semblait avoir choisi ce coin champêtre s'installait toujours dos au même pommier pour lire. Le Breton lui parlait, l'autre, un grand sec et musclé, lui répondait dans un français que le Breton enviait. Où avait-il appris le fransquillon l'enfant de Germanie ? En tout cas, il était courtois. *Korrect,* ainsi que certains disaient, en les citant. Celui-là l'était. Et ça ne devait pas être du bidon ses batailles, à en juger par les bananes qui décoraient le côté cœur de son uniforme.

– Mais vous êtes optimiste, sourit-il à Margot, car il ne semble pas que vous ayez gagné la guerre. Ses yeux pétillèrent, il se désigna : « Sinon je ne serais pas ici à lire votre merveilleux Victor Hugo. »

Il parcourut discrètement de l'œil la silhouette blonde que vêtait une robe de toile bleue légère, ajouta :

– Vous entendre chanter est un plaisir. Cela repose.

Il avait les traits creusés, le regard profond et triste d'un homme qui avait vu des choses qu'il aurait préféré ne pas connaître. Mais la guerre... cette saloperie de saloperie de guerre... Il était là à lire, à contempler une jolie fille au milieu d'une campagne étrangère et à tout moment tout pouvait basculer, on pouvait lui donner un ordre et lui et sa compagnie... vers un endroit quelconque où tombaient les soldats...

Margot rejoignit le sien et de la rive lui montra la bouteille de cidre bouché sur le verre de laquelle étaient restées des gouttes d'eau fraîche. Il comprit, abonda :

– Offre-lui en. Ou plutôt, attends.

Quittant le bateau avec précaution pour ne pas déranger son coup de pêche bien amorcé depuis des jours au pain de chènevis, il se glissa entre les roseaux et la rejoignit, un verre en main.

– Mon capitaine, dit-il. Si vous voulez nous permettre...

Il avait enlevé la bouteille des longs doigts de son amour et la présentait. L'officier se dressa.

– C'est aimable à vous, accepta-t-il. Mais après vous, madame.

Il inclina légèrement son buste, eut un geste d'approbation lorsque le bouchon sauta, entraînant un ruisselet de mousse.

– Désolé, capitaine, fit-elle. Nous aurions préféré du champagne, mais ici...

– C'est du champagne normand, n'est-ce pas ? fit-il, les yeux moins durs et tristes qu'à l'accoutumée. Et quand son tour fut venu, il leva le verre à moutarde où pétillait le « cidre bouchi » comme l'appelaient ceux du cru.

– A votre santé, madame. A la vôtre, monsieur.

Il but à petites gorgées, petit doigt levé à l'équerre du verre. Puis en rendant celui-ci au Breton :

– La pêche est bonne ?

– Si vous voulez des gardons..., proposa ce dernier. J'en ai trois, quatre encore dans ma bourriche.

– Non, non, refusa l'officier. Mais le jour où vous aurez un gros poisson, brochet ou carpe...

– J'y songerai, répliqua le Breton en proposant de nouveau :

– Un autre verre.

– Non, non, vous avez été très aimable, déclara l'officier. Je vous en prie, ne faites plus attention à moi. J'aime vous voir et vous entendre rire, madame.

Et incliné de nouveau devant Margot il la salua avant de retrouver sa couverture de campagne.

Alors, les mondanités se trouvant closes, le Breton porta le goulot de la boutanche à sa bouche et pompa joyeusement, sentant le liquide frais et pétillant lui caresser le gosier. Tout en se retournant vers les roseaux qui cachaient à demi la petite barque, Margot s'informa entre ses dents blanches :

– Tu lui as demandé pour un permis de circuler en zone rouge ?

Sans cesser de boire il secoua sa main libre puis abaissa le goulot.

– J'ai réfléchi. Je sais pas si c'est la bonne formule, car il pourrait se poser des questions et s'interroger, se demander pourquoi je tiens à ce laissez-passer en zone interdite. Tandis que comme ça, comme nous l'avons déjà fait, si on est marron, je pourrai toujours me réclamer de lui. Pour autant qu'il ait du poids dans le secteur de Lingreville.

Il lui versa un verre, enchaîna, immobile devant la trouée de roseaux :

– Hier je lui ai juste fait allusion que nous allions parfois nous baigner par là-bas.

– Il t'a rien dit ?

– Si. Qu'il fallait éviter ce coin-là, que c'était interdit. Mais que si les soldats du blockhaus fermaient les yeux lui n'ouvrirait pas les siens.

– Alors, on y retourne quand ?

– Demain.

Il se coula dans la trouée, enjamba sa barque avec beaucoup de précautions et se rassit sur le banc de nage, juste comme un paysan longeait son champ pour aller à ses bêtes. Margot le salua et l'homme lui répondit gentiment. Ils se connaissaient assez bien. Depuis le temps qu'elle venait dans le coin avec son homme...

Le Breton qui venait de replomber sa ligne mit une graine à l'hameçon et du poignet lança.

– Ça mord ? que lui jeta le paysan qui le dominait de la berge herbue.

Le Breton ne broncha pas. Ainsi que tous ses confrères en tranquillité, il n'aimait pas les gêneurs.

– Ça mord ? répéta l'homme en sabots et pantalons de drap orné de pièces aux genoux et aux fesses.

Il avait haussé le ton, arrachant l'officemard à Jean Valjean et à la Petite Cosette. Margot, l'œil à la rigolade, souffla vers le terrien en lui indiquant son pêcheur.

– Il est sourd. Criez plus fort.

Et l'autre d'y aller de la glotte, faisant s'enfuir un canard tapi sous un saule non loin.

– Ça mord ?

Le Breton ne broncha toujours pas. Il suivait son bouchon qui descendait mollement le courant tout en faisant de temps en temps un relâché. Margot fit la moue et souffla au bouseux :

– Plus fort, voyons.

Le gars en sabots à la face ornée de moustagaches, genre celles de Stalinoff, le petit papa du monde dont les armées se bigornaient comme des chefs, lorgna Margot, supputant son poids de chair. Pourtant elle n'était pas à lui. Il n'allait pas la fourguer au marché de Coutances, tout de même ! Réprimant un éclat de gaieté elle fit signe de la tête qu'il devait y aller encore plus franco. Alors se décidant, le curieux mit ses mains en porte-voix et :

– Ça mord ?

Affolée, une nuée de pigeons fila au-dessus de leurs crânes. C'est que le lascar n'avait pas lésiné, les intonations de sa voix roulaient encore sur l'eau avant d'aller se répercuter au-delà du petit pont de pierre. Le Breton ne bronchait toujours pas. Le paysan hésita. Son œil devenu un rien farouche poignarda le dos rond du pêcheur puis il tenta de nouveau, hurlant presque :

– Ça mord ?

Cette fois l'amateur de gardons se retourna. Il fixa sa Margot, le mec, repéra la mine interrogative et rieuse de l'officier fridolin et renvoya :

– Non, non, j'ai plus soif.

– Quoi ? fit le bouseux en secouant la tête. Il dit que... Mais je lui ai demandé si...

Puis, comme Margot à ses côtés ne pouvait plus freiner sa joie après avoir repéré la rigolade dans l'œil du sien, il pivota sur ses sabots et repartit vexé vers le pré jouxtant le pont.

Pliée en deux, puis en arrière, Margot, bouteille vide à la main, lançait enfin son fameux rire qui déclenchait la gaieté chez les plus récals. Le Breton lorgna le Teuton qui hochait la tête après lui avoir décoché un autre sourire. Décidément, ces Français... même vaincus...

– Arrête de te marrer ! lança le Breton à son amour à la chair dorée par le soleil. Tu vas casser mon coup. Tu vas...

« Brrr... brrr... brr... brr... »

Vite il refit face à la Sienne, pour voir son moulinet à carpes qui dévidait à une vitesse de train express. « Brr... brr... brr... » Le joyeux bruit lui réchauffait le cœur tout en le lui bloquant. Si ça cassait ? La soie tirée par une locomotive fendait l'eau et filait loin de là, vers une bordure épaisse de roseaux, justement du côté où les grosses mémères carpes...

« Brr... brr... brr... brr... »

Dans son dos, Margot trépignait.

– Oh ! t'en as un ! t'en as un !

Il ne lui répondit pas. Elle vendait la peau de la carpe avant de... Il eut envie de lui crier de la boucler, mais cette soie qui cisaillait l'eau sombre en s'enfonçant de plus en plus l'accaparait trop. Doucement, comme s'il allait caresser le corps de celle qu'il aimait, il dégagea la canne coincée entre le plat bord et le banc de nage, et de la main gauche freina légèrement la soie, puis d'un coup de poignet ferme il ferra. Là-bas, au bout, il perçut une résistance féroce. Oh ! oh, la mémère – ça ne pouvait en être qu'une – semblait être de taille. Quand il tenta de mouliner, il le perçut encore mieux car il avait l'impression de haler un tronc d'arbre, une souche coulée en fond de rivière... Pourtant ça venait. C'était lourd, ça semblait un poids mort, mais ça venait. Il moulinait avec attention ayant tout oublié, la guerre, les copains qui en ce moment risquaient leurs os pour libérer le pays, l'officier allemand et même sa Blondie qui dans son dos trépignait. C'était un des plus beaux plaisirs de la vie que de sentir une grosse mémère, un énorme brochet ou une tanche, au bout de sa ligne. Il lui fallut plus d'une demi-heure pour parvenir à mater la bestiole. Il l'avait accompagnée de la main qui guidait la soie, la laissait tenter son évasion du côté gauche, droite, en avant... Il n'y avait que lorsqu'elle piquait droit sur le buisson de roseaux qu'il la maintenait un peu plus sec. C'est que là-bas vers son domaine elle risquait de s'enrouler autour des tiges du fond et alors après... pour la faire marron... l'amener dans la poêle à frire...

Quand enfin vaincue il lui maintint la bouche quelques secondes au-dessus de l'eau pour la noyer, il sut qu'il avait fait un chopin. Elle devait au moins afficher ses six, sept livres. Elle en afficherait neuf à la pesée. C'était une carpe miroir. Une maousse. Une qui rend immodeste celui qui la capture. Il la balança sur la berge.

– Belle prise, admira le capitaine venu depuis le début de la bataille se poster près de Margot.

Le Breton saisit la balle au bond.

– Vous la voulez ?

– Je ne sais si je dois...

C'est pas un Prussien, songea soudain le Breton, sinon il aurait un monocle. Jadis il avait dû lire dans un bouquin que les militaires prussiens exhibaient monocle et badine sous le bras. A moins que ce ne soient les officiers rosbifs d'outre-Manche ? Il ne savait plus bien, de toute façon s'en foutait. Il proposa.

– Alors achetez-la, capitaine.

Ayant dit, il sauta sur la berge, et vida un petit flacon de vinaigre, prévu pour, dans la gueule ouverte de la carpe, dont le corps se mit progressivement à blanchir. C'était un truc que Bras Court lui avait enseigné pour éviter le goût de la vase.

– L'idée est bonne, opina le guerrier au repos. Il y a de quoi nourrir le mess de mes jeunes officiers. A combien croyez-vous...

– Disons 100 francs.

– Conclu, accepta le capitaine.

Aussi méticuleux qu'un bourgeois ou un plouc, il se mit à extraire un bifton de 100 d'un porte-monnaie et le tendit.

– Le monstre est à vous, sourit le Breton. Je vais vous tailler de quoi et vous allez pouvoir l'emporter par les ouïes.

Ce qui fut fait. En enlaçant Margot il accompagna du regard le conquérant, qui s'en allait une carpe miroir au bout de la fourche d'une branche et Jean Valjean et sa couverture sous un bras.

*

Ils poussaient leurs vélos dont les pneus peinaient sur le sable. A travers la tranchée, comme découpée dans les dunes, ils pouvaient apercevoir la mer, d'un bleu vert qu'une fine brise berçait. Ils venaient de dépasser une petite ferme dans la cour de laquelle s'agitaient des soldats. Les Vert-de-gris allaient et venaient en bras de chemise, ou en vareuse ouverte, s'affairant aux travaux de la boustifaille. Que fait d'autres un griveton quand il a un instant de détente, sinon ronfler, rêvasser ou pitancer ?

Des Canaques, il y en avait d'autres dans les blockhaus grisâtres ou striés de vert qui se confondaient avec les dunes. D'autres encore qui, calot sur l'œil, casque suspendu au ceinturon, transportaient des caisses de munitions qu'ils déchargeaient d'un camion peint de la même couleur que leurs uniformes. De la route sablonneuse qui conduisait à la plage, l'œil pouvait repérer des barbelés, par endroits. Avant d'atteindre les quelques mètres qui les séparaient de la trouée donnant sur la mer, un Teuton se dressa devant le coupole. Jailli d'où ?

– *Verboten,* lança-t-il.

Son ton n'était pas hargneux, plutôt fatigué. Il devait en avoir plein ses bottes noires évasées en haut de jouer au guerrier. Plus très jeunot, il en avait probablement sa claque de la guerre et n'aspirait plus qu'à revoir la femme et les moutards restés là-bas au vieux pays.

– Ya, ya, fit le Breton.

– Ya, ya, sourit Margot.

Elle portait des espadrilles nouées à la cheville, une robe de toile rose et en-dessous un maillot de bain de même teinte.

Le griveton lorgnait sa chair nue et dorée que lui livraient les jambes et les bras dénudés.

– Ya, ya, répéta Margot, lui balançant un sourire de ses trente-deux dents en pleine poire. Nous aller là-bas.

De son bras que le soldat zieutait, elle indiquait un vague point sur la gauche longeant les dunes.

– *Verboten,* répéta le Doryphore en soupirant.

Il avait chaud et on le sentait à poil sous sa vareuse boutonnée. Dame, à part la brise venant du côté de la liberté il en faisait un plat. Son vélo calé contre son ventre, le Breton mima le geste de nager.

– Nous baigner, expliqua-t-il.

– *Verboten,* se contenta de récidiver l'autre crétin. Téfendu.

– Ya, ya, opina le Breton qui lisait une pancarte plantée à l'entrée de la dune. Ya, ya.

En français et en teuton, la pancarte indiquait que la zone était interdite. Ça le Breton le savait. Pas le premier été qu'il venait dans le coin. Il l'avait découvert bien avant le rififi mondial. Où étaient ces beaux jours ? Où être plus tranquille que sur cette plage immense qui sur des kilomètres et des kilomètres joignait Coutainville, Granville en passant par Hauteville, etc. A gauche et à droite la vue découvrait le sable et encore le sable que surplombaient les dunes où cavalaient les lapins. Devant c'était la mer, la Manche qui avait donné son nom au département. Forte et mouvante, tendre ou agressive, rarement bleue mais verdâtre et grise dans la colère, quand elle n'était pas noire, lorsqu'elle se retirait loin aux marées d'équinoxe, elle livrait des roches et des pêcheries que des ayants droit venaient vider de ce qu'elles avaient piégé. Faite de fagots liés, de pierres empilées, tassées à la base pour les aider à résister à l'assaut des tempêtes ces pêcheries livraient congres, soles, homards, langoustes, crabes, araignées, toute cette vie de la mer éternelle. C'était en charrette attelée d'un solide percheron que les paysans venaient à la récolte. Le Breton les voyait encore. Cela ne faisait guère que dix ans de cela, quand, courbés sur l'eau restante, ils manipulaient de larges épuisettes artisanales pour ramener le poisson. Ils attendaient qu'ils se soient barrés, Margot et lui, pour soulever les pierres plates qui renforçaient le dispositif pour y lever un congre, un crabe... de quoi faire cuire. En ce temps ils avaient le droit d'aller aux tourteaux, des maousses qu'ils capturaient après avoir cassé d'une barre de fer des rochers poreux. Ce qu'il y en avait ! A ne savoir qu'en faire ! Pareil pour les coques de genêt arrachées aux sables humides, pareil pour les soles et limandes qu'ils récoltaient à la fouine ! A présent ce devait être les Teutons qui s'en occupaient ! A moins qu'ils ne soient trop cons. Mais pourquoi l'auraient-ils été ? Les soldats d'où qu'ils débarquent se démerdent toujours pour la boustife. Bien sûr, eux, les légions de Hitler, étaient très discipline-discipline, mais tout de même pas au point de ne pas pirater pour s'emplir la panse.

– Vous gombris ? insista le Frizou en s'épongeant.

– Ya, ya, sourit encore Blondie.

– Va te faire foutre, murmura son homme, qui ajouta vivement :

– Nous kamarad, capitaine Müller. Quettreville ! Ya, ya. Kamarad. Grand, grand kamarad.

– Oh... oh, fit le guerrier en rectifiant la position malgré lui. Müller ? *Hauptsturmführer Müller* ? Quedreville ?

– Ya, ya, fit sérieusement Margot, tumfurer machin-chouette. Ya, ya, dans le baba.

– Papa ? fit le Chleuh, sourcils froncés pour comprendre.

– Papa, abonda le Breton, qui sentait le rire lui grimper du ventre. Papa, ya, ya.

Il parvint à se dominer, à envoyer le serre à Margot pour ne pas qu'elle pouffe et fixa candidement le soldat. Mais intérieurement il se marrait.

Elle et lui se marraient tout le temps. Le sirop de rue leur avait appris ça. Ne rien prendre au sérieux à part leur amour et rigoler. Et aussi savoir se foutre de sa propre bobine avant de se moquer de celle des autres.

– Pon, pon, opina le Germain en uniforme. Pon, pon. Mais là-bas, *Achtung ! Minnen !*

– Ya, ya, minnen, opina à son tour le Breton.

– Quelle fetru, lança Margot.

Elle voulait dire truffe en verlen, et le mot très péjoratif signifiait connard en langue verte.

– Un lécuen, tu veux dire, lui sourit le sien, également en verlen.

– *Minnen,* répéta le Frizou l'air grave et avertisseur.

– Ya, ya, fit Margot. Boum. Boum.

– Ya, ya. Poum. Poum.

Le Fritz écartait les bras, mimant l'explosion, les corps déchiquetés, la Bérézina...

– Raouste, ajouta-t-il en leur donnant par geste l'ordre de dégager. Raouste.

– Et ta sœur ! lui sourit Margot.

L'œil du soldat s'alluma de bienveillance. Ach ! ma cheur. *Gut. Gut...* Chentil à vous de barler de ma cheur.

– Va te faire sauter par les orang-outangs, décocha le Breton qui enchaîna amical :

– Nous Kamarads !

– Ya, ya, Kamarads, accepta le Teuton. Mais *Achtung ! Minnen !*

– Ya, ya, l'apaisa Margot. Minnen. Au-revoir.

– Au-revoir, épela le Frizou. *Minnen !*

– Lui et ses mines, soupira le Breton. Allez, tu viens Poulbot. On se taille.

Ils s'enfoncèrent vers la gauche là où ils savaient pouvoir trouver un chemin qui conduisait à la mer. En poussant leurs vélos, ils se remémoraient l'avant-guerre, la plage... Sur des kilomètres, à peine s'il y avait dix personnes. Parfois le dimanche les gens du cru y venaient après la messe, dans la carriole des rares jours de repos. Avant d'atteindre les dunes, l'homme détachait le cheval et lui enfilait sa musette d'avoine. Puis chargés de paniers, dans leurs beaux atours des jours de fête, tous femmes et gosses gagnaient la plage pour le pique-nique. Oh ! ils ne se refusaient rien ! Pas de raison, ils bossaient assez dur pour. Elle enlevait ses souliers et ses bas, lui les siens et ses chaussettes, les mioches de même. Puis tous se risquaient parfois à faire une petite trempette, froc et jupons retroussés à la hauteur que permettait la décence. Ensuite ils revenaient vider le panier tressé qui servait souvent à emporter volailles et beurre au marché. Ils s'asseyaient autour d'une serviette blanche sur laquelle la fermière avait posé le poulet rôti, le lard froid, la salade de pommes de terre, le pain rond à la mie tendre, à la croûte dure et craquante, les pommes du verger et la brioche du dimanche achetée en sortant de la messe. Alors de leur couteau de poche ils taillaient dans la motte de beurre dressée sur sa feuille de chou humide, ruisselante d'eau, elle-même placée sur un torchon frais. En songeant à ça le Breton en salivait encore. Où allaient-ils maintenant, les paysans de la région pour se détendre, si on leur refusait la mer près de laquelle ils étaient nés, avaient tant travaillé, mis le sol en valeur, élevé leurs enfants ?

Tout le long de la côte se dressaient, bien camouflés, des blockhaus d'où les canons couvraient l'éventuel débarquement des Alliés. Ce n'était guère un secret, ils étaient depuis longtemps répertoriés. Ceux qui les servaient étaient bien obligés d'avoir des contacts avec la population. Les soldats ont toujours besoin d'un poulet, de crème, de cidre, de lait, de beurre pour améliorer l'ordinaire. Aussi arrivent-ils à se trouver en confiance avec les fermiers, surtout s'ils l'ont été eux-mêmes dans leur bled. Comment ne laisseraient-ils pas échapper des tuyaux, l'endroit où le nouveau canon... la lourde mitraillette jumelée... le nom de leur régiment... leur dépôt... leur départ en permission... la relève... tous ces renseignements qui de prime abord semblent anodins mais qui, une fois recoupés...

Depuis quinze jours qu'ils venaient rôdailler dans le coin, le Breton avait déjà repéré des emplacements, les entrées de blockhaus, les entrées de tunnels camouflés par où les servants regagnaient leur pétoire à longue portée. Espacées, les casemates dissimulées dans les dunes couvraient de leur artillerie l'immense étendue d'eau. Depuis le temps que Radio-Londres faisait espérer le débarquement ! Est-ce que cela se passerait de ce côté ? Qui savait ?

Posant leurs vélos dans le sable, évitant les barbelés et les pancartes signalant les mines, ils trouvèrent leur chemin dans les dunes et par lui parvinrent à la plage. Sur leur gauche mais loin, quelques troufions tannaient leur nudité. La brise apportait au jeune couple leurs cris joyeux.

– Allez, on se fout au jus ? proposa-t-il.

Déjà elle faisait sauter robe et espadrilles et se ruait vers la vaguelette proche. Ils se livrèrent une course rapide et plongèrent dans l'eau salée et verdâtre sur laquelle cognait le soleil.

Dieu que c'était bon ! Pour lui c'était comme s'il se décrassait de ses nuits de folie et de la saleté de la ville.

– Oh ! Tatouni !

Elle riait dans l'eau comme sur terre tout en nageant une brasse tranquille, appliquée.

Il la rattrapa en crawlant, l'étreignit à sa taille mouillée, la plaqua contre lui.

– Tu... tu... tu...

Il gloussa en la voyant recracher de l'eau dans un gargouillis mais ne la lâcha pas.

– Accroche-toi derrière moi, invita-t-il.

Elle le fit et ils nagèrent de la sorte, baignés dans l'eau, le soleil, la lumière et leur amour. Puis ils revinrent dans le creux de dune où ils avaient laissé leurs affaires et les vélos. Elle sortit d'une sacoche un maillot sec, mais il ne la laissa pas le mettre. Lorsqu'elle fut nue, dorée et blonde sous les rayons qui les enveloppaient de leur chaleur, il la fit basculer sur le sable.

– Oh ! fit-elle. Tu... tu... si jamais les Frizous...

Lui des Frizous il s'en tamponnait. Pour l'instant, tout au moins. Plus tard... quand il récapitulerait les emplacements qu'il repérait depuis plusieurs jours... le nombre de soldats qui campaient dans les bâtiments de ferme les plus proches... le nom de leurs régiments, etc. Ces renseignements, d'autres que lui, des paysans patriotes, devaient certainement les fournir à des responsables de réseaux de Résistance. Mais là-bas, chez les spécialistes, ils devaient faire des recoupements de tous ces tuyaux obtenus et les trier au mieux des intérêts de la victoire.

Pour l'heure il ne songeait plus à tout ça. Il avait bien assez à faire avec son Poulbot qui lui avait noué ses bras autour du cou et le recevait en elle, les yeux au ciel, où soudain... dans un tonnerre de leurs moteurs, quatre chasseurs bombardiers anglais, quasiment à ras des flots pour éviter la D.C.A. boche fonçaient, rentrant chez eux après une mission qu'il espérait pour eux accomplie.

– Je vois un pilote ! cria-t-elle.

Collés l'un à l'autre, le nez à demi dans le sable, ils écoutèrent décroître le vacarme des avions.

– La gueule que doivent faire les Fritz, lâcha-t-il.

– Si tu voyais la tienne ! renvoya-t-elle. T'es plein de sable.

Il rit puis sentant sous lui le corps tiède qui sentait la mer et où s'étaient piqués des grains de sable, il lui souffla à l'oreille en la prenant.

– Qu'ils aillent tous se faire...

Il ne put achever, elle lui écrasait les lèvres des siennes.

« 2 sous d'amour, c'est pas grand cho-o-ose.
Mais quand on a le droit de choisi-i-ir. »

XIII

– Tu m'attends là, Louis ?

La question était superflue. Le Blond attendait toujours. Que ce soient les flics français, qui risquaient de surgir, ou les feld-gendarmes, ou tout bonnement sous un bombardement, Louis attendait. Sa mère avait dû faire l'amour avec un iceberg ; Louis ne bronchait jamais, même dans les pires cagades, les pires situations quand les maillots de corps se trempent et que la frousse tache les caleçons. Le Breton n'en connaissait que deux pour piloter de la sorte et montrer tant de sang-froid, le Petit Gaston et le Grand Robert. Le premier opérait pour le compte de la Résistance avec des anarchistes espagnols du côté de Toulouse et le second essaimait sur Paris. Si le Petit Gaston était rond, blond, rosé de chair, trapu, style brave notaire, le Grand Robert offrait une silhouette sèche, dégingandée, un visage osseux, un parler lent, une élégance suprême. Le Breton lança un regard machinal sur le faux Ausweiss collé sur le pare-brise de la Traction avant de traverser le trottoir et de pénétrer dans la boulangerie de l'Isle-Adam. Son jeune copain Marcel était présent. Il achevait d'inscrire sur un colis à l'aide d'un bâton trempé dans l'encrier l'adresse de son père : M. Portier, Stalag 5, Stuttgart, Allemagne.

En dépit de l'hiver, du froid abattu sur le pays, le mitron exhibait sa musculature que laissait nue son maillot de corps où de la farine avait séché par endroits. Le Breton observa les lieux, attendit qu'une femme soit servie avant de commander en présentant des tickets :

– Deux livres de pain.

Puis entre ses dents :

– Tu as ?

– Oui, ton pain blanc est prêt. Repasse dans une heure, il fera nuit. Y'a pas de deuil, mon patron est parti pour vingt-quatre heures.

Le Breton lorgna dans le miroir installé derrière la caisse la personne qui venait de faire tinter la sonnette d'entrée.

– C'est pas ce que je veux te dire, dit-il. Sers la bonne femme.

Marcel Portier s'exécuta. Il découpa un ticket dans la carte d'alimentation de la cliente et en contre-partie il lui tendit une miche de pain. L'argent encaissé et la monnaie rendue, il remercia.

– Au revoir, m'ame Lebail. Ça va ?

La femme maugréa. Ça ne devait guère aller. Mais qui pouvait être content à la fin de cette troisième année de guerre ! Pas les Canaques, en tout cas, qui selon les communiqués de Radio-Londres se ramassaient des piquettes en Afrique et surtout du côté des Popoffs qui leur faisaient voir du pays. Une fois la cliente disparue, le mitron se pencha au-dessus de son comptoir de bois.

– Tu veux parler de...

– C'est ça. T'as réussi à obtenir les emplacements ?

– Hélas non ! regretta le solide garçon. Je sais juste que...

Son œil d'un bleu tendre fouilla au-delà de la vitrine à croire qu'il appréhendait d'apercevoir une casquette de Prussien ou pire le bitos genre tyrolien des lascars de la Polizei. Rassuré, il souffla.

– Je sais juste que les bases de V. 1 sont bien implantées dans la forêt voisine, mais où ça...

Et comme pour s'excuser.

– Pourtant j'ai essayé. Mais c'est pas de la tarte de poser des questions là-dessus. Les gens ont les chocottes et craignent de mettre la puce à l'oreille des Chleuhs.

Le Breton enveloppa son pain. Il comprenait. Le garçon, qui n'avait pas encore vingt ans, courait de gros risques en voulant se montrer trop curieux sur un tel sujet. Il était débrouillard, mais le serait-il assez pour obtenir des tuyaux sans se découvrir ? Il était bien jeune, les occupants coriaces, et méfiants. Seulement il fallait bien tout tenter. Il dit :

– Démerde-toi pour avoir ces rencards. Allez, à plus tard. Prépare-moi les sacs. Je reviens dans deux heures.

Et il s'en alla, laissant le jeune gars devant le colis de son père, lequel là-bas en compagnie de millions d'autres devait regarder vers la France.

*

Louis le Blond immobilisa la Traction à deux pas du bistro de la rue des Martyrs. Avant de descendre le Breton lui indiqua le pain acheté à l'Isle-Adam.

– Embarque-le et retrouve-moi au *Trou* dans une heure. Ensuite on refonce à l'Isle-Adam.

Louis, ses lèvres minces bloquées sur le mégot d'une Balto, acquiesça de la tête et démarra. Le Breton se marra doucement. Ce Blond ! Qu'était le sphynx des pyramides à côté ? Il entra dans le café. Au comptoir en zinc, Frantz l'attendait devant un ersatz de café. Le Gitan paraissait encore plus trapu dans une canadienne à col de mouton, et le cache-nez rouge tricoté qui lui enveloppait le cou étouffa ses paroles quand ils se serrèrent la main.

– Dans le fond. Il t'attend. Il a *Signal* ouvert sur la table à côté de sa tasse de café.

– Bon. Je te retrouve au *Trou* ?

Frantz secoua la tête et sa chevelure sombre capta les lumières des lampes.

– Non. Je dois voir les frères Jouan au *Dirty Dick*.

Le Breton connaissait Paul et Robert Jouan, des Oranais qui taillaient leur route dans la capitale avec leurs bars, leurs boîtes, leurs combines. On donnait Paul pour être très près du Parti communiste et aussi qu'il servait dans un réseau de résistance. Mais que ne disait-on pas en cette époque de ragots, de on-dit-que... ?

Le Gitan jeta une pièce sur le comptoir et sortit pour

s'enfoncer dans le soir glacé. Le Breton se dirigea vers le fond de la salle, repéra aussitôt un homme jeune, plutôt maigre, habillé discret, qui d'un stylo écrivait sur la revue *Signal*. Faisait-il les mots croisés ? Le Breton observa autour de lui mais il n'y avait que deux couples à des tables différentes qui se contaient des histoires d'amour en se léchant la bobine. Le Breton enleva pardessus et feutre et s'assit d'emblée devant l'homme. Il lui serra la main comme à une vieille connaissance.

– Content de vous revoir.

Ils ne s'étaient jamais rencontrés.

– Bonsoir, fit l'homme au front bombé, intelligent. Je te suis depuis longtemps.

Et alors que le Breton rendu méfiant tressaillait :

– Non, non, rassure-toi. Je veux simplement dire que je te suis par ce que m'ont rapporté Jacques et Frantz à ton sujet.

Il tutoyait d'emblée et le Breton préférait. L'époque n'était pas aux salamecs de salon.

– Ah bon, fit-il soulagé, en étudiant son vis-à-vis.

Ainsi c'était là le fameux capitaine Michel, le responsable du réseau Marco-Polo ?

– Un café, lança-t-il au loufiat venu à la commande. Puis : Vous avez demandé à me rencontrer, hé bien...

– Oui, coupa l'officier, doucement. Il est temps que je te fasse inscrire officiellement. Ça te va ?

– Ça me va.

– Bon, voici...

Il laissa le garçon déposer le café à base de gland et poussa la soucoupe contenant les pilules de saccharine avant de reprendre.

– Tu as un stylo ?

Du *Signal* il tirait un feuillet quadrillé. Le Breton fit signe que non. Il lui tendit le sien.

– Tu vas écrire ce que je vais te dicter.

Le Breton s'étonna un peu. Il blagua :

– Pour être reçu, faut pas se payer de fautes, alors ?

L'officier esquissa un sourire.

– C'est à peu près ça. Sauf qu'en l'occurence il s'agit de fautes à ne pas commettre envers la patrie. Tu y es ?

Le Breton se pencha, stylo en main. Et à mesure il inscrivit sur la petite feuille probablement arrachée à un carnet :

« La femme, grande, belle, s'arrêta devant lui et déposa sur une table une paire de gants. Ils sont à Gérard. Son cœur bat. Il faudra qu'il revienne. »

La voix du capitaine cessa de dicter. Le Breton releva le front.

– C'est tout ?

– C'est tout. Donne.

Le garçon obtempéra. L'officier déchira lentement le feuillet sur le sens de la largeur et lui rendit une partie, celle du bas où était écrit :

« une table, une paire de gants. Ils sont à Gérard. Son cœur bat. Il faudra qu'il revienne. »

– Tu conserves ce papier, conseilla-t-il. L'autre ira à Londres. Une fois qu'il sera homologué tu feras officiellement partie des Forces françaises combattantes.

Il avait parlé à voix étouffée, quasi inaudible, un oeil sur les amoureux. Il se devait d'être sur ses gardes. C'est qu'il risquait gros, sa tête était mise à prix à chaque seconde. Il enchaînait.

– Comme ton nom est Montfort, pour nous Lamaury dans la clandestinité nous convient. Je suis sûr que tu feras honneur à ton pays. Notant une moue sur les lèvres de son vis-à-vis, il s'informa, soucieux de la réponse, doutant brusquement.

– Car tu es patriote, sinon tu n'aurais pas fait ce que tu as déjà fait, et que tu vas encore être chargé de faire !

La moue s'accusa sur les lèvres du Breton. Patriote, l'était-il ? Il ne le savait guère, honnêtement. S'il se trouvait en ce moment face à un officier avec lequel couraient de sérieux risques de grands amis à lui, c'était peut-être pour faire comme eux. En réalité, il ne savait pas très bien ce qui l'avait attiré dans ces activités. L'aventure ? Le goût de jouer son destin sur un coup de dés, comme du pognon à la passe anglaise ? Sept par quatre et trois : abattage : gagné ! – Vous aurez une médaille. *Plan ran tan plan plan plan* ! Deux par un et un : baraque : perdu ! – Vous serez fusillé. En joue... Feu ! Était-ce ça qui le motivait ? Possible. Lorsqu'il avait commencé à opérer pour Frantz et Jacques, l'un des bras droits du capitaine, il ne s'était pas posé ce genre de question. En tout cas ce n'était pas ainsi qu'on avait cherché à le leur inculquer dans l'orphelinat de guerre où ils avaient grandi, ses copains et lui. Pour venger son père tombé en 1914 et qu'il n'avait pas connu ? Grands dieux non ! Cette manière de voir, il la laissait aux sinistres imbéciles à qui la nation les avait confiés, enfants. Ces crétins qui par des discours, des chants, tenaient à tout prix à leur mettre la haine de l'Allemand au cœur. Heureusement, les orphelinats, les maisons de correction et la mouise lui avaient démontré que tout ça était des pitreries, pire : des concetés !

« *Flotte petit drapeau*
Flotte flotte bien haut
Sus aux ennemis de la Fran-an-ance...
Le peuple souverain s'avan-an-ance. »

Où étaient-ils ces andouilles qui les poussaient tout gosses encore à la guerre ? A la vengeance ? Agissaient-ils comme le capitaine Michel qui, en ce moment, l'observait et qui, lui, fonçait dans l'ombre pour libérer son pays ? Ou bien se terraient-ils la merde au cul avec leurs chants dérisoires au bord des lèvres ?

Franchement, il était là à écouter le responsable d'un réseau et ne savait guère pourquoi. C'était ainsi, voilà tout. Peut-être simplement pour tromper la monotonie des jours. Cependant... cependant... ça ne lui avait pas tellement plu de voir les Verts-de-gris descendre les Champs-Élysées, fanfare en tête. Ç'avait été comme si leurs bottes lui avaient foulé le cœur. Peut-être après tout était-ce depuis ce jour qu'inconsciemment il avait ressenti le besoin de les voir ailleurs jouer de leurs flûteaux.

« Heidi, Heido, Heido ! Heidi, Heido, Heido !
Heidi, Heido, Heido ! Ah ! Ah ! Ah ! Ah ! »

Ce chant viril scandé par les voix et les grosses bottes cloutées lui était resté en travers du gosier. Ils avaient dû être nombreux avant lui à mal digérer les intrus conquérants, si on se référait à ce que diffusait Radio-Londres : *« Les Français parlent aux Français... »*

Il suivait le geste du capitaine qui empochait après l'avoir pliée menu sa petite page d'écriture. Bien la première fois qu'il voyait un chef de la Résistance de si près. Un officier de surcroît. Dans son monde les galonnés étaient à mille kilomètres de distance. Surtout avant-guerre. C'était une caste. A ses yeux du moins. Les rares qu'il eût côtoyés étaient ceux de son régiment quand griveton d'active... au 3e Bataillon du 41e R.I. de Saint-Malo... ex - 47e de ligne où – paraît-il – avait servi son père... Incorporé, pris bon pour le service armé d'office pour ne pas s'être présenté au conseil de révision – sur les Fortif's les apaches avaient mieux à faire –, il s'était retrouvé fringué tourlourou en deux coups les gros. Bien entendu, un mois plus tard il oubliait son poing sur le museau barbu d'un caporal séminariste. O bonne Mère ! Il avait osé... sur un futur cureton... Qu'il ait eu mille fois raison, les répliques des têtes cerclées ne variaient pas : Veux pas le savoir ! Aussi lui avaient-elles infligé un mois de ratière. Ça lui apprendrait, na ! Mais baste, à côté des cachots qu'il avait connus derrière les Hauts Murs, ceux de l'armée étaient de la rigolade. Et puis les punis avaient le droit, mieux, les ordres de ramasser les papelards dans la cour. Une deuxième rigolade. Pour lui. Pas pour le copain chargé de l'accompagner fusil au poing. C'était tout un programme que de le bigler, vêtu d'un treillis crasseux, coiffé d'un calot aux pointes démesurées, chaussé de sabots de bois dont les bouts se relevaient aussi agressifs que des nichons de danseuse, se baisser pour pêcher un confetti égaré parmi les graviers. Il lui fallait bien une minute pour se courber, autant pour prendre le confetti, et tout autant pour se relever, ceci sous le regard du groupe d'officiers qui non loin courtisaient leur chef de bataillon, un géant à la vaste encolure.

– T'attiges, que laissait choir de dessous son casque le copain surveillant. Tu vas les faire mourir d'une attaque...

Le Breton se contentait de pousser sa brouette pour aller plus loin... vers un autre confetti... Attigeait-il ? Non, il obéissait. Ne l'avait-on pas par punition chargé de nettoyer la cour ? Alors il nettoyait. Surtout pas question de refuser. Obéissance, obéissance... Il n'allait pas risquer de passer devant le tribunal militaire ! Dans les rues, mieux que dans les universités, on apprenait un tas de choses. Dont celle-là.

De se remémorer, la cour de caserne le fit sourire. Le capitaine Michel s'en aperçut.

– Tu es joyeux.

Le garçon secoua la tête.

– Des souvenirs...

Il revoyait le lieutenant qui s'occupait du peloton des élèves caporaux lui proposer d'en faire partie. Il avait gloussé. Lui, commander les autres alors qu'il n'était pas foutu de guider sa propre putain de vie ? Néanmoins quand le même lieutenant, un tout séco, cassé en avant et qui ne cessait de fouetter l'air de sa cravache de même que les canassons qu'il aimait monter, avait, au rapport de onze heures, réclamé un électricien pour des travaux chez lui, s'il avait répondu par un claironnant « Présent ! » Au moins avait-il tiré dix jours au cul dans un joli gourbi bien chauffé, luxueux, qu'il rejoignait en ville tous les matins. Le pied. Évidemment, pour ce qui en avait été de la lumière, des lustres, appliques et autres bidules... Ça ! A chaque fois qu'il avait cru que ça allait dire oui, un plomb quelque part renâclait et sautait, le bougre. Il avait dû renoncer. Il est vrai que l'officier séco l'avait un peu aidé à franchir sa porte, sinon deux ans après il en aurait encore été réduit à s'éclairer aux bougies. Nullement découragé par cet échec le vaillant troupier s'était proposé quinze jours plus tard pour réparer le radiateur de la petite Rosengart du capitaine commandant la compagnie de mitrailleurs, baptisé Pouf-Pouf rapport à son tour de taille. Et ça avait été quinze jours de farniente à l'armurerie avec, posé religieusement sur un établi, le fameux radiateur qui perdait ses eaux. Malheureusement, aussitôt que le volontaire faisait fondre de la soudure sur un point de l'appareil, une autre fuite se produisait plus loin. A désespérer l'héroïque soudeur, qui hélas ! ne fut pas le seul à perdre courage. Le trois galons aussi en eut marre de rentrer à pied chez lui le soir. Peu reconnaissant des efforts fournis, au risque de se démolir les cordes vocales, il avait renvoyé le volontaire dans sa chambre pour qu'il se prépare à une marche de nuit de quarante kilomètres avec sac au dos, outil, masque à gaz, bidon, cartouchière, tout le saint-frusquin. Les joies saines et viriles de l'armée. Si le soudeur manqué avait apprécié ! Il s'était sur-le-champ fait porter pâle et de ce fait, non reconnu par le major, il avait retrouvé le bat-flanc du cachot, la gamelle et la boule de pain. Catalogué depuis le début mauvais soldat, mauvais soldat il était resté. Et à présent un de ces galonnés qui l'avaient embastillé se tenait devant lui. Il se gratta pour lui poser quelques questions : « Mon Capitaine, est-ce que vous aussi, en 1940... comme tant d'autres de vos confrères en grade, vous avez fui, abandonnant votre poste, vos hommes, les laissant en perdition face à des Allemands vainqueurs, irrésistibles ? Est-ce que vous aussi, mon capitaine, comme tant des vôtres que j'ai vus sur les routes de l'exode, avez tout lâché pour mettre votre peau à l'abri ? Avez-vous été un de ceux qui, oubliant leur devoir, ont piétiné l'honneur de leurs anciens qui, eux, en 14, Saint-Cyriens et autres... en gants blancs... chantant *la Marseillaise*... escaladant les buttes sans armes... pour mourir... pour rien. Pour la beauté du geste. Pour tout. Pour le drapeau, pour la France, pour la patrie ? Est-ce que vous aussi, capitaine Michel... Savez-vous, Mon Capitaine, que mon père, simple caporal dans un régiment d'infanterie de Lorient, n'a pas voulu reculer à la première retraite de la Marne ? Et qu'il s'est avancé seul – était-il cinglé ? – en pantalon garance et en képi face aux Allemands ?

Le garçon formé à la violence et à la rude vie des pavés fixait l'officier en civil. Puis il sut qu'il n'avait pas à poser ce genre de questions. Il le sut en lisant la détermination, le courage dans les yeux du chef de réseau pourtant d'apparence si frêle. Non, celui-là était d'une autre trempe que les autres va-de-la-gueule, ces dégonflés qui... ces débalonnés que... ces Bon Dieu de m'as-tu-vu qui, à l'exode...

Oui, celui-là était un homme. Il en avait là où il devait en avoir. Son fin visage résolu, son regard franc qui ne cillait pas l'expliquaient. Pas besoin d'uniforme ni de galons pour ça. Le capitaine – mais l'était-il réellement ou était-ce seulement un grade dans la résistance ? – rachetait avec d'autres la couardise de ceux qui en juin 1940... se faufilant avec leurs bagnoles parmi les civils en détresse... Dieu merci, ils n'avaient pas tous été ainsi. Le Breton se souvenait de son chef de bataillon du 71e d'infanterie qui, on le lui avait conté, était tombé en héros face à la ruée allemande. Il serra la main que l'officier lui tendait avant de partir, le suivit des yeux pendant qu'il marchait vers la porte, attendit un peu et sortit à son tour.

XIV

Noël n'était plus très, très loin et il faisait frisquet sur la place Pigalle que ne traversaient que de rares bagnoles et vélos-taxis. Quant aux piétons... à part quelques soldats en goguette... C'est que le couvre-feu avait sonné. Drelin, drelin... Allez ! au dodo les Parisiens ! Dans leurs gourbis, ceux-ci dormaient, ou d'autres, oreilles plaquées à leur poste, écoutaient Radio-Londres : *« Les Français parlent aux Français... Voici quelques messages personnels : La méduse s'est endormie... Le chat fait danser les souris... Il y a du sucre dans le tilleul... Nous répétons : Il y a du sucre dans le tilleul... »* Quelque part, un homme, une femme, un groupe, ayant capté la phrase sibylline pour des profanes, se préparaient à une action contraire aux intérêts de l'Occupant.

De la buée sortait des naseaux des trois canassons qui raclaient du sabot devant *le Chapiteau*, non loin des voitures teutonnes dont les chauffeurs somnolaient. Parfois, l'un des bourrins faisait grincer les brancards du fiacre auquel il était attelé ou lançait un hennissement aussi lugubre que la nuit déserte, froide et noire. Une buée identique s'exhalait de la bouche des cochers, les deux frères Maurice et René Sigot, et de celle de leur copain Fredo, un philosophe. René, qui n'était pas joueur, battait la semelle, casquette de marin sur le crâne, une main dans la poche de sa canadienne. Non que le froid le gênait vraiment. Il en avait subi de plus rudes, lorsque à bord d'un voilier il doublait, matelot, le cap Horn. La bourlingue avait creusé ses traits, rosi sa chair, mis à jamais une légère ironie au coin de ses yeux clairs. Son rude métier de jadis lui avait fait une carcasse maigre, mais robuste. En revanche, il n'avait pu le guérir de son zozotement. Mais, après tout, il n'était pas avocat ! A un mètre de lui son aîné Maurice, plus petit, plus épais, faisait rouler des dés sur le trottoir pour tenter de rafler à Fredo sa ration de tabac. C'est qu'il lui en fallait, à Maurice, du perlot, pour bourrer la bouffarde qui quittait rarement ses lèvres ! Lui aussi offrait un rien de moquerie dans le regard, amenée par l'expérience du chauffeur de taxi qu'il était avant que les Chleuhs ne débarquent. En paroles, il était plus diplomate que son frère, faisait du léger, semblait toujours aprouver, n'en pensait pas moins.

– Je te roule le reste de ta ration, venait-il de dire après avoir abattu un onze par six et cinq.

– Non mais, tu rigoles, se rebella Fredo de sa voix grasse de Parigot. Je veux bien te parier du pognon, mais pas mon percale ! Qu'est-ce que je fumerai après ? La moustache à Hitler ?

Maurice égrena le petit ricanement qui lui était familier.

– Je voudrais quand même pas que tu t'empoisonnes.

Si Fredo à l'instar de son frangin portait une canadienne, lui exhibait un lourd et solide pardessus usé aux coudes, lustré aux fesses. Dame, à force de s'asseoir d'abord, à la bonne époque, derrière son volant, et maintenant sur le siège de son fiacre...

Abandonnant leurs véhicules, deux des quatre chauffeurs en uniforme s'approchèrent lentement du trio des Français.

– Vous faire quoi ? s'intéressa l'un, un gros rouquin boudiné dans sa capote.

C'était un simple griveton, l'autre, en revanche, celui qui drivait la bagnole du général, montrait du galon sur son calot.

– Nous... nous... nous, fai... fai... faire joujou, expliqua l'ex-bourlingueur. Toi... toi... toi...

Déjà Maurice, toujours accroupi, le relayait, tête relevée.

– Vous monnaie ? Pognon ? Grisbi ?

– Krispi ? que renvoya celui qui pilotait le général.

Il écarquillait des yeux naïfs sous son calot rabattu sur d'énormes et terrifiants sourcils bruns.

1.

2.

3.

1. Place du Tertre – 1906. Père et mère de Margot (+ +) débarqués de leur Fécamp natal.
2. Mère de Margot. Les enfants (sept) et l'âge sont venus.
3. Père de Margot. L'ancien terre-neuva est revenu de la guerre. Blessé, trépané trois fois, les siens en subiront les contrecoups. *(Coll. A. le Breton.)*

1.

2.

3.

4.

1. Margot,1937.
2. L'auteur,1937. Les Fortifs sont déjà loin.
3. Robert Montfort, frère de l'auteur.
4. M'man Blot, mère adoptive de Robert.

M'man Blot, Robert et sa femme Yvonne risqueront souvent leur vie en cachant Jean Moulin, chef du Conseil national de la Résistance, Georges Bidault, Robert Chamberion etc. *(Coll. A. le Breton.)*

Jeannot, patron du Chapiteau, célèbre boîte montmartroise sous l'occupation allemande. Par son action contre les gestapistes de la rue Lauriston, il sauvera la vie d'un chanteur inconnu, Yves Montand. Vieil ami de l'auteur. Vit toujours. *(Coll. A. le Breton.)*

Didi Lunettes, à l'époque où il faisait passer, en zone non occupée, juifs et résistants. Vieil ami de l'auteur. Vit toujours.

Francis le Nantais, sur le quai de la Fosse à Nantes. Solide et rude ami de l'auteur. Décédé en 1965. *(Coll. A. le Breton.)*

Panafieu et Maurice l'Homme du monde, lors de la communion de Maryvonne, la fille de l'auteur. Joyeux drilles, tous deux décédés.

Auguste le Fou. Homme d'une droiture exceptionnelle. Avec lui, la vie était un éclat de rire perpétuel. Vieil ami de l'auteur. Décédé en 1984. *(Coll. A. le Breton.)*

1.

2.

1. Pierre Bonny, bras droit d'Henri Lafont, le patron de la Gestapo de la rue Lauriston, le jour de son arrestation. Fusillé. *(Photo Keystone.)*
2. Henri Lafont et Hess de la Gestapo de Paris. Lafont est vêtu de l'uniforme de la Hilfpolizei. Fusillé. (Coll. Secrétariat d'Etat chargé des Anciens Combattants.).

Abel Danos, dit le Danois, dit le Mammouth, après son arrestation pour son appartenance à la Gestapo de la rue Lauriston. Bonne relation de l'auteur. Fusillé. *(Photo Keystone.)*

Cour de justice, 1er décembre 1944 : Pierre Bonny (tête baissée, lunettes ×) et Henri Lafont ×, le premier à gauche. *(Coll. R. Dazy.)*

Paul Venture dit Carbone (ci-dessus), caïd marseillais, ami de Jeannot du Chapiteau, décédé. *(Photo Keystone.)*

François Spirito dit Lydro (ci-contre), associé de Carbone. Il tentera de faire évader Charles, le frère de Jeannot, d'un convoi de transportés. Décédé.
Carbone et lui allaient servir de modèles pour *Borsalino. (Photo Keystone.)*

Commissaire Charles Chenevier. Héros de la Résistance. Décédé. Deuxième en partant de la gauche.
Le troisième est Abel Danos, après son arrestation. *(Photo Keystone.)*

Marcel Portier, l'ancien mitron qui fournissait en pain blanc le restaurant de l'auteur, en lui rapportant des renseignements sur l'armée allemande. Toujours en vie. *(Coll. A. le Breton).*

A la Libération, quai de Gesvres. Arrestation d'une partie de la Gestapo de la rue Lauriston. Le troisième en partant de la gauche : Bonny (lunettes), le cinquième : Lafont, le huitième : Cazauba (béret). *(Photo Tallandier.)*

Ci-contre, en haut : le capitaine Rémy deuxième en partant de la gauche, chef des FFI du IXe arrondissement et Zulma, héroïne de la Résistance. Par leur intervention à la mairie du XVIIe arrondissement, ils sauveront la vie de l'auteur.
Le capitaine Rémy est décédé, Zulma, amie de l'auteur, vit toujours, dieu merci. *(Coll. A. le Breton.)*

Ci-contre, en bas : Gaby le Flambeur, lors du tournage de *Razzia sur la chnouf* (premier en partant de la gauche). A ses côtés, l'auteur. Puis assis, le célèbre Dédé de Montreuil. Et toujours assis, roulant les dés, Victor l'Algérien qui sera abattu six mois plus tard.

Fréhel, la célèbre chanteuse, croquant une pomme. Elle venait souvent la nuit chanter pour les clients qui, au Petit Trou, attendaient la fin des alertes. Décédée dans la misère. Le Nuss, frère de Mimile Buisson, héros de *Flic Story*, avait pourtant contraint Maurice Chevalier à lui verser une rente mensuelle. *(Photo Roger-Viollet.)*

Aimos (au centre, avec une casquette) fréquentait le Petit Trou, restaurant de marché noir auquel était associé l'auteur. Comédien tué sur les barricades au cours de la libération de Paris. *(Photo Lapi-Viollet.)*

1. Charles, frère de Jeannot du Chapiteau. Déporté, il s'évadera. Dirigera *le Troubadour*, boîte réputée de Montmartre. *(Coll. A. le Breton.)*

2. Dédé la Glace (héros de la Loi des rues), Bat' d'Af', Tatahouine, 1932. C'est à lui que l'auteur, âgé de dix-huit ans, lancera, alors que tous deux, clochards faméliques, cherchaient à dormir contre la grille fermée du métro Porte de Saint-Ouen : un jour j'écrirai. *(Coll. A. le Breton.)*

3. Milo Jacquot, caïd légendaire de Saint-Ouen. C'est lui qui, au bal du *Petit Jardin*, avenue de Clichy, réunira le destin de Margot et de l'auteur. Abattu rue Ganneron en 1936. *(Coll. A. le Breton.)*

1.

2.

3.

AQUÍ

Asunción 3 de Setiembre de 1972

20 Gs.

RICORD: PUNTO FINAL

TRAS PERMANECER 526 DIAS EN EL PENAL DE TACUMBU, RICORD LO ABANDONO POR PRIMERA VEZ PARA DIRIGIRSE A LOS ESTADOS UNIDOS. CULMINABA ASI UNO DE LOS PROCESOS MAS APASIONANTES DE LA HISTORIA PENAL PARAGUAYA. Y AUGUSTO JOSE RICORD, FRANCES NATURALIZADO ARGENTINO, PARTIA RUMBO A NUEVA YORK PARA SER JUZGADO POR EL SUPUESTO DELITO DE INTRODUCCION ILEGAL DE DROGAS NARCOTICAS AL PAIS DEL NORTE. RICORD ESTA ACUSADO DE SER EL PRINCIPAL PROVEEDOR DE HEROINA A LOS ESTADOS UNIDOS, Y EL VOLUMEN DE LAS OPERACIONES HABRIA ASCENDIDO A SUMAS ASTRONOMICAS. AQUI, EN UN ESFUERZO PERIODISTICO SIN PRECEDENTES, BRINDA A TODOS SUS LECTORES ESTA EDICION ESPECIAL, CON LA HISTORIA COMPLETA DEL "AFFAIRE RICORD"

EXTRA

Auguste Ricord. Condamné à mort par contumace en France. L'auteur a bourlingué avec lui en Patagonie, avant qu'il ne soit impliqué en tant que caïd de la French Connection. Condamné à vingt ans aux Etats-Unis. Libéré car paralysé, il finira ses jours au Paraguay. S'est toujours comporté en seigneur avec l'auteur, qui ignorait ses activités sur la drogue.

Extradé de Fresnes pour la circonstance, Jo Attia, figure légendaire du Milieu français, le jour de son mariage. Déporté à Mauthausen, il s'y conduira en héros sauvant beaucoup de ses camarades. Certains d'entre eux, et c'est à leur honneur, devenus importants, ne le laisseront pas tomber lorsqu'il passera aux Assises pour braquage.
Un bon ami de l'auteur. Décédé. *(Photo Keystone.)*

Margot, en 1935, square des Epinettes. Margot et l'auteur en 1933, Mont Saint-Michel.
Margot (en bas). La tourmente de la guerre est passée. Très pieuse, elle vient de faire brûler des cierges pour ceux qu'elle aime. *(Coll. A. le Breton.)*

– Ya, ya, grisbi, surenchérit Fredo qui, à demi agenouillé, faisait danser les dés dans sa paume. Ya, ya, grisbi. Marks. Beaucoup, beaucoup marks.

– Ya... qu'à les... les... les... ché... ché... chéfau ces lé... lé... lécuens-là, intervint René.

Il cherchait en verlen à conseiller son frère de dépouiller les intrus. Ce qui s'avérait inutile, les autres d'emblée n'ayant songé qu'à ça.

– Vous connaître ? s'informa Maurice en se relevant.

– Ya, ya, fit le griveton. Ya, ya.

Et laborieusement, l'air malin : chouer, krispi.

– Ya, ya, abonda Maurice en frottant, selon le vieux geste légendaire, son pouce contre son index. Grisbi. Monnaie. *Deutschmark*...

Ses yeux brillèrent quand le Fritz sortit un épais porte-monnaie.

– *Nein* ! le bloqua aussitôt son collègue. Chouer argent, *verboten*.

– Hé... hé... hé... Qu'est-ce, qu'est-ce... qu'est-ce qu'il a, ce con ? ne put s'empêcher de vomir René.

C'était vrai ça ! De quoi se mêlait l'autre imbécile ? Ils n'allaient pas le lui trucider, son pote. Non, juste le soulager un brin, lui amaigrir son crapaud bourré de fafiots. Pas plus.

A ce moment, des pas retentirent, deux silhouettes comme jaillies de l'ombre de la rue Fontaine se dressèrent devant le groupe. Une écharpe de soie blanche au cou, un feutre noir au bord relevé sur la tête, mains dans les poches d'un pardessus noir croisé, Jeannot, le patron du *Chapiteau*, les observait. A son bras était accrochée Nini, sa femme, sa fidèle compagne des bons et des mauvais jours. Petite, le front dégagé, intelligente, les yeux vifs, le cou engoncé dans un manteau de vison, elle attendait.

– 'soir les gars, fit Jeannot.

En un éclair, il avait repéré les dés d'ivoire dans la paume de Fredo et tout compris. Il le fit savoir de son ton calme, mesuré, sous lequel perçait légèrement son origine lyonnaise.

– C'est plus fort que vous. Faut que vous essayez de tondre les clients !

– Oh... oh... oh... m'sieur Jean... Jea... Jeannot, que tenta l'ancien Cap-Hornais. On... on... on...

– On... on... on... me l'a déjà fait, lui décocha le responsable du *Chapiteau*. Allez faire vos commerces ailleurs. Ces types-là, si vous les fauchez, peuvent me faire avoir des embrouilles par leurs officiers. Alors ou vous abandonnez, ou vous caltez !

Il dégagea son bras de celui de Nini, s'alluma une gitane, réprimanda.

– Bon dieu, pourtant vous touchez sur chaque bouchon quand vous nous amenez des clilles !

– Oui... ou... oui, m'sieur Jean... Jea... Jeannot, opina l'ex-bourlingueur. Oui, oui, oui...

Et vers Fredo son frère, jouant les lâches avec son éclat moqueur au coin de l'œil.

– Quand... quand... quand... j'vous dis que... que... que...

– Qu'ils ne doivent pas jouer ici ? le coupa Jeannot en contenant un rire.

– C'est... c'est... c'est ça même ! que vomit le cocher qui avait affronté les tempêtes du Horn.

– Bon, soupira Jeannot.

Puis refoulant les deux Fridolins, à qui il fit signe de s'écarter : « Non, non. Pas jouer. Nicht. »

– *Verboten* ? claironna le chauffeur de la feuille de chêne.

– Verboten, abonda Jeannot, qui déjà entraînait Nini vers l'entrée de sa boîte.

Ils montèrent l'escalier conduisant aux vestiaires et aux bureaux. Alors qu'ils tendaient leurs manteaux à la jolie préposée, Henry de la Palmeira, cigare au doigt, œillet à la boutonnière de son smoking, les rejoignit.

– J'ai tenté de te joindre dans l'après-midi, dit-il à son associé. Il y a encore un problème.

Jeannot, également en smoking, haussa des sourcils interrogateurs.

– Ce sont ceux du service de l'avenue de Wagram, expliqua de la Palmeira. Rapport à ce nouveau chanteur, cet Yves Montand.

– Qu'est-ce qu'ils lui reprochent ?

– De chanter en anglais.

– Ah..., bougonna Jeannot. Ce qu'il chante n'est pas bien méchant.

– Non. Mais c'est en anglais et eux n'apprécient pas. Ils sont venus tantôt vérifier ses papiers.

Henry soupira et hocha la tête.

– Ils l'ont d'abord pris pour un Canadien. Les idiots. Ensuite ils ont tenu à lire le texte de ses chansons.

– Hé bien, ils ont dû voir qu'elles ne pouvaient pas les gêner ! coupa Jeannot qui, tout en écoutant, inspectait du regard les pardessus et les capotes militaires accrochés aux cintres sous la planchette où étaient posés casquettes et chapeaux.

– C'est bien ce que je leur ai précisé, enchaîna de la Palmeira. Mais ils m'ont néanmoins conseillé de lui interdire de chanter en anglais.

– Bof, soupira Jeannot, qui fixait la casquette à bande rouge sur laquelle tranchait l'or des feuilles de chêne. Tu n'as qu'à le dire à Montand !

– C'est fait. Il n'a pas tellement envie de préparer un autre répertoire, mais il changera de formule. Puis haussant les épaules : Dommage que les Frizous soient là. Le gars a de l'avenir. Ici il plaît.

– Je l'ai remarqué, abonda Jeannot. En plus, le garçon est sympa. J'ai souvent l'occasion de bavarder avec lui, et je pense comme toi. Il taillera sa route.

De la coiffe du général, son œil d'un marron profond venait de se déplacer sur un chapeau mou puis de descendre à un pardessus de bonne laine.

– Qui c'est ? s'informa-t-il.

– Bonny. Il est ici avec des types de chez eux.

– Nez de Braise en est ?

– Oui. Avec Étienne le Stéphanois, Paul Clavié, Charles Cazauba, Lucien Prévost, Alex Villaplane, d'autres encore.

– Et Abel ?

– Il est là également. Mais à une autre table. Avec Francis le Nantais et Henri Feufeu.

– Bonny te cause pas de problèmes ?

– Non, rassura Henry. Il sourit : Pas depuis que tu l'as remis à sa place.

Il dut comprendre l'invite que Jeannot lui lançait du regard, car il enchaînait en prenant le bras de Nini.

– Vous venez, amie. Je vous conduis à notre table réservée... Puis, à la préposée au vestiaire dont le corps sous la soie noire était une promesse de plaisir : Juliette ! Vous devriez descendre faire un tour dans la salle, voir si les clients ont besoin de vos services.

Docile, la jolie fille s'éclipsa. Alors qu'Henry de la Palmeira allait en faire autant, il se retourna, sa main toujours glissée sous le bras de Nini.

– Ce qui m'ennuie pour Montand, c'est Michel Chave.

– Qu'a-t-il encore fait ?

– Lui et le Stéphanois menacent de tuer le chanteur à cause de ses chansons en anglais.

– Ça m'étonne pas. Il ont déjà menacé de le faire devant moi pas plus tard qu'avant-hier.

– C'est qu'ils en sont capables ! remarqua Henry. Tu les connais.

Hélas oui ! Jeannot les connaissait. Il était payé pour. Il fit signe à Henry de s'éloigner et d'emmener Nini. Non qu'elle le genât, au contraire. Mais il préférait agir seul. Puis, aux aguets, il commença à fouiller les poches des capotes, allant jusqu'à explorer l'intérieur en cuir des casquettes d'officiers. On ne savait jamais ! Ce fut surtout à la capote en drap plus luxueux et bordée d'un col de fourrure du général qu'il donna tous ses soins. Il empocha en vrac quelques papiers. Tout en cherchant sa provende qu'il ferait parvenir aux gens du commandant Maréchal, il songeait à ce Nez de Braise et à son copain, Étienne le Stéphanois. Ces deux-là ! C'est vrai qu'ils étaient capables de tout. Même de tuer un jeune chanteur qui leur déplaisait. N'étaient-ils pas en bonne position pour faire ce qu'ils voulaient ? Ils possédaient tous les sésames : la carte rouge de la Gestapo délivrée par la rue Lauriston, le droit de porter un flingue et de s'en servir. Ils pouvaient tuer, liquider, ils avaient l'absolution de Lafont, le Hauptsturmführer Henri Lafont leur arrangeait ça. Car maintenant, le terrible Henri était officiellement capitaine de l'armée allemande. Dire s'il avait le bras plus long que jamais !

Avant de quitter le vestiaire, Jeannot glissa sa récolte dans une enveloppe prélevée dans un tiroir, la glissa dans sa poche de smoking et descendit. En bas, il s'immobilisa au seuil de sa célèbre boîte. De là, en dépit d'une pénombre écarlate, il se mit à explorer la salle décorée, transformée en chapiteau de cirque. Le bruit des conversations étouffées, la fumée des cigares et cigarettes, les rires des filles accompagnant les civils, le gloussement un rien mécanique des entraîneuses qui n'avaient en tête que de faire consommer les guerriers vert-de-gris l'assaillirent. Puis tous ces bruits disparurent, gommés par le tonnerre de bravos qui saluaient la fin du tour de chant de Lucienne Delisle, qui de nouveau tenait la vedette. En même temps que finissaient les dernières mesures de l'orchestre d'Aimé Barelli, la lumière revint et Jeannot, de son œil exercé, jaugea les tablées. Ah ! ça, la boîte ne chômait pas ! Le plein était fait. Non loin de la piste, Bonny, l'équipier d'Henri Lafont, trônait entouré de certains de ses sbires. Jeannot dénombra Alex Villaplane, l'ex-crack du ballon rond, Lucien Prévost, le beau gosse, Paul Clavié, le neveu de Lafont, Robert le Pâle qui, dans même pas deux ans, serait embastillé à Fresnes et décoré de la médaille de la Résistance dans la cour de la prison. Et, fier d'être vu en compagnie du caïd numéro deux de la Carlingue, Michel Chave dit Nez de Braise, le tueur féroce, l'indic, le boulimique sanguinaire. A ses côtés, non moins fier et tout aussi féroce, Étienne le Stéphanois, son équipier lui aussi amateur de violences gratuites. Jeannot, qui les avait peu ou prou tous connus avant la débâcle, songeait que c'était pitié d'avoir accordé tant de pouvoir à ces types aux réactions incontrôlées. Pour achever de dénombrer les invités de Bonny, Jeannot repéra à la table Robert Moura qu'il avait pris en tant que deuxième associé du *Chapiteau* sur les instances du commissaire Chenevier. Bonny, en costume bleu nuit, moustaches fines, bien taillées, les cheveux ondulés peignés en arrière, en installait, heureux de sa puissance. De la soie blanche de sa pochette dépassaient les montures des lunettes d'écaille qu'il évitait d'utiliser par coquetterie. L'ancien flic, que le ministre de l'Intérieur de l'époque, Henri Chéron, avait baptisé le Premier Policier de France depuis l'affaire Stavisky, se sentait bien dans cet élément. Il appréciait la musique, la compagnie des jolies femmes, même s'il restait fidèle à la sienne, le champ' et son pouvoir feutré. A l'inverse de son redoutable chef, il était plus homme de dossiers que d'action. Pour le champagne il n'avait qu'un geste à faire, il était exaucé à la seconde : dans le seau d'argent, les bouteilles succédaient aux bouteilles. Cela ne dérangeait pas Jeannot. L'autre paierait. Au début, Bonny avait bien tenté de faire valoir sa triste qualité de gestapiste en chef, mais ainsi que tous il avait fini par sortir son beau portefeuille. Bien obligé. Jeannot ne plaisantant pas là-dessus. Ce dernier les parcourut tous du regard et hocha la tête. A présent, il n'y avait plus rien à faire pour ceux de la Carlingue. Certains avaient même accepté d'endosser l'uniforme des ennemis de leur pays. Qu'ils soient truands, soit. Mais en arriver à se transformer comme Lafont en capitaine, Charlot Cazauba et Villaplane en lieutenant, la Rigole en adjudant... Encore heureux qu'ils ne se pointaient pas fringués de la sorte dans sa boîte ! En dépit de son ahurissant sang-froid, il ne les aurait pas encaissés. Jusqu'à Abel, le comble, qui lui aussi... en adjudant... Justement, le Mammouth était là également. Mais à plusieurs tables de Bonny qu'il exécrait. Solide, massif, paraissant indestructible, il écoutait le gros Henri Face, le fameux exploitant de faux tickets de pain, qu'accompagnait sa femme, une réservée et discrète personne. En face d'eux, une fille à chaque flanc, Henri Feufeu, un redoutable braqueur, aux yeux clairs bouleversants d'intensité, ne cessait de lever son verre à la santé de ses convives. Lui qui traitait. De toute manière, que ce soit lui ou un autre... pour ce que l'argent leur coûtait d'efforts... Ils étaient à même de régler les additions les plus folles. Henri Face pour sa part encaissait dans les 30 à 60 millions... par mois avec ses cartons de pain. Démentiel. Seulement il ne thésaurisait pas. Il flambait. Aux courses. Le tombeau des voyous. Et il n'y allait pas avec des mitaines pour miser. Il attaquait la première course à un million sur un canasson, le favori de préférence. Si ça disait oui, il touchait juste 2 millions, sa mise comprise, vu que le cheval avait été donné à égalité. Si ça craquait, lors de la seconde course, il cherchait un coursier à deux ou trois contre un, pour se refaire avec un pari de 600 000 ou 700 000 francs.

En cas d'insuccès, il courait ensuite ainsi que tous les parieurs après son pognon et cherchait des outsiders à sept et huit contre un. Tactique ou non, le résultat ne variait guère. Il perdait et les books se sucraient. Oh, combien ! C'est que, ainsi que les gros joueurs, il ne jouait pas au P.M.U. pour ne pas faire tomber la cote. Dire si les books lui faisaient ami-ami, les Jo le Boxeur, le Petit Paul, Jeannot lui-même, Louis le Corse, associé de Paul M., l'un des patrons du *Chantilly*... un tas d'autres. Avec Henri Face les pièges [1] avaient trouvé le pactole, l'Amérique, la ruée vers l'or... Ce que flambait le gros Henri Face se soldait en milliards. De la démence à une époque où la faim, la misère, le désespoir empoignaient les gens à la gorge. Hélas ! ainsi allaient les choses. Aux courtines d'Auteuil ou de Longchamp le gros joueur côtoyait Jules Berry, le célèbre acteur encore plus flambeur que lui, qui escortait la belle comédienne Jocelyne Gaël. Il en était amoureux ou le laissait croire alors qu'elle en pinçait pour Saunier, un malfaisant de la Gestapo lyonnaise, lequel, également fou d'elle, la couvrait de bijoux, de cadeaux, de fourrures... Quand elle débarquait au pesage, envisonnée, ruisselante de ses diams, Jules Berry lui sortait son numéro.

« Madame, je ne puis admettre que vous exhibiez les bijoux de votre amant. Je trouve cela incédent de votre part. »

Et il lui engourdissait une bague, un clip, un bracelet... qu'il allait aussitôt fourguer à des ruffians du pesage pour pouvoir mettre le paquet sur un de ces foutus bourrins qui, au lieu de franchir en vainqueur le poteau, restait à batifoler ou à brouter l'herbe tendre de la pelouse.

Tel il était dans ses films, tel il était dans la vie : un personnage fastueux, fabuleux, séduisant.

Avec ses millions insensés, Henri Face ne détonnait pas à côté du baron Empain, de Marco Serra, le lascar qui avait renfloué un galion bourré d'or avant-guerre, et des B.O.F. et autres trafiquants tous azimuts. Beaucoup de ceux-ci qui possédaient des écuries de courses, non contents de miser sur leurs propres chevaux, pariaient encore sur les concurrents.

1. Bookmaker en argot.

Si la monnaie valsait ! Si les bookmakers et combinards de tout poil se bourraient les poches ! C'était miracle qu'il n'y ait pas eu d'histoires, car certains mettaient des sommes fabuleuses sur des minus à cinquante contre un. Heureusement pour les books que ces tocards ne franchissaient pas la ligne d'arrivée en pétant, sinon... pour régler le score par la suite...

L'œil de Jeannot se déplaça, s'immobilisant un instant sur le général allemand. Il était en tenue de sortie, froc à ganse écarlate, feuille de chêne aux revers de tunique. Ce devait être un combattant, non un bureaucrate. Cela se devinait à sa gueule, carrée, couturée, ravagée et dure.

A l'instar de Feufeu, deux filles splendides lui bloquaient les flancs. Sur le siège en face se tenait un aide de camp, un jeunot blond et respectueux.

Plus loin, Jeannot repéra l'Obsédé qu'une jolie gosse d'une vingtaine d'années accompagnait. Une bouteille de cognac devant lui, la tête penchée vers ses mains croisées sur ses cuisses, l'Obsédé, loin de la guerre, de la musique, de tout, même de sa mignonne compagne en robe claire, contemplait le fond de sa minuscule tasse chinoise où au fond une danseuse nue... lorsqu'il bougeait lentement les doigts...

Jeannot contint un sourire. Cet Obsédé ! Lui et ses souvenirs d'Hongkong ! de Bangkok ! Pourquoi n'y retournait-il pas y boire du saké et y sauter les belles masseuses thaï ?

Poursuivant ses investigations, Jeannot chercha sa Nini dans le box qu'Henry de la Palmeira et lui-même réservaient à leurs proches ou invités personnels. Elle n'y était pas. Probablement était-elle remontée au bureau avec son associé durant qu'il se déplaçait pour son inspection. Il laissa errer son regard sur les clients, l'immobilisa sur la table de Jean Luchaire. Le puissant journaliste, directeur des *Nouveaux Temps* et président du Syndicat de la Presse, était en smoking. Il devait revenir d'un souper quelconque. Lui aussi était des relations de Lafont. A sa table sa fille Corinne, la comédienne, discutait avec une autre artiste également en robe du soir, Monique Joyce, la maîtresse de son père. Si Jean Luchaire était là, ses gardes du corps ne devaient pas être bien loin.

Effectivement il les aperçut à une table un peu à l'écart, à l'ombre d'une colonne. Cajac, un truand chevronné et Labinière, un jeune aux dents longues, que Lafont avait placés près du puissant journaliste pour le protéger et... aussi pour qu'ils lui rapportent les contacts et activités de leur patron provisoire. Luchaire ne se doutait de rien. Jeannot, lui, savait. On lui ramenait tellement de tuyaux... Décidément, le commissaire Chenevier avait eu raison, *le Chapiteau* était l'endroit rêvé pour entendre. Fume-cigarette aux doigts, il se déplaça encore, observant son personnel, sa clientèle... Il arrêta son attention sur la table où le clan des Parisiens... Il y avait là trois des frères Tété, Maurice, Lulu et Eugène, ainsi que leur fidèle ami Didi Lunettes. Ils riaient, mais ne faisaient pas partie des perturbateurs, des va-de-la-gueule. Ils étaient de bon aloi, se débrouillaient, Lulu et Maurice avaient les dames de leur cœur au *Tabarin*, lieu fameux où elles entraînaient les michetons à dépenser leurs économies. Jeunes, beaux mecs, soignés, les quatre plaisaient aux filles. Ils avaient été les premiers à avoir rompu les vieilles barrières du Mitan et à abandonner les tapis francs pour le sport. Ils les pratiquaient tous avec bonheur, tennis, ski, équitation. Ils se faisaient rien charrier par les arcans, Jo la Feuille surtout, qui leur reprochait de monter au Bois avec les comtesses et de dévaler les pentes neigeuses à Megève en compagnie de grandes bourgeoises ou d'échanger des balles avec les maris de ces dernières. Ils ne s'en souciaient pas, avaient bien raison. Ils avaient introduit une autre façon de vivre dans le Milieu et s'en trouvaient bien. Parmi eux, Didi s'avérait un redoutable sportif. Blond, sec, nerveux, bien proportionné, doué pour les exercices physiques, il ne craignait pas de s'affronter aux meilleurs spécialistes de ces disciplines. Bien vus de tous, ils avaient perdu avant-guerre un des leurs, Dédé Marguin, abattu sur la Côte par des Corses qui vengeaient de la sorte un des leurs, un caïd, Jean Stéphani, lui-même abattu à Montmartre par Marguin pour une histoire de femme. Le caïd, célèbre dans la presse pour sa guerre contre un autre gang corse, celui de Joseph M., avait pris la femme du jeune barbeau parisien et vu qu'il n'avait pas voulu la rendre... pan pan pan... règlement de comptes. En apprenant la nouvelle dans la nuit, si Dresler, le tailleur réputé de Stéphani, avait foncé à la banque le matin pour faire honorer un chèque qui soldait un habit de soirée, deux smokings et trois costumes de pure laine, ceci avant que le compte de la victime ne soit bloqué ! Deuxième règlement de comptes. Et pour finir, les amis fidèles du caïd avaient à leur tour sur la Côte du côté de Nice... pan pan pan. Troisième règlement de comptes. Jeannot soupira en se remémorant ces rodéos. La vie parisienne n'était pas de tout repos. Du moins dans leur monde. C'est une des raisons pour lesquelles il bouclait sa boîte à deux heures. Cela évitait les poivrots, les traînards, les casse-bonbons qui, lorsqu'ils étaient chauffés à l'alcool, collaient la barrabille, déclenchaient le rififi. S'ils étaient pointilleux de la rapière, du flingue... pan pan pan ! Combien de malandrins avaient achevé leur parcours à la morgue, rapport à des bricoles qui dans un autre milieu seraient demeurées inoffensives ? Alors qu'eux étaient tellement chatouilleux sur l'honneur, susceptibles sur leur cote dans la pègre, sur la valeur de leur pedigree auprès de leurs pairs... pan pan pan ! Pour un oui, non, un godet de plus dans les naseaux, hop ! pan pan pan ! Aussi Jeannot préférait-il les voir faire les cow-boys ailleurs. Au *Chantilly* par exemple, qui recueillait au fil de la nuit tous les malfrat au gosier noyé de champ' et aux cancans belliqueux. Justement, un cow-boy, il y en avait un qui apparaissait sur scène. Enfin, un cow-boy... il en offrait un rien l'allure avec son gilet de cuir, sa grosse ceinture à boucle... surtout avec les airs qu'il envoyait d'une voix qui plaisait, commençait à se répandre. Ce grand et beau mec peut aller loin, pensa Jeannot pour la vingtième fois. Pas lui qui l'avait embauché, mais de la Palmeira. Jeannot avait souvent l'occasion de s'entretenir avec le grand gars à qui il portait sympathie. Le garçon respirait la santé et le vouloir de percer. S'il ne rencontrait pas d'obstacles, il devait y parvenir. Jeannot repéra son associé et sa Nini qui descendaient les marches. Il se déplaça pour les croiser, pendant que l'orchestre d'Aimé Barelli se réveillait et que les lumières s'éteignaient, plongeant la salle dans une savante pénombre.

– T'étais où, ma puce ? s'enquit-il avec la tendresse qu'il ne portait qu'à elle.

– Là-haut avec Henry. Tu viens dans le box, je veux écouter ce Montand.

Il lui frôla le bras, lui passa l'enveloppe où il avait serré les bouts de papier récoltés dans les capotes d'uniformes.

– Pour quéplan, souffla-t-il en verlen.

Elle fit disparaître le tout dans son sac d'un mouvement naturel. Sa jolie physionomie n'exprimait rien, mais il ne fallait pas s'y fier, elle enregistrait tout de son regard qui savait voir, déceler les failles, mettre gens et choses à leur place. Servie comme Margot par une expérience acquise très, très jeune, elle se trompait rarement.

– Fais-leur ouvrir une rouille, ajouta-t-il à Henry. Je vous rejoins.

Il les observa s'éloigner, précédés d'un maître d'hôtel. Avec sa puce, il était tranquille. C'était un autre lui-même. La femme d'une vie. Si le Breton avait Margot, lui avait Nini. C'était un genre de femme qui avait choisi leur homme une fois pour toutes et qui, quoiqu'il advienne, lui resterait fidèle à jamais. Jusqu'à la mort. Elles étaient de vraies bénédictions pour les hommes d'aventures, pas toujours faciles, indépendants, et qui ne connaissaient que leurs propres lois. Mais à ce dévouement, à cette compréhension sans bornes, eux offraient leur appui, leurs épaules. A jamais. Jusqu'à la mort. Quoiqu'il advienne.

Il alla enfin s'adosser à son box pendant que le jeune chanteur, longiligne, battant, un rien dégingandé, se déchaînait. Au fait, que gagnait-il au juste ? Puis Jeannot se souvint : 1 000 F par soirée et le gars mangeait ce qu'il voulait. A quelques mètres de là, provenant de la table de Pierre Bonny, un brouhaha troubla un instant le spectacle. C'était le bras droit de Lafont et de quelques-uns de ses sbires qui se dressait pour partir. Jeannot se retourna vers le box sur Henry qui versait lui-même du Bollinger à Nini. Il souffla :

– Il a casqué ?

– Tout est en ordre, rassura son associé.

Jeannot, du geste et de la tête, acquiesça en silence. Il préférait. Alors que Bonny passait devant lui pour rejoindre l'escalier où déjà surgissait la préposée au vestiaire, chargée de manteaux, l'homme de la Gestapo lui lança à demi éméché :

– 'revoir, Jeannot.

Celui-ci le retint par le bras.

– Pour vous, Monsieur Bonny, c'est Monsieur Jeannot.

Et il retira sa main.

Le caïd en second de la rue Lauriston eut comme un haut-le-corps puis son œil croisa celui, mortel d'indifférence, du patron du *Chapiteau*. Il fit effort sur lui-même et s'écarta. Lucien Prévost, Paul Clavié, Villaplane et Robert le Pâle ne bronchèrent pas. Pour cause. Avant tout, même s'ils marchaient avec lui, Bonny à leurs yeux restait avant tout un ancien flic. Un ennemi. Et puis ils n'ignoraient pas que Jeannot, quoique jeune encore, avait déjà établi sa réputation et que Lafont, chose étonnante, éprouvait un faible pour lui. Allait-il jusqu'à connaître ses actions dans la Résistance ? Possible. Dans cette époque anormale, tout était possible. Quoique là, tout de même, si Lafont avait su la vérité... Au bas de l'escalier, Juliette la vestiaire tendit leurs fringues aux gestapistes et les escorta jusqu'à la sortie.

Quant à Nez de Braise et Étienne le Stéphanois, ils étaient demeurés à table, buvant sec, parlant haut, faisant du gringue à deux entraîneuses qu'ils avaient conviées. Pour sa part, Robert Moura avait rejoint la table d'Abel Danos. Sur la scène, le jeune chanteur qui en voulait lançait en anglais, en dépit de la mise en garde d'Henry de la Palmeira, ses airs tirés du vieux folklore américain :

« *Dans les plaines du Far West quand vient la nuit*
les cow-boys deux par deux sont réunis-i-is
Bim et boum, boum et boum... »

Le garçon plaisait aux filles, sa voix chaude aussi. Et il était tellement beau mec ! Grand, mince, allure de loup maigre, belle gueule, des yeux qui pétillaient et des muscles puissants devinés sous la chemise à carreaux et le gilet de cuir...

Soudain Nez de Braise tourna le cou vers Jeannot resté adossé à son box.

– Qu'est-ce que t'attends pour virer ce connard ?

Aussi sec, le Stéphanois qui pelotait une entraîneuse fit chorus en offrant sa face blafarde où brillaient des yeux sombres un rien déments.

– C'est vrai ça ! Cet enfoiré nous charrie. Il gouale en rosbif.

Jeannot posa lentement le regard sur eux. Il fit tomber la cendre de sa Gitane vissée dans un fume-cigarette avant de lâcher :

– C'est le dernier soir. Demain, il change de répertoire. Ça vous va comme ça ?

– Non !

La voix du Stéphanois avait claqué méchamment. Jeannot, de la langue, s'humecta doucement les lèvres. Dans Paris, même les plus redoutables ne lui parlaient jamais sur ce ton. Il dit posément :

– Demain, vous l'entendrez plus. Mais vous devriez comprendre que ce garçon a besoin de gagner sa vie.

Les deux truands avaient lâché la taille de leurs compagnes éphémères. Ils fixaient Jeannot. Nez de Braise, déjà plus que saoul, lançait, bafouillant, sa voix couverte à demi par l'orchestre d'Aimé Barelli et celle de Montand.

– Sa vie, on s'en fout. Il n'a qu'à...

– Sa vie, on va la lui prendre, releva le Stéphanois.

Il paraissait avoir moins bu ou tenait mieux le choc que son équipier en assassinats et toute sa férocité était réfugiée dans son regard qui brûlait.

– Oui, on va le sécher ce connard, ajouta-t-il. C'est moi qui vais le flinguer.

– Non moi, intervint Nez de Braise en bafouillant de plus belle.

– Mais ce garçon ne vous a rien fait, tenta Jeannot qui à présent s'offrait de dos au box où se tenaient Nini et de la Palmeira.

– Si, insista Nez de Braise. Il gouale en anglais, l'enfoiré et ça...

– Et ça, il va le casquer, enchaîna le Stéphanois. Ce soir,

je le bute. Et pas plus tard que tout à l'heure, quand ton clown aura fini son cirque.

– Y'en a marre de se faire charrier par une truffe pareille, parvint à articuler Nez de Braise.

Jeannot s'humecta de nouveau les lèvres.

– Dans le fond, t'as raison, approuva-t-il. Après tout, il n'a pas à chanter en anglais devant les Allemands. Quoique...

Il éleva son fume-cigarette à sa bouche, aspira dessus, poursuivit dans un jet de fumée.

– ... quoique les Fritz s'en foutent. Regardez-les ! Ils rigolent, applaudissent...

C'était réel. Les Chleuhs en java, même le général, ne semblaient pas dérangés par les airs que leur balançait le jeune chanteur. Mais après tout qui, à part ces deux cinglés de gestapistes, pouvait se formaliser d'airs de vieux westerns ? Et puis ces guerriers, qui revenaient des fronts de bataille et allaient y retourner, avaient autre chose à penser qu'à se soucier de telles vétilles. Il n'y avait que ceux de la Propagandastaffel et ceux de l'avenue de Wagram pour s'offusquer.

– N'empêche, s'entêtait le Stéphanois. Ton connard, on va le dessouder.

– Et comment ! explosa Nez de Braise, coupe en main. Et comment qu'on va le...

– Moi qui vais me le payer, répéta le Stéphanois. Ce petit fumier ! Nous charrier avec ses chansons ! Nous ? Ceux d'Henri Lafont ! Ceux de la Carlingue !

Les doigts de Jeannot se crispèrent sur le fume-cigarette. Il lança aux tueurs, amenant du sourire à ses yeux.

– Je crois que vous avez raison. J'aurais pas dû embaucher ce mec. Je vais le virer.

– Pas la peine, ricana le Stéphanois. Tout à l'heure il sera canné.

Jeannot se contenta d'approuver de nouveau. Puis, profitant que les gestapistes lui tournaient le dos pour tendre leurs coupes au serveur, il se retourna à demi vers le box et souffla :

– Le brelica, ma puce.

Henry de la Palmeira se souleva à demi :

– Tu veux que...

– Non, remercia Jeannot. Nini a ce qu'il faut.

La jeune femme avait déjà fouillé son sac et discrètement, balayant la salle plongée dans la pénombre de son œil en alerte, elle passait à son homme un 7 x 65 Beretta muni d'un silencieux. Si elle avait une arme dans son sac, c'est qu'ils avaient dîné au restaurant *Alexis*, rue Notre-Dame-de-Lorette, et que Jeannot savait y trouver Jacques Doriot. Hélas ! si ce dernier y dînait bien, il était accompagné de Carbone et de Spirito, les caïds marseillais doriotistes et anticommunistes convaincus. Avec eux était également là Auguste Ricord, un autre des amis de Jeannot, lequel, en dépit des mises en garde du commandant Maréchal des services secrets de l'aviation, tenait toujours à liquider le chef du P.P.F. Il n'attendait que l'occasion. Il n'était pas le seul. Jeannot Chose, son équipier en action, antiallemand viscéral, prêt à occire tous ceux qui épaulaient l'Occupant, en voulait encore plus à Doriot qu'à ses maîtres Chleuhs. Malheureusement pour eux, l'occasion ne s'était pas présentée, Doriot ayant quitté le restaurant encadré de Carbone, de Spirito et de Ricord. Comment dans ce cas les deux Jeannot auraient-ils pu agir, alors que des amis entouraient leur cible ? Partie remise. Mais ils ne désespéraient pas d'abattre celui qui était devenu officier dans la L.V.F. [1], formation qui se battait côte à côte avec les Frizous contre les Russes, là-bas, sur le front de l'Est. Que Nini se trimballe avec de l'artillerie ne les gênait pas. Elle y était accoutumée. Que n'aurait-elle pas fait pour son homme ? Que ne faisait-elle pas ? Avec lui, les transports d'armes, elle connaissait. Combien n'en avait-elle pas trimbalées dans la sacoche de son vélo, dans son sac à main ? Dans son sac à provisions ? Et avec ça d'un sang-froid ! D'un courage ! Deux semaines auparavant, tandis qu'ils remontaient tous deux l'avenue de Clichy sur le coup de midi, ils étaient tombés dans un barrage imprévisible, mis en place à une vitesse incroyable. Ce qui fait qu'avec d'autres passants ils s'étaient trouvés cernés par une nuée de flics et de Frizous jaillis de tous les recoins. Et, au hasard, les traqueurs de gibier

1. Légion des volontaires français.

s'étaient mis à fouiller sacs et valises. Bloqués par un Feldwebel et deux de ses Canaques, Nini et Jeannot avaient dû montrer leurs papiers. Lui portait un pistolet, cadeau de Chenevier, à sa ceinture sous un blouson de cuir, elle une mitraillette Sten et des grenades dans son sac à provisions sous une botte de poireaux, de carottes et des rutabagas. Drôle de pot-au-feu, si les Fridolins exigeaient de le lui faire ouvrir ! Jeannot calculait d'avance comment il allait jouer le va-tout, pour tenter qu'ils se sortent de cette gelée de coings. Tout au moins sa Nini. Lui ma foi... si... tant pis. Il fixait le sous-off sous la visière de sa casquette, là où il se promettait de tirer d'abord. Puis il flinguerait les deux soldats. A la surprenante ça pouvait réussir et, profitant de la stupeur, Nini et lui tenteraient leur chance. S'il était resté de glace selon son habitude, Nini non plus n'avait pas bronché. Et pourtant... vu ce qu'elle trimbalait sous ses rutabagas... Combien de nanas à sa place... d'hommes aussi... aglagla.

Mais le Gott des vert-de-gris n'était pas avec ceux-ci ce jour-là. Il ne leur conseilla pas de fouiller le sac à provisions de Nini. Gott merci. Après s'être écartés, les soldats les avaient laissé partir pour aller inspecter d'autres passants. Ouf ! Ainsi vont les destins.

Abandonnant les deux truands qui s'étaient remis à boire et à madrigaler lourdement avec les entraîneuses, Jeannot se dirigea vers la table d'Abel Danos pour en saluer les occupants. Bien lui en prit, car Abel le retint à part pendant que sur scène Yves Montand allait terminer son tour de chant.

– Fais gaffe au petit Jo l'Arabe, l'avertit Abel. Il sert d'indic à Lafont. Je le sais depuis ce midi.

Jeannot tressaillit. Non qu'Abel l'avertisse, mais que Jo l'Arabe qu'il connaissait serve de mouche à Lafont. Décidément...

– François te le confirmera, renseigna Abel. L'Arabe balance des affaires à Henri.

Jeannot se mordilla les lèvres. Ça pouvait être grave, car cet Arabe était accepté par eux et nul ne se doutait de rien. Le tuyau d'Abel pouvait être réel, car François était justement entré à la Gestapo de la rue Lauriston sur les conseils du commissaire Chenevier, lequel, avant son arrestation, désirait connaître ce qui se passait au 93 de la rue.

– Merci Abel, fit Jeannot qui se mit à battre des mains à son tour, quand Montand, ayant terminé son numéro, s'inclina vers le public qui l'applaudissait. Lorsque la lumière fut rétablie, que l'artiste eut disparu, Jeannot retourna vers son box, son attention portée sur les deux tueurs. Comme il parvenait non loin d'eux, la voix du Stéphanois l'alerta.

– T'occupe, c'est moi qui me l'offre, disait-il sans se soucier des filles assises à leur table. Toi, laisse béton. On se verra demain.

Jeannot le dépassa en souriant, alla à son box et, là, tourna le cou. Le Stéphanois s'était dressé et marchait vers l'escalier où, prévenue par un maître d'hôtel, la vestiaire l'attendait avec un pardessus et un feutre noir. Jeannot fixa son associé, sourit à Nini, puis se dirigea à son tour vers le bas de l'escalier sans quitter de l'œil le Stéphanois. Quand celui-ci sortit, il l'imita. L'air froid lui amena un frisson, car il n'avait rien mis sur son smoking. Il balaya les environs du regard. La place Pigalle était vide. Les fiacres n'étaient plus là, seuls demeuraient les chauffeurs des voitures allemandes qui battaient la semelle en attendant leurs officiers. Sur la gauche, les pas du Stéphanois qui descendait la rue Pigalle résonnaient dans la nuit. Peut-être y avait-il rangé sa voiture d'où, planqué à l'intérieur, il guetterait le chanteur ? Car pour Jeannot pas de doute, le gestapiste allait abattre le garçon. Ayant bifurqué à son tour dans la rue, il repéra la silhouette sombre du Stéphanois à quelques mètres. Il l'interpella :

– Étienne !

Le Stéphanois se retourna, une main déjà glissée dans l'entrebâillement de son pardessus. Son réflexe de tueur avait réagi à la seconde. Mais il avait commis une erreur. Dans sa position, vu les haines que des types tels que lui soulevaient, on ne portait pas son arme à l'intérieur d'une veste ou d'un manteau, mais dans une poche extérieure avec la main sur la crosse. Il n'eut pas le temps d'achever son geste, de dégainer. Jeannot l'avait devancé en marchant sur lui. Il tira deux fois. Plof. Plof. En plein crâne. Étienne Sisteron dit le Stéphanois s'affaissa, le poignet coincé dans son manteau.

Sans se hâter, Jeannot pivota sur ses souliers de soirée, remonta la rue et réintégra son établissement. Décidément, le silencieux remis jadis par le commissaire Chenevier avait du bon.

Revenu s'adosser à son box, il attendit que la lumière s'éteigne et repassa discrètement le Beretta à Nini. En temps normal, il aurait balancé le flingue dans un égout. Par prudence. Mais en cette époque les armes étaient rares. Maquisards, services de répression, tous en avaient rudement besoin. Il la laissa faire disparaître le 7 x 65 encore tiède et lui sourit.

– Ça va, ma puce ?

Elle lui rendit son sourire, mais ses yeux demeuraient attentifs. Elle se doutait de ce qu'il venait de faire, sachant bien qu'il ne lui en parlerait jamais. Et ce n'était pas elle qui questionnerait. Pas le genre. De toute façon il éluderait. Moins les autres en savaient... Même sa Nini, qui cependant était son double. Mais à quoi bon charger l'esprit de ceux qu'on aime ? De la Palmeira aussi se doutait, mais il avait dirigé son attention sur la table où Nez de Braise, seul avec les deux entraîneuses, brandissait sa coupe. Qu'est-ce qu'il tenait, le tueur !

– On va le camoufler là-haut.

Jeannot, qui regardait son associé, opina à sa proposition. Dans le bureau, ils avaient aménagé une cache sûre pour armes, faux papiers et documents. Puis il se retourna sur Yves Montand qui venait lui dire au revoir.

– Vous ne mangez rien ? s'informa-t-il.

Le jeune et dynamique chanteur secoua la tête.

– Merci mais j'ai un rendez-vous.

Jeannot le scruta. Le gars était-il juif, selon les bruits circulant dans les coulisses ? Si oui, une bonne raison de plus de l'avoir paré. A son avis, les étoiles jaunes en bavaient assez avec les gens de Hitler.

– Eh bien, à demain, fit de la Palmeira. Et n'oubliez pas de rayer de votre répertoire vos chansons en anglais.

– Sinon vous risquez des ennuis, remarqua Jeannot en glissant une gitane dans son fume-cigarette, geste qu'il répétait trop souvent à son gré. Mais le tabac était le tabac. Pour s'en passer...

Il était ahurissant de calme. Qui pouvait croire que même pas un quart d'heure auparavant... à même pas deux cents mètres de la boîte... tout ça pour sauver la mise à un jeune type qui ne lui était rien, sinon sympathique ? En tout cas, ce n'était pas l'intéressé qui allait être mis au courant [1]. Pour quelle raison ? Ni Jeannot ni de la Palmeira n'avait coutume de s'étendre sur leurs activités. Ce qui était mieux. Et puis il allait y avoir enquête,... la P.J... les Chleuhs peut-être ?... Ne sachant rien, Montand n'aurait rien à raconter. Ce qui était plus sain pour tous.

Toujours adossé aux box, Jeannot suivit de l'œil les solides épaules du chanteur qui se fondaient dans la demi-obscurité retombée. Alors seulement il fit signe à Nini de monter au bureau pour planquer le Beretta. Et il l'accompagna du regard à son tour, mince et minuscule silhouette d'apparence si fragile. Fragile ? Ouais. Ils pouvaient tous aller se refringuer, les durs de durs pour l'équivalence en vaillance. Tous. Sa Nini était son double, l'être en lequel il avait le plus confiance, celle sur qui il miserait sa vie si nécessaire. Aucun des plus coriaces de sa panoplie ne parvenait à la cheville de sa puce. Aucun. Même les plus farouches guerriers. Cette pensée lui amena un sourire fugace : les guerriers ? les militaires ? Il alluma sa Gitane. Quinze jours auparavant, il avait réalisé un transport d'armes pour le compte de la S.S.M. [2], ceci en compagnie du commandant Maréchal et d'un capitaine Marcel. Ils avaient réceptionné des armes à la gare d'Auterlitz, grâce à un commissaire de police résistant qui en avait une grosse paire dans le caleçon. Ensuite ils avaient emporté les valises bourrées de mitraillettes dans un box qu'il

1. Il allait cependant l'être. Mais quarante ans plus tard. Par moi, alors que j'avais recueilli les souvenirs de mon vieil ami Jeannot au magnétophone pour les faire recouper avec les miens. J'ai donc, à la demande de mon ami, écrit début 1984 au célèbre chanteur. Je lui ai expliqué que son ancien patron serait content de le revoir, pour bavarder, se rappeler... et aussi pour lui annoncer que s'il était devenu l'international Yves Montand, c'était grâce à sa chance, chance qui, un soir d'hiver sous la botte allemande, se nommait Jeannot. Pas de réponse. A chacun sa conscience. A chacun sa façon de vivre. A chacun sa dignité.

2. Services sécurité militaire.

possédait à Versailles, où la distribution serait faite plus tard à ceux de leur réseau. Avant de parvenir à destination, les militaires n'avaient cessé de moiter, de trembloter dans la bagnole. Et ça avait été des : « On y va, si jamais on tombe sur un barrage... » Les chocottes totales, quoi.

– Vous inquiétez pas. Ça ira, n'avait-il cessé de les rassurer.

Lui restait égal à lui-même. Froid comme un ours polaire. Quant au chauffeur qui drivait la bagnole, la frousse des officiers en civil le faisait rigoler. Pour cause... c'était saint François Spirito, dit Lydro, en personne, caïd marseillais associé de Carbone, qui possédait l'autorisation de circuler et qui par ailleurs avait quelques accointances avec certains Fridolins. A défaut de lui, Auguste Ricord se serait chargé avec plaisir de transbahuter Jeannot, ses officiers et leurs pistoulaches. Ricord, c'est bien simple, les aurait même conduits au box avec un canon sur le toit de la traction ! Par la suite ils ont réalisé de la sorte plusieurs transports et petit à petit le commandant Maréchal que Jeannot entraînait *Chez Fanfan* ou au *Chapiteau* s'est mis en confiance, comprenant qu'avec un tel guide il pouvait respirer, que tout serait tenté pour qu'il ne lui arrive rien. C'est égal, il survenait parfois à Jeannot de songer avec nostalgie au commissaire Charles Chenevier, qui débarquait tout tranquillement du train une Sten sous le bras enroulée dans du papier journal avec en prime la rigolade sous sa moustache.

Quant à sa Nini, si elle avait les foies lorsqu'elle trimbalait des explosifs et des armes dans les sacoches de son vélo, nul ne le savait, ni s'en rendait compte. Même pas son homme.

Celui-ci, toujours adossé au box, fut soudain attiré par Nez de Braise lequel, chauffé à blanc, commençait à postillonner un peu trop fort. Il dérangeait. Jeannot se décolla d'un coup de reins, alla à la table du tueur, surgit dans son dos et lui tapota l'épaule.

– Michel, sois gentil, laisse-nous faire notre boulot.

Il fallait bien prendre un peu de gants avec un tel cinglé.

– Quoi ? se rebiffa aussi sec l'autre en se retournant violemment.

Jeannot sourit aux deux filles qui montraient de la lassitude.

– Oui. Calme-toi un peu.

Et comme l'orchestre de Barelli reprenait souffle et que la lumière revenait :

– Amuse-toi, mais dérange pas.

– Je fais ce qui me plaît ! aboya l'autre au lieu de s'apaiser.

Le sourire de Jeannot s'amplifia, mais une lueur vite dissimulée avait fulguré de son regard.

– Bien sûr, approuva-t-il. Bien sûr que tu fais ce qu'il te plaît. T'es chez toi ici.

Apercevant Carbone, Spirito et Ricord, qui au pied de l'escalier se débarrassaient de leurs manteaux, il fut content de la diversion. Il annonça :

– Tiens, voilà des amis.

L'œil du tueur sadique pivota vers l'escalier.

– Ah..., lâcha-t-il.

Ce fut tout. Si lui avait le droit au port d'armes, les autres aussi. Et ces rois de Marseille n'étaient pas les premiers venus ! Peu après, tout sourire dehors, les arrivants accostaient Jeannot.

– Salut, ami. On est venus te dire un petit bonjour.

– Vous pouvez dire un bonsoir. Il est une heure du matin.

Et, pour le maître d'hôtel qui se pointait :

– Magnum pour ces messieurs. De ma réserve.

Spirito lui décocha une bourrade amicale.

– Tu nous soignes, hein ?

S'il y avait un type élégant dans la pègre, c'était bien lui. Long, mince, toujours cravaté, toujours affable, vêtu des tissus les plus coûteux, il avait de l'allure. On le donnait pour affilié à la mafia américaine, ce qui vu ses origines italiennes pouvait s'avérer réel. Paul Venture, Carbone son associé, était plus trapu, plus plèbe. Mais c'était l'os avec « o » majuscule. Pour trouver plus coriace que celui-là !... Il est vrai que pour mettre à la raison la plupart des forbans de Marseille et de la Côte il était impossible d'être fabricant de dentelles...

Quant à Auguste Ricord, il ne pensait qu'à blaguer, à foncer. Et ne doutait de rien avec ça. Surtout pas de lui-même. Car pour défier le champion Marcel Cerdan un round durant... Heureusement pour les côtelettes de Ricord que le célèbre boxeur, pris par le boyau de rigolade, n'avait même pas essayé de cogner !

En voyant le trio s'approcher, Nez de Braise avait baissé de ton et baissé les yeux. Avec ces trois-là, c'était une autre paire de manches. S'il pouvait dégainer, eux aussi ! Et certainement aussi vite. Carbone laissa choir sur lui un regard dédaigneux et lâcha à l'intention de Jeannot :

– Il y a quelques minutes, en remontant la rue Pigalle, on est tombés sur une tapée de flics.

– Eux étaient tombés sur un cadavre, précisa Spirito en souriant.

– Celui d'Étienne le Stéphanois, renchérit Ricord qui, lui, ne souriait pas mais rigolait carrément.

Il était joyeux de quoi ? Parce qu'il savait que Nez de Braise était l'ami du trucidé ou parce qu'il ne pouvait pas encadrer le tueur carnassier de la rue Lauriston ? Ce dernier avait sursauté avant de se dresser brusquement.

– Quoi ? Étienne...

– Canné, confirma Carbone. Au fait, tu le connaissais ?

– C'était mon ami, gronda Nez de Braise soudainement dégrisé ou le paraissant.

– Où tu nous fais asseoir ? s'informa Carbone à Jeannot, négligeant déjà l'autre, qui fixait des yeux méfiants et accusateurs sur le patron du *Chapiteau*.

Mais Jeannot demeurait de glace, comme indifférent. Il se contenta de laisser choir :

– Pauvre Étienne. C'est triste. Enfin... ça nous attend tous. Maître d'hôtel ?

Ce dernier, qui s'en revenait avec un magnum de Dom Ruinart millésimé répliqua, indiquant le box réservé :

– J'installe ces messieurs à votre table ?

– Parfait, approuva son patron. Installez-vous, les gars. Je monte au bureau et je reviens trinquer avec vous.

Puis, négligeant le regard de Nez de Braise toujours braqué sur lui avec au fond des prunelles une lueur accusatrice et sauvage, il gagna l'escalier. Au passage, il rafla un œillet bleu sur l'éventaire de la fleuriste et remplaça celui fixé à la boutonnière de son smoking.

XV

« Je pense à vous quand je m'évei-ei-ei-eille
Je pense à vous en fermant les yeu-eu-eux... »

Malgré lui, le père Yvon avait enflé la voix, lancé le chant, à en secouer les dîneurs, à en faire sauter la verrerie sur les tables. Si Bras Court, qui était dans la cuisine à superviser le chef qui se battait avec une omelette flambée, se précipita ! C'est que le vieux Légendaire risquait d'éveiller, c'était le moment de le dire, les habitants endormis de l'immeuble, pire d'attirer les hirondelles, ces flics cyclistes en cours de ronde. Quoique eux... en majorité... ils passaient par-derrière, fermaient les yeux sur les horaires, les bruits... et ouvraient leur bec. Ils repartaient au poste de la rue Ballu avec de solides casse-graine et des quilbus de rouge. Normal. Il fallait bien qu'ils jouent également des mandibules. Pour les argousins aussi, la vie était rude. N'empêche, Bras Court tenait à éviter les mauvais rapports de police qu'auraient pu exiger les voisins réveillés en sursaut. Il supplia le vieux, un index sur les lèvres.

– Chut, père Yvon !

Margot, qui était restée tenir compagnie au vieux qu'elle adorait alors que les hommes après dîner étaient partis au Gavarnie, intervint.

– Voyons, René ! Il fait pas de mal.

Si elle adorait le légendaire Nantais, c'était aussi pour sa voix profonde, puissante, ses rides de brave homme, son cœur d'une générosité à faire se suicider Harpagon. Ah ! ces deux-là, s'ils s'entendaient ! dès le moment qu'il s'agissait de rire, de blaguer, de chanter, de donner aux sans-rien...

– Mais Margot, soupira Bras Court en agitant son moignon ganté de chevreau noir neuf, il est tard ! Et puis... Et puis...

Il ne savait plus que dire. C'est qu'il était comme eux ! Il aimait le chant. Seulement il y a temps pour tout. Lui, pour l'instant, devait songer à gagner son bœuf et celui de ses associés. Puis, devant les yeux implorants de Margot, il capitula, abaissa et leva son moignon à plusieurs reprises.

– En sourdine alors, père Yvon. En sourdine...

Il s'éclipsa. Le vieux héros de la guerre 14-18 claqua la langue, avisa un verre à demi plein de bordeaux resté avec les restes du repas et le vida sans façon. Puis enlaçant Margot, sa joue râpeuse contre celle fraîche et sentant bon, il se mit à fredonner, aussitôt imité par elle.

« Bouche mi clo-o-ose...
Couleur de ro-o-ose...
Elle allait montrant ses bas noirs
Ses petits pieds frappant le trottoi-oi-oir... »

Bras court, qui surgissait de nouveau de la cuisine, leur lança un coup d'œil soupçonneux. Mais non, ça allait. Ils n'abusaient pas, ne troublaient personne. Rassuré, il alla se pencher sur une table où trônait un B.O.F., coincé entre deux nanas de luxe qui, sûr, allaient dans la nuit s'occuper sérieusement de son compte en banque.

« Toujours jolie, la p'tite Li-li-e-e-e... »

Le Légendaire et sa complice, joue contre joue, chacun une de leurs inséprables cigarettes aux doigts, oscillaient de droite à gauche au rythme de la chanson.

« Elle faisait le square Montholon
Notre môme pour vingt ronds »

Carnet de commandes bloqué contre sa poitrine, crayon dans sa mai valide, Bras Court, ne pouvant résister, vint se pencher sur leur table et se mit à fredonner à son tour :

« Tu veux savoir pourquoi je pleurni-i-che
Pourquoi que le deuil est dans mon cœur »

Et les deux autres de faire trio d'une voix sourde :

« Pourquoi je ne porte plus de gui-i-che...
Pourquoi je n'ai plus l'air vainqueur. »

Leurs regards brillaient, la joie était en eux. Que les paroles de la goualante soient tristes, qu'importait. Ils chantonnaient et ils aimaient. Alors...

« C'est que j'ai perdu ma mômette-e-e-e...
Le plus beau de tous les trésors. »

– Monsieur René ?

On réclamait Bras Court de la cuisine. Il se retira à regret, tandis que le père Yvon et Margot eux...

« C'était la fleur de la Villette-e-e-e...
Maintenant je la vois encore-re-re... »

Enlacés, ponctuant les paroles des mouvements de leur buste, ils enchaînaient :

« Bouche mi-clo-o-o-ose
Couleur de ro-o-o-ose... »

Ces deux-là !

Le maître d'hôtel, qui en profitait pour commencer à débarrasser la table où avaient dîné les deux frères Nantais, Dédé Stora, Georges le Bordelais et le Breton, y allait lui itou de la glotte. Mais à l'étouffée. Plutôt du cœur. Tout juste si ses lèvres remuaient :

« Elle allait montrer ses bas noirs...
Ses petits pieds frappant le trottoi-oir-oir...

*

De l'extérieur, on ne pouvait voir les clients du *Gavarnie*, le grand café qui s'élevait à l'angle des rues Chaptal et Pigalle. Rapport au black-out sévère, d'épaisses tentures en interdisaient le regard. A l'intérieur, à l'inverse du dehors où des flocons de neige tourbillonnaient mollement, il faisait chaud et la rumeur des conversations, les rires, l'odeur du parfum des nanas et les effluves d'alcool et de fumée renforçaient l'impression de havre tranquille.

Derrière le comptoir de bois brillant haut et luxueux, tournant le dos aux bouteilles multicolores qui en décoraient le fond, Fred Garcia, Fredo pour ceux de Montmartre, dressait sa grande stature tranquille. A l'instar de Jeannot, il ne s'énervait jamais. Il était affable, souriant, guettant sur chacun, chacune un défaut physique, une maladie soudaine... un truc à soulager, quoi. Et s'il pensait avoir décelé une tare, un ennui quelconque, une déficience, hop ! il exhibait d'autorité son fidèle pendule, le promenait sur le patient, la patiente... Et s'il percevait un mal de reins, qu'à cela ne tienne, rehop ! il faisait pirouetter l'handicapé mâle ou femelle et rerehop ! il lui glissait ses bras solides sous les aisselles, réunissait ses deux mains puissantes au cou de sa victime et vlan ! il la soulevait à deux, trois reprises, jusqu'à ce que... crac ! Alors content de lui, il la relâchait, la ramenait face à lui, s'inclinait :

– Vous êtes guéri... guérie...

Que répondre à un type aussi brave mec, aussi digne, même si ça n'avait pas réussi, puisqu'il n'avait en tête que la générosité de soulager ? Car il aimait guérir, aider. Ah ! s'il n'y avait eu que de bons fieux comme lui sur la planète ! Associé avec le représentant du champagne Pommery-Greno, il menait son luxueux établissement sans faiblesse, mais d'une main de velours. Il possédait la manière. Il promena un œil tranquille sur les tables et les banquette occupées, le ramena sur le bar devant lequel des couples se mignotaient le museau. Allons, la recette serait bonne ! Puis il dirigea son attention sur le pianiste et soupira. Il portait intérêt à celui-ci, mais qu'y pouvait-il si personne ne l'écoutait. Pourtant ce Louis de Funès, petit, maigre, sec, boule nerveuse agitée de tics, se démenait. Seulement, les clients s'en foutaient de la musique... celle-ci servait plutôt de fond d'ambiance. Parfois, Fred pensait que s'il avait loué un gars pour frapper sur une casserole si cela n'aurait pas obtenu le même effet ? Il en était attristé pour le jeune artiste, mais vraiment il ne pouvait pas obliger les clients à plus de déférence. Surtout lorsque c'était des ruffians. Justement ceux-ci observaient en commentant les coups, Dédé Stora et la Rigole, qui s'affrontaient aux dés sur la piste de 4-21. Et ils ne pariaient pas des bigorneaux, mais des centaines de sacs ! A chaque gain réalisé par Dédé Stora en forme, ce dernier passait commande d'une roteuse. A ce train, songeait Henriette, la femme de Fred qui, de temps à autre, venait tenir la caisse, ils vont être soûls à rouler. Jeune, superbe d'allure, elle ne venait que de temps à autre épauler son Fred. Si elle avait pu éviter l'étoile jaune, la déportation, c'est qu'elle vivait souvent en zone non occupée et que peu de monde connaissait son appartenance à la race juive. Quelques amis, tel le Breton qui avait fourni à Fred de faux papiers pour elle. Mais c'était des amis sûrs. Pour eux, qu'Henriette soit juive ou chinoise, qu'est-ce que ça pouvait leur foutre ! Il fallait bien naître quelque chose ! Quelque part !

Alors que le Grand Robert, l'un des plus fameux chauffeurs qui soit, franchissait le seuil de la double porte qui ne laissait filtrer qu'un mince filet de lumière à l'extérieur, le Breton cogna le flanc de Francis :

– Le voilà !

Le Nantais, dont l'œil pétillait de gaieté, tourna le cou vers l'arrivant.

– 'soir Robert, lança-t-il.

Ce dernier ne lui répondit pas. Digne et droit dans son manteau de tweed clair, nu-tête, il passa devant ses amis comme sans les voir laissant une légère odeur de lavande dans son sillage.

– Tu bois pas une coupette ? lui jeta le Gros Georges.

Le Grand Robert refusa d'un geste négligent et continua de marcher vers le fond de la salle.

– Ça y est, il plonge, rigola Dédé Stora, en secouant les dés dans le cornet de cuir. Vous avez vu, il a une rose à la main.

C'était exact. Dans sa main gantée de pécari clair, le grand outil tenait une rose ainsi qu'il l'aurait fait d'un cierge le jour d'une communion solennelle.

– A quelle heure t'as fixé le rencard ? s'informa Francis près du Breton.

– Onze heures trente. Il est à l'heure.

Il venait du regard d'accrocher la pendule murale. Tous gloussèrent. Imitant l'écriture large et déliée d'une nana, le Breton avait écrit au Grand Robert qu'elle l'avait remarqué, qu'il était superbe, élégant... Ce qui était vrai... très beau, ce qui était moins évident avec ses oreilles décollées, son faciès où la chair plaquait aux os, son allure dégingandée... Mais enfin, l'un dans l'autre, il avait de la branche, une nana pouvait désirer s'y suspendre... Lui, qu'une dame inconnue, qui dans sa lettre s'annonçait belle et riche, s'intéresse à son cas, ne l'étonnait pas. C'est pourquoi, obéissant à la missive, il se pointait au *Gavarnie* à vingt-trois heures trente une rose à la main. « Elle en aurait une aussi. Et elle tenait tellement à le connaître... elle le trouvait si intéressant ! » Le coup de foudre, quoi. « Elle s'excusait d'avance de son audace... ne se reconnaissait plus elle-même... mais vraiment, elle ne pouvait pas résister. Vraiment pas. »

– Et elle ? s'inquiéta Dédé Stora en amenant un onze par cinq et six sur la piste, ce qui lui permit d'empocher une mise de 150 000 francs. T'es certain qu'elle va venir ?

Le Breton, qui avait été trouver une vieille catiche de Barbès, exhiba une liasse coupée en deux.

– Elle a l'autre moitié. Elle palpera celle-ci quand elle sera là.

Il n'avait pas achevé que la double porte s'ouvrait, que la tenture s'écartait pour laisser entrer la fiancée de Frankenstein. Une rose au poing, l'horreur, courtaude, fringuée aux puces, la « conquête » du Grand Robert s'avança et longea le bar pour gagner la salle. Avant d'y parvenir, elle bifurqua pour frôler le Breton qui lui glissa la demi-liasse en douce.

– Il est au fond.

– Y'va pas me cogner ? s'inquiéta la vieille guette-au-trou.

– Je crois que c'est plutôt toi qui le cogneras, rigola Francis en détaillant les épaules maousses de la fille boudinée dans un manteau d'un rouge atroce.

– Te bile bas, la rassura Dédé Stora. Il est pas mauvais. Et puis on est là.

Le Breton enregistra que la liasse amputée avait déjà disparu. Comment avait-elle fait ? Il n'avait rien vu, ne l'avait pas quittée des yeux. Ah ! elle était rapide, la dame ! Rien que pour ça, elle volait pas son pognon. Tous la suivirent hypocritement du regard pendant qu'elle se dirigeait vers la table où le Grand Robert, pardessus enlevé, digne et élégant suprême dans son complet bleu croisé, s'assurait de l'index que son nœud de cravate ne traviolait pas, tout en portant à ses lèvres une tasse de café. Ho ! maquarelle ! Ho ! malheur ! Quand il aperçut le coucou avancer sur sa table, rose au poing et qu'il sut que c'était pour lui... que là se pointait son admiratrice inconnue, sa tout aimante... Il eut un hoquet de saisissement, recracha le café dans la tasse, écarquilla les yeux, faillit s'étouffer.

– Quoi ? bafouilla-t-il, la voyant s'asseoir devant lui d'autorité, ainsi que le Breton le lui avait recommandé en l'embauchant. C'est... c'est... c'est...

Il en perdait son calme, lui qui pourtant à l'instar de Louis le Blond... dans les pires circonstances... quand les sirènes des flics... alors qu'en somnolant il attendait que l'équipe revienne d'un plastiquage, d'une mise en l'air quelconque... Lui qui, pas plus tard que huit jours auparavant, comme l'équipe avait raflé flingue au poing les cartes de rationnement d'une mairie de banlieue, n'avait pas bronché en entendant rugir les sirènes de police secours... Et là... pour une cariatide de Barbès ?... Mais il avait déjà tout pigé. Pour s'en convaincre, il se rehaussa légèrement sur la banquette et repéra les autres andouilles qui, pliés en deux... Il se rassit, fixa la fille.

– Quel est le con qui...

Elle continua à jouer son numéro. Après tout, il ne lui restait plus qu'à recoller les billets...

– Mais monsieur...

Il soupira.

– Ça va, écrase. Casse-toi...

– Mais...

Elle avait commencé un sourire, mais devant son visage soudain dur elle se leva.

– Bon, je m'en vais. Pourtant je vous assure...

Elle tenait à vouloir gagner son bœuf jusqu'au bout. C'était honnête. Seulement, elle lassait. Il le fit savoir.

– Calte.

Elle se décida à obéir. Comme elle tournait les talons, il devina les varices sous les bas de coton noir. Il la rappela.

– Lequel c'est ?

Il avait l'index désigné en direction du bar où ses amis... Elle haussa les épaules, secoua la tête, déplaçant ses cheveux noirs pelliculeux mal peignés. Il balaya sa silhouette massive, de l'œil enregistra le maquillage atroce, soupira encore en poussant sa rose dérisoire vers le bord de la table.

– Emporte-la en souvenir. Et prends ça avec.

Il lui tendait un grand format qu'il venait de tirer de sa poche. Elle hésita. Il insista :

– Prends. Et à l'avenir n'écoute pas ces rigolos.

Elle s'en alla. Il rafla son pardessus, la suivit, l'accompagna jusqu'à la sortie, la guignant de l'œil quand elle passa devant ses amis. La putain n'avait pas bronché. Il apprécia sa discrétion. Avant qu'elle ne disparaisse, il se courba sur sa main gercée par les engelures, la baisa galamment, referma sur elle, enfin revint vers le groupe.

– Alors bande de gros malins. Quel est le con qui...

Voyant les regards se tourner rieurs sur le Breton, il apostropha ce dernier de sa voix qui venait du fond de la gorge, lui donnant comme de l'enrouement chronique.

– C'est toi, face de rat ? Tu jouerais 100 sacs sur un coup de dés ?

Le Breton, qui riait, opina. Il sortit un paquet de biftons, les lança sur le comptoir, en même temps que le Grand

Robert. Celui-ci prit le cornet de cuir, le secoua, les dés firent entendre leur musique joyeuse. Il les lança.

– Sept !

Il avait amené le chiffre par quatre et trois. Il rafla les liasses, les empocha, laissa choir :

– Ça me paiera de la rose.

Tous s'esclaffèrent. Il attrapa une coupe pleine, la vida, ajouta :

– Bande de cons.

Puis, les lorgnant tour à tour :

– Qu'est-ce qu'on branle ?

– On va dire un petit bonjour au taulier de la *Boîte sans sardine*, renseigna le Gros Greorges. T'en es ?

Les yeux du grand type pétillèrent. S'il en était ! Le taulier en question ne passait-il pas pour rencarder les Boches ? Ne dénonçait-il pas un tas de gens qui soi-disant traficotaient dans le marché noir ? Des concurrents restaurateurs, surtout. De ceux susceptibles de le gêner dans la recette.

– J'en suis, abonda-t-il. On part quand ?

– Tout de suite, renvoya Francis qui cherchait autour de lui pour voir si Petit Rat, son musicien, n'était pas dans les parages.

– Tu l'as renvoyé chez lui dans la soirée, releva le Breton qui avait deviné et qui ajoutait : Heureusement, car à force de le pinter tu vas l'expédier jouer de son crincrin au cimetière.

*

Cela faisait le deuxième soir que Jeannot, accompagné de son équipier Jeannot Chose, guettait la venue de Jo l'Arabe, l'indic de Lafont. François, qui sur conseil du commissaire Chenevier était entré au 92 de la rue Lauriston, avait confirmé la mise en garde d'Abel Danos : l'Arabe balançait bien à Lafont des adresses de Juifs et de résistants, ainsi que celles de trafiquants de marché noir ; sans omettre celles de truands qu'il jugeait néfastes aux idées teutonnes, pas coopérants du tout. Ceci pour toucher des primes. Aussi Jeannot avait-il décidé d'agir. Il n'en avait même pas référé au commandant Maréchal qui, lui, était plutôt pour éviter les exécutions. Chenevier, en revanche, s'il n'avait pas été déporté aurait été d'accord. Pour liquider les salauds, il l'était toujours. Un type comme ce Jo était dangereux. Jeannot avait eu vite fait de connaître où le sagouin habitait. C'était pourquoi lui et Chose le guettaient place Saint-Georges. Une heure et demie qu'ils poireautaient sous des tourbillons de neige ! La comble, c'est qu'ils n'avaient pas pris de voiture, qu'ils étaient descendus à pied de Pigalle avec des calibres dans les poches de leur manteau. Une patrouille était passée dix minutes auparavant et ils n'avaient eu que le temps de se planquer dans un corridor. Dame, s'ils étaient pris avec leur artillerie... Ils commençaient à se les geler, hésitant à rester ou non, lorsque dans le silence ouaté de la nuit un pas s'éleva. Jeannot pencha la tête du renfoncement où il se tenait. C'était bien leur homme. Seul. Alors qu'il allait pour pousser la porte de son immeuble, les deux Jeannot tendirent le bras en même temps. Et tirèrent. Pan pan pan pan. En plein crâne. Les détonations roulaient encore dans la nuit neigeuse qu'ils étaient déjà loin [1].

*

Henri Lafont stoppa sa Bentley d'un blanc grisâtre, au toit et aux ailes couverts de neige, face au *Chapiteau*. Il était seul. Pas de comtesse ni de baronne ce soir-là. Ni de gardes du corps. Les gens qui s'imaginaient qu'il avait besoin de porte-flingue se gouraient ou faisaient du folklore. Il était bien assez coriace pour affronter qui que ce soit sans être épaulé. Il se rua dans l'établissement et du geste refusa l'aide de la vestiaire qui, abandonnant le coin de l'escalier, s'avançait vers lui.

– Où est votre patron ? aboya-t-il de sa voix curieusement haut perchée, qui jurait avec sa corpulence virile, son air furieux. L'employée, dont la robe de satin noir qui plaquait à ses formes promettait des délices, n'eut pas le temps de répondre. Déjà Monsieur Henri fonçait sur Jeannot, lequel,

1. Quarante ans après, Jeannot, chaque fois qu'il passe par la place Saint-Georges, ne peut s'empêcher de jeter un regard là où est resté un impact de balle.

revenu depuis une heure de la place Saint-Georges, était courbé sur l'Obsédé. Ce dernier, sa tasse chinoise au creux des mains, une bouteille de fine trois étoiles devant lui, une autre de Dom Ruinart 1938 à côté pour la mignonne mousmée qui l'accompagnait, écoutait Jeannot lui murmurer, index dirigé sur la minuscule tasse où l'adorable danseuse nue, appelait à l'amour au gré du mouvement de la tasse...

– Laquelle que tu sautes ? Celle-là ou...

En dépit de l'immense tension nerveuse qu'il venait de subir une heure auparavant, il souriait. L'Obsédé leva les yeux sur lui, contempla sa nouvelle conquête dont la robe du soir faisait des clins d'œil aux amateurs de beauté dévoilée et répliqua :

– Les deux.

Jeannot gloussa. Puis, percevant la ruée de Lafont, il se retourna.

– Ah ! Henri, fit-il, comme content de la visite.

Mais à voir la rage qui déformait les traits de la terreur de la capitale, il avait déjà pigé. Celui qui faisait trembler la ville, faisait s'agenouiller les puissants, possédait, dans son bureau, dédicacé le portrait de Himmler, le sinistre chef de la S.S. allemande, ne pouvait être là vu sa colère que pour Étienne le Stéphanois. Il ne se trompait pas. Lafont jetait à cran, l'œil dur, sans se soucier des clients, ni de la musique, ni où il se trouvait.

– Jeannot, que tu sois pas d'accord avec moi sur ce que je maquille, j'accepte. Que tu m'aies reproché à chaque rencontre de m'être fourvoyé avec les Fritz, d'accord. Mais que tu me butes mes mecs, alors là, pas d'accord. Mais pas du tout.

Dominant Jeannot de sa corpulence, il frémissait d'une violence mal contenue et la colère noircissait son regard. Jeannot amena de la candeur sur son visage.

– Mais je comprends pas, Henri ! De quel mec tu parles ? Qu'est-ce que tu me racontes là ?

– C'est pas moi qui raconte, gronda le caïd de la rue Lauriston. Mais Nez de Braise.

Jeannot, à l'avance, s'en était douté. Mais il ne marquait pas le coup, au contraire. Il rit.

– Ça alors ! Et t'écoutes ce connard ? Ce...

Lafont le freina du geste et le sonda de ses yeux perçants qui en avaient démonté bien d'autres. Il gronda :

– Me fais pas ton cirque, Jeannot. Toi et moi, on est trop marles pour ça. T'oublies ce que nous sommes et que nous nous connaissons depuis longtemps.

Il se tut une seconde, observa curieusement l'Obsédé qui n'avait pas lâché sa tasse à illusions, avant de poursuivre :

– Si tu crois que j'ai pas de rencards sur tes activités...

Aussitôt, Jeannot songea à Joseph l'Arabe, à ce fumier d'indic qu'il venait de liquider. Cependant ce dernier n'avait jamais appris grand-chose sur lui ni sur ses amis, qui n'avaient pas pour habitude de se confier. Oh, que non ! Néanmoins, un indic arrive parfois à faire des recoupements, des déductions... à écouter aux portes... à...

– Si tu crois que j'ai pas de gourance sur les mecs que tu rencontres..., enchaînait le terrible Lafont.

Jeannot, arborant un bon sourire, écarta des bras pacifiques dont l'un se terminait par un fume-cigarette.

– Voyons Henri, il semble que tu prends trop de galons ! Tu vas plus assez sur le tas et cela te déforme ! Car toi, en arriver à accorder crédit à des balancettes... tel Nez de Braise.

Mais Lafont ne voulait pas le suivre sur ce terrain. Il était trop malin, possédait trop d'expérience, s'était trop coltiné avec la vie. Par ailleurs, s'il avait monté un tel service pour les Chleuhs avec l'aide de Pierre Bonny, il est vrai, question organisation, c'est qu'il avait la tête solide, en place. Même si c'était pour faire le mal. Il lança, rugit presque :

– Écrase Jeannot ! Me prends pas pour une truffe. Je sais ce que vaut Nez de Braise. Mais je sais aussi qu'Étienne a été flingué à cent mètres de chez toi.

Jeannot esquissa un mouvement d'apaisement, mais Lafont ne suivit toujours pas. Il refusa une possible argumentation d'un geste rude.

– Que tu sois pas avec moi, je veux bien. Mais que tu me flingues mes mecs, ça non ! Alors, un conseil...

Les yeux de Lafont prirent soudainement une fixité sauvage :

– Me cherche pas, je te chercherai pas. Il se recula d'un pas, jeta : En souvenir du passé.

Et, aussi furieusement qu'il était entré, il marcha vers la sortie. Jeannot amorça un mouvement pour le suivre, puis se ravisa. Autant laisser l'implacable chef de la Gestapo française se calmer. Par la suite, s'il le rencontrait, il tenterait de l'amadouer, de faire du tendre. Pour l'heure... Il agita le bras en direction de l'orchestre d'Aimé Barelli pour qu'ils enchaînent avec plus de vigueur. Puis, revenant à l'Obsédé, il se pencha à son oreille :

– René ! Il me faut cent mille cartons de pain. Pour les maquis.

L'Obsédé, qui s'était remis à sa contemplation rêveuse, ne releva pas la tête. Lui, la sauvage intrusion de Lafont, si elle avait terrorisé la belle gosse qu'il traitait, ne l'avait pas dérangé.

– Tu les auras, dit-il. Au tarif grossiste.

Jeannot lui tapota l'épaule pour le remercier et se dirigea vers l'escalier pour rejoindre Henry de la Palmeira dans le bureau. Il aimait beaucoup son associé, un monsieur, un gentleman. Qui, lui aussi croyait en son pays vaincu, agenouillé, et luttait pour l'aider à se redresser. En montant les marches, un sourire erra sur les lèvres de Jeannot. Si jamais Lafont s'était douté que dans quelques jours il allait superviser une livraison d'armes au maquis du Vercors... et ça avec la bénédiction du commandant Maréchal et de ses chefs, dont l'un opérait de Genève, l'autre de Londres...

*

Ah ! ils n'étaient pas jojos, ceux qui formaient le commando de représailles, alors qu'ils parvenaient non loin de la *Boîte sans sardine*. C'est qu'après le *Gavarnie* ils avaient été goûter le champ' du *Chantilly*, et là ma foi... sautez les bouchons, valsez les nanas, jouez musiciens, chantez en chœur !

« *Nous sommes les moines de Saint-Bernardin*
Nous sommes les moines de Saint-Bernardin
Nous nous couchons tôt et levons pas matin... »

Cela avait semé un rien de perturbation dans la boîte, mais Paul M. et Antoine P., les tauliers, étaient à la coule. Ils laissaient glisser, éclater les joies brutales de défoulement. Par expérience, ils savaient qu'ensuite tout rentrerait dans l'ordre.

L'air célèbre des *Moines de Saint-Bernardin* était resté dans le subconscient du Grand Robert, car il l'avait repris dans la rue. Si sa voix était encore plus éraillée, provenait un peu plus de la gorge, il ne titubait pas, demeurait droit ainsi que dans les pires fiestas.

« Si le prieur nous engueule on lui chante des chansons
C'est ça qu'est bon et bon et bon... »

Et bien entendu les autres, Georges le Bordelais qui les avait rejoints, Dédé Stora, les deux Nantais et le Breton, d'entonner :

« Et voilà la vie, la vie, la vie, la vie chérie, ah ! ah !
Et voilà la vie que tous les moines font... les moines font... »

Ils étaient cinglés. N'importe quelle ronde pouvait surgir, une patrouille boche survenir. Aucun d'eux n'avait d'Ausweiss et il était plus de trois heures du matin. Le Breton avait définitivement paumé son bidule de toubib et l'aîné des Nantais, qui avait un an de ratière à s'appuyer pour coups et blessures, était sous sa véritable identité. Des fondus. Quant à Georges le Bordelais, lui, c'était le bouquet. Juif, d'origine anglaise, si jamais les Canaques lui mettaient la patte dessus... Ils étaient tous plus dingues les uns que les autres et gavés de champ' pour aggraver le score. Comment aller parler de modération à des outils pareils ? Les faire taire, la leur faire mettre en veilleuse ? Francis, à demi calé entre Dédé Stora et son frère, avançait assez droit encore, mais braillant ferme :

« Et voilà que c'est bon, et bon, et bon... »

Le Grand Robert les précédait. Il hurlait d'une voix fausse à faire détaler un mistigri de gouttière :

« Je me ferai moine avec ma Jeanneton... »

Et le Bordelais et le Breton, bras dessus-bras dessous, d'enchaîner dans leur dos :

« Et le soir dans ma couchette
J'lui chatouillerai le menton-on-on... »

Comme si, vu leur état, l'un d'eux était en mesure de chatouiller quoi que ce soit.

« Et voilà la vie, la vie chérie ah ! ah ! ».

Entre deux strophes, le Breton et le Bordelais se marraient à gorge déployée. S'ils aimaient la rigolade, eux ! S'ils l'avaient pratiquée avant-guerre quand, de conserve, ils fréquentaient les bals du *Petit Jardin*, avenue de Clichy, de l'*Ange Rouge*, rue Fontaine... Et valsez le pognon. Et valsez bouchons. Et valsez gigolettes.

« Vas-y ma poulette
Tricote des gambettes
Fais-leur z'y voir aux copains
Que t'as pas de sang de lapin
Retrousse ta jupette
Allume tes mirettes
Ou sans ça gare à ta peau
C'est la valse à Julot oh-oh-oh-oh... »

De sentir la chaude amitié de son pote à ses côtés faisait revivre au Breton leur passé,... les bals musette, les gangsters en Borsalino. Auguste le Fou avec son fox Jimmy tondu de près, lui avec ses costards gris perle et son demi-saison assorti à son feutre rabattu sur ses prunelles vivaces et méfiantes. Paul Muni et son *Scarface* pouvait toujours aller se faire voir par les Grecs pour égaler la gueule du Fou ! Celui-ci, ses yeux sombres enfoncés dans sa face carrée, droit comme un i, le torse bombé sous sa cravate de soie où vivait une perlouse, un diam à l'auriculaire de la main qui tenait la laisse de Sir Jimmy, fixait les nanas qui tangotaient du seuil de l'entrée de la salle de bal. Tout un folklore que la présence chaleureuse du Bordelais ramenait dans le cerveau un rien embrumé du Breton. Et défilaient René Michot, le catcheur colosse, placide et apaisant, Karoly le Hongrois, un autre gros bras du catch, les frères Sétois, deux jumeaux dont l'un, Dédé, avait flingué rue Biot, face à *l'Européen*, Charlot la Bourre, un agressif va-de-la-gueule qui l'avait giflé un soir que le pastis lui avait noyé la raison ; Jo le Boxeur, le book à la gouaille accrochée en permanence sous son nez déformé par les uppercuts ; Jean et Henri les Gitans, ce dernier attaquant sans vergogne toutes les filles, ceci dans des rumbas où il les bloquait tellement, les courbant en arrière, qu'il donnait l'impression de les baiser sur place.

« O Me-xi-ca-na o mi que-ri-da
O Me-xi-ca-na O Me-xi-ca-na, chant de là-bas. »

S'il se frottait, le Gitan culotté qui ne rêvait que d'enlever celles de ses cavalières ! Ah ! il n'était pas timide ! Son aîné Jean non plus, un super-coriace vêtu criard à faciès de Sioux et sentimental à ses heures. A la suite d'un chagrin d'amour, il pouvait demeurer longtemps, la main en cornet à l'oreille, à écouter une chanteuse tendre, un roucouleur patenté...

« J'ai pleuré sur tes pas
En murmurant tout bas
Ta prière d'adieu
D'un départ douloureux
Qui m'emplit de détre-es-esse... »

Ça c'était quand il était ému, qu'il n'expédiait pas une môme sur le ruban du côté de la Madeleine ou dans un boxon de province. Autrement, *« Prosper youp la boum... C'est le chéri de ces da... mes... »,* il n'était pas contre non plus.

Ils étaient toute une tripotée à draguer les nénettes, à leur conter fleurette, à les câliner, à leur promettre la lune pour qu'elles leur montrent la leur. Les coquins. Et c'était encore Roger l'Albigeois, sévère comme un préfet et sapé milord ; le grand Bibi dont le papa, un noble né de..., et qui, honte suprême, avait collé un maquereau sur ses armoiries ; Louis le Biterrois à la barbe de calife ; Quiquinou de Carmaux, qui n'avait pas voulu imiter ses ancêtres et descendre dans la mine. Les ponettes étaient folles de ses yeux bleus, de sa chevelure ondulée débordant du feutre clair. Toutes ne rêvaient que de lui faire les ongles et d'astiquer la chaîne d'or qui lui barrait le gilet. Il y avait aussi ce Manu l'Américain, un géant qui biberonnait ferme et qu'un jaloux cocu avait liquidé dans le bas du 17ᵉ en sortant d'un bistrot ; Dédé Point bleu, abattu lui-même récemment et qui, rieur et cinglé, avait durant la débâcle de 1940, seul dans son char, sillonné les plaines où se ruaient les guerriers blonds de Hitler. A croire qu'il voulait à lui seul bloquer l'avance teutonne ! *Exit* Point bleu. Ça s'était déroulé non loin où Manu lui-même... pan pan pan.

Tout le gratin, truands, braqueurs, souteneurs, trafiquants, passait par le *Petit Jardin*, Milo Jacquot en tête, le caïd de Saint-Ouen, grand ami et aîné de le Breton et qui lui-même en 1936 avait été, devant le *Bar l'Olympic*, rue Ganneron... pan pan pan. Adieu Milo.

Et surveillant valseurs et paso-dobleurs, frotteurs et tangoteuses, les dominant de l'orchestre surélevé, niché sous le plafond, Tatou et Coco, deux autres Gitans, frères eux aussi, amis de Django Reinhardt, évidemment, et guitaristes comme le génial artiste. De leur place privilégiée, ils levaient ce qu'ils voulaient comme nanas, ils n'avaient qu'à pêcher dans le vivier de la salle de bal. Devant leur sourire éclatant, leurs prunelles brûlantes, leur musique, les ponettes se pâmaient vaincues, culottes mouillées, oreilles tendues vers :

> « *Notre tango est un tango*
> *Qui fut conçu par un dingo*
> *En le chantant on devient idiot*
> *En l'écoutant vous le serez bientôt*
> *Un tango, c'est un tango-o-o-o...* »

Que leur importaient les paroles, à ces conquises venues au guinche pour se faire sauter, caresser le clito ? Toutes d'ailleurs débarquaient au bal pour ça. Pimpantes, paupières khôl, cils rimmelés, lèvres rouge bécot, commerçantes, épouses bourgeoises, sous-maîtresses de bordels, putes en retard de barbeaux, elles étaient là pour s'offrir un voyou, du frisson...

500 balles, que coûtaient sur leur corps dénudé les paumes maquereauteuses ou chourineuses. Le tarif minimum : 25 louis. L'endroit où elles ouvraient portefeuilles et cuisses se tenait à un éternuement du bal musette, dans un hôtel de la rue Ganneron justement. Évidemment pour crier « encore, encore », latitude leur était laissée d'envoyer plus de soudure, mais pour pouvoir retourner danser au guinche sans avoir à se cogner leur joli museau contre le torse hargneux d'un coquin, elles devaient verser les 500 francs minimum. Sinon, gare aux déboires ! Quant aux caves, les boulots, les pue-la-sueur, le bal pour eux ne s'ouvrait que les samedis et dimanches. Autrement c'était *verboten*. Prohibiden. Un gentlemen-agreement passé entre les truands et le père Combet, maître de l'endroit. En semaine, pas de place pour les naves, poules entretenues, putains, bonniches, femmes du monde et sous-maq's de boxon restant réservés aux Borsalino. Exclusivement. Cela survenait qu'un suicidaire tente, les jours sans, de passer outre. Alors il poussait la double porte vitrée qui donnait sur l'avenue de Clichy, puis celle menant au rade et ensuite dans le fond à la salle de bal. Hélas pour le téméraire ! avant de parvenir au long comptoir, il y avait dans le prolongement du mur cinq tables installées dans des sortes de boxes un rien surélevés. Et, comme le passage entre ces boxes et la cloison d'en face était étroit, l'inconscient se retrouvait le nez par terre, non de la faute à Voltaire mais par l'un des hommes qui, assis sur les banquettes de velours rouge qui se faisaient vis-à-vis, tapaient belotes ou coinchées. Le truand n'avait eu qu'à allonger la jambe pour que le forceur de blocus se retrouve le museau dans la sciure qui, surtout l'hiver, saupoudrait le carrelage. En se redressant et s'époussetant, la victime se heurtait aux

regards indifférents ou durs des voyous et faisait vite demi-tour, une insulte rentrée au fond de la gorge. Que pouvait-il faire d'autre ? Certains des Borsalino se marraient sans méchanceté de leur déconvenue. Tel Zizi l'Algérien qui jonglait avec le cœur des midinettes avant de les envoyer aux asperges du côté de la rue de Provence, et Marco et Toussaint d'Ajaccio, qui avaient puisé leur philosophie souriante dans le ciel bleu de leur inégalable pays que vantait comme personne Tino Rossi, leur chanteur *number one*. Le Breton avait découvert ce dernier au cinéma Marcadet, lorsque l'artiste s'y produisait en costume de velours à grandes côtes, feutre noir sur le cassis et guitare sous le bras. Lui et ses potes des Fortif's allaient applaudir son folklore qui n'était pas encore, mais ça allait venir :

« *O Corse, ô île d'amour*
Pays où j'ai vu le jou-ou-our...
J'aime tes frais riva-a-a-ges...
et ton maquis sauva-a-a-age... »

Puis il l'avait retrouvé plus tard à la *Crèmerie*, un restaurant de la rue Le Chapelais, à deux pas du bordel, où le conviaient, car il n'était pas encore rupin, des barbeaux de son île natale.

Un qui ne goûtait pas tellement qu'on malmène les pauvres types venus pour danser, était Milo Jacquot, l'aîné et grand ami de le Breton, son parrain dans la haute pègre en quelque sorte. Caïd incontesté de Saint-Ouen, et ce n'était pas de la tarte vu les chourineurs et autres saigneurs de ce coin de banlieue, il faisait régner l'ordre dans les bouges et tapis francs de barrière, ainsi que sur les Fortif's où les jeunes poisses l'admiraient. Il est vrai qu'eux, grandis dans la violence, n'appréciaient que la force, l'affrontement, seul critère de valeur à leurs yeux. Que leur avait-on appris d'autre ? A chacun son école, son éducation. Avec Milo, les rôdeurs tel le Breton étaient servis. Petit, trapu, d'un blond rouquin, l'œil vert et scrutateur, il ne craignait rien sur terre. Il représentait un os qu'il était préférable de ne pas avoir en travers du gosier. Aux poings, à l'arme blanche, au flingue, il répondait présent. Des repaires sordides de Saint-Ouen, où les apaches en casquette se donnaient ça à la saccagne, Milo avait fait sa trouée chez les Borsalino à diam et à grosses cylindrées de Montmartre. Avec lui, les ronds de jambes, le baratin des truands, les faux-fuyants n'avaient cours. Pour lui on était propre ou sale, blanc ou noir. De mentalité, s'entend. Le racisme, il ne savait pas ce que c'était. Dans le genre fruste, rude, franc et bourré de courage, il était un autre Bébert le Jazz, sauf que ses intonations étaient de barrière non de cambrousse.

Heureux pour Margot qu'à seize printemps, attirée comme toutes les mômes de Paname par le bal, elle était tombée sur lui. Aussitôt il l'avait adoptée, parée de ses épaules, avait de rif imposé son veto aux matous déjà en arrêt sur la gosse de la Butte, prêts à lui conter fleurette et à lui indiquer le chemin qui ne conduit pas obligatoirement aux voluptés.

Protégée par la réputation de Milo, elle était devenue tabou aux arlequins du *Petit Jardin*, ces chasseurs de ponettes toujours à l'affût. Pour le remercier, vu que le rude truand ne savait pas valser à l'envers, pas son truc, Margot le lui avait appris, tenté du moins. De suite le Caïd avait aimé la môme des rues, gavroche en jupons, au rire communicatif et aux yeux qui en avaient déjà trop vu. « Pas touche à la môme, avait-il prévenu. Poulbot n'est pour aucun de vous. Si un jour un mec de son âge se pointe et qu'elle s'en ressent, d'accord. Autrement... Vous, en tous cas, vous restez à l'écart. N'allez pas l'embrouiller et tenter de la balancer sur le ruban. C'est comme ma petite frangine, personne n'y touche. » La recommandation s'était répandue et les bordeliers en remonte, les placeurs [1] en chasse se l'étaient tenu pour dit. Par force, la môme leur était devenue sacrée. Puis un soir le Breton, qui devait parler d'urgence à Milo, s'était amené en casquette

1. Avant la guerre de 1939-1940, certains marchands de viande avaient pour quartiers généraux des bistrots discrets. Le téléphone était leur outil de travail. De province, de l'étranger, des patrons de bordel les appelaient pour savoir s'il y avait tel ou tel genre de fille disponible. Le placeur consultait alors son carnet où étaient consignés des noms, des adresses, des âges, les races, etc. Et s'il possédait le pedigree réclamé, il expédiait la fille, la faisant accompagner par un acolyte.

à carreaux, froc à pattes, charentaises aux pieds et mégot à l'oreille. Et plaf ! la gosse et lui s'étaient pris aux prunelles et ça avait fait tilt. Puis, comme Tatave Viseur, l'accordéoniste, attaquait les mesures du *Dénicheur,* le rôdeur avait d'un signe de tête invité la fille blonde aux yeux immenses et à la bouille grande comme le poing et ils avaient valsé sous la boule tournoyant au plafond qui les balafrait de flèches multicolores. Et le soir même... dans la carrée qu'elle possédait dans le 18e... avec l'accord ô combien applaudi du caïd Milo Jacquot...

« La chambre est trop petite
Pour notre grand amour
Allons-nous en bien vite
Il paraît qu'alentour... »

Alors ils avaient noué leur destin, réuni leurs rires, leur mouise, leur faim de vivre avant d'aller lorgner si, aux alentours, il n'existait pas autre chose que des avenirs de parias. Et ils étaient partis en avant. Mais leur marche avait marqué une pause, le temps d'enterrer leur ami Milo Jacquot, abattu à deux pas du bal où ils s'étaient connus, découverts, et où pour la première fois il l'avait enlacée et entendu lui fredonner, pendant que le père Combet, le taulier du bal, un mastodonte biarrot en béret basque, naissance oblige, aboyait, une sacoche sur son ventre replet : « Passez la monnaie ! »

A la reprise de la valse, elle n'avait pas interrompu son fredonnement :

« On l'appelait le Dénicheu-eur...
Il était rusé comme une fouine
C'était un gars qu'avait du cœur
Et qui dénichait des combine-e-es
Le soir sur les Boulevards Extérieu-eurs...
Quand on voyait passer sa da-a-a-ame... »

Ce soir-là elle ne risquait pas d'être sur les boulevards extérieurs, elle était dans ses bras. Ce qui était mieux pour elle. Et pour lui. Et vu qu'elle était le premier être humain à lui montrer de la tendresse, alors qu'il n'avait connu que les orphelinats de guerre, les maisons de redressement et les coins de porte en guise de foyer, il s'était mis à la vénérer.

« C'est elle que son cœur a choisi-ie-ie...
Et quand il la tient contre lui
Dans ses yeux caressants
Il voit le ciel qui fout le cam-am-amp... »

C'est le patron de la *Boîte sans sardine* qui aurait bien voulu que les clients tardifs foutent le camp. Hélas pour lui... En dépit que de son restaurant nulle lumière ne filtrait au dehors, on insistait du poing. Puis du pied. Il se décida à aller entrebâiller l'huis pour doucher les intrus, leur refuser l'accès... Hélas, hélas de nouveau ! Lorsqu'ils eut repéré dans l'ombre la face balafrée de Francis, il tenta bien de refermer sa porte, seulement le pied du Nantais... vivement glissé par l'entrebâillement...

– Messieurs..., gémit le marchand de soupe de luxe.

Une poussée le renvoya en arrière, les justiciers entrèrent, queue-leu-leu. Ils étaient frais ! La cravate du Gros Georges était de traviole, celle de son cadet dans la poche de son pardessus. Pour sa part, Dédé Stora avait son chapeau aux bords relevés qui lui tombait sur les sourcils et ainsi comment pouvait-il encore voir devant lui ? Le Bordelais et le Nantais tentaient d'arborer un air sévère alors qu'ils avaient envie de rigoler. Quant au Grand Robert, il souriait aux anges à croire qu'une musique céleste parvenait à ses oreilles rougies par le froid. Francis attendit que tous soient entrés. Il reverrouilla et, en flageolant sur ses jambes, il vint vers le bar. Nu-tête, ses habituelles mèches rebelles lui balayant le front, la gueule plus frère de la cote que jamais, il coinça le taulier dont femme et personnel harassés étaient partis se coucher et lui éructa en pleine face :

– T'as balancé des Juifs aux Frizous.

En plus des mots il lui avait postillonné un rien de champ' éclusé par magnum au *Chantilly*, car l'autre eut du mal à contenir un haut-le-cœur.

– Oui, t'as balancé des mecs aux Boches, renchérit le Gros Georges, verre déjà en main.

Ah ! il n'avait pas été long à se servir. Comme un verre plein oublié traînait sur le comptoir...

– Voyons, messieurs..., tenta le commerçant.

– Ta gueule !

C'était le Grand Robert qui, avançant d'un pas, envoyait ses amitiés.

– Mais, messieurs, je vous jure...

La main du grand amoureux faucha l'air. Elle faillit gifler Francis mais heureusement trouva son but, la joue du restaurateur. Clac ! Ça résonna dans le silence cossu, faisant sursauter deux couples attardés qui se levèrent.

– L'addition, réclamèrent presque en même temps les deux hommes.

Francis se retourna lentement sur eux :

– C'est payé.

Les clients écarquillèrent des yeux ahuris.

– Si, si, renchérit Dédé Stora qui, avisant des caisses empilées et pleines d'œufs, se dirigeait en cette direction.

Braoum... Roum ! Boum ! Boum !

Le Bordelais avait lui avisé un énorme pot de fleurs, le Breton un autre. Et sans se concerter... après les avoir portés à bras tendus, ils avaient ouvert les mains et... patatrac ! Braoum !

– Oh ! gémit le restaurateur aux omelettes norvégiennes réputées. Oh... non !

Il pouvait gémir, pleurer, supplier, promettre la lune, menacer... quoique à ça il ne s'y risquait pas. En revanche, le Gros Georges qui venait de raccompagner les clients à la porte...

– Vous n'avez rien vu, rien entendu, sinon gare !

Puis à voix basse, l'air mystérieux :

– On est envoyés par les autorités.

Quelles autorités, ça, les deux couples ne tenaient pas à l'approfondir. En ces époques troublées, moins on en savait... Ils filèrent. Ils devaient posséder un Ausweiss, car le Gros Georges perçut le toussotement d'un moteur. Alors qu'il se retournait après avoir reverrouillé, il plongea sur le sol. En dépit de ses 120 kg, il était d'une vivacité... Néanmoins cela ne lui servit à rien. Il récolta en pleine tête l'œuf lancé par Dédé Stora. Ah ! c'était ça ? L'aîné des Nantais se rua au milieu des gémissements du patron et parvint à s'emparer de l'une des caisses d'œufs. Il était temps. Il allait se trouver désarmé face au déchaînement des forces adverses. C'est que tous s'étaient servis et y allaient franco. Les munitions achetées au marché noir ne manquaient pas. Pas encore. Combien gagnait-il sur les centaines et centaines d'œufs, le tenancier dénonciateur ? Pour l'instant, il n'aurait pu répondre. Il était terrifié. C'est que ça y allait à la manœuvre. Si ça valsait ! Les œufs frais volaient dans les airs, se croisaient sans se saluer, allaient s'écraser un peu partout. De préférence sur les pardessus et chapeaux du commando de représailles. Ah ! ils ne se faisaient pas de cadeaux, les justiciers ! Pas plus qu'aux murs joliment décorés. Jaunes et blancs souillaient à présent les cloisons, les banquettes, les tables. Et ces omelettes n'avaient plus rien de norvégiennes. Ça dégoulinait de partout, offrait un spectacle à faire tourner les cœurs fragiles. Chacun des guerriers vengeurs muni de caisses d'œufs se retranchait à l'abri d'une banquette, du comptoir, d'un fauteuil... Zim ! Floc ! Floc ! Verdâtre, le taulier voyait son établissement si bien fréquenté, si bien tenu, livré à des vandales, à des sagouins que... Oh ! s'il allait leur faire payer ça ! Pas pour rien qu'il avait ses entrées chez les Teutons... Pas pour... Plof ! un œuf lui atterrit en pleine poire. Il brailla, du jaune lui dégoulina dans la bouche. Il le recracha, voulut hurler. Replof ! Un second projectile s'écrasa sur sa face d'habitude réjouie par le bruit angélique du tiroir-caisse. Ô bonne Vierge, protectrice des honorables restaurateurs, protégez-moi ! Il se terra sous son comptoir.

A l'aube, il ne restait ni un œuf de valable ni une bouteille de champagne pleine. Tout avait été liquidé, bu, détruit. Plus ivres que jamais, les justiciers souillés, maculés de jaune et de blanc d'œuf sortirent, méprisants et titubants, du carnage, laissant le saligaud d'indic le cœur dans ses chaussettes et de la mouscaille dans son caleçon. Le plus beau était sans conteste Dédé Stora. Il avançait, feutre sur les yeux, droit, digne dans les rues que commençaient à envahir ceux qui se rendaient au boulot et qui les lorgnaient ahuris. Rue Fontaine, devant l'impasse qui conduisait dans le fond à l'*Hôtel de Paris,* il invita :

– J'offre la dernière.

Tous pénétrèrent dans l'estanco pour y vider d'autres flacons. Subitement, Dédé Stora les quitta en prévenant :

– Je reviens. Le temps de prendre un bain.

Dix minutes après, il revenait. Il avait pris son bain. Mais tout habillé. Il n'avait même pas enlevé son chapeau. Aussi avec les jaunes et blancs d'œufs qui dégoulinaient de ses fringues... Oh, il était jojo ! Tous, pourtant pas déjà si reluisants, le contemplèrent effarés avant de partir dans une crise de rigolade. Lui, très digne, lança des poignées de billets devant le barman mal éveillé et sans un mot ressortit.

– Il est louf, se marra le Bordelais. Et il cria :

– Hé, Dédé !

Stora ne se retourna pas. Tous le suivirent. Alors qu'ils débouchaient dans la rue Fontaine, ils le virent plus loin stopper le fiacre de Maurice Sigot qui rentrait se coucher et lui parler. Mais le cocher refusa de la tête. Enfin la liasse qu'il reçut sur les genoux dut le convaincre, car leur ami, ruisselant d'eau et de jaune d'œuf écrasé, grimpa dans le fiacre et s'y installa, digne et fier tel un empereur dans son carosse, un jour de sacre.

– Hé ! attends-nous ! que lui lança le Bordelais.

Le cocher fit claquer son fouet, la rossinante s'ébranla, l'Arabe ne se retourna pas. Tout de même, s'il était réellement juif, il fallait qu'il soit fou à lier pour se payer un tel cirque.

Celui qui le surprit dans son équipage, et qui pourtant avait lui itou sa dose, fut un autre Dédé, mais toulousain celui-là. Dans quel état ! Il venait d'émerger du *Casanova,* la boîte russe de l'avenue Rachel, un des lieux de prédilection de Joseph Kessel qui y dégustait aux temps heureux la verrerie à pleines dents. Crac, crac, crac... Défoncé, hirsute, la barbe poussée dans la nuit de beuverie, dépoitraillé, la chemise sale, le Toulousain était accompagné d'Auguste le Fou et de Panafieu, qui avaient tenté de le freiner... Seulement, lorsque le grand calamar avait décidé de faire ses tours de con... En sortant de l'avenue, en réalité une impasse qui menait au fond du cimetière de Montmartre, il était tombé sur un flic qui réglait la circulation de la place Clichy. Oh ! elle n'était pas terrible, mais enfin les vélos, vélos-taxis, fiacres, bus à gazogène, voitures à Ausweiss... Aussi sec le grand, la trogne fendue d'un rire muet, avait chopé le kébour et le bâton blanc du représentant de l'ordre. Puis képi sur le crâne, bâton à bout de bras, jambes de son froc retroussées sur ses mollets piquetés de poils roux, il avait concrétisé un vieux rêve : faire le flic, faire circuler le monde. Dire sa bouille quand, de son bâton, il indiqua à Maurice Sigot qu'il pouvait passer ! Et qu'il aperçut Dédé Stora, assis à l'arrière, le chapeau ruisselant, le manteau souillé de jaune d'œuf ! Quant au Fou et Panafieu, pas faciles à épater pourtant, ils en restaient comme deux ronds de flan. Et l'agent dépouillé de ses attributs qui finissait par en rire :

– Un qu'a de l'humour, conclut le Fou.

– Si ses copains pouvaient en avoir autant quand ils nous emballent, soupira Panaf, tout en allumant une cigarette au mégot précédent.

*

Quelques heures après avoir appris les exploits de Dédé Stora et du grand Toulousain, Jeannot heurta à la porte de Michel Chave, rue de Clichy. En dépit des sommes qu'il étouffait à droite, gauche et de celles que lui laissait palper Henri Lafont, le tueur gîtait dans un gourbi plutôt minable : une pièce, chambre et cuisine et une antique baignoire avec W.C. C'était peu, mais assez pour l'assassin sadique.

– Qu'est-ce que tu veux ? dit-il à Jeannot en lui ouvrant.

Il était sur ses gardes, pouvait l'être. Son œil allait de son visiteur imprévu à Chose qui, par sa courte masse trapue, faisait écran sur le palier. Il pouvait se la donner car il connaissait les deux hommes, pas du tout le genre comique. Jeannot s'était muni d'une grenade et d'un P 38, Chose d'un Colt 45. Chose aurait tout aussi bien monté chargé d'un bazooka, tellement il haïssait Nez de Braise, ceux de la Carlingue, leur chef et les occupants sans distinction. Parmi tous les êtres de toutes conditions qui, dans l'ombre, luttaient contre les Teutons, il devait s'avérer duraille d'en trouver un aussi concerné que Chose. Chez lui, c'était viscéral. Il voulait que les Fritz foutent le camp. Définitivement. Et vaincus. D'autre part, pour lui, Nez de Braise avait balancé Jeannot à Lafont pour l'exécution d'Étienne le Stéphanois, ce qui risquait d'amener des ennuis un jour ou l'autre à son ami. Aussi, en plus de voir en Nez de Braise un malfrat devenu traître à son pays, Chose le cataloguait-il ennemi personnel. C'est pourquoi, tandis que Jeannot suivait Nez de Braise dans son étroit couloir, Chose épiait-il les moindres mouvements du tueur sadique. Si l'autre s'avisait de plonger la main dans l'espèce de robe de chambre fatiguée qui le vêtait, alors... Pourtant, en grimpant les marches de l'immeuble, Jeannot l'avait prévenu :

– Faison du léger avec Chave. Si on veut l'avoir, on le flinguera un soir dans la rue. Ne serait-ce que pour venger Chenevier qui doit crever dans son camp de déportés. Seulement, si on le brûle ici, Lafont cette fois ne passera pas les dés. Il me fera liquider. Et toi en prime probablement.

Chose avait opiné, néanmoins si Nez de Braise s'avisait de broncher...

– Oui, pourquoi que tu viens chez moi ? que répétait le gestapiste.

– Parce que c'est toi qu'as balancé à Henri que j'aurais flingué ton équipier le Stéphanois.

Jeannot avait attaqué bille en tête. Chose le contemplait, sourcils levés. Si c'est ça que son ami appelait faire du léger ! L'homme de la rue Lauriston tressaillit.

– Moi ? J'ai dit ça à Henri ?

– Toi, confirma Jeannot.

– Lui qui te l'a dit ?

Jeannot éluda. Inutile d'en rajouter.

– Crois ce que tu veux, dit-il. Je tenais à te prévenir que tout ça est faux. Pourquoi que j'aurais buté le Stéphanois ?

De même que Chose, ses yeux attentifs, scrutateurs, ne quittaient pas les mains de Nez de Braise.

Et, devançant le gestapiste qui ouvrait sa bouche où manquaient deux dents :

– Parce qu'on a trouvé son corps à cent mètres de ma boîte. Ça prouve quoi ?

– C'est qui, Michel ? cria une voix en provenance d'une pièce obscure.

Il était près de midi, mais les volets étaient fermés. Chave et la nana devaient dormir tard. Cette dernière apparut sur le seuil du corridor. Si lui était petit, du genre épais, et puait la férocité, elle offrait une assez grande taille, des membres grêles et sa figure pâlotte encadrée de cheveux noirs, dotée de beaux yeux tristes, indiquait la gentillesse. Que fabriquait-elle avec cet assoiffé de crimes ? Une seconde Jeannot se posa la question, puis laissa tomber. Il savait bien qu'il ne pouvait pas la résoudre. Des couples disparates, il en croisait tous les jours. Les gens se rencontraient, se plaisaient, se liaient, s'entremêlaient, s'aimaient, se quittaient s'entre-tuaient... difficile à s'y retrouver, à trancher.

– Oui Michel, qu'est-ce que c'est ? répéta la fille, s'inquiétant.

– Barre-toi ! lui jeta-t-il sans même daigner se retourner sur elle, à demi nue sous un ample truc de soie mauve.

Elle obtempéra à la seconde. Il ne devait pas aimer avoir à répéter ses ordres. Jeannot attendit que tout retombe dans le calme avant de poursuivre son plaidoyer :

– Oui, pourquoi que j'aurais liquidé Étienne ? J'ai pas de raisons !

– Si, répliqua Nez de Braise hargneux. Il parlait de buter ton chanteur à la con... ce mec qui gouale en anglais.

Jeannot se força à rire.

– C'est la meilleure ! J'irais dessouder un de tes amis et un homme d'Henri, tout ça parce qu'il a menacé de flinguer un artiste qui passe au *Chapiteau* ? Non mais t'es louf !

Pour donner du poids à ses mots, il avait écarté sa main gauche, paume en l'air, mais la droite demeurait dans la poche de son blouson de cuir fauve, il enchaînait :

– Qu'est-ce que tu veux que ça me foute à moi, ces chanteurs... ce Montand ?

Et, amplifiant sa fausse gaieté :

– Mais des artistes qui draguent le cacheton, y'en a plein Paris ! En plus, c'est même pas moi qui m'occupe de ces embauches, mais la Palmeira. Tu devrais le savoir tout de même !

– Bon, bon, maugréa enfin le tueur. Bon, bon. Admettons. N'empêche que mon équipier est mort !

Jeannot haussa les épaules.

– Ça nous arrivera à tous et ça aussi tu le sais. C'est dommage pour Étienne, mais on n'y peut rien.

– Bon, bon, répéta Nez de Braise, nullement convaincu. Bon, bon.

En parlant, il guettait Chose pas plus grand que lui, un peu plus trapu, plus compact et au crâne dégarni. C'était comme s'il palpait la haine que l'autre lui vouait. Il le dit :

– Tu m'en veux de marcher avec la Gest, hein ?

Chose, avec la délicatesse, la diplomatie d'un orang-outang débarquant dans un salon de thé, donna sa mesure :

– J'en ai rien à foutre de toi.

Jeannot, qui en avait marre de jouer aux gentils, sursauta. Pour du léger, c'était du léger. Sa paume se crispa sur la crosse de son P 38, car la main de Chave commençait à descendre jusqu'à la poche de sa robe de chambre. Puis, comprenant brusquement qu'il allait au suicide, le tueur n'acheva pas son geste. Il répéta pour la troisième fois :

– Bon, bon. N'en parlons plus.

– C'est à Lafont que je voudrais surtout que tu parles plus de cette histoire, renvoya aussitôt Jeannot.

– Bon, bon. Je lui jacterai plus de ça.

En cherchant à rassurer, le tueur sadique venait de livrer qu'il avait bien fait part à Lafont de ses soupçons.

Jeannot tendit sa main gauche pour prendre congé.

– Ça me fait plaisir que nous soyons d'accord. A bientôt, Michel. Et excuse-nous.

Nez de Braise porta son attention sur la main enfouie dans le blouson, puis sur celle offerte. Il hésita, se décida enfin à la toucher.

– N'en parlons plus, Jeannot.

Il voulut allonger sa main vers Chose mais celui-ci, les siennes dans les poches du blouson qu'il portait également, s'était déjà reculé vers la porte. Il restait irréductible. Une fois dehors, revenu dans le froid de l'hiver, il confessa :

– J'avais envie de le tuer. Tu peux pas savoir comme...

– Moi aussi, coupa sereinement Jeannot. Mais avant la fin de la journée on pouvait se considérer comme morts. Cette fois, Henri nous aurait pas fait de cadeau.

– Il aurait peut-être pas su !

– Non, et la fille là-haut ?

Chose ne répondit rien. C'était l'évidence. Jeannot conclut :

– Je préfère que ça se termine de la sorte. Seulement à partir d'aujourd'hui, je vais plus que jamais faire gaffe à Nez de Braise.

Il évita deux militaires qui sortaient du Soldatenheim de la place Clichy et ajouta, mettant en garde :

– Tu connais Chave. C'est un fou dangereux. Donne-toi la aussi. S'il peut te croiser seul...

– Je suis aussi toquard que lui, répliqua Chose en contournant les barrières blanches qui délivraient l'entrée du Soldatenheim.

XVI

Le Grand Robert drivait doucement la 15 traction-avant noire, dotée d'un ausweiss bidon plaqué au pare-choc. De l'œil il parcourut les allées du Bois de Boulogne, que Lulu l'Haricot avait eu la générosité de bazarder aux Allemands lors de leur entrée victorieuse dans la Ville lumière. Soudain, il aperçut ce qu'il cherchait, un épais tapis de feuilles mortes, piqueté de givre par endroits.

– Voilà ce qu'il nous faut, dit-il.

Francis le Nantais, assis à ses côtés, grogna.

– Ouais, vas-y.

Et, sans se retourner sur son ami coincé entre son frère et Mémé le Bique :

– Tu crois que ça collera ton truc, Maho ?

Auguste le Breton, qui somnolait, le nez enfoui dans son écharpe, les oreilles protégées par le col d'un trois-quarts de cuir souple doublé de mouton, ne répliqua pas. Débarqué par le train de nuit de Lorient, il n'avait pas dormi depuis un bail. L'avant-dernière nuit, il l'avait passée assis en bas d'un escalier, alors que les pilotes anglais matraquaient la base sous-marine. Ah ! ils ne lâchaient pas prise, les bull-dogs d'outre-Manche ! Nuit et jour, la neuille surtout, ils bombardaient, incendiaient le grand port. Assis sous les bombes, le Breton n'avait pu s'empêcher de songer à son père, un Lorientais porté disparu le 29 août 1914, du côté de Bapaume. Clown acrobate, errant au gré des cirques, il avait essaimé quelques gosses puis était mort.

– J'espère que tu veilles sur moi, Eugène, avait-il souri, tandis que les crottes anglaises aplatissaient la ville. Car ta salope de femme...

Rare qu'il songe à sa mère. Elle l'avait oublié sur son parcours. Ce sont des choses qui arrivent. Il n'en faisait pas un fromage. Sur les Fortif's ils avaient été une tripotée d'orphelins comme lui, vomis par la Société, traqués par les flics.

– Hé, Maho ?

Le Breton émergea de sa somnolence sous un coup de coude du Gros Georges.

– C'est quoi ? fit-il en bâillant.

– Merde, tu dors ! le gourmanda Francis. Réveille-toi. On a trouvé ce que tu voulais.

Le Breton s'étira et, dans le geste, il heurta ses voisins. Francis ajouta, alors que le Grand Robert immobilisait la 15, au ras du tapis de feuilles :

– T'es sûr que ça va marcher, ton bidule ?

– J'y crois moi, déclara le Grand Robert en coupant le contact.

Il était nu-tête, Francis aussi, Mémé le Bique exhibait un béret basque, le Gros Georges et le Breton des casquettes.

– Je veux, que ça va marcher ! assura ce dernier. Fredo du Gavarnie, qui se sert de ce truc-là, me l'a garanti.

Mémé devait tout de même être sceptique car, en descendant de la bagnole, il leva les yeux vers le ciel bas et gris.

– Vous et vos malices, lança-t-il à Francis, à jeun et lucide cette fois. Ce que j'avais préparé était bien plus simple !

Le Nantais haussa ses épaules qu'épaississait un pardessus bleu foncé.

– Ça n'aurait pas été possible, Mémé ! Tu nous vois, chacun avec une tige de fer de plus d'un mètre, explorer un jardin de plus de mille mètres carrés ? Dégauchir le ganot dans ces conditions aurait relevé du miracle. Mieux que d'afflurer le gros lot de la loterie.

– Je pense comme Francis, abonda le Grand Robert, descendu de la bagnole.

Il était en canadienne, ses oreilles rosissaient sous le froid et de la buée jaillissait de ses lèvres. Si Francis était en pardessus, le Breton avait son cuir qui, en voyage, lui évitait de trop se les geler dans les wagons non chauffés où les voyageurs s'entassaient, l'aîné des Nantais pour son compte arborait sa tenue du quai de la Fosse, casquette, gros pull à col roulé et sabots vernis, indices qui signalaient que Nantes, ses copains de beuverie, de rixes, et ses amours pour Gilberte, sa femme, lui manquaient. Il ne l'annonçait pas, mais ça le prenait par crises et sa façon de se vêtir l'indiquait. Mémé le Bique aussi était en canadienne et, sous le béret, son regard que déformait la taie à l'œil semblait sceptique.

– Je demande qu'à vous croire, dit-il. Mais...

Il lorgna le pendule en forme de cône suspendu à une chaînette, que le Breton venait d'extirper d'une poche. Non vraiment, ce n'était pas sérieux ! Il leur apportait sur un plateau une affaire fabuleuse de lingots, louis d'or, jusqu'à des documents et ces cons-là... écoutant ce fondu de Breton... Un pendule ? Pour détecter le coffre d'acier que le type, un Hollandais renégat il croyait, du bureau d'achats d'Otto Brandt, avait camouflé, enfoui dans son jardin de la villa qu'il occupait à Chatou ? Non ! Ils étaient loufs, ces mecs ! Une telle affaire, dont il était si sûr ! Pour cause. C'était lui-même qui avait vendu les lingots et les napoléons au trafiquant ! Et petit à petit, de gueuletons en noubas, des filles à bas noirs aux entraîneuses du Tabarin, le tout béni par des roteuses millésimées, il avait gagné la confiance de l'autre, lui avait soutiré en douce le lieu où il camouflait ses richesses. Quand le Hollandais lui avait également fait part de dossiers, de listes de collaborateurs haut placés qu'il aurait planqués avec son or, Mémé avait haussé les épaules. Bof, le jonc oui, les papelards... Mais ça avait intéressé le Breton, ces papiers que le Hollandais comptait utiliser après la guerre pour se dédouaner près des vainqueurs, leur faire oublier sa collaboration aux Services d'Achats allemands. Si le renégat avait fait copain copain avec le Bique, c'était pas au point tout de même de lui indiquer l'endroit exact où son or... Dame, en ces époques troubles il fallait conserver un peu de méfiance ! Le Bique n'avait pas insisté. Il avait fait fabriquer six tiges d'acier de 1,20 m avec poignée, pour explorer carré par carré la surface du jardin en question. Las, ses amis n'y avaient pas cru. Ils avaient penché pour le pendule du Breton. Et ils étaient au Bois pour expérimenter l'engin dont Fred du Gavarnie, un adepte, disait merveilles. Selon lui, c'était l'objet rêvé pour détecter les trésors. Convaincu d'avance, le Breton avait à son tour convaincu ses amis. Enfin, du moins le croyait-il. Seulement, avant de s'attaquer à ce jardin, bourré d'espoir, il se devait de savoir comment faire fonctionner le sésame. Les pieds dans les feuilles mortes aux reflets d'or déjà riches de promesses, il mit la main à la poche pour y pêcher le louis qu'il avait emporté pour l'expérience. Dans le geste, il eut l'attention attirée, accrochée par la chevalière en or que le Grand Robert portait à l'annulaire gauche. Elle était indécente de poids, mais respectait la mode chez les marginaux qui pour l'heure raffolaient de ce genre de truc.

– Tiens, Robert, dit-il. Passe ta bagouse, on va la planquer !

Le Grand, dont les joues creuses paraissaient être comme aspirées par les mâchoires, le bigla de travers. Il renâcla :

– C'est tout ce que t'as trouvé ?

– Tu risques rien, rassura le Breton. Avec ça, je te la retrouve en deux coups les gros. Donne.

– Allez, quoi ! lança Francis, venant au secours de son ami. L'idée est bonne. File-lui ta bague !

Le Grand s'y décida sans conviction. Le Breton les balaya tous du regard.

– Tournez-vous. Faut pas que vous voyez où je la planque.

Ils obéirent et le Breton, certain de ses pouvoirs neufs, camoufla le bijou sous les feuilles mortes.

– Vous pouvez vous retourner, invita-t-il. Elle est planquée.

Tous obéirent et ramenèrent leur attention à leurs pieds.

– Maintenant, rassura le Breton en commençant à promener le pendule, on va la récupérer en moins de deux.

Fascinés, sauf Mémé le Bique, tous suivaient ses mouvements. C'était passionnant. Ce le fut moins quand ce bon dieu de pendule, même promené au-dessus de l'endroit où le gros malin jurait avoir caché la bague, ne broncha pas.

Rien. Le démonstrateur fit quelques passes à droite... à gauche... en avant... revint en arrière... se courba sur le tapis de feuilles... Toujours rien. Au-dessus de sa tête, le gros malin perçut de l'énervement.

– Qu'est-ce que je vous avais dit ! triompha le Bique. Pourquoi que vous allez pas voir les voyantes, pendant que vous y êtes ?

– Merde, pourtant c'est bien comme ça qu'ils trouvent des sources, se lamenta le Breton en secouant son nom de Dieu de bidule.

– Ça va, le stoppa le Grand Robert. Toi et tes conneries... toi et tes inventions... Je vais la retrouver, moi, ma bague !

Et il se baissa pour fouiller dans l'épais tapis de feuilles. Les autres, agacés, à leur tour l'imitèrent. Résultat : la bague roulée, bousculée, mélangée aux feuilles, s'y confondant, repoussée par les chaussures, échappa à toutes les recherches. Dix minutes plus tard, en nage, en rogne, tous se retrouvèrent dans la traction noire. Le Grand Robert, principale victime, y allait de sa vengeance.

– Non mais, il est fou ce mec ! Il faut l'enfermer. Vous rendez compte ? Il pose une bague à ses pieds, la mienne ! Et il n'est même pas foutu de la retrouver !

– Le fait est... admit Francis, hypocritement.

Puis ce fut plus fort que lui, un fou rire le gagna et il s'étrangla.

– Celle-là alors, Gugus...

Ses épaules massives, secouées par la gaieté, tressautaient ainsi que chaque fois que la joie le gagnait. Il en pleurait, le cou en avant, ses poings fermés mis devant ses paupières, comme un gosse. Bientôt, ce fut au tour de Georges de s'étouffer de rire, puis Mémé suivit et enfin la victime elle-même qui... secouée par sa déconvenue... entraînée par la joie bruyante de ses amis... Alors, rassuré, le Breton à son tour... la rigolade au ventre... agité de hoquets...

Avec ce Noël de guerre qui approchait, les mioches n'avaient pas besoin de briquer leurs sabots. Pour ce qu'ils y trouveraient ! Car la période demeurait plus rude que jamais aux démunis. Même si la morale du pays était partie en brioche, tous ne bricolaient quand même pas dans le trafic. Il y avait les sans-défense, les naïfs, les probes... eh oui, il en restait encore ! Pour les autres, l'absence de morale, l'habitude de traficoter seraient difficiles à perdre. Maintenant, il n'y avait pas que le Milieu à fournir des sans-loi, les caves s'y étaient mis, avaient plongé à fond avec des dents longues comme des baïonnettes. Ceux-là, pour que le droit chemin les récupère, la paix revenue...

A six heures du soir, peu de monde enfilait la rue Chaptal pour rejoindre les bars et boîtes de Montmartre. Quelques vélos-taxis, des passants, des bagnoles, la Wehrmacht. Rue Henner, c'était pire. Calme total. Le Grand Robert stoppa la 15 devant le *Petit Trou*. Avant d'en descendre, le Breton tapota la cuisse du Gros Georges.

– Vous me rejoignez ici ce soir avec Yvon ?

Le Gros acquiesça, son cadet lança :

– Si tu peux commencer à monter une partie ! Il n'y avait encore personne quand j'ai tubé à Bras Court, vers seize heures. Nous, on te retrouvera pour claper.

– Je viendrai aussi, Francis, prévint Mémé. Avec ma chérie.

Puis en soupirant, tandis que le Breton ouvrait la portière :

– Paume surtout pas ton pendule ! Il vaut de l'or.

– Oui, le mien, grommela le Grand Robert à l'avant. Et il embraya sèchement.

*

Dans la salle arrière du *Petit Trou*, la partie de poker était en sommeil. Cela survenait parfois, les flambeurs étaient occupés à leurs coupables industries ou tout bonnement fatigués. Mais il y en aurait une qui démarrerait vers les sept heures du soir. C'est ce que Milo l'Arabe expliquait à Pierrot Moura venu voir :

– Le vieux Gaby le Flambeur m'a tubé pour que je lui réserve une placarde. René Gotteland et l'Obsédé aussi.

– Garde-m'en une, déclara Pierrot.

Assez grand, solide, nerveux et teigneux, l'homme de la

Gestapo, nu-tête, tout vêtu de marron, costume, manteau, furetait du regard à travers la pièce. Il arrêta son attention au petit comptoir de bois sur Georges le Bordelais. Tous deux ne s'appréciaient guère. A peine si celui-ci accorda un coup d'œil à l'arrivant. Une bouteille de Roederer au frais devant lui, un verre ballon à demi empli de la boisson des princes et des ruffians, il fredonnait avec Margot venue attendre son homme :

« Sur la route d'Espanel
Sur la route d'Espanel
J'ai vu deux belles de-moiselles
J'ai vu deux belles demoiselles
Qui faisaient bien les fières
En allant à Molière.
Ohé les jouvencelles
Ohé v'là les troupiers. »

Emporté à son tour, Milo l'Arabe qui, sur la couverture brune, disposait jetons et plaques à concurrence de 500 000 francs la carre, sifflotait l'air qu'il ne connaissait pas mais avait vite pigé. Il n'était pas le seul à l'ignorer. C'était le Breton qui l'avait ramené, l'ayant récolté du côté de Montauban où l'exode, la ruée germanique l'avaient conduit. Des grivetons dépareillés, de toutes armes, qui campaient dans des granges en attendant d'être démobilisés, renvoyés en zone occupée, le chantaient. D'où l'avaient-ils sorti ?

« Ohé les jouvencelles, ohé v'là les troupiers. »

Dédé Stora et Zizi l'Algérien poussèrent la porte. Lequel était le plus élégant ? Le plus beau mec ? Difficile à départager. Rasés de frais, sentant bon la lavande, le teint reposé, ils annonçaient la pleine forme. Ils pouvaient. Ils sortaient du hammam et du coiffeur. Les yeux noirs et rieurs de Stora glissèrent sur la couverture qui servait de tapis. Il repéra les jetons, les plaques...

– Vous êtes complets ?

– Non, fit Milo l'Arabe de sa voix cassée. Pour l'instant ils sont que cinq, en comptant le Breton qui arrive.

– Alors, on en est, fit Stora.

Puis, avisant le Bordelais et Margot qui, verre en main, fredonnaient toujours :

– Salut les artistes ! Un verre pour nous.

Il riait. Il riait toujours. Mais ainsi qu'à l'accoutumée il repérait tout, mettait choses et gens à leur place. Il passa devant Pierrot Moura, à qui il toucha la main au passage et aborda le comptoir.

– C'est quoi, votre chanson ? lança-t-il joyeusement en se débarrassant, aidé de Milo, de son pardessus à poils de chameau et de son Borsalino noir aux bords roulés. Il apparut en complet noir, chemise de soie crème, cravate noire et pochette crème. A ses poignets de chemise étincelaient des diamants remplaçant les louis d'or habituels.

– 'lut Dédé, renvoya le Bordelais qui reprit aussitôt après un signe amical à Zizi, qui enlevait son manteau de tweed clair.

« Je lui demandai mon chemin
Quoique le connaissant très bien
C'était une occasion de faire la conversation
Ohé les jouvencelles, ohé v'là les troupiers.
Elle me répondit gentiment
Avé leur joli accent... »

Le Breton, arrivé par le couloir de l'immeuble, poussa la porte et, cueilli par la chanson qui le projetait vers la défaite de 1940, il entonna, faisant chorus :

« Avé leur joli accent
Pour Cahors c'est tout droit par Montcuq
Ohé les jouvencelles, ohé v'là les troupiers
Ce n'est pas ce que vous croyez
Ce n'est pas ce que vous croyez
C'est la route qu'elles m'indiquaient
C'est la route... »

Reconnaissant la voix, Margot pivota et leva son verre.

– Gugus !

Il alla à eux, serra les mains, bloqua son Amour contre lui. Elle enregistra vite sa barbe non faite, ses traits creusés par les interminables heures de train, le manque de sommeil, la fatigue...

– T'aurais dû passer à la maison.

– Pas le temps, éluda-t-il. Tu vas bien ?

Sa joue contre la sienne, elle lui souffla :

– J'ai amené un paquet.

Il tressaillit, abaissa le regard sur ses pieds chaussés de bottillons de feutre noir. Elle rassura, dans un murmure :

– Bras Court l'a planqué en bas.

– Ah bon. Mais tu devrais pas te trimballer avec ça !

– Bof, fit-elle de sa bouche rieuse agrémentée de Rouge Baiser.

Il percevait contre son buste, contre ses cuisses, la merveilleuse tiédeur du corps qu'il aimait, lequel semblait comme glissé dans un fourreau de jersey jaune paille.

– T'as pas honte, lui murmura-t-il. On croirait que t'es en saint Jean. Et puis avec quoi que t'as enfilé ta roupane ? Avec un chausse-pied ?

Elle éclata de son fameux rire et confessa :

– Ma foi, à part mes jarretelles, mes bas et un bout de dentelle, j'ai pas grand-chose sur le derrière.

Il sentit, ainsi que toujours, la vieille marée mâle lui escalader les reins. Elle le perçut, gourmanda :

– T'es dingue. Pas maintenant. T'es...

– Hé, les apostropha le Bordelais. Voulez la clef de ma piaule chez la Feuille ?

Il faisait allusion à l'hôtel que Jo la Feuille possédait dans la rue Notre-Dame-de-Lorette. Ce n'était pas la Feuille qui le dirigeait, mais Claude, son associé, un gentleman grand amateur de millésimés. Son gosier ne pouvait trouver meilleure place ! C'était inouï ce que les malfrats qui passaient le voir la nuit, au petit bar installé dans l'hôtel, pouvaient commander comme roteuses !

Tout en s'emparant du verre que lui tendait le Bordelais, le Breton caressa son menton.

– J'ai bien envie d'aller au figaro me faire raser, dit-il.

– Je t'accompagne, décida Margot.

Elle avait déjà décroché son manteau d'astrakan lorsque la porte s'ouvrit sur René le Juif.

– Bonjour ! lança ce dernier en refermant sur lui.

Il était petit, adorait le jeu, les filles et le champ'. Des qualités qui lui promettaient un brillant avenir. Était-il juif, ainsi que le laissait supposer son surnom dans le Milieu ? De toute façon nul ne songeait à le débraguetter pour vérifier s'il avait le chipolata passé au sécateur ! En tout cas, qu'il continue à circuler doté d'un tel surnom tenait du miracle ! Pourtant, il circulait. Il est vrai que les truands de ses relations ne s'inquiétaient pas de ses origines. Pas plus de lui que de celles des autres. A chacun sa naissance, à chacun sa route.

René le Juif se dirigea à son tour vers le comptoir, bras levé, de la gaieté dans le regard, en jetant d'une voix joyeuse :

– Ça va, les gars ? Et au barman de jour qui venait de se glisser derrière le comptoir étroit : – Mets la mienne.

Il ne put atteindre le rade. Soudainement, alors qu'il allait le dépasser, Pierrot Moura de la jambe lui bloqua le chemin en lui décochant, hargneux :

– Tu pourrais t'excuser ?

– De quoi ? renvoya le Juif surpris.

– Tu m'as bousculé.

– Moi ?

L'arrivant écarquilla les yeux. Puis il se rappela qu'il y avait eu jadis un litige entre eux pour une nana. Mais ça datait et en plus, ça ne rimait à rien. Il croyait que Moura avait oublié. Il se trompait. Le gestapiste lui jetait, main dans la poche du pardessus qu'il n'avait pas ôté :

– Excuse-toi.

– Mais t'es louf ! se récria le Juif. Moi ? Je... Mais voyons...

Il s'interrompit devant le P 38 brusquement braqué sur lui.

– Bon dieu, jura le Bordelais.

Par réflexe, il avait happé Margot et l'entraînait à l'abri du comptoir. C'est qu'il connaissait les réactions du type de la rue Lauriston. Les autres aussi, d'ailleurs. D'avoir accroché quelques cadavres à son palmarès avait dopé le truand. On parlait de trois. Du moins les connus, catalogués. Mais vu ses activités, il devait y en avoir d'autres. Des non-truands. De pauvres gens. En tout cas, Pierrot était homme à tirer et à tuer : à la seconde. Comme ça. Pour des riens. Pour le geste. Pour faire gonfler sa cote de coriace. Avoir fourni le droit de dégainer avec l'impunité à ce genre de caractériels qui contrôlent mal leurs pulsions était de la folie. Plaqués contre la cloison du fond, Dédé Stora et Zizi l'Algérien observaient la scène. En neutres. Ils n'étaient pas concernés. Sauf si une bastos s'égarait dans leur viande. Milo l'Arabe avait plongé, emportant sa joie de vivre sous la table de poker. Le barman s'était tassé entre deux caisses de bière, derrière le comptoir.

Le Breton hésita. Puis, rassuré sur le sort de Margot, il marcha sur les deux hommes. Après tout, s'il y avait meurtre au *Petit Trou* où il avait des intérêts, ce serait la fermeture.

– Voyons... tenta-t-il, apaisant.

L'œil farouche de Pierrot le cueillit.

– Occupe-toi de tes fesses.

Le Breton ravala sa salive. Ce n'était pas une balade romantique que d'intervenir dans ces coups glandilleux. Mais le *Petit Trou*... la partie de flambe... la planque aux armes à la cave...

– Voyons, Pierrot, répéta-t-il, s'intercalant entre eux.

Il faisait face au gestapiste et, à présent, c'était lui qui avait le rigoustin braqué sur le ventre. Son cerveau carburait à fond, mais il ne lâchait pas les yeux du tueur dont il ne minimisait surtout pas les prouesses. Il s'humecta les lèvres, tenta d'y amener un sourire, y parvint mal, ses mâchoires restant bloquées. Et son gosier qui était d'une sécheresse... Il lui fallait pourtant parler, baratiner le type à Lafont, sinon l'autre cinglé tirerait. Sûr. Mais s'il réussissait à placer quelques mots... à flatter même... alors certain que ça irait. En ce genre de situation, la rue le lui avait appris, il ne fallait surtout pas brusquer... mais faire du violon, jouer du pipeau... ainsi que le lui conseillait souvent Jeannot. Quoique ce dernier, quand il en avait marre... qu'il trouvait que c'était trop long...

Puisant en sa frousse, comprenant à la fixité des prunelles

du gestapiste qu'il allait appuyer sur la détente, il parvint à dire, sans cesser de le fixer :

– T'as sûrement tes raisons, Pierrot. Mais ici...

Il ne devait surtout pas le lâcher des yeux ni dérober les siens. Élémentaire.

Épiant les réactions du tueur, il enchaînait vite, sa gorge miraculeusement débloquée :

– ... t'es chez moi. Chez Francis. Chez Bras Court. Si...

Il enregistra l'hésitation dans les prunelles sauvages et continua rapidement, un peu trop :

– ... si jamais tu flingues René, nous on sera bouclés !

La lueur meurtrière qui brûlait dans les yeux du gestapiste disparut lentement. Le Breton commença à mieux se sentir. Allons, ça irait. Du moins pour le moment. Mais il ne fallait pas stopper... au contraire noyer l'autre sous un flot de mots, de phrases...

Il enchaîna, tout en percevant dans son dos que le Juif s'énervait :

– Règle ton affaire dehors, ça c'est votre problème. Mais pas ici, Pierrot. Pas...

Il ne put achever, sursauta. Le Juif, derrière lui, venait de jeter, à cran :

– S'il croit qu'il me file le trac avec son flingue...

Allons bon ! Le petit mec était fondu ou quoi ? Il avait les mains vides, le gestapiste un calibre et il le défiait. A cran à son tour, le Breton lui jeta au-dessus de son épaule :

– Si tu n'écrases pas, je te sers plus de bouclier et tu t'arranges.

Il amorça un pas de côté. Pas fou, le Juif exécuta le même mouvement. Pierrot Moura esquissa une grimace et releva le canon de son P. 38. Au fond de ses prunelles, la férocité brillait de nouveau. Le Breton contint une injure. Ce petit Juif ! Il allait tout remettre en question... Puis il enregistra une sorte d'étonnement sur les traits du tueur, et sentit une présence à ses côtés. Il n'eut pas besoin de tourner la tête. Cette odeur, ce parfum... Sa Blondie était là. Flanc contre flanc. Et elle glissait sa main dans la sienne qui pendait le long de sa jambe. Pierrot Moura, à qui rien n'avait échappé, dut apprécier car il ordonna à René le Juif en abaissant son rigoustin :

– Casse-toi. T'as de la veine que...

Dans son regard posé sur Margot, brillait une sorte d'admiration complice. Pourtant, ce n'était pas son style. Pour lui, les nanas... pouf ! Au tapin ou à la cuistance.

– Chapeau, lâcha-t-il, s'arrachant à son étonnement avant de se diriger vers le comptoir.

Il n'y était pas encore que Stora lançait, le geste large, à l'intention du barman qui se décidait à pointer le museau :

– Champagne pour tout le monde !

Soulagé, le Breton poussait le Juif vers la sortie. Encore heureux que ce dernier n'ait pas eu un pistoulache sur lui ! Sinon ça aurait été le Far-West, Billy the Kid, les Dalton... les... les... pan-pan-pan-boum-boum ! Si, alors, le chanteur de Jeannot, cet Yves Montand, aurait été à sa place avec ses goualantes en anglais, ses cow-boys réunis, son folklore... son dynamisme... scopitone... scopitone... barbe à tonton... bâton de chocolat, barbe à papa... Gabin également, dans ses rôles de coriace des Curiaces, *Pépé le Moko, la Bandera*... les chaussettes à Gaston... le nez de Mirliton... tonton-ton-taine. Tous le flingue au poing, l'air vachard et régulier. V'là le guerrier ! Sauf que tout de même, ici, c'étaient pas des malfrats d'opérette, et leurs pétoires faisaient autrement de dégâts que les pistolets de studios.

En revenant d'accompagner René le Juif, le Breton pensait à sa Chyprinette. A sa vaillance. A sa fidélité dans les coups durs. Jamais elle n'avait failli. Jamais. Et il s'apercevait une fois de plus qu'elle représentait ce qu'il possédait de plus cher, de plus sûr. Avec elle, sa vision sur les femmes se transformait à mesure et à leur avantage. Il se rendait compte qu'elles pouvaient s'annoncer autrement plus courageuses, plus lucides et plus dévouées que le meilleur des amis. Ô combien !

Alors qu'il avançait sur elle et la retrouvait rieuse, verre en main, à côté du Bordelais qui l'estimait pour sa gaieté et ses chansons, celle qu'elle ne lui avait jamais achevée, faute d'en savoir les paroles, lui revint aux lèvres :

« Deux sous d'amour, c'est pas grand-chose-o-ose
Mais quand on a le droit de choisir-ir-ir
Deux sous d'amour ça fait plai-sir-ir-ir
et ça donne du bonheur on suppo-o-ose »

– Oh, Poulbot !

Elle alla à lui, frôla de son index manucuré sa joue mal rasée, un geste d'une tendresse infinie, que nul avant elle n'avait su lui faire et qui l'émouvait.

– J'ai eu peur pour toi, souffla-t-elle.

– C'est passé, dit-il en l'enlaçant. Et merci.

Elle lui jeta un regard étonné. Il ne savait pas dire merci, d'habitude. Et s'il aimait donner, il avait horreur qu'on lui donne. Elle ne lui dit rien, se contenta de lui étreindre le bras.

*

La porte donnant sur la cour était fermée, l'unique fenêtre aux vitres passées au bleu également. L'air de la pièce restait surchauffé, empuanti par la fumée des cigarettes. Les poumons devaient en prendre un sacré coup ! L'ampoule nue qui, fixée à son fil, chutait du plafond, éclairait la couverture tenant lieu de tapis vert, les mains et les fronts des joueurs, Gaby le Flambeur, Zizi l'Algérien, le petit René Gotteland, Pierrot Moura, René l'Obsédé et le Breton. Rappelé d'urgence par un coup de téléphone, Dédé Stora avait laissé sa place. Il reviendrait. Pour lui le jeu, les femmes, l'amour... comment pouvait-on vivre sans ?

Georges le Bordelais avait depuis longtemps regagné sa partie. Avant de s'en aller, il avait proposé, goguenard, à son pote un rendez-vous pris vers 4 heures du matin à l'hôtel de Jo la Feuille, où il promettait de lui présenter un taulier de Bordeaux qui recevait beaucoup de types de la Kriegsmarine dans son bordel, ce qui pouvait s'avérer intéressant :

– Tu veux que je t'envoie Niston ?

– Colle-toi-le au valseur, avait répliqué le Breton en s'esclaffant.

Ici, ils avaient assez de fines lames au poker sans encore avoir à se farcir une épée de Tolède de style Niston !

Au comptoir, les deux frères Nantais éclusaient du champ'. Bien entendu. Mais ils n'étaient pas schlass. Pas encore. Le Gros Georges était resté vêtu tel que l'après-midi au Bois de Boulogne : casquette, gros pull, et aux pieds sabots vernis.

Si le sacré Milo l'Arabe, toujours à rire, à blaguer, tenait la carre, distribuait plaques et jetons, Francis, puisqu'il était là, se chargeait d'empocher les liasses avant de les camoufler dans la réserve aux vivres ! Entre deux coups d'œil sur la partie, Milo tafiatait avec les deux frères qui le faisaient marrer par leurs réparties, leurs histoires chuchotées, pour ne pas troubler les flambeurs. Le petit Arabe gloussait de bonheur en apprenant que le Gros Georges, avant guerre, avait commandé et non réglé évidemment un wagon de confettis pour le Carnaval nantais. Georges avait récolté un joli bénef à la revente. Il avait également récolté un an de ratière par défaut pour cet exploit, qui se confondait avec une histoire de rixe. Tout ceci était peu grave et avec la fin de la guerre, ça se tasserait. Il y aurait bien une amnistie ! Le tout était de ne pas se faire servietter par les archers de la République avant que les cloches de la victoire ne sonnent leur ding-dong-dong.

Soudain au comptoir ils cessèrent leur chuchotement, car de la table un chiffre venait de fuser :

– 300 000 !

C'était Zizi l'Algérien qui... Les Nantais et Milo s'approchèrent des joueurs. Relax, légèrement renversé en arrière sur sa chaise, Zizi, la cravate dénouée, attendait la réaction des autres. Il avait ouvert en tête pour tenter de rafler le pot qui était important. Le vieux Gaby, qui suçotait un bonbon à la saccharine, abandonna et se débarrassa de ses cartes, imité par le Breton. L'Obsédé qui, à côté de ses jetons, avait placé sa fragile petite tasse à illusions, qu'il emplissait à mesure avec la bouteille Rémy-Martin 3 étoiles que le maître d'hôtel avait laissée à sa portée sur un guéridon, hésita. Il releva le front, scruta Zizi, cherchant à lui faire commettre un mouvement qui lui indiquerait si l'Algérien bluffait. Hélas, l'élégant pirate n'offrait qu'un soupçon de sourire sur son visage mat. L'Obsédé soupira, puis expédia ses cartes au ballot. Pierrot Moura n'attendit pas. Il n'avait strictement rien. Rien à part son P 38, dont la crosse émergeait de sa ceinture de pantalon. Le petit René Gotteland, qui distribuait le jeu, était le dernier à parler. Lui n'hésita pas. Du bout de son fume-cigarette, il poussa une pile de jetons vers le centre.

– Tenu !

Il souriait, tout en interrogeant Zizi, les cartes en main :

– Combien de cartes ?

– Servi.

L'Algérien avait laissé choir comme s'il était naturel, inéluctable, qu'il fût servi. René le dévisagea. Il souriait toujours. Est-ce que Zizi le charriait ou bien possédait-il réellement du flambeau ?

– Une carte pour moi, dit-il enfin, après avoir posé son fume-cigarette sur la soucoupe placée devant lui.

Il n'avait pas achevé son geste que la porte était repoussée violemment et qu'une voix rude ordonnait :

– Gardez vos mains sur la table ! Personne ne bouge !

Les regards pivotèrent vers la porte que venait de franchir en tête le commissaire Mathieu, de la Police des jeux. Derrière lui venaient un officier allemand, stick sous le bras, et des inspecteurs.

– Qui tient la carre ? interrogea aussitôt le policier.

– Bon Dieu ! grommela Francis entre ses dents. A la cuisine, ils pouvaient pas nous affranchir !

Il ignorait que Mathieu et ses sbires étaient passés en douce par le couloir de l'immeuble, après s'être assurés que le bec-de-cane du restaurant donnant sur la rue Henner avait été enlevé. Oh, ils avaient opéré vite et sans bruit, les lanciers de la Tour Pointue ! En rigolant, le petit René ne put s'empêcher de s'exclamer en reculant légèrement sa chaise :

– Eh bien ! Pour une fois que je gagne...

– T'as gagné quoi ? le sonda sur-le-champ le commissaire, pour conserver l'avantage de la surprise.

René lui offrit son gentil sourire.

– Seulement une coupe de champagne, monsieur. On s'amuse entre copains, n'est-ce pas.

De l'index, le commissaire éparpilla l'impressionnante masse de jetons ramenée devant lui.

– C'est ça une coupe, hein ? Et vous jouez des haricots ! Entre petits copains ?

Il paraissait écœuré. Il ajouta :

– Qui a le pognon ?

Ses inspecteurs avaient bloqué la sortie, d'autres encerclaient les flambeurs. Pierrot Moura tourné vers l'officier teuton, laissa choir :

– Gestapo.

Le Fridolin eut un mouvement de la tête et allongea le bras. Pierrot lui passa sa carte rouge sur laquelle la terrible svastika, telle une monstrueuse araignée noire...

L'Allemand, son stick toujours coincé sous l'aisselle, sans même en référer au commissaire, lâcha en rendant le sésame :

– Vous pouvez partir.

Il avait usé d'un bon français. Au fait, pourquoi était-il là ? Est-ce que les autorités ne voulaient plus que des incidents tels que celui déclenché par Abel Danos chez Fanfan se renouvellent ?

Le commissaire fit signe à l'un de ses argousins.

– Prenez les cartes d'identité et téléphonez aux Sommiers. Il y en a peut-être parmi ces messieurs qui ont des comptes à nous rendre !

Il ne croyait pas si bien prévoir ! Le Gros Georges allait pouvoir lui offrir son crâne et sa casquette en prime. Un an à faire ! Pour un flic, un crâne de plus à son palmarès de l'année était toujours bon à prendre pour la promotion. L'inspecteur marcha vers le téléphone du bar, frôlant l'aîné des Nantais qui se rongeait les ongles en supputant s'il aurait le loisir de fuir après avoir emplâtré le poulet en faction devant la lourde. Il avait sa chance. Il frappait dur. Il se tâtait encore quand une voix puissante, chaude, chaleureuse, enrouée par le tabac et l'alcool, traversant les cloisons parvint dans la pièce enfumée :

« C'est le soleil qui nous fait vivre
C'est le soleil qui nous eni-vre
Il est roi le soleil-eil-eil »

– Mais... s'étonna le commissaire. Qu'est-ce que...

L'officier fronçait les sourcils, mais lui paraissait charmé. La voix arrivait toujours :

> *« Sans le soleil point de vendanges*
> *Ni de point de blé au fond des gran-ges »*

– Yvon, murmura Francis.

Bon dieu, ils avaient oublié le père resté après dîner avec Margot !

– Allez me chercher ce Caruso ! ordonna le commissaire à deux des siens.

> *« Ohé ! les puissants de la ter-erre*
> *Humbles artisans, bourgeois austè-ères*
> *Pensez aux pauvres prolétai-aires-aires...*
> *Qui vivent sans soleil-eil-eil-eil*
> *A ceux qui mènent les machines*
> *A ceux qui triment à l'usine*
> *A ceux qui crèvent dans la mine-ne*
> *Sans un rayon de soleil-eil-eil »*

Puis la voix se tut, des bruits de pas lui succédèrent et le père Yvon, Margot et Bras Court firent leur apparition, poussés par les policiers qui leur avaient déjà confisqué leurs papiers d'identité qu'ils s'empressèrent d'aller remettre à leur collègue au téléphone.

– C'est vous, le propriétaire de cette jolie voix ? s'informa le commissaire en fixant le vieux.

Les nouveaux venus contemplèrent les policiers et surtout l'officier.

– C'est quoi ? s'enquit Bras Court.

Sa question était de pure forme, il savait déjà à quoi s'en tenir. Margot aussi. Quant au vieux Légendaire, sa casquette de marin pêcheur sur le crâne, un mégot fumant aux doigts, il cherchait ses garçons de l'œil. C'est que lui aussi avait pigé ! Déjà, il s'inquiétait pour Georges. Comment le tirer de ce piège à coquins ? Francis lui croyait avoir trouvé. Du moins allait-il tenter quelque chose. Le Breton, qui avait obtenu l'autorisation de se rendre aux W.C. après avoir été palpé sous tous les angles, lâcha entre ses dents au Gros Georges qui s'était mis naturellement dos à la porte, non loin d'un inspecteur :

– T'es sous des lourba ?

Il avait utilisé le verlen pour dérouter et disait lourba pour balourd qui, en argot, signifiait faux papiers.

– Non, sous mes chouettes, répliqua l'aîné des Nantais en se mordillant les ongles.

Le Breton se tracassa. A présent que les flics possédaient l'identité de Georges, ils allaient savoir par les Sommiers qu'il leur devait un an par défaut. Il chercha Francis du regard avant de sortir. Ce dernier, vite sur ses jambes, quand il le fallait, abordait justement le commissaire Mathieu. C'est qu'il ne fallait plus attendre ! L'inspecteur, qui téléphonait aux Sommiers, n'allait pas tarder à revenir avec les scores, dont la condamnation de Georges. Francis attaquait, bonhomme.

– M'sieur le commissaire. Car je suppose que vous l'êtes...

Il savait bien qui était Mathieu, tentait de flatter... enchaînait, débonnaire :

– Que voulez-vous faire de mon père et de mon frère ? Il désignait les siens : – Voyez bien que ce sont des provinciaux. Des culs-terreux. Ils sont venus de Nantes pour me voir. Le vieux a été sonné à la guerre de 14. Il est fatigué. Le gardez pas des heures ici. A moins que vous nous emballiez tous ?

Le policier secoua la tête, dégrafa le manteau bleu qui le vêtait, dénoua l'écharpe de laine rouge tricotée qui lui entourait le cou.

– Non, je fais seulement vérifier les identités. Puis, après avoir coulissé un œil sur l'officier allemand : – C'est eux qui ont exigé cette rafle. Et comme ils protègent leurs gestapistes, pas de raison pour que je vous embarque. On vérifie, c'est tout.

Francis chercha aussitôt à pousser ses billes. Il entendait le policier qui, pendu au téléphone, répétait pour lui-même :

« Rien à ce nom ? Bien. Au suivant. »

Francis respira. Le flic n'avait pas encore mentionné leur

nom de famille. Raison de plus pour hâter le mouvement, essayer de sauver la mise de son aîné, car une fois au Dépôt... Il écarta les bras, se fit amical, convaincant :

– Allons, m'sieur le commissaire ! Laissez partir les miens, quoi ! Ici, c'est pas leur place ! Voyez bien que ce sont des nigauds de province fourvoyés ici à cause de moi !

Le patron de la Brigade des jeux laissa errer son regard sur la ribambelle de décorations ornant, ce soir-là, la boutonnière du vieux Légendaire. Il soupira :

– Ça va. Qu'ils s'en aillent ! Et les montrant à l'un de ses hommes : – Rendez-leur leurs papiers.

– Et la jeune femme qui est avec mon père ? insista encore Francis, indiquant Margot qui souriait au vieux. C'est une amie de la famille.

Le policier décortiqua Margot de son œil expérimenté puis lança à son subordonné, penché sur le téléphone :

– Laurier !

Le policier boucha l'appareil de la paume :

– Patron ?

– Rendez aussi la carte d'identité de cette jeune personne.

Le flic, un débutant au tein mat, pêcha dans le lot le document et l'agita.

– Entendu, patron.

Il tendit les trois papiers réclamés à l'un de ses collègues, qui les passa à leurs propriétaires.

Observé curieusement par l'officier, le commissaire se tourna vers Margot.

– Madame, vous pouvez partir. Mais je me demande ce que vous faisiez ici ! Dans ce repaire ! Vous ne jouez pas, tout de même ?

– Je n'étais pas là, monsieur, mais dans la salle de restaurant où je...

– Ah ! c'est vrai, capitula le policier. Excusez-moi. Eh bien, partez avec vos amis !

– C'est que... hésita-t-elle. J'ai...

Elle venait de poser un regard inquiet sur son homme avant de le reporter vite ailleurs. Qu'allait-elle faire ?

– J'ai... quoi ? lança le commissaire, soudain soupçonneux.

– Rien, rien, sourit-elle. Je voulais dire que j'ai mon manteau par là.

Elle alla décrocher son astrakan dans une niche installée près du bar et qui parfois servait de vestiaire. Dieu, qu'avait-elle été à deux doigts de faire ? Annoncer la couleur, dire qu'elle ne s'en irait pas sans le sien ? Bon sang, elle ne commettait pourtant jamais de ces douzes [1], d'habitude ! Les flics ne devaient surtout pas savoir qu'il gîtait chez elle. C'est que maintenant, avec le relevé de son identité à elle, ils possédaient son adresse ! Et lui qui avait les Fridolins dans les reins ! Qui venait de leur refiler des faux papiers ! Les Chleuhs ne l'avaient-ils pas guetté des semaines durant, à deux pas de l'hôpital Bichat, rue Henri-Brisson, où d'après son livret militaire il était censé habiter ? Tout ça parce qu'il s'était dérobé au S.T.O., cette connerie qui expédiait des jeunes gens et des ouvriers qualifiés usiner en Bochie ? Elle avait été impardonnable, d'autant qu'elle se doutait, savait qu'il possédait d'autres raisons d'éviter de se trouver en tête à tête avec les Canaques. Son astrakan à la main, elle passa devant l'officier qui, galant, la retint pour l'aider à l'enfiler. Elle lui balança son sourire à quatre quatre-vingt-quinze en pleine poire pour le remercier et, sans le regarder, elle frôla son homme qui l'ignora. Aucun des truands ne broncha. Margot disparut en compagnie du père Yvon et de l'aîné de ce dernier.

Cinq minutes après, ce fut l'explosion. Le poulet du téléphone se dressa, bégayant de rage, une liste au poing :

– Mais L... B... a un an par défaut ! Il... il... il...

Son chef marcha sur Francis. Il semblait à ressaut. Il lui jeta rudement :

– Tu m'as pris pour un con ? Ton frère, un paysan ? Un pauvre péquenot de province ? Parlons-en, il a un an à se farcir. Au fait pourquoi, Laurier ?

– Escroquerie, patron. Plus coups et blessures.

– De mieux en mieux, gronda son supérieur. Je sais pas ce qui me retient...

1. Faire un douze : commettre une bêtise, une erreur. Voir *l'Argot chez les vrais de vrai*. Découle de la passe anglaise où le 12 par double six annonce perdant.

Francis écarta les bras.

– Qu'auriez-vous fait à ma place ? S'il s'était agi de votre frère ? Maintenant, si vous tenez à m'emballer...

Le policier hésita, haussa les épaules.

– Ça m'avancerait à quoi ? C'est pas toi que concerne l'avis de recherche !

Puis vers l'officier qui s'avançait, l'air soupçonneux :

– Rien, rien. Un malentendu.

L'Allemand se contenta de cingler ses bottes vernies de son stick. Tout en observant ses hommes qui empaquetaient les cartes et les jetons, gestes dérisoires, le commissaire revint à Francis.

– Et l'argent de la carre ? Qui l'a ? Toi ? Un autre ? Qui ?

Le Nantais aurait bien voulu le lui refiler, du moins un petit chouia, pour qu'il étoffe son rapport, ne serait-ce que pour le remercier de sa compréhension, mais dame, ce serait reconnaître qu'il se pariait de l'argent au *Petit Trou*. Et ça...

– Personne tient de carre, m'sieur le commissaire, soupira-t-il. Ici, on joue pas de pognon. Seulement des bouteilles, des repas... des bricoles quoi. Parole.

Le policier leva la main.

– Te parjure surtout pas !

Il n'était pas dupe. Après tout, il connaissait son monde, sinon il n'aurait pas été patron des « jeux » sur Paris. Ses hommes non plus n'étaient pas nature. Mais que faire sans preuve ? Sans compter qu'en une telle période cela avait-il tellement d'importance ? Alors que des êtres humains tombaient dans tous les coins du globe ? Une fois tout vérifié, le commissaire en avertit l'officier :

– Tout est en ordre, capitaine. Nous pouvons repartir.

– Gut, approuva le Teuton. Et, vers la table toujours cernée par les joueurs, à qui l'inspecteur rendait leurs cartes d'identité :

– Vous jouez de l'argent. Pas bien ça.

– Ne croyez pas, Hauptsturmführer, lui mentit sans vergogne le vieux Gaby le Flambeur qui bagoulait un peu l'allemand. Nous sommes des gens tranquilles.

L'officier lui lança un regard surpris, avant de hocher

la tête sous sa belle casquette à la visière brillante et de singer, sceptique :

– Tranquilles ? Ah, ah, tranquilles...

– Parole, il nous charrie ce con, remarqua Zizi l'Algérien.

– Vous dire ? s'informa l'officier en pivotant le buste vers la voix irrespectueuse.

– Moi, dire fatigué, répliqua aussi sec le beau miroir à putains. Moi aimerais bien retour à la maison pour dormir.

– Vous ausweiss ?

– Hélas, non, mentit Zizi.

Il en avait un mais faux, qui ne résisterait peut-être pas à un examen trop poussé.

– Alors vous rester ici, sourit le capitaine conquérant. Jusqu'à la fin du couvre-feu.

– Hélas oui, admit Zizi.

L'officier s'inclina :

– Messieurs !

Et il se dirigea vers la sortie toujours gardée par un inspecteur. Avant de le rejoindre, le commissaire se pencha sur l'épaule de René Gotteland :

– Je vous souhaite de continuer à gagner.

– Avec quoi ? s'étonna suavement le petit gentleman. Vous avez saisi nos cartes et nos jetons.

Le policier grimaça un sourire :

– Je vous fais confiance. D'ici deux minutes, vous aurez d'autres cartes et d'autre jetons.

En se dirigeant vers la sortie, il marmonna en renouant son écharpe :

– Lui et sa famille de paysans... Lui et son pauvre petit innocent de frère...

*

Quatre coups sourds venaient de tomber en résonnant sur la capitale endormie. Il faisait froid et des flocons de neige virevoltaient dans l'obscurité. Rares étaient les rais de lumière ! C'est que les chefs d'îlots ne plaisantaient pas : le black-out devait être total. De loin, provenant de la place Pigalle, parvenait le roulement d'un convoi. Seul, se confondant avec les façades des boutiques closes, les murs sombres, le Breton descendait le côté gauche de la rue Notre-Dame-de-Lorette, l'oreille tendue vers des bruits de moteur, les bottes d'une patrouille... Mais rien. Le désert, le calme... un autre monde.

Parvenu devant l'hôtel de Jo la Feuille, il sonna et attendit, planqué dans le renfoncement sous l'auvent qui précédait l'entrée. Enfin un bruit de serrure troua le silence.

– Ah, c'est toi, Auguste ?

Claude le gérant s'effaça, reboucla. A cette heure, il n'ouvrait qu'au coup par coup, sinon tous les pionnards et traîne-patins de la ville se pointaient pour achever chez lui leur parcours d'emmerdants. Par ailleurs, réunir un tas de forbans en un si petit lieu !

– Ça va, mec ? s'inquiéta Claude, en précédant l'arrivant.

Il était beau gars, solide et comme certains d'une grande courtoisie. Avec ça, toujours soigneusement habillé et en toutes circonstances cravaté. Et pas des cravates à trois thunes que fourguait place Clichy, dans un parapluie retourné, le célèbre Père La Souris ! Non, de la came de chez Sulka, la non moins célèbre boutique de la rue de Rivoli. Où avait-il pris ce goût du luxe et du champagne ? Pas chez ses ancêtres en tout cas, tous des gueules noires, natifs de Montceau-les-Mines comme lui. De rudes gens. Des travailleurs. Combien d'entre eux, grands-pères, arrière-grands-pères, étaient morts les poumons troués, rongés par la silicose récoltée au fond des gouffres obscurs où trimaient leurs gosses et où des chevaux aveugles halaient des wagonnets ?

« A ceux qui triment à l'usine
A ceux qui crèvent dans la mi-i-ine
Sans un rayon de soleil-eil-eil »

Sur ses armes, Claude, s'il ne pouvait faire état d'épée et de fleur de lys sur fond d'azur, avait au moins latitude d'arborer une gueule d'ancêtre sur fond de poussier, avec pour encadré le pic, la lampe à acétylène et le casque. A chacun ses noblesses ! Mais par son allure, sa gentillesse, son courage, Claude démontrait qu'il n'était pas obligatoirement nécessaire d'avoir eu le cul torché par une nounou, ni d'avoir eu ses entrées à Janson de Sailly ou à d'autres grandes écoles pour se montrer à la hauteur.

– Georges le Bordelais est là ? se renseigna le Breton en le suivant.

Claude se retourna, offrant sa face rosée, ses cheveux qui commençaient à se dégarnir et son visage sérieux, qu'éclairait le bleu du regard.

– Oui, mais il semble en suif avec Feufeu. J'appréhende.

– T'as pas Paulo des Quiconces chez toi ? Un ami du Bordelais ?

– Si. Mais dans quel état...

Il s'immobilisa, main sur la poignée de la porte vitrée qui, une fois dépassé l'escalier menant aux chambres, débouchait sur le bar.

– Il est là-haut, couché avec deux ponettes.

– Ah ! lâcha le Breton, déçu. On peut pas le réveiller ? Claude soupira.

– Même un bombardement le tirerait pas de son traversin. Qu'est-ce qu'il tient dans ses jupes !

Il soupira de nouveau, indiqua du menton la cloison et de là, un point invisible.

– Il a commencé à se poivrer dans le bistrot de Louis la Vacherie.

– Avec les filles ?

– Oui, deux putes qu'il a rencontrées là.

Il poussa la porte vitrée.

Le Bordelais se tenait assis sur un des hauts tabourets, face au comptoir derrière lequel étincelaient sur des tablettes de verre bouteilles d'apéritifs et d'alcools ornées des habituelles étiquettes. A sa droite, sur un autre tabouret, se trouvait Henri Feufeu, mince de taille, solide d'épaules, vêtu d'un prince-de-galles bleu foncé. Né dans la Sarthe comme Bébert le Jazz, il offrait d'étonnants yeux clairs qui fixaient, séduisaient ou terrorisaient lorsqu'il braquait... A l'intrusion de le Breton les deux garçons se retournèrent, lui expédiant un salut amical, et repartirent dans leur conversation. Ils n'élevaient pas le ton, ne s'agitaient pas. Où Claude avait-il vu qu'ils étaient au bord du rififi ? Cependant, le Breton lui faisait confiance. Si Claude le disait... Il promena son attention sur le dos que lui montraient de nouveau les deux hommes puis la porta sur la gauche de l'étroite salle où, contre la cloison composée de miroirs, étaient disposées quatre tables coincées entre des banquettes de velours vert. L'une de celles-ci était occupée par Étienne de Montparnasse. A part lui et leurs amis du comptoir, la pièce était déserte. Le Breton accompagna de l'œil Claude, retourné derrière son bar où il se mit à entasser du gros sel sur la glace pilée d'où émergeait le col d'une rouille de Dom Ruinart. Enfin, il vint serrer la main d'Étienne et prit place devant lui. Se penchant, il indiqua leurs amis :

– Qu'est-ce qu'ils ont ?

Étienne était petit, râblé, bien de gueule, possédait une réputation de courage et de droiture nullement usurpée. Il buvait peu, fréquentait peu. Très lié à Henri Feufeu et à quelques autres, il ne plaisantait pas avec l'amitié, chose sacrée à ses yeux. Abandonnant un instant du regard le dos de Feufeu, il laissa choir en fixant brièvement le Breton :

– Sais pas. De toute façon, c'est leur problème.

Ce qui ne l'empêchait pas de se montrer tendu, attentif. Ayant poussé dans la violence des orphelinats, des maisons de redressement et des rues impitoyables, le Breton en percevait les prémices dans la petite pièce, ou elle était quasi palpable. Il observa le dos du Bordelais. Si son vieil ami n'était pas un facile, Feufeu non plus.

– Ils sont loufs, murmura le Breton, alors que Claude déposait la bouteille et des verres ballons devant eux.

Pour Claude, verser la boisson des Dieux dans des coupes aurait été un sacrilège. Verres ballons seulement.

– Peut-être, admit Étienne, attentif aux gestes de Feufeu. Mais c'est leur problème.

Le Breton chercha les yeux de Claude qui versait et avait tout entendu. D'un haussement d'épaules fataliste et impuissant, le garçon lui fit comprendre que les mots ne changeraient rien, que si ça devait se déclencher... Puis il retourna à son comptoir et bascula le goulot de la roteuse sur les verres vides des deux autres, qui par à-coups relâchaient des mots brefs. C'en était insensé. C'est vrai que le drame couvait, se précisait, prêt à éclater. Et les intéressés qui ne bougeaient pas, sauf pour porter un verre ou une cigarette à leurs lèvres. Ils paraissaient évoluer dans un halo brumeux, silencieux, et leurs mots avaient une densité mortelle. Le Bordelais exhibait-il son fameux sourire moqueur ? Feufeu l'éclat livide dans ses yeux clairs, comme cernés de khol ? Le Breton ne voyait que leur dos, les épaules voussées vers le comptoir où étincelaient les verres. Il ramena son attention sur son vis-à-vis.

– Et s'ils se battent ?

– On se bat.

– Tu veux dire ?

– Toi et moi.

Le Breton observa attentivement Étienne. Mais celui-ci ne blaguait pas. Au contraire. Il était on ne peut plus sérieux et sincère. Le Breton sentit une boule lui remonter à la gorge. Les autres allaient peut-être s'étriper, mieux, se tirer dedans, il ne savait pourquoi, eux non plus probablement et voilà qu'Étienne... en plus, il n'avait rien sur lui. Même pas un cure-dents. C'en était ahurissant. Démentiel. La voix d'Étienne lui arriva comme dans un brouillard :

– T'es l'ami du Bordelais, moi d'Henri. Donc...

Eh bien, voilà. Étienne avait tout résolu. Ah, ça n'avait pas traîné. Tu es le pote de l'un, moi de l'autre, bien sûr nous n'avons rien à nous reprocher, toi et moi, mais puisque... et v'lan ! Après ça, il n'y avait plus qu'à tirer le rideau, guetter les réactions des deux cinglés et commencer à bander ses muscles. Car, ainsi que le répétait Étienne, c'était leur problème, aussi pas question d'intervenir, de jouer les bons offices, de... Et ces fous au comptoir qui, face à ces bouteilles aux étiquettes colorées, verre de champ' à la main, ne cessaient de se balancer des mots rudes et tranchants. Que se disaient-ils ? Qu'y avait-il donc de si grave entre eux, qui risquait de les opposer dans la brutalité et les jeter dans l'irrémédiable, le définitif ? Le Breton, qui avait assisté aux empoignades féroces des Fortif's, aux échanges de coups de rapière et de feu dans les rues noires bordant l'avenue de Saint-Ouen, croyait en avoir vu pas mal. En tout cas ce genre de situation, il connaissait pas. Deux garçons assis côte à côte sur de hauts tabourets, qui n'élevaient pas la voix et que l'on sentait prêts à tout... Non vraiment ! Pourquoi n'était-il pas venu au monde chez des gens normaux ? Dans une famille avec un père, une mère, des frères, des sœurs qui... Merde !

A 6 heures du matin, les fous étaient toujours à discuter et la mort palpable n'était pas encore descendue leur dire bonsoir. Et ce fut le miracle ! Jo la Feuille, patron de l'endroit, une écharpe de soie blanche croisée sous les revers de son manteau sombre, coiffé d'un feutre à bord relevé qui dissimulait sa calvitie avancée, surgit du néant. D'où venait-il ? D'une boîte ? Du *Chantilly ?* De chez les nanas ? Du clandé de la rue de Villejuste que drivait Billy et où il aimait traiter impeccablement des amis ? Il n'était pas rasé, reniflait le champ' et le cigare refroidi.

– C'est quoi ? fit-il à Claude, après avoir tout enregistré de son œil truité.

Il n'attendit pas la réponse. Il avait déjà perçu le drame sous-jacent. Il claqua dans ses mains aux ongles noircis par la nuit écoulée.

– Claude ! Fais venir des filles. Du café fort. Des croissants. Une soupe à l'oignon. Et colle deux, trois roteuses dans la marmite.

Puis, frappant en même temps sur le dos des deux antagonistes toujours face au comptoir :

– Ça va, les gars ? Content de vous voir ! Allez Claude, magne-toi.

Il s'exprimait bien quoique avec une certaine gêne, car la boisson lui avait échauffé les oreilles. Il se tourna vers le Breton.

– Je quitte Francis. Si tu le voyais.. Il raconte partout qu'Hitler est un pédé, Goëring une lope et Himmler un enfoiré. Impossible de le calmer.

Et sans transition, balançant son manteau sur l'une des banquettes.

– Ça va, Étienne ?

Lui, Étienne et Feufeu s'étaient connus à la Mouffetard. Ils étaient copains solides. Il lorgna Claude, qui aboyait des ordres dans l'inter, balança son feutre qui s'accrocha à une applique en voilant la lampe et se mit à brailler :

– J'accepte pas qu'on dise du mal d'Hitler. Non, non et non !

Il avait beau être moitié paf, parler en bien du dictateur forcené devant le Bordelais, un Juif ? D'autant plus que lui-même, d'après les cancans, ramassé dans son enfance... un père qui serait mort jeune, le laissant à une marâtre alcoolique... Si l'on s'en référait à son nez, il l'était, selon le cliché éculé. Quel pif ! Un engin à trier les lentilles ! Un tarin à fouiller dans le sac aux pièces d'or et doué pour déceler les fausses ! Sans charre, son blair lui coupait le visage en deux. Et il déconnait ? Refusait qu'on dise du mal de Moustaches-de-traître d'outre-Rhin ? Puis Étienne et le Breton pigèrent. La Feuille cherchait seulement à faire diversion, à dénouer la tension. C'est que les deux, là devant le comptoir et qui avaient tourné le cou suite à sa déclaration fumeuse, n'étaient pas précisément des cadeaux. Avec eux, ça pouvait devenir... pan-pan-pan. Et les Boches, rapport aux armes prohibées sous peine de mort, n'appréciaient pas les tueries. Du moins celles qu'ils n'accomplissaient pas eux-mêmes, sur les champs de bataille ou ailleurs. Et la guerre, ma foi, n'a rien à voir avec les règlements de comptes des malfrats ! Elle fait beaucoup plus de cadavres. Une seule concordance, dans un cas comme dans l'autre, on s'y retrouvait les naseaux dans la poussière et les triples à l'air frais. Pan-pan-pan. Fermez le ban. Rataplan-plan-plan.

Malgré eux, oubliant leurs ressentiments, Feufeu et le Bordelais avaient pivoté des fesses sur leurs tabourets et suivaient de l'œil la Feuille, qui venait d'arracher sa cravate et ramenait une de ses mèches brunes sur son front ivoire, après s'être fabriqué à l'aide d'un crayon noir de petites moustaches à la Charlot sous le nez.

– Kamarads ! Nationaux-socialistes !

Il avait crié, les yeux soudain exorbités, la tête penchée de côté, le bras droit tendu.

– La victoire est en marche. Le peuple allemand ne cédera jamais. Ses soldats se battront jusqu'au dernier homme, jusqu'à la dernière femme, le dernier enfant... la dernière grand-mère...

Il en écumait, aboyait, dans un délire verbal précipité,

hallucinant. Les autres, les yeux écarquillés, au bord du rire mais stupéfaits, observaient la fabuleuse transformation opérée chez leur ami. C'était incroyable. Avec si peu de moyens, il finissait par imiter Hitler, presque à lui ressembler. Il foudroyait Feufeu et le Bordelais d'un œil de dément, enchaînait la voix rauque et brève, martelant les mots :

– Sur le front de l'Est, nos troupes avancent. Nous serons bientôt devant Moscou. Et là, Kamarads...

Il avança d'un pas sur les deux hommes du comptoir derrière lequel Claude, qui pourtant le connaissait dans son numéro de dingue, en restait la bouche ouverte, et brailla :

– ... là, Kamarads, mes Kamarads, je vous promets...

A présent son bras, sa main, se trouvaient à cinquante centimètres du nez de Feufeu.

– ... que nous allons sodomiser Staline, enculer le Petit Père des Peuples, défoncer le trou du cul du Politbureau.

Il balaya l'air d'un geste violent, s'époumona :

– Et sans vaseline encore !

Il reprit souffle une seconde, fixa Feufeu avant d'achever :

– Kamarad Feufeu, fleur du national-socialisme ! C'est vous que je charge, honneur suprême, de nous procurer la vaseline nécessaire pour accomplir ces actes courageux qui mettront fin à la guerre et nous apporteront la victoire.

La sueur qui lui giclait du front, trempant sa mèche brune au passage, glissa jusqu'à son nez proéminent. Il hurla :

– Maréchal Claudius ! A boire !

Et comme Claude, en attendant l'arrivée du café et des croissants, empoignait une bouteille, il sauta en l'air, bras écartés, et gueula :

– En avant ! A Moscou !

Puis il s'écroula à côté du Breton, face à Étienne de Montparnasse qui, ainsi que tous, était tordu par le rire. Allons, la Feuille avait réussi. Le dégel venait de s'accomplir. Ça se voyait aux visages des belligérants réconciliés dans la grosse rigolade. Sûr que les guerriers des bas-fonds allaient enterrer la hache de guerre. D'ailleurs, pourquoi l'avaient-ils déterrée ? Pas le moment de le leur demander. Qu'à laisser courir. Et rire.

Allons, compagnons, faites sauter les bouchons !

Celui de Claude sautait dans une envolée de bulles joyeuses.

XVII

Elle l'enlaçait dans leur sommeil, une jambe jetée par-dessus sa cuisse, un bras accroché à son cou. Il percevait son souffle tranquille et ses cheveux blonds lui chatouillaient le menton. Il se réveilla sans la bouger et bâilla. Quelle heure il était ? Il laissa glisser le regard vers la fenêtre et à travers la tenture il repéra la clarté du jour. Il devait être tard. Tard pour les gens vivant normalement, mais eux... Ils étaient rentrés après le couvre-feu, raccompagnés par Louis le Blond alors que la D.C.A. tonnait sur la capitale, guidée par les projecteurs qui fouillaient un ciel assez bas. On reprochait aux aviateurs alliés de faire leurs besoins de trop haut, de ne pas s'arrêter sur la lunette pour lâcher leurs crottes. Cette fois, cependant, ils paraissaient avoir eu un objectif précis. Heureusement. C'était aussi bien, car lorsqu'ils bombardaient et allongeaient des victimes en pagaille, si la presse au garde-à-vous devant les Fridolins y allait d'un doigt accusateur braqué au-delà des mers sur les Ricains et les Rosbifs. Ces assassins, qu'elle clamait !

Il parvint à tourner la tête sur la pendulette posée sur la table de nuit : 13 h 30. Déjà ? Il bâilla encore et laissa sa paume glisser sur le corps tiède et étouffa un rire en s'apercevant que la petite liquette de linon dentelée qu'elle avait enfilée avant de se coucher lui était remontée aux aisselles. Du nez, il se fraya une trouée dans la chevelure à odeur de fleurs des champs. Il aimait ça. Elle gémit. Il gloussa, se laissa couler dans le lit pour parvenir à son niveau et se mit à lui picorer le bout du nez. Elle gémit plus fort. Il alla chercher ses lèvres. Elle sentait le lait, le bébé. Ça aussi, il aimait. Il gloussa encore.

– Blondie.

– Nein-ein-ein.

Elle ne voulait pas ouvrir les yeux, revenir à la surface, retrouver la ville sous la botte. Elle était bien ainsi. Il la secoua doucement en lui massant les flancs.

– Poulbot.

– Nein-ein-ein.

Il se libéra un peu et sa bouche contre son oreille il se mit à fredonner un des trucs, sans bien se souvenir des paroles, qu'elle chantait parmi tant d'autres. Mais il les retenait jamais tout à fait, ses airs ! Il les enregistrait dans sa tête machinalement, tandis qu'elle les balançait en faisant le ménage, dans le métro, la rue, les magasins... partout où elle apportait sa fabuleuse joie de vivre.

« Quand je t'ai connue t'avais pas de liquette
T'avais des targettes qui reniflaient l'eau
Comme t'avais pas de bas et que t'étais coquette
T'avais des jarretières, ça faisait rigolo. »

Elle chercha sa présence, se nicha contre lui, gémit de nouveau de bonheur :

– Nein-ein-ein...

Il pouffa, enchaîna :

« Et tu m'as demandé de te lâcher une thune
Je t'ai répondu que c'était des choses qui ne se faisaient pas
Alors vexée tu m'as montré ta lune
Ça se sont des trucs qu'un homme n'oublie pas. »

Il sentit son rire étouffé contre sa poitrine et gronda :

– Blondie. Faut se lever ! Tu dois aller porter à becter à tes vieux...

Du restaurant, ils avaient ramené jambon, beurre, œufs et viandes. Ce dont les parents de Margot avaient bien besoin. Ils avaient tant de peine à survivre. Hélas, ils étaient la majorité dans le Paris affamé ! Qu'ils soient petits-bourgeois, employés, ouvriers, tous la sautaient, ne mangeant pas à leur faim. Et les hivers avaient été rugueux depuis l'Occup'. Il arrivait que des gens sous-alimentés et gelés de froid tombent en pleine rue. Et de voir ces queues devant les boulangeries, épiceries, marchands de charbon, serrait les cœurs. Surtout les femmes qui se coltinaient les corvées ! Elles étaient admirables de ténacité, de vaillance, de débrouillardise. C'est qu'elles devaient avec trois fois rien faire survivre l'homme, s'il n'était pas prisonnier, et bien sûr les enfants. Ah ! les enfants ! Ainsi qu'à chaque circonstance dramatique, mères et épouses se montraient sublimes.

Il la secoua encore.

– Hé ! la ramée ? N'oublie pas tes vieux !

– J'y vais, balbutia-t-elle.

– Dans cette tenue ?

Leurs rires éclatèrent en même temps. Elle se dégagea de ses bras, s'étira et la pointe de ses seins prétentieux évadés du linon se braqua vers le plafond, telle une batterie de défense-contre-avions. Elle n'avait pas achevé de s'étirer que des coups légers provinrent de la porte. Ils se regardèrent. Qui ? A cette heure ? Ce n'étaient ni les Fritz ni les poulets, en tout cas. Eux ne faisaient pas dans le léger, pour s'annoncer. Ils y allaient plutôt à coups de godasses et de menaces.

– J'y vais, souffla-t-elle. T'as rien qui craint ?

– Non. Tout est camouflé ailleurs.

Pour éviter qu'elle ne soit embêtée et compromise au cours d'une soudaine et imprévue perquisition, il ne conservait même pas une arme. Du moins longtemps. Il la suivit de l'œil trottiner demi-nue, vers le couloir, ses fesses dansant dans la pénombre au-dessous du linon rose. Puis elle revint chercher un peignoir, avertit en l'enfilant :

– Tintin.

Il sauta du lit, passa une robe de chambre et fit coulisser la tenture dans ses anneaux. La clarté du jour envahit la pièce en désordre. Il se retourna. Tintin dressait sa petite taille devant lui. Une veste cuir trois-quarts de teinte fauve dissimulait en partie son complet bleu de coupe neutre. Il était nu-tête, et ses cheveux courts et frisés surplombaient ses yeux mobiles et noirs perpétuellement en alerte. Venu d'Algérie, patriote intransigeant, il marchait depuis longtemps avec le capitaine Michel et, que ce soit dans les bas-fonds ou ailleurs, nul ne pouvait se permettre de lui cracher impunément sur les souliers. Par ailleurs il avait en horreur les m'as-tu-vu, les poivrots et les grandes gueules. Il esquissa un geste, sourit à Margot :

– ... excusez-moi, Madame Auguste. Mais nous devons parler en tête à tête.

Il s'exprimait du coin de la bouche d'un ton peu audible. En traînant le Breton à l'écart, il lui chuchota :

– Il nous faut absolument une planque cette nuit. Pour des garçons en cavale de cher. Juste le temps de leur préparer la fuite vers Lyon et l'Espagne. T'as ça ?

Le Breton se mordilla les lèvres. Il était pris à l'improviste. Une planque... une planque... Il y en avait. Mais elles ne restaient pas toujours sûres. Il questionna :

– C'est sérieux ?

– Plus que ça. Des garçons ont vidé cette nuit un chargeur dans le ventre du docteur Friedrich, de la Propagandastefel. le mec de Radio-Paris !

– On peut savoir qui c'est ou bien...

– Oh ! tu les connais. Roger Poupon et René le Juif.

Le Breton tressaillit. S'il les connaissait ! Ainsi, ils avaient... la nuit écoulée... sur un grossium de l'occupation allemande de surcroît... Ils ne pouvaient mieux choisir pour avoir toute la Gestapo aux fesses s'ils étaient reconnus. Ce dont il s'inquiéta.

– Ils sont redressés ?

– Tu parles ! C'est comme s'ils avaient signé leurs aveux. Ils ont flingué le Boche devant un tas de témoins, dans le bar qui se trouve rue de Douai en face du passage où se trouve l'Hôtel de Paris. Tu vois ?

Le Breton opina. Tintin enchaîna :

– Je leur ai trouvé un truc provisoire en catastrophe. Mais ce soir, il faut qu'ils déménagent. Est-ce que...

Le Breton réfléchissait. Une planque ? Une planque sûre ? Sans omettre que ceux qui accepteraient de cacher les fugitifs risqueraient le poteau d'exécution dans le cas où les Frizous débusqueraient leur proie ? Puis, soudain, il se souvint de M'man Blot, la mère adoptive de son frère Robert. Surveillante dans l'orphelinat de guerre auquel, pupilles de la nation, ils avaient été confiés, elle s'était prise d'affection pour Robert et, des années plus tard, une fois hors des Hauts Murs, elle en avait fait son garçon. Geste noble qui avait évité à l'orphelin la rue, la misère, la violence, la haine des flics, les rapines, les fuites éperdues pour éviter des coups de feu et les affrontements, couteau au poing, sur les fortif's.

– Je crois que je peux t'avoir ça, dit-il enfin. Avant, faut que je me rencarde.

Tintin, qui s'allumait une Gauloise, éteignit son briquet.

– Si c'est bon, tube chez moi ce soir vers les neuf plombes. On conviendra de l'heure à laquelle tu pourras passer les prendre.

– T'auras une tire ?

– Non.

– Bon, je vais contacter Louis le Blond ou le Grand Robert.

– Entendu et...

Il s'interrompit, rigola doucement du coin de la bouche, car de la salle de bains leur parvenait une chanson :

« Titine et Tintin ont un appartement
Rue d'Aboukir au cinquième sur le devant. »

– Mon nom la met en gaieté, se marra Tintin. Je l'inspire. Tu lui diras au revoir de ma part.

Et tandis qu'ils s'enfonçaient dans la couloir, les paroles les rattrapèrent :

« Bise et se rebi-i-i-ise.
Bise et se rebi-i-ise
et pour toujours. »
« Ah ! dis passe la main
Passe la main sur mon machin
Ton béguin tu peux l'garder. »

Le Breton referma sur son ami, qui rigolait encore en s'éloignant.

« Pisqu'après tu m'laisses tomber.
Oh, dis mais chez qui
Que Tintin lui répondit. »

Le Breton revint dans la chambre et, le front pensif, il alla contempler la rue alors que dans son dos la voix qu'il aimait tant...

« Si jamais j'te laisse tomber
Ça sera dans mes bras. »

Ainsi Poupon et René le Juif ? Ça devait drôlement se déchaîner dans la capitale, barder de cher pour leur matricule. Il ne devait pas perdre de temps pour aller voir son frangin.

Il se dirigea vers la salle de bains où sa Blondie embrayait sur l'air dont, chose rare, elle ne se souvenait pas des paroles et dont ils avaient pourtant fait leur credo, peut-être par dérision de la vie :

« Deux sous d'amour c'est pas grand-chose »

Il poussa la porte, la repéra dans la baignoire, debout, nuage de mousse et de blondeur.

« Mais quand on a le droit de choi... »

Elle l'aperçut à travers ses yeux embués de savon, lui cria pour dominer le ruissellement de l'eau :

– Ça va ?

Il ne lui répondit pas. Il l'avait déjà rejointe et, l'enlaçant, il la faisait basculer dans la baignoire, sentait contre lui le corps tiède et lisse, les seins orgueilleux aux pointes durcies, la chair douce et soyeuse.

« Deux sous d'amour-ou-ou-our »

Le téléphone sonna. Ils ne se dérangèrent pas.

*

Ils n'avaient pas eu besoin de répéter leur numéro. Ils étaient rodés, savaient monter leur piège. Depuis le temps... Postés de chaque côté dans le couloir du métro, ils ne leur restait qu'à interpeller les usagers qui débouchaient après le coude. Simple. Efficace. Pour ceux qui voulaient rejoindre la rame en descendant l'escalier, il en était de même. Et si ceux qui les apercevaient faisaient demi-tour, ils tombaient dans les pattes de trois, quatre flicards en civil hypocritement accoudés à la rampe extérieure du train souterrain. Resimple. Mêlé à cinq, six voyageurs, le Breton, qui se rendait boulevard de Charonne, déboucha après l'angle du couloir et en moins de deux repéra la maison Parapluie. D'abord une tripotée de gardiens de la paix avec leur pèlerine et leur bâton blanc, puis trois civils style P.J. et enfin trois en long manteau de cuir, dont l'un arborait sur son crâne roux un bitos tyrolien doté d'un blaireau. Oh, ils ne planquaient pas, les mecs ! Ils annonçaient franco la couleur : Gestapo. Le Breton réagit à la seconde. Impossible de pivoter et de repartir vers les quais ! Probablement, mais, fait étonnant, lui toujours sur le qui-vive ne les avait pas repérés, y avait-il quelques argousins de camouflés dans le but de présenter leurs civilités à ceux qui auraient la velléité de faire demi-tour pour éviter leurs collègues. Les gens se méfiaient du plus bénin contrôle d'identité. C'est que le pire pouvait se produire. Il suffisait que les voraces Teutons aient besoin d'otages pour que... Qui savait à l'avance ? Et lui qui était recherché ! D'accord, il circulait sous de faux fafs mais en cas de vérification poussée... de passage au piano [1]...

Insensiblement, l'œil faussement indifférent, il commença à boiter. Non d'un seul coup. Non, non. Il ne fallait surtout pas alerter, attirer l'attention soupçonneuse des limiers. Il devait agir progressivement. Il connaissait la tactique. Il l'avait si souvent mise au point avant guerre lors des rafles,

1. Prise d'empreintes digitales.

sur l'avenue de Clichy, alors que ses copains et lui sortaient du bal du *Petit Jardin* ou du *Haïti*. En général, c'était les mardi et vendredi que la Mondaine, surtout celle-ci, donnait ses coups de serviette. Les poulardins opéraient simultanément sur les trottoirs bordant l'avenue, dont celui de droite, en marchant vers la place Clichy, dépendait des flics du 17e arrondissement, le gauche de ceux du 18e. Évidemment, les gaillards de la P.J. n'avaient pas à se tracasser de ces bienséances ! Eux possédaient le droit de faire cliqueter leurs joyeuses menottes sur l'ensemble du territoire parisien. Au-delà de Paname et de ses banlieues, la valse des chaussettes à clous relevait en principe de la Sûreté nationale.

Aussi vite qu'il apercevait les argousins, le Breton attaquait son numéro. Feutre à la main, qu'il balançait, l'air un rien con, il se mettait progressivement à boiter. Ne pas faire demi-tour, surtout ! Même avec une saccagne ou un flingue en poche. Continuer à aller de l'avant. Ce qu'il faisait. Il avançait sur la rafle, boitant de plus en plus, sans regarder les archers de la République. Là encore, il fallait faire comme s'ils n'existaient pas. Ne pas non plus écouter Henri l'Épicier, Auguste le Fou, ou Jo la Gambille qui lui lançaient : – Arrête tes tours de con. Au contraire, il fallait continuer, se dissocier d'eux, se laisser distancer, ne pas arborer sur sa frime un air trop marle. Ça paraissait facile, faisait marrer les amis, pourtant ça payait. Combien de fois n'avait-il pas évité le panier à salade ? Occupés à éplucher les identités de ses copains et à les fouiller, les inspecteurs lui décochaient un bref coup d'œil et le laissaient poursuivre plus loin sa claudication. Évidemment, si les poulagas s'offraient une descente dans un bistrot où il se trouvait, il était cuit. D'autant qu'il fréquentait indifféremment les bars à casseurs ou ceux des souteneurs, les uns les autres ne se mélangeant en aucune façon. A Paris, il y avait les fricfraqueurs puis les poissons. Chacun chez soi, les premiers méprisant les seconds. Et c'était bien sûr les voleurs que traquaient en premier les pieds-nickelés de la Tour Pointue, les autres, les maq's qui vivaient du pain de fesse... bof ! Pour preuve, en province, aussitôt qu'un coquin descendait du train, le lendemain il était déjà logé par les chaussettes à clous qui venaient cogner à sa porte.

– T'as une gonzesse ? En maison ou ailleurs ? Si oui, tu peux rester. Sinon, si t'es venu pour fricfraquer sur notre territoire, on te remet au dur [1].

Heureuse époque, où chacun trouvait son bonheur dans la paix du cœur. Les barbeaux restaient à surveiller leurs gagneuses et les joyeux policiers, ennemis des complications et de la fatigue, allaient boire le pastis. Évidemment les gonzesses obligées d'en moudre dans les bordels se marraient moins. Comme de juste, à fréquenter tous ces mauvais lieux, le Breton avait bien dû se faire empaqueter une cinquantaine de fois, que ce soit par la Mondaine, la Voie Publique et même la Criminelle. Une fois, cette dernière l'avait servietté alors que l'inspecteur principal Maizaud, celui qui avait arrêté Papillon, dirigeait la rafle. Une autre fois, ç'avait été la Mondaine sous les ordres de l'inspecteur principal Métra qui les avait sautés, Francis le Nantais et lui. Mais tout ceci n'avait été que broutille, perte de temps. Avec les Teutons, c'était plus sévère, on ne pouvait jamais prévoir la finale. Il suffisait que leurs services découvrent qu'il avait refusé d'aller usiner chez eux et il était rousti, frit à l'huile. Après tout, il était recherché, il les avait dans les reins...

Il marcha donc sur eux. Pas question de dévier. Après avoir laissé ses compagnons de voyage prendre un peu d'avance pour les avoir en écran, il continua doucement à boiter puis, à mesure de ses pas, de plus en plus. Ils n'étaient plus loin. Il ne leur prêtait pas attention. Il ne le fallait surtout pas. Il avait amené sur sa frime un air un rien crétin, sachant que les flics, qu'ils soient de Bochie ou d'ailleurs, appréciaient ça. Eux exigeaient qu'on tremblote devant leur petite autorité, qu'on s'incline ou fasse semblant. Ce qu'ils supportaient mal, c'étaient les va-de-la-gueule, les moqueurs, les défieurs. Oh ! ceux là ! Clic clac. Embarqué, c'est pesé. Au quart, on va vous montrer le poids de nos matraques, camarades !

Le sirop de rue qui avait remplacé le lait dans les tétines

1. Train. Brûler le dur (voyage sans billet), aller aux durs (aller au bagne). Voir *l'Argot chez les vrais de vrai*.

au Breton lui avait inculqué ces choses. Avant, il avait pu enregistrer que, dans les orphelinats de guerre et les maisons de redressement, coudre un galon sur la manche d'un minus équivalait à ce que ce dernier se prenne pour un caïd, martyrise des gosses, ne se sente plus pisser, gonfle les pectoraux, relève le menton, entende qu'on lui dise que ça sente le 5 de Chanel lorsqu'il pétait.

En avançant, il sentait peser sur sa veste de cuir l'œil de l'un des Huns. Justement celui au bitos orné d'un blaireau. Il ne broncha pas, se donna l'air un peu plus con. Pas trop tout de même. Il ne fallait quand même pas cataloguer tous les Chleuhs parmi les demeurés ! A droite et à gauche du passage laissé par la maison Poulardin, des voyageurs tendaient leurs papiers, se laissaient palper. D'autres, sur un signe de l'un des sbires, poursuivaient leur route vers l'extrémité du couloir et, de là, vers l'escalier qui remontait à la lumière du jour.

Le Breton nota l'interrogation muette d'un flic français à Bitos de blaireau. Ce dernier opina et, de l'index, appela la jeune femme chargée d'une valise qui suivait le Breton, lequel fit mine de ne rien avoir remarqué. Il continua son chemin en claudicant, un rien de frousse au ventre et de la rigolade au cœur. Ces connards n'étaient tout de même pas plus malins que les mecs de la P.J. les soirs de rafle ! Non, car ils le laissèrent passer. Il commença à mieux respirer. Pas trop, c'est qu'il avait déjà repéré en haut des marches deux têtes penchées sur les voyageurs qui remontaient. Leur profession était inscrite sur leur bouille méfiante, leurs yeux faussement naïfs.

En débouchant sur le boulevard de Charonne, le Breton aperçut un car de police aux vitres grillagées et, derrière celles-ci, des silhouettes. Il traversa le boulevard, conscient des regards qui le suivaient. Est-ce que ces idiots s'imaginaient qu'il allait cesser de boiter ? Il descendit un peu le boulevard et sonna à la porte en fer forgé d'un immeuble. Bien entendu l'ascenseur, par mesure d'économie d'électricité, ne fonctionnait pas. En route à pied pour le cinquième étage ! Prévenu, son frère Robert ouvrit à son coup de sonnette. Il était moyen de taille, solide d'épaules, offrait des yeux verts, un teint rosé, des cheveux ondulés d'un blond roux, un menton volontaire et dégageait une énergie farouche. Ils ne se ressemblaient pas et leur drame était de ne pas trop savoir d'où ils étaient issus. Ils ne se voyaient guère. Dès l'orphelinat, leur chemin avait bifurqué. Pour l'un la rue, les fortif's, la violence. Pour l'autre, grâce à l'adoption d'une femme de cœur, une existence propre et nette. Leur seul point commun avait été, enfants, de garder chez des parents nourriciers les vaches d'une ferme bretonne.

L'intérieur sentait le confort, la vie gagnée rudement, honnêtement. Yvonne, la belle-sœur de le Breton, vint l'embrasser, les mains blanches de farine. Elle était brune, petite, jolie, aimait celui qu'elle avait choisi et lui l'aimait. C'était aussi simple que ça.

Le Breton attendit qu'elle eut regagné sa cuisine pour expliquer ce qu'il n'avait pu confier par téléphone, la ligne de son frère risquant un jour d'être surveillée. Il savait que ce dernier courait des risques. Par l'entremise de M'man Blot, sa mère adoptive, il leur arrivait de loger pour une nuit, deux ou trois, les sommets de la Résistance. La vénérable dame avait hébergé de la sorte Jean Moulin, ensuite, celui-ci ayant été arrêté à Caluire, Georges Bidault, son successeur à la tête du C.N.R. [1], et surtout Robert Chambeiron, le secrétaire général dudit C.N.R. C'était ce dernier qui leur avait demandé asile pour ses amis et lui-même. Il pouvait. Les deux Robert s'étaient liés d'amitié durant leur service militaire, qu'ils avaient accompli d'abord au 116 d'aviation de Reims puis boulevard Victor, au ministère de l'Air, dont le patron était Pierre Cot. Bien entendu, le ministère recélait un tas de fils de famille, les pistonnés, les rupins. Ce qui n'était pas le cas du frère de le Breton, oh que non ! Seulement il avait le pilotage dans le sang, y croyait ferme. Et vu qu'il était doué pour les études, qu'il l'avait prouvé, lorsque, chauffeur d'une camionnette aux usines Renault, il s'enfermait le soir dans sa petite piaule pour potasser seul algèbre, géométrie et un tas d'autres conneries, de l'hébreu pour le Breton, et qu'au concours il avait été reçu dans les premiers sur 700, cela avant qu'Hitler ne foute la merde en Europe, il était

1. Conseil national de la Résistance.

en droit de croire concrétiser son rêve. Hélas, hélas, Hitler et ses hordes... leur percée fulgurante en pays franc... Adieu le pilotage, la griserie de l'aviation de chasse... gommés les espérances, le ciel de gloire... Néanmoins, de son passage dans l'armée, il lui était resté de solides amitiés, dont celle de Chambeiron et celle d'Edmond Bougaud, dont le père, légendaire figure, avait créé Unis-Sport, le magasin de la rue de Maubeuge qui fournissait en équipements tous les champions français, les Pélissier, les Leduc, Lapébie, les Magne... Et si M'man Blot et Robert pouvaient donner asile à ces hommes de l'ombre qui luttaient farouchement contre les Allemands, c'était justement grâce à Edmond, qui avait laissé à la vieille dame la jouissance d'une petite maison discrète érigée dans une courette, laquelle se camouflait derrière le cinéma Voltaire du boulevard du même nom.

Quand il eut expliqué ce qu'il attendait de son frère, le Breton guetta la réponse en fixant malgré lui les oreilles de son cadet. Chaque fois qu'ils se rencontraient, c'était l'endroit qu'il ne pouvait s'empêcher de fixer. C'était par là que la directrice de leur orphelinat de guerre l'empoignait rudement pour le faire céder lorsqu'à huit, neuf ans, il tenait tête, refusait de plier. Bien sûr, il n'y avait pas de motivations sérieuses pour ces déploiements de férocité, sinon des questions de prestige, d'autorité. Mais celles-ci devaient être bien importantes pour que cette directrice, forte de ses 80 kilos, s'entête sur ses oreilles, les perçant de ses ongles durs et hargneux.

– Tu vas céder, tu vas...

Et lui, pas plus haut qu'une table de réfectoire, de gueuler, farouche !

– Non.

Alors elle s'entêtait de plus belle, jusqu'à ce que le sang perle à ses ongles qui avaient transpercé le cartilage des lobes, s'acharnant bêtement sur le fils d'un mort au champ d'honneur. Cousez un galon sur la manche d'une imbécile, accordez-lui des pouvoirs et tout à coup... Pour Robert, elle aurait dû s'abstenir. Il ne cédait pas sous la douleur. Il ne cédait jamais. L'âge n'y ferait rien. S'il estimait une brimade injustifiée, il se murait dans sa volonté et ne calait pas. Jamais.

Directrice, surveillants, surveillantes sadiques, pouvaient bien tous aller se faire foutre. Il ne calait pas même quand son sang commençait à flaquer sur les dalles du réfectoire.

Si les deux frères ne se ressemblaient pas physiquement, l'un étant quasi brun, les joues creuses, l'œil d'un gris vert, l'autre les joues rondes, les cheveux blond roux, ils se sentaient liés par leurs enfances matraquées. Étaient-ils du même père ? De la même mère ? Est-ce qu'ils savaient ? Étant gosses, dans leur orphelinat, un matin qu'on leur avait réclamé le prénom de leur mère pour rédiger des papiers, ils n'avaient su que répondre. Ils l'ignoraient. Était-ce leur faute ? Probablement, puisqu'ils s'étaient ramassé chacun une tarte dans la gueule. Bof, ça faisait circuler le sang.

Après un silence de réflexion, Robert lâcha enfin :

– Je crois qu'on peut planquer tes gars. Je vais aller voir M'man Blot.

– T'as besoin d'en parler aussi à Edmond ?

– Non, lui ça va toujours. De toute façon, on fait semblant de lui laisser ignorer nos activités. Alors, il ferme les yeux.

Exact que le fils de famille, beau garçon, qui faisait toujours preuve d'une grande courtoisie, fermait les yeux. Mais il savait. Il n'ignorait pas non plus que, si ça craquait un jour, ça en serait fini de lui, des siens, de ses ambitions, et qu'il y laisserait la vie. Néanmoins...

Robert considéra son frère.

– T'as besoin de rien d'autre ?

– Non, juste de ta planque.

Robert sourit.

– Je crois que tu l'auras. Peux-tu m'appeler vers six heures ? Si je te dis que le temps est frigo, c'est que tu pourras te pointer avec tes gars. Disons vers les dix heures, ce soir, avant le couvre-feu.

– Ça ira.

Le Breton lui rendit son sourire. Il ajoutait :

– Tu seras là-bas pour nous accueillir ou bien...

– Je serai là.

Complices, leurs sourires s'accusèrent. Les garçons

souriaient encore lorsque l'un rejoignit sa jeune femme et que l'autre redescendait l'escalier.

*

Auguste le Fou avait décidé de corser ses activités. Il avait acheté rue Marcadet un grand café, l'avait modernisé, baptisé *le Rallye*. A dire vrai, les concurrents de ce rallye se composaient surtout de forbans de tout crin en provenance de Saint-Ouen, Clichy, Montmartre... De la rue, un bec-de-cane commandait la porte qui donnait sur une grande salle dotée d'un long comptoir jadis d'étain, mais que le Fou avait fourgué pour le remplacer par un bar plus au goût du jour. A droite de celui-ci, un couloir menait à la cuisine et à une salle plus petite où évidemment les dés et le poker remplissaient certaines poches, en vidaient d'autres. Mais la passe anglaise, jeu de voyous par excellence, était reine dans les lieux.

Adossé au comptoir, le Breton ne cessait de lorgner la pendule. Il attendait Louis le Blond en bavardant avec le grand Milo de Belleville et la Scoumoune, alias la Rocca [1], qui lui avait rendez-vous avec Francis le Nantais. En une telle époque, les rendez-vous offraient toujours de l'incertitude. On ne pouvait être certain de voir apparaître la personne attendue. Tout pouvait tellement se produire !

L'odeur de café ramena le Breton face au comptoir. Il sucra sa tasse, imité par ses deux compagnons. Au moins était-ce du vrai caoua, non l'espèce de gland grillé ou d'orge qu'offraient la majorité des bistrotiers.

– Tu crois que ton ami va se pointer ? s'informa la Rocca.

Le Breton fit la moue.

– Tu sais, avec lui...

Oui, où pouvait être passé l'autre chenapan ? Est-ce que... Puis il tourna le cou vers la porte de l'entrée aux vitres bleuies ainsi que l'exigeait la Défense passive. Un bras venait de s'interposer entre la rue noire et la lumière de la salle et une musique s'engouffrait, devançant Petit Rat le violoniste :

1. Bien plus tard, alors qu'il ne sera plus de ce monde, ses aventures donneront lieu à un film : *Un nommé la Rocca.*

« Jamais les Prussiens n'auront les gars de la Tourai-ne
Jamais les Prussiens n'auront les gars du can-ton. »

Et derrière Petit Rat, digne, droit pour l'instant, mais défoncé, le Nantais suivi de son frère. Le Breton chercha les yeux de la Scoumoune. C'est que le gars n'était pas un plaisantin ! Son surnom, qui signifiait la malchance, la cerise, la déveine, l'expliquait. Assez grand, maigre, un rien voussé, il avait un regard perçant et des réflexes rapides pour s'emparer du pistolet qui ne le quittait pas. C'était surtout du côté de Marseille et de la Côte qu'il opérait.

En l'apercevant, Francis se ressaisit, les rides de son front se creusèrent. Merde, il avait oublié le rencart ! Il agita la tête, faisant danser la mèche rebelle qui lui barrait le front et se dirigea vers le comptoir, après avoir cogné le bras de Petit Rat qui aussitôt bloqua son archet.

– Ça va ? dit-il, la main tendue.

La Scoumoune le fixa longuement.

– Ça va. Mais nous avions rendez-vous ! Et tu es à la bourre.

– Eh bien, je suis là, renvoya le Nantais, désarmant de candeur.

La Rocca le sonda, d'un œil mort qui glaçait :

– Tu peux discuter de ces cartons de pain ? Dans ton état ?

– Ben, voyons ! sourit Francis. Allons dans le fond ! Tu viens, Maho ?

Ce fut la Scoumoune qui intervint :

– Ton associé doit partir. Mais nous n'avons pas besoin de lui, je pense ?

– C'est juste, opina Francis en l'entraînant vers une table du fond.

Mais ils ne l'atteignirent pas, s'immobilisèrent avant. Une voix à l'accent pyrénéen, celle de Panafieu, venait de critiquer :

– T'es vraiment louf. Jamais personne n'a tenu trois minutes sous l'eau.

– Ah ! ça, je sais pas, intervint Dédé le Toulousain, dont le regard brillait.

Lui, dès le moment que se mijotait un tour de con, s'il était partant !

– Comment ? Comment ? s'indigna Auguste le Fou qu'entourait une douzaine de pirates.

Debout devant une des tables, nu-tête, en bras de chemise, il avait empoigné les anses d'une bassine emplie d'eau placée devant lui.

– Comment ça que j'y arriverai pas ?

– Moi, je prends le pari qu'il tiendra, l'encouragea Maurice l'Homme du Monde, impeccable dans un costume bleu agrémenté d'un gilet crème.

– Allez, Gustave ! vas-y, encouragea à son tour le Toulousain. Moi, je parie six Dom Ruinart que tu tiendras les trois minutes.

– Bien sûr, enchaîna Henri l'Épicier. N'écoute pas Panaf ! C'est un défaitiste.

– Ça, on risquait pas de gagner la guerre avec des mecs comme Panaf, intervint Lulu l'Haricot, dont la joie était d'asticoter Panafieu qui s'en mordait les poings de rage.

Il avait refait surface après l'exploit d'avoir bazardé le Bois de Boulogne aux Teutons. Sous de faux papiers, évidemment. Mais les Chleuhs avaient d'autres soucis que de rechercher un aigrefin. C'est que les Popofs, du côté de l'Oural, les faisaient transpirer du couvercle !

– Il n'y arrivera jamais, remarqua le grand Milo, venu s'agglutiner lui aussi autour du Fou. Trois minutes ? Non, non...

Tout en conservant un œil sur la porte le Breton, qui s'était également approché, observa le Fou qui jurait :

– Bon Dieu, si je tiens pas trois minutes, même quatre, je suis un enculé.

Les rires se mirent à rouler. Si le Dingue commençait à s'insulter, alors il allait y avoir du sport. Surtout qu'il se dopait du mot défendu, celui que nul dans les bas-fonds ne pouvait utiliser contre un autre sans risquer la balle ou le coup de surin.

Sans prévenir, les paumes enserrant les anses de la bassine avec rudesse, le Fou plongea brusquement sa tête dans l'eau. Pour la ramener en s'ébrouant.

– Pou... pou... pou... pour un essai, dit-il.

Ceux qu'il avait aspergés avaient sauté en avant arrière. Il se préparait à récidiver, le visage ruisselant, lorsqu'une voix à l'accent marseillais s'éleva :

– Oh ! faites gaffe, vous allez écrabouiller Jules César !

Une silhouette se courba et des mains charitables amenèrent à la lumière un homard relié par une ficelle au poignet de Lolo le Marseillais. Depuis combien d'heures le trimbalait-il, son crustacé ? Fallait que la bestiole soit résistante, s'il l'avait achetée du matin ! Arrachant le homard aux mains sauveteuses, Dédé le Toulousain le balança carrément dans la bassine. Ce fut au tour du Fou de sauter en arrière. Comme s'il n'était pas déjà tout trempé !

– Oh, non, gémit-il en revenant récupérer le Jules César à Lolo qu'il plaça à côté du récipient. Vous charriez.

Puis, pris de dinguerie, les cheveux plaqués au front, l'œil furibard, il arracha chemise et gilet de corps et son torse impressionnant apparut sous l'éclat des lampes. Il gronda :

– Je suis un enculé, je suis un vrai enculé. Je suis...

Et il plongea violemment sa face volontaire dans l'eau où venait de s'ébattre l'empereur romain du Marseillais.

– Il n'y arrivera jamais, lança Panafieu avec dédain.

Comment le Fou parvint-il à l'entendre ? Toujours est-il qu'il refit soudainement surface en grondant :

– Tu vas voir ça ! Merde alors !

Si Lulu l'Haricot pouvait pousser Panafieu aux pires déchaînements verbaux, Panaf, lui, c'était le Fou qu'il pouvait lancer dans les pires extravagances, les pires défis.

– Faudrait que je sois le roi des lopes, pour pas y arriver, lança le Fou en poignardant Panafieu du regard à travers l'eau qui ruisselait sur son visage.

Et il replongea la tête dans le récipient sous un hennissement joyeux du grand Toulousain. Maintenant, toutes les attentions se portaient sur le crâne brun aux trois quarts immergé, sur les larges épaules nues hérissées de poils noirs. Même la Scoumoune et le Nantais en restaient figés sur place. Des secondes, des minutes s'écoulèrent. Un... deux... trois... Insensiblement, les mains crispées sur les anses de la bassine se détendirent.

– Bon Dieu, jura Henri l'Épicier. Mais il est en train de canner, ce con.

– Penses-tu, rigola le Grand Toulousain. Il est bien trop coriace.

Néanmoins, pour se rassurer, il empoigna la tignasse de leur ami et tira. La face violacée du Fou leur apparut, les yeux révulsés, la bave à la bouche. Un fou rire les secoua tous. Louis le Blond, qui venait de rejoindre le Breton, s'informa en indiquant le Fou du menton :

– Qu'est-ce qu'il a ? Il veut battre Jean Taris ?

Il faisait mention du célèbre champion de natation. Le Breton qui, en voyant le Blond, était repris par l'opération qui les attendait, le coupa :

– On les met, Louis. On est attendus.

Le Blond ne demanda pas qui les attendait. Il se posait jamais de question. Il devait être là à dix heures du soir, il y était.

Laissant le Fou récupérer sous les claques joyeuses que lui assenaient de concert le Marseillais et le grand Toulousain, ils sortirent. Un torrent de gaieté roula jusqu'à la porte qu'ils refermaient. Ils marchèrent jusqu'à la traction-avant.

*

Sur les indications de le Breton, Louis le Blond stoppa à l'angle des rues Ballu et de Vintimille. Aussitôt une ombre sortit de l'ombre et le petit Tintin vint se pencher à la portière baissée.

– Je te les envoie ?

Le Breton ne put contenir un léger rire.

– Vous êtes gonflés. Juste à côté du quart !

A soixante mètres de là, le mot Police se découpait en bleu sur le noir de la rue.

– Plus que tu penses, lâcha Tintin. Les gestapistes ont fait irruption dans l'hôtel de passe où nos lascars s'étaient camouflés après leur exploit. Les gonzesses les ont planqués de justesse. Un miracle. Et, pivotant du buste, il ajouta en levant le bras :

– On s'occupe de les expédier à Lyon par la suite. Pour l'instant, c'est trop chaud. Merde pour vous tous !

Et il se perdit dans l'obscurité, mains enfoncées dans les poches de son cuir. A sa place, alertées par son bras levé, deux silhouettes jaillirent de l'ombre et, sans un mot, elles s'installèrent à l'arrière de l'auto. Le Blond démarra sur-le-champ, dépassa l'entrée du commissariat et gagna l'Opéra.

– Alors, les gars ? s'enquit le Breton, tournant le cou sur ses passagers.

René le Juif s'épongeait en dépit de la froidure et Poupon, son complice en pistolade, tirait nerveusement sur sa cigarette. A part ce signe, ils ne semblaient pas trop se biler. Pourtant ils pouvaient transpirer, fumer nerveusement ! Si jamais ils étaient coincés, recherchés comme ils l'étaient. C'est que vider un chargeur dans le bide d'un docteur Friedrich ne risquait pas de leur valoir les félicitations d'un tribunal militaire allemand ! Dame, c'était un ponte de l'Occupation. Un grand même. Encore fallait-il qu'ils arrivent audit tribunal ! Car si la Gestapo leur collait la patte dessus avant un autre service... Brr...

Par bribes, le Breton et le Blond apprirent « l'exploit ». Roger Poupon qu'accompagnait René le Juif s'étaient arsouillés dans le bar de nuit qui faisait face à l'impasse où se dressait l'hôtel dans lequel Dédé Stora s'était offert un bain tout habillé, aux jaunes d'œufs. Malchance, la clientèle du troquet comptait ce soir-là le toubib en question, qui s'était mis à déblatérer sur la France, les Juifs, les maquisards, etc. Le champ' millésimé qu'il semblait beaucoup apprécier lui amenait de l'agressivité au bout de la langue. Trop. En plus, il s'était mis à jouer au cow-boy et brandissait son pistolet, un Smith et Wesson automatique de 8 m/m tout en vouant le cul de de Gaulle, des Juifs et des terroristes aux grosses biroutes des guerriers SS. Misère. Tout cela n'était pas à faire. Poupon, d'une torsion de poignet, avait désarmé le conquérant, le Juif avait cueilli le 8 m/m au passage et v'lan. Pan-pan-pan. Et comme le Juif lâchait le calibre, Poupon l'avait récolté à son tour et, sur le représentant des vainqueurs occupants... de nouveau repan-pan-pan. Tout le chargeur. Hélas pour eux, ils étaient connus dans l'endroit. Aussi les témoins... les bons, les mauvais... Certains n'avaient même pas attendu les menaces de la Gestapo pour dénoncer qui étaient les amateurs de Smith et Wesson. Résultat, tous les corps de flics étaient aux trousses des coupables, à qui les Vert-de-Gris auraient bien voulu faire goûter le tranchant de leur hache ou la salve du peloton d'exécution.

Le Blond s'immobilisa non loin du cinéma Le Voltaire. Il était temps. Ils étaient tous tendus. C'est qu'en cas d'interpellation, de barrages imprévus... Les derniers spectateurs descendaient les marches du perron, le Breton lança.

– Allons-y.

Ceux dont il avait la charge descendirent, escaladèrent le perron et l'attendirent. Penché à la portière côté conducteur, le Breton laissa choir :

– Au revoir, mec. M'attends pas. Et fais gaffe à tes os.

Le Blond opina d'un geste imperceptible et toujours impavide, relança le moteur et s'éloigna. Ils ne devaient plus se revoir. Le Blond pris, torturé, jugé, serait fusillé quelques semaines plus tard. Sans avoir lâché un mot.

Le Breton rejoignit ses passagers en haut du perron et les entraîna vers le fond du grand hall qui précédait la salle de cinéma. Ils n'y étaient pas encore que Robert se détachait de la caisse derrière laquelle il avait guetté. Le Breton fit de brèves présentations.

– Mon frère, dit-il.

Robert fixa les autres de ses yeux verts qui ne cillaient jamais et lâcha simplement :

– La bienvenue.

Et il les poussa sur la droite, vers une porte qui menait à la courette.

– M'man Blot vous attend, précisa-t-il pour son frère.

Ce dernier lui toucha le bras.

– J'aurais aimé te dire...

– Quoi ?

Le Breton secoua la tête. Il aurait voulu exprimer sa reconnaissance, s'excuser de lui faire prendre encore des risques. Comme s'il n'en prenait pas suffisamment avec tous ces clandestins qui défilaient ici ! Mais il se tut. A quoi bon ? Il secoua de nouveau la tête.

– Rien.

Mais intérieurement, il admirait. Robert ne lui posait, ne lui poserait aucune question. Sa mère adoptive qui, la courette traversée, leur ouvrait la porte d'une petite maison basse, non plus. Le Breton embrassa la vieille dame avec tendresse. Que ne lui rappelait-elle pas ? L'orphelinat de guerre, les sévices, la faim inassouvie, les joies et les chagrins d'enfants. Elle lui était sacrée, n'avait-elle pas pris en charge Robert, lui évitant tant de solitude, tant de coups durs. Au moins avait-elle apporté de la tendresse à un gosse sans rien. Elle lui avait servi de mère, la plus noble des missions. Du moins Robert aurait-il connu ça. Lui non. Mais à chacun son destin. Il sourit à la vieille dame au maintien calme, aux cheveux blancs, aux yeux bleus qui en avaient tant vu et qui pourtant restaient purs.

– Ça va, M'man Blot ? Je vous présente deux amis.

Elle acquiesça tout en observant ceux-ci, avant de constater de sa voix aux intonations toujours égales, apaisante :

– Ils ont l'air fatigués. Et ils transpirent.

C'était réel. Poupon et le Juif René par réaction nerveuse, étaient en nage.

– Enlevez le haut de vos vêtements, conseilla-t-elle.

Peu après, elle se mit à frictionner le torse et le dos dénudés de Poupon à l'aide d'une serviette éponge. Robert agit de même pour le Juif, lui frottant la couenne à la faire fumer. Enfin il leur alloua du linge sec pendant que la grand-mère leur préparait un thé bouillant, avant de leur montrer la pièce où ils dormiraient. Le Breton promena le regard dans le lieu où avaient reposé Jean Moulin, l'un des tout premiers chefs de la Résistance dont la légende irait reposer au Panthéon, Georges Bidault qui deviendrait chef du gouvernement dans la future République, des généraux traqués par les Boches, Robert Chambeiron, qui serait député des Vosges avant de l'être de l'Europe, d'autres encore...

La chambre était vaste, les meubles vénérables, encaustiqués, l'ensemble reposant, rassurant.

Le Breton en détachait mal son regard admiratif. S'il ignorait encore le nom de ceux qui y avaient transité, il savait que c'étaient de très gros morceaux de la Résistance. C'était Chambeiron qui les amenait à Robert. Celui-ci, comme

Yvonne sa femme, comme M'man Blot, les recevait sans questionner.

– Ils pourront demeurer ici autant qu'il le faudra, énonça la vieille dame, qu'une blouse d'un même bleu que son regard habillait. Seulement, Auguste, par précaution, ils ne doivent pas sortir ! Elle avait comme l'air de s'excuser.

– Je leur ferai les courses dont ils auront besoin, ajouta Robert pour rassurer les fugitifs.

– Vous bilez pas, M'man Blot, rassura à son tour le Breton. Mes amis se tiendront tranquilles.

Il ne cessait d'observer cette chambre qu'il connaissait pourtant, où tous ces hommes avaient trouvé refuge pour des séjours plus ou moins brefs. Sûr et certain que ces clandestins devaient être des sincères, des purs, tel son capitaine Michel. Rien à voir avec les aventuriers de son monde de forbans, dont Poupon et le Juif faisaient partie. Revenu dans la cuisine où le thé bouillant embaumait, Robert consulta sa montre.

– Il va être temps de s'en aller, si on veut devancer le couvre-feu. Tu couches à la maison ?

Il s'était tourné sur son frère. Le Breton acquiesça, serra les mains de ses amis dont les têtes allaient être mises à prix, embrassa la vieille dame avec chaleur tout en lui murmurant :

– Merci.

Elle se contenta de le fixer. Il détourna la tête. Avait-il le droit de lui amener ses amis, même si, tel Poupon, ils appartenaient à un réseau de résistance, le sien en l'occurrence ? Avait-il le droit de faire courir le risque de griller une cachette aussi importante, dont avaient souvent besoin des êtres héroïques et harassés ? Car si une fuite se produisait par la faute inconsciente de ses amis, que la malchance s'en mêle, que ne ferait-on pas à subir à cette personne âgée, pétrie de dévouement ? Et à son frère ? A sa belle-sœur ? A Edmond Bougaud ? C'est que dans ce genre de situation, les Huns ne faisaient pas de détails. Ils embarquaient, torturaient, liquidaient. Avoir osé flinguer un docteur Friederich ! Peu après, dans la nuit déserte, le Breton et son frère remontaient la rue des Boulets.

Quatre nuits plus tard, le capitaine Michel, chef du réseau

Marco Polo, faisait conduire sous de fausses identités Roger Poupon et René le Juif à Lyon, où ils furent réceptionnés par Georges Raffin, un résistant qui se payait de l'urticaire rien qu'en entendant prononcer le mot Allemand. Heureusement que Poupon et le Juif avaient quitté Paris, car Henri Lafont lui-même les traquait, sans omettre bien entendu les services allemands dont les mâchoires broyaient de la vengeance.

A Lyon, Raffin, qui sera abattu plus tard rue de Douai par les Chleuhs, utilisa les capacités de ses protégés. A eux trois, ils liquident des Fritz, vont baliser des terrains d'atterrissage, réceptionner des armes parachutées qu'ils livrent sous couvert d'ambulances au maquis.

Si le Breton retrouva Poupon avant la Libération de Paris, en revanche il ne reverra plus René le Juif, descendu à Montmartre en mai 1944 par des types de la Gestapo.

XVIII

Jeannot, sa mission accomplie, avait lâché ce qui restait du convoi à Saint-Nazaire. François Spirito, alias Lydro, chef de ce convoi, lui avait bien proposé une voiture mais Jeannot avait préféré le train de nuit. Il était pressé, car au Chapiteau, Henry de la Palmeira, son associé, le réclamait de toute urgence. Il ne faisait que suivre Lydro, lui-même très occupé, qui l'avait précédé la veille sur Paris.

A la gare Montparnasse, coiffé d'un feutre à bords roulés marron, d'un pardessus de même teinte et porteur d'une petite valise, il franchit les barrages, perdu, anonyme parmi le flot de voyageurs, certains chargés de boustifaille et tous emmitouflés en ce janvier frileux, après un parcours dans des wagons glacés. Au dehors, par ce matin lugubre, sous une fine pellicule de neige, une bagnole pilotée par un gars de Lydro l'attendait. Il y grimpa, content de lui. Là-bas, du côté de Pornichet, une fois de plus tout s'était bien déroulé, il ramenait des tas de renseignements. Oh ! sa manière de se les procurer n'était guère orthodoxe ! Possible que le commandant Maréchal, des services secrets de l'Aviation, à qui il les destinait, y trouverait à redire, s'il apprenait que Jeannot se servait de Carbone et de Spirito, les caïds marseillais bien vus du S.D. [1], pour parvenir à ses fins. Mais de l'opinion de son responsable, Jeannot s'en branlait. A ses yeux, seuls comptaient les résultats. Pour obtenir des tuyaux,

1. Service de renseignements allemands.

il aurait fait appel à Himmler en personne s'il avait pu. C'était une boutade, car si le chef de la police du Reich avait connu ses activités, il aurait donné l'ordre à ses S.S. de le pendre par les roustons, alors que Carbone et Spirito étaient ses amis et savaient ce qu'il magouillait pour la Résistance. Mieux, ils étaient d'accord. Au début, c'était Carbone qui lui avait ouvert les portes des zones interdites. Il le pouvait en tant que chef de convoi, ceci avec la bénédiction des Chleuhs. Lui encore qui avait procuré à Jeannot, sous un faux nom évidemment, la carte jaune, laquelle permettait à Jeannot de l'accompagner dans les zones rouges prohibées aux civils. Accompagné de Carbone doté de culot et d'audace, Jeannot avait pu glaner de la sorte un tas de renseignements de premier ordre, situer les emplacements des casemates bétonnées, détail important pour les responsables alliés des bombardements.

Hélas, Paul Bonaventure Carbone, dit Venture, n'existait plus. Quelques semaines auparavant, le 16 décembre 1943, il avait eu les jambes sectionnées dans un accident de chemin de fer consécutif à un attentat, ceci à quelque vingt kilomètres de Lyon. Les journaux avaient imputé cette action aux maquisards de la région, mentionnant même que Carbone en personne était visé. Vrai, faux ? Une chose certaine, le roi de la pègre méditerranéenne n'était plus. Il était parti courageusement, ainsi qu'il avait vécu, une cigarette aux lèvres, demandant aux sauveteurs de s'occuper d'abord des gens plus amochés. Et son destin d'aventurier s'était achevé à l'hôpital des Brotteaux de Lyon. Exit Venture. Son corps fut ramené à Paris où ses amis lui avaient organisé des obsèques grandioses, Jeannot s'y trouvait. Ils étaient peut-être trois mille à vouloir pénétrer dans l'église Sainte-Marie. Mistinguett elle n'avait pas eu de problème pour entrer. Tino Rossi qui avait, de sa voix ensoleillée, chanté l'*Ave Maria* de Schubert, non plus. Pas plus que Manouche, la maîtresse du caïd. Étaient également là les Corses bien sûr et Lydro, son ami et associé mais aussi Otto Abetz, l'ambassadeur d'Allemagne à Paris, et jusqu'à Paul Marion, secrétaire d'État du Maréchal Pétain. Du beau linge. Et des fleurs. Des montagnes de fleurs. Pour des centaines de milliers de francs de gerbes, de couronnes... Lydro-Spirito avait donc succédé pour un temps à son ami Carbone pour convoyer les matériaux réclamés par les chantiers de l'Atlantique. Oh ! le boulot n'était pas foulant. Il suffisait juste de se pointer à l'arrière des trains de marchandises qui achevaient leur parcours à saint-Nazaire, bourrés de sacs de ciment, d'outils, de couvertures, de conserves, de gamelles, de lits de camp, etc., tout ce que réclamait la boulimique organisation Todt qui construisait ou renforçait le mur de défense de l'Atlantique. Le caïd marseillais palpait pour ça. Évidemment, il y avait des risques. Jeannot, pour sa part, venait d'en courir. Trois jours auparavant, il avait subi un terrible bombardement des Américains, avait eu juste le temps de se planquer avec Lydro dans une sorte d'abri en ciment, bâti en pleine cambrousse par les Canaques. Qu'est-ce qu'ils avaient lâché comme bombes incendiaires ce jour-là, les Ricains ! Ils semblaient bien renseignés, les bougres ! Ils savaient, Jeannot y était pour quelque chose, que les Frizous avaient construit dans la nature des chambres bétonnées de trois mètres d'épaisseur où ils entreposaient leurs torpilles sous-marines. Précaution nécessaire car, sous l'incessant matraquage de l'aviation alliée, la base de Saint-Nazaire n'offrait plus une protection suffisante aux torpilles, lesquelles, sous les terribles assauts répétés, risquaient de voir leur système de détonation se dérégler.

Au Chapiteau, le message urgent de la Palmeira qui attendait Jeannot était :

« Ton frère Charles doit ce jour même, dès 9 heures du matin, se trouver dans un convoi de déportés en route pour l'Allemagne. D'après les renseignements, ledit train restera en gare jusqu'à 16 heures de l'après-midi. Mais rien n'est officiel. Aussi faut-il agir vite. Si, à 10 heures, tu n'es pas arrivé, que ton train est retardé, j'aviserai du côté de Lafont, mais je préfère éviter. Henry. »

La montre de Jeannot indiquait 8 h 50. Il n'avait ni le temps de se raser, ni de se changer. Et lui qui avait renvoyé le gars de Lydro et la voiture... Restait le bus. Il téléphona à Henry qu'il venait d'arriver et s'occupait de Charles, fit confectionner de solides casse-croûte, y joignit vins et champagne et fila. En route, il se creusa la tête. Ainsi Charles était embarqué pour la Germanie ? Que pouvait-il tenter pour l'empêcher ? Ça s'annonçait dur. C'était lui qui un an auparavant avait conseillé à son frère, après avoir été alerté que la Gestapo allemande s'intéressait aux agissements de Charles, qu'il serait prudent qu'il tente de gagner Londres. Hélas, Charles avait été arrêté à la frontière espagnole. Aussitôt prévenu, Jeannot avait contacté Me Moro-Giafferi, le célèbre avocat qui, le jour de l'ouverture de l'audience, était descendu à Bayonne. Mais Charles, de tempérament irréductible, avait cogné la maréchaussée et s'était échappé. Malheureusement, il avait été repris peu après. Jugé, condamné, il avait fait son temps à la maison d'arrêt d'Eysses, jadis le légendaire et inhumain bagne d'enfants. Dans le bus qui fonctionnait au gaz, Jeannot se creusa la tête. C'était si inopiné ! Pourquoi déportait-on Charles ? Rapport à sa tentative de joindre Londres ? Ou tout bêtement parce que les Frizous avaient besoin de main-d'œuvre ?

A la gare de l'Est, Jeannot eut du mal à trouver le convoi en question. Chargé du sac à provisions, il se hasarda sur le quai, se heurta d'entrée dans les gendarmes allemands avec leur plaque métallique sur la poitrine. Il leur expliqua en petit nègre que son frère était là, qu'il tenait à le voir, à lui donner ça... Il montrait son sac, l'ouvrait. Et les têtes carrées d'accepter. « Ya, ya. Gut. Gut. Ya, ya. » Ils s'effacèrent pour le laisser passer. Jeannot, soulagé, marcha vers les wagons à bestiaux où étaient entassés les hommes. Hélas, le long du convoi, des miliciens de Joseph Darnand montaient la garde, empêchaient tout contact des déportés avec l'extérieur. Dans leur tenue bleu foncé, leur béret chasseur alpin sur le crâne, leur mitraillette au poing, ils s'échelonnaient tous les deux mètres le long du train interminable où étaient empilées, confondues, les victimes du nazisme, Juifs, résistants, jeunes réfractaires au S.T.O. Jeannot en avisa un, lui parla de Charles, lui exhiba ses provisions. L'autre, arrogant, le vira d'un ton rogue :

– On n'approche pas des wagons ! Circulez !

Alors Jeannot réclama le responsable du convoi. Le milicien refusa :

– Je ne quitte pas mon poste. Circulez !

Jeannot insista. Un autre milicien consentit, daigna plutôt, vu sa lippe écœuré, se remuer le popotin. Il s'éloigna en direction de la locomotive qui venait d'être accrochée aux wagons et revint, accompagné d'un grand séco, galonné, âgé d'une trentaine d'années, l'air martial, un étui revolver accroché au ceinturon. Jeannot replaça son baratin, expliqua que Charles... indiqua les vivres... L'autre, tout aussi arrogant que son subordonné, le premier milicien, répliqua sèchement :

– Vous ne devez pas rester ici. Fichez le camp. J'ai des ordres. Aucun contact ne sera toléré entre les déportés et l'extérieur. C'est clair ?

– Mais vous pouvez au moins me dire à quelle heure aura lieu le départ, s'entêta Jeannot. Juste ça. Après tout, il s'agit de mon frère ! Vous avez peut-être de la famille, vous aussi ? Et puis nous sommes tous Français d'abord, non ?

Le responsable du convoi, fier de sa tenue lugubre, imbu de ses galons et de son pouvoir, se fâcha, voulant ignorer tout sentiment :

– Si vous ne fichez pas le camp, je vous fais jeter de la gare à coups de pied dans le cul.

Et, pétant d'orgueil dans son uniforme, il pirouetta sur ses bottes noires et repartit vers le haut du convoi.

Livide, la rage au cœur mais sans le montrer, Jeannot fit demi-tour et se rendit au premier café de la gare. De là il parvint à joindre Lydro par téléphone, heureusement présent, et lui expliqua la situation. Le caïd marseillais le rassura. Il allait rappliquer avec trois, quatre gars munis de cartes de la Gestapo de l'avenue Foch. Que Jeannot l'attende au café. Effectivement, une demi-heure après, Lydro débarqua, accompagné de trois Corses et marseillais plus ou moins mouillés avec les Chleuhs. De nouveau, Jeannot expliqua le problème, parla des déportés et pas seulement de son frère. Aussitôt, l'équipe fit une razzia dans les restaurants d'alentour, acheta caisses de pinard, saucissons, conserves, pâtés, pains. Tout ce qu'elle put trouver. Ensuite, ployant sous le chargement, elle prit la direction de la gare. Aux feldgendarmes les compagnons de Lydro présentèrent leur carte rouge de la Gestapo, ce dernier sa carte jaune. Ce que s'était abstenu de faire Jeannot, puisqu'il était sous un faux nom et qu'il réclamait son frère sous leur nom de famille. Les Fritz saluèrent et s'écartèrent, le groupe de Lydro marcha vers le convoi. A sa vue le responsable milicien, le grand séco, s'avança au-devant des cinq hommes. En reconnaissant Jeannot, il s'emporta :

– Qu'est-ce que vous voulez encore ? Je vous ai pourtant averti que...

Jeannot le coupa doucement, savourant son plaisir :

– Toi, va te faire enculer.

Et, pour Lydro :

– C'est le type qui m'a empêché de voir Charles.

– Ah ! bon, sourit le Marseillais. Et, à l'intention du chef milicien : – Tu colles ton nez contre ce poteau là-bas et tu bronches pas.

– Mais monsieur... tenta le galonné.

– Ta gueule, le doucha un des Corses. Et passe ton calibre !

Il lui fourra sa carte rouge sous le nez. Le chef de convoi, décomposé, se laissa désarmer et, docile, alla se mettre face à une colonne de soutènement. Un de ses hommes, le plus proche du groupe, décida d'intervenir. Il amorça un mouvement. Le grand Lydro sourit.

– Tu veux qu'on te flingue, connard ? T'as pas honte d'empêcher de donner à manger à des Français comme toi ?

Dompté, le type retourna à son poste près d'un wagon. Lydro et ses amis se mirent à longer le convoi. Tous les trois pas, Jeannot se mit à appeler :

– Charles ! Charles !

Au cinquième wagon, Charles, hâve, pas rasé, pointa son museau à une petite lucarne grillagée. Jeannot fit signe au milicien le plus près :

– Ouvre ce battant !

– Mais... tenta de se rebeller l'homme, un brun trapu.

L'un des Corses le braqua à la seconde et lâcha, sans faire de détails :

– Tu ouvres ou tu meurs.

Le milicien dut lire une détermination mortelle dans les yeux de l'autre, car il se hâta de faire coulisser des barres de fer et de faire rouler le lourd battant de bois. Aussitôt une odeur de fauve et d'urine jaillit à la face des truands, des yeux supplièrent, des mains se tendirent. Les déportés n'avaient pas encore beaucoup de chemin à leur actif, car ils n'offraient pas dans l'ensemble une grande image de désolation. Évidemment, si cela devait durer des jours et des nuits... qu'on les laisse sans air et sans soin... sans nourriture ou tout comme... Après avoir réussi une trouée dans la masse compacte des pris au piège, Charles se montra et son premier mot fut :

– Pas moyen de se séca ?

– Hélas non, regretta Jeannot.

– Non, fit Lydro en secouant la tête. Franchement impossible, les Fritz barrent la sortie et il y a ces mecs de la milice...

Deux de ceux-ci, d'ailleurs, venaient de se ranger devant le wagon ouvert, mitraillettes braquées.

– Alors, vraiment pas ? insista encore Charles.

Jeannot et Lydro s'interrogèrent du regard, puis le Marseillais scruta les environs. Bien sûr, ils étaient armés ! Mais leurs revolvers étaient insuffisants face aux mitraillettes des miliciens et surtout à celles des feldgendarmes. Si malgré tout Lydro et les Corses se décidaient à agir, ce serait la ruée du côté des wagons ouverts et beaucoup de pauvres bougres le paieraient de leur vie, car certain que les miliciens tireraient à tout va. Il revint à Charles, secoua de nouveau la tête.

– Tu crois qu'on peut pas essayer ? lâcha un des Corses, qui avait déjà les mains sur la crosse de son flingue passé à sa ceinture sous son pardessus.

– Ce serait de la folie, lâcha le caïd marseillais. Sinon, tu dois te douter...

Et voyant Jeannot qui, lucide, ayant déjà pesé le pour et le contre, passait un sac à provisions à son frère :

– Finissons-en. Refilons-leur le ravitaillement.

Les hommes s'y décidèrent à regret. Régler le problème à la surprise était tentant. Parfois, les coups de folie... justement eux les coups de folie, ils aimaient.

– Non, non, répéta Lydro qui les connaissait. Non. N'oubliez pas les Felds en bout de quai.

Les autres durent s'incliner. Ils se contentèrent de tendre les provisions par le battant ouvert et d'y lancer les paquets de cigarettes et de tabac dont ils s'étaient munis.

Jeannot fixa son frère. Longuement. Puis il lui jeta son briquet et, tourné vers le milicien le plus près, ordonna d'un ton rude qui refusait la pitié.

– Referme !

Il attendit que le visage de Charles soit gommé par le lourd battant, avant de rattraper Spirito et ses amis.

– Tu me ramènes au Chapiteau, Lydro ? demanda-t-il.

– Bien sûr, abonda le Marseillais. Mais avant, on a deux mots à dire à cet enfoiré.

Le groupe venait de parvenir à la hauteur du chef milicien, toujours figé devant la colonne.

– Hé, toi ! l'interpella un Corse. Arrive.

– Viens, renchérit un autre Corse. Allez !

Ils encadrèrent le chef milicien, le conduisirent derrière la gare de l'Est et là... deux détonations explosèrent sous les flocons de neige. C'était Jeannot qui, ayant emprunté le calibre de Lydro...

Le convoi des déportés, dont étaient responsables jusqu'à la frontière les hommes de Darnand, partit vers 17 heures en direction de la Germanie. Le chef milicien ne le prit pas. Peu avant, ses hommes ne le voyant pas revenir, accablèrent Charles de questions et le menacèrent. Toujours irréductible, il leur cracha à la face, fut immédiatement menotté. Mais avant Douai, au premier arrêt, aidé par ses compagnons de misère, il réussit à se débarrasser de ses pinces à l'aide d'un clou, manœuvre futile pour un gaillard accoutumé aux chaînes et aux boulets que l'enfoiré de chef milicien leur avait fait porter un moment, à lui et à cinq autres, ceci avant Paname.

Décidément la chance, cette déesse bénéfique aux destins, avait fait omettre aux sbires de Darnand de pousser les longs verrous extérieurs qui bloquaient totalement le wagon. Juste une barre rabattue s'en chargeait. Aussi, avec un bout de ferrure rouillée, arrachée au plancher du wagon à bestiaux... tandis que roulait le convoi maudit... Et Charles, décidé plus que jamais, sans s'inquiéter des apeurements de certains, des encouragements d'autres, avait... profitant d'un ralenti... hop ! sur le bas-côté... les fesses moiteuses d'un coup de feu... d'une rafale... Mais non ! Rien à part quelques contusions. Une fois épousseté, à peu près présentable, quoique ses fringues, sa chemise... enfin ! Et en route pour Paname la jolie. Après avoir marché, marché, aux aguets, prêt à tout, il se hasarda dans une petite gare de cambrousse et rehop ! changement de train. Là un employé, la forme toujours, qui devait avoir l'œil et le cœur patriotes, lui susurra :

– Attention ! Il y a des contrôles d'identité à tel et tel endroit par les Canaques. Bonne chance.

Aux points indiqués, Charles ouvrait une portière donnant sur les rails, la refermait, s'accroupissait sur les marches pour ne pas être repéré de l'intérieur pendant que messieurs les Teutons, de compartiment en compartiment, lançaient « Papirs ! », tout cela en scrutant, détaillant les voyageurs.

Trois heures après, Jeannot recevait un coup de turlu :

– Oui ?

– C'est moi.

Inutile de donner plus de précisions, ni de prénom. Jeannot n'eut que quelques mots à jeter dans l'ébonite :

– Où tu es ? Bouge pas. J'arrive.

Et, de nouveau, Charles replongea dans la clandestinité pour en faire voir des pas mûres aux Doryphores. La chance, la chance... cette jolie gosse.

Quoique la garce lui avait fait la nique lorsque, jadis, incarcéré à Eysses... Cependant tout avait été préparé au poil ! Il avait quitté sa cellule, franchi les chemins de ronde, descendu vers la liberté au long d'une corde... Sa liberté se nommait Jeannot, qui l'attendait, debout dans la nuit complice, non loin d'une traction munie d'ausweiss et de Jeannot Chose. Mais cette nuit-là... cette putain de salope de chance... Il n'y eut rien à faire. Alors que tout avait été réglé, calculé... le sagouin de moteur de la bagnole... le grain de sable. Impossible de démarrer. Ni jurons, ni prières... rien n'y fit. La traction, d'une inertie insultante, était comme une chose morte dans la nuit noire. Une fois de plus, Jeannot fit montre de son ahurissant sang-froid. C'est qu'ils ne devaient pas rester sur place. Du moins avec Charles. Car l'évasion allait être constatée d'ici l'aube, les argousins de tous bords se déchaîner. Et vu qu'ils ne pouvaient fuir à pied à cause des distances, il ne restait qu'une solution. Il la donna, le cœur serré, mais la voix ferme !

– Charles ! Tu retournes dans ta cellote.

Alors puisqu'il n'y avait rien d'autre à faire, sinon son frère et leur ami seraient embastillés à leur tour, Charles... la rage au ventre, mais décidé... Et la veine, cette gueuse, revint le visiter. Sans encombre il parvint à rejoindre sa cellule... et y resta un an. Un an, alors qu'à tout moment les gestapistes, d'autres, pouvaient se pointer pour l'emmener vers un petit poteau... qui savait ? Il suffisait qu'on remonte jusqu'à lui, qu'un salaud dénonce ses activités dans la Résistance pour que... Feuer ! Feu. Pan-pan ! Un an, alors qu'il était dehors... dans la traction... qu'il se voyait déjà devant une rouille de champ', une belle gosse dans les bras... qu'il humait l'air de la liberté. Un an. Une pige. Merde.

*

A part son maillot de corps, un pantalon de toile et des espadrilles usagées, le mitron était nu, saupoudré de farine de la tête aux pieds. La chaleur du fournil lui faisait regretter l'air du dehors, où le printemps commençait sa chanson. Si cela continuait, l'été 1944 serait beau, les filles encore plus jolies, le pinard gouleyant. Le garçon préparait une fournée et songeait aux copains avec lesquels il devait sortir le lendemain. Sans oublier les copines, dont Madeleine entre autres, qui lui faisait du gringue et se laissait peloter. C'est qu'il était bien balancé, solide et rigolo. Et les nénettes, c'est connu, ont un faible pour ceux qui les font rire.

Tout à son boulot, le garçon ne prêta guère attention à la sonnette de la boutique. Ce fut seulement en entendant prononcer son nom qu'il réagit et tendit l'oreille.

– Marcel Portier, c'est bien ici ?

Oui, renvoya la caissière de la boutique. C'est pourquoi ?

– Dites-lui de venir, répliqua la voix d'homme, d'un ton cassant. On doit l'emmener.

– Quand ? »

– Immédiatement. Il doit passer un examen pour le Service du travail obligatoire.

Dans la poitrine, le cœur du mitron se décrocha. Ainsi les vaches de gendarmes étaient là, décidés à l'embarquer ? Et lui qui... Si encore il s'était douté ! Il savait par les copains que les pandores raflaient à droite, gauche, qu'ils livraient aux Teutons les jeunes gars, mais il n'avait pas pensé que cela pourrait le viser et qu'à son tour... Il jeta un regard traqué autour de lui, mais il n'y voyait que le four, les pains de farine enveloppés dans leurs toiles bises, les outils de son métier. Et le patron qui était absent ! Où se trouvait-il encore, celui-là ? A livrer du pain blanc aux Frizous ? Il se secoua, frotta sa tignasse pour en chasser la farine, y parvint mal et commença à monter les marches menant à la boutique. Puis, subitement, il se ravisa. Il redescendit, alla à une blouse blanche de farine séchée pêcher dans l'une des poches deux feuillets pliés, les contempla un instant. Le Breton devait venir demain pour chercher du pain blanc et il se promettait de lui glisser ces feuillets, où il avait maladroitement consigné des indications relatives à l'emplacement de ces bidules... ces V 1. Lui n'y comprenait que couic. Il avait dessiné ça d'après des tuyaux donnés par des copains qui, par leur boulot, avaient accès à la forêt de L'Isle-Adam, justement du côté où les Canaques usinaient dans le mystérieux. Qu'est-ce que le Breton allait bien foutre de ça ? Il ne se le demandait même pas. Il ne pigeait pas grand-chose là-dedans et le Breton probablement pas plus que lui. Mais enfin... vu qu'il lui avait réclamé ces renseignements depuis des mois et des mois... Maintenant que les pandores là-haut l'attendaient pour l'emmener, qu'allait-il en faire, de ces feuillets ? Les planquer ? Mais où ? Et puis on ne savait jamais ! Si on découvrait ces feuillets et qu'on fasse un rapprochement...

– Alors où est-il, Portier ? s'impatienta une voix en haut. Appelez-le !

Le mitron n'hésita plus. Il jeta les feuilles dans le four et alla au-devant des gendarmes, qui s'énervaient. Ils étaient deux, ne semblaient pas avoir envie de rire. Leurs moustaches frémissaient d'impatience. L'un, un costaud, lança, brutal :

– C'est toi, Marcel Portier ?

Il n'attendit pas la réponse, enchaîna :

– Prends deux, trois fringues, tes papiers, et suis-nous.

– Pour où ? se paya le luxe de réclamer le garçon.

– Tu le verras bien. Et cherche pas à fuir, t'aggraverais.

Aggraver quoi ? Ils en avaient de bonnes, les pourchasseurs de jeunes gens ! Comme s'il pouvait y avoir pire que d'aller travailler de force chez les Teutons !

Deux heures plus tard, le mitron se retrouvait parqué à Versailles. Le lendemain, lui et d'autres raflés passaient devant le tribunal des Crânes Rasés [1]. Une chance pour le mitron de l'Isle-Adam, ils étaient douze à le précéder. Au douzième, le Président avait décoché le même verdict : « Pon pour l'Allemagne ».

Quand survint le tour de Marcel Portier, treizième de la liste, un bon numéro il faut croire, le Président aboya :

– Brofession ?

– Boulanger.

– Morgen, Arbeit, avait tranché le chef des Crânes Rasés, sans consulter ses assesseurs. Arbeit ici. Versailles.

Peu après, sans même avoir eu le temps de respirer, le mitron était conduit à la Manutention générale, rue des États-Unis. Là, ils se comptèrent 52 à fabriquer du pain pour les guerriers conquérants. Du blanc pour les officiers, du noir pour la troupe. Normal ! Les galonnés ont sous toutes les latitudes un estomac plus délicat. Mais les mitrons et ouvriers boulangers français itou. Ç'aurait été la meilleure, qu'ils fabriquent du bon pain blanc croustillant et qu'ils n'aient pas le droit de croquer dedans ! Évidemment, ça leur était défendu, verboten. Et après ? Même vaincus, même embauchés de force, les Français n'étaient pas devenus subitement si nigauds ! Aussi quand, leurs fournées achevées, on les conduisait à la paneterie située dans une cour, s'ils se mirent à gamberger pour duper les Teutons ! Ils traversèrent donc la cour chargés de leur précieux pain, gardés par des soldats, lesquels leur ouvrirent les cadenas qui bouclaient la paneterie. Puis les Vert-de-Gris attendirent que les fournées soient rangées, bien empilées, avant de recadenasser soigneusement

1. Surnom donné par les jeunes Français aux juges civils allemands.

les portes du paradis. C'est qu'il fallait éviter que des goulafs ne viennent de nuit voler les bonnes miches dorées. Las ! Comment ces cochons de Français s'y prenaient-ils pour déjouer toutes ces précautions ? Quarante-huit heures après, ils dévoraient du pain blanc sous le nez de leurs cerbères. Pourtant ces derniers les surveillaient de près. Alors ? Alors, les Chleuhs se mirent à fouiller partout, pensant que ces damnés démerdards indisciplinés camouflaient les appétissantes miches sous les piles de bois, dans les bouches d'aération... partout. Ils ne trouvèrent rien. Ils en écumaient de rage. Damned. Ces Français maudits ! S'ils avaient su... Cependant, c'était simple. Le père d'un des requis habitant Versailles était serrurier et son fiston étant parvenu à subtiliser les clefs des cadenas de la paneterie les lui avait confiées pour qu'il en tire un double. Enfantin. Deux heures plus tard, les soldats de garde avaient retrouvé la clef égarée et les vilains goinfres trouvaient eux le chemin de la paneterie.

*

Si le printemps 1944 riche d'espoir promettait d'être beau, les nuits demeuraient encore un peu frisquettes. Surtout dans les appartements où le chauffage, faute de fuel ou de carbi, ne donnait pas. Heureusement, le Breton avait remédié à cet handicap avec un radiateur électrique et le compteur du palier qu'il traficotait. Évidemment lorsque le jus, par économie, était coupé... Ce soir, ça allait. Il faisait tiède dans la chambre et plus que tiède était l'eau de la salle de bains. Allongé torse nu et en caleçon sur le lit, les mains sous la nuque, il réfléchissait. Par un coup de téléphone au *Petit Trou*, son jeune copain boulanger l'avait fait avertir, par l'intermédiaire du père d'un collègue arrêté comme lui, qu'il avait brûlé au four les feuillets qu'il lui destinait. Le mitron lui faisait encore dire qu'il regrettait, mais que l'irruption de la maréchaussée dans le local où il travaillait... Le Breton avait répliqué qu'il ne voyait pas de quoi il s'agissait. Qu'est-ce qu'il lui avait pris, au mitron, de charger un inconnu d'une telle mission ? Il était dingue ou quoi ? Mais, à bien réfléchir, ça ne signifiait pas grand-chose. Et qu'il n'ait pas eu les tuyaux non plus.

Probablement que des gars ou des filles d'autres réseaux avaient depuis longtemps recueilli ces renseignements ! Enfin, ça pouvait se supposer. Une Players interdite aux lèvres, étendu dans la chambre plongée dans l'obscurité, il rêvassait, écoutant sans trop s'y accrocher Margot qui chantonnait sous la douche :

« Quand arrive le samedi, sans faire de chichis,
[sans faire de toile-ette
Nous partons au galop avec mon costaud dans un bal
[muse-ette
Et là, rien qu'entre voyous et vraies gigolettes
On la danse à petits pas
Comme... ça ! »

Il commença à sourire.

« Qu'est-ce qui dégotte le fox-trot et même le shimmy
Les pas englishes, la scotiche et tout ce qui s'ensuit
C'est la java, la vieille mazurka du vieux Sébasto...
J'suis ta nénette, je suis ta gonzesse, tu es mon julo
[o-ot »

Son sourire s'élargit. Cette voix gouailleuse ou grave, un rien rauque, héritage du pavé, lui faisait toujours chaud au cœur. Poum-poum-poum-poum. Tra-la-la-la-la-la...

Une minute s'écoula et la porte s'ouvrit lui livrant, découpée par la lumière, sa Blondie nue, chaussée de vernis noirs, un foulard rouge au cou et une de ses casquettes coiffant ses cheveux blonds. Il pouffa. Elle se mit à mimer une java tout en se frottant le corps d'une serviette-éponge et en fredonnant :

« O serre-moi, serre-moi bien fort dans tes bras-as-as
Je te dirai, je ferai ce que tu voudras-as-as
Quand tu me prends, je sens en moi comme un vertigo-o-o
J'suis ta nénette, je suis ta gonzesse, tu es mon julot-ot !

Il guigna du coin de l'œil le joli corps, qui en mouvement

se découpait sous la lumière de la salle d'eau. Dressés, les seins orgueilleux paraissaient défier le plafond et les hanches rondes brillaient doucement, attirantes, tentantes, voluptueuses. Il abaissa le regard sur les jambes nerveuses qui n'en finissaient pas de s'élever et la vieille envie des hommes, la première de l'humanité, vint lui tordre les reins. Alors qu'elle frôlait à présent le lit en dansant, tout en lançant des trala-la-la-la, il la happa par un poignet, la fit basculer sur lui, écrasa la Players dans un cendrier et blagua :

– Alors, je suis ton Julot ?

Elle gloussa, lâchant la serviette, libérée de la casquette qui avait elle aussi basculé.

– Ça, c'est à voir. Faudrait encore pouvoir le prouver !

Il se détentit sans brusquerie, la fit rouler sur la couche, l'étreignit en riant, sentant contre le sien le corps lisse, tiède, la chair élastique si vivante... Il huma la chevelure blonde, à odeur de foin coupé, la peau qui lui rappelait les fleurs des champs, picora la bouche qui avait une saveur laiteuse. Il le lui dit une fois de plus :

– Tu sens le bébé.

C'était vrai qu'elle dégageait tout ce qu'il avait espéré découvrir sur un corps de femme. La chance l'avait comblé. Déjà consentante, ses bras noués à sa nuque, elle lui murmura :

– Tu te souviens de Sannois ?

Il la caressa, lui griffa tendrement le dos, l'embrassa à petits coups, lui piqueta la poitrine, le ventre, les cuisses...

S'il se souvenait de Sannois ! Ils s'y rendaient de temps en temps avant qu'Hitler ne déclenche le rififi mondial. Sannois ? Ils y allaient surtout vers leurs 18, 20 ans pour danser, se rouler dans l'herbe, cueillir la pâquerette derrière les talus à l'abri des regards envieux. C'est de là qu'il croyait avoir découvert sur elle ce parfum particulier lorsque sous lui, les yeux clos ou révulsés, elle écrasait de son corps livré à l'étreinte les fleurs des champs. Sannois ? Ils y avaient gravé leurs initiales sur un arbre centenaire. Existait-il toujours, celui-là ou bien une bombe... un incendie guerrier... Les cons ! Ces sinistres crétins avec leur boulimie de puissance, de pouvoir... avec leur idéologie à la gomme, dépassée. Ils s'avéraient tous plus jobards les uns que les autres. Étaient-ils seulement adultes, ces déclencheurs de guerre ? Sur ce sujet, Francis le Nantais et le Breton discutaient longuement, verre en main. Qu'un point sur lequel ils tombaient d'accord. Chacun de ceux qui dirigeaient la planète et qui en ce moment s'étripaient était obligé de faire caca le matin s'il voulait continuer à vivre. Irréfutable. Indispensable. Aussi quand ils se retrouvaient tous en java, s'ils se renvoyaient la balle devant leurs amis, pour les faire participer, se marrer ! Et l'un attaquait, l'autre feignant le scepticisme, celui qui doutait.

– Non ? Churchill aussi, ce matin ? décochait le Breton pour faire semblant de contrer le Nantais.

Aussi sec celui-ci, bras écartés, mèche en bataille, l'œil pétillant de malice et du champagne éclusé :

– Je veux et comment ! Même le roi sur son trône. Mais attention là, hein ? Pas le trône du sacre ! Non, non, l'autre, celui où prout ! prout ! prout !

Parvenus à ce stade, si le Grand Milo de Belleville, Maurice l'Homme du Monde, Auguste le Fou, Lolo le Marseillais plongeaient dans le débat, en rajoutaient, forçant la note irrespectueuse !

– Pas le maréchal Pétain tout de même ?

– Que si, que si, abondait l'Homme du Monde. Staline itou. Prou-ou-ou-ou-out ! Oui, oui, caca aussi, le petit Père des Peuples !

– Et Mussolini ? Le Duce ? que lançait hypocritement le Fou. Pas el Doutche tout de même ? Pas el Grande Dictator ? Vous le voyez, le conquérant, le froc sur les talons en train de... non, pas le grand homme !

Et, gonflant les joues, il rejetait l'air, imitant un pet sonore qui arrachait des éclats de rigolade aux irrespectueux coquins. Le sommet était atteint quand l'un d'eux, se rappelant sa première communion, soulevait un lièvre :

– Pour ceux-là d'accord. Mais le pape, lui ? El Papa ? Pas lui tout de même ! Oh ! que non !

– Non ? que se fâchait le Nantais. Alors comment qu'il les renverrait les tagliatelles, les raviolis, les cannellonis, le minestrone, hein ? Lequel peut répondre à ça, bande de gros malins ? Lequel, hein ?

Alors tous, assommés par la logique, de hocher une tête faussement contrite. Effectivement quand on bâfre, s'alimente, on est bien obligé de prout, prout ! pour continuer à vivre ! Et ça, du moindre troufion au général commandant le groupe d'armées, du plus minable esclave noir au plus grand exploiteur blanc, du plus loqueteux des clodos à celui qui fait briller la vaisselle d'or de l'empereur... de celui qui pitance dans cette dernière à la favorite minaudière... Toutes, tous, tous. Prout ! Prout ! Prout ! Que la différence du petit endroit et du papier qui change. Lorsqu'il y en a.

Dans la pièce attiédie par le radiateur électrique, le jeune couple s'étreignait sans se poser ce genre de question. L'amour répond à tout. Il s'en fout. *« Deux sous d'amour, c'est pas grand cho-o-o-ose... »*

Il était en elle, elle le recevait. Elle gémissait, il serrait les dents, lui murmurait, le dos et la poitrine trempés de sueur amenée par la longue possession :

– O Blondie. Dis, mon Poulbot ! Dis...

Enfin vaincue, elle arqua les reins et cria pour la troisième fois. Mais plus fort, plus profondément que les deux autres. Alors seulement, il se laisa partir en elle et la serra à lui briser les reins et cria. Ils ne bougèrent plus, demeurant l'un sur l'autre, l'un dans l'autre, planant loin de la guerre et de ses saletés, loin des hommes et de leur folie. Ce fut lui qui, le premier, perçut la sonnerie du téléphone. Il émergea du cocon de douceur où ils étaient plongés. Il voulut la quitter, s'enlever d'elle, elle se raccrocha. Pour elle, ces instants d'après plaisir étaient les plus beaux, les plus tendres. Il avait remarqué ça. Une fille comblée n'aime pas qu'on se retire d'elle après l'étreinte. Elle tient à garder contre elle, en elle, celui qui l'a fait vibrer. Comme par reconnaissance. Comme pour remercier. Les quitter en ces instants les déçoit, les chagrine. Oui, mais en l'occurrence le téléphone...

– Ça sonne, bébé, dit-il. Faut voir.

Elle s'en fichait bien, se cramponnait doucement, ne voulait pas le libérer. Il sourit, capitula, resta en elle. Seulement, l'insolente sonnerie...

– Oh non... gémit-elle.

– Oh si, rigola-t-il.

Elle se décida, il bascula sur le côté et elle se leva, alla décrocher, tache claire dans l'obscurité.

– Dédé le Parisien, fit-elle.

– Y veut quoi ?

– Sais pas.

Il la rejoignit, prit l'appareil.

– Allô ?... Oui ? Dédé ?

Il écouta, s'inquiéta :

– Bon, bon, garde-le moi au chaud, j'arrive. Le laisse pas se barrer surtout.

Il écouta encore, ajouta vivement :

– Oui, je me doute qu'il fout la panique ! Mais garde-le, j'arrive.

Tout à coup, les sirènes d'alerte déchirèrent la nuit. Il jeta un « à tout de suite » et raccrocha. Margot, qui avait donné la lumière, enregistra son air soucieux.

– C'est quoi ?

Il la fixa sans la voir. Il répondait rarement aux questions, pourtant cette fois...

– Francis. Il fait le con chez le Parisien. Tu sais comme il est ? Il colle la barrabille et ensuite il me réclame. Le Parisien me demande de venir. Il soupira : – Alors j'y vais.

Elle l'observa s'essuyer d'une serviette et se vêtir à la hâte avant de lâcher :

– Tu crois que c'est prudent de...

Un claquement rageur de la D.C.A. la fit taire un instant. Haut dans le ciel sombre que tentaient de percer les projecteurs, ronronnaient les moteurs des Forteresses volantes. Leur bruit s'estompait légèrement. Margot reprit :

– T'as plus tes papiers bidon de toubib. Si tu te fais coincer...

Il l'écoutait à peine, attrapait sa fidèle veste de cuir souple doublée de mouton, acceptait de confier :

– Le pire, c'est que Francis est chargé. Aussi tu comprends...

Elle tressaillit. Si elle comprenait ? C'est que si leur ami, saoul, sans réflexes, se faisait rafler avec une arme sur lui...

Elle esquissa néanmoins un geste comme pour le retenir, qu'elle n'acheva pas. Il ne faisait que payer le tribut à l'amitié. Elle aurait agi de même. Elle se contenta de l'accompagner jusqu'à la porte et resta adossée au chambranle, à le regarder s'éloigner dans le long couloir. Avant de bifurquer et de se perdre à sa vue, il ne se retourna pas. Elle demeura immobile. Combien de fois l'avait-il quittée de la sorte sans un mot, sans se retourner ? Pour se rendre où ? Vers quelle affaire ? Il ne le disait jamais ou rarement. Ah ! pour une femme curieuse ou seulement inquiète, il n'était pas un gros lot à la loterie ! Lorsqu'il consentait à s'ouvrir, c'était pour lui sortir : « Si tu ne sais rien et qu'il m'arrive une cagade, quand on te questionnera tu pourras rien dire, ne sachant rien. Et ce sera mieux pour nous deux ». Ma foi, comme logique...

Elle perçut ses pas décroître, attendit encore puis rentra et referma. Une fois de plus, elle aurait l'angoisse pour compagne. En tout cas, c'était aussi bien que l'alerte se prolonge ! Elle le protégerait, car flics et Fridolins n'auraient pas le nez dehors. Ils préféraient mettre leurs carcasses à l'abri. Surtout les Teutons, qui avaient des ordres pour. Discipline, discipline. Service, service. Jugulaire, jugulaire.

Filant dans l'obscurité, sans se soucier des éclatements au-dessus de lui, c'était si haut ! le Breton, l'œil aux aguets, coiffé d'une casquette, allait de l'avant. Il connaissait les rues, les recoins et porches comme pas un, ayant rodé dans le secteur depuis l'époque des fortif's. En haut de la rue Ganneron il s'immobilisa, le temps d'inspecter le découvert qui, à droite, conduisait à la place Clichy, à gauche remontait la rue Caulaincourt. Personne. Aucune silhouette de flic, nulle voiture de la Wehrmacht. Rien. Au-dessus de lui, les projecteurs fouillaient toujours le ciel et la flak se déchaînait de nouveau au passage d'une seconde vague de Forteresses volantes. Il en profita, traversa vivement, enfila la rue Joseph-de-Maistre. Rasant les façades et les boutiques closes, il atteignit la rue Constance et s'y engouffra. Étroite, pavée, la rue était plus calme que partout ailleurs. Qu'il croyait. Mais un mistigri jailli d'un recoin le fit sursauter. Et l'étonna. C'est que les matous se faisaient rares. La plupart avaient passé à la casserole, achevé leur parcours en civet. Dame, la disette... le manque de protéines... Pour sa part Roger la Brocante, l'un des frères de Margot, en avait occis un wagon au début de l'occupation. Sans compter des pigeons. Tous ceux des squares étaient tombés sous un lance-pierre de sa fabrication. Certaines gens pouvaient bien le taxer de cruauté, de monstre... Il s'en balançait, fourguait ses proies et nourrissait les siens. Le reste...

A l'extrémité de la rue, à l'angle de la rue Planquette, le Breton porta le regard vers la rue Lepic qu'il apercevait en perpendiculaire. Il attendit un peu, rien ne bougea. Rassuré, quelques pas le conduisirent au pied du rideau de fer aux trois quarts baissé du restaurant à Dédé le Parisien. Il écouta, perçut des voix, heurta au rideau. Derrière celui-ci le silence tomba, puis une voix le rompit :

– Qui ?

– Lagus.

La porte s'ouvrit, lui livrant un rai de lumière qui éclaira ses chaussures. Il se baissa, se glissa sous le rideau, s'informa sans préambule :

– Où il est ?

Redressé, sans attendre la réponse, son regard chercha son pote dans la salle.

– Il s'est cassé y a deux, trois minutes, soupira le Parisien. Impossible de le retenir. Tu sais comme il est.

Le Breton savait. Il le savait même mieux que quiconque. Pour cause. Il ne comptait plus les fois où le Nantais l'avait fait appeler pour qu'il vienne l'épauler, lui tenir compagnie, pour qu'il lui apporte la chaleur de son amitié, de sa présence...

– Il est parti par où ? jeta-t-il. Et pour où ?

Blond ondulé, solide, la bouche sensuelle et généreuse, les yeux bleus, le Parisien, celui qui avait joué les jockeys entraîné dans la galère du cheval Hallencourt par Alex Villaplane, haussa ses épaules robustes. Pour un beau mec, c'était un beau mec. Avec ça, avenant et brave, la main aussi vite à la poche pour aider que pour empoigner une mominette de pastis. Ah ! ces pastagas ! Ce qu'il pouvait en écluser ! Surtout dans les bars corses et marseillais, où il comptait de rudes amis.

– En sortant, il a pris à droite vers la rue Lepic, renseigna-t-il. Probable qu'il va descendre au *Chapiteau* bavarder avec Jeannot ou aller au *Chantilly* !

Le Breton esquissait déjà un geste vers la porte refermée, sans accorder un regard aux rares dîneurs attardés. Le Parisien le retint.

– J'aurais bien voulu te le garder, mais tu le connais... Quand il est rond et qu'il a une idée dans le crâne...

Il s'octroya une Gauloise, l'alluma, enchaîna :

– Ici, il arrêtait pas de suiffer tout le monde et de te réclamer.

– T'excuse pas, le rassura le Breton déjà à demi baissé.

– L'ennui, c'est qu'il a un calibre, ajoutait le Parisien, dont le bleu tendre de la chemise avantageait le regard. J'ai bien essayé de le désarmer mais tu le connais, répéta-t-il.

Il hocha sa tête expressive couvée par Jeannette, sa jeune et jolie femme brune, qui aurait préféré que son homme tienne autre chose qu'un estanco à Montmartre. C'est que ces commerces n'étaient pas de tout repos. Preuve le Nantais. Et il n'était qu'un échantillon de leur clientèle ! Les autres pouvaient se montrer pires. Ce n'étaient qu'apartés à voix basse, faux tickets de pain mis à la lumière, crosse de revolver entr'aperçue, liasses de grand format échangées, bouchons de champagne qui sautaient. Jeune fille, d'autres rêves l'avaient bercée, seulement comme son cœur avait basculé pour le beau mec aux yeux bleus...

– A plus tard, jetait le Breton qui, cassé en deux, se faufilait sous le rideau de fer.

Au-dessus de lui, les projecteurs ne balafraient plus le ciel et la flack s'était tue. Il fila vers la rue Lepic, buta dans le noir contre une boîte à ordures, jura et s'immobilisa en bout de rue, hésitant. Où était passée l'autre andouille ? Il tourna la tête à gauche, fouilla du regard la fameuse rue Lepic. Rien. Il pivota du cou, porta son attention inquiète sur la droite qui descendait vers la place Blanche. Toujours rien. Mais où il était donc passé, ce bon dieu de Nantais de merde ? A quoi bon hésiter ? L'autre festoyeur ne pouvait pas avoir remonté la rue pour ensuite gagner la rue Damremont où il créchait chez une belle gosse qu'il adorait et qu'il gâtait ? Pas dans son état ! Certain qu'il avait dû se diriger vers les boîtes de nuit pour y foutre la panique et achever de se défoncer ! Suivant son idée, le Breton se mit à descendre en hâte vers la place Blanche, tout en essayant de se confondre avec les façades. A sa gauche, au ras du trottoir, étaient rangées les petites voitures des marchandes des quatre-saisons, soigneusement bâchées, formes sombres dans le noir de la rue. Que pouvaient-elles leur offrir, à leurs pratiques, les légendaires marchandes, à part des choux raves et du rutabaga ?

Il allait atteindre la place Blanche quand un bruit de boîte à ordures renversée le figea. Puis une ribambelle de jurons suivit. Un rire muet secoua le Breton. Le maudit con de Nantais ! Mais c'était bon d'apercevoir la silhouette massive qui se débattait, agrippée d'une main au montant d'une charrette, l'autre en appui sur le sol. Il se dépêcha vers les jurons tout en appelant :

– Cifran !

A son prénom lancé en verlen, le Nantais releva une tête embroussaillée, rassuré par l'appellation familière que seul son ami utilisait. A présent, le Breton le distinguait mieux. Oh, il était joli, le lascar ! Des confettis, d'où ils sortaient ceux-là ? restaient accrochés à sa tignasse bouclée, des mèches ainsi qu'à l'accoutumée bouchaient un de ses yeux striés de fibrilles, sa chemise s'ouvrait sur son poitrail et sa cravate dénouée, toute de travers, semblait coincée sous son aisselle gauche. A quatre pattes dans le noir, il ressemblait à un sanglier, à un pachyderme, à un être préhistorique, à tout ce que le Breton pouvait imaginer mais guère à un être humain. Et pourtant si, car le mastodonte parlait, grommelait plutôt, les genoux dans une flaque d'eau :

– C'est toi... C'est toi, Maho ? Mais qu'est-ce que tu maquillais ? Qu'est-ce que tu...

Le Breton l'aida à se relever. Ça, c'était la meilleure ! Il se faisait incendier. Il rit. Du ventre. C'était si bon de retrouver son copain.

– Faut pas rester là, dit-il à voix basse. Les Chleuhs.

Ah ! il avait bien fait de citer les Teutons.

– Les Frizous, je les emmerde, lui répliqua le Nantais d'une voix pâteuse.

– D'accord, d'accord, concéda son ami en le soutenant. Mais eux aussi nous emmerdent. Surtout eux. Allez rallège, on va...

Il se tut, frotta sa main devenue légèrement poisseuse, la fixa, la huma, s'exclama :

– Mais c'est du raisiné !

Il abaissa le regard sur la canadienne que portait son ami. Au fait, pourquoi une canadienne d'un si vilain marron en cette période ? Mais lui ne portait-il pas un cuir ? Seulement, il n'était pas taché de sang. Il s'inquiéta :

– T'es blessé ?

– Nein... nein... in, grommela sourdement le Nantais qui titubait.

– Mais t'as du raisiné sur ta canadienne on dirait ! souligna le Breton, étonné que le Parisien ne l'ait pas remarqué.

A l'excuse de ce dernier, le sang pouvait se confondre avec la teinte du vêtement et peut-être aussi était-ce sous l'effet de la flaque d'eau... Quant au Nantais, il ne s'inquiétait pas des contingences. Il balaya l'air du bras.

– C'est que dalle ça, Maho. Juste un Fridolin qui...

Le Breton sursauta.

– Un Chleuh ? Vous en avez flingué un ?

La gueule plus pirate que jamais du Nantais s'agita de gauche à droite :

– Nein... nein... pas flingué. Égorgé... Psuit !

Cette fois son bras faucha la nuit, mimant un rasoir qui tranche net.

– Le petit Armand qui l'a... d'un coup de saccagne, psuit !

Le Breton se sentit blêmir. Ça pouvait s'avérer vrai ou faux. Avec Francis, avec les équipes de Nantais, de Stéphanois ou de Lyonnais, tout pouvait être possible. Le pire comme le mieux. Surtout s'ils avaient picolé. Et vu que cela leur arrivait trois jours sur deux... Il avança les mains, palpa sans appuyer les poches de son ami.

– Paraît que t'es enfouraillé ?

– Oui, et alors ? se hérissa le Nantais.

– Garde pas ça. Refile-le moi. Si jamais...

– Si jamais quoi ? jeta de sa voix éraillée le Nantais. Les condés ? Je leur pisse à la raie. Les Frizous...

Brusquement, il se mit à rire comme devant une grosse farce. Et lorsque la joie le secouait ainsi, il plissait les yeux et on ne lui voyait plus le regard. La perspective de voir les Allemands déboucher le faisait glousser, paupières fermées, épaules voussées, la bedaine tressautant.

– T'arrêtes, grand con, gémit le Breton en continuant à lui palper hypocritement les poches.

A la longue, son ami s'en aperçut et aussi soudainement que la gaieté l'avait pris, la colère l'empoigna :

– Pas touche, Maho. Pas touche.

Il avançait un mufle menaçant sur son ami qui ne s'en formalisa pas. De la part du Nantais, il en avait vu, entendu d'autres.

– Passe-moi ton calibre, insista-t-il.

Aussitôt le Nantais, comme vexé, redressa sa carcasse rendue encore plus large par la canadienne.

– T'as déjà vu un homme se laisser désarmer toi, Breton ? En tout cas, mézigue, on me désarme pas.

Le Breton le lâcha brusquement. Non loin retentissait le bruit de bottes caractéristique d'une patrouille. Bon dieu, et son ami qui... Il souffla, la gorge soudain asséchée :

– Cifran. Rengrâcie. Les Chleuhs. Ton calibre, vite !

Ouiche ! Comme si cela pouvait avoir une influence sur les réactions du Nantais, chargé d'alcool et de violence.

– Qu'ils aillent se faire... commença ce dernier.

Le Breton se jeta sur lui et le propulsa contre un porche, heurtant une poubelle dans le mouvement. Le fracas explosa dans la rue déserte et roula jusqu'à la place Blanche. Il avait agi si rapidement que le Nantais, pris à l'improviste, bascula en arrière l'entraînant dans sa chute. Ils n'avaient pas fini de se relever que l'éclat d'une torche les cueillait.

– Qu'est-ce que chest, missiés ?

Le jet puissant de la torche fit cligner les yeux des Français.

– Papirs ! aboya la même voix.

En une seconde, le Breton repéra l'homme, un feldwebel et des soldats, leurs mitraillettes braquées.

– Voilà, voilà, dit-il, se voulant apaisant.

– C'est tous des lécuen, se contenta de lâcher en verlen son ami, pas du tout conciliant lui.

L'estomac de le Breton venait de lui descendre dans les godasses. Si les Fritz les vaguaient ou simplement les arrêtaient, ce qu'ils allaient faire vu qu'ils n'avaient pas de permis de nuit, les deux amis étaient frits. Cuits. Roustis. Un revolver ? Alors que les Chleuhs déportaient de pauvres types rien que pour leur refus d'aller bosser outre-Rhin ? Il tendit sa carte d'identité. Une fausse, bien entendu. Mais bien faite. Le chef de la patrouille l'éclaira de sa torche, l'éplucha.

– Ya, ya, dit-il enfin. Ya, ya. Mais vous ausweiss cirguler de nuit ? Ya ?

– Excusez, camarade, dit-il. Lui fiesta. Champagne ! Musique ! Trala-la-la-la-la.

Et il fit mine de souffler dans une clarinette, un trombone, une trompette... dans il ne savait quoi. En réalité, il ne cessait de guetter les réactions du sous-off. Celui-ci, sourcils froncés, lui jeta un mauvais regard.

– Vou bas de bermis de nuit. Fous... Fous...

Il offrait tout à coup l'image de la méfiance, se mit à aboyer :

– Fous derroristes ! Fous fenir. Fous...

L'estomac de Le Breton, qui avait commencé à remonter, replongea d'un seul coup dans ses grolles. Que dire, que faire ? Et près de lui, son copain qui, dans son ivresse, grondait en verlen :

– Je vais guéflin ces lécuen. Je vais...

Ce con ! Flinguer ces enculés ? Le fou ! Mais c'est que sa main droite glissait déjà lentement vers son dos ! Brusquement, le Breton comprit que l'arme de son ami était planquée dans son dos, sous sa canadienne, dans sa ceinture de pantalon. Il fallait, il devait à la seconde trouver quelque chose, dire quelque chose, faire quelque chose. A la seconde même. Faute de quoi... Il cherchait, cherchait, puissait en lui. Soudain, il fit mine de perdre l'équilibre, bouscula son ami, lui écrasa les pieds et glapit, bras écartés, regard rieur et la chiasse au caleçon :

– Non, non, pas terroristes ! Nous, Kamarads ! Nous, grands Kamarads aux Allemands.

– Nein, nein, que refusa le sous-off. Fous crosses filoutes. Franzoses, dous crosses filoutes. Dous derroristes ! Dous Kabouts !

– Ya, ya, que se hâta d'approuver lâchement le Breton. Franzoses, kaputs. Hitler, grand chef. Hitler goud. Ya, ya.

Il priait le Bon Dieu, le Christ, la Vierge, pour que l'autre enfoiré croie en ses conneries. Il en balançait d'autres, en rajoutait, épié par les soldats, le doigt sur la détente de leur joujou. Dans son cerveau, il cherchait désespérément le moyen de sortir son ami de cette gelée de coings. Il en rajoutait encore, levait le bras, la main paume ouverte, se rappelant que Moustaches-de-traître d'outre-Rhin agissait de la sorte pour saluer ses guerriers défilants.

– Heil Hitler ! qu'il se mit tout à coup à expédier aux quatre vents. Vive le Grand Reich ! Vive ses soldats ! Vive...

Là il la boucla, ne sachant plus que dire, ayant conscience qu'il envoyait le bouchon un peu loin. Mais qu'il ait réussi à dégoiser tout ça était déjà un miracle, avec la sécheresse de sa gorge ! Pourtant ça ne suffisait pas, d'après la gueule fermée du feldwebel. Dieu de Dieu, que faire ? Que... Son regard se porta machinalement sur son ami qui oscillait toujours, l'œil torve, la bave aux lèvres, des insultes rentrées au fond de la gorge. Heureusement que pour un temps le Nantais semblait avoir oublié son flingue. Son attention se porta sur les cheveux noirs bouclés, repéra les confettis. Désignant aussitôt son ami, il enchaîna, se répétant :

– Lui, fiesta. Champagne !

Et, croyant avoir trouvé :

– Baptême ! Bébé ! Baby ! Bambino ! Petit garçon ! Ya, ya. Champagne. Musique. Ya, ya. Champagne ! Musique. Mu...

Il n'acheva pas. Le mot venait de faire surgir en lui une idée. Il s'efforça de rire, se mit à chantonner :

« Trafadja la moukère
Trafadja bono... »

Sidérés, les Fritz le contemplaient, le Nantais lui-même... d'autant qu'il enchaînait, mélangeant paroles et tout, mais quelle importance ? Fallait bien continuer à déconner, essayer de s'arracher du piège !

« Des campagnes d'Afrique j'en ai plein le dos,
Trafadja la moukère, trafadja bono
Trempe ton cul dans la soupière
Tu me diras si c'est chau-au-au-aud ! »

Pour s'accompagner, tenter de convaincre, il s'était mis à sautiller sur place, tout en battant des mains. Les Canaques l'observaient, les yeux écarquillés, paraissant piger de moins en moins à quels cinglés ils avaient à faire.

« Tra-la-la-la-la-la-la-lère ».

Puis en aparté, pour son ami : – Danse, grand con.

Et d'enchaîner, frappant de plus en plus fort dans ses mains :

« Tra-la-la-la bono
Trempe ton cul dans la soupière. »

Et, vite, pour le Nantais : – Danse, merde.

« *Tu m'diras si c'est chau-au-au-aud...* »

Insensiblement, reconnaissant l'air que le grand Milo de Belleville leur poussait au café de la Poste, quand il avait carburé au Martini, le Nantais se mit à se balancer lourdement sous les yeux de plus en plus écarquillés des Fridolins. Celle-là, on ne leur avait jamais encore exhibée, aux Teutons ! D'autant que Francis, tel un ours maladroit, se dandinait à présent puis, de plus en plus pataud, obéissant à ce que braillait son copain, il se mit à tourner lentement sur lui-même, les bras en amphore au-dessus de sa tignasse décorée de confettis. Ah ! il était frais ! Quant aux Fridolins, la bouche ouverte, ils contemplaient les deux Français, les yeux ronds. Leur chef de patrouille, leurs cartes d'identité en main, fronçait les sourcils. Tout en jouant au con, le Breton le guignait de l'œil. A sa frime, il voyait que l'autre se posait des questions. Ces Franzoses, semblait dire son regard encore méfiant, vraiment ce sont pas des gens sérieux sur qui on peut compter. Pas étonnant qu'ils aient perdu la guerre !

« Trafadja bono, trempe ton cul dans la soupière,
Tu me diras si c'est chau-au-au-aud »

Cessant soudain de battre des mains, le Breton se mit à se frapper la bouche du bout des doigts à toute vitesse, en lançant des *« O-o-o-o-o-o-o-o-o-o »*

Si les grivetons en vert-de-gris conservaient leur mitraillette braquée sur les Français, c'était machinal car, de plus en plus ahuris, ils ne songeaient sûrement pas à en faire usage. Au fur et à mesure, leur étonnement céda devant des rires muets qui étiraient leurs joues glabres et humanisaient leurs regards. Leur chef lui-même, petit à petit... devant le Nantais, cariatide en canadienne dopée à l'alcool... Se remettant à frapper dans ses mains le Breton, qui n'avait cessé de sautiller de droite à gauche, balança un sourire au feldwebel tout en indiquant son ami :

– Lui, fiesta. Baptême petit garçon. Bambino. Musiq ! Champagne ! Glouglou.

Et, nuque renversée, il fit mine de boire à un goulot de bouteille.

– Ya, ya, que fit le Teuton. Ya, ya. Tchampègne.

Maintenant, sa torche était dirigée sur les pieds du Nantais, grotesque, dérisoire et pitoyable dans son ivresse mais toujours imprévisible dans ses réactions, mais toujours dangereux.

« Trafalga bono » qu'il bredouillait, continuant à faire évoluer sa masse de 120 kg. Fatigué d'avoir les bras au-dessus de sa tête, il les avait abaissés et les tenait arrondis à des hanches épaissies par la canadienne.

Rien qu'à voir la bouille réjouie des soldats, le Breton sentait qu'ils étaient pour son ami. Eux, oui. Mais leur chef ?

Puis, sans s'arrêter de battre des mains, il écouta. Provenant de la gauche et peu loin, du côté de Pigalle, retentissait le trottinement d'un canasson et le cahotement de roues sur le macadam. Suivit une voix apportée par la nuit :

« Hue... ue... ue... ma jo... jo... ma jolie... »

« Bon Dieu », jura pour lui-même le Breton. On dirait... ça alors ! C'était bien ce qu'il avait cru ! Émergeant de l'obscurité, un attelage déboucha à quelques pas d'eux. Fouet en main, mégot rougeoyant aux lèvres, enveloppé dans un lourd manteau usagé, se tenait sur le siège René Sigot, copain de chez Maxime, le bistrot de la rue Damremont. En contraste avec son boulot et son attelage, il portait sur ses cheveux blanchis sa casquette de marin, souvenir de l'époque où il doublait le Cap Horn.

– Ho... o... ... o ! fit-il en retenant ses rênes.

Il avait reconnu les deux Français. Le Breton réagit à la seconde. Ça pouvait être le miracle. Il désigna le cocher au feldwebel :

– Lui, camarade. Lui ramener ami à la maison. Ya ? Ya, monsieur ? Ami là dodo, dodo.

Et à présent penchant la tête, fermant les paupières, la joue sur la paume, il mima l'image familière du dormeur.

Le sous-off promena son attention sur le cocher, la ramena sur le Nantais, puis sur le Breton.

– Fous rendrez, dit-il. Hein ? Fous rendrez à maison. Ya ?

– Ya, ya, qu'abonda vivement le Breton en lui arrachant quasiment les papiers d'identité des mains. Ya, ya. Merci monsieur ! Merci. Gross merci.

– Ya, ya, approuva du coin des lèvres le Fritz.

Déjà, le Breton avait empoigné le Nantais et, aidé de Sigot descendu de son siège, il le hissait dans le fiacre. Francis, hébété, s'était tout d'abord laissé faire mais maintenant, il se rebellait :

– Quoi, quoi, quoi ? qu'il bafouillait. Ces lécuens, ils vont comprendre leur douleur. Je vais te les allumer, moi.

– Ta gueule ! lui souffla son ami en poussant l'énorme masse à moitié inerte.

– Qu'est-ce qui... qui... qui... qu'il tient, tient dans ses ju... ju... jupes, remarqua René Sigot en étouffant un rire. Pu... pu... pu... putain !

– Les pédés, continuait le Nantais, enfin affalé sur la banquette du fond. Je vais les...

– Casse-toi, jeta le Breton au cocher remonté sur son siège. Fissa.

Le fouet de Sigot cingla l'air avant d'effleurer la croupe du canasson.

– Hu... u... ue, ma jo... jo... ma jolie. Hue !

Asticotée, la bête aux flancs creux, qui avait peut-être été un fin coursier mais qui à présent avant du mal à gagner son picotin, frappa le macadam du sabot avant de démarrer. Le Breton leva le bras pour saluer les guerriers :

– Kamarads ! cria-t-il.

Il en rajoutait. Mais il avait tellement eu chaud aux noix...

– Ya, ya, baragouina le feldwebel qui ajoutait, songeur : Drafalka pono ?

– Merde, qu'est-ce... que... que... que... vous fabriquiez avec les Frizous ? s'informa l'ex-cap-hornier.

Il avait pu jeter les derniers mots sans bégayer, comme s'il vomissait.

– On leur apprenait à chanter, lui renvoya le Breton, assis à côté de son ami dont il explorait les reins sous la canadienne à la recherche du flingue.

Encore une chance que l'arme n'ait pas glissé et chu au sol durant qu'il dansait !

– Vous... vous... vous... vous quoi ? s'étrangla Sigot, le cou tourné, le fouet en l'air. Vous... vous... vous chantiez avec les Dodo... avec les Dory... avec les Doryphores ?

Il en était si estomaqué que le fou rire gagna le Breton.

– Comme je te le dis, répliqua celui-ci, une fois calmé, au cocher qui, de nouveau, lui présentait son dos surélevé. Ils sont doués, ces Chleuhs tu sais. T'as pas idée ! Avec ça, une de ces voix...

– Oh toi... toi... toi, Bre... bre... Breton, faut... faut... faut toujours que tu dé... dé... déconnes ! constata l'ancien navigateur, sans se retourner cette fois.

Et il fit claquer son fouet pour activer sa rossinante.

– Hue ! Hue ! Hue ! Allez, allez... à... à... à... à... l'avoine ! Ma... ma... ma... ma... jo... jo... jolie !

A l'arrière, le Breton supportait le poids mort du Nantais endormi et en profitait pour achever de le fouiller. Il fut soulagé lorsqu'il sentit la crosse du 7,65. Il dégagea l'automatique, s'assura qu'il était au cran de sûreté et le camoufla sous la banquette, pour le cas où ils tomberaient sur une autre patrouille fridoline ou sur des flics en ronde. A présent, le fiacre descendait la rue Damremont et le clac-clac des sabots troublait seul le secteur endormi.

– Qu'est-ce que tu veux faire de lui ? parvint à s'informer d'une traite le cocher.

Le Breton hésita. Ce n'était pas charitable de ramener le Nantais chez lui dans cet état, vu sa jolie femme qui devait se morfondre à guetter son retour ! Ni prudent. Avant, il fallait qu'il sache d'où provenaient les traces de sang sur la canadienne de son ami. Qui savait si des flics ou des Chleuhs n'attendaient pas ce dernier ? Il décida brusquement :

– Tu nous largueras au bas de la rue Championnet et Ordener. Ça ira.

– Comm... com... com... comme tu voudras, enregistra le cocher.

Dans le black-out de la rue silencieuse, les seuls signes de vie étaient les clac-clac des sabots de son cheval et le mégot rougeoyant à ses lèvres. C'en était ahurissant, de circuler dans cette grande ville, si déserte, si morte. A en avoir froid dans le dos. Drôle et terrible chose que la guerre. Surtout quand on l'avait perdue.

Quelques minutes plus tard, la voix de l'ex-cap-hornier stoppa le Bucéphale d'occasion :

– Ho ! Ho... o... o !

Arc-bouté sur ses sabots, le cheval s'immobilisa. Le Breton tendit des billets à son copain le cocher, qui refusa :

– Tu ri... ri... ri..., tu rigoles. Je rentrais.

– Eh bien, rentre avec ça, répliqua le Breton en lui jetant les billets sur les genoux. Et merci.

– Mais... mais... mais...

Déjà, le Breton se penchait à l'intérieur du carrosse pour tenter d'en extraire son ami.

– Rallège Cifran, disait-il. On est arrivés.

Le Nantais se décida à ouvrir un œil.

– Où ça ?

Il bafouillait et de l'écume blanchâtre séchait à ses lèvres fiévreuses.

– Ces lécuens, je vais les...

– C'est ça, approuva le Breton. Tu vas les flinguer. En attendant, rapplique !

L'œil torve alla cueillir le dos du cocher.

– Çui-là, qui c'est ?

– René Sigot. Lui qui nous a ramenés. Heureusement, car les Frizous...

Il n'aurait pas dû prononcer le nom exécré, car le Nantais parut se réveiller. Il dressa à demi sa masse, faisant gémir les ressorts du fiacre sous son poids et gronda :

– Où y sont ces emmanchés, que je les...

En parlant, il porta la main à son dos, se souvenant qu'il y possédait une arme de cachée. Puis, s'apercevant de son absence, il s'inquiéta :

– Mon calibre ! Où est mon calibre ?

Il chercha à descendre, faillit culbuter en avant. Le Breton le retint de justesse et ploya sous la charge. Leurs visages se touchaient, une lueur rusée élaira les yeux du Nantais :

– Toi qui l'as ! accusa-t-il soudain. Va au refile, gros malin.

Le Breton, qui n'aurait pas voulu que le cocher soit au courant de l'arme, ne put que souffler tout en maintenant son ami, à présent adossé à la voiture :

– Ça va. Je vais te le rendre. Calme-toi, grand con.

Au lieu de récupérer le 7 x 65 en douceur, ainsi qu'il l'avait pensé, il le récupéra sans se cacher et, dans le mouvement, il fit sauter le chargeur.

– Voilà ton rigoustin, dit-il en tendant le 7 x 65 à son ami.

Le Nantais, sa courte lucidité de nouveau gommée par l'alcool, l'empocha sans rien vérifier. Dans son état...

Agrippant le montant de la voiture, il amorça le geste de regrimper.

– Je vais aller les dessouder, tous ces enfoirés-là !

menaça-t-il. Toi, René, en route ! Fouette citoyen, tu vas gagner ton bœuf.

L'ex-cap-hornier échangea un regard navré avec le Breton, puis s'efforça de mettre du miel sur la tartine :

– T'es... t'es... t'es... fou, Francis ! Faut... faut... faut... que tu dormes. Ton... ton... ton ami va... va...

– Toi, tu fermes ta gueule, trancha le Nantais. En route, citoyen ! On va faire la guerre.

Néanmoins, il se laissa retenir par son ami qui, d'un coup d'œil fit signe au cocher de s'en aller. Le fouet claqua, les sabots résonnèrent et l'attelage disparut dans l'obscurité.

– Allez, rapplique, encouragea le Breton en soutenant son poivrot d'ami.

Par précaution, il n'avait pas voulu que le cocher stoppe exactement devant chez Margot. Non que l'homme parlerait en cas d'ennuis, seulement là où il avait grandi, orphelinats et autres lieux, si on ne leur apprenait pas les larmes, on leur inculquait en revanche la méfiance, renforcée plus tard en lui par la marginalité. Toujours demeurer sur ses gardes était une garantie de survie dans le monde de fauves où il évoluait depuis son enfance.

Subitement docile, probablement las, épuisé, le Nantais se laissait conduire. Mais ce n'était pas une balade d'amoureux ! Heureusement que ce n'était pas loin, car il pesait au bras de son ami qui le soutenait, dormant à demi tout en avançant, laissant par à-coups tomber de ses lèvres le même verdict contre les occupants :

– Ces lécuens...

Il n'en disait pas plus. A quoi bon, le mot suffisait. Évidemment, une fois rendu, l'ascenseur ne fonctionnait pas. Économies, rationnement toujours. Alors, pour hisser le mastodonte au 3e... Néanmoins, il se laissa entraîner, pousser, haler... Seulement lorsqu'ils empruntèrent le couloir, l'agressivité légendaire et déroutante du Nantais se réveilla. Ayant sorti son rigoustin, il se mettait à défier la planète :

– Bande d'enfoirés ! Approchez que je vous...

Pour l'instant, il approchait surtout son nez du mur peint d'une laide couleur crème.

– Écrase, que lui soufflait son ami, en le traînant. Tu vas réveiller les gens.

– Eux, je les emmerde. N'ont qu'à se pointer, s'ils ont des yecou [1] et on verra et on... on... on...

Pour ponctuer son défi, il braqua soudainement son pistolet vers des ennemis imaginaires. Le Breton soupira. Si jamais l'un des locataires sortait inopinément de chez lui et se trouvait nez à nez avec le 7 x 65 brandi... Ouille ! Pour un peu que l'autre se prenne de frousse, retourne dans son gourbi et ameute les flics...

Le Breton fut soulagé lorsqu'il aperçut sa porte. Et surtout que, dans celle-ci ouverte, se tenait Margot. Elle n'avait pas dû se coucher, était en tenue de sport, prête à répondre au moindre appel d'où qu'il vienne. Il la savait rongée d'inquiétude, quand il s'en allait aussi rapidement qu'il l'avait fait trois heures auparavant. De la voir debout, fidèle, dévouée, jusqu'à la limite de ses forces, lui fit chaud au cœur. Ah ! sa Blondie ! Elle ne les attendit pas, avança au-devant d'eux. Sa vue calma un peu le Nantais :

– ... got... Vous... vous...

Elle le soutint de l'autre côté et ils parvinrent à le faire entrer.

– ... veux pas vous déranger, balbutia le joyeux drille. Je... je...

– Tu vas pioncer ici, le coupa le Breton. Dans le lit.

Cela leur était arrivé de dormir à trois, le Breton au milieu, lorsqu'il y avait eu un ami en cavale des Fritz ou de la maison Poulardin. Jusqu'à l'un de ces derniers, un inspecteur de la P.J., un copain de réseau, qu'ils avaient camouflé deux nuits durant avant que le gars ne parvienne à gagner l'Espagne.

– Non, non, refusa le Nantais. Je vais pioncer là.

Têtu, il frappa le plancher, tandis que Margot le dépouillait non sans mal de sa canadienne dont, dans le bas, le sang séché se confondait avec l'horrible teinte marron. Alors que Margot allait la suspendre dans l'entrée, il la rattrapa par le bras.

1. Verlen : couilles.

– Hé mon brelica, Margot ! Attention !

Elle tourna le cou, chercha les yeux de son homme. Il la rassura de la tête, alors elle laissa le Nantais récupérer son arme qu'avant d'entrer il avait machinalement glissée dans son vêtement.

– Faut jamais se laisser désarmer, Margot, déclara pompeusement Francis. Jamais.

La voyait-il seulement ? Il venait de fermer les paupières et titubait de plus belle.

– Je vais... ici..., lâcha-t-il.

Et il s'écroula le long d'une cloison de la vaste chambre, son flingue au poing.

– Eh ben, soupira Margot. Il n'a pas sucé de la glace !

Ses yeux riaient, excusaient comme toujours. Elle se baissa pour ôter les chaussures de leur ami, lui défit ses bretelles et sa ceinture. Enfin elle alla prendre un oreiller et, aidée du Breton, elle le fourra sous la tignasse bouclée qui sentait le tabac, la sueur et l'alcool et que piquetaient des confettis multicolores. Pour finir, elle recouvrit la masse écroulée d'une couverture. Elle n'avait pas terminé qu'un ronflement joyeux s'élevait. Le Breton grimaça :

– Le sagouin ! Et il ronfle maintenant ! Quand je pense qu'il ronfle...

Étendu sur le dos, ayant déjà refoulé la couverture, le Nantais dormait comme un bienheureux, les mains étreignant le 7 x 65 croisées sur sa bedaine. Avec lui, ça finissait toujours de la sorte. Ses amis se bilaient pour lui, il semait le bordel puis, arrivé à saturation, il s'enfonçait peinard dans un lourd sommeil, sans se soucier de ceux qu'il avait empoisonnés des nuits durant. Qu'ils se démerdent !

– Non, mais tu le vois ! grogna le Breton, indiquant le pachyderme étalé sur le plancher. Lui, il pionce et il s'en fout.

Puis il commença à sourire, c'était si bon de voir un ami à l'abri. Enfin tous deux, gagnés par la gaieté, s'éclatèrent en même temps. Leur joie alla éclabousser les murs avant de retomber, chaleureuse, sur la face béate et pas rasée du Nantais.

*

Les heurts à la porte n'éveillèrent pas le Nantais. Margot, si. Elle se leva, enfila une robe de chambre, glissa un regard par la tenture écartée, aperçut un splendide soleil. Elle alla à l'huis, s'informa :

– Qui ?

– René.

Elle avait reconnu la voix de Bras Court. Elle ouvrit. Vêtu en sport, blouson de daim, pantalon vert foncé, couleur qu'il affectionnait, chemise de laine d'un vert moins foncé qui rappelait son regard, l'associé du Breton entra. Il était un des rares à connaître l'adresse de Margot, qui observait son complice en chansons. Il n'offrait pas l'image décontractée habituelle, paraissait soucieux.

– Il est là ? s'inquiéta-t-il.

Elle n'eut pas à répondre, le Breton, torse nu et en caleçon, surgissait de la chambre, inquiet lui aussi car, pour que son associé se montre à cette heure...

– Il s'agit du *Trou*, attaqua Bras Court. Et de Francis. Il...

Un ronflement lui coupa la suite.

– Il est ici, expliqua Margot.

– J'aurais dû reconnaître son ronflement. Ah ! celui-là...

Il suivit le Breton dans la chambre, tandis que Margot faisait coulisser l'épaisse tenture. Un flot de soleil envahit la vaste pièce et balaya le visage congestionné du Nantais. Bras Court lui jeta un coup d'œil, repéra le 7,65 qu'il étreignait toujours.

– Pourquoi que tu lui laisses ça ? Il a assez fait de conneries la nuit d'avant !

– J'en ai enlevé le chargeur, rassura le Breton.

Chaque fois qu'en certaines circonstances il voyait Bras Court, son vieil ami, il ne pouvait s'empêcher de se rappeler le début de leur amitié. A l'époque, Bras Court, qui affichait dix ans de plus que lui, s'amenait parfois au Square des Épinettes pour lui amener une chemise propre, de quoi se raser, des chaussettes, un bout de pain, du savon... Il s'était pris de sympathie pour le rôdeur sans foyer, sans famille, sans soutien, frappé comme tant d'autres par le chômage et qui dormait çà et là... dans les recoins de portes, les grilles fermées du métro de la porte de Saint-Ouen, à l'arrière des taxis G7 en station, etc. Partout où il pouvait arracher aux nuits sinistres une demi-heure de quiétude. Frère de Charlot Paletot de Cuir, un caïd d'avant-guerre qui avait réglé quelques comptes à coups de flingue, Bras Court avait toujours su garder ses distances avec le Milieu. Sans néanmoins aller jusqu'à désavouer son aîné qui, au *Chystal*, le bar de Paul Rotondo, rue de Bruxelles, avait liquidé une crapule qui s'était rendue chez leur mère durant une cavale de Charlot, arguant que celui-ci réclamait d'urgence de l'argent. Une saloperie impardonnable.

L'homme avait joué sur les sentiments maternels pour escroquer à la confiance quelques thunes. Aussi, lorsqu'il s'était fait rectifier, personne n'avait sorti de mouchoir. Bras Court moins que les autres. Par chance, l'inspecteur principal Maizaud, de la Criminelle qui avait un faible pour les truands parisiens, avait jeté son poids dans la balance judiciaire, évitant à Charles un score sévère.

– Et il dort, constata Bras Court écœuré. Et il dort.

Il agita sa tête puissante, couronnée de cheveux ondulés d'un blond cendré, soupira.

– Après nous avoir mis dans un tel merdier !

– Explique-toi. Qu'est-ce que tu veux dire ?

– J'ai fermé le *Trou*.

– Hein ?

– Hélas, pas moyen de faire autrement. Il...

Du menton, il indiquait le Nantais qui ronflait comme un juste sans soucis, sans problèmes.

– ... Il est dragué par la Gestapo pour le meurtre d'un officier allemand.

Le Breton tressaillit, reporta son regard sur le Nantais.

– Comment tu sais ça ?

– Ils se sont pointés au restaurant ce matin. A dix heures. J'ai été affranchi avant, sinon j'étais emballé.

– Mais t'as rien à voir là-dedans, non ?

– Absolument rien, mais tu les connais ? Dans ces cas-là, ils emportent tout le monde. Tu penses ! Un de leurs officiers...

Il tourna le cou sur Margot qui leur préparait du café, du vrai, ça se sentait, la ramena sur son ami, souffla :

– Toi aussi. Te voilà en cavale. Impossible de rouvrir le *Trou*. Il faut attendre et voir venir.

Il s'était exprimé sciemment à voix basse. A son ami de décider s'il le dirait à Margot ou non. Ce genre de précaution n'était pas une méfiance envers Margot, mais elle laissait à son homme la responsabilité à prendre.

– Tu sais comment ça s'est passé ? demanda celui-ci.

Bras Court se frotta la joue de son moignon ganté.

– On m'a tubé chez moi ce matin que ce serait le petit Armand qui aurait tranché la gorge de l'officier.

– Et les causes ?

Le Breton ne détachait plus son attention du Nantais.

– Une poivrade, à ce qu'il paraît. Que veux-tu que ce soit d'autre ? Tu sais comment sont les Nantais, quand ils ont le nez dedans.

Le Breton était payé pour savoir. Il jeta :

– Mais comment les Canaques les ont-ils redressés ?

– Il y a eu des témoins. Des nénettes, des serveurs... La Gestapo les a peut-être obligés à s'allonger. On sait pas au juste. Mais ils connaissent le nom de Francis et du petit Armand, ça c'est sûr.

– Ils étaient combien ?

– Oh, sûrement toute la tierce des Nantais ! Tu les connais mieux que moi.

Le Breton se mordilla les lèvres tout en contemplant le joyeux fêtard qui, vautré sur le dos, ronflait joyeusement.

– Faut pas que tu restes à Paris toi non plus, recommanda Bras Court. Moi, je descends vers la Côte tout à l'heure. Je suis pas bon pour attendre qu'on me ramasse.

Il huma l'odeur de café frais, un luxe, car la denrée était rare, non pour eux, et s'inquiéta :

– T'as plus d'armes de camouflées sous le charbon à la cave ?

– Non, tout est parti.

Bras Court en sembla soulagé, puis soudain se lamenta :

– Quand je pense que j'en ai fait rentrer deux tonnes au noir, il y a trois jours...

– Je te vois mal en faire rentrer en blanc, tenta de blaguer le Breton.

Mais sa voix manquait de chaleur. Ce qui leur dégringolait sur le râble était rude. Il fallait aviser sans tarder. Si les Chleuhs avaient des indications sérieuses, et cela le semblait, ils allaient embastiller tout le monde et ça ferait bobo à la sortie. C'est qu'ils ne faisaient pas de sentiment, mais la guerre, donc leurs officiers leur étaient sacrés. Alors, qu'on leur en égorge un... pour des bigorneaux ! Pour une histoire de saoulerie difficile à démêler par ailleurs, selon Bras Court...

– Qu'est-ce que tu vas faire de lui ? se tracassa ce dernier, désignant le Nantais qui, foin de ces contingences, continuait son petit roupillon, ponctué de légers ronflements satisfaits. Tu dois pas le garder ici, même si peu de gens savent l'adresse de Margot ! N'oublie pas que vous risquez tous de vous faire lever !

Il soupira longuement.

– En notre époque, il y a tellement d'indics... tellement de gens que tu crois bien et qui, pour se mettre les Frisés dans la poche, te balanceraient père et mère...

– Je vais me démerder, rassura le Breton en sucrant la tasse de café que Margot venait d'apporter.

Il la tendit à Bras Court, sucra la seconde pendant que ce dernier déclarait :

– Ne traîne pas. Ne laisse pas Margot non plus. Si la Gestapo remonte jusqu'à elle, ils l'embarqueront pour savoir où tu es et Dieu sait ce qu'ils seront capables de lui faire.

Le Breton quitta sa tasse de l'œil.

– Te bile pas. On va se casser vite fait. Le temps de remettre Francis sur pied et on se taille. Je vais tuber au Grand Robert pour qu'il vienne nous chercher à la tombée de la nuit.

– Ne traîne pas, répéta Bras Court.

Il posa sa tasse sur un meuble, parcourut le Nantais d'un regard rapide, revint à son ami, lui tendit la main.

– Au revoir, bonhomme. Espérons que les Alliés vont enfin débarquer ! Depuis que le temps qu'on en parle et l'espère... Et puis, lorsqu'ils seront là, on pourra revenir.

Au moins lui, de même que son ami, ne doutait pas de la victoire des Alliés. Ce dernier l'accompagna à la porte après qu'il eut embrassé Margot. Quand il revint, celle-ci, agenouillée et maternelle, tamponnait d'un gant de toilette le front trempé d'une mauvaise sueur du Nantais.

XIX

Parvenu en fin de coulée, le Breton relâcha à deux, trois reprises puis ferra, à l'instant où le minuscule bouchon plongeait. Las ! il rata la prise sans l'avoir perçue à l'extrémité de l'hameçon. S'il avait manqué de rapidité, le malin poisson non, qui avait recraché le grain de chènevis. Il ramena la ligne, pour remettre une autre graine à l'hameçon de 15 qu'il avait monté lui-même sur un catgut de 5/0. Du très fin. Tellement même que les arsouilles, jamais en retard pour faire feu de tous bois, en avaient fait une image pour désigner les nanas mal jambées et maigriottes de mollet. Quand l'un parlait d'une fille et lançait qu'elle était montée sur 4 ou 5 zéros, elle se trouvait cataloguée comme mal foutue. Le pêcheur se sentit en pleine forme. Cela faisait plusieurs semaines qu'il se faisait du lard, planqué *Chez Mon Ami* à Armeaux, un patelin entre Villeneuve-sur-Yonne et Joigny, Paul Retondo, l'ancien patron du bar de la rue de Bruxelles tenant l'endroit, un hôtel-restaurant de bonne réputation. Celle de Paul l'était tout autant. Ayant pressenti que le Breton se trouvait en coquetterie avec une quelconque maréchaussée, teutonne ou non, il ne l'avait pas inscrit sur le livre de l'hôtel. Il avait agi pareil pour Jo la Feuille, venu s'aérer les bronches accompagné d'Ida, son adorable Tanagra brun, d'origine italienne. Ils étaient encore quelques autres à profiter des yeux fermés, patriotes et généreux du tenancier de *Chez Mon Ami.*

Le rebord du chapeau de paille rabattu sur le front, le torse nu mordu par le soleil déjà haut, le Breton, dans sa barque arrimée au rivage par des branches, en arrivait presque à oublier la guerre. Comme elle lui semblait loin ! Pourtant sur la route nationale venant de Lyon, si ça roulait, les convois militaires ! Que craignaient donc les Doryphores ? Bien sûr, le mot débarquement circulait et cela depuis pas mal de temps. Cependant, rien ne venait. Les journaux aussi en faisaient mention, mais eux pour se moquer, puisqu'ils étaient sous la botte des Nazis. Dans la bourriche fixée au banc de nage par une ficelle et qui plongeait dans l'Yonne, un poisson captif sauta, cherchant à fuir le piège. Des ronds concentriques s'élargirent sur la rivière, où des insectes moucheronnaient.

Son esche remise, le pêcheur relança sa ligne d'un sec coup de poignet imprimé à la canne. Le fil ténu fendit l'air bleuté et, lentement, le bas de ligne coula au fond de l'eau balafrée de soleil. Entraîné par le léger courant, le minuscule bouchon rouge glissa à la surface de l'eau sombre.

> *« Un pêcheur au bord de l'eau,*
> *abrité sous son chapeau,*
> *est heureux et trouve la vie bè-è-elle. »*

Machinalement, le Breton s'était mis à fredonner et les paroles lui arrachèrent un éclat de rire. Avait-il seulement le droit de pêcher ? Un 6 juin ? N'y avait-il pas une loi fixant l'ouverture ? Quoiqu'en cette période, qui pouvait se soucier de ces choses ? Son bouchon n'était pas en fin de coulée qu'on le héla de l'autre berge, là où se dressait l'hôtel-restaurant :

– Gugus !

Il laissa filer son regard sur l'eau et aperçut Margot qui, en robe d'été, sans rien dessous ou tout comme, l'appelait, un bras levé.

– Quoi ? cria-t-il, mécontent, à travers la largeur de la rivière.

Ces nanas, toutes les mêmes ! Elle et la pêche... elles et la tranquillité... En plus, il l'entendait mal. La distance... Il la vit mettre ses mains en porte-voix et, enfin, comprit nettement ce qu'elle hurlait, détachant soigneusement les mots :

– Ils ont débarqué !

Sa paume serra la poignée de la canne de bambou. Ainsi, ils avaient... enfin ! Le bonheur lui monta à la gorge. Ainsi, ils avaient... Ricains et Rosbif's mélangés, sûrement. Canadiens aussi, d'après les renseignements récoltés de-ci, de là... d'autres encore... les proscrits, les Polonais, les Français Libres... lesquels encore ? Il ne savait lesquels, extrapolait peut-être ? Qu'importe, c'était chouette de penser que tous les hommes libres s'étaient dressés et venaient de débarquer pour rendre au vieux pays sa liberté. En dépit de la bonne chaleur du soleil, sa peau avait comme de la chair de poule. La joie, peut-être ? Il jeta sa canne au fond de la barque, remonta la bourriche dont les gardons captifs l'éclaboussèrent d'eau et empoigna les rames. Tout en lui chantait. Il allait devoir tenter de joindre le capitaine Michel, son chef de réseau. Probable qu'il y aurait du boulot ! S'il ne pouvait le trouver, ne sachant où il se trouvait, il essaierait du côté de Frantz. Ça devait remuer dans tous les coins, si ce que venait de lui crier Margot était exact. Mais pourquoi non ? Depuis le temps que tous espéraient, attendaient... Lorsqu'il atterrit sur l'autre rive, il fixa rapidement la barque à un tronc mort et sauta. En deux bonds, il fut sur la berge et reçut son amour blond dans les bras.

– C'est fait, balbutia-t-elle, joyeuse, la gorge nouée, ses beaux yeux bleus mouillés par le bonheur. La radio l'a annoncé.

– Quand ? Et où ?

– Ce matin, à ce qu'il paraît. Très tôt. En Normandie.

– Ça doit se battre dur, remarqua-t-il bêtement.

Évidemment, les lascars qui avaient posé le pied sur le sol normand ne devaient pas avoir mis la fleur au fusil et bourré leurs chargeurs de boules de gomme ! C'est que les Frisés étaient des milliers et des milliers pour les recevoir ! Sinon, à quoi aurait servi le mur de l'Atlantique, avec lequel tant de margoulins s'étaient sucrés à la construire ? Margoulins honnêtes et patriotes, s'entend. Entrepreneurs, cimentiers, architectes, ingénieurs, dessinateurs, etc., etc. Sans omettre la main-d'œuvre, évidemment. Seulement, si elle avait donné sa sueur, ce n'était que pour assurer le quignon de pain quotidien alors que les autres, les grossiums à décorations et à pignon sur rue, à diplômes et à fioritures sur la carte de visite... à grandes relations et à grands deniers...

Il lui prit le menton, le souleva, trouva les yeux immenses que brouillaient des larmes :

– Contente, hein ?

– Toi aussi, non ?

Il la bloqua contre son torse brûlé, bruni par le soleil, et l'embrassa sur les paupières.

– On va arroser ça, décréta-t-il en la lâchant. Viens, mon Poulbot !

Et, un bras lui cernant la taille, il l'entraîna vers l'auberge. A l'intérieur, ils étaient une douzaine à marcher au champ' pour fêter l'événement. Aucun, aucune ne pouvait croire que les Alliés seraient rejetés à la mer. Pour eux, que Rosbif's et Ricains aient réussi à débarquer était comme si leurs uniformes étaient déjà à Amiens... à Villeneuve... à Paname... à Strasbourg... à Berlin... A leurs yeux, pas de problème, les Frizous étaient déjà kapout et avaient le museau dans la sciure. Hélas, hélas, ce n'était pas le cas et les gars de Harlem et de Brooklyn, de Piccadilly et de Dublin, de Montréal et de Sydney avaient encore de la route à tailler et bien du sang à verser avant d'en voir le bout. Ce qui n'était pas l'avis de Didi Lunettes, un de Montmartre, qui criait, coupe brandie :

– A notre retour à la place Blanche !

Quel méfait, quel mandat de recherche de la Gestapo ou des flics l'empêchait d'y être en ce moment ? Nerveux, musclé, son regard demeurait sur un qui-vive perpétuel à l'abri des verres de lunettes métalliques. Il était doué pour l'effort physique, le sport, tennis, vélo, ski. Avec les frères Tété, nombreuse tribu de truands parisiens, dont en ce moment deux d'entre eux, présents, croyaient ferme au succès du débarquement, il avait été le premier à descendre les pistes de Megève et de Val-d'Isère, stations que ne fréquentaient que les rupins. Pareil pour l'équitation. En compagnie de Lucien et Maurice Tété, larguant Montmartre et ses bars, ses putes et son folklore, bien avant guerre, ils avaient trotté de concert dans les allées du Bois, saluant sans rire comtesses et barons, chevaliers à blason et d'industrie, parvenus à monocle, droits sur leurs montures, vêtus adéquats, bombe sur le cassis, bottes, cravache et cravate blanche. La Feuille et d'autres ruffians les charriaient de se frotter à ce beau monde ! Mais ça leur était égal. Ils avaient trouvé une autre façon de vivre, sans abandonner les revenus illicites de leur coupable profession : trafics tous genres et nanas toutes pointures. A ces activités douteuses, Didi en avait ajouté une autre plus honorable : passeur clandestin. A lui se joignaient parfois ses amis Jeannot et le Breton, ensemble ou séparément ; ceci lorsqu'ils devaient aider des gens, traqués ou autres, à gagner des lieux moins dangereux. Didi opérait du côté de Moulins, Montceau-les-Mines, Chaligny, Montchagrin... au temps de la zone non occupée, lorsque la France était encore coupée en deux. Ce qu'il en avait épaulé, des Juifs et d'autres, à franchir la ligne de démarcation gardée par les guerriers de Hitler ! Contre monnaie, bien entendu. Mille balles par tête de fuyard, le tarif. Là-dessus, quand il choisissait Moulins comme point de passage, il en rétrocédait 500 à Ronneville, un gars du cru dont la famille vivait de l'autre côté du fleuve, à la Madeleine, un patelin situé en zone libre. Pour rejoindre les siens, ce Ronneville n'avait que le pont de Moulins, qui surplombe l'Allier, à franchir. Oh, Didi avait bien organisé son job ! Quand il avait son compte de Juifs désireux de fuir la capitale et ses risques de déportation, il leur fixait rendez-vous gare de Lyon à 7 h 30 le matin, non sans leur avoir conseillé : « Une fois dans le train, restez pas groupés. Séparez-vous, agissez comme si vous ne vous connaissiez pas, surtout ! Méfiez-vous des flics en civil et de ceux de la Gestapo. En arrivant à la gare de Moulins, demeurez à distance les uns des autres, parlez à personne. Suivez-moi, c'est tout. Et rappelez-vous bien des noms que j'ai désignés à chacun de vous car, en ville, on risque de vous demander où vous allez. » Pour parer à cet éventuel inconvénient, Didi, méticuleux et prévoyant, tenait à ce que ses passagers sachent quoi répondre aux flics ou Frizous trop curieux. Aussi confiait-il à chacun d'eux un nom de commerçant pêché dans l'annuaire de Moulins. Ça simplifiait et protégeait. A l'interrogation des autorités, il ne restait plus aux fuyards qu'à répliquer, l'air tranquille : « Je vais chez mon cousin Tartemolle, le marchand de chaussures, ou chez tante Agathe, qui vend de la brioche, et qui habite à..., etc. A Moulins, tous se retrouvaient *Hôtel du Cantal*, à proximité du pont. Là, Ronneville les attendait au fond d'une salle, avec une pile d'ausweiss frontaliers. Oh ! il était démerdard, le gaillard ! Ensuite, lorsqu'il avait palpé et tendu ses ausweiss, à Didi de jouer ! Que le Breton fût là ou non, que Jeannot y soit ou pas, il entraînait son monde vers le pont, mais seulement groupe par groupe et traversait avec eux. Certains s'affolaient, gardant mal l'allure naturelle, d'autres, ça allait, passaient ça comme des chefs. Didi calmait les premiers de son mieux, surtout les enfants, quoique ceux-ci en général encaissaient plutôt bien. Avant d'en arriver là, Didi traitait des conditions au départ de Paname et ne prenait de l'argent seulement qu'aux inconnus. Pas question d'en réclamer à ceux que des amis ou relations lui recommandaient. Bien souvent, le Breton lui amenait du monde et dans ce cas, évidemment, le pognon... Didi courait alors gratuitement des risques, estimant que c'était la moindre des choses. L'un des enfants de Ronneville, âgé de 12 ans, se chargeait des valises qu'il traversait en plusieurs voyages sur une brouette. Seule condition exigée : aucun bagage ne devait être cadenassé ou fermé à clef, les Allemands devant pouvoir les inspecter à tout moment. Si cette exigence était respectée, les Chleuhs laissaient aller, leur méfiance ne s'éveillait que devant des valises bouclées. Une fois le pont franchi, Didi récupérait les ausweiss près de son monde et retraversait le pont pour les rendre à Ronneville, toujours installé devant son apéro.

Quant aux fugitifs, il ne leur restait plus qu'à monter dans le car en direction de Vichy. Ils étaient sauvés. Tout se déroulait à chaque coup sans pépins. Sauf une fois, un soir d'hiver où justement le Breton, qui convoyait un ami de Frantz, se trouvait être de l'expédition. Alors que le gamin de Ronneville débouchait du pont en poussant sa brouette chargée, Didi s'avisa qu'il manquait une énorme valise en peau de porc dont le blanc cru lui avait assailli l'œil au départ.

Il s'inquiéta près du môme qui lui raconta que, la valise étant fermée à clef, les Frizous l'avaient gardée. Aussi sec le propriétaire, un gros Juif fourreur de son état sur les Boulevards, de se mettre à brailler *« Au voleur ! »* sous le nez de Didi. Celui-ci l'écouta un instant, puis tenta de l'apaiser.

– Vous fâchez pas. On va voir. Calmez-vous.

Puis, sourcils froncés et ennuyé :

– Mais qu'avez-vous donc dans votre foutue valise ? S'il s'agit de quelque chose de dangereux, c'est grave de nous l'avoir caché car, nous, en retournant à l'*Hôtel du Cantal*, on risque de se faire emballer par les Allemands ! Pas vous, puisque vous avez franchi la ligne et que vous allez prendre le car. Alors, qu'y a-t-il donc dans votre valise ? Accouchez, bon Dieu !

Et le gros fourreur, de plus en plus furieux de ne pas avoir récupéré son bien, de répliquer, hargneux :

– Des peaux d'astrakan. Cent peaux.

Le Breton, qui guignait son ami, avait failli s'étrangler de rire tandis que Didi, lui, s'étranglait de rage. Ma foi, il y avait de quoi. Ainsi, c'était pour ses putains de peaux que l'autre abruti gueulait au charron ? Qu'il risquait d'attirer l'attention sur ses treize coreligionnaires que Didi venait de faire traverser ? Pour sa part, le copain de Frantz se trouvait sauf. A peine le pont franchi, une camionnette mystérieuse à gazogène l'avait pris en charge. Était-il également juif ? Le Breton l'ignorait, ce n'était pas son problème. Le principal était que l'ami de Frantz fût sauf. Qu'il soit juif, résistant, chargé de mission ou autre... bon vent.

Mais si l'homme, un petit brun, trapu et peu loquace, était paré, ses compagnons de voyage, eux, non. Pas encore. A tout instant les Doryphores, qui s'octroyaient le droit d'intervenir 15 kilomètres à l'intérieur de la ligne de démarcation, pouvaient se manifester. Devant un tel cinglé, à Didi de prendre une rapide décision. C'est que ses clients, qu'il avait entraînés à proximité d'un café-hôtel proche, commençaient à perdre pied. Alors il les rassure de son mieux, leur demandent de patienter, les confie au Breton. Puis il retraverse, pour conter l'histoire de la foutue valise blanche à Ronneville. Celui-ci, écœuré, convoque sa fille aînée au courant de ses opérations et au mieux avec les Chleuhs. La fille rassure son père, lui conseille de patienter jusqu'à la relève de minuit. Avant, rien à tenter, car le feldwebel responsable du poste de garde est une peau de vache. Service, service. Jugulaire, jugulaire.

– Et moi, ce sont des peaux d'astrakan que je veux récupérer, murmure Didi.

La fille enchaîne, sans lui accorder attention :

– Après minuit, le remplaçant est plus coulant. Une bouteille de cognac lui fermera les yeux et il rendra la valise. Qu'à attendre.

– Bon, approuve Didi. Une bouteille de cognac vaut dans les mille francs, je m'en charge. Avant, je vais retourner voir mon abruti.

Une fois encore, il franchit le pont de Moulins pour retrouver son fourreur, nullement calmé, qui de nouveau l'assaille, commence par le traiter de voleur, de fripouille, d'escroc, avant d'exiger ses foutues peaux. Là, le bouchon a été envoyé trop loin. Didi s'énerve, menace, tutoie sous l'œil rigolard de le Breton :

– Toi, enfoiré, ça suffit ! Tu boucles ta gueule. Personne veut rien te voler, au contraire, j'essaie de récupérer tes peaux. Mais je te jure, si tu te calmes pas, je te balance dans l'Allier, toi et ta putain de valise.

Puis, une lueur de meurtre dans le regard, après un moment de silence :

– Dans le fond, avec toi, je suis trop con. Pour te punir, si tu veux tes peaux, ce sera cinq mille balles de plus. Voilà, tu prends ou tu laisses ! Ça t'apprendra à nous casser les couilles et à mettre en jeu la liberté des autres.

Ah ! ouiche ! Au lieu de se calmer, le récalcitrant se remet à faire du rébecca, à brailler de plus belle. Comment ? Après ses peaux, on en veut à son argent ? A ses beaux écus ? Ça, non ! Il refuse, insulte de nouveau Didi, hurle, s'époumone, trépigne, poings brandis. Durant ce temps les treize bougres, dont leurs enfants, attendent les fesses serrées, transis de frousse, de faim et de froid. Et de regrets. C'est qu'à la suite du mic-mac, le car pour Vichy était parti sans eux et ils se trouvaient coincés pour la nuit. Tant de bêtise leur amenait des larmes au bord des cils. Même le Breton ne riait plus. Il en arrivait à avoir envie de cogner sur le gros fourreur qui, ne voyant rien, ne voulant rien entendre, continuait son cirque, braillait, alors que de l'autre côté du pont les Chleuhs, à tout moment, pouvaient quitter leur poste de garde et venir voir. Pour comble, le taulier du petit hôtel auquel Didi, voyant le retard pris, avait commandé à manger pour tous, qui se pointe, mécontent du bruit.

– Arrêtez de crier, sinon j'appelle la police. Je tiens pas à me faire arrêter ni à ce qu'on ferme mon établissement à cause de vous.

Si son intervention avait au moins réussi à doucher l'autre cinglé ! Même pas. Même les mots apaisants, en yiddish, de ses compagnons d'infortune n'y parvinrent pas. Il continua à crier. Cette fois, Didi le prit au collet et le secoua.

– Si tu te tais pas à la seconde, je te bute, je te balance à la baille. T'entends, enfoiré ?

Le Breton fit un pas, toucha le bras de son ami :

– Laisse. Pas le moment.

Il indiquait le groupe apeuré. Didi lâcha à regret le fourreur, qui s'ébroua. Mais, au lieu de crier, le mauvais coucheur se contenta de gronder. Déjà ça d'acquis. Didi, comme pour se débarrasser de sa colère, se secoua à son tour. A quoi bon perdre les pédales ? Il avait la responsabilité de ses passagers, ne voulait pas qu'ils tombent entre les mains des Fritz qu'ils fuyaient. Il les chercha du regard dans l'obscurité, puis immobilisa son attention sur le patron de l'hôtel. Une idée lui vint. Il prit l'homme à part et lui retint des chambres. Puis, revenu aux fugitifs, il leur conseilla de suivre le patron.

– Et mes peaux ? s'entêta l'irréductible fourreur.

– Tu les auras, promit Didi. Suis le mouvement. Mange et va dormir. Demain, vous aurez un autre car.

Et, à son ami, en aparté :

– Chope-les en lousdoc, les uns après les autres. Qu'ils cassent la graine et grimpent ensuite dans leur gourbi. Moi, je vais...

Son œil vif, malin, croisa celui, méfiant, du gros fourreur qui l'épiait non loin.

– ... moi, je vais blédou le reurfou [1]. Ce gros lécuen, sûr qu'il va remettre la conversation demain matin et risquer de nous amener les Canaques. Aussi...

– T'as gambergé à quoi ? s'intéressa le Breton.

– Attends.

Didi suivit du regard le dos du fourreur, lequel, enfin, se décidait à rejoindre ses compagnons de fuite qui pénétraient dans l'hôtel, avant de reprendre :

– Voilà ce qu'on va maquiller. On va faire barrer mes gens dans la neuille sans avertir le fourreur. Lui, on va le laisser pioncer sinon, demain, c'est affiché qu'il recommencera à nous faire du gouale pour ses putains de peaux à la con.

Il s'octroya une Balto, tendit son paquet, enchaîna :

– Toi, tu vas affranchir mes clilles. Qu'ils se couchent pas, surtout ! Qu'ils restent habillés, et nous attendent. Qu'ils me fassent confiance, je les sortirai de là.

L'allumette qu'il venait de frotter éclaira le bord de son visage au menton dur, et il lâcha :

– Vas-y, mais donne-toi la du gros connard. Moi, je vais passer un coup de grelot et je te rejoins à la salle à manger. OK ?

Le Breton opina et s'en alla transmettre la consigne à l'insu du fourreur récalcitrant. Par téléphone, pour sa part, Didi toucha Paul, son contact qui tenait le bureau de tabac situé en face la gare de Vichy.

– Ici, Roger, s'annonça-t-il, utilisant son nom de code. J'ai besoin de quatre taxis immédiatement. Tu leur recommanderas de s'immobiliser cent mètres avant la caserne, là où se dresse le poteau bleu-blanc-rouge. Tu connais ? Qu'ils gardent leurs phares en veilleuse pour que je puisse les retapisser.

« Ce sera fait, le rassura son contact. Mais rappelle, pour être certain que j'ai eu ta commande. »

Didi le fit un quart d'heure plus tard.

« Ça va, le rassura son correspondant. Les bahuts sont

1. Verlen : blédou pour doubler, reurfou pour fourreur, soit : tromper le fourreur.

en route. Vu qu'il n'y a pas quarante bornes, ils seront vers toi assez vite. Bonsoir. »

Paul, de Vichy, avait dit vrai. Trois quarts d'heure plus tard les voitures commandées s'immobilisèrent, veilleuses allumées, au point indiqué par Didi. Un quart d'heure encore et elles reprirent la route de Vichy, chargées des Juifs en fuite, des gosses à demi endormis et de leurs bagages mais sans l'irascible fourreur aux peaux d'astrakan que Didi et le Breton se gardèrent de réveiller. Eux se hâtèrent de regagner la zone occupée avant le couvre-feu.

Une semaine s'écoula, puis Didi se repointa à l'hôtel pour préparer une nouvelle opération. La femme du patron s'affole :

– Sauvez-vous ! Sauvez-vous vite ! Votre client a fait des bêtises. Il a été réclamer sa valise aux Boches, croyant que vous alliez la lui voler. Alors, ils l'ont arrêté. Avant de partir, il m'a laissé ses papiers. Que dois-je en faire ?

– Les renvoyer à l'adresse qu'ils indiquent, soupire Didi, écœuré par tant de connerie, tant de ladrerie.

Ainsi l'autre imbécile, qui était sauvé, qui n'avait plus qu'à gagner soit l'Espagne, Alger ou Londres, ou tout bonnement se tenir peinard en zone nono, avait été se mettre dans les griffes de ceux qu'il cherchait à fuir ? Pas à pleurer, ça ? Tout ça pour une valise de peaux d'astrakan contre lesquelles il avait joué sa peau, la sienne ! Et perdu. Qu'allait-il devenir ? Qu'allaient-ils lui faire ? Eh bien, ils allaient le faire parler. Tout bonnement. Didi en eut la preuve quand, de retour à Paris, il rejoignit *la Mascotte*, en bas du Faubourg Saint-Honoré, où il fixait ses rendez-vous aux Juifs en quête de fuir la capitale. Alors qu'il s'y présentait, il était tombé sur des Chleuhs qui l'attendaient :

– Papirs ?

Il leur avait tendu sa carte d'identité. Fausse. Ils lui ont demandé de l'accompagner au commissariat de l'Opéra, pour enquête. Il leur a bâti un scénario. Il faut toujours leur répondre, leur raconter quelque chose, leur faire savoir qu'ils sont importants, puissants, qu'ils ont tous les droits, les pouvoirs... Tous, sous toutes les latitudes, sont tous les mêmes. Pour les posséder, faut leur faire de la dentelle, jouer les crétins... les attardés, les difficiles de la comprenette... ils adorent ça. Didi y a été de son cirque, argué d'un rendez-vous avec sa fiancée... que ce ne serait pas convenable de la faire poireauter... mais que, s'ils voulaient bien le convoquer... que, bien entendu, il serait à leur totale disposition et qu'il leur vouerait une éternelle reconnaissance... qu'eux aussi devaient certainement savoir ce qu'était une fiancée... un amour féminin... Le malin ruffian n'était pas tellement certain que ça marche. Mais il fallait bien essayer. Et ma foi, ça réussit. Oh ! la patronne de *la Mascotte* y avait été pour beaucoup ! Aux questions des Chleuhs qui lui demandaient si ce Monsieur Roger n'était pas le Roger, ce passeur de Moulins dénoncé par le fourreur, ce même Roger qui fixait ses rendez-vous dans son établissement, la vaillante femme n'avait pas hésité un instant :

– Ce monsieur ? Mais c'est la première fois que je le vois chez moi.

Didi l'aurait embrassée. Ces femmes, quand elles se mettaient à être formidables... Son bonhomme en revanche, lui... Didi n'avait eu qu'à le frimer pour pressentir que celui-ci... si les Chleuhs l'avaient un rien bousculé... Une fois dehors, les Teutons n'avaient quand même pas été jusqu'à rendre sa carte d'identité à Didi. Ils lui avaient juste demandé de venir la rechercher le lendemain à la Kommandantur de l'Opéra. Ouf ! Sans le bénéfique et courageux coup d'épaule de la patronne du bistrot... Évidemment, Didi leur avait fait cadeau de sa carte et s'était volatilisé dans la nature. Il n'en avait pas pour autant abandonné sa coupable industrie ni les aventures cocasses ou dramatiques qu'elle lui valait.

Il avait dégoté d'autres endroits de passage pour faire échapper ses clients aux griffes des Canaques. Du côté de Montceau-les-Mines, de Chalon-sur-Saône... A Montceau, il avait bien failli devenir assassin et buter Nénesse, celui qui l'aidait à faire traverser ses clients. Ce Nénesse possédait un bistrot côté allemand, au bord des étangs, où il recevait les pêcheurs du coin. C'est là que Didi, à la première expédition, avait regroupé huit fugitifs amenés de Paris, dont une brave mémère juive, énorme, à bout de frousse et de souffle. A 4 heures du matin, avant le jour, Nénesse les avait tous précédés par des carrières gluantes de glaise où les pieds enfonçaient, où les chaussures décollaient mal. Un calvaire, pour des gens non habitués à ces fatigues et de surcroît chargés de leurs misérables valises. Quant à la grosse dame chaussée de caoutchoucs qui, de ce fait, ne cessait de glisser, de tomber, elle ne serait pas encore au bout sans Didi, qui s'était épuisé après son gros fessier, la poussant, la relevant, l'encourageant... A un certain moment, ce Nénesse les avait tous fait ramper à plat ventre dans la gadoue, Didi compris, de crainte, disait-il, d'un poste de garde boche. Enfin, après plus de deux heures d'épuisantes reptations, il les avait autorisés à redresser sur un coup de sifflet : ils étaient en France libre. Mais dans quel état ! La meilleure, celle qui avait failli rendre Didi meurtrier, c'est qu'au retour, toujours piloté par Nénesse, les deux hommes parcoururent le trajet en moins d'un quart d'heure. Et à pied. Sans ramper. Didi avait tiqué, froncé les sourcils :

– Pourquoi on a mis si peu de temps, alors que...

Le bistrotier, qui se considérait comme un fin stratège, de répliquer :

– Vous comprenez, vu que je palpe 300 francs par tête pour le passage, j'ai voulu leur en donner pour leur pognon.

Incroyable ! Ainsi, l'imbécile leur avait imposé des singeries insensées, il les avait fait ramper, escalader de la glaise, fait glisser dans des trous, tout ça pour leur faire croire qu'il était logique que leur passage revienne à cher ? N'y avait-il pas de quoi étrangler cet idiot ? s'était interrogé Didi, se rappelant ces pauvres types épuisés, cette grosse dame gémissante, ahanante, qui tentaient d'échapper aux camps de déportation et, il l'apprendrait plus tard ainsi que tous, aux fours crématoires de Hitler ? Il s'était contenu. Il avait juste levé la main, giflé le crétin.

– La prochaine fois, tu leur feras prendre le plus court chemin ou je te descends.

L'autre avait acquiescé sans bien comprendre. Il s'était cru malin, voilà tout. Qu'est-ce qu'il avait donc, ce Mayse, nouveau nom que s'était octroyé Didi, à se montrer si pinailleur ?

Quant à ceux qu'il avait passés du côté de Chalon-sur-

Saône, Didi ne pouvait y songer sans se marrer. Là, son contact passeur était super. Il possédait une barque et amenait les fugitifs dans l'île qui se trouvait au milieu de la Saône. Les Allemands entendaient bien le fruit des rames mais de ça, Didi et son passeur s'en tamponnaient. Ils faisaient, la nuit venue, traverser leur petit monde d'un bras à l'autre, sans problème. Puis un jour, Didi arrive de Paris pour rencontrer son passeur. Catastrophe ! Ce dernier venait d'être cravaté et les Frisés emballaient tous ceux qui se présentaient à la maison du gars. Heureusement que Didi était venu seul pour préparer une autre expédition et qu'il ne convoyait ni Juifs ni résistants ! Et deux fois heureusement qu'un copain du passeur, un patriote, parvint à le bloquer avant qu'il n'atteigne la maison et lui indique un bistrot proche. Tout cela du regard. Sans un geste, un mot. Didi pousse donc la porte du bistrot recommandé et tombe sur cinq soldats allemands en train de tafiater au comptoir. Il commence à ressentir des chaleurs au creux des reins. Est-ce que ce type ne l'a pas envoyé dans un piège ? Pourtant, les Chleuhs ne semblaient pas lui vouloir de bobo. Au contraire. Ils ne cessaient de le fixer plutôt gentiment et de parler entre eux. Didi, prêt à fuir, recueillait quelques mots. « Schön... beau... ya, ya, beau, schön... prima... » Et l'un des conquérants, un gradé, de s'approcher de lui, de sourire, de proposer en assez bon français :

– Vous brendre bedide verre avec moi ? Une fine. Gut ? Matame !

La taulière du lieu se déplaça derrière son long comptoir.

– Tonnez une fine à missié.

Et voilà le Frizou qui enlace le cou de Didi, lequel découvre soudain qu'il a affaire à des pédés. Celle-là, alors ! Et l'autre qui cherche à lui faire un petit bisou, une grosse câlinerie... qui lui balance son parfum sucré en pleine face... qui lui susurre des schön, schön, les yeux énamourés... Que faire ? Didi ne sait plus. S'il balance son poing dans la gueule du guerrier blond, il est cuit. Il repousse avec ménagement le Casanova en braguette, avale la fine, alors que la patronne, qui sait à quoi s'en tenir, tance, maternelle :

– Voyons, Monsieur Willy ! Laissez ce jeune homme tranquille.

Didi la remercie du regard, hausse son bracelet-montre sous le nez parfumé du gradé, explique :

– Moi, un rendez-vous à 5 heures ! Mais revenir à 6. Gut ? Compris, monsieur l'officier ?

– Gut, qu'abonde le don Juan botté de noir et aux joues roses. Gut, 6 heures.

Il n'a pas besoin d'en rajouter, ses yeux parlent à sa place, disent ce qu'il attend du Français et espère lui faire. Une fois dehors, l'alerte passée, Didi ne peut s'empêcher de s'écrouler de rire et ensuite de filer vite fait vers la gare direction Paris, sans même chercher à revoir le copain du passeur.

Par la suite, Didi n'avait pas attendu que les Doryphores violent la ligne de démarcation et envahissent la France non occupée pour se recycler. Il avait tâté de tout, cartons de pain, de sucre, de textiles, trafics en tout genre. Il avait même apporté des lames de rasoir à Lyon, qui en manquait, et rapporté du tissu à Paris qui en cherchait. Bisness. Bisness. Maintenant il pouvait voir venir, chausser ses skis, monter ses canassons, frapper dans les balles sur les courts, offrir du champ' aux jolies gosses, ça allait pour lui. Et ça irait encore mieux quand les Chleuhs seraient boutés hors du vieux pays.

Pour avancer cette date il venait d'entonner, imiter aussi sec par Jo la Feuille, la Ida de ce dernier, Lulu et Maurice Tété, frères aux dents éblouissantes aux cheveux plats, blonds et gominés :

« La victoire en chantant nous ouvre la carrière
La liberté gui-ide nos pas
Et du Nord au Midi la trompette guerriè-ère »

Et tous de brailler, verres brandis :

« La République nous appe-e-elle...
Sachons vaincre ou sachons périr-ir-ir »

Margot était déjà dans la course. Et, vu que les Alliés venaient de débarquer et elle de se lever, dire si elle tenait la forme. Aussi...

« Un Français doit vivre pour el-el-elle
Pour elle un Français doit mourir. »

Alerté, Paul le patron se précipita. La guerre n'était pas encore gagnée, les Ricains et les Rosbifs pas encore là. Bien évidemment la Normandie, c'était pas tellement loin, en temps normal au volant d'une Baby Talbot ou d'une Delahaye grand sport ! Bien évidemment. Mais en ce moment, entre les deux ponts, se dressait une ribambelle de divisions, de tanks, de canons, de... de...

« Tyrans, descendez au cercueil ! »

C'était la Feuille qui se mélangeait les cordes vocales. Pourtant, à l'accoutumée, il était plutôt du genre prudent. Sauf s'il avait chatouillé la dive, éclusé sec. Mais, à cette heure matinale... le peu de roteuses mises au frais...

« Un Français doit vivre pour elle »
Pour elle un Français doit mourir »

– Chut ! que faisait le patron. Merde, les Fritz sont pas encore partis !

Effectivement, quoique étouffé, le roulement de leurs voitures de guerre parvenait jusque dans la salle.

– Allez plutôt jouer aux boules, conseillait Paul, qui connaissait ses arsouilles. Je vais vous faire porter les seaux à glace sur le terrain.

Tous se regardèrent. Ma foi, il faisait beau dehors, les Alliés avaient un pied libérateur sur le sol du pays. Il faisait beau partout.

Un peu plus tard, tandis que des boules claquaient, que le cochonnet valsait, un air moins guerrier monta des frondaisons :

« Près de la ville de Dijon, la belle digue digue
la belle diguedon-on-on
Il y avait une fontai-aine
La digue dondai-aine
Aux oiseaux, aux oiseaux. »

Lorsque l'heure de passer à table vint, ils jouaient toujours, trinquaient toujours, chantaient toujours. Ils tenaient à fêter le débarquement. A leur manière. Cette fois, le Lanson glacé ne semblait pas avoir de prise sur la Feuille. Il buvait, chantait, balançait les boules mais maladroitement, sans conviction, car il n'était pas pour l'effort physique. Même celui-là. En plus, il paraissait lointain. Le Breton s'en aperçut.

– A quoi tu gamberges ? Tu devrais être content !

La Feuille lui présenta ses yeux truités :

– Je le suis. Mais...

Il balaya les autres d'un regard voilé :

– ... mais demain, je m'en vais.

– Pourquoi ?

– On devient trop nombreux ici ? Frime-les. Un jour, les Canaques vont se pointer et nous emballer tous. Tous ces jeunes mecs qui sont là à jouer, à pêcher, à boire alors qu'eux se bigornent et meurent à la guerre...

Le Breton haussa les épaules, son ami soupira.

– En plus, on est tous en cavale... C'est pas prudent. Non, demain je me taille. J'en ai parlé à Ida.

– Où tu vas ?

– A Brienon-sur-Armançon. J'ai prévenu l'hôtel de là-bas.

Le Breton observa leurs amis. La Feuille n'avait pas tout à fait tort. Cette présence insolite pouvait déclencher une réaction allemande. En plus de Didi, des deux frères Tété, était également présent Jo les Grands Pieds, qui possédait le bar de *l'Étape* aux Champs-Élysées, un coriace sans grande jugeotte qui cependant menait bien sa barque. Il y avait aussi, joint à leur groupe, Jo le Juif, celui-ci brun, ondulé, nez sémite, riche d'humour à froid et de capacité, qui menait rondement sa lutte contre les nazis, ses affaires et sa joie de vivre. Qu'il fût de la race que traquait Hitler était indéniable, mais nul ne s'en préoccupait. Dans le lot était encore là le petit Mimile, qu'accompagnait une belle fille. Mimile en coquetterie des Teutons buvait, riait, et blaguait. Il avait bien raison. Il ne lui restait pas trois mois à vivre, puisqu'il allait se faire dégommer en août dans une voiture F.F.I., place de la République, sous les feux croisés des Allemands.

– Tu devrais te casser aussi, conseillait la Feuille, tourné vers le Breton.

– T'as peut-être raison, opina celui-ci, qui songeait soudain à son ami Francis.

Encore une chance que le Nantais, quoiqu'il le regrettait pour son compte, ne soit pas là. Il y a longtemps qu'il aurait semé la panique dans le patelin. Mais son ami avait trouvé refuge en sa région des bords de Loire où de nombreuses relations les mettaient, lui et son frère, à l'abri des recherches.

Quant à Bras Court, il avait opté pour le Sud où il connaissait des endroits sûrs.

Le Breton chercha Margot du regard. Elle s'esclaffait aux vannes que lui balançait Jo le Juif, de son air pince-sans-rire, avant de pointer sa boule. Oui, il faudrait peut-être quitter l'endroit. Ça pouvait brusquement tourner au vinaigre. Il suffisait que les Chleuhs... une dénonciation quelconque...

– Lagus ! Y reste plus que toi. Tire !

Il se secoua, revint à la partie.

– Tire, trois aux carreaux ! l'encouragea de loin Didi, avec qui il faisait équipe.

Le Breton posa son verre sur un guéridon de jardin, ramassa la boule de pétanque restée à ses pieds et alla vérifier celles qui cernaient le cochonnet. Effectivement il y en avait une qui, à quelques millimètres du cochonnet... Il leva les yeux, repéra le sourire de Jo le Juif. Bien sûr, c'était lui qui venait de pointer de si belle manière. Accroupi, ficelle en main, prêt à mesurer les litiges, Didi l'encouragea de nouveau :

– Vas-y ! Fais-lui sauter sa boule. On en a trois carreaux.

C'était exact. Encore fallait-il réussir à dégommer la boule de Jo. Il alla se poster à dix mètres dans le petit cercle tracé sur le sol, se tassa légèrement sur les jarrets, balançait déjà le bras, prêt à lancer, quand la voix du petit Mimile, de l'équipe, adverse le stoppa :

– Hé ! Tu mords.

Il indiquait, offusqué, l'espadrille droite du Breton qui dépassait le tracé du cercle.

Le Breton rectifia et la Feuille, qui était de la même équipe que lui, cria :

– Sois pas bon ! Il veut t'avoir à l'énervement.

Le Breton savait ça. Il décocha un sourire au petit Mimile en même temps qu'un :

– T'as fini de me casser les couilles ?

Mimile gloussa et retourna au cochonnet. Le Breton se tassa de nouveau sur les jarrets, calcula son jet et...

– Hé ! les talons joints ! lui cria encore Mimile. C'est le règlement !

Le Breton contint un juron. Il réunit les talons, visa la boule brillante qui le défiait et... clac, clac ! Le heurt de l'acier contre l'acier éclata joyeusement sous le beau soleil de ce 6 juin 1944 ; une boule frappée de plein fouet fila vers le pied de la table supportant les seaux à glace. Des « Ho ! » de déception, suivis d'un « Merde » retentissant de Didi, lui firent comprendre qu'il n'avait pas tiré la bonne boule. Loupé. Baste, ces choses arrivaient, on ne gagnait pas toujours. Dans l'existence non plus. Et ainsi qu'Alexandre le disait à Margot et à lui, les insuccès additionnés aux insuccès font souvent les réussites, car ils trempent l'homme. Où avait-il déniché cette façon de voir, le vieux forban qui avait fait les Amériques en 1914 ? Le Breton n'en croyait pas un mot mais, vu le respect qu'il portait à l'ancien voyageur, il ne le disait pas. Cet Alexandre, aux yeux des jeunes, était un monument. Plus que grand, étoffé d'épaules, la face marquée par l'aventure et les tropiques, le tout éclairé par des yeux d'un bleu dur qui annonçaient l'expérience, les choses trop vues, trop jugées, il s'était dès son retour en France recyclé dans des bordels. Sa fortune avait débuté là-bas, en Argentine, lorsqu'il avait emprunté ce qui allait devenir le légendaire chemin de Buenos Aires que découvrirait le nom moins légendaire Albert Londres, le grand reporter. Déserteur de la guerre de 14-18, Alexandre avait suivi la filière des apaches de l'époque. Il s'était embarqué, une gigolette au bras, pour le Sud-Amérique. Après s'être fait les dents en Colombie et au Brésil, il avait atterri en Argentine où le pognon valsait, vu la viande que les éleveurs fournissaient aux belligérants. Qu'à se baisser pour en prendre. Ou à se coucher. Ça, c'était le boulot des nanas. Combien de pâles rôdeurs des faubourgs de Paname, débarqués le ventre creux et les poches vides avec pour tout bagage une polka à accroche-cœur et à tablier plissé, s'étaient retrouvés des mois plus tard riches d'un compte en banque, d'une Rolls et de gros cigares ? Une folie. L'épopée de la voyoucratie française. Alexandre avait pris sa part du gâteau et, solidaire, avait même participé, le moment venu, à la grève des maq's déclenchée par Otto, un caïd. La cause ? Un différend entre les patrons des boxons argentins du quartier de la Bocca et les putains françaises. Celles-ci, obéissant à leurs poissons, avaient cessé de s'allonger sur le dos. Résultat, les bordeliers avaient dû lever les bras et céder devant les réclamations de leurs clients qui ne trouvaient plus à soulager leurs braguettes esseulées. Morne plaine... Pour le Breton, le vieil Alexandre était encore autre chose qu'un homme qui avait osé franchir l'Océan et vécu mille dangers et aventures. Il était aussi celui qui avait bien connu le Dénicheur, décédé depuis, dont avait été tirée la célèbre valse musette :

« On l'appelait le Dénicheur-eu-eur
Il était rusé comme une fouine
C'était un gars qu'avait du cœur-eur
et qui dénichait des combines. »

Et Margot et lui ne s'étaient-ils pas connus, n'avaient-ils pas lié leurs destins au son de la célèbre valse, en la guinchant au bal du *Petit Jardin* ? Seul point noir, selon le vieux Alexandre, le Dénicheur n'avait pas été, ainsi que le désignait la chanson, un gars doté d'un cœur gros comme une maison mais une franche canaille, un indic qui balançait aux poulets. Le Dénicheur n'était qu'une légende, leur avait expliqué Alexandre. De l'esbroufe. Et, au long de votre existence, attendez-vous à en rencontrer beaucoup. Évitez d'être dupes. Le vieil aventurier, qui avait vécu sans honte du pain de fesses en ses jeunes ans avant de devenir maire d'un petit patelin où il possédait une propriété et faisait le bien, couronnant les rosières, vantant les puceaux, donnant à la messe, chassant sur ses terres où il conviait les notables du département, qu'il encourageait à vivre sans contraintes avait ajouté :

– Vous avez raison. Vivez au jour le jour. Ne regardez pas en arrière. Avancez. Riez. Dépensez. Aérez-vous. Balancez le pognon à la grouille. Il est fabriqué pour. N'engrangez pas de regrets. Foncez. La vie est courte, et bête.

Bête, la vie ? se disait le Breton en se remémorant les paroles de l'ancien bordelier. Possible, mais pas aujourd'hui. Pas avec ce beau soleil. Pas en ce jour où les soldats alliés, du côté de la Normandie... Pas avec sa Margot qui s'amenait sur lui, un verre en main où le champagne pétillait comme son regard.

– T'as bien tiré, excusa-t-elle.

Elle l'excusait toujours.

– Oui, mais pas sur la bonne boule, rigola-t-il.

Elle leva son bras et le verre étincela :

– Si on buvait à eux ? proposa-t-elle. A ceux qui se battent là-bas ?

Il acquiesça des yeux. Elle but et lui tendit le verre. Il le vida d'un trait, répéta :

– A eux.

Puis ils retournèrent vers leurs amis.

XX

L'oreille collée aux postes-radio, la France entière tentait de capter Radio Londres : « Les Français parlent aux Français ». Chacun voulait connaître où en était le rififi sur les côtes normandes. C'est que ça se satanait dur en cette fin juin 1944, du côté du pays du cidre et du calva.

Les communiqués de Londres ne chantaient pas cocorico. Ils restaient sobres. Ceux des occupants, eux, entonnaient beaucoup plus la trompette victorieuse. Mais ils mentaient, sinon pourquoi les Alliés n'étaient-ils pas remontés sur leurs bateaux, leurs avions, leurs planeurs ?... Pourquoi au contraire avançaient-ils, d'après les bruits qui circulaient en provenance des lignes où mouraient les soldats ? Toutes, tous voulaient savoir, être rassurés. Ceux qui ne doutaient pas étaient ces femmes et ces hommes de l'ombre qui, eux, guettaient les messages qui les propulsaient dans l'action. *« Préparez vos vendanges... La lune n'est pas dans le caniveau... Il a donné sa langue au chat... La feuille est tombée du marronnier... »* Aussitôt ces messages anodins captés, ceux, encore rares, de la Résistance se mettaient en mouvement avec pour objectif de déchausser de leurs bottes les hordes hitlériennes pour les faire cavaler pieds nus, direction Berlin, sur des tessons de bouteille. Et en ceux qui avaient eu la chance de pouvoir entrer dans un réseau, au maquis, ou dans une quelconque formation, se levait l'espoir. Pour tous ces gens qui faisaient dérailler les convois, plastiquaient les dépôts, liquidaient des Chleuhs à la Sten ou à l'arme blanche, aucun problème : les Alliés enlèveraient le morceau. Ils gagneraient, arriveraient. Mais les autres, les attentistes, se posaient des questions. Tous ces garçons venus d'Australie, de Nouvelle-Zélande, d'Amérique, du Canada, de la Grande-Bretagne, d'Irlande, de partout, tiendraient-ils ? Ce que se demandaient des Français depuis tant d'années écrasés sous les semelles cloutées des Teutons, dont les habitants de Brienon-sur-Armançon. Oh ! ceux-ci n'étaient pas gâtés ! Tout un bataillon de S.S., en instance de partir rejoindre leurs frères d'armes, occupait leur jolie petite ville. Des durs de durs, ceux-là. Ils arrivaient du front de l'Est et leurs yeux morts, leurs faces ravagées, couturées, recuites par tous les soleils, creusées par tous les frimas, l'indiquaient. Ils étaient descendus aux enfers, poussés à coups de fourche par les Mongols, Tartares, Kirghizes et autres bateliers de la Volga de Papa Staline. Ça n'avait pas été du nougat. Pourtant au début, il s'en était fallu d'un chouia qu'ils aillent faire réchauffer leur choucroute sous les murailles du Kremlin ! Hélas pour leur kolossal appétit, ces maudits Ruscofs, coriaces et déterminés, leur avaient gueulé Niet, expliqué qu'ils devaient retourner faire leur cuistance ailleurs. Alors ils avaient reculé, trouvé l'hiver russe, ses salades, les mêmes que celles de Poléon 1er. Sans huile. Sans vinaigre. Sans godasses, sans... sans, sans... Brr... des moins 40, des panards gelés, des canons bloqués par la boue glacée... des boules de pain plus dures qu'un crâne d'adjudant, des saucisses figées d'une raideur à faire se trémousser les demoiselles. Bref, nouvelle Bérésina.

Ici, à Brienon, c'était le contraire. Il faisait chaud. Et beau. Pas seulement dans les cœurs, mais la nature... Quel bel été avait annoncé le 21 juin ! Il tenait ses promesses. Allongé au bord de l'Armançon, main sous la nuque, le Breton cherchait le ciel bleuté à travers les feuillages dont les branches formaient voûte sur la rivière. Il se sentait bien. Margot dormait contre son flanc et il percevait la tiédeur de son corps soyeux, bruni par les semaines de plein air. Plus de quinze jours qu'ils avaient rejoint Jo la Feuille, amenés par un carrosse à gazogène dont le chauffeur avait montré des exigences de grand siècle. Baste, il fallait bien que tout un chacun puisse s'offrir la poule au pot ! Il était bien, mais pourtant il aurait aimé pouvoir retourner à Paname. Seulement, ça lui était interdit. Pas question qu'il s'y pointe. Pas encore. La Gestapo les traquait toujours, lui et ses associés du *Petit Trou*. Contacté par Frantz, le capitaine Michel avait donné ses ordres. Il ne pouvait refaire surface que lorsque les Alliés auraient conforté leur avance et que les Allemands auraient mieux à faire qu'à s'inquiéter d'un imbécile de son espèce. Dame, le chef de réseau n'avait pas apprécié l'histoire de l'égorgement de l'officier prussien, même si au début « Lamaury » n'y était pour rien. Le capitaine estimait que la lutte contre l'occupant était chose sérieuse, où les beuveries idiotes et ce qui en découlait n'avaient pas place. Le Breton rongeait donc son frein, à défaut de se ronger les ongles. Et puisqu'on lui recommandait de se tenir peinard, il s'y tiendrait, n'attirerait pas l'attention sur lui. Promis. Juré.

– Blondie...

Elle venait de s'agiter. Il caressa son épaule nue, fit glisser de l'index la bretelle de la robe en toile Vichy aux carreaux roses et blancs, libéra un sein dardé, arrogant. Il en taquina le bout d'un doigt tendre. Elle gémit :

– Laisse-moi dormir... je...

Il gloussa, pivota sur elle, l'enlaça, perçut sous lui la fraîcheur du tissu, la tiédeur du corps étendu sur le matelas moelleux de l'herbe drue. Il chassa d'un souffle un moustique et se mit à lui mordiller le nez, les joues, les lèvres. Il la voulait encore. Il la voulait toujours.

– Poulbot ?

– Hein... ein... ein...

Elle commençait à réagir, à lui caresser mollement le dos, quand... braoum ! Affolés, des oiseaux s'enfuirent et une libellule se posa non loin sur un brin d'herbe. Puis de gros rires troublèrent les bords de l'Armançon. Ils se redressèrent à demi.

– C'est quoi ? s'enquit-elle, totalement réveillée à présent.

Il ne savait pas, le cou tendu, il questionnait les bords du cours d'eau. Enfin, il comprit. Trois soldats à l'uniforme noir avec col frappé de la tête de mort surgissaient d'un coude de la rivière. L'un portait une épuisette où se débattait un brochet de trois livres, un autre un panier débordant de carpes et gardons.

– Ces cons-là ont balancé une grenade, dit-il en se mettant debout. Taillons-nous.

Il l'aida à se relever et ils s'écartèrent pour éviter les S.S. Pas assez vite. Arborant un sourire engageant, le soldat à l'épuisette leur indiquait le panier :

– Fish ? Boizon ?

Le Breton secoua la tête. Il n'était pas bégueule et sa haine des occupants n'allait tout de même pas jusqu'à se laisser mourir de faim. Mais à l'hôtel, ils n'avaient pas à se plaindre.

– Merci, dit-il.

Le soldat en noir perdit son sourire, son œil se fit inamical.

– Vous bas vouloir vaire Kamarad ?

Allons, encore un qui bagoulait le français. A sa façon.

– Si, si, opina vivement le Breton. Ya, ya. Moi, Kamarad. Mais moi, nous, il désignait Margot, nous pas aimer fish... poisson no gut. Pouah...

Sa grimace écœuré ne pouvait tromper que les Chleuhs, car il mentait. Tous deux adoraient le poisson. Elle lui préparait de ces ragoûts de roussette, ce chien de mer un rien méprisé, dont la chair baignait dans une sauce brunâtre, épaisse, à senteur de thym, oignon et laurier... et s'imprégnait dans cette bénédiction des pommes de terre coupées en quatre qui fondaient sous le palais. A savourer à genoux. Sans corde au cou.

En cuisine elle pouvait tout faire, réussissait tout, possédait le tour de main, le don de goûter, d'assaisonner, de tirer du plus humble morceau une saveur qu'on recherchait en vain ailleurs, même dans les restaurants huppés. Où avait-elle appris tout ça ? Homard à l'armoricaine, quand elle s'y attelait, Edmond Bougeaud, héritier du patron d'Uni-Sport, et très très fin gourmet, en restait sur le cul, bœuf mironton, gigot, pot-au-feu, omelette, la moindre côtelette, le plus anodin des beefsteaks, elle demeurait hors concours. D'où tenait-elle ce don ? Ces dons ? Pour le poisson, sa mère, la Jeannette, y était pour quelque chose car fille de la mer, native d'Yport, descendante de marins, épouse d'un terre-neuva sans moyens, elle lui avait appris à bien faire avec des riens. Mais pour le reste ? Naissait-on doué pour la cuisine, les arts, le saut périlleux, l'escroquerie, la danse du ventre, la découverte ? Bras Court, connaisseur car fin de gueule, avait tranché sur ce sujet : « Seuls savent faire du bon manger ceux, celles qui savent se bien tenir à table. Et Margot sait. Comme elle sait rire et chanter. Comme elle sait aimer. » Ma foi, il devait avoir raison, car Margot pour ce qui était de rire, de chanter et de se nouer une serviette au cou, par exemple installée devant une morue à la sauce blanche... Ah ! cette morue ! Qui donc aurait pu égaler son talent pour en sortir une du four, dorée et croustillante sur le dessus, fondante en dessous, saupoudrée de gruyère. Et bien entendu, toujours partante pour faire descendre tout ça d'un petit Bordeaux ayant vu le jour du côté de Saint-Julien, Saint-Estèphe, Médoc, Pomerol..., d'un vénérable Rothschild, d'un Bourgogne ayant pris souche vers Nuits-Saint-Georges, Vosne-Romanée, Chambertin, d'un Sylvaner, Riesling alsacien de derrière les fagots, d'une roteuse millésimée, Lanson, Taittinger, Don Ruinart, Bollinger, Veuve Cliquot, Krug, etc.

Oui mais, pour l'heure, tout ceci n'avait pas cours. Ces SS et leurs poiscailles ! Qu'ils aillent se faire foutre, se faire sodomiser par les orangs-outangs, gorilles, chimpanzés... qu'ils...

L'Épuisette à tête de mort, aux bottes rendues boueuses par la vase, secoua son crâne tondu, coiffé d'un calot noir :

– Franzoses, no gut ! Dous kapout.

Ses deux copains firent chorus :

– Ya, ya, dous kapout !

– Bande de rigolos, lâcha Margot en leur exhibant ses jolies dents en avant dans un sourire. Vous allez voir quand les Amerloques...

Le Breton lui serra les bras pour qu'elle ne les envoie pas sur les roses trop vivement. Et puis lui ne devait-il pas passer inaperçu, rester sage ?

– Laisse béton, souffla-t-il du coin de la bouche.

– Ya, ya, kaput, répéta l'un des S.S. à la gueule toute carrée, aux prunelles d'un bleu glacé. Rran... rran...

Et, calant une mitraillette imaginaire sous son coude, il faucha l'air, deux doigts de la main gauche braqués représentant le canon de l'arme.

– Rran... an... an ! éclata dans un joyeux rire l'Épuisette. Gomme ceux maguisards...

Son regard se mit à étinceler à un ignoble souvenir.

– Franzoses, terroristes ! Kaput ! Dous !

Une griffe empoigna le Breton à l'estomac lorsque le S.S. ajouta en se désignant :

– Nous qui... qui avons... qu'on a... hier madin... rran !... Maguisards... rran... dac-dac-dac.

Et ce fut à son tour de balayer l'air, à l'aide du manche de l'épuisette pointée.

Ainsi c'était eux ? Ainsi c'était réel, ce qui depuis la veille circulait en ville, à savoir que des S.S. avaient surpris de jeunes gars de 18, 20 ans dans la forêt d'Ost et qu'ils les avaient massacrés ? Tous ces mômes... pour rien... parce que le destin... alors que les Alliés arrivaient... Il serra les dents, serra le bras de Margot :

– Viens.

Ils firent demi-tour, pour rejoindre le chemin et retrouver l'hôtel assez éloigné. Ils n'avaient pas fait dix mètres que la voix de l'Épuisette les rejoignit :

– Missié ?

Il se retourna.

– Boissons ? s'entêtait à proposer le S.S., son épuisette pleine brandie.

– Qu'ils le bectent et qu'ils en crèvent, gronda Margot.

Il secoua le bras, cria :

– Merci. Dankeschön.

Avec ya, prosit, raus, c'était bien tout ce qu'il possédait de la langue teutonne. Tous deux s'enfoncèrent dans le sous-bois, soudés, complices, honteux, car dans leur dos les soldats rigolaient. Étaient-ils fiers de leur pêche ou de leur exploit de la veille, quand de leurs mitraillettes... sur des gamins de 18 ans... Mais eux pouvaient-ils entendre et deviner ce que Margot se mettait soudain à lancer aux oiseaux qui sautillaient en pépiant dans des flaques de lumière ? Un air que sa mère, la Mémé Jeannette, fille d'Yport aux pieds nus et à l'unique jupon, chantait dans le métro, à l'autre guerre, sa nichée accrochée à sa robe tandis que la Grosse Bertha bombardait Paname ?

« Un sale Prusco venir pour tuer ma mère
Moi comme un lion, moi devenir furieux
Pan pan l'Arbi, la fanfare passe par ici
J'suis content, moi bono, bésef
Moi couper cabèche à sale Prusco
Car eux du tout pas gentils Moi, je coupe... »

– Écrase, lui souffla-t-il.

Mais elle, plus fort :

– ... Moi je coupe kiki !

– Tu vas les exciter, avertit-il en riant.

Elle ne l'écoutait pas, enchaînait

« De belles moukères, belles comme des ima-ages
sentant bésef bon de la poudre de riz
Pan pan l'Arbi, la fanfare passe par ici. »

– Rengrâcie, dit-il. Si jamais ils pigent...

– Qu'ils aillent se faire...

Elle ne put terminer le gros mot, il lui avait pris les lèvres et la taille. Somme toute, elle n'avait pas tort. Qu'ils aillent se faire foutre.

*

L'hôtel était gai d'aspect, doté d'un vaste jardin, d'un tennis, d'une table de ping-pong, etc. Jo la Feuille et Ida se prélassaient sous un parasol en compagnie d'un seau d'argent qui recélait une Dom Ruinart. Ce pays ! Cette France qui, après avoir subi quatre années de mise à sac, était encore capable de fournir du millésimé ! Le couple se tenait non loin du court, mais ne jouait jamais au tennis. Ida, elle, se serait peut-être laissé aller, mais son homme, le sport et lui... Il avait déjà déboutonné la ceinture de croco qui maintenait son pantalon de yachtman. Cependant, ils ne sortaient pas de table ! Seulement la Feuille aimait ses aises. En tous lieux.

En toutes occasions. Et merde pour ceux que cela dérangeait ! A sa décharge, il avait connu Aniane, la terrible maison de correction, et le mitard avec sa crapaudine, charmant passe-temps de la chiourme, des gaffes, des chaouchs, qui consistait à réunir dans le dos du puni poignets et chevilles à l'aide de menottes d'acier.

> « *J'ai cru que tu servais ton pays*
> *Et qu'au loin tu faisais la guerre*
> *Mais tu es chaouch à Biribi*
> *Tu fais le malheur des mères.* »

La mère à la Feuille, elle, ça ne l'avait pas bouleversée qu'on lui martyrise son garçon.

« Ça le dressera », qu'elle lâchait aux comptoirs des bistros de la rue Mouffetard, où elle s'agrippait lorsqu'elle avait éclusé sa portion quotidienne de pousse-au-crime [1]. Aniane, pas plus que Mettray, Belle-Isle et Eysses [2], ses sinistres consœurs, lieux où l'on torturait les enfants, n'avait rien dressé du tout. Pas la Feuille en tout cas. Du moins dans le sens prévu par la morale. Une fois libéré de ses grilles, il n'avait songé qu'à une chose : remonter, entasser du grisbi. Du gros. De celui qui fait s'agenouiller les gens, qui vous fait trouver génial même si vous êtes l'empereur des cons, qui fait se pâmer les nanas même si Frankenstein à côté de vous peut passer pour Adonis, de ce bon gros pognon qui vous ouvre les portes, fait se dérouler le tapis rouge même si vous n'êtes qu'un fripon, une canaille, un escroc, un type sans foi et sans honneur. La Feuille avait fait sienne la célèbre phrase : tout s'achète. Seulement, pour acquérir, il faut des moyens. Il se les était procurés, que ce soit en mangeant du pain de fesse, en fournissant dans ses nombreux bordels installés dans des zones à soldats de la chair tendre, ou encore dans différents trafics ou magouilles. Grisbi or not grisbi. Fait

1. Vin rouge de piètre qualité.
2. Avant la guerre de 1940, ces maisons de correction, l'auteur les a dépeintes dans *les Hauts Murs*, étaient la honte de la société française. Mille grâces soient rendues aux courageux hommes politiques, journalistes, magistrats et fonctionnaires qui, par leur action, ont été à la base de leur suppression.

curieux, devenu riche, il n'aspirait qu'à se métamorphoser en bourgeois, à se frotter à eux, ceci à l'instar de beaucoup de forbans. Pour s'introduire, être reçu dans leurs salons, à leur table, il dépensait des sommes folles. Tout allait bien, il parvenait à faire illusion, à les duper, sauf quand il avait trop bousculé les roteuses de champ'. Alors là... finis les baisemains, les ronds de jambe, les bla-bla-bla, les « Heureux de faire votre connaissance » les « Charmé de vous rencontrer », etc. A ce stade, il retrouvait son vieux langage des rues, de ces recoins sordides où, tel le Breton, il avait poussé. Alors, il foutait la panique, choquait et on le foutait à la porte ou tout comme.

Pour l'instant il était à jeun, vêtu de toile bleutée et lorgnait le comte de Castelbajac qui échangeait des balles au ping-pong avec le jeune patron de l'endroit que le lieutenant S.S., commandant la compagnie cantonnée dans le secteur, faisait cocu. Conviée à la table de la Feuille, la comtesse, jeune, jolie, enceinte, apeurée, contemplait son époux avec respect, ainsi qu'il sied lorsqu'on se nomme Madame de... Elle en était touchante. Où s'était-elle fait lever par le gentilhomme du Gers ? Lui avait-elle apporté des écus en dot ? Si oui, certainement pas en grande quantité, vu que le cher amour quittait l'hôtel huit jours plus tard en oubliant de régler sa note. Ah ! ces nobliaux ! Ces bien nés ! Ces Monsieur de... Ces comtes qui ne sont pas des contes de fées pour tout le monde !

A la vue de le Breton et de Margot, la Feuille, qui portait à celui-ci une franche amitié, fit apporter deux autres verres et verser le Dom Ruinart glacé.

– Tu vas ? fit-il, en observant son ami prendre place.

– Ça va, opina le Breton. Et vous ?

Il admirait Ida, poupée brune au teint mat, au corps mince et merveilleusement proportionné, glissé dans une robe de soie blanche. Elle était née pour l'amour, pour affoler les mâles, et le savait. La Feuille lui avait développé ses dons lorsqu'elle n'avait pas 16 ans, après l'avoir eue neuve. Rien qu'au regard qu'elle offrait aux hommes, elle excitait : il passait sur eux, lointain, comme sans les voir, alors qu'ils éprouvaient la sensation d'être mis à nu, pesés, disséqués.

– Ça va, renvoya la Feuille. Quoique on en a marre d'être là. On a hâte de retourner à Paname. Seulement, tant que les copains de celui-ci seront là-bas...

D'un menton qui ne demandait qu'à se tripler de graisse, il montrait le lieutenant S.S. qui, du seuil de la porte vitrée donnant sur le jardin, bavardait avec la patronne, une longue et jolie femme à la courte chevelure d'un blond foncé.

– Me parle pas d'eux ! gronda le Breton. Tu sais, pour les maquisards de la forêt d'Ost ? Ce sont les S.S. d'ici qui...

La Feuille attrapa son verre où le champagne pétillait.

– Et alors ils font la guerre, non ?

– Oui, mais assassiner des mômes...

– Ces mômes étaient armés ou cherchaient à l'être et les auraient liquidés s'ils en avaient eu le temps ou l'occasion, répliqua la Feuille, implacable dans sa logique.

Il but une gorgée, laissa filer son œil truité sur son ami, ajouta :

– Si tu t'engages dans le maquis, c'est pour faire la guerre, pas pour te glorifier d'être maquisard ! Alors, tu prends tes responsabilités. L'une est justement de mourir.

La réalité sur l'affaire, du moins d'après ce qui se racontait, était que les S.S. avaient surpris des jeunes gens, qu'ils les avaient alignés, massacrés. Mais lequel des gars reviendrait pour clamer la vérité ? Égal, le Breton n'avalait pas ça. Le champ', en revanche... Alors il en but. Ils en burent. Lui plus qu'eux tous. Puis, au soir, il attaqua le pastis. Et ce qui devait arriver, ce que craignait Margot qui le connaissait mieux que personne, arriva. Après le dîner, arrosé d'un vin du terroir qui descendait le gosier mieux que des skis sur une pente neigeuse, la Feuille et Ida étant partis se coucher, le Breton dans la salle du restaurant se heurta à trois soldats S.S. La vue de leurs uniformes noirs, de leurs faces contentes de grivetons en goguette, déclencha bêtement sa rage. Il se les représentait soudain mitraillettes en action sur des garçons aux poignets liés dans le dos. Et ne pouvant se maîtriser, il le leur dit, le leur cracha :

– Bande d'emmanchés ! Assassins ! Vous avez flingué des pauvres mecs sans défense ! Flinguez-moi aussi !

Et le cerveau brûlé, rendu idiot par la boisson, explosant

de colère, il déchira sa chemise pour livrer son poitrail. Si le comte entraîna fissa sa docile compagne vers leur chambre, pendant que, dans son dos, la voix de l'autre énergumène résonnait, défiant les soldats en noir aux calots à tête de mort !

– Vous n'avez rien dans le bide ! Allez-y, tirez !

Où avait-il vu jouer cette pièce-là, l'imbécile ? Insulter ceux qui, pour l'instant encore, étaient les maîtres du pavé, s'avérait un suicide. Trois canons de P 38, l'arme redoutable des paras allemands, s'enfoncèrent, synchronisés, dans les côtes et le ventre du redresseur de torts. Trois index se crispèrent, synchronisés, sur les détentes. C'en était fait de l'imbécile. Les S.A. allemands allaient lui faire boucler sa grande gueule pour toujours. Leurs faces et leurs yeux d'où la joie avait fui le faisaient savoir. Heureusement Margot, une fois de plus... Habituée aux rixes, aux situations glandilleuses et à voir le sien dans des mélasses impossibles, elle avait pigé, réagi en une dizaine de secondes. Elle avait filé vers l'escalier, heurté au premier à la chambre de la patronne, laquelle, dans les bras du beau lieutenant blond à la chair pâle et à l'uniforme sinistre... Elle s'était vite expliquée, était redescendue encore plus vite avant d'aller se placer à côté de son homme, face aux S.S. dont les doigts sur les gâchettes tremblaient de rage. Elle, ses longs doigts aux ongles soignés, elle les avait glissés dans la main gauche qui pendait au flanc de son homme et, vaillante et frémissante, elle fixait les guerriers de Hitler sans ciller. Maintenant sur le jeune couple la mort planait et, dans la salle angoissée, la lumière parcimonieuse peignait des ombres sur les murs. Les rares présents contenaient leur souffle, de peur de détourner les P 38 vers eux. Tout à coup, dans le dos du couple, un ordre aboyé en allemand tomba du haut des marches de l'escalier. Miracle, les Rigoustins s'abaissèrent et furent rengainés. Puis leurs possesseurs claquèrent les talons, saluèrent, bras levés à l'hitlérienne, avant de se fondre dans la pénombre de la nuit.

L'oberleutnant, dont les bretelles du false dégringolaient sur les jarrets, descendit l'escalier et s'approcha de l'imbécile :

– Vous êtes cinglé ou quoi ?

Il parlait bien le français, avait étudié à la Sorbonne et observait curieusement le Breton. Il hocha sa tête juvénile aux joues trop tôt marquées par la guerre et soupira, demi-admiratif, demi-écœuré :

– Ces Français...

Puis vers Margot, très homme du monde, nullement ridicule en dépit des bretelles non remises :

– Vous devriez l'emmener se coucher. Dans son état, il n'a rien à gagner à demeurer ici.

Il s'inclina sur la main qu'elle lui tendait et fit demi-tour sur ses chaussettes.

A demi-dégrisé, le Breton le regarda s'éloigner et ne put s'empêcher de lâcher :

– Tu lui as fauché ses godasses ?

Elle glissa son bras sous le sien :

– Viens au lit. T'es fou.

Elle avait lâché ça de sa voix rauque, voilée, aux intonations acquises par la fréquentation de la rue, par l'expérience de la vie, de la souffrance. De cette voix qui l'émouvait, pouvait tout lui demander.

– T'as raison, Blondie, bafouilla-t-il. On va se zoner, j'ai sommeil.

Il riait, inconscient, quoique se rendant compte qu'une fois de plus il pouvait tout espérer d'elle. Ah, ces nanas amoureuses ! Que n'étaient-elles capables de faire pour ceux auxquels elles se vouaient ? Pour sa part, sa Margot aurait marché pieds nus sur des tessons de bouteilles pour aller le sortir d'un piège. Et il en était ainsi de quelques femmes d'amis, dont Nini, celle de Jeannot, d'autres... des rares.

*

Le lendemain matin, lorsqu'il descendit, il avait récupéré, se sentait en forme. Il s'enquit de la Feuille.

– Parti, lui répliqua la patronne qui en put s'empêcher d'ajouter : – Vous avez fait du joli, hier soir !

Elle s'exprimait sans acrimonie, n'en décochait pas moins :

– Si votre ami m'a demandé, dès la première heure, de

lui procurer un chauffeur avec gazogène, vous en êtes sans nul doute responsable. Il ne m'a rien dit, mais...

Le Breton fixa machinalement le tableau où s'accrochaient les clefs des chambres. Ainsi, la Feuille s'était tiré sans dire au revoir ? Il avait dû avoir le trac pour sa peau, après l'esclandre de la veille qu'on avait dû lui rapporter aussitôt. Alors il avait chargé bagages et Ida dans une bagnole et filé. Il venait ainsi de faillir à la vieille solidarité des En Marge. A sa place, le Breton serait resté. Tant pis pour les suites de la pagaille de la veille.

Mais de suites, il n'y en eut pas. Comme le coupable, qui avait promis à son chef de réseau de ne pas se faire remarquer, empruntait l'une des rues du petit patelin, il se cogna dans Rudy, l'adjudant S.S., un blond solide à la gueule creusée par les combats, dont la spécialité pour occire canards et poulets était de les empoigner par le col et de les faire tournoyer jusqu'à décapitation.

– Agusto ! s'écria aussitôt le sous-off vêtu de noir.

Ses yeux riaient, sa bouche mince également. Se tournant vers l'entrée de la cantine du bataillon, il aboya un ordre avant de prendre amicalement le Breton étonné par le cou. Celle-là, alors ! L'étonnement du Français grandit quand une ordonnance en veste blanche dans le plus pur style barman vint se présenter devant eux, deux verres de vin blanc posés sur un plateau. Au garde-à-vous, il attendit que son supérieur se serve. Celui-ci prit un verre, le tendit au Français, s'empara du second qu'il leva :

– Prosit !

– Prosit, renvoya le Breton de plus en plus ébahi.

Celle-là, alors ! Il but son vin blanc. A cul sec. Comme Rudy, l'adjudant S.S., lequel avait certainement appris l'altercation de la veille, ce qui lui avait plu. Preuve, le verre de vin blanc, le prosit...

– Agusto ! répéta encore le sous-officier en secouant sa tête de combattant probablement vouée à une proche destruction sur le front de Normandie. Ah, ces Franzoses...

Et il lui balança une bourrade. Le Breton ne la lui renvoya pas. Il ne fallait tout de même pas pousser. Il se contenta de rire bêtement et de reprendre sa route en direction de l'Armançon.

XXI

Le ciel était immensément bleu et dans l'air valsaient des bribes de chansons et des éclats de gaieté. Dans la cour de la Manutention des bruits circulaient, annonçant l'approche des Américains, donc la libération des mitrons. Proches, les Ricains ? Ils ne pouvaient l'être plus ! Une fois encore, ils avaient bombardé la Manutention, y causant de sacrés dégâts. Les Mongols, qui remplaçaient depuis peu les troupes régulières, gardaient les requis de force pour le S.T.O. et commençaient à renifler le Waterloo. Ils se montraient moins rudes, plus coulants, offraient le vin rosé qu'ils avaient pillé parmi ce qui restait dans les réserves. Ils parlaient même d'ouvrir la lourde porte à deux battants pour laisser leurs captifs aller s'aérer ailleurs. Marcel Portier qui n'attendait rien de leur fausse générosité parvint, lors d'un relâchement de surveillance, à se faufiler au dehors. Depuis le temps ! Ses 20 ans poussèrent un ouf ! de soulagement. Enfin libre. Au début cela avait été à peu près, les Teutons les laissant coucher en ville dans un hôtel situé face à la Manutention. A cette époque, tout baignait dans la blanche pâte à pain. Hélas, ou plutôt bravo, d'un seul coup 25 des 52 garçons capturés pour le S.T.O. avaient oublié de rentrer au fournil, ayant préféré fuir du côté de la gare où se trouvaient des chantiers. Certains voulaient rejoindre les maquis, d'autres la clandestinité des villes. Cette fois leurs responsables, les Crânes Rasés, se fâchèrent. Ils décrétèrent que les mitrons ne quitteraient plus la Manutention, qu'ils dormiraient au grenier sur la paille et chargèrent des Feldgendarmes de veiller à ce que personne ne trouble leurs rêves roses. Ces Felds, des peaux de vache ! L'un l'était tellement qu'il avait frappé férocement Marcel, surpris à dissimuler un morceau de pain cuit. Depuis cet exploit criminel, à la sortie des fours, les Felds, leur plaque de taureau primé en sautoir, fouillaient les mitrons, le pain cuit étant devenu verboten. Il y avait sévices pour ceux qui passaient outre. Mais, démerdes, les gars avaient vite trouvé la parade. Vu qu'ils portaient tous une serviette éponge autour du cou pour éviter la trop brutale transition entre la chaleur du fournil et l'air extérieur, ils enroulaient dedans de la pâte qu'ils passaient, la mine narquoise, à quelques centimères des grouins méfiants des sbires de Hitler. Ensuite, ils refilaient cette pâte à des copains pour qu'ils se débrouillent à la faire cuire. Système D, système D, grande spécialité franzose, qu'ils auraient pu lancer à leurs Vert-de-Gris. Un matin, Marcel était même parvenu à passer sous le nez d'une des peaux de vache une boule de pain blanc encore chaude, qu'il avait aplatie en galette sur sa poitrine. Ce qu'il ne fallait pas faire pour s'emplir l'estomac ! Tout content de son exploit, il se dirigeait vers un groupe de copains quand le Feld le plus coriace du lot l'avait interpellé :

– Vous ! Ya, ya, vous ! Ici !

Devant le fusil d'une sentinelle qui, alertée, s'approchait, Marcel n'avait pu qu'obtempérer. Comment le Feld avait-il deviné qu'il avait planqué du pain ? Et pourquoi l'avait-il laissé passer ? Vacherie gratuite d'un petit galonné ? En tout cas, Marcel s'était récolté une va-te-laver qui, après lui avoir dévissé la tête, l'avait envoyé dinguer contre un mur. Et le taureau primé de brailler, ce qui faisait tressauter sa plaque métallique :

– Derrorist ! Ya, ya, derrorist ! Sapodache. Doi bardir Ruzie ! Ya, ya. Kaputt.

Tout ce cirque pour une malheureuse miche de pain, songea Marcel, la joue en feu, et notant au passage que, pour le mot Kaputt, les Chleuhs ne gommaient pas le « p » mais, au contraire, l'amplifiaient dans leurs explosions de rage. Pour s'en sortir au mieux, il avait dû jouer au con. Heureusement qu'il avait des dispositions pour. Il avait argué de sa pauvre mère malade, larmoyant que le pain était pour elle... sans oublier les petits frères affamés... bref, du romantisme de quatre sous. Pourtant le taureau primé avait mordu dedans, avant de mordre à grandes dents et sans vergogne dans la miche récupérée sur le terroriste. Enfin, la bouche trop pleine pour pouvoir encore gueuler, il s'était contenté de chasser le mitron d'un coup de botte dans le cul en postillonnant un « Raus ! » précédé de mie de pain. Marcel s'était estimé jouasse. Il s'en tirait bien. Vol de pain blanc, celui réservé aux officiers allemands ? Des copains s'étaient retrouvés déportés en Germanie pour moins que ça.

Puis les Forteresses volantes des Amerloques avaient commencé à lâcher leurs bouses sur la région versaillaise. Au début, mitrons et sentinelles fonçaient de concert vers les caves, abandonnant les fours. Mais, à la longue, les Crânes Rasés se fâchèrent. Bombardement ou non, il fallait produire du pain. Arbeit. Travail. Aussi avaient-ils désigné des sentinelles pour surveiller, pistolet au poing, les boulangers. Arbeit, Arbeit toujours. A croire que l'avenir du Grand Reich dépendait des pelles à enfourner des mitrons ! Ceux-ci, pas bileux, tiraient au flanc, d'autant que leur chiourme s'affolait de plus en plus devant la ruée des Alliés. C'est qu'à présent ces derniers talonnaient les anciens vainqueurs, les faisant reculer. C'est la raison qui poussa les Crânes Rasés à remplacer leurs soldats par des espèces de Mongols sous uniforme teuton. D'où venaient-ils, ces soudards avec leur gueule aplatie, leur nez écrasé, leurs yeux de braise, leur faim de tout ? Leur soif aussi, car qu'est-ce qu'ils tafiataient ! Oh ! ils n'utilisaient pas de tire-bouchon ! Un revers de baïonnette ou de couteau de tranchée sur le col d'une boutanche et hop... glou, glou, glou... en avant les balalaïkas. Après, ils cassaient la verrerie. Comme aux plus beaux temps des tsars. Vu leurs mœurs, les gaillards au teint recuit devaient appartenir à l'Armée Vlasoff, volontaires ruscofs que les Germains, après les avoir équipés, endoctrinés, avaient renvoyé se donner ça contre leurs frères de race. Quel bordel ! Puis, quand il ne resta plus rien à piller, à écluser, les taureaux primés ayant, avant de fuir, fourgué aux Versaillais sacs de sucre, de farine, etc., les Mongols et autres Tartares, avant de foutre le camp, décidèrent de foutre le feu. Ils incendièrent les bâtiments, déclenchant ainsi le sauve-qui-peut. Marcel, lui, prit à pied la route de Paname, non de l'Isle-Adam. Bien sûr, la hâte de revoir sa mère et ses frères le tenaillait mais autre chose le travaillait. Avoir 20 ans et pas de jolie gosse à croquer ? Seulement, les roucoulades de caleçon exigent des écus. Il devait donc joindre un oncle gîtant Faubourg Poissonnière. Place de la Concorde, alerté par un sifflement, il n'eut que le temps de plonger sur le macadam. Il s'agissait des F.F.I., les déjà fameuses Forces Françaises de l'Intérieur, en action contre les chevaliers teutoniques. Une fois lesté de vaisselle de poche par son tonton, le mitron alla se faire faire un shampoing à la salive par une ponette de la rue Saint-Denis. Puis, enfin soulagé de ce qui lui avait tant manqué à la Manutention, il se dirigea vers Montmartre pour s'inquiéter du *Petit Trou* et de son ami le Breton. Parvenu rue Henner, il trouva porte close et une affiche : Fermé pour cause de travaux. Quels travaux ? Le mitron comprenait mal. Faires des travaux en ce moment, alors que la ville dressait des barricades, que les Alliés approchaient, que les Chleuhs pliaient bagages, que la Résistance se montrait au grand jour ? Parole, ils étaient siphonnés, ses amis du *Petit Trou* ! Il s'apprêtait à virer de bord, quand Bras Court sortit du couloir adjacent.

– Tu viens d'où ? s'enquit le grand, toujours élégant et de surcroît bronzé. Et tu vas où ?

Lui avait su profiter de la cavale, sa peau ensoleillée le racontait. En pleine forme, il était revenu voir s'il n'y avait pas possibilié de rouvrir le restau. C'était bien pensé, car les Canaques et leur Gestapo avaient bien d'autres soucis que de rechercher des emmerdants comme le Nantais et ses associés !

– Je voulais voir Auguste, expliqua le mitron, le cerveau éclairci pour avoir lâché son venin rue Saint-Denis.

– Il n'est pas encore là, mais entre, invita Bras Court.

Il fit passer le garçon par le couloir jouxtant le restaurant et l'entraîna dans l'arrière-salle où se dressait le petit comptoir de bois et où s'étaient risquées tant et tant de fortunes. Dire l'émerveillement du mitron, qui avait conservé sa passion des artistes, en découvrant à une table Aimos le comédien. Et, debout contre le comptoir, Fréhel en personne. Il en écarquillait les yeux, la bouche ouverte. Non ? Si ! La célèbre chanteuse était nu-tête et nu-pieds dans des chaussons. Elle portait une sorte de blouse caraco grisée sur sa taille épaisse et un cabas pendait accroché à son bras gauche, le droit lui servant pour lever le coude. Soit pour boire, soit pour cueillir le mégot coincé entre ses lèvres mal fardées. Où était la grande Frehel ? Devant lui, le mitron n'avait plus qu'un déchet. Une raclure. Heureusement que la voix, elle... cette voix bouleversante... Pour Milo l'Arabe, Bras Court et Aimos, la voix râpée par l'alcool et le tabac envoyait un de ses grands succès :

« Du gris que l'on prend dans ses doigts
et que l'on rou-ou-ou-oule
C'est âcre, c'est fort comme du bois
ça vous saou-ou-ou-oule »

– Ah, ben alors ! admirait le jeune mitron.

Fréhel ! Ça alors ! Quand je vais le raconter aux copains...

Déjà, Milo l'Arabe versait du Taittinger dans un verre avant de le lui tendre :

– Bois à la victoire, dit-il.

Marcel prit machinalement le verre, mais ne but pas. Il était tout oreille, ébloui par la légende, cette chanteuse qui avait eu des rois et des princes à ses pieds et des diams à en jouer aux billes avec ! Et elle se tenait là, devant son admiration, en savates et blouse grise ?

« C'est bon et ça vous laisse un goût presque lou-ou-ouche »
De sang, d'amour et de dégoût dans la bou-ou-ou-ouche »

Tout en poussant sa goualante, elle aussi légendaire, Frehel lorgnait les 1,85 m du jeune gars, ses belles épaules et la taille mince qu'on a à 20 ans. Beau mec. S'il voulait... Mais elle restait lucide en dépit de l'alcool tant éclusé. Un océan la séparait de cette jeunesse. Avant, ah oui ! Ah ça oui, avant ! Seulement c'était jadis, surtout à l'époque où on l'appelait Pervenche [1] ! Alors là oui, elle se le serait offert, le beau gaillard ! A présent... avec sa face boursouflée, ravinée, ses cheveux pendouillants et grisâtres... sa déchéance... son haleine qui empestait le ratafia et le tabac... Et le môme qui ne fumait pas, en plus !

« Tu ne fumes pas, ben t'en as de la chance
C'est que la vie pour toi c'est du velours-our-ours
Le tabac, c'est le baume de la souffrance
Quand on fume, le fardeau est moins lour-our-our-ourd »

Aimos, lui, tirait sur une Gitane, le cou penché, son sympathique sourire comme suspendu machinalement au bord de ses lèvres gouailleuses. Il écoutait, l'œil lointain, un verre en main. Pressentait-il qu'il allait se faire dégommer quatre jours plus tard devant une barricade [2] ? Comme le Gavroche de Victor Hugo qu'il était ? Il ramenait de temps à autre la Gitane à ses lèvres et son regard rêveur sur la chanteuse qui avait fait courir l'Europe et qui maintenant... était la vivante image de la fragilité des choses.

« Y a l'alcool, parle pas de cette bavarde
Qui vous met la tête à l'enver-ver-vers
La rouquine, qui était une pocharde,
A donné son homme à Deibler-er-er-er »

A cet instant, le Breton franchit la porte demeurée ouverte sur la courette surchauffée. Lui était également bronzé. La campagne... le bord de l'eau... Un sac fourre-tout pendait le long de son pantalon de sport et un blouson de toile, serré à la taille, bâillait sur une chemise de toile bleue à poches.

1. Voir *Les Pégriots* du même auteur, fresque de 50 ans de bas-fonds vécus à travers Jo la Terreur, garde du corps de l'escroc Stavisky.

2. En lisant le dernier bouquin de ce vieux Alphonse Boudard, *La Fermeture* (celle des maisons closes bien sûr. R. Laffont éditeur), je découvre qu'Aimos se serait plus prosaïquement fait liquider parce qu'il avait des madames aux asperges. Cela je le savais. Mais que ce soit le calibre d'un hareng qui ait remplacé le flinguot d'un soldat teuton... Bof ! Conservons le folklore. Mort pour la France quand même !

Une casquette le coiffait et des espadrilles de corde le chaussaient.

Il rentrait d'un court voyage, avait circulé avec des moyens disparates, à pied, en vélo, au cul de camions en déroute. Après son tour de con de Brienon-sur-Armançon, il était parvenu à faire contacter le capitaine Michel, qui avait aussitôt trouvé à lui dégourdir les mollets. En compagnie de Frantz et d'autres, ils avaient porté des paquets, livré des armes, des documents, etc., etc. Le tout-venant. Pour l'instant, il rentrait d'une balade solitaire porter des faux papiers à un mec qui planquait un aviateur ricain, dégommé par la Flak et qui heureusement avait réussi à sauter en parachute de sa Forteresse volante avant qu'elle ne s'écrase. Il serra les mains, sourit à son copain le mitron.

– Où t'étais passé ?

Le garçon s'esclaffa :

– Mobilisé par le S.T.O. A faire du pain aux Canaques. J'en arrive. Je t'avais fait affranchir !

– C'est vrai. Et tu vas ?

– Chez ma vieille, à L'Isle-Adam. Depuis le temps qu'elle doit s'angoisser...

– T'aurais dû y filer.

– Je voulais voir un oncle avant et aussi me sauter une nana. C'est que...

– Je comprends ça, coupa l'arrivant. Tu bectes un bout avec nous ou bien...

Bras Court, toujours pratique, se ravitaillant au jour le jour et au poids de l'or, avait monté une sorte de cantine pour amis et une dame âgée se chargeait de cuire la mangeaille.

– Non, refusa le mitron. Je crois que t'as raison. Je vais aller embrasser ma mère. Elle me manque. Ces fumiers de Fridolins !

– T'aurais dû glavioter dans leur farine, décocha le Breton, sérieux.

– Tu t'imagines qu'on s'en est privé ? s'esclaffa de nouveau Marcel Portier.

Il salua tout le monde, amorça un pas, s'immobilisa devant Fréhel et osa :

– Si vous me laissez vous embrasser, je vous jure que les potes, quand je leur raconterai ça, vont en crever de jalousie.

Sans façon, la chanteuse lui tendit les joues, le faisant rougir de plaisir.

Tout en le raccompagnant, le Breton s'enquit :

– T'as de quoi ou tu...

Il exhibait une poignée de billets.

– Non, non, refusa le grand gars. Mon oncle m'a épaulé. Allez, à bientôt.

– Pour le pain blanc ! rigola le Breton.

En revenant, il s'enquit près de Bras Court :

– Pas de nouvelles de Margot ? Je lui ai fait donner rencard ici, car les siens doivent manquer de tout. Et, inquiet :

– J'aurais peut-être pas dû, vu les bagarres à droite, à gauche.

– Bof ! rassura Bras Court. Tu sais bien qu'elle retombe toujours sur ses pattes !

Il ne pouvait mieux dire. Cinq minutes après, alors que Fréhel, son cabas au bras et un mégot aux doigts, était repartie, Margot pointait son museau.

– ... jour ! lança-t-elle.

Elle serra des mains, embrassa, vint se poster devant le sien.

– Tu vas ?

Elle le parcourait de son regard qui devinait les choses. Tranquillisée, elle lui frôla la joue de ses longs doigts gantés d'une résille bleu qui, par place, laissait briller les trois diamants qu'il lui avait offerts il y avait de cela un bail. Des pierres d'un carat, qu'il avait gagnées à la passe anglaise dans différentes parties.

– Je vais, lui sourit-il. Et toi ? T'es invitée au Bal des Petits Lits Blancs ?

Elle se logea contre lui et son parfum s'évada de son chemisier de soie bleu tendre, de son tailleur crème à fines raies bleues, du canotier qui coiffait sa blondeur et dont une courte voilette bleutée ne dissimulait ni la frange des cheveux ni la chaleur humaine du regard. Le fait qu'elle était nippée plus pour se rendre à un déjeuner chez Maxim's que pour affronter les rues où sévissait la violence insurrectionnelle. Il la détailla à son tour.

– Mais comment t'es venue ?

– Une voiture de Fifis [1]. Ils m'ont lâchée rue Chaptal.

C'était elle, tout ça, de grimper dans une traction-avant hérissée de mitraillettes et de pétoires et dont les occupants cherchaient de l'Allemand à inscrire à leur menu.

– On va aller porter à becter aux tiens, décida-t-il. Et rentrer. Faut que je me change et que je me lave. Je dois sentir le calendo !

Elle rit, dans un éclat de sa dentition. Il ajouta :

– Ensuite, je filerai. J'ai rencard avec Frantz à la mairie du neuvième. On y a du boulot.

– Tu veux pas grignoter un bout ici, avant ? J'ai rien à la maison. Ce qui me restait, je l'ai refilé à des voisins qui la sautaient.

– Un sandwich, alors. Après, on se taille. Puis la détaillant encore :

– Merde, tu vas me filer des complexes ! On dirait une princesse !

Elle revint tout contre sa poitrine, leva ses yeux immenses, comme perdus dans son visage étroit.

– Tu m'as trompée ?

Il fronça le nez.

– Hein ? Tu sais bien que la musique et moi. Non, j'ai pas joué de trompette. Je...

Elle le cogna du genou, légèrement au bas-ventre, un rien en dessous du colt à barillet qu'il avait glissé dans sa ceinture, sous son blouson.

– Salaud ! Puis : Oh, mon bas !

– Bien fait, sourit-il.

Elle s'écarta, alla se poster face à un angle du mur et releva un pan de sa jupe pour rattacher sa jarretelle, dans un joli geste féminin très apprécié des mâles et qui se produisait souvent dans la rue, avant la disette des frivolités.

Après avoir dévoré un sandwich, trinqué avec Aimos,

1. F.F.I.

avalé deux, trois coups de millésimé, ils s'en allèrent, chargés du sac de voyage et d'un autre, bourré de provisions.

Dehors, le soleil de midi ruisselait et, en dépit des coups de feu sporadiques, des bagnoles qui fonçaient avec d'énormes F.F.I. peints sur leurs flancs, des gens qui cavalaient, affairés ou soucieux, ou blagueurs, l'ambiance n'était nullement dramatique. Du moins le percevait-on mal. Il faisait si beau ! Pourtant des hommes et des femmes mouraient, étaient blessés, arrêtés, d'autres se rendaient, bras levés, toute morgue enfuie. Parfois le bruit plus sourd, plus dense, de l'éclatement d'un obus tiré d'un char faisait tressaillir les vitres des magasins, les fenêtres des maisons que certains, imprudents ou trop pressés, avaient orné des trois couleurs.

« Allons enfants de la patrie-i-i-ie
Le jour de gloire est... »

Était-il enfin arrivé, ce jour tant espéré, désiré ?

Le couple traversa la place Blanche, remonta la rue Lepic. Ils étaient sur leurs gardes, mais les Frizous n'avaient d'attention que pour les barricades et pour ces damnées voitures à banderoles ou à slogans vengeurs. Un vélo-taxi descendait la rue en pente, occupé par deux infirmiers à brassard. Une croix rouge peinte à l'arrière du véhicule le transformait en petite ambulance. En haut, après avoir doublé la rue Constance où se dressait le restaurant de Dédé le Parisien, ils croisèrent plusieurs jeunes gens qui, eux, portaient le brassard F.F.I. et aux poings des armes disparates. Ils présentaient un air farouche, l'un tenait une grenade à manche récupérée sur le cadavre d'un Frizou, un autre un dérisoire 6 x 35, un troisième une Sten, ces fameuses pétoires à 4 sous qui partaient toutes seules. Du fait de ces dernières, on signalait déjà beaucoup de blessés accidentels là où ça se battait.

Devant eux les Fifis, ainsi qu'on les désignait maintenant, poussaient deux prisonniers sans ceinturon, la veste d'uniforme ouverte, la casquette souillée de gravats, le regard affolé, la face bleuie, striée de sang, pitoyables. Décidément, le Grand Reich paraissait en prendre un sacré coup sur la cafetière !

– Pauvres gars, soupira Margot.

Ils s'étaient effacés pour laisser passer le groupe.

– Tu plains qui ? s'informa-t-il. Les nôtres ou eux ?

Elle haussa les épaules, ne répondit rien. Ça aussi, c'était bien d'elle ! Elle possédait, dans son sac de chevreau bleu assorti à ses souliers dont les hauts talons lui galbaient si bien les mollets, un 6,35 de même tonneau que celui du F.F.I., elle s'en servirait si nécessaire, il n'en doutait pas, surtout pour le défendre, et voilà qu'elle plaignait la détresse des vaincus.

Ce fut à son tour de hausser les épaules en l'entraînant. Ces nénettes ! La sienne ! Elles pouvaient se montrer fabuleuses de courage, puis s'attendrir brusquement et ressentir de la peine devant la peine des autres... même de l'ennemi. Lui, non. Merde alors, c'était la guerre ! C'était... Il la lorgna du coin de l'œil, sourit au profil qu'elle lui offrait, eut envie de la serrer fort dans ses bras.

– Blondie !

Elle tourna le cou, il repéra dans les grands yeux tendres sous la voilette la lueur humaine, chaleureuse, qu'il connaissait tant, pour ceux qui souffrent. Il répéta ce qu'il avait pensé tout bas :

– Que veux-tu, c'est la guerre. Et puis, ils sont encore vivants !

– Pourquoi que tu me sors ça ? fit-elle, mimant l'étonnement. Les Fritz, je m'en fous, j'ai...

Et, lui décochant un coup de coude :

– Gros malin. Allez, magnons-nous, mes vieux doivent nous espérer. Ils la sautent et...

Il lui bloqua la parole en la faisant sauter sur le trottoir en face de l'Hôtel des Terrasses, car une traction fonçait en bolide vers le haut de la rue Caulaincourt. Une main les salua, vite gommée par la vitesse. Néanmoins, le Breton avait eu le temps de reconnaître Roger Poupon, une Sten au poing, à demi vautré sur une aile, l'œil en alerte sur les façades d'où parfois partait le tac-tac-tac d'une arme automatique ou le plof d'un coup de fusil, tout cela provenant de soldats qui ne voulaient pas se rendre, ou de miliciens de Darnand traqués et fous de colère d'avoir misé sur le mauvais canasson. Poupon était rentré de son périple dans le Sud-Ouest où il avait fait du bon boulot pour le capitaine Michel, près avoir transformé en écumoire le Dr Friedrich, le commentateur de Radio Paris. Vu les événements, la pagaille, la déroute des guerriers blonds, le capitaine l'avait fait revenir dans la Ville lumière, au courant d'ailleurs coupé. Le couple descendit la rue Joseph-de-Maistre pour trouver la rue Marcadet, où gîtaient les parents de Margot. Sur les murs, les professions de foi abondaient, balafrant des affiches lacérées. Enfoiré ! Enculé ! L'une représentait, du moins ce qu'il en restait, le portrait de Marcel Bucard, le chef du francisme et son baratin : « Un combattant. Un chef. Suivez Marcel Bucard ». L'homme arborait une ribambelle de bananes gagnées sans tricherie à l'avant-der des ders, à ce qui se racontait. Des affiches, des slogans, des états d'âme, ils en avaient tous fait parsemer les murs, les façades... les Joseph Darnand, le chef milicien, les Marcel Déat, les Philippe Henriot, secrétaire d'État à l'Information, lui déjà liquidé par les patriotes, les de Brinon, l'ambassadeur, les Jacques Doriot, du P.P.F., etc., etc. Protégés par les Chleuhs, ils ne s'étaient pas privés de chercher à entraîner les Français vers leur vision, de les embrigader pour qu'ils se ruent sur l'ennemi, le leur... c'est-à-dire les résistants et les Alliés. Eh bien, ils semblaient s'être gourrés et la note allait se présenter pour eux sévère, car Ricains et Rosbifs n'allaient sûrement pas leur donner une bénédiction. Peut-être que toutes ces gueules couvertes de mots orduriers et de crachats avaient-elles été sincères. Peut-être n'était-ce pas seulement l'ambition effrénée qui les avait motivées, quoique les hommes politiques... De toute manière, pour eux, le glas allait sonner. Ils n'avaient pas glissé leurs rêves dans le bon jackpot.

Alors que le couple longeait toujours le cimetière Montmartre, leurs yeux accrochèrent machinalement d'autres affiches lacérées, déchirées ou aux caractères jaunis, passés par la pluie et le soleil, déjà oubliées. Ah ! ça, on leur en avait fourni des déclarations murales et des menaces, aux

Parigots ! Occupants, collabos, tous y avaient été de leur bla-bla-bla. L'une de ces mises en garde, déchirée sur sa plus grande hauteur, laissait encore lire, signée en bas d'un « Der Oberbefehlshaber West » : ouf !

« La puissance occupante, maintenant comme auparavant, considère de par la loi les membres des groupes de résistance comme des francs-tireurs. Les rebelles tombant entre leurs mains ne seront donc pas traités comme prisonniers de guerre et seront passibles de la peine capitale, conformément aux lois de la guerre. »

En tout cas les F.F.I. dans leurs bagnoles, avec leurs brassards, leur détermination et leur courageuse folie, ne semblaient nullement s'inquiéter de ces menaces. Peut-être ne savaient-ils pas lire ? Sans compter que c'était un rien le bordel, dans la capitale ! On avait commencé par les lancer sur les Frizous, puis le 19 août, la radio avait parlé d'une trêve. Mais, au sommet patriotique, ça n'avait pas dû baigner dans l'huile vu que, le 20 août, sur les murs un contrordre fleurissait. Que s'était-il donc passé ? La ville n'était pas encore libérée qu'ils se tiraient déjà la bourre, les caïds résistants. Pour savoir qui, quoi, s'y retrouver...

Sur l'affiche du 20, on lisait : AVIS, et au-dessous : « Le Commandant, commandant des F.F.I. du département de la Seine, communique :

1) Aucune trêve n'a été conclue entre le Commandement français et le Commandement ennemi.

2) La vie des prisonniers allemands incarcérés et hospitalisés répond de toute violence qui sera commise contre la population parisienne.

Le colonel Ligé
Commandant le département de la Seine
Paris le 20 août 1944. »

L'annonce était doublée sur sa droite du même texte en allemand. Et un joyeux luron l'avait balafrée au crayon de couleur d'un « A bon entendeur, salut ».

En bas de la rue Etex, le couple tomba sur un groupe animé, excité :

– La pauvre, murmura Margot en découvrant le tableau.

Là, il pouvait comprendre sa compassion. Une vingtaine

de personnes, hommes jeunes et vieux, femmes et commères échevelées, moutards en culotte courte, entouraient, cernaient, insultaient, houspillaient, vouaient aux enfers une fille nue. Totalement nue. Deux gaillards en veston, souriants, mégot aux lèvres, lui maintenaient les bras écartés comme pour la crucifier. Avaient-ils peur qu'on ne lui voie pas assez la chagatte, que voilait une toison brune ? La fille était jeunette, dans les 25 printemps, et de surcroît pas mal fichue. Si certaines de ses consœurs, exhibées dans les mêmes circonstances, courbaient une tête honteuse, celle-ci, son crâne rasé orné au minium d'une croix gammée, faisait front. Vaillamment. Pas à dire, elle en avait dans le ventre, la môme ! Le Breton guigna Margot du coin de l'œil. C'est qu'il la connaissait.

– Tu te mêles pas. Va pas nous foutre dans le pastis.

Elle secoua sa blondeur sous le mignon canotier.

– Te bile pas. Mais avoue que c'est pénible. Tout ça pour...

Tandis qu'ils croisaient le groupe excité, le Breton, qui connaissait un des gars, lequel marchait, l'œil dur, un 7 x 65 braqué sur la fille, lui lança :

– C'est quoi ?

Mais il connaissait la réponse, s'en doutait.

– Elle couchait avec un Chleuh. La salope !

Et bing ! Et voilà ! Elle s'était laissée aller dans les bras d'un pioupiou et tout était dit. Possible que ceux, celles qui l'avaient mise à poil ne lui feraient pas de grandes misères, à voir leurs bouilles réjouies ! Quoique, parmi le groupe, il y en avait des farouches, des qui, sûr, réclamaient le sang de la traîtresse.

– Les cons, lâcha Margot à peine les eurent-ils dépassés.

Elle n'avait même pas baissé le ton. Puis, alertant :

– Ton rigoustin !

– Ah ! merde...

Il referma son blouson sur la crosse du Colt et l'entendit s'exclamer :

– Non, mais vise ! Vise qui est là !

Ils étaient tombés sur une barricade qui commençait à obstruer le passage d'une rue voisine. Il suivit la direction de son bras, que prolongeait la main gantée de résille bleue, et écarquilla les yeux. Celle-là, alors ! La mère de Margot, très rondelette et souriante dans un caraco à fleurs jaunes et bleues, portait des pavés pour renforcer la barricade. Elle ne portait pas que ça, mais également un ceinturon de soldat qui bâillait sur sa taille pourtant copieuse et un casque de poilu sur sa courte chevelure où le gris l'emportait sur le blond. Le casque, trophée ramené de la riflette par son Alphonse d'époux, montrait le trou par où avait pénétré la balle qui avait laissé le marsouin pour mort. Heureusement que deux trépanations au burin et au marteau... Heureusement ? Pas si sûr. Frappé à la tête, le héros, par la suite, avait frappé ses gosses plus que de raison. Margot, l'aînée, surtout. A qui la faute, sinon à la guerre, cette salope ? De la glorieuse, il n'avait pas rapporté que le casque mais aussi une autre blessure au bras, par éclats d'obus. Et mois après mois, an après an, il récoltait, s'échappant de sa blessure, des éclats d'os et d'acier qu'il glissait dans un petit sac de toile réservé à cet usage. A chacun sa collection ! Tout le monde ne peut s'offrir des Utrillo, Vlaminck ou Picasso.

Mémé Jeannette n'avait pas encore repéré sa fille, car elle tournait le dos, la taille difficilement ployée sur la barricade, rapport à sa bedaine.

– Môman !

Margot avait crié joyeusement le mot, prononçant môman, ainsi que le font les mômes des quartiers populaires. Sa mère se retourna lentement, en torchant du bras la sueur qui ruisselait de son visage aux joues pleines.

– C'est toi, Guiguite ? renvoya-t-elle. Et vous, Jo ?

Il n'avait jamais compris pourquoi elle l'appelait ainsi. Où avait-elle pêché ça ? Mais comme ça n'avait pas d'importance... Ce qui comptait, c'était l'affection qu'il lui vouait. Ce qu'il aurait voulu avoir une mère de cet acabit ! Brave, simple, façonnée par la dureté des temps, de la vie... Elle dirigeait sur lui ses yeux candides, d'un bleu faïence qui faisait songer à ceux d'un enfant. Elle était la plus brave personne qu'il eût jamais rencontrée et, lorsqu'il la citait, il la comparait à un morceau de pain blanc. Et, ma foi, la voir rappelait une miche dorée et croustillante à l'extérieur, blanche et tendre à l'intérieur. Comme son âme. Si son existence n'avait été que luttes, que débrouilles pour nourrir sa nichée de sept moutards, elle ne se plaignait jamais. Elle chantonnait toujours, même à l'époque où elle poinçonnait les tickets de métro, un calot bleu sur ses cheveux blonds, une blouse noire enveloppant sa chair dodue. Pour l'heure, ainsi que tous les Parigots, elle libérait sa capitale.

– On t'a apporté des bricoles, Jeannette, lui dit Margot en l'embrassant. Lâche un peu ça. Tu reviendras après.

Le Breton sourit à la révolutionnaire. Il adorait sa bonté.

– Les Boches ne passeront pas, avec tout ce que vous avez fourré là.

Il contemplait l'entassement de pavés, de sacs de sable prévus par la Défense passive et la vieille charrette à bras renversée, trônant dessus. Ces Parigots ! Ils étaient fabuleux dans les coups durs ! Même si ça pouvait prêter à rire. Mais pourquoi rire ? Tout ce qu'ils faisaient, avaient fait, tel que transporter des armes, risquer des attentats, des coups de main, faire le coup de poing, le coup de feu, ils avaient mis chaque fois leur cœur et leur courage, parfois inconscient, dans la balance. Et ils continuaient de plus belle, encouragés par les affiches que le colonel Rol, commandant des F.F.I., venait de faire coller sur les murs à la date du 24 août 1944 :

« Au peuple du grand Paris. FRANÇAIS ! Pour échapper à un juste châtiment, pour essayer de sauver en toute quiétude les pillards de la Wehrmacht, les assassins de la Gestapo, les bourreaux de Himmler, les bandits de la Milice, du P.P.F., du R.N.P., les dictateurs et les traîtres, l'ennemi en déroute tente une suprême manœuvre. »

Et l'appel continuait sur des lignes et des lignes...

« Français, vous ne laisserez pas se poursuivre le massacre des patriotes et des otages, vous ne laisserez pas fuir vos bourreaux impunis. Groupez-vous par maison, par quartier, assassinez des Boches pour arracher leurs armes, libérez le grand Paris, berceau de la France.

Vengez vos fils et vos frères martyrisés. Vengez les héros tombés pour l'indépendance et la liberté de la Patrie.

Hâtez par vos actions la fin de la guerre. Ayez pour mot

d'ordre : CHACUN SON BOCHE ! Pas de quartier aux assassins. En avant, pour que VIVE LA FRANCE. »

Les Parisiens n'en demandaient pas tant. S'ils fonçaient ! Eux qui, depuis tant d'années, avaient espéré ce jour où enfin ils pourraient respirer, crier, chanter, gueuler, tuer et, s'il le fallait, mourir. Car certains mouraient. L'insurrection n'était pas une balade en canot sur le lac du Bois de Boulogne, ni un menuet dansé en se faisant révérence. Non, ça canardait. Tac-tac-tac ! Boum ! Pas partout, d'ailleurs. Certains secteurs offraient le calme d'une soirée d'été. Mais l'un dans l'autre, avec l'arrivée imminente des Américains et celle de ce général Leclerc, dont on commençait à parler tous se sentaient dopés. Mort aux Boches ! Après tout, pour eux le Prussien restait l'ennemi de toujours : 1870, 1914, 1940... Alors, sus aux Prussiens ! Probable que si une autre race les avait fait s'agenouiller quatre ans durant, cela aurait été la même Saint-Martin. Ils auraient tout pareil pris leur vieux flingot dissimulé sous le plancher, le sabre de l'ancêtre accroché au-dessus de la cheminée, la baïonnette du poilu revenu de Verdun, le lance-pierres du plus turbulent des garçons... Sus à l'envahisseur !

« *Aux armes citoyens. Formez vos bataillons.*
Marchons, marchons-ons-on-ons
Qu'un sang impur abreuve nos sillons-on-on-ons »

Mémé Jeannette hésitait à rompre la chaîne qui fournissait les pavés à ceux qui achevaient d'élever la barricade.

– Allez, môman, quoi, l'encouragea sa fille. Laisse choir. Tu reviendras après, si t'as tant envie de faire la guerre !

– Tu crois, Guiguite ? C'est que...

Elle avait tort de se biler pour la libération de la capitale ! Ceux de la chaîne avaient déjà resserré les rangs sans se soucier d'elle. Ils se passaient les pavés les uns aux autres, transpiraient gaiement sous le beau soleil.

– Bon, j'y vas, décida-t-elle. Mais je reviens ! lança-t-elle à ses camarades de tranchées.

Ces derniers opinèrent de la tête, sans interrompre leurs travaux. Ces Teutons ! Ils allaient comprendre leur douleur, s'ils pointaient leur museau par ici ! L'un des libérateurs, un gringalet de 60 printemps dont le pantalon de golf cachait mal des mollets de serin, s'activait à pendre à un bec de gaz l'effigie du maréchal Pétain.

Le Breton glissa son bras libre sous celui de Mémé Jeannette et l'entraîna. Pétain ? Ainsi, ils le pendaient à présent ? Curieuse chose que la vie ! Quatre ans plus tôt, lorsqu'il s'était retrouvé mêlé à l'exode pour tenter de rejoindre Brest, son centre mobilisateur, et qu'il avait atterri, chaque fois bloqué par le vainqueur, près d'Espanel, tous là-bas, dans le Tarn-et-Garonne, avaient poussé un « ouf » énorme quand le vieux maréchal avait accepté l'amnistie. Un ouf ? Non, une tempête de soulagement. Seulement, pour le croire, il fallait avoir vu, vécu, observé ces milliers de soldats en déroute, hâves, hagards, sans chefs, sans armes, sans rien, ne sachant que faire, que devenir, où aller ni où survivre. Et maintenant, ce maréchal de France, un héros selon les livres d'histoire, ils le pendaient en effigie, peut-être avant de le pendre pour de bon. Décidément, rien n'était simple, songeait le Breton. Mais qui lui demandait de penser ? Il n'avait qu'à boucler sa gueule et avancer.

Dans l'humble logis situé dans un immeuble de la loi Loucheur, rue Marcadet, le père Alphonse était assis, l'oreille collée à son poste, son bras inutilisable posé devant lui sur la table de chêne cirée. Il était petit, maigre, résistant, et de courtes moustaches ornaient sa lèvre supérieure. La guerre, les souffrances, les graves blessures avaient eu beau martyriser sa carcasse, il tenait toujours le coup. Ah ! ces anciens terre-neuvas ! Ces hommes qui naviguaient sur des voiliers et restaient des neuf mois partis sur les bancs de morue ! Ce bagne !

Le Breton plaça le sac à provisions près du poste, en sortit des paquets de cigarettes, les passa au vieux qui préférait souvent les décortiquer pour en obtenir du tabac à chiquer. Vieille habitude de la mer, où les marins ne pouvaient s'offrir le luxe de rouler leurs cigarettes, leurs doigts gelés à en pleurer étant crochetés dans les voiles ou à haler les lignes, pendant que des lames de givre mordaient leurs gueules non rasées. Seulement quand, des huit, neuf mois après, le rude voilier glissait lentement le long des quais de Fécamp, le vieux, jeune alors, pouvait crier, l'œil fier, les mains en porte-voix, de là-haut, quasi du ciel, à sa Jeanne qui le cherchait au milieu des grappes de matelots suspendus aux haubans : « Ohé ! Jeanne ! La morue est belle ! Elle pèse lourd ! »

Le Breton, qui avait beaucoup de respect pour l'ancien marsouin, en dépit qu'il avait cogné dur sur sa Blondie lorsqu'elle était môme, lui tapota l'épaule.

– Je vous ai aussi amené une bouteille de pastis, père Alphonse. Du fabriqué par nous.

En réalité ce n'était pas lui qui le fabriquait, mais Dédé le Parisien, lequel avait ses entrées dans les bars corses et marseillais, où on lui recélait acétone et sachets pour qu'il fasse lui-même sa tueuse de truands. Le résultat était fameux. Bien meilleur que le pastaga officiel. Dame, les Corses, qui habitaient la plus belle île du monde, tenaient à ce que leur boisson favorite soit la meilleure qui soit.

– Vous trouverez aussi un pain blanc, Mémé Jeannette, précisa le Breton, tourné vers la mère de Margot.

Comment Bras Court, en une telle période, s'était-il démerdé pour trouver du pain blanc ? Quel boulanger avait le culot d'en cuire alors que Paris s'insurgeait ?

Le Breton, laissant son sac de voyage, fit signe à Margot de le rejoindre :

– Faut que j'aille me changer. Ensuite, je file à la mairie du neuvième retrouver Frantz. Laisse du pognon à tes vieux et des ticksons de pain. A plus tard.

– Fais attention à toi.

Il y avait de l'inquiétude sous son intonation et dans ses yeux immenses. Elle l'accompagna jusqu'à la porte de l'humble logis. Comme il allait franchir le seuil, elle le retint, se pencha à son oreille, souffla :

– Je voudrais un petit de toi.

Il se figea, baissa les paupières, demeura ainsi plusieurs secondes avant de la fixer.

– Pas encore Blondie. La vie que je mène...

Ce fut à elle de baisser la tête. Évidemment, sa vie... vivant aujourd'hui, demain où ? Il en était toujours de la sorte avec les vagabonds, guerre ou pas. Ils allaient, venaient, ne rendaient pas compte, bousculant les lois qu'ils défiaient, toujours sur le qui-vive, toujours à la merci d'une dénonciation, arrestation, d'un coup de feu, de couteau...

Il esquissa un sourire forcé, pour s'excuser, amorça un pas vers l'escalier de pierre tandis qu'elle lui lançait doucement, ainsi que chaque fois que l'appréhension était en elle :

– Que Dieu te garde !

Il la rassura d'un signe et dévala les marches. Elle referma, retourna près des siens. Il faudrait qu'elle se rende au Sacré-Cœur, non loin d'où elle était née, faire brûler un cierge pour lui. Combien de fois l'avait-elle fait ? Pour lui, pour les siens et certains de ses amis, tels Jeannot, Bras Court et Francis, ceux qu'elle aimait ? Avant de revenir dans la petite salle à manger où était assis le père, elle s'immobilisa, car il fredonnait d'une voix fausse, cassée :

> « *Hardi les gars, vire au guindeau,*
> *Good-bye farewell, good-bye farewell,*
> *Hardi les gars, adieu Bordeaux-eaux-eaux* »

Elle l'écouta, se mit à l'accompagner en sourdine. Elle lui avait tant entendu le fredonner, l'air légendaire, quand elle était gosse ! Et puis n'était-ce pas un peu son bien, cette chanson, à elle en qui coulait le sang des rudes cap-horniers, des coriaces terre-neuvas ? Ne descendait-elle pas du grand-père à Mémé Jeannette qui, à 90 ans sonnés, anneau d'or à l'oreille et poésie plein ses yeux bleus, embarquait encore ? Oh, évidemment, il ne pouvait plus prétendre jeter son sac à bord d'un voilier en route pour le Horn ! Néanmoins il lui fallait sa maîtresse, sa folie, sa passion, la mer, cette capricieuse, cette gueuse qui savait si bien jouer de ses charmes et capturer à jamais ses amants qui croyaient la dompter. Aussi embarquait-il chaque jour sur un doris pour pêcher le maquereau devant Yport. A chaque retour, il rapportait un poisson à Jeannette, sa petite-fille préférée. Puis un jour, sa folle maîtresse, aussi trompeuse que les jolies femmes, s'était déchaînée. Elle avait faim d'un marin. Ses vagues énormes avaient soulevé le doris, engloutissant le vieux dur-à-cuire devant sa petite-fille et le village impuissants.

« Hourrah, oh Mexico, ho, ho, ho !
Au Cap-Horn, il ne fera pas chaud. »

De sa place elle apercevait le dos voussé, qui en avait tant supporté. Des larmes mouillèrent ses paupières sous la jolie voilette bleue. Pauvre vieux ! Il avait tant dégusté ! A dix ans, l'âge des écoliers, de la chaleur familiale, il était déjà en route pour les bancs de Terre-Neuve, cavalant sur le pont à coups de bottes dans le cul, la chiasse au ventre. Puis, plus tard, ç'avait été la guerre, ses saletés, ses souffrances... et, au retour, une tripotée de mioches et les responsabilités que ça implique. Bien sûr, il n'aurait pas dû engrosser si souvent la Jeannette. Mais est-ce qu'il savait ? Est-ce qu'elle savait ? Personne ne leur avait jamais rien appris. C'était des gens simples. Et bons. Et braves. Les yeux humides, elle l'écoutait et l'épaulait dans un souffle de tendresse, d'un ton contenu :

« Haul away, hé, oula tchalez
A faire la pêche au cachalot
Hale matelot, hé, ho, hisse, hé, ho !
Ho-ho-ho-ho... »

Elle alla à lui, se pencha sur le dos voûté et embrassa la joue crevassée par les épreuves.

XXII

Août peignait de la carte postale sur Paris : chaud soleil, ciel bleu, le tout dans un air pétillant de bonheur. La rue Drouot, où se dressait la mairie du 9e arrondissement, offrait peu d'animation sauf du côté de la grille condamnant la mairie. Celle-ci, aux mains des F.F.I. commandés par le capitaine Rémy, montrait un va-et-vient incessant d'hommes et de femmes, exhibant des brassards frappés du sigle F.F.I. Des tractions-avant chargées de libérateurs armés surgissaient en trombe et pilaient dans la cour pavée. Leurs occupants faisaient descendre deux, trois prisonniers allemands ou des collabos en civil, recherchés pour leurs actions néfastes envers la patrie. Bien souvent, vu l'ambiance de folie, ce n'était que du menu fretin qui avait traficoté un chouia, mais enfin...

Debout sur le perron, Frantz attendait le Breton tout en conversant avec Tintin et Zulma. Cette dernière, belle plante brune de trente printemps, gaulliste farouche, visage marquant de la Résistance, ne comptait plus ses exploits, les risques courus, ses actes de dévouement. Elle racontait une histoire arrachant à Frantz des éclats de rire. Tintin, selon son habitude, ne riait que du coin de la bouche, le regard restant en alerte. Tous, le capitaine Michel du réseau Marco Polo en tête, appréciaient Zulma, sorte de pasionaria de la clandestinité. Posant alternativement ses beaux yeux d'un brun foncé sur les deux hommes, elle leur narrait une de ses aventures, datant de deux ans, sachant que le Gitan était l'ami de C... gné, le patron du bordel 4 étoiles de la rue de l'Arcade, situé à trois préservatifs de la gare Saint-Lazare. Zulma faisait allusion à un pilote US, un jeune blond qui s'était ramassé du côté de la banlieue Ouest, en sautant en parachute pendant que sa Forteresse volante, salement touchée par la Flak, se fracassait dans les bois. Le garçon avait erré trois jours et trois nuits, se nourrissant de cresson, arraché à une source, de feuilles de pain de chèvre, de racines... Heureusement, un paysan l'avait aperçu, caché, nourri. Ensuite, il l'avait repassé à des résistants qui, à leur tour, l'avaient confié à Zulma pour qu'elle lui fasse regagner Londres par l'Espagne. En attendant, il avait fallu le planquer à Paris. Mais où ? Zulma l'avait fourré dans la cave d'un fidèle bougnat, solide moustachu d'Auvergne dont le boulot consistait à vendre du charbon et des lingots, ces petits paquets de bois. Pas de quoi pavoiser pour le fouchtra, vu les restrictions de charbon ! Une fois le rescapé à l'abri, Zulma s'était enquise de la véracité des dires de l'Américain. Après tout, ce ne serait pas la première fois que les Chleuhs utiliseraient ce genre de procédé pour détecter et emballer ceux qui venaient en aide aux aviateurs alliés dégommés avec leur avion ! Et ceux, celles découverts ainsi l'avaient casqué de la torture, de la déportation, de leur vie. Pour les Frizous, ceux qui épaulaient les aviateurs ennemis étaient aussi coupables que les détenteurs d'armes et les saboteurs. En joue. Feuer ! Dire si Zulma et le bougnat avaient bien fait de se renseigner ! D'ailleurs, franco de collier, ils avaient affranchi le pilote : « Si tu nous as menti, si tu... Kapout ! On te liquide. » Cela en bon anglais, l'autre ne pigeant pas la langue de Voltaire. Heureusement pour lui et pour tous, Londres, plus tard, avait confirmé : le gars émargeait bien à l'US Air Force. Rideau. Il ne restait plus qu'à le couver, en attendant de le fournir en faux papiers et de pouvoir le conduire à la frontière où il serait pris en charge. Oui, mais cela aussi avait réclamé des jours ! Et ceux-ci, additionnés à d'autres, avaient mis le feu à la braguette du jeune guerrier de Franklin Roosevelt. Dame, à vingt-deux ans... Compréhensive, Zulma, aidée de trois compagnons, l'avait mené de nuit chez C... gné pour qu'il puisse éteindre l'incendie de son entrejambe. Non sans lui faire en anglais de prudentes recommandations :

« Tu es sourd et muet. Totalement. Surtout ne va pas attirer l'attention de ta maîtresse d'une heure en laissant échapper des mots d'anglais ! Tu risquerais ta liberté, sans compter la nôtre. Le mieux est que tu te fasses passer pour idiot. »

– Ya, ya, avait rassuré l'aviateur, nullement formalisé.

C'était déjà bien qu'il utilise pour approuver la même formule que les Chleuhs. Quoique, vu l'infirmité conseillée, il devait surtout la boucler.

– Bien compris ? avait insisté Zulma.

– Ya, ya, avait répété l'assoiffé de câlineries.

Et, tandis qu'il faisait sa petite affaire, deux du réseau l'attendaient dans un salon du bordel pour le récupérer. Quant à Zulma et l'autre résistant, ils guettaient à l'extrémité de la rue de l'Arcade l'intrusion éventuelle non souhaitée de flics ou d'Allemands pour donner l'alerte. Il faisait un de ces froids ! Zulma battait la semelle, appréhendant une arrivée brutale, cela se produisait, d'un car de flics ou d'une voiture de la Gestapo alertée. Bon sang, qu'il faisait frisquet ! Et le jeune Ricain qui, dans une chambre bien chaude... à poil sans nul doute... était occupé à... zim-boum-tralala... Pour Zulma et son copain, ce n'était pas zim-boum-boum, ils se les gelaient littéralement. Heureusement, le Dieu des pilotes et des résistants veillait. Il n'y eut pas de pépins, sauf que le foutu héros de l'air ne put s'empêcher de lâcher, en réponse à une question de la jolie putain qu'on lui avait octroyée, son foutu « ya, ya ». La mignonne hétaïre, qui remettait ses bas de soie, en était restée les yeux ronds, la bouche ouverte. Pour un muet... La femme de C... gné, une superbe créature, ancien mannequin, avait réagi à la seconde une fois prévenue. Elle avait argué qu'il arrivait parfois au jeune infirme de laisser échapper un « ya, ya », mais que c'était bien tout ce que le pauvre idiot parvenait à sortir. Puis, entraînant le gentil pilote de Roosevelt pour le reconfier aux amis de Zulma, elle en avait profité pour lui inspecter les oreilles. Dieu du ciel ! Les boucles Quiès, que Zulma lui avait fourrées au creux des esgourdes pour qu'il soit réellement sourd et ne réponde pas aux questions, n'y étaient plus. Funérailles ! Heureusement que la jolie putain n'avait pas poussé trop loin sa curiosité !

Frantz en rigolait encore lorsque le Breton, nu-tête, vêtu d'un fil-à-fil gris, chemisé de soie blanche, cravaté de bleu foncé, chaussé de cuir souple et colt à la ceinture sous le veston, rejoignit leur groupe. Il serra les mains, embrassa Zulma, s'enquit :

– C'est quoi notre boulot, Frantz ? Au téléphone, tu m'as juste dit...

– On doit aller à la mairie du 17e, le coupa le Gitan. Toi et moi. Michel nous a délivré un ordre de mission. Il lui faut des rencards sur un Polack, un nommé...

Il se tâta à la recherche d'un papier, Zulma acheva pour lui :

– ... Stanislas Boreski.

– C'est ça, abonda Frantz. Et comme, là-bas, ils ne veulent pas répondre par téléphone... On y va ?

Un complet de gabardine bleu, une chemise blanche que coupait une cravate bordeaux, habillaient sa silhouette trapue.

– On y va, opina son ami.

Ils eurent un geste amical pour Zulma et Tintin, descendirent du perron et commencèrent à traverser la cour. Ils allaient gagner la sortie mais s'immobilisèrent, car Roger D... y, venant de la rue Drouot, franchissait la grille. Devant lui avançait un soldat allemand, les bras levés, la vareuse déboutonnée, maculée, des croûtes de sang séchées sur sa face creusée de fatigue.

– Le commandant Roger a fait une autre prise, commenta un F.F.I. à côté d'eux.

Le Breton tressaillit, chercha les yeux bruns pailletés d'or du Gitan. Non, c'était une blague ou quoi ? Roger du Sud-Ouest appartenait, il y avait quinze jours encore, à la Gestapo de la rue Flandrin ! Frantz rigola doucement. Ça, il le savait mieux que quiconque, Roger étant l'un de ses contacts et ami de surcroît.

– C'est la meilleure, soupira le Breton en observant à présent « le commandant » qui passait devant eux, son calibre enfoncé dans les reins du soldat vaincu. Il ramena son attention sourcilleuse sur Frantz.

– Il marchait dans la Résistance ?

La gaieté du Gitan s'amplifia.

– Faut croire.

Lui ne se formalisait pas que Roger ait changé de convictions. Celui-ci n'était-il pas avant tout un marginal ainsi qu'eux-mêmes ? Qu'en avaient-ils à branler de la morale ? Bien entendu, il y avait des notions de conduite à respecter. L'évidence. Mais qui respectait quoi que ce soit en ce moment, où nul ne semblait bien savoir où il allait ? Qui était pour qui ? L'éternelle question qu'ils n'avaient cessé de se poser durant les quatre années d'occupation sous la botte. Lui ? Moi ? Toi ? Eux ? Qui ? Avec qui tu es ? Contre qui tu te bats ? Duquel, de laquelle faut-il se méfier ? Et, d'après ce qui se racontait, ce n'était guère devenu plus clair et ça commençait même à devenir un sacré bordel. Les deux amis, pour leur part, savaient qu'ils appartenaient aux F.F.C., les Forces françaises combattantes, dépendantes de Londres, donc des soldats de De Gaulle. C'était déjà ça. Mais les autres, ces F.F.I., ces F.T.P., ces Milices patriotiques, tous ces gars qui sillonnaient à toute allure la ville, tirant des coups de pétoire, se faisant tirer dessus, courant sus à l'occupant ? Qui étaient-ils ? Qui écoutaient-ils ? S'entendaient-ils entre eux ? Le Breton, qui commençait à rire, secoua la tête. Le Gitan le cogna du coude :

– On y va, petit mec ?

Ils sortirent, affrontèrent la rue, le soleil et, puisqu'il n'y avait pas de bagnole disponible, ils décidèrent de rejoindre la mairie du 17e à pied. Bof, ce n'était pas si loin en coupant par certaines artères...

En quittant la rue de Châteaudun, un grondement puissant et sourd les alerta. Ils tournèrent le cou, une formation de chars Tigre et de Panthers progressait dans le tonnerre fracassant de leurs chenilles. Pour renforer les peintures de camouflage, les tankistes avaient recouvert leurs engins cracheurs de mort de branchages. Cette fois, les preux du dictateur à la petite moustagache traversaient Paris dans l'autre sens. Arrivant du front de l'Ouest, talonnés par les Alliés dont les canons leur aboyaient aux chausses, ils tentaient de rejoindre la mère patrie, à moins que ce ne fût seulement pour prendre position plus à l'est. De toute manière, ils offraient l'image de la déroute. De la Beresina.

Mais non de la pagaille ! Non, non, ils demeuraient en ligne, paraissaient maîtres de leurs engins. De leurs tourelles, leurs faces noircies par le cambouis, la fumée des combats, restaient attentives, à l'affût. Bustes à demi émergés, index sur la détente de leur mitrailleuse pivotante, ils fouillaient de l'œil les rues, les façades, les toits, les passants, guettant le moindre mouvement suspect. C'est qu'on les allumait de toutes parts ! Bsim-im-im ! Des dragées ricochaient en miaulant contre leurs blindages. Aussi sec, ils renvoyaient la politesse d'une giclée de pruneaux, arrosant les boutiques closes, les fenêtres à moitié fermées, celles surtout dont les propriétaires avaient oublié de décrocher les trois couleurs. Tac-tac-tac-tac ! Bsim-im-im-im ! A leur apparition, les gens se plaquaient contre les murs, s'allongeaient sur le sol, cherchaient l'abri. Sous la longue visière des casquettes ou sous le bord des casques, les prunelles des combattants en déroute étincelaient dans les gueules noircies par la poudre et la sueur. C'était impressionnant de les voir, agenouillés ou à plat ventre sur leurs monstres d'acier, ou encore émergeant en partie des tourelles. La mort, qui était sur eux, guidait leur marche vers la finale.

– Ça fout les chocottes, remarqua le Breton.

Ils étaient à demi cachés par les fusains de la terrasse d'un bistrot fermé.

– Maquarelle ! commença Frantz, de son accent du côté de Valréas. Si...

Partie d'un Tigre, la rafale rageuse d'une mitraillette venait de hacher sa phrase. Dans la rue, des corps qui s'étaient redressés un peu trop vite basculèrent.

– Ils viennent sur nous ! alerta Frantz. Planquons-nous et...

Tac-tac-tac-tac-tac ! Une deuxième rafale, qui semblait viser haut en direction de la maison toitée de tuiles rougeâtres où ils s'adossaient, lui stoppa encore la parole. Il pesta :

– Putaing !

Gravats et éclats de tuiles cascadèrent sur eux, après avoir giflé un drapeau solidement fixé à la hampe. Les fuyards n'avaient rien visé d'autre que ce défi. Déjà, le Panther d'où cette fois avait jailli la colère impuissante était passé. Frantz secoua la tête en même temps que son veston :

– Ces cons ! Ils pouvaient pas attendre pour pavoiser ! A croire qu'ils tiennent à se faire flinguer au dernier moment !

Il acheva de s'épousseter et s'alluma calmement une cigarette.

– A quoi ça leur sert, d'asticoter les Canaques ? Ils n'ont même pas un cure-dents pour se défendre !

– Bah, ils sont contents de les voir se tracer.

– Je sais. Mais à quoi bon en rajouter. Ils auront le temps de le déployer, leur drapeau ! Et puis les Frizous ne sont pas tous à genoux... Tout peut encore arriver !

Le Gitan tira sur sa toute cousue, renvoya la fumée et constata, pensif :

– Il n'y a même pas un mois, le 31 juillet exactement, des youdes ont été transférés du camp de Drancy vers l'Allemagne. Quatre semaines et ils ne partaient pas. C'est con, la vie ! Va savoir ce qu'ils vont devenir ?

Son intonation était emplie de chaleureuse pitié. Après tout, lui aussi appartenait à une race de perpétuels traqués ! Il précisa :

– C'est le capitaine Michel qui a appris ça hier. Connerie de connerie.

Le grondement des chenilles s'estompait un peu. Il haussa les épaules.

– On y va ?

Il pompa sur sa Camel de contrebande, amorça un pas, imité par son ami. Ils n'allèrent pas loin, une Traction noire débouchait d'une rue latérale, avec sur ses flancs, en blanc, immenses, menaçantes, les lettres F.F.I. Son conducteur fonça littéralement sur le dernier char pendant que des bras armés jaillissaient des vitres baissées. Des coups de feu claquèrent... La Traction, sur sa lancée folle, alla s'écraser contre une façade ; pivotant du buste, alerté par les ricochets des balles sur son blindage, l'un des tankistes lui avait fracassé son pare-brise d'une rafale. Le conducteur ne ralentit pas sa route. Ils avaient des ordres : en aucun cas se laisser distancer de la colonne, pour ne pas risquer de se voir cerner et attaquer par une foule démente, assoiffée de vengeance et de haine.

Une fois le dernier Panther disparu, des sauveteurs se précipitèrent sur la traction puis reculèrent, elle venait de prendre feu et, à l'intérieur, ses occupants ne bougeaient plus.

– Comme le petit Mimile à la Bastille, commenta le Breton songeant à son copain qui, en compagnie de quatre autres, s'était fait liquider en se ruant sur les Chleuhs.

Frantz hocha la tête :

– Ne restons pas là, Michel attend ses tuyaux sur ce Polonais !

A quelques centaines de mètres de là, alors que la colonne de chars s'était évanouie dans une autre direction, ils se cognèrent dans l'Obsédé et le gros Henri Face.

– Qu'est-ce que vous foutez par ici ? s'étonna Frantz. Vous faites la guerre ?

Le gros Henri, le caïd des caïds des faux cartons de pain, soupira en épongeant son crâne chauve d'un mouchoir de soie :

– Parle pas de rififi. Vivement la paix !

Sa graisse était enveloppée d'un pantalon de toile grise et d'une chemise sans cravate, il portait son veston sur le bras. Comme tous les gros, la chaleur lui pompait l'air.

– Vous parlez bisness, je parie ? rigola Frantz.

– Ma foi, opina l'Obsédé, soigneusement cravaté de bleu clair sur une chemise de popeline de soie d'un bleu plus soutenu, qui s'alliait adroitement avec son complet de tussor gris tendre. Un Panama complétait son élégance.

– On envisage pour après, expliqua le gros Henri. Quand les Teutons seront barrés.

– Tu crois qu'il y aura encore des ticksons de pain ? douta le Breton.

Le célèbre trafiquant le considéra avec une sorte de pitié.

– Au moins pour un an ou deux, prophétisa-t-il. Peut-être plus.

Puis secouant une tête écœurée, qu'il possédait énorme, hors de la normale :

– Quand on pense que les courtines sont fermées ! Et vous me parlez de guerre, vozigues ?

Il avait mis autant de conviction pour signaler cette catastrophe que Frantz tout à l'heure pour plaindre les malheureux, les déportés du camp de Drancy. C'est que, pour lui, le flambe... les paris sur les courses de chevaux surtout... Ah ! les canassons ! Combien avait-il perdu, en quatre ans, à Auteuil, Longchamp, Vincennes... Ces endroits à illusions, baptisés avec à-propos par les truands les tombeaux des voyous ? Ou, si l'expression visait un souteneur qui laissait sur les bourrins les comptées de ses gagneuses, le tombeau des harengs ? Combien ? Frantz et le Breton n'ignoraient rien des chiffres circulant à ce sujet, car le gros Henri Face, pour ne pas faire baisser la cote, ne misait que chez les bookmakers amis, lesquels se sucraient mieux que s'ils avaient participé à la ruée vers l'or. L'Obsédé qui lui piquotait ses cartons, près d'un million de ceux-ci par mois, savait que Face touchait environ 100 francs par morceau. Autrement dit, il palpait mensuellement dans les 30 à 60 millions [1]. Incroyable. Démentiel. Démesuré, mais à la mesure de la période qu'ils venaient tous de vivre. Et le gros Henri avait tout paumé sur les foutus canassons ! Ce qui ne l'empêchait pas de prendre ça à la rigolade et de faire participer ses amis à ses joies. Il aimait blaguer, l'Obsédé aussi. Un soir le gros Henri, de retour d'Auteuil où il avait laissé sa limace lui avait lancé :

– J'ai paumé 11 briques. Je les dois à des books, qui m'attendent au Café de Paris pour que je les règle. Vas-y à ma place. Affranchis-les que je ne pourrai les casquer que la semaine prochaine... qu'en ce moment je suis plutôt léger en liquide.

L'Obsédé va au rendez-vous, trouve Louis C... qui servait d'intermédiaire entre Henri Face et les books. Le gars lui sort, en se tenant le crâne :

– J'ai un de ces mal de tête ! Je viens de prendre une aspirine.

Et l'Obsédé, imperturbable, de répliquer, sachant qu'il va faire tressauter de plaisir la panse du gros :

– Eh bien, tu peux prendre tout le tube, car Henri ne paiera pas.

1. Authentique. Environ 3 milliards de centimes si l'on s'en tient au coefficient 60.

En plus de parier des sommes ahurissantes et de les perdre, Henri Face était d'une générosité folle. Il balançait littéralement le pognon en l'air. Bien sûr, pour ce que cela lui coûtait à le ramasser... Tout de même ! Les ouvriers qu'il avait chargés de travaux chez lui, au rez-de-chaussée de la rue d'Avricourt où il gîtait sa gélatine, en avaient gardé un fameux souvenir. Pour cause. A des travaux de plomberie, peinture, boiserie qui réclamaient 15 jours, ils avaient mis quatre mois. La raison ? Le Gros les envoyait livrer ses fausses cartes de pain et, puisque les gars dépendaient d'une entreprise générale, il réglait tout. Royalement. Royal encore il se montrait, lorsque les ouvriers débarquaient le matin pour se mettre au boulot. Éberlués au début, ils s'y étaient vite faits, avaient vite pris goût. C'est que s'attabler devant un authentique café noir en cette époque de misère, de restrictions, où tout était contingenté... Mieux, pouvoir y tremper brioches croustillantes et croissants chauds, le nez sur une motte de beurre ?... C'était devenu un rite immuable. Le matin, leur petit déjeuner les attendait. Puis, vers 10 heures, arrivait l'en-cas de détente, le petit casse-graine : saucisson pur porc, pâté aux truffes, fromage de tête, fromage tout court... et pour faire passer ça, de ces petits vins blancs gouleyants bien frais... Bien entendu, sur une telle lancée, vers les 1 heure, les choses sérieuses commençaient. A la tablée que, hélas, le gros Henri ne présidait pas, because qu'il avait pris la direction des courses pour veiller à l'amélioration de la race chevaline, sa femme le remplaçait. Elle proposait aux gars ravis gigot de pré-salé, rosbif tendre comme la cuisse d'une pucelle, carré d'agneau aillé, soles baignant dans le beurre, lapin en gibelotte, poulet chasseur, etc., etc. Avec, évidemment, pain blanc et pâtisseries miam-miam. Le tout à s'en faire péter les boutons de la ceinture. Et bien entendu, pour faire descendre ça, des vins adéquats : Pouilly-Fuissé, Saint-Émilion, Château-Margaux, Pomerol, vénérables Bourgognes, Beaujolais nouveaux et le bouquet final pour accompagner le tout, la tasse de vrai café et une bonne vieille fine Napoléon trois, quatre étoiles. Dire si le chantier prenait du retard, que les gars ne voulaient plus le quitter ! D'autant que leur cher Monsieur Henri, pour un bidule facturé

1 000 balles, leur en refilait facilement 3 000. Ah ! il n'était pas question qu'un malotru se permette devant eux de dénigrer leur Monsieur Henri ! S'ils se mettaient de suite en quarante, parlaient de sévir, de laver l'honneur de leur bienfaiteur... Pour faire bon poids, Henri, le soir, en rentrant des canassons, fourrait dans leurs sacs mottes de beurre, gibier, poissons, viandes, de quoi amener du rire à leurs logis familiaux. Hélas, hélas, tout ici bas ne finit pas toujours par des chansons ! Un jour, un soir plutôt... exit les ouvriers. Il leur avait bien fallu achever le boulot !

L'Obsédé, très lié avec le Gros Henri, trouvait chez ce dernier toujours de quoi rire. Un midi qu'il savourait un petit pastis avant le repas, s'était pointé l'employé du gaz venu relever le compteur. Henri Face, qui se remettait mal d'une crise, car il était diabétique, et de ce fait n'allait pas aux courses ce jour-là, lança au type, tout à trac, après que l'autre eut annoté son carnet :

– Vous habitez à quel étage, mon vieux ?

Et l'autre de le contempler, ahuri.

– Au cinquième, Monsieur. Pourquoi ?

– Bon, que fait Henri en décrochant son téléphone. Je mise sur le cinq, dans la deuxième à Longchamp.

Et, comme l'employé veut s'en aller :

– Non, non, attendez.

Puis à son correspondant, un book de Montmartre :

– Paul ? Prends-moi 200 sacs sur le cinq dans la deuxième. OK ?

Il reposa le combiné, se tourna vers l'employé du gaz qui gagnait 800 balles par mois maximum.

– Restez casser la croûte avec nous. Si le bourrin arrive, vous palperez.

Le type contemplait le Gros d'un œil de plus en plus écarquillé. Il commençait à se demander s'il n'était pas tombé dans un asile de givrés. Néanmoins, il resta. Malheureusement pour lui, le satané coursier ne franchit pas la ligne d'arrivée en vainqueur. C'était un toquard. Henri n'alla pas au-delà de ses propositions. Il avait perdu, le gars aussi. Tant pis pour ce dernier. Il ne toucha pas un rotin. Le jeu restait le jeu. On gagne, on perd, qu'on soit employé ou non. Pas de pitié pour les malchanceux, selon la devise du gros trafiquant.

Celui-ci, par ailleurs, possédait l'art d'utiliser les compétences, ouvrières ou autres. Comme ses cartes de pain rencontraient énormément de succès dans les usines, il chargea ses revendeurs d'embaucher des ouvriers pour en faire à leur tour des revendeurs, lesquels séduisirent certains de leurs compagnons pour agrandir le marché. Ce qui fait que, de revendeur en revendeur, vu que les ouvriers affamés avaient absolument besoin de faux cartons pour se nourrir, les prix montèrent. Ça n'en finissait plus. Un faux carton qui démarrait à 200 ou 300 francs finissait par coûter dans les 700 à 1 000 francs à l'estomac du prolétaire de base, les voraces intermédiaires s'étant sucrés au passage. Les va-et-vient de ces sommes faramineuses auraient réclamé, chez des industriels patentés, une tripotée de comptables. Le Gros n'avait nul besoin de ça. Sa tête énorme recélait une prodigieuse mémoire. Il ne marquait jamais rien, se rappelant tout, et son cerveau enregistrait et comptabilisait à une vitesse ahurissante. Pour ses contacts, ses amis, il n'avait nul besoin de carnets ni d'annuaire téléphonique ! A la demande, son cerveau lui livrait celui des mille numéros de téléphone qu'il avait emmagasinés. Pareil pour les adresses. Incroyable. A l'instar de Jeannot, génie d'affaire, que n'auraient-ils pas fait, ces deux-là, dans des entreprises dites honnêtes ? D'autres que le Gros Henri se seraient noyés dans tous ces chiffres, d'autant qu'il ne vendait pas ses cartes de pain au même prix mais à la tête du client, du revendeur. Ensuite, lorsque l'autre revenait quinze jours après pour le régler, il se souvenait et de la quantité des cartons et des prix qu'il avait faits. Fabuleux. Par ailleurs ce don, en cas d'interpellation par les flics et de fouille au corps, n'offrait pas prise au flagrant délit. De toute façon, il laissait pas mal de foin aux râteliers de ces messieurs de la Tour pointue. Tout de même, les revenus des usines Citroën apportaient un peu de tintouin, car les ouvriers réglaient en billets de 5, 10 ou 20 francs qui arrivaient chez Face dans de grands sacs. Assister à leur ouverture était une des grandes joies de l'Obsédé. Renversé, le contenu des sacs envahissait l'appartement, se glissait partout, sur les meubles, dans les pots de fleurs, les chaussures, sous les banquettes... Un flot de fafiots de la Banque de France ! Et au milieu de cette tourmente, Gisèle, la nana du Gros, petite, vive, décidée, qu'il chargeait de faire des liasses. Un sacré boulot, mais à force elle avait acquis une belle dextérité. Une fois les liasses comptabilisées, hop ! dans un immense buffet, sorte de placard. Lorsque l'Obsédé avait livré les tickets perforés, le Gros, pour le payer, lui enfournait des millions dans un baluchon. A croire que c'étaient de vils haricots. Ainsi que les tas de graisse, le Gros Henri était faible et gentil avec le beau sexe. Et avec ça, bon micheton. Il donnait d'autant plus que le travail qu'elles devaient accepter d'accomplir sur sa gélatine durait, vu que sa volupté était longue à venir. A un certain moment de son existence, il s'était amouraché d'une jolie petite qui fourguait ses formes délicates dans un bordel de la rue Saulnier. Dans le boxon qu'il ne quittait plus guère, il invitait sa toute charmante à vider un ou deux flacons de millésimé, avant de la couvrir de cadeaux.

– Pourquoi que tu la laisses au tapin ? s'était étonné l'Obsédé, logique. Puisque tu bandes pour elle, sors-la de là ! Tu fous des millions en l'air et, pour une fois que tu t'en ressens pour une môme, tu la laisses aux asperges !

Ma foi, la raison parlait par la bouche de l'élégant piquoteur qui, lui, trouvait son bonheur dans sa délicate tasse chinoise. Ce fut ainsi que le célèbre trafiquant installa sa Gisèle adorée dans l'appartement de la rue d'Avricourt non sans avoir au préalable, car il y avait un Julot dans la vie de son amour, casqué 500 sacs à celui-ci, prix de l'amende imposée. Les règles avaient été respectées, le Julot payé et petit amour débarrassé de son poisson.

– Tu devrais peut-être te planquer en ce moment ? remarqua judicieusement Frantz au Gros qui, nez levé, tentait de suivre dans le ciel d'été la progression d'une nuée de Forteresses volantes qui, mues par une puissance destructrice inéluctable, fonçaient sur l'Allemagne. Vu ta position, ton trafic connu, tu risques de te faire cravater par des Fifis.

– Bof, éluda le Gros. Qu'est-ce que tu veux qu'ils me fassent ? Un trou au cul ?

– Hé, reprit Frantz, en ce moment, avec ces fondus qui se trimbalent avec des pétoires et des brassards...

– C'est juste, admit l'Obsédé, je le disais à Henri. On devrait se camoufler, laisser passer l'orage, attendre...

Puis, la philosophie reprenant le dessus :

– Enfin, vivra verra. Allez, on se taille. A bientôt. Tu y es, Henri ?

Les quatre hommes se séparèrent, Frantz et le Breton gagnèrent la mairie du 17e arrondissement.

Si l'insurrection armée laissait des oasis de calme dans la capitale, ce n'était pas le cas des alentours de cette mairie où, sous un chaud soleil, s'agitait une foule colorée, alcoolisée, excitée, braillarde. Devant les hautes grilles condamnant l'édifice municipal, un char boche peint en guerre dressait sa masse menaçante. Pourtant, à demi défoncé, ses chenilles rendues inutilisables, il ne pouvait plus s'avérer dangereux. Ceux qui étaient juchés dessus, la mine et le torse avantageux, brassards F.T.P. au bras, le paraissaient beaucoup plus. Ainsi que la plupart, ils arboraient des gueules maculées de poussière, envahies de barbe, dans lesquelles des prunelles enfiévrées par l'excitation des combats, la fatigue et la boisson, étincelaient de haine ! Devant et derrière la grille à la vaste cour pavée, ça allait et venait, discutaillait, braillait, hommes et femmes mélangés. La foire ! Mais une foire qui sentait l'émeute, l'héroïsme, le Grand Soir, le piège, l'exécution sommaire sans jugement, les oreilles bouchées aux supplications, au pardon. Beaucoup se pavanaient avec des armes innombrables, dépareillées : pistolets, fusils de chasse, flingots de 1914, baïonnettes, lardoires... des relents de panoplie ! Certains arboraient des pansements sanglants, des balafres, des bras en écharpe. Les deux amis enregistrèrent le sol et les encoignures de portes jonchés de douilles, de bouteilles vides, de verres cassés, de boîtes de conserve ouvertes à la pointe du poignard, de la baïonnette... Puis se regardèrent. Dieu de Dieu, qu'est-ce qu'ils avaient dû se goinfrer, les révolutionnaires ! D'ailleurs, ça se confirmait à leur allure, leur regard farouche, leur élocution difficile, leurs gestes menaçants, leurs cris de révolte et de vengeance. Après qui en avaient-ils ? Après les Vert-de-Gris, qui les avaient tenus courbés sous leurs semelles quatre années durant ? Si oui, ceci expliquait, excusait en partie cela. Les deux hommes se taillèrent un chemin parmi ces énervés et, à la petite porte jouxtant la grille fermée, Frantz s'adressa à une sorte de lascar, mi-civil, mi-soldat, lui expliquant en deux mots leur mission. La sentinelle, qui inspectait un fusil Lebel aussi haut que lui, se retourna sur une table, située dans une pièce où trois autres va-t-en-guerre épluchaient des paperasses, l'air important et dur.

– Y veulent des tuyaux sur un gars, postillonna Lebel-trop-grand-pour-lui. Y disent qu'y sont des Forces françaises combattantes...

Ah ! mamamia ! Aux trois derniers mots, trois fronts se dressèrent d'un seul mouvement, trois paires d'yeux inamicaux dévisagèrent les intrus. L'homme du centre abandonna son siège sans quitter les arrivants de l'œil. Il était armé jusqu'aux oreilles. Au ceinturon réglementaire qui ceignait sa taille de ouistiti, était suspendu dans un étui de cuir rouge un énorme rigoustin à barillet, un truc de ouèsterne. En plus, deux grenades à manche, capturées aux Fridolins sans doute, s'entrecroisaient sur son ventre creux et un poignard de commando complétait son attirail guerrier, avec un mousqueton qu'il arracha à un râtelier puis qu'il reposa, réflexion faite.

– Ça concerne le commandant Passant, daigna-t-il expliquer, d'un ton que le ratafia ingurgité faisait glogloter. Je m'en occupe. Venez, vous autres.

L'ordre péremptoire s'adressait aux deux amis qui, dociles, emboîtèrent le pas au dur de dur qui, pas plus que la première sentinelle, ne devait guère dépasser le mètre soixante. C'était un tout séco. Un tout en nerfs, tout en vacherie. Ça se sentait. Un linge héroïque souillé de sang lui enveloppait le haut du front, empêchant ses cheveux blonds filasse de retomber sur ses yeux d'un gris sale, hargneux, mauvais. Où avait-il récolté sa blessure ? Mais était-ce du sang qui tachait le pansement crasseux ? Ou avait-il tout bonnement trempé celui-ci dans le vin rouge, pour faire plus terrifiant ? Car, toquard, il le paraissait par son laisser-aller, son débraillé, son œil qui furetait, poignardait, fusillait. Boufre, ce qu'il avait l'air vache et, pour amplifier, il martelait le long couloir dallé de ses bottes d'aviateur lacées devant à la mode de jadis. Où les avait-il fauchées, celles-ci ? Il n'avait pas une gueule à avoir piloté un zinc ! Ce que lâcha le Breton à son mi Gitan, qui lui souffla :

– Écrase.

Frantz semblait inquiet. C'est qu'ils croisaient des gaillards hérissés d'escopettes, qui poussaient sans ménagement devant eux des prisonniers pas du tout de style germanique ! Qui étaient ceux-là ? Collaborateurs de l'ennemi, espions, marchands de vent ? Comment s'y retrouver dans ce pastis ? Ils croisèrent également dans l'interminable couloir d'autres F.T.P. qui encadraient, poussaient, houspillaient des femelles au crâne tondu... que décoraient, souillaient plutôt, des svastikas peintes en rouge vif, réplique de la femme que le Breton avait vue rue Marcadet. A croire que les mecs se repassaient leur pot de peinture !

A leur passage, Révolution Bandeau cracha à la figure de l'une d'elles :

– Salope.

Il avait mal choisi sa cible. La fille, au lieu de s'écraser, de garder sa honte, de courber son crâne lisse, alla à la rebiffe sans se tracasser des escopettes braquées dans ses reins :

– Pas plus salope que toi hé, connard ! Si ça m'a plu, à moi, de me faire trombiner par les Chleuhs ! Pas ton cul qu'a servi, hein ?

On ne pouvait être plus réaliste. Le Breton et le Gitan continrent un éclat de gaieté. Quant à Révolution Bandeau, il pivota vivement du torse, une main sur le manche d'une de ses grenades. Le sombre idiot ! Il allait tout ravager, dans un couloir si peu large !... Frantz le freina de justesse, alors qu'il brandissait déjà sa grenade vengeresse :

– Allons voyons, laisse tomber. C'est pas grave ce qu'elle t'a dit. Mets-toi à sa place !

Révolution rota, non sans enregistrer que la malpolie et ses anges gardiens s'étaient éloignés. Il relogea son engin de mort dans son ceinturon, vérifia qu'il s'entrecroisait bien esthétiquement avec l'autre, ce qui à ses yeux devait faire martial et impressionnant et commanda de repartir.

– Qu'est-ce que c'est que ces gonzes ? souffla le Breton à son ami. Ils sont tous barjos.

Frantz se contenta d'abonder d'un soupir. Ils s'immobilisèrent derrière Révolution Bandeau, qui cognait à une porte grise sur laquelle un carton punaisé précisait : « Commandant PASSANT ». De l'intérieur, on ordonna d'entrer. Du geste, Révolution fit signe qu'on l'attende, et obéit. La porte était demeurée entrouverte, les deux amis l'entendirent chuchoter puis il réapparut, invita :

– Le commandant vous reçoit de suite.

Il s'effaça, referma sur eux. Les arrivants balayèrent la pièce de l'œil. C'était un endroit miteux, style administratif. Derrière le bureau, debout, se tenait un homme dans les trente-cinq, quarante ans. Il offrait un front haut, intelligent, des cheveux rares et sombres, un œil noir et brillant à l'éclat songeur. Il paraissait solide. Un pull de coton bleu à manches courtes plaquait à son torse deviné musculeux et à ses robustes épaules. Un pantalon marron foncé, des sandales de tennis complétaient son uniforme de commandant. Il indiqua deux chaises à fond de paille déposées face à son bureau, qui tournait le dos à la porte, et s'assit.

– Messieurs, je vous écoute.

Sa voix avait un accent plaisant, son regard, qui photographiait alternativement les deux amis, ne celait rien.

– Eh bien... voulut attaquer Frantz, en tendant l'ordre de mission signé du capitaine Michel, qui les accréditait. Nous sommes ici pour...

Il ne put terminer. Dans leur dos, la porte s'ouvrait avec fracas, des hommes se ruaient, les braquant avec des armes de toute nature, leur enfonçant des canons dans les reins, sur la tête, la nuque, les flancs... Quelle réception !

– Levez les bras !

C'était le commandant qui... Mais sans crier. Quasi en soupirant, comme excédé. Les envoyés du capitaine Michel obtempérèrent. Que faire d'autre devant cette artillerie ? Aussitôt, le commandant se pencha en travers son bureau chargé de dossiers. Il déboutonna les vestons des deux intrus et, adroitement, cueillit les deux colts glissés dans les ceintures.

Frantz s'agita :

– Mais, commandant !

Le Breton à son tour :

– Mais, monsieur...

Les canons des tromblons les cognèrent rudement et s'enfoncèrent un peu plus. Perdant son intonation où perçait la lassitude, la voix du commandant claqua :

– Emmenez.

Celle-là, alors ! Cernés, braqués par les F.T.P., les deux F.F.C. durent se laisser entraîner vers un escalier qui menait aux étages. En avançant contre son gré, le Breton lorgna le jeune zèbre qui marchait à ses côtés, tout en lui pointant le canon de son arbalète sur le flanc. Il renâcla :

– Mais vous êtes complètement cinglés, ici ! Qu'est-ce qui vous prend ? On marche avec de Gaulle !

Le garçon, un des rares à avoir une bouille sympathique, esquissa un geste fataliste.

– Te casse pas le chou. Ici, c'est comme ça. Moi hier, j'étais prisonnier comme toi aujourd'hui. Ici même. Puis y m'ont relargué. Et tu veux que je te dise ? J'ai jamais su pourquoi on m'a emballé ni pourquoi y m'ont libéré. Aussi...

Il buta dans une marche, cogna de son flingot le flanc de son prisonnier, reprit :

– ... Aussi va savoir ? Peut-être que, demain, je serai de nouveau cravaté et que c'est toi qui seras chargé de me garder ! Va savoir. Avec eux, tu sais... pour s'y retrouver...

– T'as entendu, Frantz ? lâcha le Breton.

Le Gitan opina en silence. Il réfléchissait, ne pigeait pas le pourquoi. En tout cas, ils semblaient être dans une drôle de cagade. Non, vraiment, ce commandant à la con...

Au second étage, ils débouchèrent sur un large couloir, bardé sur la droite de portes et de baies vitrées que surveillaient des lascars ressemblant comme des jumeaux à Révolution Bandeau. Tels ce dernier, ils étaient encombrés de pistolets, de fusils, de grenades, paraissaient aussi crasseux, aussi vachards, aussi revanchards. Ils suaient la haine, la méchanceté.

– Merde, ne put s'empêcher de souligner Frantz, se

souvenant d'un film sur la Révolution russe. On se croirait au Palais d'Hiver, quand ils ont flingué le tsar et ses poussins !

C'était assez ça l'ambiance, avec ces mecs qui se donnaient des airs... qui semblaient si heureux d'afficher leurs cartouchières, leurs escopettes, leurs pansements glorieux, leurs barbes sales...

Parvenus devant l'une des salles, les canons des fusils poussèrent les deux amis à l'intérieur. Sans ménagement. Toujours le style prolétaire vengeur. Sur-le-champ, Révolution Bandeau s'adressa à un gros ventru en cotte bleue, installé avec peine derrière un pupitre d'écolier :

– D'ordre du commandant Passant. A soigner.

Et il s'écarta pour observer les réactions de ses captifs.

– Vos noms ? crachota Cotte Bleue, en dégageant non sans mal sa graisse du banc de bois.

Il n'obtint pas de réponse immédiate. Par réflexe, les deux amis détaillaient les lieux, enregistraient d'autres pupitres empilés, entassés dans le fond, pour laisser de la place. Ainsi, ils étaient dans une salle de classe claire, aérée ? Sur de la paille, alignés sur le côté faisant face aux fenêtres qui donnaient sur la cour de la mairie, des types dormaient, vautrés, ronflant, gémissant. Quant aux autres piégés, ils s'étaient agglutinés près de la porte ouverte sur le couloir que gardaient les sentinelles hargneuses.

– Vos blases ? dut répéter Cotte Bleue.

Bâton de craie aux doigts, il s'était approché d'un tableau noir fixé à la cloison perpendiculaire au couloir. Ils les lui dirent, il les inscrivit à la suite d'autres noms, y ajoutant le chiffre 37 pour le Breton, 38 pour son ami.

A part les leurs, les autres patronymes offraient pour la plupart des terminaisons en ski, skof, vic, etc. Russes, Yougoslaves, Polonais ?

Frantz ne s'attendait pas à ces choses. Il s'entêta près de Cotte Bleue :

– Je voudrais savoir pourquoi on est là. Nous appartenons aux Forces françaises combattantes. Réseau Marco Polo.

Toujours présent, Révolution Bandeau intervint, vachard :

– Tu vas le savoir. Patiente.

Il se mit à jouer avec une grenade quadrillée, la faisant sauter en l'air, la rattrapant... D'où il l'avait sortie, celle-là ? Ce n'était plus un homme, mais une soute à munitions ! Tout en jonglant avec son engin, il ne quittait pas Frantz de son petit œil de fumier.

– Patience, patience, répéta-t-il.

Enfin, il rejoignit au bord du couloir l'équipe qui avait convoyé les deux preux de De Gaulle et qui se tenait à l'extérieur. Il en fallait plus que ça pour démonter le Gitan. Il rattrapa l'autre sur le seuil que barraient les canons des fusils :

– Je vous demande de prévenir le capitaine Rémy, de la mairie du 9e arrondissement. Lui...

Révolution Bandeau se retourna, le coupa sèchement :

– Ta gueule !

Nul ne parlait au Gitan sur ce ton. Jamais. Même pas un homme armé. Le Breton n'eut que le temps de s'intercaler entre son ami et les fusils qui venaient de se relever. Il conseilla :

– Laisse glisser, mec. Laisse.

Il appuyait sa demande d'un regard suppliant. Son ami, dont la peau mate avait tourné au grisâtre sous l'effet de la colère, le fixa de ses prunelles pailletées d'or. Puis, en soupirant, il recula à regret, lentement, à croire que ses souliers pesaient des tonnes. L'effort fourni pour se dominer lui amenait la sueur au front. A deux mètres, Révolution Bandeau en rajouta :

– On va s'occuper de vous. Patience.

Le Breton jura. L'enfant de salaud ! Il se retourna, l'autre déjà franchissait le seuil que venaient de libérer les canons des fusils qui aussitôt se recroisèrent.

– Ils sont follingues, gronda le Breton, en entraînant son ami loin de la porte. Qu'est-ce que t'y comprends ?

– Rien !

Encore heureux qu'on ne les avait pas dépouillés de leurs cigarettes ! Frantz en pêcha deux dans sa poche, sans exhiber le paquet. Bonne précaution en ces lieux pour éviter les tapeurs. Le Breton frotta une allumette, Frantz répéta :

– Rien. Rien de rien. Si encore on pouvait toucher le capitaine Michel ! Mais va savoir où il est, avec le boulot qu'il a ! Il m'a parlé d'aller dans les catacombes désamorcer avec des spécialistes les tonnes de dynamite qu'y ont planquées les Chleuhs. Paraît que Hitler voulait faire sauter Paname !

Le bruit en courait et le capitaine Michel, qui s'était procuré les plans, devait effectivement se démener.

– Il ne nous reste que le capitaine Rémy, alors, constata le Breton.

– Ou Zulma.

– Ou Zulma, abonda le Breton, qui vouait à la résistante une sorte de vénération.

Coriace, dévouée, vaillante, elle l'était autant qu'un homme, sinon plus. En sa compagnie, Frantz, Tintin, bien d'autres, n'avaient-ils pas annihilé un camion d'armes teuton ? Liquidé les soldats convoyeurs et transporté les armes, en majorité des Colts à barillet dont ceux que leur avait fauchés le commandant Passant étaient du lot ? En ce moment, ces armes distribuées aux F.F.I. du 9e arrondissement aidaient ceux-ci à se battre pour libérer la ville. Ce fait, d'ailleurs, serait rapporté à tous dans la citation de leur croix de guerre.

– Oui, mais comment les joindre, elle ou Rémy ? s'interrogea le Gitan.

Puis il sourcilla devant un petit binoclard maigriot, dont le regard quémandait derrière les verres.

– Tu veux quoi, toi ?

– Trois jours que je suis là sans fumer, les gars, gémit l'homme. Si vous...

Le Gitan ne put s'empêcher de lui tendre une toute cousue, que Binoclard alluma de doigts frémissants d'impatience.

– ... Z'êtes là pourquoi ? fit-il entre deux voluptueux jets de fumée.

– On sait pas. Et toi ?

Le Breton l'observait.

– Ma concierge m'a balancé, expliqua Binoclard. Pour

marché noir. Tout ça parce que je lui ai refusé une fois un kilo de beurre.

Le Breton chercha à le rassurer, mais surtout à se rassurer lui-même :

– Ils vont pas te garder longtemps pour ça ! C'est de la bricole !

– Va savoir, renvoya le maigrichon. C'est qu'ici ils te fusillent pour un oui, pour un non. Ce sont les Cocos qui tiennent cette putain de mairie. Et dame, avec eux...

– Rouges ou pas, on fait comme eux partie de la Résistance, releva Frantz. Donc, ils devraient nous relâcher vite fait.

– Vous êtes quoi ? s'informa Binoclard en toussotant.

– F.F.C.

Binoclard les dévisagea, étonné :

– Quoi ? C'est quoi, ça ?

– Forces françaises combattantes, précisa le Gitan. De Londres.

Le visage étiré de Binoclard s'assombrit. Il jeta autour d'eux un œil méfiant.

– Vous êtes à de Gaulle, alors ?

– Ben oui, reconnut Frantz. Tu dis ça sur un ton ! C'est un crime, de marcher avec le Général ?

Binoclard zieuta de nouveau les alentours.

– Dans un sens, oui. Les rouges-gorges peuvent pas piffer le grand Charles. Paraît qu'ils cherchent à faire dans Paris un... un... un poucht. Y veulent, à ce qui se raconte, prendre le pouvoir. Aussi, pour eux, des mecs comme vous... qui êtes à de Gaulle...

Il les fixa alternativement, hocha la tête, livrant une pomme d'Adam proéminente, lâcha :

– Y peuvent vous flinguer.

La chaleur, d'accord, était infernale dans la salle de classe tranformée en ratière. Tout de même, était-ce elle qui amenait brusquement une giclée de sueur au dos de le Breton et mouillait les cheveux noirs et drus du Gitan ? Du coup, ils ôtèrent leur veston et achevèrent de dénouer leur cravate.

– Ça alors ! s'exclama Frantz à demi-voix. On serait

liquidés parce qu'on marche avec de Gaulle ! Qu'est-ce que c'est que ce cirque ?

Le Breton, qui dépiautait Binoclard du regard, le sonda, méfiant :

– Où que t'as pêché ces tuyaux, toi ?

– Chut ! coupa l'homme. Celui qu'arrive est un de leurs indics. Un faux prisonnier. Vous retournez pas.

Son conseil était superflu. Les deux amis auraient pu lui en donner, oui ! Dans leur monde, on ne se découvrait pas si vite. Ce fut d'un mouvement faussement machinal que le Breton pivota sur place, en feignant d'inspecter l'endroit. Il repéra de suite le lascar désigné. Bouf ! cette frime qu'il avait ! Il portait la délation sur sa mine chafouine, au fond de ses yeux grisâtres en forme de trou de pine, et par sa démarche de côté, à la crabe. Même s'il ne l'avait pas voulu, il annonçait la couleur par son physique de larbin de mélodrame. Si les Cocos l'avaient chargé d'espionner, ce n'était pas à leur honneur. Il ne manquait au type qu'une pancarte avec, spécifité dessus en blanc sur fond noir : INDIC, balançoire, dénonciateur, ordure.

Pour aborder le groupe des arrivants, il trouva le motif en présentant un mégot jauni de salive :

– Z'avez du rif, s'il vous plaît ?

Le Breton lui flamba une allumette.

– Pourquoi que vous êtes là, les gars ? s'intéressa Mine Chafouine, après avoir aspiré sur son clope.

Il avait un accent d'Europe centrale, de ces coins-là, et sa maigreur pire que celle de Binoclard était logée dans un froc de toile kaki et dans une chemise de pilou rayuré.

– Si tu pouvais nous le dire ! renvoya Frantz.

– Z'avez dénoncé des patriotes aux Frisés ?

Le visage brun du Gitan vira comme tout à l'heure au gris. Le Breton tenta vite d'adoucir l'ambiance. C'est qu'il connaissait son copain. Il dit, mimant l'évidence :

– C'est une erreur. On va nous relarguer d'ici peu.

L'indic les détailla hypocritement.

– Z'êtes bien frusqués, dites donc ! Z'êtes pas ouvriers, vous ! Collabos, peut-être ? Z'avez fricoté avec les Frisous, non ?

Cette fois, le Breton fut trop long à la parade. Son ami avait, de son bras puissant et court, empoigné Monsieur Chafouin par le col de sa chemise sale où manquaient des boutons.

– Va te faire enculer, lui gronda-t-il en pleine face. Et casse-toi, sinon je t'étrangle.

L'autre, c'en était ahurissant, ne tentait aucun geste pour se dégager. Il arborait un pâle sourire, conservait les bras le long de son corps étroit qui puait le suri. Écœuré, Frantz ouvrit la main.

– ... Ça va, ça va, bafouilla alors l'indic. Ça va. Pas de quoi se fâcher.

Puis, foulant la paille des espadrilles usagées qui le chaussaient, il alla s'incorporer à un autre groupe. S'il était réellement à la solde des caïds qui avaient capturé la mairie, rien ne le prouvait. Cependant, si on se fiait à sa mine, à son regard, à l'éclat méchant que voilaient de lourdes paupières...

Le Gitan, ignorant Binoclard toujours présent, fit signe au Breton :

– Allons jusqu'à la lourde pour essayer d'avoir des nouvelles.

Ils s'en approchèrent. Tandis qu'ils se faufilaient dans la masse agglutinée près de la sortie, une rafale brutale les fit sursauter. Elle semblait provenir d'assez loin, comme étouffée par des sous-sols. Les visages pâlirent. Le type qui se tenait le plus près de la porte que barraient les canons de fusils dut s'accrocher au chambranle. Il gémit :

– Encore un.

Il était petit, grassouillet, propret, ressemblait à un commerçant.

– Encore un quoi ? s'informa Frantz.

Ce fut son voisin, un costaud vêtu de son seul pantalon, qui répondit en esquissant des bras un mouvement balayant, ce qui fit jouer les muscles de ses biceps :

– Rran... fit-il, les dents serrées.

– Quoi encore ? voulut creuser Frantz, qui tenait aux détails.

Il obtint pour réponse un rire cynique en provenance du

couloir. Puis Révolution Bandeau s'encadra dans la porte, plus que maigre, quasi décharné, à demi ivre et toujours aussi méchant.

– Je te parie une bouteille que çui-là est mort en ordure ! lança-t-il au copain qui l'accompagnait.

– Tenu, renvoya l'autre. Allons aux renseignements.

Révolution Bandeau acquiesça, tout en parcourant lentement Frantz et son ami d'un œil hargneux, mesquin, envieux. Qu'enviait-il ? Leurs costumes en fil-à-fil, leurs chemises aux initiales brodées, leurs chaussures de cuir souple ? Peut-être. Il était si minable, exhibait une telle gueule de cocu, de vaincu d'avance, cela en dépit de son artillerie, de son air vachard, de son pansement sanglant. Un minus. Un raté, que doublait un visqueux. Pour lui, ces moments devaient représenter le summum. Il portait des armes, pouvait les utiliser, faire souffrir, se venger, se défouler. Il était enfin quelqu'un, quelque chose...

Avant de disparaître, il lança, haussant le ton, plus pour les deux nouveaux que pour les autres prisonniers :

– Y en a qui crèvent dignement. En hommes. Mais c'est rare. Tous sont plutôt des chiassieux. Des gonzesses.

De ses prunelles d'un gris sale, boueux, il faisait savoir aux deux amis qu'il les classait dans la deuxième catégorie. Enfin, il s'éloigna avec son acolyte tout aussi encombré d'armes.

– Je voudrais lui bouffer les couilles, gronda Frantz.

– Faudrait avoir faim, répliqua le Breton.

Dans leur dos, quelqu'un chevrota :

– Tous les quarts d'heure, ils en fusillent un. Sans jugement... comme ça...

Ils se retournèrent. C'était le commerçant propret, dont les genoux battaient la mesure. Sûr que le marchand de saucisses ne devait pas avoir le commerce bien net. Possible que pour bazarder sa charcutaille, qu'il avait en prime donné des tuyaux aux Teutons !

– Bien fait pour les collabos, énonça non loin Cotte Bleue. Cette vermine qui nous a fourgués... qu'a bazardé la patrie...

Qui l'avait vendu lui, également doté d'un accent d'Europe centrale ?

Mine Chafouine qui s'était approché, glissé plutôt, avait

enregistré la désapprobation. Il ne fit pas de commentaires, s'éloigna en croisant les yeux durs du Gitan. Cotte Bleue, qui voulait sûrement se faire bien noter au cas où les Rouges auraient des oreilles traînantes, en rajoutait :

– C'est une honte ! Tous devraient être fusillés. Les traîtres, les ceusses qui...

Il redressa sa graisse, claironna :

– Les femmes aussi ! Celles qu'on pagé avec les Fritz... oui, oui... les gonzesses, ces salopes aussi.

Le Gitan attrapa le bras de son ami et l'entraîna vers le fond, vide de monde. Il s'immobilisa à proximité d'une fenêtre.

– Ça semble plus sérieux que je croyais, dit-il. Faut songer à se tailler d'ici.

Le Breton qui, d'un regard plongeant, inspectait la cour toujours aussi grouillante, remarqua :

– Tu crois pas qu'ils vont affranchir la mairie du 9ᵉ qu'on est là ?

Frantz ne répondit rien. Lui aussi évaluait la hauteur les séparant du sol.

– S'arracher d'ici ne va pas être de la tarte, dit-il enfin. Ils prennent leurs précautions. T'as pas vu les gardes en bas et...

– Ran... rr... rran !

Du fond de la terre, comme jaillie des entrailles, une rafale venait de lui couper les mots. Il consulta sa montre-bracelet.

– Un quart d'heure, lâcha-t-il, la sueur au front. L'autre type a dit que, de quart d'heure en quart d'heure... Il faut qu'on se casse d'ici, mec. Il le faut, autrement... avec tous ces cinglés...

A cet instant, une voix de femme attira leur attention. Elle glapissait :

– Si c'est pas un crime, de donner à bouffer à des fumiers pareils ! Allez, à la soupe, vous autres ! Tas de sagouins.

La clarté dans la pièce commençait à disparaître et des ombres s'allongeaient sur les murs nus. Une autre voix, masculine celle-ci, lança en mise en garde :

– On vous a remis trois bougies. Prenez-en soin. Vous en aurez plus d'autres. Et gaffe à pas filer le rif à la paille !

– S'ils grésillaient, ces cochons-là, ça serait pain béni, remarqua la femme.

Les bougies en question, plantées sur le bureau d'écolier de Cotte Bleue, éclairaient chichement l'immense salle. Heureusement que ce n'était pas encore la nuit.

La charmante dame aux vœux si agréablement formulés allait cueillir dans les 60 printemps. Elle était corpulente, plus grasse que les porcs auxquels elle faisait allusion, courtaude de jambes, et une verrue poilue ornait sa joue gauche, non loin de sa bouche trop chargée de Rouge Baiser. Mais qui pouvait avoir envie d'embrasser cette truie ? Si elle visait à séduire ses compères en révolution, elle ne manquait pas d'estomac, à défaut de charme. Une telle horreur ! Il est vrai que les autres zigomards n'étaient pas tellement jojos non plus et, le tafia aidant, ils pouvaient la transformer en Carole Lombard ou Marlène Dietrich. Les cannes en moins, tout de même ! La belle Fridoline de l'*Ange bleu* les avait plus galbées, plus longues, plus faites pour porter de la soie que les gros poteaux à varices de la vacharde qui aboyait tout à coup, pendant que l'un de ses soupirants présumés se mettait à distribuer des tranches de pain :

– Un morceau chacun ! On les a comptés ! Alors attention aux resquilleurs, tas de cochons !

– Qu'elle aille se faire foutre, soupira Frantz. J'ai pas faim. Et peut-être que le capitaine Rémy ou Zulma, s'ils ont été prévenus...

Pour son compte, le Breton commençait à douter. Ils se devaient d'avaler quelque chose pour tenir le choc. Il joua des coudes, précédant le Gitan pour aller récolter leur tranche de pain à la lueur vacillante des bougies. Puis, ayant repéré un deuxième héros derrière une bassine fumante posée sur le coin d'un autre bureau pupitre, il se dirigea vers lui. Orphelinats de guerre et maisons de correction lui avaient appris qu'il ne faut jamais rater les occasions. Après, c'est trop tard. Imité par Frantz, il présenta sa tranche de pain, recueillit dessus trois champignons. Trois. Frantz itou. Pas un de plus. Pas un de moins. Le cuistot bénévole à brassard F.T.P. devait apprécier les chiffres impairs !

A ce moment, rr... rr... rran... rran !

– Merde, souffla un vieux dans la pénombre qui tombait. Ça doit être le dernier ! Y vont pu y voir clair !

– A moins qu'ils flinguent aux phares, risqua une autre voix.

La distribution achevée, Dame charmante brailla en regagnant la sortie, suivie des héros distributeurs de pitance et de Cotte Bleue :

– Bouffez et bouclez vos sales gueules ! Et qu'on vous entende pas.

Le Gitan soupira à travers sa bouchée :

– Dire qu'elle est peut-être grand-mère... qu'elle fait sauter sur ses genoux des moutards roses et blonds...

Pourquoi pas mats et bruns et comme lui ? Pour l'image ?

La corvée de cuisine partie, les sentinelles relevèrent leurs canons de fusil et bouclèrent la porte sur les angoisses des prisonniers, les isolant, les laissant avec des questions sur le pourquoi de leur incarcération, sur ce qu'il allait advenir de leur sort. Et vu l'ambiance, cette atmosphère incroyable où la justice n'existait que par le bon vouloir d'un tas d'énergumènes avinés, assoiffés de revanche, avides de slogans, de chants, de violence et de sang, les pensées des embastillés ne pouvaient pas être tendres. Surtout pour ceux qui avaient à se reprocher des canailleries sérieuses. Mais y en avait-il beaucoup parmi eux ? Combien devaient subir des vengeances de voisins, des dénonciations anonymes, rapport à un nom difficile à prononcer, car à consonance étrangère, donc à soupçonner ?

Vers 11 heures du soir, les bougies ayant fondu et l'obscurité étant descendue sur l'immense pièce où la paille craquetait sous les corps, un type se mit à chanter, peut-être pris par le cafard, la nostalgie d'un ailleurs. Le Breton et Frantz, qui ne trouvaient pas le sommeil, allongés côte à côte sur la paille près d'un gars qui ronflait joyeusement, prêtèrent l'oreille. Le chanteur avait un accent, un de plus, était-il d'origine russe, hongroise, roumaine ? Ce qu'il envoyait d'un ton grave, bouleversant, ressemblait assez aux célèbres *Bateliers de la Volga.*

– Y fout les foies, avec sa chanson à la con, souffla le Gitan. Manquait plus que ça.

– Le fait est..., renvoya son ami. On se croirait en pleine révolution chez les Soviets ! Comme dans les films.

D'autant que d'autres voix, à présent, avaient rejoint la première. Et ces timbres puissants, grondants et tendres, qui lançaient, scandaient un air connu dans une langue inconnue, glaçaient, car ils ramenaient à des images d'exécutions, de massacres, de viols, de fusillades.

Allongé sur le dos, mains sous la nuque, un mégot aux lèvres, le Gitan murmura :

– Faut absolument faire prévenir Rémy ou Michel demain, sinon...

– Oui, mais comment ?

Du couloir, un héros hurla en cognant de la crosse de son flingot le bois de la porte :

– Z'allez boucler vos gueules, bande de fumiers !

Mais les fumiers étaient lancés. Pour les faire taire... Les rudes paroles du chant semblaient maintenant faire reculer, éclater les murs de la salle de classe transformée en ratière. Près de le Breton la paille craqua, lourdement, Frantz venait de se tourner. Bien après que les chants se soient tus, car il y en eut plusieurs, malgré menaces et coups de crosse à la porte, le Breton s'endormit ou plutôt somnola à son tour. Et l'épais silence alourdi d'angoisse ne fut plus troublé que par des rots, des pets, des jurons arrachés à des cauchemars. Puis on cria. En français :

« Maman ! »

Au réveil, on leur distribua un café que Cotte Bleue puisa dans la bassine aux champignons de la veille, cela à l'aide d'une boîte de petits pois vide. Enfin, ils eurent l'autorisation de se rendre un par un aux lavabos se loger le crâne sous un robinet et pisser. Surveillés en prime par une sentinelle méfiante et hargneuse. Il n'y avait évidemment ni savon, ni serviette. Qu'importaient ces détails à ceux qui conduisaient le bal ? D'ailleurs, à leur dégaine, ils ne devaient pas souvent décrasser leurs pieds ni changer souvent de liquette, hygiène qui devait être contraire à leurs dogmes politiques. Ils puaient. Possible que certains s'étaient bien battus contre les Canaques, ce qui ne leur enlevait rien côté hargne ou vacherie. Ils en rajoutaient même, ainsi que tous ceux à qui le destin a accordé un brin de pouvoir, de puissance...

*

Insensiblement, le soleil pénétrait par les fenêtres de la cour, réchauffant les corps sommairement lavés. Tête baissée, assis jambes pendantes sur un pupitre qu'ils avaient retiré de l'empilement, les deux amis gambergeaient ferme. Ils ne se voyaient pas l'avenir en rose bonbon. Tout à coup, une ombre leur fit relever le front. Révolution Bandeau se tenait devant eux tel qu'en lui-même, la veille... l'imprécation aux lèvres et la rage dans ses yeux sales... Il n'avait même pas changé son bandeau ! Ce dernier était peut-être un peu plus sanglant, à croire qu'il l'avait trempé dans du sang frais. Parole, il faisait penser à ces mômes qui se passent du cambouis sur la figure pour faire croire qu'ils sont de fameux mécanos ! Il paraissait rudement y tenir, à son aspect de guerrier farouche, de révolutionnaire implacable, de pourfendeur de Boches, de traqueur de collabos, de sauveur de la veuve et de l'orphelin !

– Alors ? lui jeta Frantz sans préambule.

L'autre, qui s'amusait encore avec sa foutue grenade quadrillée, ricana :

– Alors quoi ?

– Vous avez prévenu les F.F.I. du 9e ? Leur chef, le capitaine Rémy ? Tu viens nous chercher pour nous libérer ?

La grenade qui fascinait le Breton sauta en l'air, fut rattrapée de justesse.

– Non.

Le Gitan abandonna son siège improvisé d'un coup de rein.

– Mais vous êtes givrés ! Alertez les Forces françaises combattantes ! Ils doivent bien avoir installé un bureau quelque part, maintenant !

Par les ragots, les sentinelles, ils avaient appris l'arrivée de la 2e D.B., la capitulation du général von Choltitz. Révolution Bandeau humecta de la langue ses lèvres craquelées de fièvre. Celles des combats ? Du calvados ?

Rrr... rr... ran !

Toute la salle écouta, les attentions se portèrent sur la porte, de nouveau ouverte et de nouveau barrée par les canons des fusils. Des visages blêmirent. Révolution Bandeau, qui avait lui aussi par réflexe tourné son maigre cou de poulet, ramena son œil mauvais sur les deux amis.

– ... va s'occuper de vous, lâcha-t-il. Faites confiance.

– Voyons, tenta Frantz, bras allongés, les paumes en l'air pour convaincre. C'est une erreur ! Essayez de comprendre. Dis-le à tes chefs. Téléphonez à...

Il n'acheva pas. Dans un autre ricanement, Révolution Bandeau venait de pivoter sur ses bottes d'aviateur style 1914 et se dirigeait vers la sortie, suivi des regards craintifs ou haineux des ski, skof ou vic. Parvenu au seuil, la terreur révolutionnaire se retourna sur les deux amis. A travers la longueur de la salle de classe, il les fixa avec cruauté, ricana encore et disparut.

– Bon dieu de bon dieu, jura Frantz. Mais cette histoire est dingue !

Le Breton opina, puis tenta d'adoucir :

– Peut-être que Tintin va essayer quelque chose. Il savait qu'on venait ici. Et comme il touche Paul Jouan qui marche, paraît-il, avec les Cocos...

– Michel aussi le savait !

– Oui, mais lui l'apprendra qu'en ne nous voyant pas au rencard de ce midi. Tintin, c'est différent. Par Paul Jouan, il peut être au parfum qu'on s'est fait cravater. Enfin, c'est à espérer.

Rrr... rr... rran !

La rafale lointaine, étouffée, les fit tous sursauter une fois de plus. Frantz se raidit, sa mâchoire se contracta. Il gronda, d'un ton sourd, décidé :

– Si on sent qu'on est cuits, quand l'autre connard se pointera, on lui chouravera son artillerie et on...

Il laissa sa phrase en l'air. Le Breton garda le silence. Le moment venu, la décision serait dure à appliquer. Ce serait à coup sûr un suicide. Jamais ils ne parviendraient jusqu'en bas, jusqu'à la grille... la liberté... avec cette barrière de mecs enfouraillés jusqu'au yeux, équipés de tout ce qui sert à trucider... Mais, si vraiment il ne se présentait pas d'autre solution, alors crever pour crever... autant qu'ils en entraînent le plus possible avec eux.

– Oh ! Frantz ? Gaffe !

Le Breton alertait le Gitan d'une intonation contrôlée : Mine Chafouine, dont ils ne s'étaient pas aperçus au réveil qu'il n'était plus dans la salle, venait d'y pénétrer, accompagné de Révolution Bandeau et de deux autres. De l'index, il montrait tout en marchant un moustachu à l'allure tranquille, type Français moyen tiré au million d'exemplaires. Aussitôt, les sbires de Révolution empoignèrent l'homme qui se mit à se débattre, à gémir :

– Qu'est-ce que j'ai fait ? Messieurs ! Messieurs !

Poussé, traîné, bousculé, Moustachu disparut, encadré par les vengeurs suivis de Mine Chafouine, l'air plus fuyant que jamais. Qu'avait bien pu soutirer comme confidence à Moustachu cette ordure à la solde des communistes quand, dans la nuit, allongés côte à côte sur la paille, l'autre nigaud en toute confiance... Le porc d'indicateur ! Le salopard d'espion. Le...

Rr... rr... rran !

Les conversations étouffées, qui avaient repris après l'embarquement de Moustachu, cessèrent. Les prisonniers se rapprochèrent, se serrèrent les uns contre les autres. Peureusement. Comme pour se mettre à l'abri, pour se réconforter.

Dans un recoin, la paille fit entendre un craquement sourd. Le Breton tourna la tête. Un des détenus, un assez âgé, aux fesses proéminentes sous un pantalon de toile écrue, avait enfoncé son nez, son visage dans la paille où il avait dormi. Que cherchait-il ? Ses économies ? A dissoudre sa peau dans ce qui, à la longue, se transformerait en fumier ? Croyait-il qu'ainsi on ne le verrait plus, qu'on ne le retrouverait plus, donc qu'on ne pourrait pas venir le cueillir pour l'entraîner vers un de ces rr... rr... rran ! fatidiques ? Mais ces rr... rr... rran ! étaient-ils réels ? N'était-ce pas du cinéma ? Un numéro ignoble pour affoler, amener à composition, forcer à avouer, à livrer des confidences, des aveux ? La bonne vieille technique de la guerre des nerfs ?

Les deux amis ne devaient jamais connaître la fin de l'histoire [1].

Dans le silence retombé, un silence qui angoissait, nouait les boyaux, une voix goguenarde, en provenance du couloir que bloquaient les fusils, s'éleva :

– L'est canné comme une salope, çui-là ! Un de plus. Tous des fumiers, ces collabos.

– L'ont rien dans le bide, renchérit une deuxième voix complice.

Frantz fixa son ami. Celui-ci comprit ce que disaient les prunelles sombres pailletées d'or : « Ah ! tenir un de ces connards, un de ces fanfarons, dans un face à face, calibre au poing, yeux dans les yeux. Sans galerie. Sans témoins ».

– Je vais essayer de revoir ce commandant Passant, décida brusquement le Gitan. Y en a marre. Faut qu'il nous explique pourquoi il nous a fait cravater.

Il se dirigea sur Cotte Bleue, qui avait repris son poste à son pupitre et qui jouait avec son morceau de craie.

– Qu'est-ce que tu veux ? fit ce dernier voyant le Gitan se dresser devant lui.

– Parler au commandant Passant.

Cotte Bleue parut impressionné par le nom, car il tressaillit, sa peau vira au blême.

– On parle pas au commandant Passant.

Il s'était exprimé d'un ton bas, craintif, semblait subitement mal à l'aise.

– Pourquoi non ? s'entêta le Gitan. On a le droit de savoir !

Cotte Bleue zieuta furtivement vers le couloir que barraient les fusils. Sa voix chuta encore d'un ton :

– Un conseil. N'insiste pas.

– Que tu crois ?

Frantz s'était penché et ses larges mains de réaliste s'accrochaient au rebord du pupitre, que souillaient des taches d'encre séchée. Il répéta, dans un grondement qui domptait mal sa violence :

1. Des historiens, par la suite, feront état de 100 000 exécutions sommaires sans jugement à travers la France.

– Que tu crois ?

Cotte Bleue ramena son œil trouble sur lui.

– Regagne ta place. C'est un bon conseil.

– Je veux voir ce Passant, insista le Gitan qui avait rayé le grade de sa bouche.

– Dégage, implora Cotte Bleue. D'ailleurs, voilà la soupe.

Un bruit de pas et de gamelles heurtées retentissait effectivement dans le couloir. Sur le seuil, les canons des pétoires s'écartèrent pour donner le passage à la grosse mal embouchée de la veille. La suivant, venaient les héros portant des bassines, des bouteillons et du pain.

– A la soupe, fumiers ! aboya la toute charmante aux jambes variqueuses, se dirigeant sur Cotte Bleue.

– Qu'est-ce qu'ils nous apportent encore à becter ? lâcha Frantz, l'esprit ailleurs. Je vais... cet enfoiré de Passant...

Puis il se tut. Il restait figé de stupeur, les yeux braqués sur la porte que condamnaient de nouveau les fusils. Et, au-delà des canons menaçants... Le Breton, qui avait suivi la direction du regard de son ami, sentit la bonne vieille chaleur apportée par le dévouement, la rassurante présence de l'amitié, lui envelopper le cœur. Derrière les armes, Zulma, la formidable Zulma, le bras droit du capitaine Rémy pour le 9e arrondissement, la fidèle du capitaine Michel pour les F.F.C., parlementait, un papier à la main. Un des responsables des héros l'accompagnait. Sur l'injonction de celui-ci, les canons des flingots s'écartèrent. Zulma leva son bras nu où, sur la chair mate, tranchait le brassard des F.F.I. et l'agita sobrement.

– Ça alors ! jubila Frantz devant le signe d'appel. Tu viens, petit mec ?

Ils se hâtèrent vers leur amie.

– Arrivez, leur lança-telle sans plus d'explications.

Mais son œil chaud et sombre racontait qu'il ne fallait pas questionner, s'attarder...

– Vite, souffla-t-elle lorsqu'ils furent très proches.

Dame Varices ne les vit même pas s'en aller, trop prise qu'elle était par sa distribution de champignons. Ils l'entendirent juste brailler :

– Pas plus d'une tranche de pain par tête. On les a comptées. Attention aux resquilleurs !

Savait-elle seulement combien faisaient deux et deux, cette grosse truie. Si oui, elle allait se trouver avec deux tranches de trop.

En bas dans la cour, armé d'une Sten, le capitaine Rémy en civil, brun de poil, solide et sûr, les attendait en souriant. Trois F.F.I. de sa mairie se tenaient en retrait, discrets, pas du tout m'as-tu-vu, mais prêts à intervenir.

Le capitaine régla les formalités à la table occupée la veille par Révolution Bandeau et pour l'heure absent et tout le groupe franchit les grilles en fer forgé. Ouf ! En face, le long du trottoir, à demi cachées par le char allemand détruit, se trouvaient deux Tractions avant noires avec les lettres F.F.I. en blanc sur le côté. Le groupe s'y engouffra. Pas question de traîner dans le secteur. Alors que celle où avaient grimpé les deux amis démarrait sèchement, Frantz s'écria :

– Et nos calibres ? Merde, nos flingues !

– Vos quoi ? s'étonna Rémy en reposant la Sten sur ses genoux.

– Oui ? s'informa à son tour Zulma, assise près du chauffeur, un rouquin énorme dont le brassard F.F.I. ceignait, sous la manche relevée de la chemise, la peau musclée du biceps.

– Ils nous ont piqué nos Colts à l'arrivée, expliqua Frantz. Et...

Le rire du capitaine Rémy explosa tel une rafale.

– Abandonnez-leur votre artillerie, les gars, dit-il, calmé.

– Oui, renchérit Zulma d'une voix grave. N'essayez pas de retourner les chercher. Ils sont fous, là-dedans. Fous à lier.

La Traction, stoppée par une auto-mitrailleuse de la 2e D.B. du Général Leclerc, éternua de son moteur.

– C'est un miracle, si on vous a récupérés, renseigna Rémy. Nous avons attendu que le fameux commandant Passant soit parti déjeuner pour venir.

– Avant, nous avions bien essayé, enchaîna Zulma en refoulant une mèche rebelle de son front. Il n'y a rien eu à faire. Pour vous avoir, il aurait fallu prendre la mairie d'assaut.

– Et pourquoi ça ? se hérissa le Breton. C'est vrai que les Cocos ont tenté un coup de force pour driver le pays ?

– Quelque chose dans ce goût-là, admit Zulma. C'est pourquoi vous, nous, ceux qui marchent avec de Gaulle, leur sont suspects.

– Mais la politique, je m'en fous ! se récria le Breton. J'en ai jamais fait. J'ai...

Puis il s'écrasa. Il se souvenait, à 18 ans, avoir servi d'aide-garçon à Biena, un ingénieur communiste. Ce dernier, sous couvert de « dépanneur d'ascenseur », avait réussi à déclencher la première grève jamais vue dans cette profession. Le Breton qui, forçant le chômage et sa misère, était parvenu à se faire embaucher chez Otis-Pifre [1] s'était vu attribuer à ce Biena, un type intelligent, posé, efficace, comme la rue ne lui en avait jamais fait connaître. Résultat, il avait épaulé le faux dépanneur de bon cœur, allant transmettre ses ordres, porter des plis aux ouvriers des autres chantiers. Habitué à la boucler, il n'avait jamais parlé, ce qui aurait pu alerter le patronat. Bref, après 15 jours de grève et de coups de pèlerine distribués à travers la gueule par les sergents de ville, les gars avaient fait plier la direction et obtenu leur augmentation. En revanche, Biena, démasqué, avait été flanqué à la porte et... le Breton itou comme de juste. Alors la rue, la misère, le chômage l'avaient récupéré. Tiens ! il aurait dû le faire savoir à ce Passant de malheur ! C'est ce qu'il tentait de raconter dans la traction qui filait de nouveau sous le beau soleil d'été.

Zulma éclata d'un rire sonore et Rémy lâcha :

– De ton passé, ils s'en foutent. Ce qui compte à leurs yeux, c'est que tu es gaulliste.

– Mais..., voulut placer le Breton.

Puis il se tut. A quoi bon leur raconter qu'il n'avait pas choisi, que c'était par l'entremise de Frantz qu'il était entré aux F.F.C. Lui, F.F.C., F.F.I., F.T.P., il s'en tamponnait le coquillard. Pour ce qu'il y comprenait, à tous ces bidules...

1. Seule la marque Otis semble actuellement exister.

Quand il avait bricolé contre les Teutons, c'était par plaisir, pour pimenter un brin l'existence, tout ce qu'on voulait mais vraiment sans idéologie aucune. Il ne savait même pas ce que cela signifiait.

Tandis que le Rouquin, après un autre arrêt, rembrayait au milieu d'une agitation folle, Rémy précisait :

– Selon nos tuyaux, ce Passant serait un spécialiste en révolution dépêché par le Guépéou. Un Roumain qui aurait servi dans les B.I. au cours de la guerre d'Espagne ;

– B.I. ? questionna le Breton, qui grattait sa barbe poussée drue.

– Brigades internationales, traduisit Rémy.

Le Breton hocha la tête. Allons bon ! Encore des lettres, des initiales... décidément...

– C'est pourquoi il est si toquard, alors ? constata Frantz. Au fait, et le capitaine Michel ?

– Il n'a pu venir, mais m'a fait contacter par Tintin, sachant que je me démerderais pour vous sortir de là. Il vous verra demain.

Zulma se retourna sur les deux amis, pas rasés, aux costumes froissés, souillés et où adhéraient encore des brins de paille.

– Vous avez eu plus de chance que vous ne le pensez. Michel a alerté le colonel Brunetière, qui débarquait de Londres, pour qu'il intervienne auprès de ce Passant, demandant qu'on vous relâche immédiatement. Et vous connaissez la réponse de ce Passant au colonel ?

« Si vous les voulez, venez les chercher ! »

C'était Rémy qui avait achevé pour Zulma. Frantz et le Breton échangèrent un regard. Ainsi, les autres en étaient là ? Les combattants de l'ombre qui, côte à côte, avaient lutté contre l'occupant se tiraient déjà la bourre ? Décidément, la politique des honnêtes gens semblait un drôle de pastis ! En tout cas, ainsi que le disait Zulma, eux avaient eu du pot. Il aurait suffi d'un rien, trois fois rien pour que... qui sait ? rrr... rran... rran ! Oui, ils pouvaient s'estimer heureux de circuler dans la ville, même si ce vieux Paname n'était pas encore libéré totalement. Preuve, les tac-tac-tac qui, sporadiques, secouaient l'air, les bagnoles qui fonçaient, allaient et venaient au milieu d'une foule joyeuse que baignait un beau soleil. Les gens avaient prématurément envahi les rues, pensant que tout était terminé, qu'ils allaient retrouver leur petite vie d'avant 1940. Hélas, avant d'en arriver là, il restait de la route à tailler, les Chleuhs mordaient toujours.

A l'avant, Zulma poursuivait à l'intention des deux amis :

– Et ce n'est pas tout. Tintin s'est démené aussi pour vous. Il a cavalé de droite à gauche pour vous sortir de ce guêpier. Car, lorsqu'il a appris que vous étiez cravatés par les Rouges, son cri a été : « On les reverra plus vivants, à moins que... »

Alors il a contacté Paul Jouan [1], bien en place auprès des Cocos. Jouan a essayé, mais on lui a refusé votre libération.

– Ensuite, il ne nous restait plus que la violence ou la diplomatie, remarqua le capitaine Rémy.

A l'avant, le Rouquin freina, gêné par un vélo-taxi à la capote ornée de la Croix-Rouge, lui-même immobilisé par une auto-mitrailleuse à la peinture verdâtre recouverte de poussière. Une poussière grise, qui plaquait des masques sur les faces des soldats casqués où la sueur traçait des rigoles.

– Salut, les Fifis ! lança l'un d'eux, bras levé.

Le Rouquin rendit la politesse en passant le sien par la portière, pendant que Rémy enchaînait :

– Nous avons opté pour la seconde formule. Du moins essayé. Nous nous sommes servis de papier à en-tête du G.Q.G. des Forces françaises de l'intérieur qui exigeait vos libérations.

– Et si Passant n'avait pas été déjeuner ? jeta Frantz.

Zulma se détourna lentement et refit face au pare-brise. Le capitaine Rémy, sans regarder ses voisins, manœuvra avec prudence la culasse de la Sten et le silence s'abattit dans la traction que le Rouquin relançait. Ce fut le Gitan qui le rompit brutalement :

1. Son frère Robert tiendra *le Charivari*, rue Godot-de-Mauroy, où, le 29 juillet 1954, il abattra Pierre Cuc, corse et juge estimé du Milieu. A l'enterrement de ce dernier, l'auteur, qui venait de céder les droits de *Du rififi chez les Hommes*, entraînera Jules Dassin, le metteur en scène, pour qu'il s'imprègne des mœurs des truands français. L'Américain pourra ainsi observer les Corses qui, devant le cercueil de Cuc, feront serment de vengeance. Serment tenu. Robert Jouan sera abattu rue Lepic, le 28 mars 1958.

– Ça va, on a compris. On était cuits, quoi.

Pour la seconde fois, la culasse de la Sten claqua. Sèchement. Comme une menace. Le capitaine Rémy avoua :

– En ce moment, d'après ce qui nous parvient, beaucoup de gens meurent à travers la France, sans savoir pourquoi. Ils sont fusillés, abattus en se demandant ce qui leur arrive.

– Les révolutions-libérations font toujours beaucoup de victimes innocentes, remarqua Zulma de sa belle voix sourde, profonde, que le Breton aimait car elle faisait songer à l'étreinte.

– Et ainsi que dans le proverbe, poursuivait Rémy, on ne fait pas d'omelettes sans casser d'œufs.

– Et les œufs, c'était nous, grommela le Gitan avant d'ajouter, pensif et vexé : – Bien la première fois qu'on me désarme sans que je réagisse. Un si beau flingue...

– Tu veux que je te ramène là-bas ? proposa le Rouquin, faisant mine de stopper.

– Hé ! pas de conneries !

C'était le Breton qui, spontanément...

Tous rirent. Pas lui. Toutes ces salades... ces micmacs... ces parlotes... ces idéaux pointés vers des objectifs auxquels il comprenait que dalle...

– Vous me déposez chez moi ? s'informa-t-il près de Rémy. Ma femme doit être inquiète.

Zulma se retourna une nouvelle fois vers l'arrière. Son regard, sa bouche souriaient d'amitié, d'expérience, de compréhension :

– Ta femme ? Tu peux dire qu'elle nous a pompés ! Depuis qu'elle a été avertie de vos ennuis, si elle bouge, secoue le prunier à tout le monde !

– Ce matin, elle tenait même à nous accompagner à la mairie, précisa Rémy. Mais ça n'aurait rien apporté. Au contraire. On a réussi à la dissuader.

– Non sans mal, ajouta Zulma. Elle voulait tout casser, voir ce Passant... envahir la mairie... ah, on peut pas dire qu'elle a les pieds dans le même sabot !

– Bref, elle a quand même accepté de nous attendre, expliqua Rémy, qui avait repris la Sten sur ses genoux. Mais non sans mal.

– Où elle est ? s'impatienta le Breton.

– On l'a laissée se morfondre à une terrasse du boulevard des Batignolles, renseigna Zulma, dont le beau regard sombre luisait d'amitié. Non loin d'ici, d'ailleurs, continuait-elle alors que la Traction, toujours suivie de celle où se tenaient les gars de Rémy, débouchait sur le boulevard. Tiens, mais...

Par la portière, son bras indiquait une terrasse de bistro bourrée de clients joyeux, excités, nerveux, ou Fifis et soldats se mélangeaient aux civils et où de belles filles gloussaient.

– Mais..., reprit Zulma. Où est-elle passée ?

– Ça va, stoppe ! cria le Breton au Rouquin.

Déjà, il ouvrait la portière et se ruait vers une silhouette qui marchait au milieu de la vaste allée coupant le boulevard en deux.

– On vous attend ? lui lança Zulma.

Sans se retourner ni ralentir, il refusa du geste. Sa Margot avançait au centre de l'allée sans se soucier des gens, des autos qui, de chaque côté, filaient ou viraient dans des grincements de freins, des hurlements de pneus.

Elle ne se préoccupait pas plus des gars de Leclerc, certains casqués, d'autres coiffés du béret à pompon de marin, qui, à 50 mètres de là, cherchaient à dégommer des tireurs de toit, engeance qui venait de se manifester depuis peu. Personne ne pouvait dire à qui ils appartenaient vraiment. Miliciens de Darnand, gestapistes en fuite, soldats livrant un baroud d'honneur ? Nul ne savait. Mais leurs tirs imprévisibles semaient la pagaille et la mort.

L'œil de le Breton caressait la chère silhouette qui lui tournait le dos. Margot était vêtue d'une robe de soie crème, plissée dans le bas, chaussée de chevreau bordeaux qui rappelait la ceinture qui lui serrait la taille et de son épaule pendait un sac de même teinte. Elle ne le voyait pas, ne l'entendait pas. L'impatience devait la ronger et, pour la tromper, elle avait dû arpenter plusieurs fois l'allée sans trop s'écarter de la terrasse du bistro. A la détailler, il ne put s'empêcher de sourire. Décidément, elle ne se ferait jamais aux chaussures à talons compensés imposés par les restrictions de cuir ! Elle arguait de sa taille trop cambrée, expliquait qu'elle ne supportait pas les talons plats. Après tout... Et puis, ne s'était-il pas toujours démerdé pour lui dégoter ce qu'elle aimait ?

Lorsqu'il ne fut plus qu'à quelques mètres, il se mit à siffloter la chanson, la leur, celle dont, chose rare, elle ne connaissait pas les paroles, dont ils ignoraient d'où elle provenait, qui l'avait composée, lancée... Baste, cet air était le leur ! Ils l'avaient adopté. Il le sifflota. Doucement :

« Deux sous d'amour, c'est pas grand cho-o-o-ose
Mais quand on a le droit de choisir-ir-ir »

Il la vit s'immobiliser pile. Il enchaîna :

« Deux sous d'amour, ça fait plaisir-ir-ir »

Elle se retourna brusquement et se rua.

– Tatouni !

Elle ne s'était pas fardée, lui offrait un visage d'enfant que dévoraient les yeux inquiets, immenses. En un éclair, sans savoir pourquoi, il pensa découvrir la gosse de la butte Montmartre, celle de la rue Sainte-Rustique, celle que le célèbre Poulbot avait croquée de son fusain quand, gamine... la morve au nez et un doigt dedans... les jambes grêles sur lesquelles dégringolait la dentelle d'un pantalon déchiré, trop grand, cadeau de la mairie... le tout s'achevant par des godasses bien trop dures, trop longues, héritage d'un don de bonnes œuvres quelconques... Jamais elle n'avait été si chère à son cœur qu'en cet instant. Il la reçut contre lui, la bloqua du bras.

– Ma beauté.

Elle pleurait, riait, caressait sa barbe poussée.

– Qu'est-ce qu'ils t'ont fait ? Ils t'ont...

– ... fait rire, blagua-t-il.

– Oh ! toi !

Elle se serrait contre lui, le humait, le palpait de ses longs doigts tendres pour s'assurer qu'il était bien présent. Il l'embrassa à petits coups sur ses paupières humides, ses joues mouillées, son nez luisant, ses lèvres tièdes.

– Tu sens le bébé, dit-il.

Elle rit tout en pleurant de bonheur :

– Et toi le cochon !

Il gloussa, menaça :

– C'est ainsi qu'on parle aux F.F.I. ?

– D'abord, t'as pas de brassard, répliqua-t-elle, logique.

Il rit de plus belle, puis :

– Tu me fais fumer ?

Elle se dégagea à demi pour pêcher ses cigarettes dans son sac et, sous la soie d'un mouchoir, il aperçut la crosse noire du 6,35. Il rigola :

– Tu voulais venir me chercher flingue au poing ?

– Pourquoi non ? fit-elle, sérieuse. Je suis cap' !

Il abonda en la bécotant de nouveau. Ça, pour être cap', ainsi qu'elle venait de l'affirmer, elle était cap'. Oui, pour lui sauver la mise, elle aurait été capable d'aller affronter les cinglés de la mairie du 17e arrondissement. Ça oui, qu'elle en aurait été cap', sa Blondie. De quoi avait-elle peur dans le fond ? De rien. Elle devait en avoir un petit coup dans la cafetière. Il l'enlaça avec tendresse, l'entraîna.

– Viens, rentrons.

Elle lui décocha un coup de ses mignonnes chaussures dans les tibias.

– Pourquoi ? Tu fais plus la guerre ?

– J'ai renvoyé mes amis. Et attends qu'on soit arrivés, je vais te montrer ce que je vais faire.

Ils avancèrent vers la place Clichy sans se soucier de l'agitation qui se déroulait autour d'eux. Cependant, à la longue, il fut bien obligé de repérer sur le trottoir les deux tractions avant de ses compagnons qui roulaient au pas, les couvrant, prêts à intervenir. Ainsi, ils ne l'avaient pas lâché de l'œil ? Ça réchauffait le cœur. De loin, il leva le bras, les salua, sourit à Zulma et leur fit signe de partir, que tout irait bien. Rassurés, le Rouquin et celui qui pilotait la seconde voiture démarrèrent dans un éclaboussement de soleil que reflétèrent les pare-brise.

XXIII

Ça reniflait la finale, le knock-out, la mise en bière pour les Fridolins. Exit les fiers guerriers de Hitler. Quoiqu'il y avait encore des coups de flingue qui partaient droite, gauche, des fumées noires qui s'élevaient d'incendies, des chars Sherman qui patrouillaient, d'autres planqués en embuscade entre les marronniers, prêts à tonner de leurs canons. Les gars de la 2e D.B. de Leclerc étaient les rois, des dieux aux yeux des Parisiens, des Parisiennes surtout. Dame, ils étaient jeunes et beaux, avaient risqué leur peau, la risquaient encore, la risqueraient demain. Hélas, ils n'allaient pas pouvoir rester longtemps, profiter de leur aura de libérateurs. Ils allaient devoir poursuivre le rififi, progresser jusqu'à Strasbourg, investir la vieille ville que leur prestigieux général Leclerc avait fait serment, à Koufra, de libérer. Lui et ses lascars fringués de kaki par les US étaient bien en route pour ne pas se parjurer.

Sur son chemin le Breton, qui avait rendez-vous avec Frantz, croisa une ribambelle de prisonniers. Oh ! ils ne risquaient pas de se sauver, les ex-vainqueurs ! Mains accrochées à la nuque, cernés par des gardiens de la paix qui les protégeaient de leur mieux des coups vengeurs et inutiles de la populace, leurs visages poudreux, creusés, exprimaient la lassitude et la crainte des F.F.I. C'est que ceux-ci les molestaient sans vergogne. Ce qui fait que tout soldat allemand ne rêvait que de se rendre aux gars de Leclerc, des réguliers, eux, en qui ils pouvaient espérer relever des droits de la guerre. Tandis qu'avec ces démons à brassard... ces va-de-la-gueule avinés, excités... ces harpies échevelées qui leur crachaient à la face... ces énervés, qui leur brandissaient sous le nez des pétoires datant de la guerre de cent ans dont la plupart ne savaient même pas se servir ! En cette période, les plus braves des personnes, les moins hargneuses, se transformaient en bêtes enragées, inconscientes... A leur décharge, elles avaient subi tellement de vexations durant tant d'années ! Aussi, l'heure étant venue, si elles s'exprimaient, se défoulaient, hurlaient, braillaient leur joie et leur haine.

En costume fil-à-fil bleu sur une chemise de popeline de soie blanche, mais sans cravate, chaussé de mocassins, le Breton, qui s'était adossé à un mur pour laisser s'écouler la longue colonne, contemplait la masse des vaincus. Pénible. Mais c'était la guerre. A l'avant, trois souris grises, ainsi que les Parigots avaient baptisé les femmes de l'armée allemande, avançaient, décoiffées, bras levés, en jupe, bas gris et chemisier blanc, leurs cheveux blonds dans les yeux. Elles paraissaient atterrées. Il y avait de quoi. Les précédant, mais marchant à reculons, deux F.F.I., rigoustin pointé, les menaçaient, l'œil vengeur. A droite et à gauche de la colonne, pour renforcer les flics en uniforme, d'autres F.F.I. faisaient bonne garde. Tous brandissaient tromblons et pistolets. A les observer, ils semblaient un rien grotesque. Que craignaient-ils ? Que leurs proies s'évadent ? Ça ne risquait pas. Les vaincus avaient bien trop la frousse de cette bande de fiévreux ! Heureusement pour les Chleuhs que les flics étaient de la partie. Si ces derniers avaient rudement participé à la libération de la ville, ils ne voyaient pas la nécessité de frapper des soldats qui s'étaient rendus.

Parfois, il arrivait à un F.F.I. de jeter un coup d'œil à le Breton qui n'avait pas mis son brassard, l'ayant d'ailleurs oublié dans une poche. Pourtant Zulma lui avait bien conseillé de l'exhiber ! C'est qu'avec ces résistants aussi soudains, aussi inattendus que virulents... S'il avait oublié le sésame, il portait en revanche à la ceinture, sous son veston boutonné, un P 38 fauché à un Frisou.

Quand la colonne eut disparu dans un roulement de

godasses, de piétinements, de cris et d'imprécations, il reprit son chemin vers la porte Champerret. Comme il descendait l'avenue de Wagram, il faillit se cogner dans une silhouette massive.

– Toi ? fit-il, vraiment surpris.

Abel Danos, aussi étonné que lui, le fixait de ses yeux clairs. Le Breton n'avait pas besoin de dessin. Si le Mammouth ne paniquait pas, ce n'était pas son genre, les Dieux l'avaient néanmoins abandonné. Il avait dû s'enfuir d'une cachette en vitesse, car des espadrilles chaussaient ses pieds nus, un pantalon de toile grise et un maillot de corps, dont les mi-manches sciaient ses biceps prodigieux, le vêtaient. Il ne portait rien d'autre. Ni lunettes de soleil, ni sac, ni veston. Rien.

– C'est pas prudent, lâcha le Breton. Tu dois les avoir de cher dans les reins ?

– Je viens de m'arracher de justesse du Dépôt, confirma Abel. On me traque

– T'es sans un ?

La question était superflue et déplacée. Le Breton s'en voulut de l'avoir posée. Il se fouillait déjà, ramenait tout ce qu'il possédait de liquide.

– Tiens.

Abel glissa le tout dans sa poche de pantalon. Sans compter. Sans dire merci. Il n'avait pas à le faire.

– Tu veux que j'affranchisse le capitaine Michel ? Mais il faudrait savoir où te joindre ensuite ?

– Ça ira, refusa le Mammouth. Je le toucherai plus tard.

– Ne reste pas à te faire frimer en plein jour. Il peut passer des mecs qui sont à ta recherche.

Tous les services, flics et résistants, devaient en effet être sur le cuir du Mammouth. Lesquels d'entre eux savaient qu'Abel s'était mouillé pour le réseau Marco Polo ? Qu'il avait accompli contre les Chleuhs des missions à glacer le sang ? Ceux du réseau qui l'avaient utilisé, eux, connaissaient son pedigree dans la résistance comme son appartenance à la Carlingue de la rue Lauriston. Mais c'était la guerre. Même dans celle de l'ombre, il faut des gens efficaces et impitoyables. Tant pis pour la morale, les bonnes manières... Les conflits ne se gagnent pas en jouant à la marelle. Ensuite, la victoire acquise, dans les salons, on peut s'amuser au baisemain, bouche en cul de poule et petit doigt levé au-dessus de la tasse de thé, et critiquer les mœurs, les méthodes... Mais durant le rififi, réclamant de l'action, il faut se servir d'hommes d'action. Le reste... Et Abel, le Breton le savait, avait agi, accompli avec succès les missions à lui confiées. Que cela ne suffise pas à contrebalancer ce qu'on lui imputait pour le compte des Canaques ne le concernait pas. Aux autres de le juger, s'ils le capturaient. Lui, pour sa part...

– Garde-toi, Abel, fit-il, main offerte.

– A bientôt peut-être, renvoya le Mammouth avant de se perdre dans la foule.

Le Breton regarda se gommer dans la cohue l'épaisse silhouette, puis il reprit sa marche pour gagner l'avenue de Villiers. A mesure de son avance il perçut une rumeur, d'abord floue, vague, comme un grondement. Puis cela se clarifia, se transforma en un air connu, un chœur lancé par des dizaines de voix, des centaines peut-être. Malgré lui, tout en avançant, il se mit dans sa tête à fredonner. Décidément, l'instant était au patriotisme ! Les gens s'en saoulaient, s'en payaient une sacrée tranche. Depuis le temps qu'ils avaient espéré ça !

« La victoire en chantant nous ouvre la barrière
La liberté gui ide nos pas.
Et du Nord au Midi la trompette guerrière
A sonné l'heure des combats-ats-ats »

C'était plutôt l'heure de l'armistice, la fin de l'insurrection d'après les communiqués, la T.S.F... Le Breton avançait toujours, à présent submergé, enveloppé, par les voix passionnées, grondantes :

« Tremblez, ennemis de la Fran-an-an-ance. »

Pour trembler, ils tremblaient en ce moment, les ex-vainqueurs. Le Breton venait d'en croiser un long ruban qui, bras levés, la mouscaille au caleçon...

« Rois ivres de sang et d'orgueil...
Le peuple souverain s'avan-an-an-ance »

La place Péreire était envahie par une foule dense, c'était elle qui chantait. Et, sur un char Sherman peint en guerre, qui ? Le Breton en resta comme deux ronds de flan, la bouche ouverte, les yeux écarquillés. Debout sur le monstre d'acier, déchaînée, en robe à fleurs, ses belles gambettes gainées de soie, sa Margot entraînait la foule, la soulevait de ses tripes, de son fabuleux don à communiquer, à entraîner...

« La République nous appel-el-el-elle
Sachons vaincre ou sachons périr.
Un Français doit vivre pour elle-el-el-elle
Pour elle un Français doit mourir-ir-ir-ir »

– Ben, celle-là alors... murmura le Breton, soufflé.
Cependant, il n'aurait pas dû tellement s'étonner. Il la connaissait capable de ces choses. Cap', ainsi qu'elle disait. Et pour l'être, ça, la preuve... Bon Dieu, si la foule la suivait, reprenait bis :

« Un Français doit vivre pour ell-el-el-elle,
Pour elle un Français doit mourir-ir-ir-ir »

Les voix mêlées, chaleureuses, comme réchauffées par le beau soleil qui dorait les visages, embellissait les âmes, peignait de la tendresse sur les chemisiers des femmes et des décorations sur le veston des hommes, glorifiaient encore plus les Leclerc présents. Et ces voix grondantes s'en allaient rouler au loin jusqu'aux frontières, jusqu'aux bureaux et palais de ceux qui avaient déclenché l'holocauste, asservi des nations, martyrisé des peuples, déporté des héros, fait descendre aux enfers des enfants juifs innocents, avili la dignité humaine. Et à cent mètres, debout sur l'engin blindé, Margot, plus blonde encore sous les rayons dorés, se démenait, fauchait l'air survolté de ses bras :

« La République nous appel-el-el-elle »

Le Breton se secoua. C'est que cette ambiance... ces voix... sa Blondie... sa Chyprinette... cette chanson... Merde, il n'allait pas se laisser nouer la gorge ! Tout ça n'était que du cinéma. Un attrape-nigauds. Un... un... un... Puis il sourit. Cette voix rauque dans le silence soudain tombé, cette voix qu'il connaissait si bien, qui lui mettait du feu aux reins et des envies de faire l'amour, jetait, renforcée par deux mains mises en porte-voix :

« Pour les gars de Leclerc, hip, hip, hip ! »

Et la foule, aussi sec :

« Hourra-ah-ah »

La rumeur n'était pas retombée que Margot, penchée, raflait un casque sur le crâne d'un soldat et le brandissait après y avoir jeté une poignée de billets :

« Pour nos pioupious ! »

Aussitôt un mur de bras, de mains, se tendit...

Le Breton hésita, mais Margot était lancée, avait bien autre chose à faire pour le moment. Lui aussi. Autant la laisser. Il se libéra de la foule et se dépêcha vers son rendez-vous. Il riait de plaisir. Sa Margot. Son phénomène. Un fou rire le gagna. Leur vie n'était-elle pas un éternel éclat de rire ? Un pied de nez permanent à cette société qui, lorsqu'ils étaient mômes, ne leur avait pas fait de cadeaux, les avait rudement secoués ? Aussi avaient-ils trouvé la meilleure des parades : la gaieté. La rue, cette implacable et inégalable université, leur avait tout appris, d'abord à se moquer d'eux-mêmes avant de charrier les autres. Et, encore et surtout, à rire, à rigoler, à se bidonner, à se fendre la pêche, à se marrer franco en toutes circonstances, surtout lors des tragiques. Le rire panse les plaies, bien souvent les cautérise, et aide également à encaisser les coups durs.

Maintenant, la rumeur était loin derrière lui. Allait-elle leur en goualer une autre, une fois la récolte pour les gars de la 2e D.B. terminée ? Probable. Elle aimait tant chanter, rire, aimer, donner...

« Deux sous d'amour, c'est pas grand-chose... »

*

Frantz et le Breton, assis à l'arrière de la Traction, ne connaissaient pas le chauffeur ni son voisin. On les leur avait imposés. En revanche, ils connaissaient de réputation l'homme coincé entre eux, qui les dominait, les écrasait de sa masse. Il s'agissait de sa majesté Otto Brandl soi-même, le fameux patron des services d'achats allemands, le caïd des caïds, celui qui avait trafiqué, acheté tout ce qu'il trouvait pour équiper, nourrir les soldats de son pays. Par ailleurs il avait également, sous le couvert de ses commerces innombrables, recruté des Français pour la Gestapo. Lui encore, qui avait mis le pied à l'étrier d'Henri Lafont, le terrible patron de la rue Lauriston. Lui toujours, qui avait aidé à se constituer la bande de Masuy, un autre terrible de l'avenue Henri-Martin, ainsi que celle du boulevard Flandrin, celle de Rudy von Mérode, tous ces traqueurs d'or, de devises, de juifs, de patriotes... Les deux amis avaient bien souvent entendu parler du puissant homme d'affaires allemand. Mais c'était la première fois qu'ils le rencontraient, pour autant qu'on puisse appeler ça une rencontre ! Ils étaient seulement chargés de le convoyer et de l'amener à Cotoni, un Corse nommé responsable de la D.S.T. De temps en temps, le Breton lorgnait le profil rosé de l'homme blond, sa mâchoire lourde, ses vêtements coûteux. Ainsi, c'était là le fameux Otto ? Celui qui jonglait avec les milliards, qui avait été l'un des atouts majeurs de l'armée du Grand Reich en France ? Otto, qui avait ses entrées chez les généraux de la Wehrmacht, même chez Oberg, celui des S.S. ? Otto, qui fréquentait les salons, les ambassades, le gratin du gratin de l'Occupation et qui, à présent... sans cravate... Quelle époque ! Dérision des dérisions. Grandeur et décadence. Quelle fumisterie que la vie, quand la roue du destin tournait à l'envers !

La voiture, qui, fait rare en ces heures, n'exhibait pas sur ses flancs les mots F.F.I., franchit une grille dorée. Peu après les deux amis, Frantz en tête, Otto au centre, le Breton en couverture montaient un vaste escalier. Quoique armés, les deux amis n'avaient jamais envisagé de montrer leur rigoustin au Teuton, encore moins de s'en servir. Pas contre un Otto Brandl. A quoi bon ? L'homme, fatalement intelligent, devait bien savoir qu'il ne lui fallait rien tenter. Personne d'ailleurs n'avait envisagé de rébellion de sa part, car aucun ordre n'était venu de lui passer les menottes ou de l'entraver. Heureusement, car les deux amis se seraient dérobés. Ils voulaient bien convoyer un personnage formidablement puissant il y avait peu de temps encore, et dont le prénom était devenu la légende de l'argent et des fortunes colossales, mais pas au-delà.

Quand on les introduisit dans le spacieux bureau du contrôleur général chargé de la sécurité du territoire, ce dernier se leva aussitôt pour les accueillir. Corse bon teint, petit et brun, le front haut et dégarni, le nouveau promu parut prendre la mesure de l'Allemand d'un œil vivace, intelligent. Il inclina le front, ne tendit pas la main :

– Monsieur Brandl ?

Puis, index pointé sur un fauteuil placé devant sa table de travail :

– Asseyez-vous.

Il demeura près de deux minutes à fixer son futur adversaire, à qui il devait arracher une confession, des secrets... Cela sans prononcer un mot. Sans remuer. Ils venaient à peine de se rencontrer que déjà le duel s'engageait.

A l'écart, les deux amis, souffle retenu, contemplaient la scène. Puis Frantz bougea, cassant l'espèce de charme bizarre, inquiétant, tombé dans la pièce. Cotoni tressaillit légèrement avant de se diriger vers les deux complices. Ce fut bref mais chaleureux :

– Merci infiniment de me l'avoir amené. A présent, vous pouvez disposer.

C'était à lui de jouer et il le faisait comprendre. Normal. A chacun son job. Lui allait avoir à démêler beaucoup de problèmes avec le grand caïd des trafics, les deux amis, eux, n'avaient rien à voir dans ce travail d'inquisition, de questions, d'enquêtes... Appartenant au S.R., service de répression de leur réseau, d'autres tâches les attendaient. Après une poignée de main au chef de la D.S.T. et un dernier regard sur l'homme qui avait instauré les fameux Services Otto, ils quittèrent la pièce aux meubles bien encaustiqués, au plancher bien ciré.

XXIV

Paname continuait de s'épurer sous le soleil, la chasse aux collabos battait son plein. Le mot d'ordre était toujours : sus aux miliciens de Joseph Darnand, aux membres du P.P.F. de Jacques Doriot, lequel s'était carapaté en Germanie, aux franquistes de Marcel Bucard et sans oublier, bien sûr, aux ennemis que chacun possédait ou se donnait. Les dénonciations pleuvaient, s'amoncelaient quai de Gesvres où les commissaires Clot et René Levitre étaient chargés de s'y retrouver dans ce bourbier, héritage de l'occupant et de ses séides. Ça puait. Ça puait la dénonciation gratuite, les coups vachards, les vengeances personnelles, à en faire se boucher les narines aux policiers pourtant blindés.

Le 25 août, le général von Choltitz, commandant du Gross Paris, avait rendu le sabre en présence d'un autre général, français celui-là, héroïque, celui du serment de Koufra, Leclerc de Hauteclocque, chef de la fameuse et devenue légendaire 2e D.B. Près de lui se tenait, pour faire signer au Teuton le « Y en a marre tricolore », un second général, tout jeune, tout dynamique, Jacques Chaban-Delmas, délégué militaire du grand Charles qui, lui, avait joué ses osselets en territoire ennemi. Étaient également présents à cette sauterie Maurice Kriegel-Valrémont, membre du C.N.R. dont le Breton avait rencontré le secrétaire général Robert Chambeiron, grand copain de son frère Robert, ceci bien avant la débâcle fridoline. C'était l'un des meilleurs souvenirs que le Breton avait conservés des jours noirs, cette conversation sur un banc public avec ce jeune type qui risquait sa vie et les tortures à chaque seconde. Dieu merci, il allait s'en sortir, devenir député des Vosges.

Au sujet de cette reddition, des rumeurs circulaient chez les F.F.I., leur chef, le colonel Rol-Tanguy, avait exigé de figurer sur l'acte de capitulation présenté à von Choltitz. A croire que ça magouillait, discutaillait déjà chez les têtes dirigeantes, que les pianos s'accordaient mal, que le contre-ut foirait. Le 26 août, le général de Gaulle enfin là, enfin visible, avait descendu les Champs-Élysées en partant de l'Étoile, couvé par les chars de Leclerc, applaudi, cerné par le délire. L'entouraient des visages qui allaient également devenir légendaires, ceux des généraux Juin, Kœnig... de Georges Bidault, président du C.N.R., successeur de Jean Moulin arrêté, torturé, déporté, mort, de Robert Chambeiron, de Le Troquer... de tous les lutteurs de l'ombre sur lesquels une foule de centaines de milliers de personnes ne pouvait pas toujours mettre un nom. La promenade glorieuse s'était déroulée au milieu d'une liesse, d'une ambiance folle, délirante, chaleureuse, qui asséchait les gorges, mouillait les paupières et la culotte des filles. Ensuite avait suivi une messe d'action de grâces à Notre-Dame et là... pan ! pan ! pan ! Le rififi continuait jusqu'en ces lieux saints ! Camouflés parmi les orgues, avait-on supposé, déduit, des tireurs embusqués... Pan ! pan ! pan ! Et les fidèles de s'aplatir, de tenter de se fourrer le crâne, le trou du cul, le képi sous le rempaillage des chaises, des prie-Dieu, à l'abri des colonnes, sous la bedaine du voisin... Seul droit, sûr de lui, de son destin, le grand Charles, grand par la taille, par son auréole, et par les 45 fillette qui le chaussaient, continuait à chanter le Te Deum. Ceux présents, dont Frantz, devaient reconnaître que le Sauveur en avait là où un homme se doit d'en avoir. Les idées politiques du nouveau héros, que venaient d'acclamer les Parisiens, n'étaient peut-être pas à gauche, mais ses couilles, si. Pas de gourance, il les portait bien de ce côté.

Et dans Paname libéré, les tireurs des toits, pendant de ceux de Notre-Dame, florissaient. Ça mitraillait de droite à gauche, prenant de leur temps précieux aux gars de Leclerc que d'autres tâches urgentes attendaient, telle la ruée sur

Strasbourg. Nul ne pouvait dire de qui il s'agissait vraiment. Parfois, c'était un soldat vert-de-gris qui s'offrait un baroud d'honneur, d'autres fois un gestapiste ou un milicien. Mais rien de concerté, de certain. Cela n'empêchait pas la joie dans les cœurs et dans les rues, sillonnées de plus en plus de bagnoles sur les flancs desquelles s'étalaient les lettres désormais familières de F.F.I. ou F.T.P. Beaucoup de leurs occupants, qui brandissaient drapeaux et pétoires, étaient fraîchement sortis de l'ombre. A vrai dire tellement fraîchement qu'ils n'y avaient jamais pénétré. Mais eux itou voulaient de la gloire, le gros bisou des mademoiselles admiratrices, la reconnaissance éperdue, sanglotante, de leur concierge, et... et... et... bien souvent voir s'il n'y avait pas moyen de moyenner, piller un tantinet sous le couvert de l'héroïsme libérateur et vengeur. Car ça prenait l'allure d'une gigantesque razzia, d'une formidable ribouldingue, ce déferlement soi-disant patriotique. Si ça emballait, embastillait, questionnait, giflait, cognait, bastonnait à tout va ! Si ça chouravait, se sucrait sans vergogne ! Si ça palpait tous azimuts, à tous les sommets !

– « Salaud ! »

– « Fumier ! »

– « Vendu ! »

– « Traître ! »

– « Salope ! T'as couché avec les Fritz ! Cochon ! Tu leur as fourgué du porc ! Dégueulasse ! Où que t'as planqué le pognon que t'as gagné avec eux ? »

Ça, c'était la phrase clef, le number one. La favorite : « Où que t'as caché tout cet or que t'as raflé avec les Boches ? Hein ? tu vas répondre, enfoiré ! »

Et vlan ! sur la gueule à Jean. Car les héros de la dernière heure, de l'ultime charge, se découvraient des dents plus longues que les baïonnettes qu'ils brandissaient, l'œil coriace des Curiaces, *la Marseillaise* aux lèvres, et la gnole dans le gosier. C'est qu'ils en voulaient aussi du frico, leurs zigues, de la bonne oseille. Du blé. De la mornifle. Du bon pognon. Du grisbi. Ah ! miam-miam-miam ! Cet appétit ! A côté d'eux, Gargantua paraissait au régime jockey. C'était plus une ruée mais une curée, mais un ouragan, mais une nuée de

sauterelles. Vlouf ! Vlouf ! Vlouf ! Tout ils ratissaient. Suffisait qu'ils entendent parler d'un, d'une qui avait... avec les Chleuhs... couché, vendu, acheté et hop ! moteur ronflant, ordre de mission bidon en poche, imprécations en bandoulière, s'ils fonçaient dans leurs totos frappées des sigles F.F.I., F.T.P., Milices patriotiques, cétéra. Leurs carosses traversaient Paris en trombe, revenaient de même. Des quartiers généraux s'étaient installés un peu partout. Des tribunaux sans magistrats aussi. Ceux-ci siégeant n'importe où, dans des salles de bistrot, des caves, des garages, des classes d'école... Et les sanctions tombaient, rapides, que le lascar avoue ou non où il avait enterré son or maudit, qu'il eût admis ou pas avoir fricoté avec les Canaques, que les nanas reconnaissent ou non s'être fait offrir une roucoulade de caleçon par les guerriers d'Hitler. Et c'était des crânes rasés passés au papier de verre, des gnons, de sérieux passages à tabac et aussi, souvent, broum... broum... broum ! tac-tac-tac ! Exécuté. Morto. Ceci à la va comme je te hais.
A la va comme j'ai besoin de défoulement, besoin de montrer qu'il faut choisir du côté bon, de celui qui gagne. Sinon... broum... broum... broum... tac-tac-tac-tac... Chacun, chacune pouvait être à la merci d'un sanguinaire à brassard, d'un galonné de pacotille qui, bien souvent, s'était collé un grade lui-même. Surtout chez les voyous. Qui savait qui était qui, une fois de plus ? C'était le bordel, la barabille, les ôte-toi de là que je m'y mette. Avec en prime, par l'attitude hargneuse et débile, les « Attention, mézigue, j'me suis bigorné chez les Effeffis, les Eftépés, les... les... » A ces charmants bambins, il ne fallait pas omettre les Milices patriotiques récemment créées. Rouges-gorges d'opinion, elles. Plus à gauche tu meurs. D'avoir côtoyé l'héroïsme des soldats de Leclerc, d'avoir fait le coup de feu, essuyé des pétarades, d'avoir vécu quatre ans le front courbé, d'avoir tout jalousé et tout maudit, de ne pas avoir osé et, à présent, de pouvoir tout se permettre, les avait rendus dingues. Ils s'éclataient. Traits creusés, yeux gonflés de fatigue, dopés d'alcool pillé et de gloire échappée, ils se voulaient des vengeurs impitoyables, des Robespierre modernes étoffant le tout de piratages. Qui les freinait, les poussait ? A qui

profitaient l'agitation insensée, les débordements de toutes ces marionnettes ? Le gros Henri Face, pour son compte, avait eu à faire à un autre sigle : la D.G.S.S. Il s'était retrouvé emporté boulevard Suchet, au siège de la Direction générale des services spéciaux. Encore des résistants. Toujours des résistants. Dépendant de la France Libre, ceux-ci. Mais, sous ce label, c'était bel et bien à ses écus qu'ils en avaient. Dame, d'après sa légende, non usurpée, les sommes faramineuses flambées par lui sur les bourrins le désignaient comme un Himalaya de milliards, le Crésus des Crésus. A part ses ravisseurs, nul ne savait où était passé le Gros Henri. Tout le monde le cherchait, poulets, amis truands, fabricants de cartons de pain et surtout René l'Obsédé, son solide compagnon. Ce fut Paul Jouan, qui avait échoué pour arracher Frantz et le Breton aux Rouges du 17e arrondissement, qui le premier fut sur sa trace grâce à ses multiples contacts et relations. Il alerta aussitôt l'Obsédé et tous deux avaient foncé à la D.G.S.S.

Six jours et six nuits que le gros Henri Face était encavé, qu'on le questionnait, le houspillait pour savoir. Enfin pas trop tout de même, un homme mort ne pouvant plus annoncer où il camouflait sa joncaille, ses louis, ses lingots, ses diams. Cette fois, Paul Jouan avait réussi. Opérant en caïd, épaulé par des documents, il avait obtenu la libération du célèbre trafiquant. Et, incroyable, ahurissant, les premiers mots de ce dernier après tant d'heures d'angoisse où se jouait son destin, avaient été : « Qui c'est qu'a gagné le Grand Prix dimanche ? » A se taper le cul par terre. Puis, tout bonnement, le Gros, sachant que le rationnement de pain allait durer, s'était remis bien peinard à sa coupable industrie. Ceci pour rafler beaucoup, beaucoup d'écus, de manière à pouvoir en porter encore plein sur les fichus canassons, Prix de Diane et autres prix à réclamer, ces pièges à gogos des travailleurs, des voyous et des maquereaux, vache à lait des tiroirs-caisses, de la République. Dreling, dreling ! « Les lièvres sont dans leurs boîtes départ ! Les fiers coursiers sont dans le starting-gate. Attention... on... on... Partez ! » Et envoyez la soudure ! O naves royaux, ô pigeons adorés, truffes patentées, flambeurs tous terrains, balancez vos écus, vos éconocroques, videz vos goussets, nettoyez vos tirelires pour la grande joie du P.M.U., de l'État boulimique, gouffre insatiable ! Et faites chialer vos moutards, misez leur déjeuner, les bigoudis de grand-maman, la robe de votre jolie femme sur la robe alezan du bourrin à 20 contre 1. Tout, tout, tout. Portez tout aux joyeux rigoleurs de la Protection de la Race Chevaline et revenez en suivant les rails. A pied, langue pendante et ventre creux, la rage dans les talons et les poches nettoyées. Amen.

En cette fin d'août de la Libération, la traque ne cessait pas. Au contraire. La ruée se poursuivait plus furieuse, vengeance au cœur, pillage au poing. Ça s'embastillait, se balançait à qui mieux mieux. La race humaine déchaînée, pétrie de ses bons sentiments, donnait sa mesure. Plus que jamais tous, toutes, étaient à la merci d'une dénonciation, d'une saleté, d'une jalousie. Ces jalousies en faisaient du mal ! Elles en mouillaient des paupières, en démolissaient des bonheurs, ceux que certains étaient parvenus à économiser un peu durant la tourmente.

Si la traque ramenait beaucoup d'innocents, pris, insultés, dépouillés, matraqués, jugés sommaire, exécutés dans des officines glauques, innommables, aussi innommables que ceux qui y officiaient en redresseurs de la patrie, brassard au bras et flingue au poing, elle débusquait aussi, Dieu merci, des tortionnaires, gestapistes, miliciens et autres bourreaux. Côté officiel, parmi les monceaux de dénonciations calomnieuses qui s'empilaient sur leurs bureaux, les commissaires Levitre et Clot trouvaient parfois du sérieux, du qui valait la peine de sortir les menottes. Heureusement, sinon leurs estomacs n'auraient pu supporter tant de pourriture. Celle-ci dégageait la même pestilence que celle qui, en son temps, avait assailli les services de la Gestapo quand ils ployaient sous les dénonciations anonymes, les lâchetés, les vomissures des médiocres, des aigris, des pourceaux.

Triant, enquêtant, arrêtant, interrogeant sans répit, les deux commissaires du quai de Gesvres ont enfin devant eux, ce 30 août, ceux que recherchaient tous les services de police : Henri Lafont et Pierre Bonny en personne, les patrons de la terrible rue Lauriston. Ça y est, ils les ont. Ils les tiennent.

Oh, pas un grand exploit en cela ! Juste un mignon balançage et... Il est même incroyable que le redoutable et redouté Lafont se soit laissé faire aux pattes si facilement. Bonny et lui s'étaient planqués, avec femmes et enfants, dans une ferme du côté de Bazoches, à une quarantaine de kilomètres de la capitale. Ils avaient beaucoup prévu, millions, mitraillettes, bijoux, passeports teutons, cartes d'alimentation, etc., sauf la trahison. L'auteur du renseignement, Joanovici le ferrailleur, trafiquant tous terrains. Juif bessarabien, génie du bisness et de l'embrouille, autodidacte, ne sachant même pas écrire mais sachant dénoncer. Quant à ce qui était de compter, alors pardon ! Pour ses intérêts, deux et deux, ça faisait neuf. Pour ses dettes, la même addition donnait trois. Malin, rusé, petit, rond, mouillé jusqu'à ses minuscules oreilles avec les Chleuhs, Lafont et autres redoutables, Joano, alias Monsieur Joseph, avait cherché à se dédouaner depuis longtemps en allongeant un tas de fric à la maison Poulaga, pour créer le réseau de résistance Honneur et Police, eh oui ! et en rendant moult services aux flics. Notamment en intervenant souvent pour eux près de Lafont, alors au faîte de sa puissance. Ce qu'il avait fait au bénéfice de l'inspecteur principal Morin de la P.J., soupçonné de résistance par les Chleuhs et incarcéré. A la débâcle allemande, Monsieur Joseph était allé trouver ce policier pour lui indiquer où se tenaient les caïds de la Gestapo française. Toujours sa politique des deux tableaux ! Quel cadeau pour les patrons du quai de Gesvres ! L'opération s'était déroulée sans douleur. L'inspecteur principal Morin, toujours lui et peu reconnaissant envers Lafont mais flic avant tout, avait pu vérifier, sous le couvert d'un déguisement paysan, que les gestapistes se trouvaient bien au gîte. Le reste avait été routine professionnelle. Policiers et Fifis avaient cerné la ferme, arrêté tout le monde, femmes et mômes compris. Lafont, pour les gosses, n'avait pas bronché, cherché à se défendre, à s'enfuir... Spécialistes en perquisitions, les enquêteurs trouvèrent vite armes, pognon, papiers sous les solives, les lames de parquet, dans les cheminées...

A peine les deux caïds de la Carlingue devant eux que Levitre et Clot retroussèrent leurs manches. Dame, le boulot s'annonçait rude, d'autant que leur ex-collègue Pierre Bonny, ayant très faim et très peur, s'attabla. Il dénonça à qui mieux mieux, livra adresses et planques des lieutenants et soldats de la maudite rue Lauriston. Le juge d'instruction désigné, M. Gerberis, s'en frotta les mains. Il pouvait. C'est qu'il ne travaillait pas dans le léger, l'ex-premier flic de France des affaires Prince et Stavisky ! S'il parle, avoue tout, renseigne, raconte, aide à rédiger les rapports, en rédige lui-même, y va franco de la langue, du stylo, bavasse, indique, en rajoute, mélange le faux au vrai, assaisonnant le vrai du faux. C'est un déluge verbal, l'Armée du salut de la dégonflade, de la dénonciation. Inutile que les commissaires Clot et Levitre le questionnent ! L'ancien poulet devance celles-ci, raconte, raconte... sans perdre le souffle, pour tenter de ne pas perdre sa tête qu'il sait promise au peloton d'exécution. Pour éviter ça, il est prêt, décidé à toutes les bassesses, à toutes les ignominies, surtout pour essayer de laver celles qu'on lui impute. Et les rapports abjects s'accumulent. Bientôt, dans les locaux du quai de Gesvres, annexe du Quai des Orfèvres, s'alignent les prises : Paul Clavié, le neveu de Lafont, Alex Villaplane, l'ex-international de foot copain de Dédé le Parisien, Jean Lascaux, Robert le Pâle, Eddy Paignon, le chauffeur de Lafont, Charlot Cazauba, Edmond Delahaye, des dizaines d'autres. Le juge Gerberis inculpe, les policiers emballent. Des masses de gens ayant eu à faire à la rue Lauriston sont convoqués, questionnés sévère, embastillés. Le préfet de police Charles Luizet jubile. Le même préfet qui, quelques années plus tard, un ridicule 6 x 35 au poing, lancera des centaines de ses hommes à l'assaut d'une auberge de Champigny pour capturer Pierrot le Fou, ennemi public nº 1, lequel, absent de l'endroit mais prévenu, reviendra dans sa Delahaye, foncera au milieu d'une cohorte de flics sous une grêle de projectiles pour récupérer ses amis Jo Attia, blessé, et Henri Feufeu, pris au piège. Tous trois parviendront à s'échapper de la Delahaye inutilisable, criblée de pruneaux. Et il ne restera plus au préfet, pour se consoler, que de jouer du pipeau avec son petit rigoustin calibre 6 x 35. Pour l'heure, il peut convoquer la presse, montrer les fauves de la Gestapo. La justice est en marche. Elle va sévir et Pierre Bonny, l'ex-policier, la sert lui. A plat ventre. Il se montre intarissable, fouille sans cesse dans ses souvenirs pour agrandir le score, amène d'autres complices à le rejoindre derrière les grilles.

Des semaines durant, les « exploits » de la Carlingue font la une des journaux, en soulevant l'horreur. Bonny ne lève pas les bras. Il continue, infatigable, à tremper son stylo dans la boue, balance sans cesse, colle la chiasse à des tas de gens mêlés peu ou prou à la rue Lauriston. Clot et Levitre convoquent, font convoquer, embastillent sur les ordres du juge d'instruction Gerberis. Ça défile, défile... Ça ment, ça pleure, ça jure, se parjure, écœure... Ceux qui, quelques mois auparavant, s'empressaient près de Lafont, brosse à reluire au poing, détournent le regard, l'ignorent, jouent les dégoûtés. Lui encaisse. Un monstre, d'accord. Mais sachant encaisser. Il prend tout sur ses solides épaules, laisse à Bonny les pleurnicheries et les balançages. A chacun sa mentalité. Les enquêteurs observent, enregistrent. En dépit de Bonny, beaucoup de gestapistes échappent au coup de raclette, certains gagnent l'Italie, l'Espagne et de là le Sud-Amérique. Lafont aurait été à même de les précéder. Ni les faux passeports, ni les montagnes d'argent qui lui faisaient défaut. Seulement, il n'avait pu se résoudre à quitter la France à temps. Fidèle jusqu'au bout à ses idées, il avait préféré rester, s'entêtant à croire à la victoire de l'Allemagne. Pourtant, le glas s'annonçait pour cette dernière sur tous les fronts. Néanmoins, le terrible chef de la rue Lauriston n'avait pas voulu partir. Est-ce que son subconscient ne lui commandait pas de rester, d'être pris, jusqu'à exécution pour ses crimes ? Car que voulait-il ? Intelligent, rusé, renseigné, il devait savoir que les Fritz étaient cuits. Alors ? Même le pognon ne l'intéressait plus. Il s'en était confié un soir à Jeannot, au *Chapiteau*. Il est vrai qu'à son stade, l'argent... il pouvait razzier ce qu'il voulait. Des milliards. Qu'à les prendre. Et fuir. Mais non, il s'était fait une certaine idée de l'Allemagne et surtout de l'image qu'il représentait aux yeux des gens. « IL Y CROYAIT ». Il refusait de se renier. Ayant démarré dans l'existence en haillons et grelottant de froid après une nuit passée sur la tombe de son père, il jugeait la route parcourue en s'immobilisant devant le portrait de Himmler, patron de tous les SS, qui ornait son bureau et auquel il serrait la main. Ce dont il n'était pas peu fier et qui l'avait dopé pour continuer son entreprise néfaste, inhumaine. Mais, à ses yeux, la vie était aussi impitoyable et cruelle que les guerres. La déroute du grand Reich s'accentuant, il était devenu irascible, toute conversation s'avérait impossible avec lui. A moins de vanter l'Allemagne, sa victoire inéluctable. C'en était dément. A croire qu'il ne voulait pas ouvrir des yeux pourtant lucides. La seule époque où sa foi en la Germanie avait failli être entamée datait du jour où le gouvernement de Vichy avait nommé Joseph Darnand patron de toutes les polices vichystes en France. L'ancien petit voyou bordelais avait renaudé, critiqué la décision, expliqué avec violence que c'est lui qui aurait dû être investi de ce pouvoir. N'avait-il pas à son actif plus d'arrestations que Darnand ? Eh oui, Henri Lafont en était arrivé à ce point ! Cela datait de juillet 1943. Un an déjà et à présent... menottes aux poignets, quai de Gesvres... face à deux coriaces commissaires [1] bien décidés à descendre au fond de la boue. Pour le patron de la Gestapo française, l'addition était venue. Il ne lui restait plus qu'à la payer. Il l'assumerait. En totalité [2].

Durant cette après-Libération, époque tumultueuse faite d'injustices et de grandeurs, des tas de gens allaient en prison, d'autres en sortaient, des acteurs et chanteurs célèbres, au nom de l'épuration, se retrouvaient au camp de Drancy, tels Sacha Guitry, Tino Rossi.. des journalistes, Georges Suarez, Henri Béraud, Jean Luchaire prirent le chemin de Fresnes ou de la Santé... des amiraux, de Laborde, responsable du sabordage de la flotte de Toulon, des ministres, Marion, celui de l'Information, etc., s'y voyaient offrir une cellule... Des

1. Petit, trapu, battant, s'étant hissé à la force du poignet et de l'expérience acquise sur le terrain, tel était l'un d'eux, le commissaire René Levitre. Tel je le découvrirai, 10 ans plus tard, chef de la 4e B.T. de la rue Achille-Martinet (18e), lorsque me le présentera Paul Graetz, producteur U.S. (*Paris brûle-t-il ?*) qui après m'avoir fait projeter *Histoire de détective* (vedette Kirk Douglas) tenait à ce que je lui écrive un scénario sur la police française. Épaulé aussitôt par René Levitre, qui m'accordera toutes facilités, j'écrirai *Rafle sur la ville*, où jouera Michel Piccoli et que réalisera Pierre Chenal.

2. Voir en fin de volume : « Ce qu'ils sont devenus ».

fortunes changeaient de coffres, des ambitions s'effondraient, d'autres se développaient... les honnêtes gens réglaient leurs comptes. Bien leur tour.

Frantz et le Breton, pour leur part, avaient été mis un temps à la disposition du commissaire P..., chargé de traquer les derniers Allemands des services de la Gestapo toujours à Paris, certains n'ayant pu pour une raison ou l'autre rejoindre leur pays. Sans oublier quelques déserteurs qui se camouflaient chez une maîtresse française, jusque chez des curés... « Que Dieu vous protège, les enfants ». Il leur fallait aussi débusquer des miliciens de Darnand, qui avaient donné leur mesure quand, en uniforme noir, béret noir sur le crâne et mitraillette en sautoir, ils envahissaient logis, bistrots, bureaux, la menace à la bouche et l'index sur la détente. Oh ! ils étaient rapidement parvenus à se faire haïr des Français ! Faut leur laisser qu'ils n'y avaient pas été avec le dos de la cuillère, question férocité, exactions, exécutions... C'est pourquoi acculés, traqués, ils pouvaient s'avérer d'autant plus dangereux. Bien souvent, ceux qui les affrontaient essuyaient des coups de flingue avant d'obtenir leur reddition.

Le commissaire P..., à l'accent du Sud-Ouest, grand, beau, flegmatique, aimant les belles fringues, ne s'en souciait guère. Vaillant, sachant rire, il ne se dégonflait pas facile, offrait une présence rassurante. La fois où Frantz, lui et le Breton s'étaient retrouvés dans l'obscurité totale d'une cave profonde où, paraît-il, se cachaient des tireurs de la Milice, le Breton qui venait de pénétrer, canon d'une Sten pointé, dans un trou noir, silencieux, en guettant des respirations, appréhendant l'éclat de coups de feu, avait juste perçu le déclic d'un pistolet qu'on arme et senti, à le frôler, la présence complice du flegmatique policier de la Sûreté nationale. Malheureusement, ce dernier allait peu après plonger en se laissant circonvenir par Joanovici, le chiftir milliardaire, et se retrouver sur la touche. Mais l'époque voulait ça. On accomplissait des missions auxquelles on ne comprenait pas grand-chose, on se liait, se séparait, chacun entraîné par son destin propre. Celui qu'on s'imaginait sans tache bectait à tous les râteliers et l'autre, à l'allure de forban, s'avérait être un Robespierre irréductible.

Si la débâcle fridoline avait amené beaucoup de changements, pour les bordels rien de bien nouveau, la fête aux braguettes se poursuivait. Seule la teinte des uniformes était passée du vert au kaki et le « ya » devint « yes ». Ce qui n'empêchait pas les bordeliers de regretter les Chleuhs, trouvant qu'ils n'avaient pas gagné à voir déferler les G.I. Surtout Fabienne, la taulière du temple mondial de la biroute, le célèbre *One Two Two*, le 122, rue de Provence, qui l'avait mauvaise. Ces va-de-la-gueule relaxes, mâcheurs de chewing-gum, se plaignait-elle, foutaient la barabille, le bordel, le moment de le dire, dans son fastueux établissement. Ce que Fabienne ne cessait de répéter à son Julot, le respectable Marcel Fraisette, patron et créateur du *One*. Fraisette, qui voulait faire ami avec les nouveaux vainqueurs, tentait de la calmer, lui conseillait de s'écraser. Mais elle, qui avait débuté comme putain au *One* pour devenir sous-maîtresse, puis taulière en titre après que Fraisette eut viré Doriane, sa première madame, tenait à la bonne marche et bonne réputation de sa maison. Ah ! son *One* ! Elle l'aurait encadré ! Mis au Louvre. N'avait-il pas accueilli ce que le monde entier possédait de plus célèbre et rupin ? Des rois, des princes n'étaient-ils pas venus se faire faire une coquetterie à son cher *One* ? Tout le gratin n'était-il pas venu s'y faire faire des câlineries, des shampooings à la salive, ceci par les plus jolies bouches de Paname ? Et maintenant, tous ces G.I. braillards et videurs de flacons, il fallait qu'elle se les respire ? Ça, non ! Alors Fabienne, la belle Fabienne, s'était démenée, avait été trouver le responsable sanitaire des Ricains et... en finale, son *One* était devenu à son tour verboten aux grivetons malappris. Seuls, les officiers... Et en avant les chipolatas galonnées ! Le *One* retrouvait son souffle. En revanche *le Sphinx*, lui, un autre grand temple de l'amour, semblait s'être accommodé des dollars de la piétaille. Enfin, piétaille... les grands lascars de l'Oklahoma, du Wyoming, comme les voyous du Bronx, circulaient surtout en jeep, la devenue familière petite bagnole peinte en guerre et bougrement efficace. Avec les nouveaux guerriers, les Parigotes aussi se montraient efficaces. Dame, ils étaient beaux mecs, à l'instar des premiers conquérants de la Germanie, offraient l'auréole du danger et en plus ils possédaient du billet vert, l'admirable fafiot qui faisait palpiter les cœurs, amenait des sourires aux lèvres parfumées et mouillait les chagattes. Ah, l'amour grand et pur ! Ces passions nobles, désintéressées...

Le Petit Trou était bouclé. Définitivement. Bras Court était retourné conter fleurette à sa belle créole, côté du soleil, Côte d'Azur. Ce qu'il devait en entendre des « Qui c'est le gros nanar qui fait bouzou à sa bouzette ? » Ça devait baigner dans l'huile, là-bas, sous les citronniers en fleurs, les oliviers et autres bougainvilliers... Francis le Nantais était revenu sur Paname pour mettre de l'ordre dans son bisness et voir si une roteuse de Dom Ruinart se comparait à une fillette de muscadet. Son frère était resté à gouleyer le vin nouveau et à déguster le brochet beurre blanc à l'air natal. Quant à l'auteur de leurs jours, le père Yvon, il continuait à lancer ses opéras dans les bordels du quai de la Fosse aux putains qui l'adoraient, lesquelles, à présent, épongeaient de l'US Navy à la place de la Kriegsmarine. Mais baste, à poil un marin reste un marin !

« Figaro-ci, Figaro-là, Figaro-ci, Figaro-là,
Figaro, Figaro, Figaro-o-o-o »

Frantz, le Breton, d'autres continuaient à usiner pour la grandeur de la France. Enfin, ils faisaient ce qu'on leur confiait à faire. Tous étaient munis d'une carte de la D.G.S.S. spécifiant qu'ils avaient le droit de se vêtir en civil, que la force publique leur devait aide et protection et qu'ils ne relevaient que de la justice militaire. Entre deux missions, le Breton était retourné au flambe, à la passe anglaise qui avait la cote près des G.I., les Noirs surtout. Qu'est-ce qu'ils étaient joueurs ! A en faire la pige au Vieux Gaby et à Henri Face eux-mêmes ! Tout dire. Ils auraient parié leur liquette, leurs bottes, leur Colt automatique. Ils faisaient mieux. Ils risquaient les jerricans d'essence qu'ils convoyaient de Cherbourg, par la Red Ball, jusqu'au front des Ardennes où les leurs se donnaient ça avec les Chleuhs accrocheurs, qui ne voulaient pas lever les bras. Pas encore. Dire si ces Noirauds étaient les bienvenus dans les bars, les arrière-salles des bouges de Montmartre... De l'essence ? Que les autorités avaient décidé de teinter en rose pour dépister les fraudeurs, tellement elle était rare et précieuse ? Ce qui ne pouvait gêner les ruffians, pour qui les arrêtés, les interdits... Brouf ! Ainsi s'étaient-ils vite constitués en équipes pour dépouiller les chauffeurs-convoyeurs US, possesseurs de l'or noir, et d'un tas d'autres trucs depuis longtemps disparus des boutiques : caisses de cigarettes, de whisky, de médicaments, de chocolat, boîtes de rations, bottes de saut, équipements, Colts, munitions et la bien-aimée, la tant désirée essence. Celle-ci, logée dans des jerricans, était d'un transport facile et d'autant plus commode à livrer pour la vente. Par camions entiers, que les malfrats la raflaient aux G.I. assoiffés de jeu et de belles mousmés. Ces dernières ne leur manquaient pas. Elles pullulaient à l'affût du blouson kaki, du chewing-gum, des dollars. Après tout, pour elles comme pour leurs sœurs en bordel, un soldat était un soldat, qu'il prononce ya ou yes. Elles avaient eu juste à apprendre en anglais ce qu'elles avaient lancé jadis en teuton : « Viens chez moi, beau blond, je te ferai voir mon porte-jarretelles. » L'ennui, pour le commandant allié s'entend, c'est que le ravitaillement souffrait de ces arrêts montmartrois. Le pire était que le froid de l'hiver matraquait les Ardennes où von Rundstedt, un maréchal de Moustaches-de-Traître, venait de déclencher une sévère offensive. Et si elle réussissait ? Si le von Machinchouette parvenait à enfoncer le dispositif allié, là-bas, du côté de Bastogne ? Aussi sec, il fut interdit aux chauffeurs, et à leurs camions évidemment, de transiter par la capitale. C'est que si l'essence ne parvenait plus aux troupes engagées, ça pouvait amener la déroute, le Waterloo ardennais. Et la source de la rose benzine de se mettre à tarir. Pas totalement, mais enfin... Alors sonna l'heure des déserteurs. Des Noirs en priorité. De Harlem de préférence. Pour eux, la guerre... le froid glacial... les balles dim... dim... les bombes... En fait de bombe, ils préféraient opter pour celle de des boîtes de Montmartre.

– Tchampègne ! Miss ! Miss ! Come in, baby !

« Quand il me prend dans ses bras,
Il me parle tout bas,
Je vois la vie en rose-o-o-ose... »

Les Juliette la voyaient surtout en rose lorsqu'elles se retrouvaient avec les guerriers noirs dans une chambre et qu'ils sortaient leurs fafiots verts.

« Il me dit des mots d'amour-ou-our
des mots de tous les jour-our-ours »

Quoique, à ce stade, ils n'avaient pas besoin de parler, leurs biftons le faisaient pour eux. O combien ! Tous d'ailleurs ne payaient pas les putains. Certains s'étaient mis à la colle avec et leur prenaient même leur pognon. Tel le grand Jimmy de Harlem. Recherché pour désertion, il avait, croyant se protéger, collé sa photo à la place de celle de sa môme sur le carnet sanitaire de celle-ci. L'astuce avait pris cinq, six fois lorsque les M.P. lui avaient réclamé ses papiers au cours de rafles. Mais lorsque l'un d'eux, plus méfiant, avait montré le document à un flic de la Mondaine qui les accompagnait un soir, le limier français, en reconnaissant un livret sanitaire de putain, avait failli s'étouffer. Et, pour Jimmy, aussi sec direction G.Q.G. de la police américaine. Depuis, on contait qu'il avait été pendu. Cela pouvait être vrai, car les responsables U.S. ne faisaient pas de cadeaux à leurs déserteurs, qu'ils soient noirs, blancs ou jaunes. Pendus ! Ceux de leurs copains qui n'avaient pas été faits aux pattes s'étaient mis à braquer pour assurer le bœuf gros sel. Oh, ils bossaient dans le menu ! Bars, restaurants, hôtels de passe, etc. C'est ainsi que l'un d'eux s'était présenté chez Henri l'Espagnol, le père de Didi la Mèche, qui drivait un bar rue Frochot. Le G.I. en cavale avait braqué son énorme Colt sous le nez d'Henri, un homme affable, petit, bien vu de tous, qui avait récolté son surnom à la guerre d'Espagne.

– Monnaie ! avait-il lancé, en accentuant son désir d'une avancée du Colt.

Mais Henri était de la génération d'avant. Il ne pouvait concevoir de vider son tiroir-caisse sous la menace. Même s'il savait la suite. Il la savait. Et il mourut. Abattu à bout portant. Pour faire bon poids, le Noir foudroya la barmaid qui, heureusement, ne fut touchée qu'aux jambes et à la cuisse. Le Milieu se rua sur ses traces. En vain. Un à un, les fuyards de l'armée US furent décimés, ou arrêtés et pendus.

Vite sur jambes, les truands se recyclèrent ailleurs ou tout bonnement poursuivirent dans les fausses cartes de pain et de ravitaillement. D'autres, réunis en équipes, s'attaquèrent aux banques et les gangs des tractions avant commencèrent à donner la migraine aux hommes de la Tour pointue, les obligeant à acquérir de l'aspirine... usines du Rhône...

XXV

Décidément, le destin de René l'Obsédé était un petit rigolo. Après avoir expédié l'élégant malfrat en 1940 à la ratière de Fresnes pour assister à l'arrivée des Doryphores, il l'y avait fourré de nouveau au printemps de 1945, comme pour lui faire apprécier le débarquement des collabos, miliciens, gestapistes, galonnés fidèles à Pétain, grosses huiles et petits coquins. Bien entendu, l'as des piquoteurs en fausses cartes de pain ne s'y trouvait pas pour des motifs aussi sordides. Lui, les dévoués à Hitler, il ne les avait approchés, et rarement, que pour tenter de les détrousser un petit chouia. Telle cette opération de l'hôtel Majestic, où s'étaient installés les bureaux d'achat. Par l'entremise d'un ami qui bossait là-bas, l'Obsédé avait noué des relations avec deux soldats de la Wehrmacht, un Feldwebel et un simple troufion. Ils les avait eus au baratin, à la convoitise, leur avait proposé de leur amener un camion pour qu'ils l'emplissent de sacs de café, garantissant qu'il avait la revente à des officiers, trafiquants de chez eux, prêts à allonger 2 500 francs par kilo. C'est que le café était denrée rare, mieux, de luxe. Les autres, alléchés, avaient marché et apporté la camelote odorante, dans le camion fourni. Pour les faire patienter, tandis que le camion bourré de caoua restait garé sur le boulevard de Clichy, non loin de Pigalle, l'Obsédé, installé face à eux dans l'arrière-salle d'un bistrot, les avait rassurés. Tout marchait au poil. Les officiers, qu'il serait seul à voir, étaient partis chercher les fafiots adorés à la Stadeskobank, boulevard des

Italiens. Rien que le nom avait tranquillisé les gourmands Teutons, la Stadeskobank, ex-banque anglaise réquisitionnée, étant la firme qui fournissait les sommes faramineuses servant aux achats opérés par les services du Majestic. Oh, ceux-ci, aux moyens illimités, ne mégotaient pas. Ce qui n'empêchait pas ses représentants de soupeser, réfléchir. Cinq d'entre eux, votant aux voix, composaient la décision d'achat. Lorsqu'un trafiquant venait leur proposer sa camelote à 50 centimes le mètre ou le kilo, selon ce qu'il avait à fourguer, si trois du Majestic disaient oui, l'affaire était conclue. Deux voix seulement annulaient. Simple. Et sans appel.

Pour l'affaire du café, l'Obsédé n'avait pas eu bien sûr à affronter les cinq décideurs teutons. Il s'était contenté de faire croire au Père Noël aux deux vilains soldats assoiffés d'argent frais, puis pfft... par la double sortie du bistrot, après avoir laissé le temps à Francis le Nantais et à son frère Georges d'enlever le camion chéri et, hop !... adios rêve bleu, tchampègne, cholies matemoiselles... adios, adios... gross malheur !

De cette vilenie, oui, l'Obsédé s'était montré coupable. D'avoir dupé des officiers canaques qui cherchaient à acquérir de l'or à la place de leurs fafiots mal acquis, oui, oui, toujours coupable. Là encore, le procédé n'était guère compliqué. Tous les malandrins qui officiaient dans le « cambut du jonc » [1] le pratiquaient. Ils apportaient des lingots et louis d'or à l'intérieur d'un bistrot, faisaient vérifier à l'acquéreur l'authenticité du métal jaune à l'aide d'une pierre de touche, encaissaient la monnaie, laissaient le sac au trésor, et hop !... ils filaient par une double sortie, dans le cas où l'officier aurait tendu un piège, posté des sbires à la porte pour les faire marron avec les billets numérotés... Mais les officiers s'avéraient d'honnêtes coquins. Ils s'en allaient, chargés de leur sac d'or, et il ne leur restait plus qu'à aller l'entasser, en attendant la victoire finale du Grand Reich, où ils pourraient alors revenir le chercher. Heil Hitler ! L'ennui, c'est qu'ils risquaient surtout de retrouver leurs jaunets devenus plomb, bectés aux mites, lingots et louis étant faux,

1. Cambuter : échanger. Jonc : or.

les vrais présentés à la pierre de touche ayant été récupérés par un tour de passe-passe. Regross malheur !

Non, le crime de l'Obsédé n'avait rien à voir avec ceux des gaillards qui, à présent, envahissaient Fresnes la romantique. D'ailleurs, il s'était fait faire aux pattes bêtement. Pour un malentendu. Une sottise. Ou plutôt grâce à l'acuité visuelle d'un représentant de la Tour pointue. Ah ! ces as de la maison Poulardin ! Fallait toujours qu'ils se trouvent là où ils n'auraient pas dû ! Durant l'occupation, l'Obsédé avait traité avec justement un de ces inspecteurs de la P.J. Donnant donnant. « Tu m'enlèves ma fiche de condamnation des Sommiers et moi, je te refile un joli paquet de billets. » Marché conclu. L'opération s'était déroulée chez le gros Henri Face, rue d'Avricourt dans le 17e. Le poulet avait tendu à l'Obsédé son dossier, photos anthropométriques, empreintes digitales, rapports de police, tout. En retour, l'amoureux des hétaïres chinoises lui avait tendu 200 000 francs. Affaire terminée. Que l'Obsédé croyait. Hélas, hélas, trois fois hélas ! Après la Libération, alors que, malchance infinie, il déjeunait avec un mec de la Carlingue, voilà que les limiers du quai de Gesvres se pointent pour emballer le gestapiste. Par force, voici l'Obsédé du voyage. Là-bas, les hommes de Levitre et de Clot lui demandent son curiculum vitae, s'il a déjà été condamné. Fort du marché conclu jadis, l'Obsédé, l'âme sereine, réplique que non. Interrogés, les Sommiers confirment. Rien sur cet individu. On va pour relâcher le piquoteur en gros de fausses cartes de pain, quand passe un inspecteur. Et là, catastrophe. Dans le passé, il était arrivé à ce policier, Jean Fieschi, un Corse, d'interpeller, et ça à plusieurs reprises, l'Obsédé lorsqu'il s'occupait de paris clandestins. Subitement alerté, l'inspecteur, sourcils froncés, se renseigne près du truand, négligeant ses collègues qui déjà entrebâillaient la porte de la liberté :

– T'as jamais été arrêté, toi ?

L'Obsédé, qui avait reconnu le flic, se trouvait mal placé, malgré son sacré culot, pour nier l'évidence.

– Ben... à vrai dire... il me semble...

Et le Corse de se tourner sur ses collègues :

– Faites enquêter dans les prisons. Téléphonez au Dépôt, à Fresnes, à la Santé...

Une demi-heure plus tard, le sort du piquoteur était réglé et le menuet commençait.

– Qui t'a enlevé ton dossier, fumier ?

Silence du truand.

– Pour enlever ton dossier tu étais soit à la Gestapo, soit à la Milice. Accouche, enfoiré.

Et le pas de deux de reprendre. Badaboum boum boum.

– Tu vas t'affaler, ordure ? Dans quel service tu étais ? Seuls, ces enculés de miliciens et de la Carlingue avaient le condé pour blanchir les dossiers. Alors, avec qui tu marchais, fils de pute ?

Resilence. Rebadaboum. Enfin, l'Obsédé l'ouvre :

– Pas eu besoin de la Gestapo pour ça.

– Ah ! non ?

Tous les poulets de se ruer de nouveau sur les chairs déjà pas mal meurtries, les lèvres fendues, les yeux pochés.

– Alors qui ? Qui te l'a enlevé, ton fichier ? Qui, enfoiré ? Tu vas t'allonger ?

Entre-temps, d'autres policiers assez bien placés, prévenus de l'arrestation, tentent d'intervenir en faveur de l'Obsédé qu'ils connaissaient, savaient incapable de saloperies pour le compte des Fridolins. Le reste d'accord, mais pas les Chleuhs. Ils se dépensent en vain. Ceux qui tenaient le Peau-rouge voulaient absolument savoir qui avait osé gommer un fichier. Alors, en piste pour un deuxième rodéo. Babadoum. Punching-ball... Ouille, ouille ! Pour que l'Obsédé ne soit pas trop démoli, invalide à vie qui sait, il ne lui restait qu'une solution, celle à appliquer quand les gros biscotos de la maison Je t'arquepince ne sentent plus leur force ni leur rage. Leur rentrer dedans. Se battre jusqu'à épuisement. Dans la chaleur de la lutte, on sent moins les coups. Ensuite, évidemment, l'Obsédé n'était pas jojo à regarder, mais au moins avait-il été au finish. Qu'il croyait. Mais là, après qu'il eut lancé entre ses dents cassées au Corse :

– Si c'était toi qui m'avais lavé ma fiche, tu crois que je serais assez pédé pour te balancer ?

Le propos était louable. Pas pour le policier. Un clin d'œil à ses collègues, et...

« Nuits de Chine, nuits câlines, nuits d'amour
Nuits d'ivresses, de ten-dresses
Où l'on croit rêver jusqu'au lever du jour »

Mais l'Obsédé, en guise de rêve... ouille, ouille... Il avait fallu le laisser deux jours et deux nuits, inerte à gémir, avant de pouvoir l'expédier à Fresnes en vacances de printemps. Depuis, s'il en avait vu débarquer des piétineurs de la patrie ! Parmi ceux-ci, pas mal de visages qu'il avait croisés dans des endroits plus mondains. Exemple, ce René Launay, un gestapiste de l'avenue Foch, grand complice de Joanovici, le chiftir milliardaire balanceur de Lafont et de Bonny. Était-ce une coïncidence ? De Fresnes, Launay avait cherché à faire chanter Joano de 250 briques. Sinon, il annoncerait la couleur, conterait dans le détail tous les magouillages du chiffonnier avec les Vert-de-Gris qui, selon lui, ne sentaient pas le « 5 » de Chanel. Hélas pour ses espérances, le chiffonnier chantait faux. Aussi le gestapiste maître chanteur, grand et solide citoyen, reçu à l'infirmerie de la prison pour des vétilles, avait été découvert un matin mort. Empoisonné. Par qui ? Mystère et boule de gomme. Il n'y eut même pas d'autopsie. A la ratière, le bruit a circulé qu'il s'agissait d'une rupture d'anévrisme. Exit René Launay. Sans fleurs ni couronnes.

Pour essayer de piger les trahisons, les drames engendrés par la guerre, l'Obsédé se trouvait aux premières loges. Et cela ne lui avait pas coûté un rond. Au contraire, on l'hébergeait, le nourrissait, le blanchissait. Enfin, blanchir ! Pas son casier, que la Tour pointue avait renoirci en tout cas. Enfin, nourrir ! Pas tellement genre Tour d'Argent, tout de même ! C'est qu'à l'extérieur le rationnement sévissait encore. Bien la peine de gagner les guerres ! Quoique la table s'avérait moins rude pour ceux qui pouvaient allonger des talbins de la Banque de France. Pareil à Fresnes. L'Obsédé, qui possédait quelques écus de côté, s'était lié avec d'autres coquins pour circonvenir les gardiens qui, contre monnaie silencieuse, leur apportaient pastis, cognac 3 étoiles, gâteaux secs, journaux, bifsteaks, boîte de méta [1] pour faire cuire ceux-ci, etc. Pas la grande bouffe, mais néanmoins... L'inconvénient, il fallait bâfrer et liquider l'alcool rapidos, rapport aux nombreuses fouilles. Mais enfin, il y avait pire. Si seulement l'Obsédé avait pu voir son instruction achevée ! Que n'avait-il pas un juge comme Gerbinis, qui s'était occupé de Henri Lafont et de Bonny ? En deux coups les gros, même pas quatre mois, il les avait fait envoyer devant la cour de justice de la Seine qui, elle, avait pointé son bras vengeur sur le fort de Montrouge. Rran... rran... le 26 décembre 1944. D'après leurs avocats, Bonny s'était traîné, avait pleurniché, imploré, dit qu'on lui avait promis d'éviter le poteau s'il coopérait avec Clot et Levitre... Quant à Lafont, il avait fait face, était mort quasi en souriant, avaient précisé Mes Floriot et Drieu, ses défenseurs. En homme, quoi. Dommage qu'il se soit mis au service d'une si ignoble cause...

Malheureusement pour lui, l'Obsédé n'avait pas grand-chose à offrir aux dents d'un juge d'instruction. On ne pouvait guère lui reprocher que son fichier disparu des Sommiers. Par qui ? Puisqu'il ne voulait pas dénoncer le policier corrompu, la supposition d'avoir été épaulé par la Milice ou la Gestapo tenait le parcours aux yeux des enquêteurs entêtés. Alors que, pour les magistrats, cette histoire restait du menu fretin. Ils avaient bien d'autres soucis, avec les dossiers d'amiraux, généraux, ambassadeurs, gestapistes et autres volontaires de la L.V.F. [2] sur lesquels ils devaient se pencher. Ceux-là oui, c'était du sérieux. Mais l'Obsédé... Aussi ce dernier, en attendant son instruction, moisissait-il sur la paille humide des cachots. Enfin, moisissait... Si ça n'avait été les mois longs à s'écouler, il ne s'estimait pas malheureux, étant bon ratier [3]. Et puis ne côtoyait-il pas le gratin, les portes des cellules, dans le jour, demeurant ouvertes ? Vu que politiques et droit commun (son cas) étaient mélangés, il pouvait se frotter à l'amiral de Laborde, aux généraux

1. De métaldéhyde, corps blanc solide utilisé comme combustible.
2. Légion de volontaires français. Troupes ayant combattu sur le front russe à côté des Allemands.
3. Qui supporte bien l'incarcération. De ratière (prison), évidemment.

Bridoux, Dentz, ancien haut commissaire en Syrie, à Marion, le ministre de l'Information de Pétain, à ses collègues Bonnefous, Peyrouton, Leroy-Ladurie, à Lehideux, à Bergerie, ambassadeur de France en Turquie, à d'autres amiraux, Marquis, Esteva, à Xavier Vallat, ex-commissaire aux questions juives, Louis Renault, des bagnoles du même nom, l'aviateur Michel Detroyat, cétera, cétera... N'en jetez plus. Tous en attente de passer devant la cour de justice pour trahison. Certains continuaient d'exhiber leur uniforme, tel l'amiral de Laborde à qui un gaffe avait un jour décoché, virulent : « Quand vous passez devant moi, enlevez votre casquette. » Et, pour ponctuer, il avait fait sauter le couvre-chef galonné d'une chiquenaude rageuse. Devant de tels gestes, les truands écarquillaient des yeux qui pourtant en avaient vu de drôles au cours de leurs existences mouvementées. Mais s'adresser de la sorte à un amiral ? Décidément, la société... les honnêtes gens...

Dans les coursives, il pouvait aussi tomber sur Jean Luchaire, le journaliste directeur de presse, père de Corinne, la célèbre actrice, sur Marcel Bucard, le chef du francisme, et, bien entendu, sur ceux des leurs auxquels on imputait de s'être mouillés avec les Canaques : Alex Villaplane, Robert le Pâle, Marius de la Porte Saint-Martin, Jean de la Villette, grand ami de l'Obsédé, Jean S..., dont les journaux avaient titré en gros l'arrestation et les méfaits qu'on lui reprochait. S'il en avait fait le quart, il était bon pour visiter l'aube au fort de Montrouge. En attendant, le crâne quasiment chauve, très digne, très soigné, il adorait discuter avec un ministre déchu, un général sans pioupious, un ambassadeur sans huit-reflets et habit à queue-de-pie, un amiral sans bateau-lavoir. Ces derniers appréciaient beaucoup ces tête-à-tête, ignorant le pedigree de leur interlocuteur. Puis un jour, aux douches, alors que deux d'entre eux, à poil, ruisselaient d'eau et de savon, que découvrirent-ils ? Jean S..., bien sûr. En Saint-Jean lui aussi. Mais couvert de bouzilles, tatoué de la tête aux pieds, livrant de la sorte son arbre généalogique avec : « Mort aux vaches. Une pensée à ma mère. Pas vu pas pris, mais vu rousti. Ma tête à Deibler, mon cœur à ma môme. » Et, dans le dos, ainsi que pas mal de forbans, deux bataillonnaires croisant leurs baïonnettes au-dessus de son couloir à lentilles avec l'avertissement net, impératif : ON NE PASSE PAS. Ma foi, tout ceci était joli, mais offrait de quoi refroidir le gratin félon qui, trompé, regrettait d'avoir accordé ses parlotes à un ruffian de si mauvais aloi.

Dans sa cellule située au premier étage, l'Obsédé avait un temps hérité d'un gars de la S.N.C.F., un pauvre bougre, embrigadé à l'époque par des résistants de son secteur pour faire sauter les trains, dérailler les convois allemands. Il avait marché. A fond. Pour la patrie. Puis, hélas, il s'était fait sucrer par la Gestape. Et sous les coups, la torture, il avait flanché. Mais combien pouvaient résister à ces traitements ? Pas lui, en tout cas, dont les traits, la face de lapin trahissaient faiblesse, peur craintive. Résultat, quarante du réseau Fer s'étaient vus entoilés à leur tour. De le voir là rendait l'Obsédé enragé. Comment ses collègues, ses chefs, avaient-ils pu l'entraîner avec eux dans des missions si dangereuses ? Eux qui se battaient en héros, qui risquaient à tout instant leurs osselets, comment avaient-ils pu engager un si pauvre type ? La frousse était en lui, sur lui. Palpable. Évidemment, après ses aveux, les Chleuhs l'avaient déporté en Bochie. Et, quand il en est revenu, libéré par les troupes alliées, ses pairs de la S.N.C.F. l'ont fait passer à l'épuration. Ils ont estimé, comment leur donner tort ? qu'il était responsable de ce que beaucoup de leurs camarades n'étaient pas revenus. D'où sa présence à Fresnes en attendant son jugement. « Comment ont-ils été assez cons pour le faire se mouiller avec eux ? » ne cessait de s'insurger l'Obsédé auprès de ses amis truands. Rien qu'à le voir, on sent qu'à la première baffe sur le museau, il balancera. Ce qu'il a fait. Il dédouanait le pauvre bougre : « Merde, mettez-vous à sa place ? Ce petit mec entre les pattes des cinglés de la Gestapo ! Vous voyez ça ? » Il s'était pris d'affection pour l'ancien cheminot, paumé dans ce monde inhumain. Il le nourrissait de ses provisions, le faisait fumer, l'épaulait... Ses potes le charriaient, lui décochaient qu'il devait, certain, brosser son protégé, lui faire des calinettes que l'autre, somme toute, n'était pas si vilain que ça... Si l'Obsédé renaudait, lui qu'était pour les madames ! Encore heureux qu'il eut réussi à se faire amener par un gaffe, contre fafiots, sa minuscule tasse chinoise ! Aussi, dans le recoin de sa cellote, des heures durant... quand il avait un rien de gnôle à faire couler au fond...

En revanche, ceux que ne plaignait pas l'Obsédé d'être piégés à la ratière étaient les flics des Brigades spéciales, les effrayantes BS 1 et BS 2. Pas mal de policiers des Jeux avaient choisi ces B.S., pensant y trouver un avancement plus rapide. Là, coincés dans un engrenage irréversible, ils avaient arrêté, torturé, massacré des juifs, des patriotes, plongé leurs mains dans le sang, leurs âmes dans une férocité monstrueuse. Tous allaient, ça ne faisait pas un pli, se voir condamner à mort et exécutés. L'Obsédé en avait heurté un sur les coursives, ces salons de Fresnes.

– Ah par exemple ! que lui avait jeté l'autre. Toi !

Lui aussi avait servi à la Brigade des jeux. De ce fait il avait, avant guerre, emballé l'Obsédé une dizaine de fois, lorsque ce dernier drivait un course par course clandestin pour le compte de Gégène des Gravilliers, lequel usinait avec la bénédiction policière. Pour obtenir plus de condés que les Gravilliers et trouver un plus grand indicateur, il fallait se lever aux aurores. Impossible de trouver pire ni mieux placé. L'origine de cette protection dont jouissait Gégène des Graves remontait à une trentaine d'années, lorsque dans le 4e arrondissement gîtait une bande de Polonais. Des assassins. Des impensables. Des imprenables. Ils allaient de ferme en ferme, brûlaient les paturons des paysans, tels les chauffeurs de la Drôme de sinistre souvenir, pour leur faire avouer où ils cachaient leurs écus. Bien entendu, si les victimes parlaient, livraient leur or, leurs bon du Trésor, ils les liquidaient ensuite. S'ils ne cédaient pas, s'entêtaient à garder le secret de leurs planques, eh bien... ils les liquidaient tout de même. Par quel miracle les Graves avait-il obtenu les noms et l'adresse de ces Polonais, une trentaine, qui faisaient trembler la France ? Un minable indic de seconde zone, probable. En conclusion, sept avaient éternué dans le panier à son de Deibler. Félicitée, encensée, la P.J. avait pavoisé, et, reconnaissante, avait ouvert son cœur de pierre au responsable de ce magistral coup de serviette qui, partant de là, allait devenir le plus important fournisseur en crânes de la P.J.

et aussi milliardaire. Dame, obtenir la haute main sur tous les cercles clandestins de la capitale rapportait de la belle ferraille, à l'effigie de la République ! Ce qui durant l'Occupation avait le plus étonné et choqué les puristes du mitan était qu'après tant de balançages avérés, aucun de la Carlingue de la rue Lauriston, qui cependant possédait tous les pouvoirs, n'ait occis la balance nº 1 de France. Pourtant, les Graves ne se planquait guère. Tous savaient qu'il vivait à Villeneuve-Saint-Georges dans l'attente de refaire surface aux Halles, son fief depuis ses jeunes années. A l'époque, coté comme l'un des plus beaux mecs de Paris, il fréquentait le bal « chez Ladira » où allaient également Miroir [1], Casque d'Or, Jo la Terreur, le Grand Milo de Belleville, René de Londres et son Équipe de Fer [2].

L'Obsédé avait fixé le poulet déchu qui l'avait si souvent emballé. Oh ! pour rien de sérieux ! Juste pour apaiser le voisinage du bistro où, avec une bande, il prenait les paris sur les chevaux avant de finir d'explorer les poches des clients en les nettoyant à la bobinette [3]. S'il n'y avait pas eu de plaintes, car les flambeurs débordaient parfois sur la rue et créaient de toute manière des allées et venues bruyantes, les Jeux ne seraient pas intervenus. Ils ne se le permettaient d'ailleurs qu'après avoir alerté les Gravilliers. Une sorte de gentleman's-agreement, quoi. Prévenu, Gégène désignait ceux de l'équipe qui devaient pour un soir se laisser emporter par les compréhensifs policiers. Ainsi, la morale était sauve et chacun y trouvait sa joie : les voisins et commerçants, les malfrats tranquilles pour un bout de temps et les Jeux qui accrochaient une intervention à leur palmarès. C'était-y pas plus gentil comme ça ?

– Eh oui, avait acquiescé l'élégant Obsédé. Je suis là. Mais toi ? Un poulet ? T'as pas honte ? Qu'est-ce que t'as fricoté de sale ?

1. Miroir fournirait le titre d'un film, réalisé par Philippe Agostini et interprété par Jean Gabin. Casque d'Or celui d'un autre film où le coup de génie de Jacques Becker serait d'en confier le rôle à la fabuleuse Simone Signoret.

2. Les Pégriots (du même auteur).

3. Jeu réclamant un tapis numéroté de 1 à 6, trois dés et un cornet de cuir, devenu tellement répandu qu'Arabes et Noirs l'utilisent à présent sans vergogne en pleine rue. Et sans risques judiciaires. Alors que jadis...

Et l'avorton, il pesait tout habillé dans les 45 kilos, de rétorquer :

– J'étais dans les B.S. A la une. Avec le commissaire David.

– Eh bé, mon colon, avait soupiré l'Obsédé, écœuré. T'es bonnard pour douze balles dans la peau. Comme ton patron David. Ils l'ont flingoté y a huit jours. Pour tortures sur des patriotes.

L'avorton malingre, à gueule de petit sagouin, n'avait pas baissé le front. Au contraire. Inconscient, il avait confessé quasi fier de lui :

– C'était notre boulot. On les satanait à la matraque en caoutchouc.

– Toi, matraquer ? rigola le truand qui dominait l'autre de sa taille. Un moucheron de ton espèce ? Mais t'aurais voulu me toucher que je t'aurais étranglé !

Le flic malingre avait secoué sa tête de rat, à croire que son physique avait influencé ses actions sordides.

– T'aurais pas pu. On les attachait avant. On leur cassait les doigts de pieds... on leur fourrait la gueule dans la baignoire, on... on...

Cette fois, l'Obsédé ne riait plus. Il retenait une envie de vomir. L'avorton enchaînait comme pour se justifier :

– C'était des terroristes, tu comprends. Il fallait qu'ils s'allongent.

– Et ils parlaient ?

– J'aurais voulu t'y voir ! On ne leur laissait aucun répit. Ou ils avouaient ou ils crevaient.

– Même ce qu'ils n'avaient pas fait ?

– Même ce qu'ils n'avaient pas fait, opina le trou du cul de la B.S. De toute façon, c'était des terroristes, des juifs, des communistes...

L'Obsédé, dont la devise était de ne jamais se mêler de ce qui ne le regardait pas, avait planté ses yeux bleus dans ceux du petit fumier :

– Barre-toi ou je te balance par-dessus la rambarde.

Et il avait repoussé sauvagement la petite ordure.

Des confessions, il en avait cependant beaucoup entendues. Mais de ce tonneau... Pour panser son écœurement, il savait que, lorsqu'ils officiaient en liberté, les gens des B.S. vivaient dans la frousse. Dans la grande. Rien que sortir de chez eux leur rongeait les nerfs, car ils recevaient de minuscules cercueils à leur domicile, qui les avertissaient de ce qui les attendait, la libération venue.

– Le destin est une connerie, avait critiqué l'un d'eux à l'Obsédé, croisé sur les coursives. Si Hitler avait trouvé la bombe atomique le premier, on serait pas ici. Nous, on passerait pour des héros et les résistants qui nous ont incarcérés pour des traîtres.

En se mordillant les lèvres, le truand avait planté là l'ex-poulet qui attendait de passer en jugement. Dans le fond, l'autre salopard voyait assez vrai. A quoi tenaient les destinées ? Un chemin pris à droite ou à gauche... un engagement au centre... le rêve de jours meilleurs... une société plus juste... un drapeau plus étoilé... l'ambition de devenir quelqu'un, de faire quelque chose de valable dans la morosité de l'existence... la foi de se choisir un Dieu... un président à barbe droit et honnête... un dictateur moustachu aux bottes étincelantes... Mais tout cela, si l'on ne trichait pas avec soi-même, convergeait vers le même but : se bourrer les poches et le coffre-fort, voir sa boutonnière s'orner de rubans, les nuques des hommes se courber, la jupe des dames se retrousser. Ô idéologie...

L'Obsédé, qui observait à longueur de jour et de nuit le zoo de Fresnes, ne pouvait trouver mieux pour enrichir sa connaissance des hommes. Ils les voyait de près, les anciens puissants, jadis décorés, infatués de leur position sociale, de leur pouvoir, de leurs relations, de leur compte en banque, de leur image de marque, de leurs noms éclatants, de leur art de savoir se placer, se faire bien voir, de leurs propriétés, châteaux, domaines, chasses, yachts... Et tout ça ? Pfftt ! envolés ! Gommés. Effacés. Balayés. Balayés, mes amours... our... ours... A quoi finalement avait servi leur venue sur terre, à ces cocos... cocoricos ? Ils n'étaient plus rien. Que dalle. Que tchi. Peau de zébi. Zéro. Triple zéro. Ils erraient, lamentables, sur les coursives, en pyjama et robe de chambre soyeuse, quémandant, interrogeant, appréhendant. Pas tous, quand même. Certains, dans un sursaut d'orgueil, arboraient encore leur uniforme, dorures, galons... Fierté louable, certes, mais qui ne changeait rien, car ils n'étaient plus rien. Rien. Au point qu'un gardien ivrogne pouvait, d'une claque, faire valser leur képi, leur casquette à feuille de chêne d'or, leurs illusions. Le pire, pour ceux toujours sur leur quant-à-soi, était l'obligation qu'ils avaient de côtoyer la lie, les ignobles droits-communs, qui se démerdaient mieux qu'eux pour vivre, survivre. Pour cause, barreaux et grilles de tous temps avaient été leurs universités. En ces lieux où, jeunes, ils avaient plongé, on leur avait inculqué la violence, le vol et le crime. Le cas de l'Obsédé. S'il n'avait connu ni père ni mère, poussé dans les maisons de redressement, les taudis, il s'était néanmoins forgé une morale qui valait bien celle de ces anciens généraux, ministres, embastillés. Au moins, lui n'avait-il pas fourgué sa patrie, son nez restait propre. Preuve, pour retrouver la liberté, il n'avait qu'à dénoncer le flic qui lui avait, contre 200 tickets, purifié son sommier judiciaire. Seulement même un poulet, l'ennemi héréditaire, ne se balançait pas. A chacun sa mentalité.

Aussi restait-il piégé, en attendant que son juge, enfin éclairé sur sa bonne foi, admette qu'il n'avait jamais fait appel aux services de l'occupant et lui ouvre les grilles de Fresnes. Las, dans son bureau, le magistrat avait bien d'autres priorités avec tous ces gens qu'on lui amenait, saucissonnés, prêts à tout confirmer, à tout dénoncer pour sauver leurs têtes qu'ils continuaient à trouver les plus intéressantes du globe.

Lorsqu'en promenade l'Obsédé croisait le général Bridoux, l'officier supérieur détournait le regard, ce qui faisait sourire le truand et ses amis. La raison ? La première nuit de son arrivée à Fresnes, alors que, saoulé des coups reçus à la P.J. par les limiers qui voulaient le faire parler, l'Obsédé cherchait le sommeil, au-dessus de lui on n'avait pas cessé de marcher, de déplacer un tabouret, de faire du boucan. A la longue, excédé, il avait cogné aux barreaux de sa cellule : « Oh ! là-haut ! Arrêtez ! Je suis vanné. J'ai besoin de pioncer ! » « Là-haut », cela avait continué. Alors, l'Obsédé d'ouvrir sa lucarne et de gueuler dans la nuit « Je sais pas quel est l'enculé au-dessus de moi. Mais si t'arrêtes pas, demain à la promenade, je vais te casser la tête, enfoiré ! »

Miracle des bonnes paroles et de la bonne éducation, son vœu avait été exaucé. Le lendemain, s'il n'eut pas à sévir, il devait apprendre que celui qu'il avait incendié était le général Bridoux. Ce dernier s'était également renseigné sur le malotru aussi, lorsqu'il le rencontrait sur les coursives, détournait-il les yeux.

Oui, pour observer les puissants, les malfrats se trouvaient aux premières loges. Mais le spectacle n'était pas jojo. On aurait dû les rembourser. De la part des politiques, ce n'était bien souvent que remontrances, regrets, débinages, reproches :

– « C'est vous qui m'avez conduit ici ! »

– « Je n'aurais pas dû vous suivre. »

– « Votre politique était néfaste. »

– « Vous m'avez détourné de mon devoir. »

Et les secrétaires de tout ce beau monde, qui avaient été enchristés en même temps que leurs patrons, de gémir :

– Je vous ai écouté... suivi... vous m'avez promis... Tout ça est de votre faute... vous...

Heureusement que certains d'entre eux relevaient le lot, en avaient dans la culotte. Exemple, ces journalistes qui avaient encaissé proprement, dignement, tels Georges Suarez, de *Je suis partout*, Robert Brasillach, Jean Luchaire, qui n'avaient pas flanché devant la mort.

En revanche Lucien Prévost, de la rue Lauriston, gémissait près de l'Obsédé, avant de passer devant la cour de justice : « Ils vont me fusiller. » Il pleurait en descendant au parloir et l'Obsédé tentait de le consoler sans y croire :

– Mais non, mais non...

Mais si, mais si. Prévost avait vu les fusils. Alex Villaplane de même. Curieusement, le commissaire René Levitre, qui présumait que l'ex-footballeur tiendrait mal le coup, s'était ressaisi face au peloton d'exécution.

Robert le Pâle, Jean de la Villette, Robert d'Amsterdam, Raymond R..., condamnés à mort, avaient vu leur peine commuée en perpétuité. D'autres encore. Dire si, dans une telle ambiance, Fresnes était une volière, où bruitaient les espérances et les désespoirs, où la prière se mêlait aux imprécations, les cris et les rires aux larmes et aux gémissements.

Au retour de la cour de justice où il s'était entendu condamner à mort, le prisonnier ne regagnait plus sa cellule primitive. Les surveillants le gardaient au rez-de-chaussée et le débarrassaient de ses vêtements civils ou de son uniforme, pour lui faire endosser une tenue spéciale, dont le pantalon s'ouvrait sur le côté pour faciliter l'enlèvement des chaînes dont on lui cerclait les chevilles. Comme le règlement exigeait que le condamné demeure entravé 24 heures sur 24, plus de quatre-vingt-dix pour cent d'entre eux ne pouvaient fermer l'œil. Jour et nuit, les morts vivants se déplaçaient, hantés par leur passé, leurs erreurs, leurs rêves enfuis, leur appréhension du matin où... vran... vran ! Leurs chaînes frottaient, cognaient, raclaient le plancher de la cellule à en hurler. Ce n'était qu'à partir de 5 h 30 qu'ils osaient enfin libérer leurs angoisses dans le sommeil. C'est que, passé ce cap, ils ne craignaient plus qu'on vienne les chercher pour les conduire à la fusillade. Alors, rassurée, la prison trouvait son rythme de croisière quotidien. Mais, s'il y avait une exécution de prévu, toute la ratière retenait son souffle et un silence épais, terrible, qui étouffait les gorges, s'abattait sur les divisions. Cela survenait toujours à l'aube. Par quel mystère les détenus savaient-ils ? Ils savaient. Et des signes venaient les conforter : d'abord à 6 heures, horaire immuable, la distribution de café au rez-de-chaussée ne se faisait pas. De leurs cellotes, l'Obsédé, tous, guettaient, l'œil fixé, oreilles tendues, contenant leur respiration. S'ils ne percevaient pas le roulement des chariots supportant les bassines de jus, c'était que l'un des condamnés, ou plusieurs, à la peine capitale allait mourir. Et celui, ceux qui vivaient leur dernier matin sans encore le savoir épiaient le moindre bruit, le cœur bloqué, les tripes nouées, une supplique au bord des lèvres adressée à un Dieu auquel la majorité ne croyait pas. Beaucoup tremblaient, la frousse au ventre, la merde au cul, retenant le craquement de leurs entraves. Puis, s'ils devinaient une sorte de frôlement devant leur porte, cela signifiait qu'on venait d'y déposer leurs fringues civiles et que dans ce cas... alors...

« Notre Père qui êtes aux Cieux,
Que votre nom soit sanctifié,
Que votre règne arrive
et que votre volonté soit faite sur la terre comme au Ciel »

Et de leurs gorges nouées, les paupières mouillées ou l'œil dur, ne pouvait que s'échapper : « C'est mon tour. »

De son premier étage, l'Obsédé et ses compagnons de galère entendaient, ensuite, enfin ! surtout, les pas des soldats en armes et ceux des officiels, lesquels venaient cueillir, à l'arbre de leur justice, les fruits condamnés à pourrir dans la vieille terre des hommes. Et retentissait alors un aboiement qui déchirait le calme malsain de l'aube : « Halte !... Reposez-ez-ez-ez... armes ! »

Suivait un silence lourd, mais lourd... ce fameux et justifié silence de mort. Puis le nom du ou des suppliciés s'élevait, répercuté par les cellules.

– C'est un tel... un tel !

Ce matin-là, c'était le nom de Bucard qui volait de cellule en cellule. Marcel Bucard, le Francisque. Son heure était venue. Cinq jours auparavant, il avait lu à tous par la fenêtre grillagée de sa cellule la lettre que sa fillette avait écrite au général de Gaulle. La gosse expliquait de son mieux, à travers ses larmes, que, gamine de 13 ans, elle implorait le sauveur de la patrie qu'il lui rende son père, qu'elle ne possédait plus que lui au monde, qu'elle n'avait rien fait, n'était pas responsable et que monsieur le Général n'oublie pas que son papa avait été un héros, un grand patriote de 1914, et que... si monsieur le Général voulait se montrer gentil et comprendre...

De ce côté, c'était réel. Le chef du Francisme était bardé de décorations gagnées au front, celui de la Grande Guerre. Curieusement, les gens continuaient à baptiser de la sorte l'autre, celle de 14-18, à croire que celle qu'ils venaient d'effacer à travers le porte-pipe et qui se soldait déjà par des dizaines de millions de cadavres, n'était qu'une petite balade par clair de lune dans les bois de Saint-Cucufa.

A l'écouter lire la lettre de son enfant, sachant qu'il

n'avait aucune chance d'échapper au peloton, les ruffians les plus coriaces s'étaient raclé la gorge. Hélas mille fois pour la gamine de Bucard...

Alors le moment étant venu, toute la division de se mettre à hurler, solidaire, droits communs et politiques mélangés :

– Courage, Marcel !

– Tiens bon, Marcel !

Perçant les murailles, les lourdes portes verrouillées, les voix grondantes venaient épauler le chef politique, réchauffer son sang glacé et, parmi elles, les dominant, celles des nombreux francistes incarcérés qui lui portaient vénération.

Enfin, profitant d'une accalmie, la voix de l'aumônier éleva les prières, auxquelles fit écho, ferme et convaincue, celle du chef politique. Lorsque celui-ci sortit enfin de sa cellule pour marcher vers la mort, de nouveau un grondement puissant s'en alla frapper les murs, y roulant, s'y répercutant, faisant osciller les baïonnettes des soldats :

– Vive Marcel-el-el-el... Mort aux communis-is-is-istes !

Alors, profitant d'un répit laissé par cette tornade, la voix de Marcel Bucard éclata dans un chant d'adieu :

« Ce n'est qu'un au-revoir... »

Puis son pas et sa voix décrurent, couverts par les godillots des soldats. Mais la tornade rattrapa le supplicié :

– Adieu Marcel ! Bande d'assassins ! A mort les bourreaux !

D'autres, les romantiques, s'interrogeaient d'avance pour savoir ce qu'il allait advenir du corps de l'exécuté. Sa famille le réclamerait-elle ou le laisserait-elle enterrer dans le cimetière de Fresnes ? Ses fidèles, vu la renommée de leur chef, ne s'inquiétaient pas. Marcel Bucard devait avoir quelque part son caveau où dormaient déjà ses proches. D'autres, en revanche, se disaient qu'après tout... lorsque tout est rousti... qu'on a achevé son petit tour de con sur terre... ma foi, que l'on fourre votre couenne ici ou là... Bof !

Ceux qui n'appréciaient pas cette désinvolture étaient les détenus terrassiers, pompeusement baptisés jardiniers. Eux tenaient à voir revenir le fourgon avec du cadavre. Because, quand ils enterraient dans le cimetière, honteusement relégué loin des bâtiments au fin fond de la prison, ils touchaient une ration de pinard. Parfois plus. C'était selon. L'Obsédé, employé au Service général, et qui de ce fait se déplaçait assez facilement, était fixé avant eux. Du réfectoire il pouvait, aux heures creuses, apercevoir la menuiserie où se fabriquaient les cercueils de sapin blanc. Deux de ces boîtes repérées lui signalaient qu'il allait y avoir incessamment deux exécutions. Donc, si les corps des fusillés étaient ramenés à Fresnes, cela se traduirait par deux chopines de rouge pour chacun des jardiniers. Très simple comptabilité. Deux cadavres pour le cimetière, deux chopines pour les gosiers. Trois, trois. Ces jours de trois ou quatre étaient salués comme une grande fête par les terrassiers détenus. Rouge le vin, rouge le sang. Et dormez de votre dernier sommeil.

Dormir, oui ! Mais pas dans ce cimetière. Si l'endroit sinistre ne hantait pas les nuits de ceux qui avaient les moyens d'être enterrés hors de Fresnes, les autres en revanche... Dame, savoir, même pour un anti-curé, un damné d'avance, que ses osselets vont pourrir dans un lieu pareil ! Ensevelis là où on leur ôtait jusqu'à l'espoir de pouvoir, de leur tombe, cracher sur celle des gaffes tant haïs, décédés en service. Car eux, parias maudits, n'avaient droit qu'à la fosse commune, installée au fin fond du fin fond de l'opprobre.

Ces faits sordides ne tracassaient pas Jean S... Il faisait confiance à son étoile, pour éviter le : « En joue ! Feu ! » Pourtant, à son arrestation, dire si la presse avait titré gros son nom, ses méfaits, ses rapines... Le cheveu rare, les yeux noirs mobiles, le teint mat, intelligent, il offrait l'aspect physique d'un homme moyen. Mais ses réflexes, qu'il savait contrôler, dissimulaient un fauve au repos. Très courtois, très va-de-l'avant, il s'était mouillé avec la Carlingue de la rue Lauriston. Pour pirater, prendre du gros grisbi. Autrement, lui, les idéologies, pro-allemande ou autre... Pfftt... Du vent. Des pets de nonne sur une tringle à rideau. Aussi, lorsque Henri Lafont avait conseillé à son équipier d'endosser l'uniforme canaque, s'il avait refusé ! Fallait tout de même pas pousser ! Qu'Abel Danos, Alex Villaplane, Lucien Prévost, d'autres, aient accepté, c'était leur problème. Lui, pour sa part... Non qu'il ait critiqué Abel, un ami. Seulement, la vue d'un uniforme lui collait des boutons, des rougeurs...

Peu de cellules pouvaient rivaliser en propreté et confort avec la sienne. Jusqu'à la limite du possible, s'entend. Sa devise avait toujours été : vivre au mieux dans les pires situations. Sa porte restant ouverte dans la journée, il lançait souvent des invitations aux amis qui ne boudaient pas, la tambouille étant bonne. Pour se fournir en vivres, il faisait appel à la compréhension de ses gardiens : une solide enveloppe glissée dans la poche de leur vareuse et...

A l'inverse d'autres malfrats qui méprisaient les généraux, amiraux, ministres et tout le bataclan qu'ils traitaient en caves, S..., au contraire, recherchait leur contact. S'efforçant d'oublier l'argot, présentant bien, il les écoutait gémir, les conseillait, cherchant à nouer des relations pour l'avenir. Si dans son esprit ils restaient des caves, au moins ne le montrait-il pas. Il leur rendait service, étant toute amabilité et gentillesse à leur égard. Jamais il ne lui serait venu l'idée de les avilir, de leur faire sentir qu'à la ratière ils n'étaient que de la merde. Ce n'est pas lui qui, au Dépôt, aurait forcé Hennequin, le directeur de la Police municipale emballé pour faits de collaboration, à passer la nuit la tête dans les chiottes. A ses yeux ce genre de brimade, si elle avait réellement eu lieu, était une revanche de minable. Radio Prison avait laissé circuler qu'il s'agissait de voyous, trop heureux de pouvoir se venger sur un haut fonctionnaire. D'autres imputaient la bêtise à des gardiens revanchards et patriotiques. Que croire ? Il s'en était passé tellement d'aberrantes depuis la Libération ! Surtout au début ! Pour s'y retrouver, dans cette gelée de groseilles politico-héroïco...

« Ici règnent les grands pantins,
Leur couleur n'est pas éternelle,
Rouge aujourd'hui et bleu demain,
Y'a qu'à tirer sur la ficelle... »

S..., rasé de frais, aussi impeccable au placard qu'à l'extérieur, aspergeait généreusement de lavande son corps tatoué. Sous la peau, ses muscles nerveux jouaient dans les mouvements, soulignant les « Pas vu pas pris, mais vu rousti » et autres « Mort aux Vaches » qui ornaient sa chair cuivrée. Le môme avec lequel il faisait gourbi dans la cellule l'observait à la dérobée en salivant de plaisir. Le truand, dont l'œil était un radar, s'en aperçut.

– Magne-toi de finir de briquer, petit, dit-il.

Il possédait l'intonation rauque, cassée, des voyous mais ne cherchait pas à effaroucher. Inutile. Sur un froncement de sourcils, le môme s'aplatissait. Pas la peine de le houspiller pour le faire filer doux. Et pourtant ce môme, ce Marongin, avait fait emballer la fille du général de Gaulle. Qui aurait pu croire ça de ce petit fumier ? En plus, il refilait de la jaquette, c'est pourquoi S... l'avait soulevé au préfet de l'Aube, un lascar également de la pointe. Mais S..., lui, c'était en tout bien tout honneur qu'il laissait entendre à ses amis ruffians, lesquels, pas dupes, se bidonnaient. En tout cas, la petite crapule au teint frais et à l'âme noire ne bronchait pas et vivait en extase devant le redoutable forban. Leur rencontre s'était déroulée à la messe de la prison, près de ces petites cages, empilées les unes sur les autres, qui faisaient face au maître-autel et bien closes sur les côtés de manière à ce qu'aucun détenu ne puisse voir ni communiquer avec ses compagnons en dévotion. Du moins selon le règlement. En réalité, vu l'abondance des fidèles, le surpeuplement de Fresnes... Aussi enfilait-on, c'est le moment de l'écrire, deux croyants au lieu d'un dans les cages en question. Et les paumes et les voix caressantes de remplacer l'Ave Maria : « T'as une jolie petite gueule, toi ! Et ces petites miches ! Non, ce que t'es mignon ! Allez, tourne-toi. »

Et en route pour Cythère... pour la polka des biroutes... le sucre d'orge... de pomme... le sucre candi... la taillette du pipeau... le soufflage dans le poireau...

C'était au milieu de l'alléluia que des coquins se faisaient religieusement suçoter le chipolata. Pendant que le prêtre... croix brandie... alléluia... alléluia... chouia barca...

En babouches, pyjama de soie bleutée, robe de chambre de soie bordeaux, S... achevait de nouer un foulard de soie provenant de chez Hermès. Il allait sortir, tenter de se rabibocher avec les amiraux, généraux, préfets, etc., qui, sur la coursive, dans une même tenue matinale, se contaient leurs malheurs. Quoique cela lui était devenu ardu depuis que les autres, aux douches, avaient découvert, choqués, ses tatouages. Ils n'en étaient pas revenus ! Un monsieur si gentil, si bien élevé, si généreux... Ah ! généreux, S... l'était. De tempérament. Et de moyens. Les journaux n'avaient-ils pas en leur temps fait mention d'un chapeau mou rempli à ras bords de diamants, rubis, émeraudes, etc., qu'il aurait planqué ? Légende, légende, se contentait de répliquer S... aux trop curieux. Lui ne se tracassait nullement de ce Borsalino mystérieux. Au dehors, de solides amis le lui tendraient à la sortie pour qu'il s'en coiffe et ne prenne pas froid.

Il se pinça une cigarette aux lèvres, l'alluma.

– Que ce soit nickel, petit, laissa-t-il choir.

Marongin, agenouillé sur le parquet, activa la brosse à cirer. Il en était fou, de son truand, de son maître qui n'élevait jamais la voix, mais dont les yeux noirs, mobiles et perçants, lui bloquaient la respiration. Il ne répondit pas. S... lui accordait tout juste un regard. Quand il pensait que ce sale petit trou du cul avait balancé tout un réseau de résistants et fait déporter la fille du général de Gaulle, en ce moment le number one de la France... C'était à pleurer qu'un si minable avorton ait pu causer tant de chagrins.

Comme il allait franchir la porte, il se heurta à l'Obsédé qui s'y encadrait. Solidaire, il proposa sur-le-champ :

– Ça va, mec ? T'as besoin de quelque chose ? Tu veux que je te prête le môme pour qu'il te fasse une gâterie ? Entre, je ferai le pet pendant qu'il t'épongera.

L'arrivant gloussa :

– Garde-toi-le. Pas mon truc. Non, je veux juste du méta pour faire cuire ma croûte. J'en ai plus.

– Je vais t'en refiler une boîte, rassura S... Mais, pour ce midi, viens casser la graine ici. Je me suis fait amener des steaks de première. Du filet.

Tout en parlant, il avait exhibé un paquet de Balto de la poche de sa robe de chambre. Il le tendit. L'Obsédé refusa, et s'informa.

– T'aurais pas plutôt un peu de gnôle ? Armagnac, fine, calva...

S... claqua des doigts.

– Petit ! Apporte la fiasque en cuir à mon ami.

Marongin s'exécuta tandis que son Dieu ajoutait, rigolard :

– T'as envie de plonger dans ta tasse chinoise ? Et sans attendre de réponse : – T'as des nouvelles d'Henri Face ?

– Oui, il m'a fait dire que si j'avais besoin d'être assisté...

Jean S... eut un geste d'approbation, qui signifiait qu'il n'avait jamais douté de la générosité du gros trafiquant envers un ami emprisonné. Il s'informa :

– Paraît qu'il a repris ses cartons de pain ?

L'Obsédé opina en empochant la fiasque d'alcool.

– Et, partant de là, sa visite aux canassons d'Auteuil et de Longchamp !

– Il finira raide, prédit S...

– Il le sait. Il s'en fout.

– Quand on pense à ce qu'il a palpé...

– Bof, il a fait le bonheur des pièges [1], remarqua l'Obsédé.

Un rictus souleva la lèvre supérieure de Jean S...

– Et pas mal de mecs ont aussi cherché à ce qu'il fasse le leur ! Je pense à ces types de la D.G.S.S. qui l'avaient dégringolé dans une cave pour lui faire cracher son pognon.

– Sans oublier la Milice patriotique, qui s'est pointée chez lui à l'heure du déjeuner, renchérit l'Obsédé.

– Je sais. On m'a raconté ça. Paraît que tu y étais ?

– J'y étais, confirma l'Obsédé. Mais le Gros s'en est bien sorti.

– Comme toujours...

Le rictus de Jean S... s'était transformé en gloussement approbateur. Pour s'en être bien sorti, le gros Henri Face s'en était bien sorti. Une fois de plus. Il est vrai qu'il savait se servir de son sacré cerveau et de sa non moins sacrée mémoire. L'histoire datait d'avant l'embastillement de l'Obsédé. Ils étaient une dizaine, conviés à déjeuner au

1. Bookmakers. Ceux qui ont pris, dont mon ami Jeannot, les paris du gros Henri Face sur les champs de courses ont touché des fortunes.

rez-de-chaussée de la rue d'Avricourt : Desizes, un important flicard du ministère de l'Intérieur, Jézo, de la Brigade criminelle, plus un fonctionnaire chargé de l'enfance et jusqu'à un lieutenant para de l'armée Leclerc. Bref, du monde bien. Du bon à fréquenter. Le Gros Henri, très gourmet, s'était lui-même chargé de la cuisine et sa femme, épaulée de sa sœur, du service. L'ambiance était à l'euphorie, les bouchons lâchaient leur « plof » joyeux et les mâchoires y allaient dare-dare. Ainsi que toujours chez le gros trafiquant, la croûte était soignée, les vins rares, surtout à cette époque.

Puis soudain... drelin-drelin... la sonnette ! La maîtresse des lieux va ouvrir et... une ruée, une intrusion, un manque de savoir-vivre...

– Les mains en l'air !

– Tout le monde debout !

– Videz vos poches !

Tout cela était un rien contradictoire, car vider ses poches tout en gardant les mains en l'air... Seulement, les quatre mitraillettes, braquées sur les convives par quatre trouble-fête qui arboraient le brassard des Milices patriotiques, n'incitaient pas à la rébellion. La tablée se dressa vivement, bras levés. A travers les vitres de la fenêtre, lieutenant et policiers pouvaient repérer d'autres lascars qui les braquaient de la rue. Pas d'évasion possible.

L'Obsédé, rapide de réflexes, souffla à l'oreille de Jézo, tout en planquant son pognon et sa bague :

– Merde, vous êtes poulet. Faites quelque chose !

Il avait dû élever la voix malgré lui, car l'un des braqueurs Milices patriotardes, d'obédience communiste, d'aboyer :

– Silence, enfoirés ! Videz vos fouilles. Et fissa.

Les invités d'Henri, invités si poliment à se dépouiller, commencèrent à obéir. Mais sans se précipiter, chacun cherchant en soi à comprendre, à voir, s'il n'y avait pas moyen de frauder un peu, à ne pas tout donner à ces braillards goulus de fric.

Henri Face était mécontent. Traiter ses hôtes de la sorte... Soudain, il tressaillit en étudiant le rougeaud qui paraissait commander les envahisseurs. Il creusa dans sa fabuleuse mémoire, puis... eurêka !

– Je pourrais vous parler seul à seul, monsieur ?

Milice Patriotique hésita un instant avant d'accepter d'un signe.

– Si vous vouliez passer à côté ? invita le trafiquant.

Cinq minutes plus tard, ils réapparaissaient et le rougeaud s'excusait, en se dirigeant vers la fenêtre :

– Désolé, monsieur. Il y a erreur.

Il ouvrit les battants, ordonna à ceux du dehors :

– Ça va. Reposez les armes.

Puis il s'en fut sans un mot de plus, suivi des siens, sans rien emporter. Par la fenêtre demeurée ouverte, les invités ébahis purent voir le chef des Miliciens patriotiques grimper dans une luxueuse Alfa Roméo de 15 mètres de long, fauchée devant l'ambassade d'Italie, durant la lutte pour la libération de la capitale. Prise de guerre, selon la vieille formule des pirates.

Revenu à ses hôtes, le Gros Henri expliqua, tout en leur faisant signe de se remettre à table :

– Ce n'est rien. Un malentendu.

Mais, en douce, à l'Obsédé : – Je me suis souvenu de ce rougeaud. Dans le temps, je lui ai fourgué des cartons de pain.

– Oui, mais pourquoi il s'est pointé chez toi ? s'était étonné l'Obsédé, méfiant. Sur un donné ?

– Oui. Des mecs lui ont promis qu'ils trouveraient ici le gros paquet. Alors, il s'est amené là avec ses pistoleros à la gomme.

Il aurait pu ajouter, ne le fit pas : « Voilà à quoi sert d'avoir une bonne mémoire. »

Tout en raccompagnant son ami à sa propre cellule, Jean S... s'informa, ainsi qu'ils le faisaient tous les uns les autres pour tenter d'y voir clair dans ce bordel insensé :

– T'as des nouvelles de l'Arménien ?

– Aucune. Tout ce que je sais, c'est qu'il a été sauté lui aussi à la Libération.

– Paraît qu'il serait à la Santé.

L'Obsédé, qui s'effaçait sur la coursive pour laisser passer le général Bridoux en conversation avec un civil, fit la moue :

– Qu'est-ce qu'ils peuvent lui reprocher ? Il a juste servi d'interprète, rue des Saussaies, pour les flics allemands. Tu connais les Arménouches ? Ils parlent tous un tas de langues et de dialectes, alors il a utilisé ses compétences pour gagner son bœuf, pas plus.

– Oui, mais il était au service des Fritz ! C'est ce que les autres doivent lui reprocher !

– Ça ne l'a pas empêché de rendre de grands services. A chaque fois qu'il a pu, il a fait relarguer des gars emballés par les Chleuhs.

Ils repartirent et l'Obsédé ajouta, pensif :

– Il n'y a que pour la mère de Jo Longman qu'il n'a rien pu faire quand je le lui ai demandé.

– Une youde ?

L'Obsédé se secoua :

– Oui. Je voulais la tirer de là, lui éviter la déportation. Je la connaissais bien ! J'ai été élevé avec son gars du côté de la rue des Rosiers ! C'était une chouette petite vieille qui faisait la chine avec un âne et une charrette vers Champigny. Elle avait soixante-treize ans. J'aurais vraiment donné cher pour la tirer des pattes des Chleuhs, d'autant que Jo [1] était un bon ami. Va savoir où elle est à cette heure...

Jean S..., qui aspirait sur sa Balto tout en essayant de capter, en pure perte, l'attention des amiraux Esteva et de Laborde qui venaient sur eux, lâcha, philosophe :

– Elle avait soixante-treize ans, non ? Qui peut se vanter d'aller si loin ? Ne regrette rien. T'as fait ce que tu as pu.

Les deux amiraux les croisèrent en détournant ostensiblement la tête pour éviter Jean S...

L'Obsédé sourit :

– T'as l'air carbonisé avec eux, maintenant !

– A cause de mes tatouages.

1. Jo Longman allait devenir le manager de Marcel Cerdan, le célèbre boxeur. Il périrait avec ce dernier, le 28 août 1949, dans un accident d'avion qui coûterait également la vie à Georgette Neveu, violoniste de renommée mondiale. Cerdan retournait aux U.S.A. pour tenter de reconquérir à Jack la Motta son titre de champion du monde des moyens, perdu un an auparavant devant Tony Zale.

L'Obsédé, qui s'était toujours refusé à ce genre d'exhibitionnisme, et pourtant dire si la mode l'y avait incité sur les fortifs, quand il était voyou de barrière, blagua :

– Ça t'apprendra à vouloir porter ton casier judiciaire sur la peau !

Comme ils parvenaient devant sa cellule, il invita :

– Entre. J'ai un nouveau compagnon. Un de la L.V.F.

S... hésita. Un de la Légion des volontaires français ? Intéressant, ça ! Il commençait à en arriver à Fresnes. Mais il refusa de la main car, au loin, il apercevait le ministre Marion en conversation avec un gardien et il ne désespérait pas de se replacer avec le gratin. Il aimait ça.

– Plus tard, dit-il. Ton lascar s'évadera pas, ajouta-t-il en souriant. Et bonne bourre.

Il connaissait la nostalgie de l'Obsédé pour l'Orient, aussi tapota-t-il de son index soigné, à l'ongle propre, limé, l'endroit où l'Obsédé avait camouflé la fiasque de gnole avant de s'éloigner.

L'Obsédé suivit un instant du regard son ami, qui risquait sa tête et dont le luxe du pyjama et de la robe de chambre en soie jurait parmi le décor de la vieille prison pour l'heure transformée en volière, où chacun palabrait, supputait son destin, vantait sa foi en la justice, se cherchait des excuses, en trouvait, mettait sa chance en avant, certain d'éviter le peloton d'exécution : tous, anciens puissants ou malfrats de la Gestapo, voulaient croire, espérer, et bavassaient à n'en plus finir.

L'Obsédé ne se mêlait pas à ces conversations, ces ragots. Il est vrai que son cas ne pouvait se comparer à ceux de la majorité des détenus, dont beaucoup avaient du mouron à se faire. En joue ! Rran... rran !

Il entra dans sa cellule, elle aussi bien tenue. Il était pour la paix, l'ordre, et les choses à leur place. D'ordinaire, ils étaient cinq à occuper le lieu. Pour l'instant, il n'y avait que le nouvel arrivant, les trois autres, des trafiquants qui s'étaient sucrés durant l'occup', devaient être à dégoiser de leurs marchés respectifs sur les coursives. Des braillards, vantards, auxquels l'Obsédé ne parlait que du bout des dents, d'autant qu'ils n'étaient pas du Milieu. En revanche, le nouveau lui bottait. Le gars avait payé cash ses conneries. De sa sueur. De sa frousse.

– Alors, Beau Mec, lança-t-il d'emblée au type accroupi torse nu sur sa paillasse. Ça va ? Tu t'y fais ?

L'Obsédé ne savait d'où le gars tirait son surnom, mais il se justifiait. C'était réellement un beau spécimen d'homme. Plus de 1,80 m, les épaules larges, les jambes solides, la taille mince, et, là-dessus, une bouille à se faire pâmer les filles, de magnifiques yeux bleus très clairs et des cheveux blonds frisottés, sur un front ridé par les aventures vécues. Il dressa sa belle stature bronzée, musculeuse, car sa détention récente ne l'avait pas encore empâté.

– Faut bien s'y faire, dit-il. Mais je pense trop.

– Ça, c'est mauvais, mon pote, critiqua l'Obsédé en pêchant la fiasque offerte par Jean S... Il la tendit.

– T'en veux ?

L'autre refusa :

– Merci. Puis, sans transition : – Tu crois qu'ils vont me flinguer ?

Le truand soupira. Tous s'inquiétaient de leur finale. Mais il fallait aussi se mettre à leur place... Chacun s'exprimait selon son éducation. Pour les uns, les huppés, les licenciés, diplômés, etc., c'était :

– Pensez-vous que je risque le peloton d'exécution ?

Les autres, le plus grand nombre, ceux de classes sociales plus basses, s'informaient différemment :

– Tu crois qu'y vont me flingoter ? Et ils ajoutaient, ne pouvant dominer leur origine :

– Ces enculés ?

A présent, sa question le laissait voir, c'était au tour de Beau Mec de se cailler le lait sur son avenir. Mais que pouvait lui répondre l'Obsédé ? Après tout, Beau Mec n'était pas là pour avoir trié des chaussettes ! Il s'était engagé dans la Légion Charlemagne pour aller se donner ça contre les Ruscofs, contre le communisme, il précisait. Un idéaliste à ses yeux ! A vingt-cinq ans, il était déjà descendu aux enfers pour avoir écouté Jacques Doriot, le leader du P.P.F. [1]

1. Parti populaire français.

Enrôlé, il avait endossé l'uniforme vert-de-gris et hop ! entraînement, sermons et, en deux coups les gros, il s'était retrouvé face aux lanciers du Petit Père des Peuples. Et ça n'avait pas été une balade romantique. C'est que les Cosaques du Don étaient doués pour étriper l'ennemi ! Ils l'avaient prouvé, à Stalingrad et ailleurs. Pour Beau Mec, son titre de gloire restait Berlin où promu sergent, lui et d'autres Français s'étaient retrouvés dans le métro à se heurter aux Mongols, Kalmouks et autres Tartares. Là que s'était achevée leur guerre. Dans le métro berlinois. Et qui, un comble, tombaient, mouraient pour défendre l'approche du bunker où se terrait petit-caporal-Hitler-moustaches-de-traître ? Des Français de la Légion Charlemagne. Tout bonnement. Tout bêtement. C'était pas con à pleurer, ça ? Au dernier round, il n'y avait plus de troupes allemandes pour servir de tampon entre le dictateur vaincu poil au cul et les coriaces Popofs, mais seulement les tricolores déguisés en Feldgraus. A ces guerriers franchouillards, on pouvait reprocher de s'être trompés de parcours, d'avoir choisi la mauvaise cause, non de manquer de vaillance. S'ils les avaient malmenés, les enfants chéris de papa Staline ! Seulement, plus ils en dessoudaient, plus il en arrivait. Comme des rats. Pour sa part, Beau Mec avait été blessé, transporté à l'hôpital, énergiquement soigné par des chirurgiens soviétiques. Certains de ses compagnons de combat non blessés étaient parvenus au dernier moment, voyant que c'était cuit, à se fringuer en civil et à se faire passer pour des prisonniers de guerre. Lui, valide, ne l'aurait pu ! La cause ? A l'instar des terribles S.S., on lui avait tatoué son groupe sanguin sous le bras. Alors, pour ce qui était de nier avoir défilé au pas de l'oie avec les Teutons...

« Heidi, heido, ah-ah
Heidi, heido, ah-ah-ah-ah »

D'un œil attentif, l'Obsédé sondait le rescapé de Berlin, dont les rudes combats n'avaient pas trop réussi à flétrir la belle gueule.

– T'as le trac d'être flingué ?

Beau Mec secoua négativement la tête. Non, l'ex-L.V.F. n'avait pas peur. Il en avait trop vu. Néanmoins...

– C'est-à-dire que c'est dur de partir jeune, confessa-t-il tout de même.

– Ils ne te laisseront pas le choix, remarqua le truand. Alors, autant partir en beauté. C'est plus propre.

Il s'écarta, alla fouiller dans ses affaires, ajouta :

– Au moins vous, vous n'êtes pas comme ceux de la Gestapo, vous avez eu un idéal. Vous avez joué le mauvais canasson, voilà tout. Tandis qu'eux... En tout cas, c'est pas moi qui te jugerai [1].

L'ancien L.V.F. le contemplait, un rien ahuri, pencher la fiasque sur une minuscule tasse chinoise et verser.

– T'étais là pour Laval ? demanda-t-il curieux, oubliant soudain son sort.

L'Obsédé, qui était allé s'acagnarder dans un angle de la cellule et serrait sa jolie tasse entre ses paumes, acquiesça de la tête.

– On m'a dit... attaqua Beau Mec, que Laval a été fusillé à demi accroupi... Qu'il s'est empoisonné et qu'il...

Le truand abonda d'un léger signe. Il commençait à être loin. Au creux de ses mains la minuscule tasse, qu'il faisait osciller doucement, lui livrait les mouvements lascifs de la mignonne danseuse nue aux yeux bridés.

Il se contenta de lâcher à mi-voix :

– De Laval, je m'en fous. Mais il avait des couilles.

Puis il soupira, contrarié. Qu'avait le môme à le distraire avec ses questions idiotes ? L'ancien chef de gouvernement Pierre Laval, c'était déjà du passé. Cependant, comment ne pas se souvenir ? Il ne pouvait oublier le barouf déclenché ce matin-là à Fresnes. Quel bordel ! l'ex-président du Conseil avait croqué une ampoule de cyanure avant qu'on vienne le chercher pour l'exécuter. Geste qui avait collé la panique chez les officiels dont le temps était mesuré, un article stipulant que les exécutions devaient avoir lieu avant midi. Et l'autre trouble-fête qui agonisait et qui, d'après la loi, encore elle, la garce ! devait être fusillé vivant ! Le saligaud ! Comme s'il

1. Beau Mec s'en tirerait plutôt bien : 5 ans de prison ferme.

ne pouvait pas faire comme tout un chacun et se laisser mener à l'abattoir gentiment ! Que faire ? Oh, ils avaient vite trouvé la parade, les gros malins ! Des heures durant, ils avaient fait laver l'estomac du condamné, un œil sur leur montre, l'autre sur le saligaud toujours dans le coma, les yeux clos. Et midi qui allait sonner ! Passé ce délai, c'était impératif, plus de : « En joue ! Feu ! » Merde alors ! Pour parachever l'affolement des officiels, des cellules, les prisonniers, ignorant que Laval avait voulu devancer les fusils mais sachant qu'il devait être conduit au fort de Montrouge, de brailler leurs encouragements :

– Courage, Pierrot !

– Tiens le coup, Pierrot !

– Assassins !

– Enfoirés !

Par la suite des bruits avaient circulé, livrés, déformés par Radio Fresnes. Vrais ? Faux ? Les détenus ne savaient. Le bouche-à-oreilles contait que les officiels, voyant approcher le midi fatidique, avaient fait transporter le corps inerte, sur une chaise, non loin du château d'eau situé à l'arrière de la prison. Adossé à un arbre, l'agonisant, le buste penché, n'avait pu voir le peloton d'exécution obligé de s'agenouiller pour le rran... rran ! Tout était bien qui finissait bien. Il n'était pas midi. Et Pierre Laval, ancien chef du gouvernement du maréchal Pétain, n'était plus. Au lieu de dire amen, les responsables avaient dû pousser un ouf !

– C'est des moments qui doivent être durs à supporter, remarqua Beau Mec. Mais, dans le fond, ça fait plaisir de savoir qu'il arrive aux grossiums de se flinguer entre eux.

Son compagnon de galère ne lui répondit pas. Il était loin, loin, n'en avait que pour la mignonne silhouette qui, au fond de la petite tasse... Un léger sourire flottait à ses lèvres.

XXVI

La campagne somnolait et pourtant la grande chaleur de midi était passée de quatre heures. Mais, en cette fin juillet 1946, il faisait tellement beau ! Le ciel et l'air se confondaient dans un pâle bleuté que rayaient paresseusement de leur plumage sombre des oiseaux. Passant à travers les branches qui surplombaient la rivière, les rayons du soleil brodaient de la dentelle d'or sur l'eau aux reflets verdâtres.

Au repos depuis une semaine, le Breton avait accroché sa barque en bord de rive à son coin favori, dans une trouée de roseaux. De là, sans détacher le bateau, il pouvait gagner un pré où, la fraîche venue, brouteraient les normandes. Pour l'instant celles-ci, groupées sous les feuillages retombant d'un vieux chêne, fuyaient la canicule, chassant les taons agressifs de coups de queue placides. De sa place, assis à califourchon sur le banc de nage, le pêcheur apercevait le petit pont qui permettait de passer la Sienne. Ce que ce dernier avait changé ! Ses arches vénérables étaient écornées, livrant les blessures de la pierre. Étaient-ce les Chleuhs ou les Ricains qui avaient tenté de le faire sauter ? Ils n'y étaient parvenus qu'en partie et depuis, de solides étais permettaient de plonger de Quettreville sur Trelly, évitant ainsi de longs détours. Quel âge pouvait bien avoir le petit pont trapu, étroit et court ? Combien de siècles ? A chaque fois qu'il le revoyait, le Breton imaginait des cavaliers mousquetaires le franchissant au galop, rapière au côté, cape flottante au vent, tels les héros de Dumas Alexandre.

Au-delà du pont, en glissant le regard sous l'arche gauche, il pouvait distinguer grâce au coude de la rivière une imposante surface de nénuphars sous lesquels évoluaient les mémères, des carpes de 30 ou 40 livres que nul chevalier de la gaule n'avait réussi à s'offrir, l'endroit étant inabordable. Souvent, comme actuellement par grande chaleur, on pouvait les apercevoir du pont farnienter au soleil. Énormes. Insaisissables. Il y avait fort longtemps que personne du pays ne s'y intéressait. Même les Chleuhs les avaient laissées tranquilles. Et pourtant eux, les guerriers blonds avec leurs grenades... Boum ! Apportez l'épuisette !

Le calme, une paix profonde enveloppaient la barque et son occupant. Et une paix qui durerait ! La guerre était enfin achevée. Bien sûr, elle recommencerait un jour ailleurs ! Il en avait toujours été ainsi. Les hommes étaient cinglés. Complètement. Ils ne seraient jamais adultes. Depuis leur apparition sur terre, ils n'avaient fait que s'étriper, s'égorger, se détruire. Toujours, toujours et toujours. Pas besoin d'être malin pour parier que cela continuerait, jusqu'à l'anéantissement total, jusqu'à la disparition de la race humaine. Seules les femmes, les mères, les amantes, avaient une petite chance de pouvoir retarder ça. Plus courageuses et plus lucides que les hommes, bien souvent, elles possédaient les atouts pour. Mais, auparavant, elles devraient s'affranchir d'un tas de préjugés, de coutumes, qui les reléguaient à l'arrière-plan. Elles valaient mieux que leur sort. Lorsqu'il y avait danger, ennuis, elles savaient être drôlement à la hauteur ! Preuve, Zulma et d'autres qu'il avait connues, admirées dans la vie ou dans les missions de résistance. Et sa Margot ? Si elle était pétrie de rire, de joie de vivre, question décision, dans les coups durs, elle ne criait pas : « Maman, au secours ! » Elle assumait, l'épaulait. O combien ! D'un doigt léger, il s'assura que la soie tendue de sa plombée coulissait bien dans les anneaux de la canne de bambou. Ça allait. Si une carpe s'attaquait à la patate qui reposait dans le fond, loin sur la gauche, elle devait pouvoir engamer sans méfiance. Il connaissait bien leurs mœurs, savait où elles se dirigeaient, une fois accrochées à l'hameçon triple sur lequel il enfilait un cube de pomme de terre dont il dégageait soigneusement les ardillons. A tout coup, elles fonçaient en direction de l'autre rive, à quarante mètres sur la gauche, là où d'autres nénuphars et des roseaux offraient un refuge inviolable. Et cela en déroulant la soie du moulinet à la vitesse vertigineuse d'un express filant sur ses rails. Rassuré de ce côté, il releva sa canne à brochet, tendue à l'avant, presque perpendiculaire à la rive. Il était temps qu'il remplace par un gardon le petit chevesne qu'il y avait accroché comme vif. Non que le chevesne fût mauvais, seulement il avait tendance à revenir vers le bord, perdant ainsi sa force d'attraction. Il décrocha le poisson, lui rendit sa liberté en le laissant glisser dans l'eau. Puis il attrapa un gardon frétillant dans la bourriche et adroitement, question d'habitude, il le piqua par le nez à l'hameçon à perroquet. Ce procédé s'avérait son préféré. Il les avait tous essayés : hameçon simple, double, aiguille traversant l'estomac, le dos, les flancs... Lorsqu'il souleva la canne pour faire glisser le nouveau vif à l'eau, le poisson, cigare d'argent, étincela dans la lumière dorée. Là encore, il s'assura que rien ne bloquait le moulinet. Et, là encore, il savait où se dirigerait le carnassier, s'il succombait à l'appât. Il filerait en face, vers les branches d'un saule qui pleuraient nonchalamment sur la Sienne, dans un trou où ses congénères gîtaient avant de partir en chasse. En ce moment, il y en avait justement un de cinq à six livres d'après son estimation, en se référant aux remous que déclenchait le coquin quand il passait à l'attaque.

Tranquillisé, ses pièges tendus, il piocha une cigarette dans la poche de sa chemise kaki et l'alluma. Chemise, pantalon, pataugas, tout provenait des surplus américains. Ces Amerloques ! Que n'avaient-ils pas amené avec eux ! Une vraie bénédiction. Il aurait été malséant de les trouver exécrables. En plus de la liberté, ils avaient débarqué de la bouffe, du tabac, des fringues. Pourtant, il y en a qui les vouaient aux enfers, les Cocos surtout, puisqu'ils étaient supporters des Ruscofs. Mais ceux-ci, que pouvaient-ils bien amener à part la glace de leur Oural pour bourrer les frigidaires ?

Tout était paré, le pêcheur s'empara de sa canne à gardons. Il montait ses lignes lui-même, les plombait, les finassait, de façon à ce que le minuscule bouchon affleure à peine la surface de l'eau, de manière à ce qu'à la moindre touche... clic !

Il piqua un grain de blé et un asticot à son hameçon de 15, lança une poignée de blé cuit en tête de coulée et, d'un sec coup de poignet, lança sa ligne. Celle-ci descendit, entraînée par le léger courant, et l'antenne rouge de la petite plume glissa lentement sur l'onde où alternaient ombre et lumière. Au contraire de la graine de chènevis, au blé, il traînait sur le fond de quelques centimètres. Il fit trois passes, en relâchant de temps à autre pour exciter l'attaque. Rien. Il s'étonna. Même si l'heure favorable était plus tardive, il aurait dû avoir une touche sur un tel coup amorcé ! A la quatrième passe, il accrocha, parvint à libérer sa ligne sans casser. Il lui fallait vérifier le fond. Il fouilla dans la poche de son battle-dress pour y chercher une sonde, ramena à la place son fétiche dont la forme, le poids, pouvaient prêter à confusion. Sauf à la lumière. Entre ses doigts roula une balle au cuivre curieusement aplati sur un côté. Un fameux projectile ! L'hiver 1945, il avait transformé en passoire l'ample manteau de laine noir de Margot, incident banal, mais qui avait failli lui enlever sa Blondie. Cela s'était déroulé en pleine avenue de Villiers. Un déserteur noir US, cavalant coudes au corps... un M.P. et sa carabine, efficace et légère, puis... bsim ! bsim ! Bon Dieu ! Il s'en était fallu d'un rien. D'un chouia. Le bas du manteau qui, de la taille s'évasait en corolle, en avait été percé à plusieurs reprises. Le soir, en rentrant, elle lui avait conté la scène western en lui livrant ses amygdales dans un éclat de rire. Parole, elle n'avait même pas eu de frousse rétrospective ! Une fois le noiraud déserteur récupéré, également troué, mais au ventre, lui, le M.P. l'avait conduite devant leurs officiers pour enquête. Ceux-ci, des gentlemen selon elle, avaient promis dédommagement. Ils avaient tenu parole, par la suite. Des gentlemen ? Hum, ils avaient dû faire le joli cœur. Une Parisienne ? Miam, miam... En tout cas, leurs services avaient casqué trois fois le prix du manteau.

Il rempocha la balle écrasée, la remplaça d'une sonde qu'il pinça à l'hameçon. Il vérifia la profondeur, en enleva, relança la ligne. Dans le geste, il tourna le cou, aperçut sur l'autre rive des laitières qui au-delà des nénuphars, commençaient à abandonner l'ombre des branches pour se remettre à brouter. Son champ de vision enregistra également un paysan, qui porteur d'une nase, un verveux ainsi qu'ils disaient par ici, descendait vers la rivière. Eux, ceux du cru, ne s'occupaient pas des lois régissant la pêche. De tout temps, ils avaient tendu leurs nases dans la Sienne qu'ils considéraient comme la leur. Ma foi... depuis tant de générations qu'ils faisaient valoir les vergers, les prés qui la bordaient... Et si quelqu'un leur faisait reproche, leur parlait de braconnage, ils se retranchaient derrière les travaux de la ferme, la culture, les semailles, les bêtes... A leurs yeux, la pêche était une distraction bonne pour les Parigots gros becs envers qui ils avaient acquis du galon, l'Occupation et ses privations ayant démontré leur force. Ils avaient vu ceux des villes, qui naguère les méprisaient, venir s'aplatir devant leurs sabots de paille pour obtenir un œuf, une larme de beurre, une côtelette...

Le pêcheur aspira sur sa cigarette avant de la poser devant lui, dans le couvercle de la boîte à blé, placée sur le banc de nage. Et il relança sa ligne, suivit sa descente, et enfin fixa la minuscule antenne rouge qui glissait, lentement entraînée par le léger courant. Puis il ne la vit plus, mais, à sa place, des visages que ses souvenirs imprimaient sur l'eau sombre. D'abord Jeannot et Nini, ses amis, avec lesquels il avait dîné avant de quitter Paris. Jeannot ? De voir se découper sur l'onde les traits de son ami le fit sourire. Celui-là ! Avec son sang-froid ahurissant, son humour pince-sans-rire... Il croyait encore l'entendre lui conter la soirée où il avait fait le chirurgien, vers la porte Saint-Martin. Son patient ? Claudius, Lyonnais comme lui, qui, piégé dans une rafle, et pour y échapper venait de morfler alors qu'il allait pénétrer chez le bougnat du passage de l'Industrie en compagnie de Simon Mialon, également touché. Jeannot, en mission de ce côté pour le compte du commandant Maréchal, ayant appris le pépin survenu à ses « pays » qui étaient parvenus, protégés par l'obscurité, à fuir, même blessés, s'était rendu chez eux. Claudius n'avait qu'une balle dans l'épaule, en revanche Simon, avec une dragée dans le foie... Que faire d'eux ? Impossible de les transférer à l'hôpital ! les blessés par balle devant immédiatement être signalés à la Kommandantur. Et pour les Chleuhs, une balle plus un blessé ne pouvaient donner qu'un terroriste. Donc se solder par interrogatoires musclés, jugement, condamnation... Ya, ya. Terroristes ! En joue... Feuer ! Rran... rran. Mort pour la France. Césarins, les Doryphores ne faisaient pas de dentelles. Leur raconter autre chose, ils s'en branlaient. Feuer !

Aussi Jeannot, qu'épaulait un gars de son réseau, décide d'agir vite. Il va opérer Claudius d'abord. Il empoigne une fourchette, en casse deux dents, allonge une boutanche de fine 3 étoiles à son malade et hop ! allons-y, les docteurs ! Et que je te fouille et te farfouille dans la couenne. Et l'autre d'étouffer ses braillements sous des rasades de 3 étoiles. Enfin, un dernier coup de bistouri-fourchette et voilà la dragée, une 6,35, calibre qui laissait présumer que c'était un flic français qui l'avait tiré, les Canaques tiraillant avec des engins plus raisonnables, qui gicle et roule au sol. Finie l'intervention et finie aussi la bouteille de ratafia. Un pansement, et ouste ! au dodo. Quant à Simon, Jeannot dut abandonner sa fourchette et faire appel à un toubib ami de la rue Henri-Monnier, qui risquait sa peau pour soigner celle de résistants blessés en cours de mission.

Ses « pays » soignés, sauvés et à l'abri, le chirurgien Jeannot avait été se la faire joyeuse chez Billye, le clandé du 4 de la rue de Villejust. Et, comme le Breton s'y tenait en bonne compagnie, il leur avait conté ses exploits chirurgicaux en levant sa coupe au rétablissement de ses blessés...

Sa présence rue de Villejust n'indiquait nullement qu'il appréciait tellement la célèbre Billye qui, à ses yeux, était une peau de saucisson. Mais, vu que nombre de ses amis fréquentaient l'endroit... Ricord, Carbone, Spirito, Poupon, des Corses, le baron de Luzatz, d'autres... Et puis le champ' y était frais, la croûte de bon aloi. Chez Billye, maquée à Josselin, un acteur [1], Piaf avait vécu pas mal de temps et rodé

1. L'auteur l'aurait plus tard comme interprète de son livre *Razzia sur la chnouf,* que réaliserait Henri Decoin avec Jean Gabin en vedette.

dans le salon beaucoup de ses futurs succès, en donnant ainsi la primeur aux truands. Ces derniers avaient découvert les lieux avant qu'ils ne se transforment en clandé. Billye, à l'allure de cambroussarde, s'était vu offrir les locaux par un trafiquant nommé Boyer pour qu'elle en tire un bar-restaurant de marché noir.

Sur l'eau, d'autres visages effaçaient celui de Jeannot. D'abord l'Obsédé, enfin libéré de Fresnes avec sa tasse chinoise, et qui avait retrouvé son allure de Premier ministre anglais, style Eden... Francis et Georges, les Nantais, et leurs coups de gueule et de muscadet... le père Yvon, ses bordels nantais et ses chansons... Bras Court, qui avait laissé *le Petit Trou* en plan sans même chercher à le bazarder, et qui roucoulait sur la Côte avec sa Bouzette créole...

Le Breton les voyait tous se succéder lentement, au rythme du courant. S'il pêchait, son esprit était ailleurs. Il lançait sa ligne, opérait des relâchés, mais à la place de la minuscule antenne, c'étaient toujours des visages qui défilaient : Dédé Stora, sa bouche rieuse et ses yeux à l'affût... le gros Gaby le Flambeur et son pied à coulisse pour tester les dés... Henri Face et ses millions balancés à la grouille... le petit René le Juif et sa gouaille, abattu à Montmartre... Poupon, son culot, son insouciance du danger et ses rires brefs, comme aboyés... Zizi l'Algérien, sa belle gueule, son élégance et ses putains de luxe... Louis le Blond, son indifférence envers l'existence et fusillé... Milo l'Arabe et sa voix cassée, son rire chaleureux... René Gotteland, seigneur pour ses amis, seigneur pour ses ennemis... Panafieu, son humour et ses mégots à la file... Auguste le Fou, ses verres vidés et broyés entre ses dents... Jo le Catch et sa grande gueule... Abel Danos, qu'on donnait en Italie... les radeuses payées royal pour qu'elles épongent les joueurs sous la table de poker... tous, toutes, ceux, celles, clients du *Petit Trou*, du *Chapiteau*, du *Chantilly*, de l'*Heure bleue*, des bars et boîtes de Montmartre où s'étaient faites, défaites des fortunes insensées, incroyables. Tous ces lieux où s'étaient bien souvent décidés les destins...

Puis Zulma et ses yeux sombres, son incroyable détermination, apparut à son tour... et le capitaine Rémy suivit.

Rémy, sans lequel il ne serait pas dans une barque en ce moment... Et Frantz le Gitan, son équipier au cœur gros comme un building, et ses prunelles pailletées d'or les remplacèrent... Tous, toutes, descendaient mollement le courant de la calme rivière normande, comme pour se rappeler à son souvenir... pour qu'il ne les oublie jamais, car certains, amis ou ennemis avaient achevé leur parcours, dans des règlements de comptes ou des règlements de l'occupant... en joue... Feuer ! Ou encore déportés dans des camps aux noms sinistres, à présent connus : Auschwitz, Dachau, Treblinka, Mathausen, Bergen-Belsen... des noms qui faisaient frissonner et haïr, car ils avaient couvé des martyrologes d'enfants, de femmes et de vieillards sans défense, criminels d'être nés Gitans, Juifs, Noirs... comme si l'être qui vient au monde est responsable de ceux qui l'ont procréé ! Ces camps avaient enfin revomi, dans quel état ! des résistants patriotes, des déportés du travail, des communistes irréductibles, des savants mélangés à des analphabètes, des métallos à des princes, des truands à des flics... Dans ses camps de destruction, le Grand Reich avait malaxé toutes les conditions sociales, abaissé toutes les ambitions, avili tous les sentiments, laminé tous les rêves. Mais échoué. Échoué, puisque les survivants étaient revenus pour parler de leurs compagnes et compagnons morts, martyrisés. Échoué, parce qu'on n'élimine pas des races entières, sous le motif qu'elles n'ont pas d'aryenisme dans l'œil et du blond dans la tignasse. Échoué, parce que, pour la première fois peut-être, des responsables de monstruosités n'avaient pas, une fois vaincus, bénéficié d'exils dorés, mais s'étaient vus acculer au suicide, tels Hitler, Goebbels, ou pendus à un croc de boucher comme Mussolini, et pendus tout court comme Göring, Keitel, Jodl... sans compter les détenus à longue peine.

Si le Breton ferra à cet instant, ce fut machinal, par réflexe de pêcheur. Il amena à lui un gardon vivace, aux écailles argentées comme un seau à champagne. Il le décrocha, le fit glisser dans la bourriche reliée par une ficelle à un support d'aviron. Le captif, retrouvant son élément, s'agita vigoureusement entre les mailles métalliques et un rond concentrique s'en alla mourir au centre de la rivière. Le Breton remit un asticot, enregistra que sa cigarette s'était consumée dans le couvercle et relança sa ligne. A peine la plume affleura-t-elle la surface que, de nouveau, des visages... celui de Jo Attia d'abord. Ce vieux Jo ! Lui, c'était Mathausen qui l'avait recraché, diminué en poids certes, mais le moral était resté d'acier. Heureusement pour ceux, innombrables, qu'il avait aidés et sauvés à Mathausen. Combien ? Le grand Jo n'était pas homme à comptabiliser ses gestes, pas plus que son pognon en poche. Mais sur lui les louanges pleuvaient, émanant de docteurs, journalistes, futurs ministres, officiers, etc. Revenus dans leur patrie, ces déportés ne voyaient pas en lui le truand mais le compagnon héroïque qui, face aux SS, avait risqué la pendaison en pillant des vivres pour les aider à tenir. Car le grand truand voulait qu'ils s'accrochent et tiennent. Il fallait qu'ils tiennent. Pour en revenir. Lorsque les SS, appréhendant l'arrivée des Russes, avaient vidé le camp, forçant leurs proies à marcher à pied, abattant les traînards, le grand Jo avait chargé sur ses solides épaules les plus faibles, le temps qu'ils récupèrent un peu pour leur éviter la balle dans le crâne et le corps basculé d'un coup de botte dans le fossé. Le grand forban avait été au-delà de son énergie, mais c'est ainsi qu'il comprenait les choses. Pas de quoi se glorifier de ces dévouements. Néanmoins, quand il allait se trouver impliqué pour avoir fait partie du gang des Tractions avant, ceux à qui il avait sauvé la mise ne le lâcheraient pas. Ils viendraient tous témoigner en sa faveur. Mieux. Adam, un journaliste qu'il avait arraché au gouffre des Nazis, se pointerait fidèlement à tous les procès du grand Jo, et confesserait :

« A chaque fois que Jo Attia passera devant un tribunal, vous m'y verrez à chaque fois pour dire qu'il m'a sauvé la vie. »

On ne pouvait, vu la mauvaise réputation du Grand, se montrer plus vaillant ni plus gentleman.

Puis, succédant au teint mat, aux prunelles brillantes du grand Jo, ce fut le capitaine Michel, ses traits fins, déterminés. Était-il revenu du tribunal de Nuremberg où il avait été nommé juge ? Sur son compte, le Breton s'était gourré. Le capitaine n'était pas officier de carrière, mais professeur.

Zulma, bien après, lui avait appris ça. Ce qui ne changeait rien. Du temps des Huns le capitaine avait été un sacré bonhomme. Pas comme ces braillards, de gros malins surgis d'on ne savait où, sauf bien tardivement, qui s'étaient attribué le mérite d'avoir sauvé la France... et les pommes de terre cuites.

Fin août 1944, le capitaine leur avait refilé ainsi qu'à ses amis la croix de guerre avec la citation d'usage[1] : « Agent d'un S.R. (service répression) en territoire occupé par l'ennemi, a toujours fait preuve... tatati-tatata ». Il ne l'avait jamais portée, ne se voyant pas le faire. Non qu'il la snobât. Au contraire. Après tout, une croix de guerre était une croix de guerre, et puisque ses chefs avaient estimé bon de la lui cloquer... Seulement, il lui avait trouvé un autre emploi qu'à sa boutonnière : le portrait de son père, tombé en 1914 et qu'il n'avait pas connu. Tout ce qu'il possédait de lui avait été une minuscule photo en sépia, où son vieux s'exhibait dans sa profession de clown acrobate. A ses côtés, bombant le torse sous un collant rose, un haltérophile moustachu soulevait un poids de 20 kg de ses robustes biscottos. De cet unique souvenir jailli du « Attention, le petit oiseau va sortir », par le photographe, le Breton avait obtenu, grâce à un artiste de la rue Legendre dans le 17e, un portrait très agrandi et en couleurs. Une réussite. Et, vu que ça avait été son seul bien en émergeant des orphelinats et maisons de correction... qu'il n'avait rien d'autre à quoi se raccrocher... il avait idéalisé le poilu. Et puisque ce dernier, porté disparu du côté de Bapaume, n'avait même pas eu droit à une croix de bois, il lui avait offert sa croix de guerre, estimant à juste raison qu'il la méritait mieux que lui. Alors, il en avait collé le ruban sur le sous-verre qui protégeait les traits de l'homme qui lui avait laissé son nom, avant d'aller se faire dessouder par les Uhlans.

Une libellule, d'un bleu soutenu que rayait de l'or, vint se poser sur la pointe d'un roseau. Une sauterelle jaillit d'une

1. Curieusement, quelque temps plus tard, Jacques, bras droit du capitaine Michel, était venu la leur reprendre, leur en remettant une autre à la place. La raison ? La première était signée de De Gaulle soi-même. Erratum ? Trop de précipitation dans la foulée de la victoire ? On y a rien pigé. De toute façon on s'en foutait.

touffe d'herbe et disparut. Au-dessus du pêcheur, deux pigeons ramiers fendirent l'air surchauffé et, au loin, une vache beugla. Que voulait-elle ? Ce n'était pas encore l'heure de la traite ! Le Breton relança sa ligne, après avoir changé le grain de blé et vérifié l'asticot. Et, de nouveau, des visages sur l'eau miroitante où sautillaient des insectes que parfois un chevesne vorace, jailli des profondeurs, gobait. Vlouf ! Et des cercles de s'agrandir sur l'eau paresseuse. Alors ce fut le grand Milo de Belleville et sa gueule de miroir à putains, Maurice l'Homme du Monde et son art de lever le coude, Lolo le Marseillais et ses homards esclaves, d'autres... ceux du *Petit Trou*, ceux des parties infernales, insensées, où l'or, les billets, le champ'... Beaucoup étaient morts, fusillés ou en fuite, ou toujours sur la brèche parisienne, tel Dédé le Toulousain qui, lui... L'eau, où glissait l'antenne de la plume d'oie, renvoyait sa face de pékinois, son rire étincelant. A ce rappel le Breton gloussa doucement. Il revoyait le grand calamar, l'après-midi du défilé de la victoire, carrément installé dans la tribune officielle, quasiment accoudé au dossier du siège sur lequel trônait, auréolé de sa gloire, le héros des Français, le général Charles de Gaulle que des mauvaises langues n'avaient pas encore baptisé Charlot la Catastrophe. Georges Bidault, tous ceux du Conseil national de la Résistance, Michel Debré, etc., entouraient le chef prestigieux. Et aussi les généraux glorieux. Chaban-Delmas, Kœnig, Juin, Leclerc, Delattre de Tassigny, aux poitrines bardées d'honneurs, des ministres, des ambassadeurs... Des puissants. Ceux du jour. Évidemment, ceux de la veille, les Pétain, Laval, de Brinon, eux... Balayés. Au poteau ou à la ratière. Et, dans cette ambiance folle où la foule, saoule de grandeur retrouvée, ne cessait d'applaudir les cuivres des régiments. Plan, rataplan, planplan.

« A nos enfants de la patrie-i-ie-e...
Le jour de gloire est arrivé-é-é... »

Pour être arrivé, il était arrivé. Surtout pour Dédé le Toulousain, lequel, sa grande carcasse quasi courbée sur le héros du jour, braillait à plein gosier *la Marseillaise.* Que foutait-il là ? s'interrogeait le Breton, debout à 30 mètres de lui. Bien sûr, le grand Peau-Rouge possédait un culot phénoménal, mais tout de même... Ce n'est qu'après la Libération que les exploits du grand lascar avaient filtré, lorsque ses amis le virent décoré de la croix de guerre, de la médaille de la Résistance et mieux, de la Légion d'honneur. Et, ma foi, à l'honneur, il semblait y être sur cette tribune dressée. De temps en temps le Breton, avec Margot qu'il avait entraînée, coincée au milieu d'un collège de jeunes filles, lui lançait un regard qui riait. Ce Toulousain ! Ce grand outil ! Puis il s'était avisé qu'insensiblement les collégiennes de seize à vingt ans les avaient encerclés, refoulés au milieu d'elles, gourmandes d'approcher au plus près de Gaulle, de voir, de humer l'histoire de France. Et comme Frantz et d'autres amis se trouvaient également présents, eux aussi s'étaient retrouvés mêlés, bloqués par les demoiselles invitées pour assister à l'événement historique. Alors que les cuivres résonnaient, allègres, que les troufions martelaient le macadam de leurs virils talons, Margot décocha un coup de coude à son homme :

– Y s'emmerdent pas, tes amis !

Le Breton tourna le cou pour suivre la direction du regard de sa Blondie. Il repéra aussitôt C..., le patron du bordel de la rue de l'Arcade, qui, les mains dans le dos... l'une soulevant une jupette, l'autre... hum, l'autre... La bouille de la jolie gosse qu'explorait le taulier affichait une belle teinte rouge pomme, mais ses yeux fixaient la tribune. Ou s'y efforçaient. La coquine. Ainsi, tandis que l'Histoire défilait dans des rataplanplan, ce bordelier... Le Breton chercha Frantz des yeux. Celui-ci était trop loin pour voir ce qu'il faisait, mais il le devinait. En revanche T..., qui, quelques années plus tard, serait emballé à New York en compagnie d'un diplomate pour trafic d'héroïne, s'occupait également les menottes. Là encore la mignonne collégienne ne mouftait pas plus que sa copine. Elle laissait aller les doigts experts qui... sous sa jupe d'été... après avoir écarté l'élastique d'un gentil culbutant Petit Bateau...

« Aux armes citoyens,
Formez vos bataillons ! »

Le Breton, suivi de Margot, se déplaça vers la gauche, mais avec peine, tellement tous étaient serrés, bloqués. Et il découvrit Paulo, un autre ami qui, lui aussi... Non, ils s'étaient donné le mot ou quoi ? Pour un peu que Frantz lui-même... Curieusement aucune des jolies gosses ne bronchait, ne criait au charron, n'ameutait les responsables chargées de les chaperonner ? Non, aucune. Toutes prenaient gentiment leur pied. C'était-y pas plus mignon comme ça ? Et plus tard, lorsque grand-mamans elles seraient devenues, elles pourraient conter à leurs petits-enfants : « Au défilé de la Libération, moi, j'y étais. J'avais seize ans. »

Puis elles poufferaient, se rappelant ces mains culottées, inconnues, qu'elles ne retrouveraient jamais et qui, à travers leur culotte, les avaient en ce jour de gloire... Vive de Gaulle ! Vive de Gaulle !

Et Margot de décocher à mi-voix :

– Alors, si j'avais pas été là, toi aussi, tu...

Il avait répliqué en rigolant :

– Tu veux une fessée ?

– C'est plutôt elles qui en mériteraient une, avait-elle répliqué en riant, bloquée contre son torse. Ah, vous autres, les Jules...

Puis comme le patriotisme et la chanson chez elle primaient, elle avait entonné aussi sec pour faire écho aux milliers de voix :

« Aux ar... armes citoyens-ens-ens...
Formez-ez-ez vos bataillons-ons-ons
Marchons ! Marchons !
Qu'un sang impur-ur-ur
Abreu-ve nos sillons-on-on-ons »

Soudain, le gros bouchon vert de la ligne à brochets tressauta sur la droite, arrachant le pêcheur à ses souvenirs. Il attendit, espéra. Mais rien. L'attaque ne s'était pas poursuivie. Il remonta le vif, nota de légères marques sur les flancs argentés. Il devait s'agir d'un minuscule brocheton. Il préféra changer de vif. Puis il se pencha, faisant osciller la barque, pour récupérer son briquet posé à côté du couvercle de la boîte à blé. Dérangée, une poule d'eau s'échappa d'un refuge et fila dans un battement d'ailes, rasant la surface de la rivière avant d'aller s'abattre au loin dans un « plouf ! » accompagné d'une gerbe liquide. Le pêcheur s'étira, huma l'air où se brassaient tous les parfums de la campagne sous le soleil. Il se sentait aux œufs. Il s'alluma une Camel, s'étira encore. Il était vraiment bien, loin de la capitale, de ses salades, de ses coups tordus. La solitude lui était toujours bénéfique. Dans le fond, c'est ce qu'il était : un solitaire. Cela devait découler de son enfance et de son adolescence perturbées.

Il reprit sa canne à gardons, lança la ligne et surveilla l'antenne, pointe à peine visible. Au milieu de la coulée, une touche réveilla son réflexe. Il ferra, sentit le scion se ployer, l'accompagna d'un mouvement de poignet, sentit se tendre le petit caoutchouc qu'il installait toujours en haut du scion pour assouplir la résistance aux prises. Qu'était-ce, en dessous ? Sous la surface, ça tirait, se rebiffait dur. Il se pencha sur le plat-bord et, ainsi qu'il agissait lorsque le poisson s'annonçait trop puissant pour le fragile bas de ligne, sans hésiter mais sans brusquer, il enfonça le scion dans l'eau sombre. Aussitôt il perçut, répercutées à son poignet, la résistance et la lutte sauvage du poisson. Un maous. Alors, doucement, par à-coups légers, il s'agenouilla pour mieux se courber sur l'eau et accompagner de la sorte le scion dans sa bataille. A chaque fois qu'il voulait remonter sa prise, il devinait encore trop de force au fond de la rivière et n'insistait pas. Que le gros malin se fatigue ! Ça dura. Enfin, au risque de choir dans la baille, il parvint à redresser le scion, évitant de se faire prendre en bout, ce qui aurait amené la casse immédiate. Et ça vint. Il amena à la surface la bouche d'une carpe d'environ 400 grammes. Il commençait à respirer, quand elle lui imposa l'humilité en tentant la cavale d'un vigoureux coup de gueule. Allait-il se voir obligé d'implorer le dieu des pêcheurs ? Il parvint à maintenir le gosier de la dame un peu au-dessus de l'eau pour qu'elle s'asphyxie. La sueur lui en arrivait au front. C'est que son bas de ligne était ultrafragile et qu'avec une telle bestiole... Du calme, surtout, du calme ! Lorsqu'il la sentit vraiment à bout de résistance, il tâtonna pour s'emparer de l'épuisette sans remuer son autre bras, et plongea celle-ci sous l'eau, et enfin sous le poisson, sans brusquerie, aussi tendrement qu'une maman s'occupant de son nourrisson. Puis, hop ! il enleva le tout, s'aspergeant de gouttelettes qui ressemblaient aux diams de Margot. Il cracha son mégot, heureux comme le sont les pêcheurs lorsqu'ils ont eu la gagne. Il s'agissait d'une carpe cuir qui, oubliant que la gourmandise est un vilain défaut, s'était laissé tenter par le panachage blé-asticots. Il la fit couler dans la bourriche, s'essuya les mains à un chiffon, escha son hameçon, relança sa ligne.

A la fin d'une seconde coulée, il allait effectuer un relâché lorsque sa plume, au lieu de s'enfoncer, se releva et se mit à l'horizontale. Une brème, sans nul doute. Il n'aimait pas tellement voir, sur son coup amorcé, ces poissons plats, à la chair bourrée d'arêtes qui, de plus, se défendaient mal. Il ferra, perçut aussitôt le poids lourd au bout de son bas de ligne. Inutile de s'énerver, une fois décollée du fond, la brème viendrait. Et elle céda, se laissa soulever comme un poids mort. Il l'amena à l'épuisette, écoutant distraitement des mésanges qui, dans son dos, donnaient un concert en sautillant sur les branches d'un chêne. Large, plate, sa prise devait peser dans les 600 grammes. Il l'envoya rejoindre la carpe dans la bourriche métallique, se promettant de l'offrir à un paysan qui ne s'arrêterait pas aux arêtes. Puis il vérifia son bas de ligne, accrocha grain de blé et asticot à l'hameçon et relança en tête de coulée, après avoir égrainé loin en avant. Le toc-toc-toc d'un pivert qui s'acharnait sur le tronc d'un saule lui fit tourner le cou. Il observa le petit entêté, sourit et revint à son antenne, qui glissait lentement sur l'eau sombre. Il se sentait bien, baigné par ce calme campagnard. Dire que, peu de temps auparavant, il affrontait encore le Far-West parisien. Oh ! une bêtise ! Quasi du tout-venant. A la suite d'un dîner joyeux, Charlot Paletot de Cuir, frère aîné de Bras Court, les avait conviés, lui, Jo la Feuille, les deux Nantais, Panafieu et Jo le Boxeur, à l'accompagner pour vider un flacon dans un appartement. Proposition banale, si l'endroit n'avait pas été transformé en partie de chemin de fer. Et ça jouait gros. Paletot de Cuir, de là son invitation, était censé protéger les lieux contre les intrusions voyoutes, racketteurs et autres engeances. Ils s'y étaient donc rendus, étaient tombés en plein flambe sur un tas de B.O.F., belles nanas, et aussi des plus moches, trafiquants vieux et jeunes, tout un joli petit monde qui misait gros. Charlot Paletot avait fait déboucher un magnum de Moët et Chandon d'honnête cuvée et ils commençaient à trinquer, lorsque quatre lascars avaient fait leur apparition. En clients. Qui leur avait donc ouvert ? Francis le Nantais les remoucha à la seconde. Il se pencha à l'oreille de son ami, souffla en verlen :

– Fais fega. Ça doit être des queurbras.

Le Breton observa vivement les nouveaux venus. Des braqueurs ? Ma foi, en cette époque de folies, qui savait ? Il se hâta de faire disparaître, adroitement et sans gestes brusques, son pognon dans son slip. Il ramenait à peine la main qu'une voix grasseyante ordonnait :

– Tout le monde dos au mur ! Les bras en l'air et vite !

Et patatras ! Les arrivants, pour ponctuer l'ordre, exhibaient des mitraillettes et un brun, au type gitan, celui qui avait lancé la menace, agitait un colt 11,43 tout neuf, tout mignon, très persuasif.

Le Nantais frima son ami :

– Qu'est-ce que je te disais ?

Et il chercha de l'œil Charlot Paletot de Cuir, débarqué lieutenant à la Libération, mêlé aux troupes américaines. Qu'allait faire celui-ci, chargé de la sécurité et qui possédait un 7,65 logé dans la ceinture de son falzar sous le veston ? Mais Paletot ne broncha pas. Alors, en moins de rien, au milieu des piaillements des jolies dames, toutes, tous, se retrouvèrent dos au mur, les bras gentiment levés. L'un des braqueurs s'était posté devant la porte à deux battants de l'immense salon, un autre devant les fenêtres, le troisième, mitraillette Sten sous le bras et un sac de toile en main, se mit à la récolte, couvert par le 11,43.

– Allez, encourageait le Gitan, dont les yeux noirs luisaient. Soyez pas timides. Collez tout ce que vous avez là-dedans.

De son arme, il indiquait le sac de son complice que celui-ci présentait.

– Pognon, bijoux, montres... allez, allez ! Votre collier aussi, madame, ajoutait-il à une grosse doudoune emperlousée qui, amnésique, avait omis de cracher l'adorable tour de cou qu'elle portait.

Reculé de deux pas, 11 x 43 surveillait les victimes, tandis que son complice que coiffait un béret basque faisait la cueillette. Quand il parvint devant le Nantais, ce dernier fixa 11,43 et gronda, pendant que Béret basque le forçait à se dessaisir de sa montre-bracelet, une pièce en or de toute beauté :

– Je me suis mouillé pour l'avoir, dit-il, renaudant intérieurement de subir.

Aussi sec 11,43 de rétorquer, sincère :

– Et nous, tu crois qu'on se mouille pas ? On se mouille deux fois. Une fois avec les flics qui vont nous draguer et une fois avec vous, si vous nous retrouvez.

On ne pouvait mieux annoncer la couleur pour dire que, des deux côtés, on s'était reconnus et savait naturellement à quoi s'en tenir.

Pour finir, les coquins détrousseurs étaient repartis avec leur butin en dévalant les trois étages. Ce ne fut qu'à cet instant que Charlot Paletot réagit. Il fallait bien qu'il justifie son job. Penché sur la rampe d'escalier, il vida quelques balles pour l'honneur et en resta là. Le lendemain, le Breton et lui se mettaient en chasse, flingue à la ceinture. Ce fut finalement François S..., à la veille d'aller vivre à Caracas, qui, alerté par Jeannot, retrouva les braqueurs et obtint qu'ils rendent les papiers d'identité dérobés à Jo la Feuille et la montre du Nantais. Rideau. La paix était revenue dans les cœurs.

A la surface de la rivière, ça commençait à moucheronner et, en dessous, à s'agiter avec l'éloignement de la grosse chaleur. Le Breton venait de relever sa ligne en fin de coulée et allait la relancer en amont quand, étouffée mais discernable, une voix... cette voix un rien voilée, un rien rauque... cette voix joyeuse, chaleureuse, qui savait comme nulle autre dire les mots qu'il fallait au moment propice, lui parvenait à travers les poussières d'or du soleil. Il laissa sa canne en suspens, tendit l'oreille, commença à sourire.

« *Quand arrive le samedi, sans faire de chichis, sans faire*
[de toilet-te
Nous partons au galop, avec mon costaud, dans un bal
[muset-te
Et là, rien qu'entre voyous et vraies gigolet-tes
Trala-la-la-la-la-la-la-la-la... »

Un gloussement lui grimpa du ventre et il acheva son mouvement interrompu. La ligne retomba, la plombée s'enfonça dans l'onde sombre aux reflets verdâtres.

« *On la danse à petits pas, comme... ça !* »

La voix chère se rapprochait, provenant de la descente assez sèche qui, de la nationale Granville-Saint-Lô, dégringolait jusqu'au pont qui, lui, conduisait à la petite gare de Quettreville et ensuite sur Trelly, où le comte du même nom le laissait parfois chatouiller les carpes de son étang !

A présent, les paroles se faisaient plus nettes :

« *Qu'est-ce qui dégotte le fox-trot et même le shimmy,*
Ces pas anglishes, la scottich et tout ce qui s'ensuit,
C'est la java, la vieille mazurka du vieux Sébasto,
Je suis ta nénette, je suis ta gonzesse, tu es mon Julot. »

Il rit, l'entendit aborder le vénérable petit pont étayé, dont les piles centenaires avaient résisté à la folie destructrice des guerriers. Sa Margot. Sa Blondie. Son Poulbot. Cette voix ! Jamais il n'avait entendu autant de tendresse sous une intonation que lorsqu'elle lâchait, en caressant un môme malade ou un chien à bout de parcours : « Ma misère ». Jamais. Probablement n'entendrait-il plus jamais personne utiliser ces mots de compassion avec tant de compréhensive chaleur. Pour ça, il fallait avoir soi-même connu la mouise et vu aussi beaucoup de souffrances.

Dressée sur le pont dans la clarté de l'été, ses cheveux

blonds auréolés d'or, elle agitait le bras tel un bouvier se préparant à lancer une fronde. Un autre rire le secoua. Inutile de crier qu'elle arrivait. Ça s'entendait ! Et se voyait. Pour étoffer sa chanson, elle venait de se mettre à danser sur l'étroit trottoir qui permettait de franchir le pont. Et une java désuète, qui plus est. Il cligna des yeux pour mieux la distinguer. Quel numéro ! Elle valsait. Et chantait toujours :

« *O serre-moi, serre-moi bien fort dans tes bras,*
Je te dirai, je te ferai ce que tu voudras.
Je suis ta nénette, je suis ta gonzesse, tu es mon Julot. »

Pour le moment, c'était elle, le Julot. Elle imitait les poisses de leur adolescence sur les fortifs et, s'il ne l'apercevait pas en totalité, il devinait d'après son attitude, sa main droite plaquée à la hanche d'une gigolette et sa gauche glissée dans la poche à la mal au ventre d'un fictif froc à pattes.
« Tra-la-la-la-la-la-la-la-la-la... »

Elle avançait, reculait, se déhanchait, faisait pirouetter sa cavalière imaginaire, la projetant, la rattrapant. Elle valsait à l'envers, bien sûr. Puis il la perdit de vue, mais sa voix lui signala qu'elle venait d'emprunter le petit chemin qui plongeait vers un pré, lequel l'amènerait à un autre champ, et enfin jusqu'à lui. Il se remit à sa ligne et l'air à présent siffloté lui parvint, traversant les feuillages. Il fit un relâché, n'eut pas le temps de relever sa canne que la voix, de nouveau et très près...

« *Quand tu me prends, je sens en moi comme un vertigo,*
J'aime ta casquette, tes deux rouflaquettes et ton bout
[de mégo-o-ot... »

Ce dernier mot éclatait dans son dos. Il se retourna sur sa blondeur joyeuse :

– Tu veux faire fuir mes poissons ?

Elle brandit un sac de plage, il comprit que c'était lui qu'elle avait enlacé en guise de cavalière.

– Je t'ai apporté ton blé cuit et un pain de chènevis. Et du bouché.

Elle avait prononcé bouchi, comme les gens du cru, en

exhibant une bouteille de cidre bouché encore ruisselant de fraîcheur.

– Une ou deux coulées et j'arrive, dit-il. Je t'ai installé une toile de tente au pied du pommier.

Elle s'y rendit, trouva la toile marquée au pochoir US Army, y posa le sac et, d'un geste souple, elle se débarrassa de sa robe légère. Elle en émergea en maillot de bain bleu, bronzée, respirant la santé. Elle pêcha un verre dans le sac, caressa machinalement la toile d'un vert foncé et interrogea le dos protégé de kaki qu'il lui présentait :

– Qu'est-ce que tu crois qu'il est devenu, l'officier qui lisait là ? Tu te souviens ? Le pitaine allemand !

Il ne répondit pas, repris par sa pêche, avant de répliquer sans se retourner :

– Qu'est-ce que tu dis ?

Elle le singea aussitôt, ne perdant jamais une occasion :

« Qu'est-ce que tu dis... tu te feras voleur ?
T'es pas fou, va pas faire un malheur !
Tu vas faire de la peine à tes vieux,
Laisse donc tomber, ça vaudra mieux... »

Surpris, il fronça les sourcils, enregistra les mots sans bien saisir. Elle enchaînait déjà :

« ... leur fais pas de peine.
A ton âge, les chagrins d'amour ça dure un jour, un jour [à peine. »

Il observa une seconde un papillon d'un jaune somptueux, griffé de traits noirs, qui venait de se poser sur l'antenne prolongeant sa plume émergée dans l'eau, avant de réaliser. Puis, laissant soudain choir sa canne au fond de la barque, en trois bonds il fut sur elle, la fit basculer sur la toile verdâtre.

– T'as fini de me charrier ? jeta-t-il en l'enlaçant.

Il sentit l'odeur de foin coupé qui s'évadait de son corps tiède et, des lèvres, se mit à lui picorer le visage. Elle comprit vite :

– T'es fou ! Si quelqu'un rappliquait ? Et si...

– Et si, si, fit-il, lui bloquant les mots de sa bouche affamée.

– Attention au petit, avertit-elle lorsqu'il la laissa reprendre sa respiration.

– Tu dis ?

Il était devenu grave. Elle confessa :

– Ça devrait être pour février prochain. Tu te souviens, en mai, quand nous avons décidé...

S'il se souvenait ! Depuis le temps qu'elle lui réclamait un môme. Il avait toujours hésité, refusé, vu son existence plutôt mouvementée. Mais elle y tenait tant. Aussi... un soir de mai... en rentrant d'une fiesta à Montmartre... Et si elle lui disait que c'était ça, ça l'était. Elle n'avait nul besoin de toubib pour le lui confirmer. Dans la rue, elle avait tout appris, tout retenu. Même à s'avorter sans aide. Cela leur était arrivé. Elle et lui n'avaient pas besoin de conseils, ni d'encouragements, ni de reproches. Ni de curé ni de maire. Ils s'assumaient. En tout. Pour tout. Les lois, les bla-bla-bla... Combien de fois n'avaient-ils pas conduit chez une faiseuse d'anges, comme les baptisaient les journaux, des filles de copains ou encore des héritières de bourgeois affolés, qui s'imaginaient déshonorés parce que leur rejetonne avait... par-dessus les moulins... baratinée un jour de printemps par un coquin et contente de l'être... S'ils avaient couru des risques, la prison étant au bout du parcours des avorteurs, c'était pour rendre service à des gens paumés, qui ne savaient plus comment s'en sortir avec une fille non mariée et dotée d'un polichinelle dans le tiroir par faute d'un séducteur de pissotière. Au point de vue des lois, c'était si grave, cette chose, et cependant si banale que, sous Pétain, une de ces faiseuses d'anges était allée saluer de près Dame Guillotine et éternuer dans le panier à son. Travail. Famille. Patrie. Un beau programme, mais qui n'avait pas tenu la distance, son papa se trouvant au placard à l'île d'Yeu. Une famille ? Margot et lui allaient s'en bâtir une petite. Et ils assumeraient le gosse. A leur manière.

– T'es sûr que ce sera pour février ?

Il lui frôlait le ventre d'un doigt hésitant.

– A quelques jours près, oui, fit-elle, l'attirant à ses côtés.

Son envie brusquement enfuie, il la nicha contre son flanc, cala la chère tête contre sa joue et se mit à caresser les cheveux où brillait l'or du monde.

– Un petit, murmura-t-il.

– Tu veux un gars ou une fille ?

– Je m'en fous.

Il n'avait pas hésité une seconde.

– M'man Blot dit que les hommes de ton genre, les hommes d'aventures, ont plutôt des filles [1].

– Où elle a été pêcher ça ?

Étendu sur le dos, la bloquant contre lui, il écoutait la nature fredonner un air qu'il croyait reconnaître. Était-ce bien elle ou ces oiseaux qui, sautillant dans les feuillages au-dessus de leurs joues rapprochées, les aspergeaient de notes joyeuses et tendres ? Oui, qui donc si doucement, si tendrement, chantait ? Était-ce sa Blondie ou... Il ferma les yeux pour se concentrer. Mais non, il s'agissait bien des oiseaux, lesquels, complices et amicaux...

– Tu les entends, souffla-t-elle.

– Oui, fit-il en la serrant plus fort. Ils chantent ta chanson. Celle que t'as jamais achevée.

Elle posa un de ses longs doigts sur ses lèvres :

– Écoute.

De la ramure, que caressaient les rayons du soleil, descendait sur eux, sur leur passion, sur l'enfant à naître, et comme en tournoyant :

> *« Deux sous d'amour, c'est pas grand-cho-o-ose*
> *Mais, quand on a le droit de choisir-ir-ir-ir*
> *Deux sous d'amour, ça fait plaisir-ir-ir-ir... »*

Cuic-cuic-cuic-cuic-cuic
cuic-cuic
cuic
cuic
cui-i-i-i...

1. Maryvonne débarquerait dans ce monde de comiques troupiers le 12 février 1947.

Dédé le Montreuillois

Jo Attia

Frantz le Gitan

Chevalier

Doudou

Commandant Charles

René le Juif

Jo le Teuille

Dédé Stora

Carbone

Marcel Portis

Spirito

Jo le Catalan

Henri Lafont

Abel Danos

Auguste le Fou

Dédé Tenetis

Bonfeu

Mimi de Belleville

Mémé le Bigue

Ce qu'ils sont devenus.

Jeannot

Margot

Nini

Zulma

Zézou le père Yvon

Pierre Bonny

Henri de la Polonaise

Ricord

Alex Villeplane

Bras Court

l'Obsédé

Jo le Gitan

Jaby le Flambeur

le gros Henri Face

le grand Robert

le Rigolo

Charles

le capitaine Michel

le capitaine Rémy

Robert et Yvonne Montfort

Robert Moura

Nazi de Brasie

Mimi Blot

René Jotichand

Belec le Lez

Dédé le Parisien

Henri l'Épicier

le Frère Sijoc

Poupon

Francis le Nantais

Titiche de Montreuil

Pierrot Moura

Quoi que tu dises, fasses ou espères, tu n'iras jamais plus loin que ton destin.

A. le B.

Voici par ordre alphabétique la fin, lorsqu'elle est connue, chose souvent malaisée, des personnages de ce livre. Pour les hommes du Milieu, ils sont classés selon leur appellation dans la pègre.

Abel Danos (*dit le Danois, dit le Mammouth*) : affilié à la Gestapo de la rue Lauriston. En réalité, dans les bas-fonds, il était avant tout Abel. Peu de truands se seraient avisés de l'appeler autrement. Après m'être heurté à lui au milieu du fracas de la libération de la capitale, nos destins ne se sont plus recroisés depuis ce jour de soleil alors qu'arrêté il venait de s'évader par le toit du Dépôt, en sautant d'une corniche située à plus de 20 mètres de hauteur. Quoique traqué, sa tête mise à prix, il parvint à se fondre dans la France bouleversée, déstabilisée par le départ des Allemands. Il va faire un temps équipe avec Pierre Loutrel, devenu Pierrot le Fou, futur ennemi public numéro 1. La légende du gang des Tractions avant et son mythe sont nés. Ensuite, Abel va gagner l'Italie, l'écumer en compagnie de forbans du cru et de Raymond Naudy, un fils de famille, solide résistant ayant basculé dans le banditisme. Hold-up et morts se succéderont. A Gênes, en octobre 1948, deux convoyeurs de fond sont abattus. A Milan, le même mois, deux autres. C'est beaucoup. Cette fois, Danos et Naudy, dont l'un des complices est arrêté et qui sont reconnus par des témoins, décident de rejoindre la France en hâte. Seulement, Naudy a sa jeune maîtresse Perrette, une beauté émouvante, enceinte de surcroît, et Abel, lui, a femme et enfants venus le retrouver en Italie. Abel confie Marcelle, sa fille, à un ami fidèle pour qu'ils le retrouvent en France. Et, avec Naudy et sa maîtresse, sa femme et son fils de trois ans, ils montent sur un bateau.

Le 1er novembre 1948, ils débarquent de nuit dans la baie de Caravan. Un taxi les attend, sur les quais du port de Menton. Deux agents de surveillance veulent intercepter le véhicule aux passagers suspects. Aussitôt, ça tiraille. L'un des agents est tué, son collègue blessé riposte, abat Naudy qui, descendu du taxi, roule au sol. Terrorisé, le chauffeur s'enfuit, Abel prend sa place et démarre en trombe. Le taxi est retrouvé plus tard avec Perrette blessée, inerte. A Menton, elle met au monde un enfant mort-né. Alertés, deux amis, l'un vit toujours, viennent récupérer Abel, plus traqué que jamais. Pour passer, ils se sont déguisés en infirmiers et conduisent une ambulance. Abel leur confie sa femme et ses enfants, réunis de nouveau, et gagne Paris par des chemins détournés. Et ce sera le glas, la dégringolade. Sans ressources, mal épaulé par ses pairs (là, il y aura controverse), Abel se verra obligé de faire du flan pour remonter de la monnaie. Dans une chambre de bonne, qu'il tentera de dévaliser, sonnera son tocsin. Il s'enfuira à pied, sera bloqué par un pompier alors qu'il tentait de sauter sur la plate-forme d'un autobus. Cela sans faire usage de son arme. C'était le 5 novembre 1948. Jugé, condamné à mort le 17 mai 1949, l'arrêt est cassé pour vice de forme. En juin 1951, il affronte un tribunal militaire et il est fusillé le 4 mars 1952. Certains se sont étonnés qu'il n'ait pas dégainé son flingue lors de son arrestation. Peut-être en avait-il assez des tueries ? Dans le fourgon qui le conduisait au peloton d'exécution, il aura ce dernier geste en écrivant à sa femme : « Crois pas que je tremble, mais y a les cahots de la voiture... »

André la Rigole : Bordelais. Affilié à la bande de la rue Lauriston. Parviendra à gagner l'Amérique du Sud. Reviendra en France des années plus tard, une fois les fureurs vengeresses apaisées. Je le convierai au restaurant chinois qui se dressait alors rue François-Ier, l'épaulerai un peu, car il était à sec. Il retrouvera sa ville natale, où il mourra dans la misère.

Auguste le Fou : un très vieil et solide ami, qui a conservé longtemps sa joie de vivre et de faire des tours de con. Un cas. Ce qu'il a pu nous faire rire ! La foi où il m'accompagnait, avec Milo de Belleville, pour voir Jules Dassin qui allait tourner *Du rififi chez les hommes,* l'Américain, séduit par sa gueule virile, lui proposa un rôle.

– C'est quoi ? s'était renseigné le Fou.

– Garçon de café dans un bar.

– Y'a jamais eu de larbin dans ma famille, de lui renvoyer aussi sec le Dingue, vexé.

Nous de nous écrouler de rire. La tête de Dassin...

Jeannot, apprenant ça, de décocher hypocritement au Fou : – Pourquoi que t'as refusé ? T'aurais préféré un rôle de flic ?

Sûrement pas ! Le Fou voulait un rôle de fricfraqueur. Tout bonnement. Comme dans la vie.

Bébert le Jazz : n'a jamais retrouvé les assassins de son frère, Dédé. A pendant un temps repris son métier de batteur, dans un boui-boui de matelots à Granville. Serait décédé à plus de 80 ans.

Bonny (Pierre) : inspecteur de police dépendant de la Sûreté, devenue par la suite Sûreté nationale. En 1934, lors du scandale Stavisky sur lequel il est chargé d'enquêter, le garde des Sceaux Henri Chéron le baptisera « premier policier de France ». Conservera sa notoriété avec la mort non élucidée, à la Combe aux Fées, du conseiller Prince. Arrêté et emprisonné en 1937. Deviendra le bras droit d'Henri Lafont, patron de la Gestapo du 93 de la rue Lauriston. A la Libération, se réfugie en compagnie de Lafont et de leurs femmes dans une ferme du côté de Bazoches, retraite que dénoncera le 30 août 1944 Joanovici, le chiffonnier milliardaire. Condamné à mort, Bonny sera fusillé le 26 décembre 1944. Quoique son fils, et c'est humain, le défende dans son livre, *l'Inspecteur Bonny, mon père,* il mourra, pleurnichant, implorant, reprochant qu'on l'exécute alors que, selon lui, les commissaires Clot et Levitre lui avaient promis la vie sauve s'il coopérait. Dieu sait s'il avait accepté, bavé, parlé, dénoncé, balancé à tout va.

Bras Court : s'est installé sur la Côte d'Azur qu'il appréciait tant. Décédé de maladie en 1965.

Capitaine Michel (*nom : Hardivilliers*) : avait pris en main le réseau Marco Polo, après que son chef le colonel Saint-Cast ait été arrêté et déporté. Sera nommé en 1946 juge au tribunal de Nuremberg. Puis reprendra ses activités dans l'enseignement, en tant que professeur à Courbevoie. Depuis, retraité de l'Éducation nationale. Toujours en vie ? Mais retiré, lassé, écœuré, je crois, par les histoires et turpitudes ayant suivi la Libération. J'avais beaucoup d'admiration pour cet homme.

Capitaine Rémy (*nom : Robert Reynaud*) : responsable des F.F.I. de la mairie du 9e arrondissement, grand ami de Zulma, avec laquelle il me sauvera la mise en août 1944. Expert-comptable, décédé en 1952.

Carbone (Paul Bonnaventure, dit Venture) : avant 1940, règne en caïd sur Marseille et la Côte d'Azur avec son ami François Spirito, dit Lydro. Victime d'un accident de train le 14 décembre 1943, lors d'un déraillement fomenté par les résistants. Bassin défoncé, une jambe sectionnée, il réclamera une cigarette et conseillera qu'on s'occupe des autres blessés. Expirera dans l'ambulance qui le conduira à l'hôpital.

Charles R..., frère de Jeannot : décoré de la croix de guerre avec palme pour faits de Résistance[1]. A tenu différentes affaires sur la Butte et ailleurs. Marié, père de deux solides gaillards qui le traitent en copain, avec un rien d'admiration. Ils peuvent. Un père de cet acabit... Toujours alerte et plein d'humour. Lui aussi nous a fait écrouler de rire. Il continue.

Chenevier (commissaire Charles) : à son retour de la déportation, sera nommé chevalier de la Légion d'honneur à titre militaire. Par la suite, il sera fait officier, puis commandeur. Sa croix de guerre s'ornera de quatre palmes

1. Toutes les décorations citées ici le sont au titre de la Résistance.

et il sera capitaine de réserve. Les Américains, pour leur part, lui décerneront la Medal of Freedom et les Anglais la Victoria Cross. Lorsqu'il sera arrêté, quelques jours après avoir vu Jeannot, la Gestapo le torturera. Il ne parlera pas. Un homme. Revenu à l'activité, il créera le fichier du banditisme. Grand traqueur de truands, deviendra sous-directeur aux Affaires criminelles au ministère de l'Intérieur.

Nous bavarderons longuement et à plusieurs reprises dans l'un des bureaux des Presses de la Cité, lorsqu'il fera paraître *la Grande Maison*, livre dans lequel il éreinte son ancien subordonné, Roger Borniche, auteur de *Flic Story* ». Il lui reprochera de s'être attribué tous les mérites de l'arrestation de Mimile Buisson, l'ennemi public, et celle d'autres malfrats. Et il me balancera tout à trac une question : « Vous qui avez connu plus ou moins tous ces truands, rien ne vous a choqué dans le livre de Borniche ? Leclerc, ça ne vous dit rien ? » Et ma foi... Pour ceux de notre génération, il y avait effectivement deux policiers dans Paris dont les noms roulaient dans les bas-fonds. Deux coriaces, aux noms indissociables... « Borniche, Leclerc. Leclerc, Borniche ». Quand ces deux noms résonnaient dans un tapis-franc, il avait sonnette d'alerte. Mais il n'y avait jamais eu, c'est vrai, Borniche seul. Jamais. Borniche, Leclerc, oui ! Oh, ça oui ! C'est ce que le célèbre commissaire voulait m'entendre confirmer. Je le fis. Pour moi, ça s'arrêtait là. Leur problème concernant l'arrestation de Mimile Buisson était le leur. Mais il semble que Borniche là-dessus ait eu raison.

Nous devions déjeuner, Jeannot, lui et moi, mais le jour est tombé sur celui du procès que, justement, il intentait à Borniche.

Le commissaire Chenevier est décédé en 1981.

Dédé le Parisien : toujours là, mais peu alerte rapport à des opérations. Sa fille l'a rendu grand-père, ce dont il est plus fier que d'avoir drivé Hallencourt sous un faux pedigree.

Dédé le Toulousain (dit le Grand) : Légion d'honneur, croix de guerre, médaille de la Résistance. Marié, une fille. A continué de faire des affaires, à tester le champagne dans des fiestas mémorables, à commenter sans complexes les matchs de rugby dont il était grand amateur. A possédé des hôtels du côté de Cavaillon, venait nous voir de temps à autre pour faire sauter les bouchons des roteuses, tout ça dans d'énormes éclats de rire. Décédé.

Dédé Stora : toujours aussi élégant, toujours aussi actif, il est devenu une figure légendaire du Faubourg où il passait pour un parrain des Pieds-Noirs. Je ne l'ai revu que quelquefois et nos regards échangeaient alors beaucoup de choses. Décédé à quatre-vingts ans.

Didi Lunettes : bientôt nonagénaire. Continue à faire du vélo, à jouer au tennis et à fabriquer son pastis prohibé. Toujours fidèle à ses amitiés et à Montmartre.

L'un de mes plaisirs est de me rendre chez lui pour casser la croûte et l'entendre me parler du passé, de cette époque où la gaieté primait sur la violence, l'amitié sur l'argent.

Doudou : croix de guerre. Très amoureux des armes à feu. A la Libération, son bonheur était de dégommer les tireurs des toits qui fusillaient la foule. S'abritant derrière un comptoir il devait s'affronter à des Corses dans une scène de western. Il en abattrait un, en blesserait un autre. En retour, une balle lui perforera le menton, emportant sa jolie dentition, ce qui l'obligera, à son désespoir, à porter un râtelier. Marié, une fille, il se recyclera dans les fleurs. Nous nous retrouvions souvent et, comme il était toujours plus ou moins en guerre, je le savais armé et le charriais à ce sujet. Heureuse époque où, lors des rafles, les flics ne palpaient pas encore le dos ni les reins, endroits où justement Doudou planquait son artillerie ! Depuis, ils ont fait des progrès. Ils vous plaquent ventre en avant contre un mur, contre un capot de voiture, vont jusqu'à vous mettre la main à l'entrecuisse, au chipolata... Comme c'est choquant !

Frappé d'artérite, Doudou est mort en 1978.

Feufeu (Henri) : braqueur célèbre du Milieu parisien. A fait équipe avec Pierre Loutrel, alias Pierrot le Fou, ennemi public numéro 1 d'après-guerre. Arrêté, torturé à la police judiciaire, on lui plaquera ses pieds dénudés sur un poêle rougi à blanc, il ne parlera pas. Transféré à Fresnes, il avalera les crachats d'un tuberculeux pour être hospitalisé à l'infirmerie, dans l'espoir de s'évader. Y laissera la vie.

Francis le Nantais : mon rude ami. Continuera à vivre, le coude levé et la main à la poche pour les démunis. Puis le déclin surviendra et je ne pourrai rien faire pour le stopper. Néanmoins, il sera à mes côtés, Georges, son frère aussi, ainsi que Jo Attia, Doudou, le Toulousain, Jeannot, tous, lorsqu'au bal du *Petit Jardin* je lancerai mon *Rififi chez les hommes*, devant Claude Gallimard, sa jeune femme, Marcel Duhamel, Trignol, Francis Carco, etc. Il finira du côté de Joigny, chez un ami qui tenait d'une main ferme une exploitation pour le traitement de la betterave. Brusquement hospitalisé à Joigny. Lorsque j'irai le visiter, je le retrouverai dans un dortoir, une bouteille de rouge au poing, un mégot aux lèvres, trinquant avec ses voisins de lit, aussi hilares que lui. Puis un après-midi, un coup de téléphone... Marcel le Coréen qui se trouvait chez moi m'emmènerait en hâte à l'hôpital. Mais celui qui avait tant compté à mes yeux se trouvait déjà à la morgue de l'endroit, un lieu sinistre où, sur une dalle circulaire de ciment, la barrant en son milieu, mon ami... cousu rigide des pieds à la tête dans un drap grisâtre, son linceul... Je demeurerai longuement immobile devant la dépouille de celui qui... Puis, pour un dernier au revoir, je serrerai l'un des pieds en équerre dont la pointe dardée semblait lancer un ultime défi au plafond lugubre, indifférent.

Frantz : croix de guerre, médaille de la Résistance, mon complice en tours pendables. Il devait, entre autres, diriger un garage du côté des Champs-Élysées avant d'aller achever son existence passablement mouvementée du côté de Valréas, son fief natal. Étant en Asie, je n'apprendrai son décès que bien plus tard et ne pourrai, de ce fait, aller lui souhaiter « bonne route ». Je songe à lui et à notre chance d'avoir si souvent passé au travers.

Gaby le Flambeur (*le Vieux ou le Gros*) : eh bien, il a continué à miser sur les canassons, à chatouiller les cartes, les dés, m'a invité maintes fois pour faire le baron dans des parties de poker où les truands étaient exclus, ceci dans le but de pouvoir compter la recette aux aurores. A notre profit, s'entend.

En 1955, quand Henri Decoin portera à l'écran mon *Razzia sur la chnouf*, avec pour vedette Jean Gabin, je ferai appel à lui pour qu'il fasse de la figuration. Tous les joueurs qu'on voit à l'écran dans la partie de passe censée se dérouler, comme dans la réalité, au fond d'une cave sont authentiques. D'ailleurs Victor l'Algérien, qui lance les dés, sera abattu six mois plus tard. Au restaurant des Studios de Saint-Maurice, mon Gaby se pointait, tandis que je déjeunais en compagnie de Decoin et de Gabin, et criait, grand seigneur : « Champagne pour tout le monde ! » Bien entendu, son cachet de figurant ne suffisait pas à régler ses largesses. Bof ! Il était juste là pour se distraire et pour pouvoir continuer à flamber... même devant les caméras. Sept ! Abattage. Gagné 1 000 francs à faire ! Douze ! Baraque Perdu.

Décédé de maladie en 1958.

Georges le Bordelais : je l'avais perdu de vue, puis retrouvé en 1974 à Bordeaux, où nous avons évoqué de vieux souvenirs dans le restaurant qu'il possédait. Est actuellement sur la Côte d'Azur où, paraît-il, il tient toujours bon la rampe. Sacré Georges !

Henry de la Palmeira : officier de la Légion d'honneur, croix de guerre avec palme. Dirigea un temps le Théâtre Fontaine et des restaurants de luxe. Nous avions envisagé de monter le *Rififi chez les hommes* dans son théâtre, mais des complications... Henry était un monsieur. Décédé en 1965.

Henri l'Épicier : après avoir monté une entreprise de ferraille en grande banlieue, redescendra vers son Béziers natal où il décédera.

Henri Face (le Gros) : ma foi, il avait vu juste en prédisant que la Libération ne sonnerait pas l'arrêt des cartes de rationnement. Il avait donc poursuivi sa coupable industrie : les faux tickets de pain. Et, bien entendu, à miser sur les fiers coursiers d'Auteuil et autres lieux néfastes aux économies. Mais lui et l'argent de côté...

Totalement ruiné, veuf, il achèvera son parcours boulevard Richard-Lenoir, dans un ancien bordel. Si Blanche la taulière s'était réservé le rez-de-chaussée, elle louait les chambres du dessus. Henri vivait misérablement dans l'une d'elles, pièce étroite et, pour se faire à manger, il devait traverser le couloir pour utiliser un réchaud à alcool logé dans un placard. Après avoir encaissé tant et tant de milliards... Pourtant, il était en joie lorsque l'Obsédé, fidèle, venait le visiter et lui apporter un peu de vaisselle de poche... qu'il s'empressait d'aller porter sur les maudits canassons. Diabétique, frappé d'artérite, il est décédé en 1957.

Jeannot R... (patron du Chapiteau) : croix de guerre avec palmes, médaille de la Résistance, médaille des combattants volontaires. Dieu merci, mon vieil ami est toujours solide au poste. Un des rares hommes à m'avoir épaté. Doué pour tout, sachant évaluer comme personne le prix d'une pierre précieuse, d'un meuble, d'un tableau, d'un tapis... la valeur morale d'un homme... Il a un temps dirigé des casinos, puis une galerie de peinture. Que n'aurait-il pu réaliser si, à la place des ruelles lyonnaises de son enfance, il avait pu fréquenter les grandes écoles ? Nous restons en contact permanent et nous voyons très souvent.

C'était sur sa demande que j'avais écrit à Yves Montand pour lui dire que son ancien patron du *Chapiteau* serait content de le revoir. Non pour se vanter de lui avoir sauvé la vie en abattant le Stéphanois de la Gestapo ! Oh ! non. Ce n'est pas le style de Jeannot. Seulement, il aurait été heureux de bavarder un peu, de se remémorer... Qu'est-ce qu'il s'est figuré, l'artiste ? Qu'on voulait le ponctionner ? Mais Jeannot peut l'acheter, lui, ses disques, sa maison d'Auteuil... rien qu'en éternuant.

Jeannot Chose : enfin débarrassé de la vision des guerriers de Hitler, s'est recyclé dans le commerce. Décédé en 1981.

Joanavici (Monsieur Joseph) : Juif originaire de Bessarabie. A l'instar d'Henri Face, manipule des milliards provenant de divers trafics, ferraille et autres... Ne sachant même pas signer son nom, en revanche il savait compter ! Pour ses intérêts, deux et deux, ça faisait douze. A louvoyé entre la résistance et les occupants, versera des masses d'argent à la police pour la création du réseau Ajax, arrosera tout aussi généreusement Lafont et autres collabos. Un malin. Un cerveau. Astreint à résidence à Mende et devant verser 500 000 francs par mois à l'État, il continuera de là-bas ses magouillages par téléphone. Pour ce faire, il se fera installer une ligne spéciale, l'hôtel où il vit n'en possédant qu'une. Quel personnage ! Un cas effarant ! L'État voulait le punir et c'est lui qui le possède en s'en couvrant pour poursuivre ses embrouilles. A tenté de gagner Israël, en a été refoulé. Mort en 1960.

Jo Attia : figure légendaire du Milieu français. Un bon ami. Deux livres, dont un de sa fille Nicole, lui ont déjà été consacrés. Fera équipe avec Pierrot le Fou et quelques autres. Leurs braquages en Traction-avant secoueront la France. A chaque fois qu'il sera pris, il bénéficiera d'un non-lieu. Il est vrai que les déportés du camp de Mauthausen qu'il avait sauvés lui resteront fidèles, ce qui est tout à leur honneur, et viendront déposer en sa faveur. Il refusait le danger. Il était à côté de Pierrot le Fou dans une boîte de nuit, ouverte, vide, quand le Fou, par défi, téléphona à la police judiciaire pour signaler sa présence. Armes à côté de la main, ils ont attendu. Les policiers ne se sont pas pointés. Ont-ils cru à une farce ? Quand Jo sera frappé d'un cancer à la gorge, j'irai le voir à Villejuif. Son premier geste, puisqu'il ne pouvait parler, sera d'écrire sur un bloc : « Comment va ta gosse ? »

La seconde fois que je retournerai le voir, avant de filer au Paraguay, il était alité dans une clinique de Belleville. Je ne voyais de lui que ses tatouages et ses yeux brillants et noirs. Il parvint à écrire : « Tu veux envoyer des bouquins aux infirmières d'ici ? » En me raccompagnant, l'une d'elles m'a dit : « C'est le malade le plus vaillant que nous ayons vu. »

Pour qu'il meure chez lui, deux amis ont été le chercher, dont Roger L..., et l'ont installé sur une chaise dans l'ascenseur. Alors que l'appareil s'élevait, Jo a soudain pointé le pouce vers le plancher... comme les empereurs romains condamnant à mort un gladiateur.

Jo la Feuille : a continué à faire des affaires, s'est enrichi un peu plus. Pourquoi ? Son vrai rêve aurait été une mère, un père, un foyer que, comme moi, il n'avait jamais connus. Je suis probablement le seul à qui il a confié ces choses. Il a voulu adopter une fille pour l'élever à l'image qu'il voulait se faire d'une vie opposée à la nôtre : calme, équilibre, bonnes fréquentations, études, religion, tout le bidule. Échec. Ce qu'il aurait voulu pour elle, il ne savait comment le lui faire apprendre. Il visait peut-être trop haut. Alors, il cognait. Et regrettait ensuite.

Et puis, un jour, quoique très riche, mais la maladie étant à sa porte, il en a eu marre. Un coup de fil de Dédé Tropot, un de nos amis, m'a appris qu'il s'était suicidé. J'ai conté ça ailleurs. Jo avait pris une chambre sous les toits à l'hôtel Scribe avec pour compagnons un Colt, une corde et une bouteille de whisky. Puis, après avoir tenté de se pendre et échoué... le canon du Colt dans la bouche... Il avait juste laissé une lettre à sa femme Ida. Dans les dernières lignes, il demandait que je sois le seul homme à suivre son cercueil, écrivant que j'étais le seul type droit qu'il eut rencontré dans sa putain de vie. Cette sorte d'hommage m'avait touché. Est-ce que, prévenu, j'aurais pu l'empêcher de... Pas certain. D'autant que des examens médicaux annonçaient le cancer. Jo avait préféré régler ça à sa façon.

Jo le Catch : avant la Libération, il avait pris en main les destinées de *Chez Fanfan*, le bar de la rue de Douai. Sera abattu, le lendemain de la Libération, à son comptoir. Tueur non identifié.

Lafont (Henri) (nom : Chamberlain) : né en 1902. Truand

bordelais. Patron de la Gestapo française de la rue Lauriston. A la Libération, traqué, il va se terrer à Bazoches avec l'ex-policier Pierre Bonny. Joanovici les livrera à la police. Devant ses juges, il endossera tous les méfaits imputés à ses complices, assumant toutes les responsabilités. Sera évidemment condamné à mort. Autant Bonny mourra d'une façon méprisable, autant le terrible Monsieur Henri paiera sa dette non sans vaillance. Baste... « Quand faut y aller, faut y aller »... comme le dit mon jeune ami le Chevalier. « A quoi bon chialer quand les aiguilles ne veulent plus continuer à tourner ? »

Les derniers mots de Lafont, que ses avocats répandront dans les bas-fonds, seront : « J'ai vécu dix vies, je peux bien en perdre une. » Mes Floriot et Drieu, ses défenseurs, rapporteront également que dans la cour de la prison, avant de monter dans le fourgon, il crachera aux pieds de Bonny, livide et pleurnichard. Pour sa part, une fois lié au poteau d'exécution, il refusera qu'on lui bande les yeux.

Le Grand Milo de Belleville : truand parisien. S'occupait d'élections. L'un de mes grands amis. Avant guerre, était chargé de porter des plis secrets aux puissants du jour, ministres ou autres. Ceux-ci devaient lire le pli, le brûler en sa présence et lui confier, s'il y avait lieu, un autre message. Je sais pour le compte de qui il opérait, mais n'ai pas à le dévoiler ici. Ruiné, malade, celui qui avait été un des plus beaux hommes du Milieu français était devenu quasiment aveugle. Il était venu me voir au *Multicolore* de la rue de Clichy et m'avait annoncé la couleur : « Je vais tirer un trait. » Je m'étais proposé, il avait esquissé un geste de seigneur : « Laisse tomber, Auguste. »

Je ne l'ai plus revu. Le lendemain, il se suicidait au gaz. Il avait soixante-seize ans, nous étions en 1977.

Le gros Georges (frère de Francis le Nantais) : après la guerre, s'était retiré à Nantes ; y a pris un hôtel et s'y est éteint il y a quelques années.

Le père Yvon : il a continué à festoyer et à chanter, toujours aussi adoré des putains et des voyous nantais. Sans compter les autres. Peu après la guerre, celle qu'il n'avait pas eu à faire, nous l'avons, à la queue leu leu, aspergé de muscadet sur son lit de mort. Sacré vieux bougre !

L'Obsédé (René) : eh bien, le coquin hume toujours l'air de notre planète. Quatre-vingts ans aux prunes. Doté de femme et enfant, il s'est recyclé, a monté des affaires sérieuses, s'est enrichi, est devenu sage et très bourgeois. Je crois même qu'il fait partie d'un Rotary quelconque. Comme quoi... Nous nous téléphonons souvent, rompons de temps en temps un croûton ensemble, et je l'écoute, l'écoute... Quelle verve ! Quel bagout ! Il nous rappelle nos exploits, lorsqu'après la tornade, opérant dans des cercles clandestins, nous vivions du jeu. Époque bénie, où l'État nous laissait remonter notre bœuf gros sel sans se croire obligé de mettre la main sur tout, comme actuellement où c'est : courses, loterie, tiercé, quarté, loto qui peut rapporter gros, loto sportif, tacotac, tic et tac, tic et toc. Tout pour l'État racketteur !

O vieux coquin, utilises-tu toujours ta tasse chinoise ?

Lolo le Marseillais : il a continué, les jours de poivrade, à trimbaler homard et langouste au bout d'une ficelle puis... sa vue s'est mise à décliner, décliner... il s'est pendu.

Lulu Haricot : un cas. Heureusement que les Teutons ne l'ont pas cravaté pour leur avoir bazardé le bois de Boulogne ! Touché par le cancer, Lulu refusera ce fléau, affirmant qu'il n'existait pas. Il se rendait souvent à Vence et faisait tordre de rire mon vieux copain Robert Gaillard, l'auteur de *Marie des Iles*, etc. A chaque rencontre, Robert me jetait, effaré et rieur : « Mais c'est dingue, ton ami ! Il dit que le cancer n'existe pas ! » Hélas, si ! Lulu, il y a de cela des années, rendra les armes à la terrible maladie. Bien obligé.

Margot : après avoir donné la vie à la Kanitte, ainsi avions-nous baptisé la petite, et l'avoir couvée, aidée à pousser, Margot en eut soudain assez de ce Paname où pourtant elle avait grandi, la morve au nez, croquée par le fusain de Poulbot, fringuée et chaussée disparate, grâce à la charité des dons de la Ville de Paris. Aussi m'avait-elle demandé de concrétiser un rêve de gosse, le sien, un toit à elle, un brin d'herbe, un bout de terrain... de quoi y voir fleurir des roses. Moi, la banlieue... Mais comment refuser ce bonheur à ma compagne de parcours ? A ma fidèle complice ? D'autant que je connaissais d'où lui venait le désir ! Il datait de la butte Montmartre, de la rue Sainte-Catherine où elle était née, là où avaient posé leurs sacs ses vieux, débarqués de la côte normande. Qu'étaient-ils venus foutre dans cette ville trompeuse, inhumaine, eux les marins, fils et fille de terre-neuvas ? Que n'étaient-ils restés au bord de leur mer nourricière, au lieu de venir s'étouffer dans ce trou à rats, sans nul confort et tellement étroit que les gosses devaient dormir à plusieurs, tête-bêche dans le même pucier. Et ça avait été au cours de ces longues nuits que Margot, le menton chatouillé par les orteils de ses frères, rêvait de roses... de calme, d'un coin, d'un rien de solitude... se trouver enfin seule, surtout ! Seule ! Loin des bruits, criailleries, disputes... loin des coups. La promiscuité, à dix, dans quelques mètres carrés, n'a jamais été de la tarte. Essayez !

Enfin, Margot avait dégotté au Vésinet son rêve pour y faire pousser sa fille et des roses. Va pour ce patelin. On ignorait que c'était un coin bourgeois, résidentiel, ignorions jusqu'à la signification de ce dernier mot. Pour nous, toutes ces pitreries, ce snobisme... Mais, puisque le hasard l'avait guidée, et qu'une baraque lui avait fait de l'œil... Alors, en ces lieux, elle a fait grandir sa fille et arrosé des fleurs. Pour ma part, je m'étais mis à écrire, à publier des bouquins, me piégeant de la sorte dans la société... perdant ainsi mon anonymat... me livrant à la tendresse sourcilleuse d'un percepteur dont la fidélité ne s'est jamais démentie. Lui qui avait toujours ignoré mon existence ! « Ça t'apprendra ! » que me décochait le vieux Joseph M..., le capitaine des Corses, lequel me jetait de surcroît, de son inégalable accent, au cours de nos errances bistrotières : « Alors, t'écris toujours tes petites conneries ? » Ce qui nous faisait rigoler, mes amis et moi. Au moins, Joseph remettait-il les pendules à l'heure, nous rappelant que tout n'était que du vent. Avec les bouquins étaient venus les films, les interviews, les producteurs, acteurs, scénaristes... le cirque, quoi ! Et Margot recevait, faisait la cuistance comme personne, un œil sur ses fourneaux, l'autre sur les visiteurs. Jamais dupe, elle les jaugeait deux coups les gros, ensuite son jugement tombait, net : des bidons. Des baltringues. Des fileurs de gagnant. Des suceurs de roue. Quand ta chambre à air sera crevée, ils se défileront vite fait, bien fait. Évidemment, intuitive comme toutes les femmes, elle avait raison, l'avenir le confirmerait. Un ramassis de pitres, avides et sans scrupules ! Qu'avions-nous à voir avec ce milieu de pantins ? Heureusement, il y avait ceux des rues, notre monde, et aussi quelques solides : Yves et Esthelle Courrière, Christian Brincourt, Jacques Becker, Roland Lesaffre, Raymond Pellegrin. Simone Huinz, Jacqueline Audry, Jean Leulliot, Robert et Paule Gaillard, Dominique Vernet, quelques autres...

Puis, ainsi qu'ils font pour chacun, les ans ont glissé du gris dans la blondeur de mon Poulbot. Il faut avouer que j'ai donné un coup de main aux années implacables par ma façon de voir, de filer au bout du monde, appelé par ma deuxième maîtresse : l'aventure. A chaque départ, Margot venait sur le seuil de son jardin me murmurer, les yeux mouillés, tandis que je grimpais dans la bagnole qui allait m'emporter vers des guérilleros, des tueurs en cavale, des condamnés à mort par contumace : « Que Dieu te garde ! ». Il m'a gardé. La preuve. Non, elle. Il avait estimé qu'elle n'en avait pas encore assez bavé étant gosse, adolescente... surtout avant que je la rencontre, alors qu'assise sur une banc, face à l'hôpital Bichat... un hiver... sous la pluie... crevant de froid et de fièvre... chassée par l'ex-terre-neuvas, son père... le cerveau frappé par une terrible méningite... Comment en est-elle réchappée ? Comment peux-tu toujours taper sur les mêmes, Dieu ? Tu n'as pas honte ? Et un après-midi, pendant que j'étais à la montagne à écrire ces putains de livre... un coup de fil de la Kanitte : Margot est dans le coma... une attaque... l'hôpital... j'ai foncé, foncé... retrouvé mon Poulbot, ma joie de vivre... C'était une chambre sombre, sombre comme mon cœur, où se devinaient des tuyaux, où se percevaient des soupirs, des halètements... Et je me tenais là, stupide, la rage au ventre, car je n'ai jamais su subir, ayant trop jeune appris à me battre. Ce que j'aurais voulu pouvoir la sortir de là ! L'arracher à cette mort qui s'était installée, vautrée dans cette pièce où survivait, pour combien d'heures, de jours ? ma propre vie. Pour confirmer, le toubib avait hoché la tête, un geste qui ne laissait pas d'espoir. Il se trompait. Margot allait émerger du coma et se détacher, morceau par morceau, de la grande Faucheuse qui l'avait enlacée. Seigneur, de quel métal était-elle donc trempée ? Alors, j'ai cru que c'était gagné. C'était perdu. Elle n'avait pas encore entamé son calvaire. Elle allait le parcourir. Sur un lit ou dans un fauteuil. Sept ans durant. Sept ans. Le dixième d'une vie humaine. Sept ans. Tu n'as pas honte, Dieu de merde ? Sept ans...

De l'hôpital de Saint-Germain, mon ami, Me Richard Dupuy, disparu aujourd'hui, m'avait aidé à la faire transférer à celui de Charles-Richet, à Villiers-le-Bel. Ce qui m'arrangeait, Annick et Jean-Pierre de Souza, mes neveu et nièce, habitant cette ville. Ils étaient jeunes, efficaces, dévoués. Leur présence, non loin de ma compagne à jamais alitée, me rassurait. Ma confiance a été bien placée. Ils veillaient sur elle lors de mes déplacements, et, surtout, le feraient s'il m'arrivait de disparaître sur l'aventure. Ils n'ont jamais failli. Jean-Pierre allait la voir quasiment tous les soirs, en rentrant de son boulot, et Annick passait prendre ses chemises de nuit pour les laver.

Au début, Annick qui travaillait aux Galeries Lafayette, me téléphona, effarée : « Margot veut un pantalon bleu...

– Achète-le lui.

– Mais...

Bien entendu, pas question qu'elle puisse le porter, mais... Puis elle a réclamé un pantalon noir, puis un marron, puis... puis... Ma réponse à ma nièce ne variait pas : « Apporte-lui ce qu'elle te demande. »

Bien sûr qu'elle ne les a jamais portés ! Et puis après ? Pas plus que les robes de chambre, que des amis lui amenaient des recoins du globe, quand ils passaient par Paname. Ces choses restaient suspendues, dérisoires et mortes, dans un placard.

Et les jours, les nuits ont coulé, charriant leur désespérance. Il arrivait parfois que nous la retouvions, mon fidèle Jacques Risser et moi, dans une certaine forme. Mais la plupart du temps... inerte, l'œil éteint, l'âme déjà partie... En revanche, si ça allait, elle utilisait la télécommande que je lui avais fait installer dans sa chambre ou bien s'offrait le luxe de faire rire docteurs et infirmières par sa gouaille, son esprit de repartie cultivé sur le pavé parisien. A ce stade, elle était l'attraction, parvenait même à chanter. Enfin, elle s'y efforçait. La pauvre. Mon Poulbot. Ma Blondie. T'as pas honte, Dieu de merde ?

Tous ceux, celles qui défilaient à son chevet, connaissaient la consigne : ne rien lui dire de pénible, pour ne pas en rajouter à son fardeau, déjà si lourd. Lorsqu'elle me réclamait des nouvelles d'un ami, d'une amie, je rassurais : « Ça va. Il ou elle t'embrasse. » Ils étaient morts. Quand elle a demandé à Patrick, un autre de mes neveux, des nouvelles de sa mère, je l'ai vu blêmir. Mais il n'a pas calé : « Ça va », a-t-il pu lâcher. Yvonne, sa mère, venait de se suicider.

Tous mes vieux et solides amis des bas-fonds ne m'ont pas laissé choir durant cette longue épreuve : Jeannot et Nini, en tête, Jacques Risser qui m'aidera au fil des ans apportant à Margot les roses qu'elle avait plantées et si amoureusement couvées. Il y en aura d'autres, des tas d'autres, Pierrot le Chevalier lyonnais... ses frères... la mamy... Yves du *Balajo*, Bibi Ricord, Didi, ceux de Colombie, du Brésil, de Hong Kong... un tas de ruffians, de bourlingueurs, des sans-foi-ni-loi, mais pour moi des hommes de cœur qui déversaient sur un corps sans vie leur amitié. Fatal qu'en une si longue période il y eut beaucoup d'alertes. Mais à chaque fois ma vaillante Blondie tenait, encaissait, s'accrochait. Et lorsque ça allait mieux, elle m'observait de sa couche, s'inquiétait :

– Tu te soignes au moins ? Qui s'occupe de tes affaires ? Fais attention à toi. Tu sais bien que tes poumons...

C'était tout elle, ça ! Elle se tracassait pour moi alors qu'elle-même...

Puis vers la mi-novembre 1982 un coup de fil de l'hôpital... Le Chevalier lyonnais vint me cueillir en hâte et nous fonçâmes. A l'hôpital, Jeannot et Nini, avec leur voiture, Jacques avec la sienne, nous avaient devancés.

Je pénétrai dans la chambre. Est-ce que ? Mais non Margot vivait encore, du moins s'y essayait-elle en faisant aller sa tête de droite à gauche sur l'oreiller. De ses lèvres craquelées sortaient les mêmes mots, une plainte plutôt : « Auguste, Madame... Auguste, Madame... »

J'ai compris qu'elle faisait allusion dans son délire à la surveillante en chef, Mme Dubois, qui pour elle avait été d'un dévouement inlassable depuis des années.

« Auguste, Madame. Au... »

Je me penchais, lui parlais, mais elle était loin.

« Auguste, Madame... »

J'attirai une chaise, m'assis, pris sa main valide dans les miennes. Dans mon dos, je perçus Nini qui venait elle-même de s'asseoir, devinai qu'elle ne voulait pas me laisser seul. Quant aux hommes, des coriaces pourtant, ils se tenaient dans le couloir, près d'une table à médicaments.

Voir ma Blondie s'accrocher, lutter encore, était dur. Quel douloureux spectacle ! Elle était à bout de parcours, archi-usée, ravagée, son pauvre bras mort amaigri, bleui, noirci par les aiguilles des transfusions. Il fallait qu'elle cède, abandonne... mon devoir était de l'aider à lâcher les dés. Tort, raison ? C'est ainsi que je voyais le problème. Alors, penché sur sa face moins grande que mon poing, où ne vivaient plus que les plaintes, serrant doucement entre les miennes cette main qui avait tant donné, guéri, apaisé, bâti, caressé, je soufflais, le cœur défoncé :

– Je suis là, laisse-toi aller. Te bats plus. On s'est bien battus tous les deux, hein ? Maintenant, on lève l'ancre. Abandonne. Je suis à tes côtés. Avec toi. Je te lâche pas. Je t'accompagne. Mais te bats plus. Laisse courir. Je pars avec toi.

Et toujours cette espèce de finale, cette plainte...

« Auguste... Madame... Auguste... Madame... »

Et moi, voulant lui insuffler ma volonté de la voir cesser de se débattre dans son inconscience :

– On en a vu de dures tous les deux hein, mon Poulbot ?

Allez, c'est fini maintenant. On part, va. Laisse béton... doucement... doucement... C'est ça...

M'entendait-elle ? Elle continuait à faire aller sa tête, dans un mouvement de métronome, et toujours cette plainte qui me vrillait le ventre.

– Auguste... Madame... Aug...

Je ne voulais plus qu'elle vive ! Vivre comme ça ? Chargée de tant de souffrances ? Et j'ai tenté de poursuivre, la gorge à demi bloquée, me répétant. Mais que dire d'autre ?

– Abandonne, ma Blondie. Laisse. Te bats plus. Je suis à tes côtés. Je pars avec toi. Je...

Durant combien de temps ai-je tenté de lui faire larguer la parcelle de vie qui la retenait sur terre ? Et c'est moi, le vivant, qui ai lâché. Margot, ma vaillante, elle n'a pas calé. Je me suis tourné vers Nini. Elle a secoué la tête :

– Elle tiendra encore.

Nini avait raison. Margot, à qui après mon départ on a transfusé 4 litres de sang a tenu. Quatorze jours. A demi inconsciente. Transpercée d'aiguilles, son pauvre bras n'était plus qu'une chair d'un gris noirâtre. Je l'ai photographiée, suis allé trouver la doctoresse.

– Comment pouvez-vous la maintenir en vie de cette façon ? Il n'y a plus un endroit sur son bras pour une transfusion.

– Mais no... notre devoir...

– Il n'y a pas de mais. J'ai tiré des photos.

Et, le 29 novembre 1982 au matin... 10 heures du matin, le téléphone de nouveau... Alerté, le Chevalier est venu me chercher en vitesse, non sans avoir décommandé ses rendez-vous. Nous avons filé dans la cohue, devancés encore par Jeannot, Nini et Jacques.

Quand je suis entré dans la chambre, mon Poulbot venait de lâcher, depuis une minute. Il était 11 heures du matin. C'était mieux ainsi. Peut-être que, si elle avait perçu ma présence, que s'accrochant encore... refusant de me laisser... s'inquiétant pour ce que je deviendrais... Elle était ainsi. Tout dévouement. Toute noblesse.

Et ça a été le bidule coutumier. Croque-mort, paperasses,

curé à la maison... là, j'étais content de le voir. Il était jeune, sympa, et Margot croyait. Son droit. Lui, je l'ai affranchi pour la messe. Ne débordez pas de la demi-heure et arrangez-vous, puisqu'il n'y a plus de Suisse, pour qu'on sache quand il faut se lever, s'asseoir... car mes amis et moi, vos choses de la religion... A la chapelle ardente de l'hôpital, toutes les infirmières, en dépit des 7 heures du matin et du froid, sont venues dire adieu à celle qui était devenue leur Margot. Cela m'a bouleversé de les apercevoir, en pèlerines, à l'écart, effacées, discrètes. Après avoir aidé les employés à visser le cercueil de mon Poulbot, j'ai été embrasser celles qui l'avaient soignée durant tant d'années, puis nous avons tous filé vers l'église du Vésinet. Là, le curé a été à la hauteur, sobre, humain. Mes amis, on me l'a répété, ont agi comme à l'enterrement de la mère aux frères Moura. Paraît que la sébille au curé... les fafiots... Tant mieux pour son église !

Au cimetière, l'amitié m'épaulait, faite de truands, femmes d'amis, journalistes, éditeurs, Yves Courrière, Estelle, sa femme, Michel Gaillard, Jean Durieux, Jean Rossignol, Jean-Paul Bertrand, Michel Morcrette, Marie Casanova, Georgette Lemaire, et des forbans, des forbans qui faisaient rempart.

Puis, avant qu'on ne descende en terre la moitié de moi-même, Jo Privat du *Balajo* est venu se poster non loin du cercueil et a tiré en sourdine de son accordéon, y mettant ses tripes et son âme, la valse célèbre : *le Dénicheur*.

Un an avant, Margot m'avait lâché brusquement, de son lit de souffrance :

– Quand je m'en irai, fais jouer *le Dénicheur* sur ma tombe. Tu promets ?

J'avais éludé, rigolé, fait le crétin... répliqué qu'on avait bien le temps, que...

L'heure venue, j'ai tenu à exaucer son souhait, qui venait de notre première rencontre au bal du *Petit Jardin*, lorsqu'au milieu des Borsalinos de l'époque, nous avions dansé *le Dénicheur*, et qu'elle était déjà à moi et moi à elle. Pour le bon et pour le pire.

« *On l'appelait le Dénicheur...*
Il était rusé comme une fouine
C'était un gars qu'avait du cœur
Et qui... »

Puis j'ai regagné ma solitude attaquée depuis sept ans. Je n'ai jamais cherché à remplacer mon Poulbot. On ne remplace pas une Margot.

Maurice l'Homme du Monde : les Teutons partis, il est retourné à la Bourse chez un agent de change. Et il a continué à nous procurer du jonc, louis, lingots... Des vrais. Non des balourds. Puis il a pris sa retraite en Touraine, dans une villa au bord d'une rivière pour y pêcher tout son saoul. Sa passion. Décédé d'une crise cardiaque, il y a douze ans. Joyeux compagnon.

Mémé le Bique : s'est fondu dans la brume après la Libération. Probablement en Algérie et peut-être a-t-il participé au mouvement révolutionnaire de son peuple.

Milo l'Arabe : décédé de maladie il y a vingt ans.

M'man Blot : l'héroïque personne a suivi mon frère, son fils adoptif, lorsqu'il s'est installé à Saint-Malo. Nul gouvernement, nul puissant, ne s'est inquiété de lui allouer une croix quelconque, de guerre, de Légion d'honneur... Ils préfèrent décorer des nanas qui lèvent la cuisse, des mecs qui lèvent le pied avec la caisse, des chanteurs oua-oua, des acteurs qui exhibent leurs biscottos dans des rôles de gangster. Envers celle qui l'avait recueilli après notre orphelinat, mon frère s'est montré à la hauteur. Il lui a rendu ses bienfaits, l'a couvée, protégée jusqu'au bout. Nous avons enterré la vieille dame, elle avait quatre-vingt-dix ans. Lorsqu'elle est descendue au fond de son tombeau, c'était notre enfance d'orphelins qui s'enfonçait avec elle.

Montfort (Robert) : mon frère a taillé sa route, son Yvonne lui a donné deux enfants, Patrick et Catherine. Lui a pris en main les destinées de Frigidaire pour la Mayenne, l'Ille-et-Vilaine et la Manche. Il s'est beaucoup battu. Fatal, quand on part de rien... Ses activités ne l'ont pas empêché de surveiller de près l'instruction de ses enfants et il leur a fait donner des connaissances qui nous ont tant fait défaut. J'ai été l'épauler, quand Yvonne a décidé de franchir le pas, n'en pouvant plus de vivre. Depuis, il s'est remarié, nous ne nous voyons plus guère, mais rien ne pourra rompre le fil de nos enfances perdues. Lui non plus, en dépit de sacrés risques courus, de dévouements incroyables, n'a récolté la moindre banane, le moindre ruban, le plus petit merci. Pas plus qu'Edmond Bougaud, qui lui laissait planquer ses résistants traqués derrière son cinéma, le Voltaire. Lorsque je vois tous ces va-de-la-gueule qui... se vantant, pérorant, exhibant leurs boutonnières fleuries... Tas de pantins sinistres !

Moura (Pierrot) : à la faveur de la débâcle allemande a réussi à s'enfuir en Espagne dans le but de rejoindre l'Argentine. Abattu à Barcelone. Meurtriers demeurés inconnus.

Moura (Robert) : de par son appartenance à la Gestapo, il a couvert sans le savoir les activités de Jeannot et d'Henry de la Palmeira, au *Chapiteau*. Ce qui n'était pas le cas de Carbone, Spirito et Ricord qui, lorsqu'ils ont épaulé Jeannot, n'ignoraient pas qu'il usinait pour la Résistance. Qu'ils soient, eux, dans l'autre camp, quelle importance ? En Jeannot, il voyait d'abord un ami. Le reste...

A la fin de l'occupation, Robert Moura festoyait dans une auberge de La Varenne en compagnie de Jo le Catch et de l'acteur Aimos. Évidemment, champagne et filles étaient de la partie. A la suite d'une discussion, Moura gifle le Catch. Celui-ci sort, revient. Au comptoir, Moura, qui embrasse une fille en tournant le dos à la porte, ne se méfie pas. Le Catch s'approche par-derrière, lève le bras... la balle, traversant le crâne de Robert Moura, pénètre dans celui de la fille. Le lendemain, Jeannot du Chapiteau était chez elle, rue des

Dames. Par chance la balle, ayant perdu de son impact, n'avait rien touché de vital. Quant à Robert Moura... gommé

Nez de Braise (Michel Chave dit) : membre de la Gestapo de la rue Lauriston. Indicateur du commissaire Chenevier. Un fou homicide qui tenait, entre autres, à inscrire Yves Montand à son palmarès d'assassin. Pour prouver sa détermination sanguinaire, il rapportera la tête de Jean Leroy, un autre gestapiste que j'ai bien connu, et la déposera sur le bureau de Lafont, que Leroy avait trahi pour le compte de la Gestapo allemande de province. Arrêté à la Libération, condamné, fusillé.

Nini : eh bien, elle est toujours là, à côté de son Jeannot. Nous nous téléphonons et voyons souvent. Que leur destin les conserve longtemps l'un à l'autre !

Panafieu : il a continué de nous égayer de sa verve et de son humour. Puis, la maladie... décédé en 1980.

Portier (Marcel) : toujours alerte et dynamique. Boulanger, s'est recyclé dans le cinéma. S'exhibe parfois à la télé, dans des spots publicitaires. A fait souche, marié, deux enfants.

Poupon (Roger) : croix de guerre avec palme. Il a tenu ou fait tenir des restaurants et bars, etc. Toujours là, toujours égal à lui-même. Un de mes rares vieux amis qui ne change ni moralement, ni physiquement. A mes yeux, du moins. Il est vrai que sa santé, il la cultive à l'air pur des champs de courses. Car il a le virus du gros Henri Face. Il mise sa liquette sur les canassons. Rien que de le revoir me fait sourire. Je me remémore aussitôt cette fameuse nuit où, filant dans la Traction avant pilotée par le Blond, les Chleuhs rêvaient de le passer à la moulinette pour avoir présenté ses civilités au Dr Friedrich de Radio Paris en lui vidant un chargeur dans la bedaine. Quelle suée !

René Gotteland (le Petit) : condamné à mort par contumace, se réfugiera en Amérique. A vécu longtemps au Vénézuela.

Il y a quinze ans, s'est trouvé atteint d'un cancer. Et, vu qu'il tenait à mourir dans le vieux pays, deux amis ont été le chercher, l'ont ramené sous un faux nom évidemment. Vœu accompli : le petit redoutable a achevé son parcours dans le lit d'une clinique française.

Ricord (Auguste) : plus communément appelé Cori, son patronyme en verlen. Condamné à mort par contumace, parvint à fuir en Argentine. Ceux qui ont écrit qu'il avait emporté avec lui le trésor de la Gestapo ont eu de mauvais tuyaux. Ricord a quitté l'Italie en bateau, sur le pont des émigrants. A Buenos Aires, il a eu vite fait de retomber sur ses pattes. Homme d'action aux réflexes prompts, malin, il s'est peu ou prou faufilé dans l'orbite du général Perón, quand celui-ci est devenu chef de l'État.

Lorsqu'en 1963, je sauterai du Brésil en Argentine, recommandé par Jeannot, il m'accueillera à ma descente d'avion par un : « T'as pas changé. » Lui non plus. Je le retrouvai toujours aussi rapide, décidé efficace. Nous « ferons » la vieille route de la pampa de concert, traverserons la Patagonie, bourlinguerons. Il me parlera longuement de Papillon, son associé sur le Vénézuela, du casino qu'ils avaient envisagé d'installer à Haïti mais la prudence... la réputation sanguinaire de papa Duvalier et de ses tontons macoutes... C'est en montant vers San Carlos de Bariloche, ce joyau argentin, qu'il m'affirmera avoir vu au commissariat central Martin Borman, le numéro 2 hitlérien, l'homme le plus recherché du globe. Vrai ? Faux ? Ricord n'était pas homme à bluffer. Pas son style. D'ailleurs, qu'en avait-il à foutre ? Surtout avec moi.

Plus tard, je le retrouverai au Paraguay et le verrai dans son fameux Paris-Niza dont la presse mondiale allait tant faire cas, quand il serait impliqué comme caïd de la French Connection. Me sachant viscéralement contre les drogués et ceux qui les fournissent, il n'avait jamais fait la moindre allusion à quoi que ce soit devant moi. Ce dont je lui ai su gré plus tard car, alors, je me serais trouvé en porte-à-faux. A mes yeux, il faisait trafic de cigarettes blondes, où l'avion était utilisé souvent. Connaissant mon attrait pour l'aventure, il m'avait promis un voyage au-dessus de la Cordillère avec les trafiquants, mais le pilote fut tué auparavant dans une rixe.

Quand, revenu en France, j'apprendrai des années plus tard ce qu'on lui imputait, il me fera savoir de Tucumba, la prison d'Asunción, qu'il me réservait la priorité d'une interview pour la télévision française. Scoop que les télés mondiales désiraient obtenir. Ici, j'ai aussitôt alerté les gens, ai même eu Philippe Gildas au téléphone... qui... que... que... Et, ainsi qu'à l'habitude, ce sont les Allemands ou Américains qui ont eu la primeur. Nous après. Avec le sympathique Ladislas de Hoyos, je crois. Mais seulement après !

Pour Ricord, le général Stroessner, chef de l'État du Paraguay, refusera plus d'un an son extradition aux Américains qui le veulent à tout prix. Alors le président Nixon se fâchera, menacera de couper la masse de millions de dollars alloués par son pays. Et, le 2 septembre 1972, on lui livrera el Commandante, c'est ainsi que la presse internationale désignera Ricord, écrivant que... disant que... un tel surnom ! En réalité, c'est moi qui l'avais baptisé de la sorte en le voyant secouer ses Indiens Guaranis qui, pour être franc, n'en fichaient pas une secousse, lors de la construction de la piscine du Paris-Niza. A quoi tiennent les légendes ?

Aux États-Unis, Cori sera condamné à 20 ans de pénitencier, à purger à Atlanta où passaient tous les Français condamnés pour trafic de drogue. De là-bas, il m'écrira souvent, me demandant d'aller le voir pour que je raconte sa vie d'aventurier. Pour finir, j'acceptai. Je me rends donc au Paraguay pour rencontrer sa fille et sa nièce. Là, un soir d'ouragan tropical, on me réclame au téléphone. Qui ? Ricord lui-même, de son pénitencier. J'en restai comme deux ronds de flan. Nous parlâmes longuement, il insista pour son bouquin. Je promis. Mais auparavant, je devais me rendre au Canada. Ensuite, oui, j'irai le voir. En transitant par New York à l'aéroport, je retrouve Paul Boulad, de la Drug Enforcement Administration, l'un de ceux qui a été chercher, en avion spécial, Ricord au Paraguay. Les autorités ne semblent pas contre mon projet d'aller visiter Ricord. A la condition, cependant, qu'il parle. Et le policier US de m'expliquer que, tous les six mois, lui et un collègue se rendent à Atlanta. Et le bonjour qu'ils lancent au détenu est toujours le même : « Alors, Ricord ? Vous vous décidez à parler ? Non ? Eh bien, rendez-vous dans six mois. » Et ils repartent. Et reviennent six mois plus tard. Et repartent. Le supplice de la goutte d'eau. Mais Ricord tiendra et ne parlera pas. De ce fait, je ne pourrai aller le voir pour m'atteler au livre sur sa vie.

Vers 1980, il sera frappé de paralysie et transféré dans une autre prison. Puis, en 1982, il sera rendu aux siens, qui le ramèneront au Paraguay. Depuis... ne pouvant ni marcher ni parler... Se serait-il confié à moi ? L'aurait-il pu ? Aurait-il continué à clamer son innocence, ainsi qu'il le faisait dans ses lettres ? Aurait-il impliqué dans le trafic certains généraux du Paraguay, ainsi que la presse française le soupçonnait ? Le général Stroessner lui-même, dont je devais lire cette accusation un jour dans *el Tiempo*, le quotidien de Bogota ? J'en doute. Ricord est mort en 1984, emportant ses secrets, s'en tenant à la loi qu'on lui avait inculquée dans les ruelles pouilleuses de son enfance marseillaise : boucler sa gueule, ne pas composer avec les flics et payer, l'heure venue.

René le Juif : abattu à Montmartre par la Gestapo peu avant la Libération. Heureusement qu'ils ne l'ont pas eu vivant.

Sigot (les frères) : tous deux abandonnèrent avec joie leur rossinante pour retrouver le volant de leur taxi de nuit. Maurice est décédé de maladie en 1970. René, l'ex-cap-hornier, s'est fait écraser porte Maillot, en traversant l'avenue où il avait laissé son taxi pour aller chercher du tabac.

Robert (le Grand) : j'ai eu le plaisir de tomber sur lui, un soir, au *Multicolore* de la place Clichy, toujours aussi dégingandé, toujours aussi flegmatique. Reperdu de vue. Ignore ce qu'il est devenu.

Spirito (François, dit le grand Lydro) : Napolitain d'origine. Caïd marseillais, associé de Carbone. A beaucoup épaulé

Jeannot et la Résistance de ce fait. Condamné néanmoins à mort en 1945 par contumace, vu ses accointances avec l'occupant. Parviendra à gagner les États-Unis, où il compte de solides amitiés dans la mafia US. Expulsé en 1954, débarque au Havre le 7 février de la même année. Arrêté, jugé, il est acquitté, faute de preuves. Installe alors un restaurant à Sausset-les-Pins et se range des voitures. Le 9 octobre 1967, le vieil aventurier décédera dans un hôpital de Marseille.

Titiche de Montreuil : arrêté pour ses contacts avec Pierrot le Fou après l'opération ahurissante de Champigny, où le Fou parvint, devant plus de 500 policiers et sous une grêle de balles, à récupérer Jo Attia et Henri Feufeu, bloqués dans une auberge dont le patron venait d'être abattu par un policier trop nerveux. Une fois relâché, Titiche retournera à ses occupations mécréantes et nous viderons souvent quelques flacons ensemble, épicés de sa gouaille faubourienne. Décédé de maladie.

Zazou : toujours sur cette bonne vieille terre. Des échos de son existence, passée à festoyer et à aider les autres, me parvenaient encore il y a peu. Une sorte de seigneur, qui m'a beaucoup fait rire.

Zulma : médaille militaire, croix de guerre, médaille de la Résistance. Celle qui est venue nous arracher, Frantz et moi, aux mains des forcenés de la mairie du 17e arrondissement, en août 1944, est toujours de ce monde elle aussi. L'an passé, j'ai fêté ses soixante-quinze ans au Club des Forces Françaises Libres où elle avait convié un tas de copains, avec lesquels elle s'était battue, et bien battue, contre les hordes de Hitler. Le jeune pilote américain qu'elle a sauvé, parmi d'autres, lui écrit tous les ans. Devenu un personnage important dans son pays, raconte-t-il aux siens, qu'un soir Zulma lui a fourni des boules Quies pour les oreilles avant de le pousser dans un bordel de la rue de l'Arcade ? Oh ! funérailles !

Le Vésinet – Brignogan – Nerja (Espagne)
Novembre 1983 – Novembre 1985.

Achevé d'imprimer en avril 1986
sur les presses de Maury Imprimeur S.A.
Nº d'éditeur : 288
Nº d'impression : C86/18361
Dépôt légal : avril 1986

Imprimé en France